HEYNE

Das Buch

Die junge Staatsanwältin Sara Tate hat Angst, ihren Job zu verlieren und schnappt sich daher einen Fall, der eigentlich gar nicht für sie bestimmt ist. Bald merkt sie, dass sie einen schrecklichen Fehler gemacht hat: Sie wird von unbekannter Seite bedroht, und sie wird vor die Alternative gestellt, entweder diesen Prozess zu gewinnen oder ihren Ehemann Jared zu verlieren. Doch auch Jared wird bedroht: Er ist Anwalt, und das Schicksal will es, dass er im Prozess die Gegenseite vertritt. Auch er muss gewinnen, sonst stirbt seine Frau Sara. Beide verheimlichen die Bedrohung ihrem Partner und versuchen in dem Prozess ihr Bestes zu geben, um den Mord an dem anderen zu verhindern – nicht ahnend, dass sie gerade dadurch den Wettlauf mit dem Tod beschleunigen. Denn, egal wer gewinnt, einer von ihnen wird sterben.

Der Autor

Brad Meltzer ist in Brooklyn und in Miami aufgewachsen und hat an der Columbia University sein Jurastudium abgeschlossen. Er hat für Bill Clinton Reden geschrieben und für diverse Zeitschriften gearbeitet. Gleich sein erster Roman »Der zehnte Richter« wurde ein großer internationaler Erfolg. Brad Meltzer lebt mit seiner Frau Cori, auch eine Anwältin, in Washington, D.C.

Brad Meltzer

Kopf an Kopf

Roman

Aus dem Amerikanischen
von Sepp Leeb

WILHELM HEYNE VERLAG
MÜNCHEN

Titel der Originalausgabe
DEAD EVEN

Umwelthinweis:
Dieses Buch wurde auf
chlor- und säurefreiem Papier gedruckt.

Taschenbuchausgabe 01/2005

Printed in Germany 2005
Umschlagillustration:
Getty Images/Photo Disc/Donovan Reese
Umschlaggestaltung:
Hauptmann und Kampa Werbeagentur, München – Zürich
Druck und Bindung: GGP Media GmbH, Pößneck
http://www.heyne.de

ISBN: 3-453-72025-3

FÜR CORI,
die mir unmöglich mehr bedeuten könnte,
weil sie mir bereits alles bedeutet

UND FÜR MEINE ELTERN,
die mich mit Liebe überschütteten,
mich lachen lehrten
und mich immer träumen ließen

DANKSAGUNG

Mein Dank gilt all denen, die ihre beachtlichen Talente und Energien zu diesem Buch beigesteuert haben: meiner Frau und Lieblingsanwältin, Cori, ohne die es dieses Buch nicht gäbe. Als ich beschloss, über ein Anwaltsehepaar zu schreiben, war mir klar, dass ich auf meine persönlichen Erfahrungen zurückgreifen würde. Nicht klargemacht habe ich mir, dass ich uns beide in den Wahnsinn treiben würde. Aber Cori hielt von Anfang an alles zusammen, und wenn dieses Buch irgendetwas ist, dann ein Zeugnis für die Beständigkeit unserer Ehe und für die Liebe, die ich für meine Frau empfinde. (Danke, C – du weißt, ohne dich wäre ich verloren.) Jill Kneerim, meiner Agentin, für ihren unerschütterlichen Glauben an mich als Autor, für ihren einsichtigen Rat und, ganz besonders, für ihre geschätzte Freundschaft; Elaine Rogers, Sharon Silva-Lamberson, Robin Chaykin, Ike Williams und allen anderen bei The Palmer & Dodge Agency für ihre unermüdliche Unterstützung und vor allem auch dafür, dass sie nie den Glauben an mich verloren haben.

Des weiteren möchte ich meiner Schwester Bari danken, die immer für mich da ist und mir infolgedessen mehr hilft, als ihr je bewusst sein wird; Noah Kuttler, der auf jede Einzelheit und Nuance dieses Buches geachtet hat (Noah, ich kann dir nicht genug danken; du bist einfach unglaublich); Ethan Kline für die kritische Beurteilung der ersten Manuskriptentwurfe; Matt Oshinsky, Joel Rose, Chris Weiss und Judd Winick für ihre stets einfühlsamen Vorschläge und ihre immer geschätzte Freundschaft; Matthew Bogdanos dafür, dass er mich in die Welt der Strafverfolgung eingeführt hat und mich aus nächster Nähe miterleben ließ, was erforderlich ist, um das Verbrechen zu bekämpfen – danke für Ihr Vertrauen; Maxine Rosenthal für ihren außergewöhnlichen Beistand; Dale Flam, Sandy Missakian, Barry Weisburg, Ronnie Aranoff, Alan Michaels, Bob Woodburn und Eric Menoyo, dass sie die Detailfragen mit mir durchgegangen sind; Dr. Sam Snyder und Dr. Ronald K. Wright für ihren Rat in allen forensischen und medizinischen Fragen; Sara Emley für die drei Wörter auf dem Titel; Janice Doniger für ihr untrügliches Gespür, was man anzuziehen hat und wo man gesehen werden sollte; den extrem geduldigen Leuten in der öffentlichen Auskunftsstelle der Bezirksstaatsanwaltschaft Manhattan; und meinen Verwandten und Freunden, deren Namen wie immer diese Seiten bevölkern.

Zum Schluss möchte ich all den ohne Übertreibung unglaublichen Leuten bei Rob Weisbach Books und William Morrow danken: Bill Wright, Patricia Alvarez, Jacqueline Deval, Michael Murphy, Lisa Queen, Sharyn Rosenblum, Elizabeth Riley, Jeanette Zwart, Richard L. Aquan, Tom Nau, Colin Dickerman, David Szanto und all den anderen netten Leuten bei Weisbach/Morrow, durch deren Einsatz dieses Buch Wirklichkeit wurde. Ich betrachte es als eine Ehre, mit ihnen zusammenzuarbeiten. Zu großem Dank bin ich außerdem Larry Kirshbaum, Maureen Egen, Mel Parker, Airié Dekidjiev und all den anderen wundervollen Mitarbeitern von Warner Books verpflichtet, die dafür sorgten, dass die Zusammenarbeit mit ihnen immer ein echtes Vergnügen war. Abschließend möchte ich meinem Lektor und Verleger Rob Weisbach danken. Nach nahezu eintausend gemeinsam durchgegangenen Seiten habe ich immer noch Mühe, die richtigen Worte für Robs Leistung zu finden. Es gibt keinen besseren Lektor und Verleger – er hat mich dazu getrieben, Reserven anzugreifen, von denen ich gar nicht wusste, dass es sie gibt, und sein Einfluss wird auf jeder Seite spürbar. Als Freund ist er ein Mensch, an den ich mich jederzeit ohne Zögern wenden kann. Deshalb danke, Rob, für dein Vertrauen, für deine Begeisterung und, vor allem, für deinen Glauben.

Sag mir, wen du liebst,
und ich sage dir, wer du bist.

ARSÉNE HOUSSAYE

1

»Was ist, wenn es schief geht?«, fragte Sara, als sie ins Bett stieg.

»Es wird nicht schief gehen«, sagte Jared. »Du machst es bestimmt großartig.«

»Und wenn nicht? Wenn ich bloß Durchschnitt bin? Vielleicht ist es das, was sie mir sagen wollten. Vielleicht ist das die Lektion, die sie mir erteilen wollten.«

»Kein Mensch wollte dir irgendeine Lektion erteilen, und Durchschnitt warst du noch nie.« Jared schlüpfte zu seiner Frau unter die Decke. »Morgen ist nichts weiter als dein erster Arbeitstag. Alles, was du tun musst, ist hingehen und du selbst sein.« Er knipste die Lampe auf dem Nachttisch aus und streckte die Hand nach dem Wecker aus. »Wann möchtest du aufstehen?«

»Um halb sieben?« Sara überlegte einen Moment. »Stell ihn lieber auf Viertel nach sechs.« Sie überlegte noch einmal. »Nein, Viertel *vor* sechs. Falls die U-Bahn Verspätung hat.«

»Schhhhh, atme erst mal ganz tief durch.« Jared stützte sich auf den Ellbogen. »Es ist völlig normal, nervös zu sein, aber es besteht überhaupt kein Grund, hektisch zu werden.«

»Entschuldige. Ich –«

»Ich weiß.« Er nahm ihre Hand. »Ich weiß, was diesmal davon abhängt – ich habe nicht vergessen, wie es letztes Mal war. Aber glaub mir, du wirst deine Sache bestimmt hervorragend machen.«

»Glaubst du?«

»Auf jeden Fall.«

»Glaubst du wirklich?«

»Sara, ich bin nicht bereit, mir das noch länger anzuhören.«

»Ist das ein Ja oder ein Nein?«

Jared zog eins der Kopfkissen unter seinem Kopf hervor und drückte es Sara aufs Gesicht. »Ich weigere mich, diese Frage zur Kenntnis zu nehmen.«

»Heißt das, über die Arbeit wird jetzt nicht mehr gesprochen?« Saras Gelächter wurde durch das Kopfkissen gedämpft.

»Ganz recht, ab sofort wird nicht mehr über die Arbeit gesprochen.« Jared setzte sich rittlings auf seine Frau und drückte ihr das Kissen weiter aufs Gesicht.

»Ah-oh, da kriegt wohl jemand perverse Anwandlungen.« Sara versuchte das Kissen wegzuziehen, aber sie spürte, wie Jared es ihr noch fester aufs Gesicht drückte. »Hör zu, das ist nicht mehr komisch«, stieß sie hervor. »Langsam tut es weh.«

»Hör auf zu jammern.«

»Was?«

Er reagierte nicht.

»Ich meine es ernst, Jared! Ich kriege keine Luft mehr.«

Sie spürte, wie er auf ihrer Brust nach oben rutschte und dann drückte er ihr mit den Knien erst die linke, dann die rechte Schulter nach unten.

»Jared, was soll der Quatsch?« Sie packte ihn an den Handgelenken und grub ihm die Fingernägel in die Haut.

Er drückte ihr das Kissen nur noch fester aufs Gesicht.

»Geh runter, Jared! Geh runter!« Inzwischen versuchte sie ihn unter heftigen Zuckungen abzuwerfen. Verzweifelt nach Luft schnappend, krallte sie mit ihren Nägeln nach seinen Armen und Beinen. Aber er hielt sie unerbittlich weiter fest. Sie wollte aufhören, sich zu wehren, aber sie konnte nicht. An ihren eigenen Tränen würgend, stieß sie hervor: *»Jaaared! Jaaared …«*

Sara schrak aus dem Schlaf hoch und setzte sich auf. Ihr Gesicht war schweißüberströmt, und im Raum war es still. Jared neben ihr schlief. Es war nur ein Traum, sagte sie sich. Es ist alles okay. Sie ließ den Kopf wieder auf das Kissen zurücksinken. Doch der Traum ließ sie nicht mehr los. Er war sogar noch realer gewesen als die anderen. Ihre Ängste, Jareds Verhalten, sogar seine Berührung. Es war alles so real gewesen. Aber das hatte nichts mit Jared zu tun, sagte sie sich. Es hatte etwas mit ihrer neuen Stelle zu tun. Um es sich zu beweisen, schmiegte sie sich an ihren Mann und schlang ihm einen Arm um die Brust. Er fühlte sich warm an unter der Decke. Der Traum hatte sich eindeutig auf ihre neue Stelle bezogen. Sie holte tief Luft und spähte mit zusammengekniffenen Augen auf den Wecker auf Jareds Nachttisch. Noch zwei Stunden, stellte sie fest. Nur noch zwei Stunden.

»Ich möchte Folgendes«, sagte Jared zu dem rothaarigen Mann hinter der Theke von Mike's Deli. »Einen Sesambagel mit den meisten, aber nicht allen Sesamkörnern abgekratzt und dünn mit Cream Cheese bestrichen. Dazu eine Tasse Kaffee – sehr leicht, mit einem Löffel Zucker.«

»Echt toll, Schatz«, sagte Sara. »Wenn du schon dabei bist, warum bittest du ihn nicht auch noch gleich, dir das Nugat aus dem Snickers zu lutschen?«

»Bringen Sie ihn bloß nicht auf dumme Gedanken!« Der Mann hinter der Theke begann Jareds Bestellung fertig zu machen. »Ich kenne niemanden, der für einen lächerlichen Bagel mit Kaffee mehr Sonderwünsche hat. Man könnte meinen, es wäre ein Kunstwerk oder was.«

»Bis Sie damit fertig sind, Mikey, wird es eins sein«, sagte Jared augenzwinkernd.

»Bitte keine Schmeicheleien«, sagte Mikey und wandte sich Sara zu. »Und was möchte die normale Hälfte der Familie?«

»Irgendwas, das Sie loswerden wollen. Nur ausgefallen muß es sein – nichts Langweiliges.«

»Da sehen Sie wieder, warum Sie meine Lieblingskundin sind«, flötete Mikey. »Kein Ärger, keine nervigen Sonderwünsche, einfach nur eine ganz normale, rücksichtsvolle –«

»Sind Sie der Geschäftsführer?«, unterbrach ihn eine grauhaarige Frau mit einer großen Brille.

»Der bin ich«, antwortete Mikey. »Kann ich etwas für Sie tun?«

»Das bezweifle ich. Ich möchte mich beschweren.« Sie zog einen Coupon aus der Tasche ihres LIEBE-IST-EIN-KLAVIERLEHRER-Buchbeutels und schob ihn über die Theke. »Auf diesem Gutschein steht, ich bekomme einen Dollar Ermäßigung auf eine Schachtel Original-Cheerios. Aber Sie haben dieses Produkt nicht mehr im Sortiment, und der Gutschein erlischt morgen.«

»Bedaure, Ma'am, aber wir sind ein sehr kleiner Laden mit

beschränkter Lagerfläche. Wenn Sie möchten, können Sie den Gutschein jedoch gern in Form von Cheerios in einer anderen Geschmacksrichtung einlösen. Wir haben Mehrkorn, Nuss-Honig und –«

»Ich will aber keine anderen Cheerios. Ich will *diese* Cheerios!«, sagte die Frau so laut, dass sich jeder in dem kleinen Feinkostladen nach ihr umdrehte. »Und glauben Sie bloß nicht, ich wüsste nicht, was Sie damit bezwecken. Wenn Sie diese Werbezettel mit den Gutscheinen drucken, verstecken Sie die ganze Ware im Hinterzimmer. Damit man sie nicht einlösen kann.«

»Um ehrlich zu sein, Ma'am, haben wir einfach nicht genug Platz, um –«

»Sparen Sie sich Ihre Ausreden! Was Sie machen, ist irreführende Werbung! Und das heißt, Sie machen sich strafbar.«

»Nein, macht er sich nicht«, sagten Sara und Jared wie aus einem Mund.

Überrascht wandte sich die Frau dem Paar zu, das immer noch auf seine Bagels wartete. »Macht er sich doch«, beharrte sie auf ihrem Standpunkt. »Wenn er diese Gutscheine verteilt, ist das ein Sonderangebot.«

»So leid es mir tut, aber ein Reklamezettel ist kein Sonderangebot«, sagte Sara.

»Außer er nennt darauf eine genaue Menge oder gibt an, wo genau der Gutschein einzulösen ist«, fügte Jared hinzu.

»Oh-oh«, sagte ein Mann in der Schlange hinter Sara und Jared. »Das hört sich ganz nach Anwälten an.«

»Warum kümmern Sie beide sich nicht um Ihren eigenen Kram?«, fuhr die Frau sie an.

»Warum lassen Sie unseren Freund hier nicht in Ruhe?«, konterte Sara.

»Ich habe Sie nicht um Ihre Meinung gebeten.«

»Und unser Freund hat Sie nicht darum gebeten, wie ein Stück Dreck behandelt zu werden«, schoss Sara zurück. »Weil ich ebenfalls eine Schwäche für Cheerios habe, kann ich Ihre Enttäuschung zwar verstehen, aber ein derartiges Benehmen lassen wir uns nicht bieten. Wir machen es hier ein wenig anders und versuchen höflich miteinander umzugehen. Ich habe durchaus Verständnis dafür, wenn Sie dazu nicht bereit sind, aber so halten wir es nun mal. Und wenn Ihnen das nicht passt, dann machen Sie es doch einfach wie ein Gutschein und … und verschwinden Sie.«

Während Jared sich ein Lachen zu verkneifen versuchte, zischte die Frau Mikey an: »Das ist das letzte Mal, dass Sie mich in diesem Laden gesehen haben.«

»Ich werd's überleben«, sagte Mikey.

Mit einem Schniefen drehte die Frau sich um und rauschte aus dem Laden. Mikey sah seine zwei Lieblingskunden an. »Machen Sie's wie ein Gutschein und *verschwinden Sie*?«

»Na ja, ich stand etwas unter Druck.«

»Immerhin ist sie daraufhin abgezogen«, machte Jared geltend.

»Da haben Sie allerdings recht«, stimmte ihm Mikey zu. »Und das heißt, Ihr Frühstück geht auf meine Rechnung.«

Fünfzehn Minuten später waren Sara und Jared in einen bis zum Gehtnichtmehr voll gestopften U-Bahnwaggon gezwängt. Sara hatte ihren besten marineblauen Hosenanzug an, während Jared ein zerschlissenes Columbia-Law-Sweatshirt und Joggingshorts trug. Jared war seit der High-School ein passionierter Langstreckenläufer und hatte immer noch eine sportliche Figur, obwohl er sich wegen einer kleinen kahlen Stelle am Hinterkopf wesentlich älter fühlte, als er aussah. Er begann jeden Montag, Mittwoch und Freitag mit einem halbstündigen Lauf, bei dem er seinen Anzug, ordentlich in einem Rucksack verstaut, mit sich trug.

»Das war kein schlechter Anfang«, sagte Jared, eng an seine Frau gepresst. »Dein erster Arbeitstag, und schon einen Sieg errungen.«

»Ich weiß nicht«, sagte Sara, als die U-Bahn von der Haltestelle in der Fifty-ninth Street losfuhr. »Zwischen schrulligen Klavierlehrerinnen und richtigen Kriminellen ist ein gewaltiger Unterschied. Und wenn man nach meinen bisherigen Leistungen geht, wird dieser Job sogar ein noch größerer Fehlschlag als der letzte.«

»Ein dummer Zwischenfall in einer hochkarätigen Anwaltskanzlei sagt noch gar nichts über deinen Wert auf dem Stellenmarkt.«

»Aber sechs Monate auf Stellungssuche – Jared, ich bitte dich.«

»Na und? Du wirst einsame Spitze sein.« Und als Sara bloß die Augen verdrehte, fügte er hinzu: »Sieh mich nicht so an. Ich weiß genau, was du jetzt denkst, aber es stimmt nicht.«

»Oh, jetzt glaubst du also schon, meine Gedanken lesen zu können?«

»Ich glaube nicht, dass ich deine Gedanken lesen kann – ich *weiß*, dass ich deine Gedanken lesen kann.«

»Wirklich?«

»Wirklich.«

»Na, wenn das so ist, mein Bester, dann rate mal. Was geht mir gerade durch den Kopf?«

Jared schloss die Augen und massierte sich die Schläfen. »Ich sehe große Unzufriedenheit. Ein beträchtliches neurotisches Potential. Halt, nein – ich sehe einen gut aussehenden, hochintelligenten, leger gekleideten Ehemann. Mannomann, sieht der vielleicht gut aus...«

»Jared...«

»Genau so heißt er – Jared! Mein Gott, wir haben dieselbe Vision.«

»Ich meine es ernst. Was ist, wenn es auch mit dieser Stelle nicht klappt? Der Artikel in der *Times*...«

»Jetzt lass dich doch nicht von diesem Artikel in der *Times* verrückt machen. Dort steht nur, dass der Bürgermeister Budgetkürzungen angekündigt hat. Selbst wenn das zu Entlassungen führt, heißt es noch lange nicht, dass du gefeuert wirst. Wenn du allerdings sichergehen willst, kannst du Judge Flynn anrufen und –«

»Ich habe dir gestern Abend schon gesagt, ich rufe ihn nicht an«, unterbrach ihn Sara. »Wenn ich die Stelle behalte, dann möchte ich sie behalten, weil ich sie verdiene, und nicht weil mich jemand protegiert.«

Jared ließ es darauf beruhen. Seit sie sich kennen gelernt hatten, hatte Sara nie irgendwelche Vergünstigungen in Anspruch genommen – keinen kleinen Gefallen hier, keine Hilfestellung da. In diesem Punkt war sie eisern: Als ihr zum Beispiel Jareds Onkel angeboten hatte, ein gutes Wort für sie einzulegen, damit sie zu einem Vorstellungsgespräch in seiner Kanzlei eingeladen würde, hatte Sara abgelehnt. Für Jared war das schwer nachvollziehbar. Er hielt nämlich viel von Beziehungen; Sara verabscheute sie. »Entschuldige, dass ich es überhaupt erwähnt habe«, sagte er schließlich. »Und außerdem, wenn es mit diesem Job nicht klappt, kannst du dir immer noch einen anderen suchen.«

»Nein, auf keinen Fall! Ich habe schon genug Nackenschläge eingesteckt.«

»Genau das wollte ich auch gerade sagen«, pflichtete ihr Jared bei. »Keine weiteren Nackenschläge mehr. An deinem neuen Arbeitsplatz werden sie von dir begeistert sein. Sie werden merken, dass du ein Genie bist, und im Gegensatz zu Winick und Trudeau werden sie dich nie feuern. Schon vom ersten Tag an werden sie dir mit riesigen Federn nach Babypuder duftende Luft zufächeln. Die Budgetkürzungen werden dich kalt lassen, und du wirst nie ein flaues Gefühl im Magen bekommen, als würden Schwärme von Schmetterlingen darin herumflattern.«

»Darf ich dich mal was fragen?«, sagte Sara mit einem zärtlichen Lächeln. »Glaubst du dieses ganze Zeug, das du von dir gibst, eigentlich wirklich?«

»Ich bin Strafverteidiger. Das ist mein Job.«

»Nur lässt du damit uns andere Anwälte schlecht aussehen.«

»Du bist keine Anwältin mehr – von heute an bist du eine stellvertretende Bezirksstaatsanwältin.«

»Und das heißt, ich bin kein Anwalt?«

»Sobald du zur Staatsanwaltschaft gehst, wirst du ein Vampir. Von diesem Moment an interessiert dich nur noch, unschuldige Menschen festzunehmen und zu verurteilen.«

»Sagt der Mann, der schuldigen Kriminellen hilft, ungestraft davonzukommen.«

»Sagt die selbstgerechte Staatsanwältin.«

»Sagt der Mann, der nie wieder mit seiner Frau schlafen wird.«

Jared lachte, als die U-Bahn in die Haltestelle Fiftieth Street einfuhr. »Sagt die Frau, die immer recht hat und sich nie täuscht und an der nie wieder gezweifelt werden sollte.«

»Danke«, sagte Sara.

Dann küsste er sie – ein langer Kuss. »Du verpasst noch deine Haltestelle«, sagte sie und gab ihn frei. Die Türen der U-Bahn schlossen sich.

»Keine Sorge«, sagte Jared. »Heute steige ich mit dir zusammen aus.«

»Hast du im Gericht zu tun?«

»Nein«, sagte er grinsend. »Ich möchte nur eine neue Joggingstrecke ausprobieren. Ich denke, ich fange am Gericht an und laufe in die Kanzlei zurück.«

»Moment mal! Du willst dreißig Blocks mehr laufen, nur um mich zur Arbeit zu bringen?«

»Es ist doch dein erster Tag.«

Gegen ihren Willen mußte sie lächeln. »Das ist doch nicht nötig.«

»Ich weiß«, sagte Jared.

Als die U-Bahn in der Franklin Street hielt, stiegen Sara und Jared aus und mischten sich unter die Schwärme von Pendlern, die New Yorks Straßen überfluteten. Der Septembermorgen war warm und hell und so sonnig, wie es die Skyline von Manhattan zuließ. »Alles klar?«, fragte Jared.

»Alles klar«, sagte Sara. »Die werden Augen machen, was da auf sie zukommt.«

»Na, siehst du – so gefällst du mir schon viel besser.«

»Wenn ich noch aufgeregter werde, breche ich gleich noch einen Streit vom Zaun. Nur so zum Spaß.«

»Okay, Liebling, aber nicht mehr als zwei pro Tag.«

»Einverstanden«, sagte sie. »Das ist die oberste Grenze.«

Jared gab ihr einen raschen Kuss, dann warf er der Frau, die er liebte, einen letzten Blick zu. Als sie sich zum ersten Mal begegnet waren, hatten ihn ihre dunkelgrünen Augen und ihre ausdrucksstarken Augenbrauen in Bann geschlagen – er fand, sie machten sie auf eine unauffällige Art attraktiv. Es gefiel ihm auch, dass sie bis auf eine Spur Rouge kein Make-up trug. Noch in Gedanken an diesen Moment, wandte sich Jared ab und begann loszulaufen. »Alles Gute!«, rief er über seine Schulter, als er den West Broadway hinaufzutraben begann. »Und vergiss nicht: Du bist cleverer als alle anderen!«

Sara, die ihren Mann zum Abschied winken sah, musste über seine Verrücktheit lachen. Und sie hatte sich noch keine Minute von ihm verabschiedet, als ihr bereits klar wurde, wie falsch er lag. Jetzt war Sara allein. Und die Schmetterlinge begannen zu flattern.

Sie steckte sich eine widerspenstige Locke hinters Ohr und versuchte sich zu orientieren. Sie war der einzige Fixpunkt in einer Flut von Menschen, alle in dunklen Anzügen, alle mit Aktenkoffern, alle in Eile. Alles Anwälte, dachte sie. Sie biss die Zähne zusammen und schritt energisch in Richtung Centre Street los. »Töte die Schmetterlinge, töte die Schmetterlinge, töte die Schmetterlinge«, flüsterte sie sich zu.

In dem trostlosen Ziegelbau in der Centre Street 80, in dem sich die Bezirksstaatsanwaltschaft Manhattan befand, steuerte Sara auf die Aufzüge im hinteren Teil des Gebäudes zu. Als sie den Gang aus dunklem Marmor hinunterschritt, drängten sich Scharen von Männern und Frauen in dunkelblauen Anzügen und Kostümen hektisch an ihr vorbei. Ein Mann mit einem Stapel Akten unter dem Arm rempelte sie und ging einfach weiter. Eine Frau im Nadelstreifenkostüm hetzte ihm hinterher und rief: »Vergessen Sie nicht – um zwei haben wir die Anhörung im Fall Schopf!« Ein anderer Mann, der sich, einen kleinen Karren voller Akten vor sich herschiebend, einen Weg durch die Menge bahnte, rief: »Zu spät zur Verhandlung! Zu spät zur Verhandlung!« Einige wirkten mit ihren verquollenen Augen so übernächtigt, als hätten sie tagelang nicht geschlafen. Aber wenn einem irgendwelche Zweifel kamen, ob der Posten eines stellvertretenden Bezirksstaatsanwalts tatsächlich einer der meistgefragten Jobs war, brauchte man nur einen Blick auf die sechsmonatige Warteliste für ein Vorstellungsgespräch für diese Stelle zu werfen.

Während Sara die zahllosen kleinen Opern beobachtete, die sich um sie herum abspielten, spürte sie, wie ihre Panik allmählich Erregung wich. Nach sechs langen Monaten war das Gesetz wieder einmal voller Leben. Das war der Grund, weshalb sie bei der Staatsanwaltschaft arbeiten wollte – ihre alte Anwaltskanzlei mit den Scharen von blasierten jungen Teilhabern in italienischen Anzügen hatte nie auch nur annähernd diese Vitalität gehabt. Für manche war es das reine Chaos. Aber für Sara war es das Gelbe vom Ei an dem Job.

Im siebten Stock passierte Sara einen Metalldetektor und ging einen breiten Flur mit einem verblichenen blauen Einheitsteppich hinunter, der sie an ihre High-School-Zeit erinnerte. Während sie auf der Suche nach ihrem Büro den Zimmernummern folgte, konnte sie nicht umhin festzustellen, dass von jedem verfügbaren Haken und an fast jeder Garderobe in dem gewundenen Gang Plastiksäcke aus der Reinigung hingen. Kein gutes Zeichen, was die Freizeit in diesem Job anging, dachte sie, als sie Zimmer 727 erreichte. Die Zimmernummer war auf die Milchglasscheibe der massiven Eichentür gemalt. Der Schreibtisch im Vorzimmer war nicht besetzt. Da Sara keinen Grund sah zu warten, öffnete sie die Tür und trat ein.

Ihr Büro war genau so, wie sie es erwartet hatte: ein großer Metallschreibtisch; ein Resopaltisch mit einem antiquierten Computer darauf; ein Kunstlederschreibtischsessel; zwei Metallklappstühle; zwei große Metallaktenschränke; ein Bücherregal voll mit New Yorker Statuten, Strafmaßbemessungsrichtlinien und anderen juristischen Regelwerken; und ein Kleiderständer mit einem Plastiksack mit Sachen aus der Reinigung an einem Haken. Ein typisches Behördenbüro.

»Sara Tate, richtig?« Ein untersetzter junger Mann betrat den Raum.

»Ja«, sagte sie. »Und Sie sind …«

»Alexander Guff – PVA.« Als er Saras verständnisloses Gesicht sah, fügte er hinzu: »Prozessvorbereitungsassistent.«

»Was heißt?«

»Was heißt, dass ich alles tue, was Sie von mir verlangen. Zumindest bin ich Ihr Sekretär. Aber wenn Sie mich unter Ihre Fittiche nehmen wollen, bin ich Ihr Assistent, Ihre rechte

Hand, Ihr Mann Freitag, der Jimmy Olsen Ihres Superman, der Watson Ihres Sherlock Holmes …«

»Der Kapitän meiner Tennille?«

»Ja, so in etwa«, erwiderte Guff lachend. Guff war klein und untersetzt und hatte krauses schwarzes Haar, das Sara an Putzwolle erinnerte. Sein rundes Gesicht und die Stupsnase wurden noch unterstrichen durch seine gebückte Haltung, die den Eindruck erweckte, als hätte er einen leichten Buckel. »Ich weiß, was Sie denken«, sagte Guff und schob die Hände in die Hosentaschen. »Aber ich habe keinen Buckel – das liegt nur an meiner Haltung. Ich bin ein nervöser Typ, und das ist der äußere Ausdruck meiner inneren Ängste. Und nur damit Sie's wissen: Ich stecke gern die Hände in die Hosentaschen. So kann ich nämlich besser nachdenken.«

»Tun Sie sich keinen Zwang an«, sagte Sara achselzuckend.

»Sehen Sie, ich kann jetzt schon sagen, daß ich Sie mag. Sie sehen es, Sie sagen es, Sie belassen es dabei. Das ist ein gutes Zeichen. Wir werden miteinander auskommen.«

»Sind Sie immer so direkt?«, fragte Sara.

»So bin ich nun mal. Manche Leute mögen das, andere vergrätze ich damit.«

»Darauf läuft es also hinaus, hm?« Sara nahm an ihrem Schreibtisch Platz. »Ich bin der neue Boss, und Sie sind der gewitzte Assistent.«

»Bin ich so leicht zu durchschauen?« Guff zog sich einen Stuhl heran und setzte sich ihr gegenüber.

»Ich muss mir mein Urteil erst noch bilden. Sprechen Sie ruhig weiter.« Sie wollte ihn nach den Budgetkürzungen fragen, aber sie war sich noch nicht sicher, ob sie ihm trauen könnte. Und sie hatte nicht vor, sich so schnell eine Blöße zu geben. »Wie lang leben Sie schon in New York?«, fügte sie hinzu, um mehr über ihn zu erfahren.

»Erst, seit ich mit dem College fertig bin, was etwas mehr als zwei Jahre her ist. An sich würde ich lieber zu Hause bei meinen Eltern wohnen und etwas Geld sparen, aber ich befinde mich gerade mitten in einer Phase der Auflehnung gegen meine behütete Vergangenheit.«

»Ach, tatsächlich?«, sagte Sara skeptisch. »Und wie machen Sie das? Indem Sie für die Staatsanwaltschaft arbeiten?«

»Natürlich nicht. Ich mache das durch meine bloße Existenz. Ich meine, sehen Sie mich doch an! Mit dieser Haltung und dieser Frisur, kämen Sie da auf die Idee, dass mein Vater Arzt ist? Und meine Mutter Mitglied einer Fahrgemeinschaft?«

»Du meine Güte. Sie hören sich ja an wie mein Mann.«

»Dann ist der Ring also echt, hm?«

»Schon sechs Jahre.« Sie klopfte mit ihrem Ehering aus Gold und Platin auf den Schreibtisch.

»Das ist wieder mal mein sprichwörtliches Glück«, sagte Guff. »Die Guten sind alle schon vergeben. Ich schaffe es nie, jemanden kennen zu lernen, der noch solo ist, keine Macke hat, meinen Futon nicht in Brand stecken will –«

»Und auf behütete Anarchisten steht, die sich für viel rebellischer halten, als sie sind?«

Guff ließ sich in seinen Stuhl zurücksinken und lachte.

»Nichts für ungut, Guff, aber die weibliche Bevölkerungshälfte hat sich nicht gegen Sie verschworen.«

»Erzählen Sie das mal meiner Beatles-Sammlung und meiner verschwundenen Stereoanlage. Will sagen, mein Leben ist der Beweis für das genaue Gegenteil.«

»Aha, chronische Paranoia. Heißt das, Sie sind auch so ein Spinner, der hinter allem gleich eine Verschwörung sieht?«

»Hängt ganz davon ab, wie Sie Spinner definieren. Ich bin kein Anhänger der überstrapazierten Verschwörungstheorien, die Hollywood ständig neu aufkocht, aber ich glaube, es gibt bestimmte unerklärliche Phänomene, für die wir keine Erklärung haben. Nehmen Sie zum Beispiel ganz normale Spielkarten. Addieren Sie nun die Zahl der Buchstaben in den Wörtern *Ass, zwei, drei, vier* bis rauf zu *Bube, Dame, König,* kommen sie auf die Zahl zweiundfünfzig – und das entspricht genau der Anzahl der Spielkarten eines Blatts.«

Einen Augenblick lang sagte Sara nichts. »Und?«

»Ein Geheimcode, meine Beste. Glauben Sie mir!« Und als Sara amüsiert den Kopf schüttelte, fügte er hinzu: »Mir dürfen Sie da keinen Vorwurf machen – das liegt alles an der Sozialisation.«

»In diesem Punkt würde ich Ihnen sogar Recht geben.«

»Das will ich doch meinen – wir alle sind das Produkt unserer Elternhäuser. Deswegen müssen Sie mir auch von Ihrem erzählen. Haben Sie Geschwister? Sind Ihre Eltern verrücktbescheuert wie meine –«

»Meine Eltern sind beide im ersten Jahr meines Jurastudiums ums Leben gekommen«, unterbrach ihn Sara mitten im Satz. »Sie waren auf der Heimfahrt von einem Ausflug nach Connecticut. Es herrschte Glatteis, ihr Wagen geriet auf die Gegenfahrbahn und prallte mit einem entgegenkommenden Lieferwagen zusammen. Sie waren auf der Stelle tot.«

»Das tut mir Leid. Ich wollte nicht –«

»Schon gut«, sagte Sara mit gezwungener Selbstverständlichkeit. »Das konnten Sie ja nicht wissen.«

»Aber ich –«

»Guff, bitte. Sie brauchen sich deswegen wirklich keinen Vorwurf zu machen. Jeder Mensch hat einen Punkt in seiner Vergangenheit, an den er lieber nicht erinnert werden möchte. Auf meinen sind wir eben zufällig sehr früh gestoßen. Aber jetzt weiter – wir haben uns doch gut amüsiert.«

Der verlegene Ausdruck in Guffs Augen verriet Sara, dass es ihm ernsthaft peinlich war. Es war ihm eindeutig zutiefst unangenehm, ihr wehgetan zu haben. Mehr brauchte Sara nicht zu sehen. Er war ein anständiger Kerl. Jetzt konnte sie auspacken. Sie holte tief Luft und fuhr fort: »Wird im Büro schon über den Artikel in der gestrigen *Times* geredet?«

»Haben Sie ihn also gelesen?«

»Sieht nicht gerade gut aus, wie?«

Guff zögerte. »Vielleicht sollten Sie lieber zu Monaghan gehen.« Das war der Bezirksstaatsanwalt.

»Lassen Sie das, Guff. Wenn Sie etwas wissen, dann sagen Sie es mir gefälligst.«

»Ich weiß nur, dass der Bürgermeister die Zahl der städtischen Angestellten zu reduzieren versucht, indem er für sämtliche städtischen Behörden generelle Budgetkürzungen angekündigt hat.«

»Heißt das nicht, dass ich gefeuert werde?«

»Was Sie speziell angeht, kann ich dazu nichts sagen, aber wenn in dieser Behörde Leute entlassen werden, trifft es die Neuzugänge immer zuerst. Und als ich heute Morgen zum Dienst kam, war die Gerüchteküche bereits kräftig am Brodeln – im Lift meinte jemand, die Neuzugänge würden alle automatisch ein Kündigungsschreiben erhalten.«

»Davon hat mir kein Mensch etwas gesagt.«

Guff deutete auf eine Metallablage auf Saras Schreibtisch. »Deshalb nennt man dieses Ding da ja auch Fach für Eingänge. Tut mir leid, Sara.« Sara nahm das Blatt Papier, das darin lag. Es war ein Rundschreiben, das an die gesamte Belegschaft der Bezirksstaatsanwaltschaft Manhattan gerichtet war. Dem Rundschreiben zufolge erforderte die jüngste Ankündigung des Bürgermeisters »eine grundlegende Revision unseres gegenwärtigen Personalumfangs. In Einklang mit den bisherigen Gepflogenheiten innerhalb dieser Behörde werden die Entscheidungen in einem proportionalen Verhältnis Hilfspersonal, Prozessassistenten und Anwälte betreffen. Auch wenn diese einschneidenden Maßnahmen für alle Betroffenen unangenehm sind, hoffen wir, dass sich diese Umstrukturierungsphase nicht nachteilig auf die Abwicklung der täglich anfallenden Geschäfte in dieser Behörde auswirkt.«

»Ist das denn zu fassen?«, stieß Sara mit brechender Stimme hervor. »Ich kann es mir nicht leisten, diese Stelle wieder zu verlieren. Ich verstehe das einfach nicht. Warum ausgerechnet jetzt?«

»Jetzt hören Sie aber mal! Nächstes Jahr stehen wieder Wahlen an. Der Bürgermeister ist nicht auf den Kopf gefallen – er weiß, der Verwaltungsapparat muss reduziert werden. Und weil er keine Behörde gegenüber einer anderen bevorzugt, steht er als kompetenter, fairer und tüchtiger Politiker da, alles mit einem Federstrich. Es ist ein wahltaktischer Schachzug.«

Sara massierte ihren verspannten Nacken und versuchte ihre Gedanken zu sammeln. Das war sogar noch schlimmer, als sie befürchtet hatte – für ihr Selbstvertrauen bedeutete das einen gewaltigen Knacks. Warum schon wieder? fragte sie sich. Warum kann nicht mal etwas glatt gehen? Stumm überließ sie sich ihrem Selbstmitleid.

»Tut mir leid, dass ich Ihnen den Tag so schnell verdorben habe.«

Eine Minute lang sagte Sara kein Wort. Doch als ihr klar wurde, dass sie nicht einfach dasitzen und Trübsal blasen konnte, wich ihr Selbstmitleid langsam Trotz. Was täte Jared an ihrer Stelle? Nein, mach es nicht wie er! Es ist nicht sein Job. Es ist deiner. Es ist deiner, und es ist alles nicht so tragisch, dachte sie. Du hast schon Schlimmeres durchgemacht. Viel Schlimmeres. Zumindest ist es diesmal noch nicht endgültig. Diesmal bist du wenigstens nicht allein. Diesmal kannst du von deinem Verstand Gebrauch machen. Das ist, was er gesagt hat: Du bist clever. Du bist cleverer als alle anderen. Schließlich blickte sie zu Guff auf und brach ihr Schweigen. »Wann, glauben Sie, kommen diese Maßnahmen zum Greifen?«

»In ein, zwei Wochen wahrscheinlich. Warum?«

»Nur damit ich weiß, wie viel Zeit mir noch bleibt.«

»Das hört sich ja an, als hätten Sie schon einen Plan.«

»Schön wär's. Aber nachdem ich sechs Monate gebraucht habe, um diese Stelle zu bekommen, werde ich sie nicht einfach kampflos aufgeben.«

Beeindruckt von der Entschlossenheit seiner Chefin, fragte Guff: »Und was sollen wir jetzt machen?«

»Das würde ich gern von Ihnen hören! Sie arbeiten doch hier.«

»Ich weiß nur, Sie müssen vor dem Mittagessen noch zur Einweisung, und ich habe heute Nachmittag einen Arzttermin. Folglich können wir erst morgen anfangen, eine Lösung auszuarbeiten.«

»Na großartig.« Sara warf einen Blick auf die Wanduhr. Dann sah sie wieder Guff an. »Wie stehen Ihrer Meinung nach meine Chancen?«

»Wollen Sie eine ehrliche Antwort?«

»Natürlich.«

»Dann lassen Sie es mich so ausdrücken: Wenn ich wetten müsste …« Er hielt inne.

»Was? Sagen Sie schon!«

»Würde ich auf ein anderes Pferd setzen.«

Es war erst ein Uhr nachmittag, als Sara in ihr Büro zurückkam, aber ihr Gesicht zeigte bereits Spuren von Erschöpfung. Während der vierstündigen Einweisung, die als eine einfache und informative Einführung in die Arbeit der Bezirksstaatsanwaltschaft gedacht war, hatte Sara sich von der ersten bis zur letzten Minute den Kopf zerbrochen, wen es als Ersten treffen würde. Immer noch angestrengt nach einer Lösung suchend, ließ sie sich in ihren Schreibtischsessel plumpsen. Bevor sie dazu kam, Atem zu schöpfen, klingelte das Telefon.

»Hier Sara.«

»Und?«, fragte Jared. »Wie geht's? Ich habe dich schon den ganzen Morgen zu erreichen versucht, aber du warst nie da.«

»Das liegt daran, dass ich in meiner ersten Arbeitsstunde herausgefunden habe, dass ich gefeuert werde.«

»Du bist gefeuert worden?«

»Noch nicht – aber Monaghan hat heute Morgen Personalkürzungen angekündigt, und alle glauben, mich trifft es als Erste.«

»Sagt wer?«

»Mein Assistent …«

»Was weiß dein Assistent schon?«

»… und mein Einweisungstutor«, fuhr Sara fort, »und die Frau, die mir beim Ausfüllen der Formulare half, und der Anwalt, den ich während meines Probeprozesses ins Kreuzverhör nehmen musste, und die vier anderen Anwälte, die ich in der …« Saras Stimme brach, und ihr traten Tränen in die Augen. »Ich bin nicht wie du, Jared – ich habe einfach kein Glück. Deshalb halten mich die Leute für so eine Niete.«

»He, he, he«, sagte Jared. »Kein Mensch hält dich für eine Niete. Das hat nichts mit deiner Person zu tun – es ist eine simple Folge der Budgetkürzungen.«

»Aber du weißt, was danach kommt. Nun geht das Theater mit der Stellensuche wieder von vorne los. Noch mehr Vorstellungsgespräche, noch mehr Absagen …«

»Jetzt beruhige dich erst mal«, tröstete sie Jared. »Du packst das schon.«

»Der Einzige, der das denkt, bist du.«

»Das stimmt nicht. Der Erste, der heute Morgen angerufen hat, war Pop. Er wollte wissen, ob du schon deinen ersten Fall gewonnen hast.«

»Jared, du sprichst von meinem Großvater. Er ist in dieser Hinsicht nicht unbedingt objektiv.«

»Das tut nichts zur Sache. Du bist trotzdem eine Spitzenanwältin.«

»Nein, bin ich nicht. Ich bin einfach nicht in der Lage –«

»Hunter College, magna cum laude.«

»Das hat nicht viel zu besagen – es ist eine kleine Großstadtschule.«

»Und was ist mit der Columbia Law School?«

»Meine Eltern haben den Dekan geschmiert, damit ich aufgenommen wurde.«

»Nein, haben sie nicht. Und selbst wenn – hast du dich nicht hervorragend geschlagen?«

»Vielleicht.« Sara sprang von ihrem Sessel auf und kam hinter dem Schreibtisch hervor. »Warum muss ich mich bloß ständig selbst bemitleiden? Wenn man mich so reden hört, könnte man meinen, ich wäre noch auf der High-School. Themawechsel. Was gibt's bei dir Neues?«

»Nichts Besonderes. Erzähle ich dir später.«

Sara zog eine Augenbraue hoch. »Erzähl es mir jetzt!«

»Es ist nichts Wichtiges.«

Irgendetwas stimmte nicht. »Jared, tu lieber nicht, was du meiner Ansicht nach tust.«

»Und das wäre?«

»Mir eine gute Neuigkeit verschweigen, um mich zu schonen.«

»Ich verschweige dir nichts. Es ist nicht mal so eine große –«

»Siehst du, ich wusste es doch. Ich wusste, dass du genau das tust. Jetzt spuck's schon aus.«

Widerstrebend gab Jared nach. »Als ich vom Mittagessen zurückkam, kam Wayne zu mir und sagte, ich wäre, O-Ton, ›auf dem richtigen Weg‹.«

»Wayne?«, fragte Sara aufgeregt. »Etwa Thomas Wayne? Hat er gesagt, wann sie über dich abstimmen werden?«

»Die übereinstimmende Meinung geht dahin, dass ich in den nächsten sechs Monaten als Partner aufgenommen werde – je nachdem, wie viel Mandanten ich akquirieren kann.«

»Das ist ja super«, sagte Sara.

Jared antwortete nicht.

»Sag bloß nicht, du machst dir immer noch Sorgen, du könntest nicht genügend Mandanten akquirieren«, fuhr sie deshalb fort.

»Genau aus diesem Grund wollte ich jetzt nicht darauf zu sprechen kommen …«

»Jared, ich finde es zwar nett, dass du auf mich Rücksicht nehmen willst, aber ich bekomme durchaus auch zwei Dinge gleichzeitig geregelt. Hör also auf, um den heißen Brei rumzureden, und rück endlich raus mit der Sprache! Was ist mit der Liste, die wir zusammengestellt haben? Wer ist darauf noch übrig?«

»Niemand – ich habe es bei allen probiert. Unsere Ehemaligenverbindungen, die Handelskammer, die Synagoge, die Kirche, das Ninety-second Street Y, die Demokraten, die Republikaner, der Kiwanis Club, die Rotarier, die Toastmaster – wenn sie ein Mitteilungsblatt haben, habe ich eine Annonce reingesetzt; wenn sie eine Versammlung haben, habe ich *mich* reingesetzt. Ich verstehe einfach nicht, warum es nicht hinhaut.«

»Liebling, ich weiß, du bist nicht gewöhnt, wie wir anderen menschlich zu sein, aber es ist völlig okay zuzugeben, dass einem nicht alles auf Anhieb gelingt. Das heißt nicht, dass es deine Schuld ist.«

»Da bin ich anderer Meinung. Es muss etwas geben, was ich übersehe. Vielleicht sollte ich mich das nächste Mal etwas legerer anziehen – damit sie nicht das Gefühl bekommen, ich will ihnen was aufschwatzen.«

»Du gibst wohl nie auf, wie?«

»Nicht, bis ich einer Sache auf den Grund gekommen bin. Es gibt immer eine Lösung.«

»Spielst du jetzt plötzlich den Unerschrockenen?«

»Ich war immer schon unerschrocken.«

»Jared, Hosen ohne Aufschlag trägst du doch nur noch aus dem Grund, weil es dein Vater immer noch tut.«

»Das hat nichts mit mangelnder Unerschrockenheit zu tun. Der aufschlaglose Look ist elegant. Er ist tadellos. Er ist in.«

»Nichts für ungut, Schatz, aber du hast keine Ahnung, was in ist. Und wenn ich nicht wäre, würdest du es allen recht zu machen versuchen.«

»Willst du damit etwa sagen, ich bin angepasst?«

»Ich will nur sagen, wir sind der Lösung des Problems keinen Schritt näher gekommen.«

In diesem Moment betrat Guff das Büro. »Wer will heute seine Stelle retten?«, trällerte er.

»Einen Augenblick noch«, sagte Sara zu Guff, mit der Hand auf der Sprechmuschel. »Jared, ich sollte jetzt besser los.«

»Alles okay?«

»Ja. Hoffentlich. Ach, und vielen Dank fürs Zuhören übrigens.«

»Soll das ein Witz sein? Das ist mir doch ein Vergnügen.«

Sara legte auf und blickte zu ihrem Assistenten auf.

»Ich habe Sie was gefragt: Wer möchte seine Stelle retten?«

»Was machen Sie überhaupt hier?«, fragte Sara. »Ich dachte, Sie hätten einen Termin beim Arzt.«

»Ich habe eben gehört, bei den Verkehrsbetrieben entlassen sie dreihundert Leute, deshalb hab ich beschlossen, den Termin abzusagen. Wenn diese Maßnahmen so rasch durchgesetzt werden, wie ich glaube, kann ich Sie doch nicht einfach hängen lassen.«

»Und woher wussten Sie, dass ich nicht beim Mittagessen bin?«

»Schon mal was von deduktivem Denken gehört? Ich dachte mir, wenn Sie wirklich bei uns bleiben wollen, werden Sie sicher in Ihrem Büro sein und sich die Haare raufen. Und Ihren roten Augen nach zu schließen, habe ich mich nicht getäuscht.«

»Dafür, dass Sie aus einem so gutbürgerlichen Elternhaus stammen, sind Sie ganz schön clever.«

»Alles, was es im Leben zu lernen gibt, kann man im örtlichen Einkaufszentrum lernen. Also, wie sieht es aus? Können wir los? Ich glaube, ich weiß, wie Sie Ihren Job behalten können.«

»Tatsächlich?«

»Nur werden wir das nie herausbekommen, wenn wir den ganzen Tag hier rumsitzen.«

Sara warf Monaghans Rundschreiben in den Papierkorb. »Guff, es war wirklich sehr nett, Ihren Arzttermin abzusagen. Das wäre doch nicht nötig gewesen.«

»Hören Sie, heute Morgen haben Sie mich wie einen Gleichgestellten behandelt, und das rechne ich Ihnen hoch an. Wenn man bedenkt, dass mich die meisten Frauen, die ich kennen lerne, in der Regel wie Dreck behandeln, hat das bereits genügt, um Sie für den Rest Ihres Lebens meiner unverbrüchlichen Treue zu versichern. Und jetzt kommen Sie endlich!«

Sara folgte Guff zur Tür. »Wohin soll's gehen?«

»Ins Gerichtsgebäude, gleich gegenüber. Wenn Sie ein SBA bleiben wollen, müssen Sie sich einen Fall beschaffen.«

2

Jared saß in seinem makellosen Büro und starrte sein hypermodernes Telefon an. »Mach schon, du blödes Ding – läute endlich!«

»So funktioniert das nicht«, sagte seine Assistentin Kathleen, die mit einem Stapel Akten im Arm den Raum betrat. »Es läutet erst, wenn Sie es nicht mehr ansehen.« Obwohl ihr sommersprossiges Gesicht und ihr glattes hüftlanges Haar sie mindestens fünf Jahre jünger aussehen ließen, war Kathleen vor drei Wochen fünfunddreißig geworden. Angefangen hatte sie bei Wayne & Portnoy vor fast sieben Jahren, als eine Aversion gegen den Anblick von Blut sie ihre angestrebte Karriere als Krankenschwester zu überdenken gezwungen hatte. Die letzten vier Jahre hatte sie für Jared gearbeitet. Und obwohl Jared mit seinem Hang zu peinlicher Ordnung und straffer Organisation ein sehr anspruchsvoller Chef war, konnte sich Kathleen rühmen, sogar noch zwanghafter zu sein als er. In der Kanzlei kursierte der Spruch, Kathleens Ordnungssinn sei derart fanatisch, dass sie Staub in eine alphabetische Ordnung bringen könne. Einige glaubten, ihre Ergebenheit Jared gegenüber sei Ausdruck ihrer Manie, alles unter Kontrolle zu haben, während andere darin ein untrügliches Zeichen einer kleinen Schwäche für ihren Chef sahen.

Jareds Büro spiegelte seinen persönlichen Geschmack wider, wie er auch zu Hause in seinem Wohnzimmer Ausdruck fand – gemütlich elegant, ästhetisch und voll alter Kinoerinnerungsstücke. Seine Begeisterung für Pop-Artefakte hatte Jared während seines Geschichts- und Filmstudiums entdeckt, weshalb ihm seine Eltern zum Schulabschluss ein Original-Kinoplakat von *Tote schlafen fest* mit Humphrey Bogart geschenkt hatten. Es war Liebe auf den ersten Blick gewesen. Inzwischen zierten zwei gerahmte Kinoplakate die Wände seines Büros: eins des italienischen Klassikers *Fahrraddiebe* und eins der französischen Fassung von Woody Allens *Man-*

hattan. Auf dem Sideboard hinter seinem Mahagonischreibtisch stand ein alter Pokal aus der Zeit, als er dem Querfeldeinteam der Eliteuniversität Yale angehört hatte. Jared war schon immer eine Kämpfernatur gewesen, und so lange er zurückdenken konnte, ein begeisterter Langstreckenläufer. Schnelligkeit interessierte ihn nicht: Er war kein Sprinter. Seinen Stärken waren die Ausdauer und die Art von Vorausplanung, die für Rennen über lange Distanzen erforderlich war.

Er hatte den Pokal in seinem ersten Collegejahr gewonnen, als er zu einem von der Universität Madrid veranstalteten internationalen Wettbewerb eingeladen worden war. Von den dreihundert amerikanischen Teilnehmern war Jared der Einzige gewesen, der Recherchen über den Streckenverlauf anstellte. Nach einigen geschickt plazierten Anrufen und einem Besuch in einem Reisebüro fand er heraus, dass die Stadtplaner in dem Versuch, die Sommerolympiade nach Spanien zu holen, vor kurzem einige bislang glatt asphaltierte Teile der Innenstadt hatten aufreißen und mit einem authentischeren und touristenfreundlicheren Kopfsteinpflaster versehen lassen. Daraufhin hatten Jared und seine Teamkameraden monatelang in den gröber gepflasterten Vierteln New Havens trainiert, und die Mannschaft Yales hatte sämtliche Langstreckenbewerbe dominiert.

Jareds Beziehung zum Laufen war logisch, rational, pragmatisch – er sah darin eine körperliche Aktivität, die er dazu nutzen konnte, seine zerebralen Fähigkeiten zu verbessern. Diese intellektuelle Herausforderung war es, die ihn weiter die Auseinandersetzung suchen ließ, und diese intellektuelle Herausforderung war es, die ihn zur Juristerei hinzog. Bis er sein Jurastudium abgeschlossen hatte, hatte er seinen Ehrgeiz von Querfeldeinrennen auf eine Karriere als Anwalt verlagert.

»Darf ich Sie was fragen?«, sagte Jared, den Blick immer noch auf das Telefon geheftet. »Was das Akquirieren neuer Mandanten angeht – bringe ich es einfach nicht, oder ist es wirklich so verdammt schwer?«

»Was hat Sara dazu gesagt?«, fragte Kathleen.

»Sie meinte, es wäre schwer.«

»Und was denken Sie?«

»Ich glaube, ich bringe es nicht.«

»Mehr brauche ich nicht zu hören – ich verweigere die Aussage.«

Jared blickte auf. »Warum machen Sie das eigentlich immer?«

»Jared, wissen Sie noch, was letztes Mal passiert ist, als ich anderer Meinung war als Sie? Sie wollten wissen, was Sie Ihrer Mutter zum Geburtstag schenken sollten – Sara und ich sagten, Duftseifen und ein Schaumbad; Sie sagten, einen Blumenstrauß. Und hinterher haben Sie uns beide total verrückt gemacht, weil Sie jede Frauenzeitschrift gekauft und mindestens eine Woche damit verbracht haben, uns zu beweisen, dass wir nicht Recht hatten. Und dann, als Sie endlich überzeugt waren, dass Sie selbst etwas so Lächerliches beweisen könnten wie die Frage, was man jemandem zum Geburtstag schenkt, haben Sie immer noch keine Ruhe gegeben, sondern mussten uns auch noch beide zu Ihrer Ansicht bekehren.«

»Aber wenn ich nun mal Recht hatte! Schaumbäder waren passé. Zumindest in diesem Jahr.«

»Das ist doch ...« Sie verstummte. Es stand ihr nicht zu, ihn zurechtzuweisen. Deshalb fuhr sie schließlich fort: »Wenn es um die Arbeit geht und um das Recht und einen wichtigen Fall, finde ich es gut, wenn Sie so gründliche Recherchen anstellen. Aber wenn es um meine persönlichen Ansichten geht, möchte ich nicht gern einem Kreuzverhör unterzogen werden.«

»Also geben Sie mir Recht, dass Sara –«

»Bitte, Jared, hören Sie auf, an jedermanns Rat herumzukritteln. Sara kann sehr gut mit schwierigen Problemen umgehen. Sie weiß, was sie tut, und sie kennt Sie.«

»Okay, das heißt also, Sie denken wirklich –«

»Das einzige, was ich wirklich denke, ist, dass Ihre Frau eine clevere Frau ist. Und da ich auch selbst nicht auf den Kopf gefallen bin, sehe ich keinen Grund, mich einzumischen. Und wenn wir jetzt bitte dieses Thema lassen und uns wieder dem Fall zuwenden könnten?«

»Ich weiß, Sie haben ja Recht«, sagte Jared mit einem weiteren Blick auf das Telefon.

»Wann hat er anrufen wollen?«, fragte Kathleen.

»Vor zwanzig Minuten. Es ist mir egal, wenn er etwas später dran ist – ich hätte die Informationen nur gern, bevor Hartley aufkreuzt.« Jerry Hartley war der Anwalt der Gegenseite in einem Prozess, in dem Rose Microsystems der sexuellen Diskriminierung beschuldigt wurde. Rose Microsystems war einer von Jareds größten Mandanten, und obwohl Hartleys Argumentation auf ziemlich schwachen Beinen stand, wusste Jared, dass Diskriminierungsfälle immer eine heikle Angelegenheit waren.

»Und wie sieht Ihre Strategie aus?«, fragte Kathleen.

»Unter den gegebenen Umständen darf ich es auf keinen Fall zulassen, dass der Fall vor Gericht kommt. Ich muss unbedingt einen Vergleich erzielen.«

»Und wenn Hartley nicht mit sich handeln lässt?«

»Alle Anwälte lassen mit sich handeln. Wir müssen nur Barrow finden.«

»Er mag ja Ihr Lieblingsermittler sein, aber der Kerl ist wie vom Erdboden verschluckt. Allein in den letzten fünfzehn Minuten habe ich ihn in seinem Büro, in seiner Wohnung und auf seinem Handy angerufen, ich habe ihn angepiept und angefaxt. Ich würde ihm sogar eine Brieftaube schicken, aber dazu müsste ich erst mal wissen, wo er sich gerade aufhält.« Kathleen öffnete den Aktenordner, den sie im Arm hielt. »Vielleicht sollten wir einen anderen Privatdetektiv hinzuziehen. Allein auf meiner Liste habe ich vierzehn andere Detektive sowie sechs Polizisten stehen, die immer für einen kleinen Nebenverdienst zu haben sind – plus drei Unterweltspitzel. Jeder von ihnen könnte diesen Job machen.«

»Barrow hat bereits eine Woche Arbeit in den Fall investiert. Glauben Sie mir, ich kenne ihn – er meldet sich noch.«

Bevor Kathleen etwas erwidern konnte, läutete Jareds Telefon.

»Jared Lynch«, meldete er sich. »Ja. Nein. Schicken Sie ihn rauf.« Er legte auf und fuhr sich mit der Hand durch das ordentlich geschnittene Haar. »Ob es mir passt oder nicht, Hartley ist im Anmarsch.«

»Und Sie haben nichts in der Hand«, fügte Kathleen hinzu.

»Und ich habe nichts in der Hand.«

Als Sara sich mit Guff auf den Weg in die Centre Street 100 machte, die gleich nebenan lag, hatte sie Mühe, mit seinem halsbrecherischen Tempo Schritt zu halten. Während sie sich durch den Strom von Anwälten schlängelten, die unablässig zwischen den beiden Gebäuden hin und her wechselten, erklärte ihr Guff: »Hier befinden sich nicht nur die meisten Gerichtssäle, hier ist auch das ECAB.«

»Das *E*-CAB?«, fragte Sara.

»Keine Sorge, Sie werden schon sehen!« Guff ging durch den Vordereingang des Gebäudes. Als sie an der Sicherheitskontrolle vorbei waren, steuerten sie auf die Aufzüge zu. Gerade als sich die Lifttüren hinter ihnen schlossen, steckte noch jemand seinen Arm dazwischen. Die Türen gingen wieder auf, und ein hoch gewachsener Mann mit graumeliertem Haar und einem militärischen Bürstenschnitt betrat mit einem flüchtigen Blick auf Sara die Kabine.

»Schön, Sie zu sehen, Victor«, sagte Guff.

»Mmm«, murmelte der Mann kühl. Mit seinem frisch gebügelten dunkelblauen Anzug und der perfekt geknoteten rot-blauen Hermés-Krawatte gab er eine beeindruckende Erscheinung ab.

In der Hoffnung, die Atmosphäre etwas zu entkrampfen, setzte Guff zu einem zweiten Versuch an. »Victor, darf ich Ihnen Sara Tate vorstellen. Sara – das ist Victor Stockwell.« Sara und Stockwell nickten einander zu. »Sara hat erst gestern hier angefangen. Ich nehme sie ins ECAB mit, um sie mit den Feinheiten ihres Jobs vertraut zu machen.«

»Dann beeilen Sie sich lieber mal«, sagte Stockwell. »Im Moment wollen sie sechzig Leute entlassen.«

»Sechzig?«, fragte Sara, als die Lifttüren im ersten Stock aufgingen.

Sara und Guff folgten Stockwell aus dem Aufzug auf den Flur hinaus. »Woher haben Sie diese Zahl?«, fragte Guff.

»Von Elaine«, antwortete Stockwell. Damit war die Sekretärin des Bezirksstaatsanwalts gemeint. »Allerdings bezieht sich das auf die gesamte Belegschaft, nicht nur auf die Anwälte.« Er sah Sara an. »Aber an Ihrer Stelle würde ich meine Sachen noch nicht auspacken. Die Neuzugänge erwischt es als Erste.«

»Danke«, erwiderte Sara leicht angesäuert. Auf solche guten Ratschläge konnte sie gut verzichten.

»So ist es nun leider mal.« Und als er sich auf den Weg machte, fügte Stockwell hinzu: »Bis später.«

Als er außer Hörweite war, sagte Sara: »Hat er immer so eine aufbauende Art?«

»Das dürfen Sie nicht persönlich nehmen – so ist er eben«, sagte Guff. »Er war früher bei den Marines. Deshalb springt er mit den neuen Rekruten immer ziemlich hart um. Das vermittelt ihm das Gefühl, noch beim Militär zu sein.«

»Irgendwelche Aussichten, dass er statt meiner entlassen wird?«

»Nicht eine in einer Zilliarde. Stockwell ist wahrscheinlich der beste Strafverfolger dieser Behörde, wenn nicht sogar des ganzen Bundesstaats.«

»Der harte Bursche mit dem finsteren Blick? Nehmen ihm das die Geschworenen ab?«

»Auch wenn er ein eiskalter Hardliner ist, im Gericht sind sie total hingerissen von ihm. Die Geschworenen lieben ihn, die Zeugen lieben ihn, die Richter fressen ihm aus der Hand. Es ist wirklich kaum zu glauben.«

»Warum?«

»Weil er brutal ehrlich ist«, konstatierte Guff kurz und bündig. »Zu viele Anwälte schwafeln bloß herum und schmeißen jeden Dreck gegen die Wand, bloß um zu sehen, ob irgendwas hängen bleibt. Stockwell prescht nur mit dem Beweismaterial vor, das er hat – nicht mehr, nicht weniger. Wenn er einen Anklagepunkt nicht bewiesen hat, gibt er es sofort zu; wenn er etwas bewiesen hat, reibt er es einem nicht unter die Nase. Die Leute sind so schockiert über diese Aufrichtigkeit, dass sie ganz weg von ihm sind. Er mag zwar eine etwas rauhe Schale haben, aber beruflich ist er schon seit fast zwanzig Jahren einsame Spitze.«

»Er ist tatsächlich so gut?«

»Und ob – er ist absolut unschlagbar.« Guff öffnete eine Tür mit der Aufschrift ECAB und sagte: »Willkommen im Early Case Assessment Bureau.« Sie betraten einen Empfangsbereich. Guff winkte der Sekretärin zu und führte Sara in eins der vielen Büros, die von dem Raum abgingen.

»Und hier kriegen also alle ihre Fälle?«, fragte Sara, nachdem Guff die Tür hinter ihnen geschlossen hatte.

»Ganz genau.« Guff nahm hinter dem Schreibtisch Platz. »Obwohl noch nie jemand etwas davon gehört hat, ist das hier das Herz der ganzen Bezirksstaatsanwaltschaft. Fast jedes Verbrechen, das in dieser Stadt begangen wird – einhundertfünfundzwanzigtausend Fälle pro Jahr –, wandert durch dieses Büro. Wenn eine Verhaftung vorgenommen wird, füllt der betreffende Beamte ein Formular aus, in dem er die Gründe für die Festnahme des Angeklagten aufführt. Diese Formulare gehen Tag für Tag hier ein, worauf der ECAB-Leiter – einer der ranghöheren stellvertretenden Bezirksstaatsanwälte oder SBAs – die Fälle Ihnen und den restlichen SBAs zuteilt.

Er verteilt die Fälle allerdings nicht willkürlich. Er richtet sich dabei nach der Berufserfahrung – je mehr Erfahrung man hat, desto bessere Fälle kriegt man. Und weil das Ihre erste Arbeitswoche ist, kriegen Sie wahrscheinlich nur einen langweiligen kleinen Fall, der niemanden interessiert.«

»Wenigstens hätte ich schon mal einen Fall«, sagte Sara. »Das wäre immerhin ein Anfang.«

»Aber es genügt nicht. Einen Fall kann jeder kriegen. In New York passiert so viel Scheiße, dass es ungefähr genauso leicht ist, eine Straftat zu finden wie eine Frau: An jeder Straßenecke wartet eine, aber Sie müssen sich schwer ins Zeug legen, um eine zu finden, die es auch wert ist.«

»Und wie kriege ich nun einen guten Fall?«

»Das ist die große Frage. Und um ehrlich zu sein, ist es eins der bestgehüteten Geheimnisse dieser Behörde«, erklärte Guff einer aufmerksam lauschenden Sara. »Dazu müssen Sie das ECAB umgehen und jemanden finden, der Ihnen einen Fall anvertraut, bevor er in dieses Büro kommt.«

»Wer vertraut schon einem Neuling einen Fall an?«

»Das ist der Haken an der Sache«, gab Guff zu. »Manchmal, wenn dem Beamten, der die Festnahme durchgeführt hat, wirklich etwas an dem Fall liegt – zum Beispiel, wenn sein Partner von dem Inhaftierten verletzt wurde –, umgeht er das ECAB und übergibt den Fall persönlich einem SBA seiner Wahl. Oder ein Richter entdeckt einen Fall, der ihm gefällt, und sucht sich einen SBA dafür aus.«

»Und das ist rechtlich völlig korrekt?«

»Natürlich nicht. Aber nur so kann das System funktionieren. Nur indem wir die wichtigsten Fälle gewinnen, können wir den Glauben der Leute an das System aufrechterhalten. Und dieser Glaube ist die beste Abschreckung gegen das Verbrechen.«

»Eine ergreifende Rede, aber wo finde ich einen Cop oder einen Richter, der mir einen Fall gibt?«

»Das können Sie sich aus dem Kopf schlagen. In Ihrer Position ist die einzige Person, die Ihnen möglicherweise hilft, die ECAB-Vorzimmerdame – die Bienenkönigin höchstpersönlich. Über ihren Schreibtisch wandern alle Festnahmeprotokolle aus den Polizeirevieren. Sie nimmt jedes Protokoll, heftet es an das entsprechende Formular der Staatsanwaltschaft und leitet beides an den ECAB-Chef weiter. Aber wenn Sie, was nur wenige Leute wissen, wirklich nett zu ihr sind, zieht sie vielleicht einen der guten Fälle raus, bevor er an den Dienststellenleiter weitergeht.«

»Ist das koscher?«, fragte Sara.

»Ich weiß nicht, wie es strenggläubige Juden sehen würden, aber so läuft es nun mal.«

»Sie denken also, das ist meine beste Chance?«

»Ohne Frage. Wenn Sie einen Fall bekommen können und damit vor Gericht gehen, werden die oben wissen, dass es Ihnen ernst ist. Wenn ich auch zu tief unten am Totempfahl sitze, um einen Richter oder Detective dazu zu bringen, Ihnen einen Fall anzuvertrauen, kann ich Ihnen zumindest zeigen, wie Sie vom ECAB einen vernünftigen Fall bekommen können. Tun Sie der Empfangsdame schön, und sie läßt Ihnen einen Fall zukommen. Alles, was Sie dann noch tun müssen, ist, ihn gewinnen.«

Saras Gesicht verzog sich zu einem Grinsen.

»Siebenhunderttausend Dollar?«, fragte Jared ungläubig. »Wie kommen Sie auf so einen Betrag?« Obwohl ihm klar gewesen war, dass Hartley für eine außergerichtliche Einigung eine hohe Summe verlangen würde, hatte er nicht damit gerechnet, sie könnte so hoch sein. Selbst wenn Hartley in der Hoffnung, man würde sich bei einem Vergleich auf die Hälfte einigen, den Betrag sehr hoch angesetzt hatte, waren dreihundertfünfzigtausend Dollar immer noch fast doppelt so viel, wie Jareds Mandant zu zahlen bereit war.

»Jetzt machen Sie aber mal einen Punkt«, sagte Hartley und fuhr mit der Hand über sein dünnes, ergrauendes Haar. »Diese Summe ist keineswegs vollkommen aus der Luft gegriffen.«

»Hartley, wenn ich meinen Leuten mit so einem Betrag komme, reißen die mich in Stücke. Selbst Sie wissen, dass das eine absurde Forderung ist.«

»Was soll ich dazu sagen? Wir haben vor Gericht gute Chancen. Wenn unsere Forderung so hanebüchen ist, dann machen Sie mir ein Gegenangebot.«

Obwohl Jared ermächtigt war, sich für zweihunderttausend Dollar auf einen Vergleich zu einigen, hoffte er, mit einem geringeren Betrag davonzukommen. Und mit den richtigen Informationen, das wusste er, konnte er Hartley auf fünfzigtausend herunterhandeln. Das einzige Problem war, dass er die Informationen, die er brauchte, noch nicht hatte. »Ich weiß nicht«, sagte er deshalb ausweichend. »Vielleicht sollten wir dann doch vor Gericht gehen. Wir wissen beide, dass Ihre Mandantin total überreagiert hat.«

»Und wenn schon? Sie sollten sich wirklich noch mal gründlich überlegen, ob Sie damit allen Ernstes vor Gericht gehen wollen. Solche Fälle ziehen in der Regel eine Menge schlechte Presse nach sich.«

Jared kniff die Augen zusammen und warf seinem Gegenüber einen kalten Blick zu. »Wissen Sie, Hartley, Sie haben sich eben von einer ganz neuen Seite gezeigt. Sie sind gar nicht davon überzeugt, dass Sie damit vor Gericht durchkommen – Sie haben sich nur bereit erklärt, diese Irre zu vertreten, weil Sie wissen, mit Diskriminierungsfällen ist leicht Geld zu machen.«

»Spielen Sie sich nicht zum Richter über mich auf, mein Sohn. Sie haben Ihre Familie zu ernähren, ich die meine.«

»Ich bin nicht Ihr Sohn, und siebenhunderttausend Dollar kriegen Sie auch nicht annähernd von mir. Überlegen Sie sich also schon mal eine andere Summe.«

»Wirke ich nervös?«, fragte Sara und wischte sich die Hände an ihrem blauen Hosenanzug ab.

»Nervös ist nicht das richtige Wort«, antwortete Guff. »Ich würde sagen, ›außen ruhig, innen aufgelöst‹ trifft es am besten.«

»Was haben Sie denn erwartet? Mein Job steht auf dem Spiel.«

»Denken Sie nicht an Ihren Job. Was jetzt viel wichtiger ist: Wissen Sie noch, was wir besprochen haben?«

»Sicher. Sie stellen mich vor; ich tue ihr schön; sie rückt den Fall raus.«

»Genau.« Guff öffnete die Bürotür und trat auf den Flur hinaus. »Dann mal los.«

Hinter einem Wust aus Papieren verschanzt, saß Evelyn Katz an ihrem kleinen Eichenschreibtisch am Empfang. Da sie wusste, dass die SBAs normalerweise gegen zwei vom Mittagessen zurückkamen, arbeitete sie auf Hochtouren – sie registrierte die neu eingegangenen Festnahmeprotokolle und machte sie für die Verteilung fertig.

»Hi, Evelyn«, sagte Guff, als er auf ihren Schreibtisch zusteuerte. »Wie geht's, wie steht's?«

»Kenne ich Sie?«, fragte Evelyn Katz.

»Ich bin Guff – einer der PVAs von nebenan. Ich habe für Conrad Moore gearbeitet und wollte Ihnen nur mal meinen neuen Boss vorstellen.« Als Sara auf Evelyn Katz' Schreibtisch zutrat, sagte Guff: »Das ist Sara Tate. Sie fängt heute hier an. Es ist ihr erster Besuch im ECAB.«

»Schön für Sie beide.« Evelyn wandte ihre Aufmerksamkeit wieder den Formularen auf ihrem Schreibtisch zu.

Bevor Guff ein weiteres Wort sagen konnte, ging die Bürotür auf, und ein Mann in einem olivgrünen Anzug kam mit einem dünnen Stoß Festnahmeprotokolle herein.

»Noch mehr?«, fragte Evelyn Katz.

»Das ist erst der Anfang«, sagte der Mann und verließ den Raum wieder. »Bis gleich.«

Als die Tür zuging, legte Evelyn Katz die Formulare in die Ablage mit Eingängen und fuhr, ohne Sara und Guff Beachtung zu schenken, mit ihrer Arbeit fort.

Nun wandte sich Sara nach einem kurzen Blick auf Guff an die Empfangsdame: »Entschuldigen Sie bitte, wenn ich störe. Es ist nur, ich bin neu hier und –«

»Warum hören Sie eigentlich nicht zu?« Evelyn Katz legte ihren Hefter beiseite. »Ich weiß, Sie sind neu hier, und ich weiß, Sie wollen einen guten Fall, aber ich kenne Sie nicht. Wenn ich Sie also bevorzugt behandle, benachteilige ich eine ganze Menge Leute, die mir nicht nur wesentlich sympathischer sind, sondern mich auch wesentlich weniger stören.«

Einen Moment verschlug es Sara die Sprache. »Ich wollte Sie keineswegs stören. Ich versuche nur, Ihnen –«

Wieder flog die Tür des ECAB auf. Aber diesmal war es nicht der Mann im olivgrünen Anzug. Es war Victor Stockwell. »Immer noch nicht gefeuert?«, fragte er, als er Sara sah.

Sara rang sich ein Lächeln ab. »Ob Sie's glauben oder nicht, ich konnte mich noch mal ganze zwanzig Minuten über Wasser halten.«

»Hallo, Vic«, sagte Guff. Und als Stockwell nicht reagierte, fügte er hinzu: »Was sind Sie doch für ein Schatz. Ich könnte Sie regelrecht fressen.«

Ohne ein weiteres Wort steuerte Stockwell auf das Büro des ECAB-Leiters zu. Evelyn Katz nahm einen Stoß Festnahmeprotokolle und folgte ihm.

Als die beiden im Büro des ECAB-Leiters verschwunden waren, stützte sich Sara auf Evelyn Katz' Schreibtisch. »Ich glaube es einfach nicht.«

»Es könnte schlimmer sein«, tröstete Guff sie.

»Wie? Wie könnte es noch schlimmer werden?«

»Sie könnten die fliegende Hitze oder Nesselfieber haben. Sie könnten sogar Windpocken haben – das wäre wesentlich schlimmer.«

»Bitte nicht jetzt, Guff«, flehte Sara.

»Ich sage Ihnen was: Lassen Sie mich Stockwell anhauen. Vielleicht hat er Mitleid mit uns.« Bevor Sara widersprechen konnte, folgte Guff Stockwell und Evelyn Katz.

Entnervt schloss Sara die Augen und begann sich die Schläfen zu massieren. Wieder einmal ging die Tür auf. Es war der Mann, der die Festnahmeprotokolle brachte. »Wo ist Evelyn?«, fragte er mit dem neuen Stoß Straftaten in den Händen.

»Sie ist gerade mit Stockwell da reingegangen.« Sara deutete auf das Büro des ECAB-Leiters. Und als der Mann die Formulare auf Evelyn Katz' Schreibtisch legte, fragte sie: »Irgendwas Gescheites dabei?«

»Keine Ahnung«, sagte der Mann. »Aber der Fall in dem Ordner hier trägt einen Vermerk für Stockwell. Da können Sie sicher sein, dass der Fall keine Niete ist.« Und tatsächlich, oben auf dem Stoß war ein Festnahmeprotokoll in einem schlichten braunen Ordner, an dem eine gelbe Haftnotiz befestigt war. Und darauf stand: *Mit der Bitte um Weiterleitung an Victor Stockwell.*

»Schön für ihn, aber haben Sie auch was für mich?«, fragte Sara.

»Lassen Sie mich mal raten: Sie brauchen einen guten Fall, um bei Ihrem Boss Eindruck zu schinden.«

»So in etwa.«

»Haben Sie in dieser Stadt denn noch nichts gelernt? Wenn Sie etwas wollen, dann nehmen Sie es sich einfach.«

»Das verstehe ich nicht«, sagte Sara.

»Den Fall.« Er deutete auf den Ordner. »Wenn Sie ihn wollen, ist es Ihr Fall.«

»Was soll das heißen, es ist meiner? Er ist Victor Stockwell zugeteilt.«

»Er ist ihm nicht zugeteilt – es ist nur eine Anfrage, ob er ihn übernehmen will. Das heißt lediglich, der Beamte, der die Festnahme vorgenommen hat, sähe es gern, wenn Stockwell den Fall übernähme.« Der Mann warf einen Blick den Gang hinunter, ob Evelyn irgendwo zu sehen war. Dann wandte er sich wieder Sara zu. »Wenn jemand will, dass Stockwell ihn übernimmt, ist es bestimmt ein guter Fall. Sie sollten ihn nehmen.«

»Sind Sie verrückt? Ich kann ihn doch nicht einfach nehmen – es ist nicht mein Fall.«

»Er gehört niemandem. Er wurde noch nicht zugeteilt.«

»Aber wenn er für Stockwell vorgemerkt ist ...«

Der Mann zog die gelbe Haftnotiz ab und zerknüllte sie. »Nicht mehr. Jetzt ist er für niemanden vorgemerkt.«

»Augenblick mal –«

»Die Hälfte der eingehenden Fälle sind für Stockwell vorgemerkt. Glauben Sie mir, er kann sie nicht alle übernehmen. Außerdem ist Stockwell ein richtiges Arschloch. Würde ihm nicht schaden, ein paar gute zu verlieren! Wenn Sie ihn wirklich brauchen, nehmen Sie ihn.«

»Ich weiß nicht«, sagte Sara nervös.

»Es ist Ihr Leben. Ich kann Ihnen nicht sagen, was Sie tun sollen.« Er wandte sich zum Gehen. »Aber so viel kann ich Ihnen sagen: Er wird Stockwell nicht fehlen. Er hat Dutzende von Fällen.« Beim Verlassen des Büros fügte er noch hinzu: »Ich wünsche Ihnen jedenfalls alles Gute.«

Wieder allein im ECAB-Vorzimmer, starrte Sara auf den inzwischen nicht mehr markierten Ordner. Sie war wie gelähmt. Es ist garantiert ein guter Fall, sagte sie sich. Und er wird Stockwell nicht fehlen. Während sie überlegte, was sie tun sollte, konnte sie Guff und Stockwell hitzig diskutieren hören. Wie es sich anhörte, weigerte sich Stockwell, ihr zu helfen.

»Das ist doch nicht meine Schuld«, kam Stockwells Stimme aus dem Büro des ECAB-Leiters. »So ist das Leben nun mal.«

Wenige Augenblicke später kehrte Guff in den Empfangsbereich zurück. »Was haben Sie denn?«, fragte er Sara, als er ihr Gesicht sah.

Sara deutete auf Stockwells Fall. »Der Mann, der die Festnahmeprotokolle gebracht hat, meinte, das wäre ein klasse Fall.«

»Hey«, sagte Guff grinsend. »Sie spielen mit dem Gedanken, ihn zu nehmen, wie?«

Sara sagte kein Wort.

»Sind Sie sicher, dass es ein guter Fall ist?«

»Ja, ziemlich. Warum? Was meinen Sie?«

»Nehmen Sie ihn! Auf jeden Fall. Glauben Sie mir, wenn Sie einen halbwegs brauchbaren Fall wollen, in diesem Büro bekommen Sie ihn nicht.«

Vom Ende des Flurs konnte Sara hören, wie Stockwell und Evelyn Katz ihre Unterredung beendeten. Zaghaft näherte sie sich Evelyn Katz' Schreibtisch. »Eigentlich sollte ich das nicht tun.«

»Aber Sie werden es tun«, sagte Guff. »Nehmen Sie ihn einfach. Es ist überhaupt nichts dabei.«

Sara griff nach dem Aktenordner. »Hoffentlich bekomme ich keinen Ärger.«

»Bekommen Sie bestimmt nicht«, sagte Guff, als sie zur Tür huschten.

Bis Evelyn Katz an ihren Schreibtisch zurückkam, waren Guff und Sara bereits weg. Und mit ihnen der für Victor Stockwell vorgemerkte Ordner.

»Haben Sie mir eigentlich in der letzten halben Stunde zugehört?«, fragte Jared. »Vierhunderttausend stehen überhaupt nicht zur Debatte. Wenn Sie an solchen Zahlen festhalten, sehen wir uns vor Gericht wieder.«

»Jared, langsam geht mir das auf die Nerven«, erwiderte Hartley mit einem Seufzen. »Sie sagen, Sie wollen einen Vergleich, aber Sie rümpfen bei jedem Vorschlag, den ich Ihnen unterbreite, die Nase.«

»Weil Sie absolut unsinnige Forderungen stellen. Es gibt –« Jared wurde durch das Läuten des Telefons unterbrochen. Er hatte Kathleen strikte Anweisung erteilt, keine Anrufe durchzustellen, außer es war Barrow. Lenny Barrow war Jareds bester Privatdetektiv. Während Staatsanwälten ganze Polizeistationen von Streifenbeamten und Detectives zur Verfügung standen, um Belastungsmaterial für die Anklage zu beschaffen, waren Strafverteidiger gezwungen, dafür auf die Dienste von privaten Ermittlern zurückzugreifen. Barrow hatte die ganze vergangene Woche nach Informationen über Hartleys Mandantin gesucht. Und jetzt, dachte Jared lächelnd, würde er endlich die Auskunft bekommen, die es ihm ermöglichte, einen akzeptablen Vergleich zu erzwingen. Wie immer würden sich die Recherchen auszahlen. Als er den Hörer abnahm, überlegte Jared, ob nicht sogar fünfzigtausend zu viel waren. Vielleicht genügten fünfundzwanzigtausend und eine Entschuldigung. Oder nur fünfundzwanzigtausend. »Wenn Sie mich bitte einen Moment entschuldigen würden, Jerry.« Jared hielt den Hörer an sein Ohr. »Hallo. Hier Jared Lynch.«

»J, ich bin's«, meldete sich Barrow mit seiner gewohnt ruhigen Stimme.

»Ich begann mich schon zu fragen, wann du endlich anrufst. Hast du gute Nachrichten?«

»Also, ich konnte absolut nichts finden. Keinen Dreck, keine Sauereien, keine Angriffspunkte. Diese Frau ist zum Einschlafen korrekt.«

»Sehr gut«, sagte Jared und versuchte so auszusehen, als erhielte er gute Nachrichten. »Das werde ich ihm gleich erzählen.«

»Ist Hartley gerade bei dir?«, fragte Barrow.

»Aber ja«, sagte Jared lächelnd. »Er sitzt direkt vor mir.«

»Dann hätte ich noch was für dich. Weil ich dich so mag, habe ich eine Extraschicht eingelegt. Der Kerl, gegen den Hartley diese Klage eingereicht hat – dein Mandant, mit anderen Worten ...«

»Ja?«

»Das ist ein richtiger Drecksack, J. Bei der letzten Firma, für die er gearbeitet hat, wurde viermal Anzeige gegen ihn erstattet – in zwei Fällen konnten die Vorwürfe bewiesen werden. Du kannst also nur hoffen, daß Hartley keine guten Freunde wie mich hat, denn so, wie es aussieht, steht dir da noch einiges bevor.«

»Ach, das wird ja immer schöner. Was will ich mehr?«

»Tja, tut mir leid, Boss«, sagte Barrow. »Grüße an Hartley. Und an Sara.«

»Ich werde es ihnen ausrichten. Und vielen Dank!« Damit hängte Jared auf und wandte sich mit einem gezwungenen Grinsen wieder Hartley zu. »Sie müssen entschuldigen – ich bekam eben nur noch ein paar Informationen über Ihre Mandantin. Aber jetzt wieder zurück zu diesen Zahlen.«

Sara und Guff eilten den Gang hinauf. »Lassen Sie mal sehen«, keuchte Guff.

»Nicht hier«, sagte Sara und warf einen Blick über die Schulter zurück. »Im Lift.«

»O Mann, das wird bestimmt ein Knaller! Ein brutaler Mord. Halt, nein – noch besser – ein Doppelmord.«

»Könnten Sie Ihre Blutgier vielleicht etwas im Zaum halten?«

Die Liftkabine war leer, als Sara und Guff sie betraten. Guff drückte mehrere Mal auf den Knopf zum Schließen der Tür. »Geh zu, zu, zu, zu, zu, zu«, drängte er. Als sich die Tür endlich schloss, öffnete Sara den Ordner und blätterte zu dem Teil, der den Titel *Tatbeschreibung* trug. Sie hatte Mühe, die schlechte Handschrift des Streifenbeamten zu entziffern, der die Verhaftung vorgenommen hatte. »O nein! Das darf doch nicht wahr sein. Bitte sagen Sie mir, dass ich nicht richtig gelesen habe.« Sie reichte den Ordner Guff.

»Was? Was ist denn?«

Während Guff den Bericht überflog, sagte Sara: »Ist das noch zu fassen? Es ist kein Doppelmord, es ist kein einfacher Mord, es ist nicht mal Körperverletzung. Ein Typ namens Kozlow wurde bei einem Einbruch in der Upper East Side gefasst. Der Fall, der meine Zukunft sichern soll, ist nur ein lächerlicher kleiner Einbruch. Keine Schusswaffe, kein Messer, rein gar nichts.«

»Da haben Sie eindeutig eine Niete gezogen«, sagte Guff, als der Lift im Erdgeschoss ankam. »Aber versuchen Sie es doch positiv zu sehen: Wenigstens haben Sie einen Fall.«

»Allerdings«, sagte Sara, als sie das Gebäude verließen. »Ich hoffe nur, dass wir deswegen nicht in Schwierigkeiten geraten.«

Victor Stockwell stand vor Evelyn Katz' Schreibtisch. »Da war ein Fall, den ich übernehmen sollte. Der Beschuldigte hieß Kozlow.«

»Kozlow, Kozlow, Kozlow«, murmelte Evelyn Katz und begann im Stoß mit den zuletzt eingegangenen Festnahmeprotokollen zu blättern. »Tut mir leid, aber ich finde ihn nicht.«

»Vielleicht ist er in diesem Stoß.« Ungehalten deutete Stockwell auf das Fach mit Eingängen.

Evelyn Katz ging die Unterlagen im Fach mit den Eingängen durch. Wieder nichts. »Tut mir Leid. Er ist nicht hier.«

»Es war ein Einbruch. Der Angeklagte hieß Kozlow.«

»Ich habe Sie schon das erste Mal richtig verstanden. Er ist trotzdem nicht hier. Haben Sie schon einen der anderen SBAs gefragt?«

»Beantworten Sie mir eine Frage!« Stockwell kniff vor Wut die Augen zusammen. »Bin ich Ihnen Rechenschaft schuldig oder Sie mir? Oder um es noch einfacher zu machen: Wer von uns ist der ECAB-Leiter?«

»Entschuldigung. Ich wollte nicht –«

»Was Sie wollten, interessiert mich nicht. Das Einzige, was mich interessiert, ist, diesen Fall zu bekommen. Deshalb möchte ich, dass Sie hier alles durchgehen und rausfinden, wer ihn hat. Und zwar sofort.«

3

»Und was machen wir jetzt?«, fragte Sara. Sie saß in ihrem Büro und starrte auf das Festnahmeprotokoll von Kozlow.

»Was soll das heißen: ›Was machen wir jetzt‹?«, entgegnete Guff.

»Es soll heißen, dieser Fall ist Schrott. Wie werde ich ihn wieder los? Können wir ihn zurückgeben? Können wir noch mal in dieses Büro und uns einen anderen holen?«

»Wenn Sie sich einen Fall mal unter den Nagel gerissen haben, müssen Sie ihn auch behalten. Das ist etwa so, wie wenn Sie sich eine Hose kaufen und kürzen lassen – sobald Sie etwas daran geändert haben, können Sie sie nicht mehr umtauschen.«

»Aber an dieser Hose hier habe ich doch noch gar nichts verändert. Ich habe sie nur aus dem Regal genommen.« Sara fuhr mit der Kozlow-Akte durch die Luft und schrie: »Diese Hose ist noch völlig in Ordnung!«

»Trotzdem können Sie sie nicht mehr zurückgeben. Rückgabe und Umtausch ausgeschlossen.«

»Warum?«

»Weil, wenn wir ein Umtauschrecht hätten, die geringfügigen Vergehen, die den Hauptanteil der Straftaten in dieser Stadt ausmachen, nie verfolgt würden. Alle würden auf die interessanten Fälle warten.«

»Es ist mir schnurzegal, was hier üblich ist, Guff. Ich möchte diesen Fall wieder loswerden! Lassen Sie mich noch mal rekapitulieren. Sie sagen also, ich kann nicht einfach ins ECAB gehen, dieser Frau die Unterlagen auf den Tisch legen und sagen: ›Entschuldigung, diesen Fall hat der Bote versehentlich mir gegeben‹?«

»Theoretisch könnten Sie es schon. Aber nur, solange –«

Saras Telefon begann zu läuten.

»Solange was?«, fragte Sara, ohne abzunehmen.

»Solange die ECAB-Bearbeiterin nicht gemerkt hat, dass er weg war. Aber wenn sie es herausfindet ...«

»Einen Augenblick.« Sara nahm den Hörer ab. »Hier Sara.«

»Sara, hier ist Evelyn Katz aus dem ECAB. Haben Sie einen Einbruchsfall mit einem Angeklagten namens Kozlow? Wenn Sie ihn genommen haben, müssen Sie es mir sagen. Es ist wichtig.«

»Einen Augenblick, bitte.« Sara drückte auf die Stummschaltetaste und sah Guff an. »Wir kriegen Ärger.«

»Zweihundertfünfzigtausend?«, fragte Marty Lubetsky mit hochrotem Kopf. »Und das nennen Sie einen Vergleich?«

»Unter Berücksichtigung der näheren Umstände halte ich das für durchaus angemessen«, rechtfertigte sich Jared und versuchte das Ergebnis seiner Verhandlungen mit Hartley in ein günstiges Licht zu rücken. »Ursprünglich wollte er siebenhunderttausend.«

Marty Lubetsky war der Teilhaber von Wayne & Portnoy, der Rose Microsystems betreute. »Mich interessiert einen Dreck, dass sie siebenhunderttausend verlangt haben – meinetwegen hätten sie auch siebenhundert *Millionen* verlangen können. Ihr Job ist es, sie auf eine Summe runterzuhandeln, mit der unser Mandant leben kann. Und was das angeht, haben Sie versagt. Kläglich.«

Jared ärgerte sich über sich selbst, dass er sich zu rechtfertigen versuchte. Außerdem wusste er, dass Lubetsky keine Rechtfertigungen mochte. Er mochte Resultate. Und wenn er keine Resultate zu sehen bekam, wurde er gern laut. Und wenn er laut wurde, ließ er sich nicht gern unterbrechen. Deshalb stand Jared fast zehn Minuten stumm da.

»Herrgott noch mal, Jared, wenn Sie Hilfe brauchen, warum bitten Sie dann nicht darum? Jetzt stehe ich wie der letzte Trottel da und kann in die Röhre schauen. Und dabei ist noch nicht mal berücksichtigt, dass Sie fünfzigtausend mehr zugesagt haben, als man uns bei Rose bewilligt hat.«

»Ich habe ihnen gesagt, das Angebot ist nur verbindlich, wenn Rose es akzeptiert.«

»Wen interessiert schon, was Sie denen gesagt haben? Sie können die Geister, die Sie losgelassen haben, nicht so einfach wieder zurückpfeifen.«

Jared verstummte wieder. »Ich weiß nicht, was ich anderes sagen soll«, erwiderte er schließlich. »Ich habe alles versucht. Ich hätte mich nicht auf einen Vergleich geeinigt, wenn ich es nicht für das Beste für Rose gehalten hätte. Wenn Sie möchten, kann ich es ihnen ja beibringen.«

»Und ob Sie derjenige sind, der es ihnen beibringen darf! Wenn sie schon bluten müssen, dann sollen sie auch wissen, wem sie es zu verdanken haben.«

Unfähig, Guff in die Augen zu sehen, spielte Sara mit dem Bleistift auf ihrem Schreibtisch herum. Vor ihr war eine Zeichnung einer Person, die an einer Schlinge von einem Galgen hing. Unter dem Gehenkten machte sie vier Kästchen und trug die Buchstaben *S-A-R-A* darin ein. Als sie mit dem vierten Buchstaben fertig war, stach sie mit dem Bleistift so fest auf den Gehenkten ein, dass die Spitze abbrach.

»Hören Sie damit auf, sich selbst zu zerfleischen!«, sagte Guff.

»Dieser Fall hat mir doch nicht mal gehört.«

»Er hat niemandem gehört. Und wenn es Sie beruhigt: Wenn Evelyn ihn wirklich gewollt hätte, hätte sie ihn zurückverlangt.«

»Sie hat ihn nur aus dem Grund nicht zurückgewollt, weil allen klar ist, dass der Fall nichts hergibt.«

»Bettler dürfen nicht wählerisch sein, Boss. Und jetzt hören Sie endlich auf, sich selbst Vorhaltungen zu machen!«

»Sie haben Recht. Wir sollten uns darauf konzentrieren, was wir als nächstes tun. Schluss mit dem Selbstmitleid.«

»Genau. So gefallen Sie mir schon viel bes-«

»Nur noch eines«, unterbrach ihn Sara. »Wissen Sie, was das Dümmste an diesem Fall ist?«

»Nein. Sagen Sie es mir!«

»Das Dümmste daran ist, *dass ich damit nicht mal meine Stelle retten kann! So blöd bin ich! Ich habe den einzigen Fall weit und breit geklaut, der absolut nichts taugt! Und nicht nur, dass er nichts taugt – er bringt mir nur Scherereien!«* Nachdem sie wieder zu Atem gekommen war, schob Sara das Festnahmeprotokoll ganz ruhig zur Seite.

»Fall – eins, Sara – null«, verkündete Guff.

»Das ist überhaupt nicht witzig. Mit dieser einen eigennützigen Entscheidung habe ich nicht nur meiner Karriere geschadet, sondern mir auch noch jemanden zum Feind gemacht, mit dem man sich besser nicht anlegen sollte.«

»Machen Sie sich wegen Evelyn mal keine Sorgen – sie wird nicht lange wütend auf Sie sein.«

»Wer redet denn von Evelyn? Ich meine Victor Stockwell.«

Guff stutzte. »Stockwell weiß Bescheid?«

»Ich weiß es nicht! Evelyn sagte, Stockwell hätte sie nach dem Fall gefragt. Warum? Ist das schlecht?«

»Lassen Sie es mich mal so ausdrücken: Auf der Liste der Leute, die Sie gegen sich aufbringen dürfen, steht Stockwell an letzter Stelle.«

»Wir brauchen Hilfe. Kennen Sie jemanden, der einen guten Draht zu Stockwell hat? Vielleicht kann der Betreffende uns helfen, es wieder auszubügeln?«

»Ich werde mal ein bisschen rumtelefonieren«, sagte Guff und wandte sich zum Gehen.

Sobald er das Büro verlassen hatte, wurde es plötzlich sehr still. Saras Blicke zuckten durch den größtenteils leeren Raum, und plötzlich schien es ihr, als rückten die Wände immer enger zusammen, weshalb sie in der Hoffnung, so die Realität von sich fernhalten zu können, den Kopf auf den Schreibtisch sinken ließ. Fast eine Minute lang funktionierte das sogar. Doch dann holte das Läuten des Telefons alle ihre Probleme wieder zurück.

»Hier Sara«, meldete sie sich. »Wenn es schlechte Nachrichten sind, will ich sie nicht hören.«

»Hört sich ganz so an, als verliefe dein Nachmittag ganz ähnlich wie meiner.« Es war Jared.

»Wenn so etwas überhaupt noch möglich ist, habe ich, glaube ich, alles nur noch schlimmer gemacht.« Nachdem sie ihm geschildert hatte, wie sie einen für einen der dienstältesten SBAs bestimmten Fall gestohlen hatte, fügte Sara hinzu: »Und jetzt habe ich diesen dämlichen Fall am Hals und kann trotzdem meinen Job nicht damit retten.«

»Irgendwie leuchtet mir das nicht so recht ein«, sagte Jared.

»Wenn es so ein unbedeutender Fall ist, warum war er dann für einen eurer absoluten Cracks vorgemerkt?«

»Anscheinend wollte irgendein Cop, dass er ihn übernimmt.«

»Bist du sicher, das ist der Grund?«

»Wie meinst du das?« Sara hob den Kopf.

»Cops sind nicht blöd. Sie wissen ganz genau, die Starankläger geben sich nicht mit irgendwelchem Kleinkram ab.«

Sara ging die Fakten noch einmal in ihrem Kopf durch. »Unter diesem Gesichtspunkt habe ich es noch gar nicht betrachtet.« In ihre Stimme schlich sich wachsende Erregung. »Du könntest Recht haben. Vielleicht entpuppt sich dieser Fall als der absolute Knüller.«

»Sara, sei bitte vorsichtig! Mach dir nicht zu große Hoff-«

»Du hast es doch selbst gesagt«, unterbrach sie ihn. »Es muss einen Grund geben, warum dieser Fall für Victor vorgemerkt war.«

»Augenblick mal – Victor? Etwa Victor Stockwell?«

»Ja. Kennst du ihn?«

»Nur vom Hörensagen.«

»Na schön, jedenfalls weißt du jetzt, was ich meine – Victor Stockwells Name stand nicht ohne Grund drauf.«

»Aber das heißt nicht, dass der Fall wirklich etwas taugt«, erklärte ihr Jared. »Wenn dem so wäre, hätte er ihn zurückverlangt.«

»Bloß weil er für Stockwell nicht interessant genug ist, heißt das noch lange nicht, er ist nicht interessant genug für mich.«

»Jetzt kommen wir der Sache schon näher. Hast du deinen Assistenten schon gefragt? Hat er irgendeine Idee?«

»Das ist die andere Sache.« Saras Begeisterung begann sich bereits wieder zu legen. »Ich habe Guff erzählt, dass ich den Fall gestohlen habe, aber ich habe ihm nur angedeutet, dass er für Stockwell vorgemerkt war.«

»Warum?«

»Ich weiß auch nicht.«

»Jetzt hör mal, Sara, ich merke sofort, wenn du mir was vorzumachen versuchst.«

»Ich habe das Gefühl, er vertraut mir. Und dieses Vertrauen möchte ich nicht verspielen.«

»Daran ist nicht das Geringste auszusetzen, aber du darfst dich jetzt nicht unterkriegen lassen! Übernimm diesen Fall, mach das Beste daraus und gewinne ihn. Soweit ich das beurteilen kann, ist das die einzige Möglichkeit, deinen Job zu behalten.«

»Du hast vollkommen Recht. Von jetzt an werde ich die Sache in die Hand nehmen.«

Als er aufgelegt hatte, wurde Sara wieder die Stille bewusst, die im Raum herrschte. Aber anstatt sich von ihr unterkriegen zu lassen, kämpfte sie dagegen an. Das ist es, sagte sie sich. Entweder du versuchst, eine Sache in den Griff zu bekommen, oder du lässt dich von ihr fertig machen. Sie stand auf und ging zu Guff ins Vorzimmer hinaus. »Schon Glück gehabt bei der Suche nach Helfern?«

»Noch nicht«, sagte Guff. »Wie sieht's bei Ihnen aus?«

»Ich glaube, ich bin inzwischen bereit, den Kampf aufzunehmen.«

»Tatsächlich? Woher dieser plötzliche Stimmungsumschwung?«

»Nichts weiter als eine kleine Dosis Realität. Und so verrückt es sich anhören mag, allmählich bekomme ich sogar ein richtig gutes Gefühl bei der Sache.«

Die Fäuste fest um die Gitterstäbe seiner Gefängniszelle gelegt, hatte Tony Kozlow Mühe, seine Stimme auf Flüsterlautstärke zu halten. »Was soll das heißen: Sie hat den Fall gestohlen?«

»Genau, was ich sage«, erwiderte Stockwell, der eine Armlänge von den Gitterstäben entfernt stand. »Sie hat ihn gestohlen. Der Fall kam rein, sie war zufällig gerade in der Nähe, und sie hat ihn sich geschnappt. Ich schätze, sie sah meinen Namen darauf stehen und schloss daraus, es wäre ein wichtiger Fall. Das Problem ist, sie hat eine Niete gezogen.«

»Kommen Sie mir bloß nicht dumm«, zischte Kozlow. Mit seinen dunklen Haaren, dem dichten schwarzen Spitzbart und der dreiviertellangen schwarzen Lederjacke war Tony

Kozlow das, was man in der Staatsanwaltschaft einen typischen Kleinganoven nannte. Aus der Unterschicht stammend und leicht reizbar, war er wegen Stockwells Ton auf hundertachtzig. »Weiß Mr. Rafferty davon?«

Stockwell zuckte innerlich zusammen. »Noch nicht. Ich konnte ihn noch nicht erreichen. Im Übrigen ist das der einzige Grund, warum ich hier bin – ich dachte, er wäre vielleicht gerade zu Besuch bei Ihnen.«

»*Der* und *mich* besuchen?« Kozlow sah Stockwell mit zusammengekniffenen Augen an. »Warum hören Sie nicht auf mich und versuchen noch mal, ihn zu erreichen?«

Stockwell ging bedächtig auf die Zelle zu, steckte den Arm zwischen den Gitterstäben durch und packte Kozlow am Nacken. »Ich will Ihnen mal was sagen!« Er drückte Kozlows Gesicht gegen die Eisenstangen der Zelle. »Erzählen Sie mir nicht, was ich zu tun habe. Das mag ich nicht.«

Wütend schob Kozlow die Hände zwischen den Gitterstäben durch, packte Stockwell an den Ohren und rammte sein Gesicht gegen die Stäbe. »Willst du mir etwa drohen?«, brüllte er. »Fass mich noch einmal an und ich reiß dir den Kopf ab!« In wenigen Sekunden war ein in der Nähe stehender Wärter angelaufen gekommen, um Stockwell zu befreien. Er rammte Kozlow seinen Knüppel in den Bauch, sodass dieser in die Knie ging.

»Alles in Ordnung?«, fragte der Wärter Stockwell.

Ohne eine Antwort wandte sich Stockwell von Kozlows Zelle ab und verließ den Zellentrakt.

»Das nennen Sie einen Vergleich?«, brüllte Joel Rose.

»Mehr konnten wir nicht herausholen«, sagte Jared mit geschlossenen Augen, den Hörer zwischen Kopf und Schulter geklemmt. Von dem Augenblick an, in dem er den Anruf gemacht hatte, war ihm klar gewesen, dass er sich auf das Schlimmste gefasst machen musste. Lubetsky war schon nicht begeistert gewesen von der Höhe der Vergleichssumme, aber Joel Rose, Präsident und geschäftsführender Direktor von Rose Microsystems, war derjenige, der sie bezahlen musste – und das hieß, er wäre sogar noch weniger davon begeistert. Bemüht, möglichst zufrieden mit dem Verhandlungsergebnis zu klingen, sagte Jared: »Außerdem, verglichen mit der Alternative ist diese Zahl doch gar nicht so schlimm.«

»Wirklich?«, fragte Rose. »Dann sagen Sie diese Zahl doch noch mal, Jared.«

»Zweihundertfünfzigtausend.«

»Jetzt hören Sie mir mal gut zu, Jared. Diese Zahl hat sieben Silben. Und weil mehr Silben normalerweise mehr Geld bedeuten, bedeuten sieben Silben eine Menge Geld. Deshalb noch einmal, hört sich das für Sie wie eine kleine Zahl an?«

»Mr. Rose, ich weiß, Sie wollten nicht so viel zahlen, aber es ist wirklich ein fairer Vergleich – glauben Sie mir, es hätte schlimmer kommen können.«

»Ihnen glauben?« Roses Stimme bebte vor Wut. »Wir sind hier nicht bei den verdammten Pfadfindern, wir sind hier – Wissen Sie was? Stellen Sie mich zu Lubetsky durch. Ich habe die Schnauze voll, mich mit irgendwelchen Schwachköpfen herumzuschlagen.«

»Sind Sie sicher, er wird uns helfen?«, fragte Sara, als sie sich an ihren Schreibtisch setzte.

»Wenn Conrad sagt, er tut etwas, dann tut er es auch«, erwiderte Guff.

»Und wer ist dieser Conrad?«

»Conrad Moore ist ein fantastischer Ankläger – einer der renommiertesten dieser Behörde. Und noch wichtiger, er ist der SBA, für den ich ursprünglich gearbeitet habe, als ich hier anfing. Als ich ihn fragte, ob er Ihnen in dieser Sache einen Rat geben könnte, meinte er, nichts lieber als das.«

»Das ist ja großartig. Danke, Guff!«

»Danken Sie mir lieber noch nicht. Warten Sie erst ab, bis Sie ihn kennen gelernt haben. Er ist ziemlich anstrengend.«

»Wie meinen Sie das, anstrengend?«

»In den letzten vier Jahren hatte Conrad die meisten Strafprozesse der ganzen Staatsanwaltschaft. Er bringt mehr Fälle zur Verhandlung als sonst jemand.«

»Warum?«

»Ganz einfach – er lässt sich nie auf einen Handel ein. Wenn Sie ein Verbrechen begangen haben, schickt er Sie auch ins

Gefängnis. Punkt. Kein Gefeilsche, kein Plädieren auf Straferlass, keine Gefälligkeiten. Und weil er wichtige Fälle bekommt, kann er es sich auch leisten.«

»Wenn er so beschäftigt ist, woher nimmt er dann die Zeit, mir zu helfen?«

»Ich weiß nur, er hat gerade den letzten seiner Schützlinge aus seiner Obhut entlassen, und darum habe ich die Gelegenheit einfach beim Schopf ergriffen.«

»Egal, was dabei herauskommt, ich bin dabei. Wann soll's losgehen?«

Guff sah auf seine Uhr. »Er sagte, er würde gleich anru-«

Saras Telefon begann zu läuten.

»Na, was habe ich gesagt!« Grinsend verschränkte Guff die Arme über der Brust.

»Hier Sara.«

»So meldet man sich doch nicht am Telefon«, sagte die Stimme am anderen Ende der Leitung. »Was ist im Moment Ihr Job?«

»Wer spricht da bitte?«, fragte Sara.

»Conrad Moore. Guff sagte, Sie bräuchten Hilfe. Also, was ist gerade Ihr Job?«

»Ich bin BA«, stotterte Sara.

»Sie sind kein BA«, sagte Moore streng. »Im Fernsehen ist jeder BA. Im Kino ist jeder BA. Im richtigen Leben dagegen gibt es nur einen BA: Arthur Monaghan. Unseren Boss. Und Sie sind im richtigen Leben ein stellvertretender Bezirksstaatsanwalt, ein SBA. Wenn Sie sich also am Telefon melden, sagen Sie jedem, egal wer anruft, mit wem er es zu tun hat. Verstanden?«

Sara hörte ein Klicken, als Conrad auflegte. Fünf Sekunden später läutete das Telefon wieder. Zögernd nahm Sara ab. »Büro des stellvertretenden Bezirksstaatsanwalts«, meldete sie sich. »Sara hier.«

»Nein!«, rief Conrad. »Das ist der erste Eindruck, den man von Ihnen gewinnt. Möchten Sie, dass die denken, sie hätten die Vorzimmerdame dran? Wie heißen Sie mit Nachnamen, Sara?«

»Tate.«

»Dann ist das alles, was Sie sagen. In diesem Amt haben wir es mit Kriminellen zu tun. Und im Gegensatz zu der Anwaltskanzlei, für die Sie mal gearbeitet haben, wollen wir nicht mehr Mandanten – wir wollen weniger. Deshalb brauchen wir nicht nett zu sein. Wir wollen gemein sein. Wir wollen, dass die Leute Angst haben, wenn sie ein Verbrechen begehen. Begeben Sie sich also mit diesen Leuten nicht auf eine Ebene! Von jetzt an sind Sie SBA Tate. Mehr nicht.« Wieder hängte Conrad auf.

Fünf Sekunden später läutete Saras Telefon erneut. Sie nahm ab und schrie in den Hörer: »*SBA Tate! Wer ist das zum Teufel?*«

»Sehr gut«, lobte sie Moore. »Das ist der einschüchternde Ton, den wir haben wollen.«

»Na, Gott sei Dank. Sehen wir uns jetzt vielleicht auch mal unter vier Augen, oder unterhalten wir uns den ganzen Tag am Telefon?«

»Kommen Sie gleich rüber!« Moores Ton wurde etwas wärmer. »Ich bin am Ende des Flurs. Auf der rechten Seite. Zimmer 755.«

Als sie auflegte, wandte sich Sara Guff zu und holte tief Luft. »Geschafft. Kommen Sie mit?«

»Soll das ein Witz sein? Darauf habe ich den ganzen Tag gewartet. Also, wie finden Sie ihn?«

»Aggressiv ist er jedenfalls«, sagte Sara, als sie auf den Gang hinaustrat. »Ich hoffe nur, er kann uns trotzdem helfen.«

Forsch ging Victor Stockwell die Centre Street hinauf. Er wollte möglichst rasch in sein Büro zurück. Die jüngsten Vorkommnisse hatten ihn mehr Zeit gekostet als erwartet, und es war ihm noch immer nicht gelungen, Rafferty zu erreichen. Doch als er vor dem alten Bundesgerichtsgebäude die Straße überquerte, läutete sein Handy. Es war nur über seine Privatnummer zu erreichen, die nicht im Verzeichnis der Staatsanwaltschaft stand; entsprechend durfte sie nur in Notfällen benutzt werden. Er klappte das Telefon auf und meldete sich: »Wer ist da?«

»Wer ist da?«, fragte Kozlow in einer Imitation von Stockwells tiefer Stimme. »Wie geht's, Vic? Lange nicht die Fresse gegen ein paar Gitterstäbe geknallt bekommen, wie?«

Stockwell blieb einen Schritt vom Bordstein entfernt stehen. »Wie kommt es, dass Sie mich anrufen?«

»Jeder kriegt einen Anruf genehmigt, Sie Arschloch. Das weiß sogar ich. Und wenn sich Mr. Rafferty zu einer raschen Spende durchringen kann, erhalte ich unbegrenzten Zugang – verstehen Sie, was ich meine?«

»Warum hat er Ihnen diese Nummer gegeben?«

»Er ist nicht zufrieden mit Ihnen, Vic, deshalb. Es läuft nicht wie geplant.«

Stockwell sah sich um. Keiner der Passanten vor dem Gerichtsgebäude war nahe genug, um ihn hören zu können. »Und warum ruft er mich dann nicht selbst an?«

»Weil er keine Lust hat, mit Ihnen zu reden. Er will bloß wissen, was wir tun sollen.«

»Nicht ›wir‹.« Stockwell konnte seinen Ärger nur mit Mühe im Zaum halten. »Ich will nichts mehr mit dieser Geschichte zu tun haben. Ab sofort könnt ihr Kerle selbst sehen, wo ihr bleibt.«

»So läuft das aber nicht!«

»O doch, das tut es. Ich habe mich eingeschaltet, um unserem gemeinsamen Freund einen Gefallen zu tun. Und jetzt steige ich wieder aus.«

»Aber Sie können den Fall immer noch übernehmen.«

»Ich habe Ihnen bereits gesagt, ich bin fertig mit Ihnen. Ich habe genügend anderes zu tun – da kann ich gut darauf verzichten, auch noch meine Karriere aufs Spiel zu setzen. Haben Sie verstanden, was *ich* sage, Sie kleiner Psychopath?«

Am anderen Ende der Leitung trat kaltes Schweigen ein. »Dann sagen Sie mir nur noch eines«, knurrte Kozlow. »Was sollen wir jetzt am besten tun?«

»Ganz einfach«, erwiderte Stockwell. »Er muss dafür sorgen, dass Sie für unschuldig befunden werden – werden Sie schuldig gesprochen, hat Ihr Boss verloren. Wenn ich also an seiner Stelle wäre, würde ich so viel wie möglich über die neue SBA herauszufinden versuchen, die den Fall hat. Sie ist diejenige, gegen die Sie gewinnen müssen.«

»Wie heißt sie?«

»Sara«, sagte Stockwell. »Sara Tate.«

4

Sara stand vor Conrad Moores Büro und las die zwei Zitate, die auf seiner geschlossenen Tür prangten: »*Crimine ab uno disce omnes* – Erkenne die Nation an einem Verbrechen« – Vergil; und »Ruhm ist etwas, das man erringen muss; Ehre ist etwas, das man nicht verlieren darf« – Arthur Schopenhauer.

Sara sah Guff an und zog die Augenbrauen hoch. »Wie haben Sie ihn genannt? Anstrengend?«

Grinsend klopfte Guff an die Milchglasscheibe. »Herein«, knurrte eine Stimme hinter der Tür. Sie traten ein.

Conrad Moore stand an seinem Schreibtisch und sah Papiere durch. Er war kleiner, als Sara ihn sich vorgestellt hatte, ein Mann mittlerer Größe, mit einer kompakten, aber kräftigen Statur. Mit seinem pechschwarzen Haar und dem durchdringenden Blick seiner braunen Augen sah er genauso Furcht einflößend aus, wie er sich anhörte. Doch ein warmes, liebenswürdiges Lächeln milderte den bedrohlichen äußeren Eindruck.

»Conrad, das ist Sara Tate.«

Sara reichte ihm die Hand. »Freut mich, Sie kennen zu lernen!«

»Nehmen Sie doch bitte Platz«, forderte Moore die beiden auf und ließ sich in seinen Schreibtischsessel nieder.

»Sara, das ist also der wiederkehrende Alptraum eines jeden Verbrechers«, stellte Guff seinen alten Chef vor.

»Das habe ich bereits gehört«, erklärte Sara. »Guff sagt, Sie haben ein ungeheures Arbeitspensum zu bewältigen.«

»Darüber beklage ich mich nicht, und dafür entschuldige ich mich nicht.« Moore lehnte sich zurück. »Was das Strafrechtssystem angeht, mag Amerika ja in seine hoch bezahlten Verteidiger vernarrt sein, aber wenn Sie mich fragen, wird nur eine Seite nicht zur Hölle fahren.«

»Und das sind wir?«, sagte Sara.

»Natürlich sind wir das. Mit jedem Fall, den wir gewinnen, holen wir einen Verbrecher von der Straße. Das klingt vielleicht abgedroschen, aber es heißt, wir persönlich machen für Sie und alle anderen Menschen in dieser Stadt das Leben etwas sicherer. Das ist der einzige Grund, es zu tun.« Moore verschränkte die Hände hinter dem Kopf und fügte hinzu: »Darum, Sara, würde ich gern wissen, warum Sie Ihrer Kanzlei den Rücken gekehrt haben. Sie müssen auf ein sechsstelliges Gehalt verzichtet haben, um hierher zu kommen.«

»Wen interessiert schon mein Gehalt? Ich dachte, Sie würden mir bei meinem Fall helfen.«

»Das werde ich auch«, erwiderte Moore. »Wenn Sie mir meine Frage beantwortet haben. Warum haben Sie aufgehört, als Anwältin zu arbeiten?«

»Also, lassen Sie es mich so ausdrücken: Geld – toll; Arbeit – schrecklich. In den sechs Jahren in meiner alten Kanzlei habe ich nur an zwei Prozessen teilgenommen. Die restliche Zeit habe ich in der Bibliothek verbracht, mit Recherchen und dem Entwerfen von Anträgen.«

»Also bekamen Sie die Nase voll und beschlossen, auf die Seite der Guten überzuwechseln?«

»Nicht ganz. Ich war nicht gerade begeistert von der Tätigkeit in einer großen Kanzlei, aber ich sollte in ein, zwei Jahren als Partnerin aufgenommen werden. Und da sich dann die ganze Plackerei auch gelohnt hätte, dachte ich, ich bleibe dabei. Wie dem auch sei, um eine schrecklich lange und leidige Geschichte kurz zu fassen: Als ich eines Tages um meine zweijährige Beurteilung bat, gaben sie mir zu verstehen, ich befände mich nicht auf der Teilhaberschiene. Sie meinten, ich hätte nicht das Zeug dazu, es in ihrer Kanzlei zu etwas zu bringen.«

»Aber deswegen wurden Sie nicht gefeuert.«

»Nein, gefeuert wurde ich, als …« Sara hielt inne. »Woher wussten Sie, dass ich entlassen worden bin?«

»Ich arbeite nun schon neun Jahre in dieser Behörde«, sagte Moore. »Ich habe in jeder größeren Kanzlei New Yorks Freunde – auch in Ihrer ehemaligen.«

»Sie haben mich überprüft?«

»Schauen Sie, Guff hat mich gebeten, Ihnen zu helfen. Aus irgendeinem Grund mag er Sie. Aber wenn ich schon jemandem etwas beibringe, versteht es sich von selbst, dass ich vorher wissen will, aus welchem Holz der Betreffende geschnitzt ist.«

»Warum stellen Sie mir dann eine Frage, auf die Sie die Antwort bereits wissen?«

»Um zu sehen, ob Sie lügen würden«, sagte Moore ganz direkt. »Ich will aber trotzdem noch wissen, warum Sie entlassen wurden.«

»Wenn Sie so viele Leute kennen, wie kommt es dann, dass Sie das nicht wissen?«, fragte Sara.

Moore lächelte. »Man sagte mir schon, Sie sind eine Kämpfernatur.«

»Das können Sie laut sagen«, flocht Guff ein.

»Um Ihre Frage zu beantworten«, fuhr Moore fort, »vielleicht möchte ich ja Ihre Version der Geschichte hören.«

»Können wir uns das nicht für ein andermal aufsparen?«, fragte Sara. »Mein Soll an Peinlichkeiten ist für heute erfüllt.«

»Meinetwegen«, sagte Moore. »Dann befassen wir uns mal mit Ihrem Problem. Sie fragen sich also, was Sie mit dem Fall machen sollen.«

»Was ich damit machen soll, weiß ich – ihn zur Verhandlung bringen. Ich weiß nur nicht, ob Stockwell mich lässt.«

»Wenn sowohl Victor als auch Evelyn wissen, dass Sie ihn haben, und ihn noch nicht zurückverlangt haben, gehört der Fall Ihnen. Ob es Ihnen passt oder nicht, Sie haben ihn am Hals.«

»Glauben Sie, Stockwell wird es mich ausbaden lassen?«

»Er ist bestimmt sauer. Aber deswegen würde ich mir an Ihrer Stelle keine Sorgen machen. Alle rangälteren SBAs haben ein ausgeprägtes Revierdenken.«

»Sie müssen es ja wissen.« Sara fragte sich noch immer, warum der Fall für Stockwell vorgemerkt gewesen war.

»Und was ist mit der Tatsache, dass der Fall nichts hergibt?«, fragte Guff. »Glauben Sie, er ist so unbedeutend, dass sie damit ihren Job gar nicht retten kann.«

»Er mag vielleicht nichts hergeben«, sagte Sara. »Aber er ist alles, was ich habe.«

»Ganz richtig«, gab ihr Moore Recht. »Und wenn Sie diese Behörde von Ihren Fähigkeiten überzeugen wollen, ist irgendetwas immer besser als gar nichts.« Er erhob sich von seinem Sitz und ging zur Tür. »Aber jetzt verlassen wir lieber mal diesen Raum.«

»Jetzt wird er Ihnen beibringen, wie man das Verbrechen bekämpft«, bemerkte Guff, an Sara gewandt.

»Soll ich Mantel und Degen mitnehmen?«, fragte Sara.

»Wie bitte?«

»Ach, nichts.« Sara folgte Moore zur Tür. »Wohin gehen wir?«

»Zurück ins ECAB.« Mit einem Blick auf Saras Hände fügte Moore hinzu: »Übrigens, wenn ich Ihnen noch einen Rat geben darf: Nehmen Sie Ihren Ehering ab.«

»Wie bitte?«

»Sie haben mich ganz richtig verstanden: Nehmen Sie den Ring ab. Als Staatsanwältin werden Sie sich bei einigen ziemlich unangenehmen Zeitgenossen unbeliebt machen. Je weniger diese Leute über Sie wissen, desto besser. Und glauben Sie mir, jedes Detail, das Sie der anderen Seite preisgeben – ganz gleich, wie unbedeutend es sein mag –, sie werden eine Möglichkeit finden, es gegen Sie zu verwenden.«

Als Jared sich in der Cafeteria der Kanzlei einen Schokoriegel holte und wieder in sein Büro zurückging, wünschte er sich, er könnte endlich Feierabend machen. Angefangen bei Hartley über Lubetsky bis hin zu Rose, hatte er den ganzen Nachmittag nichts als Ärger gehabt. Als er nun den gewundenen, kirschbaumvertäfelten Flur entlangging, versuchte Jared angestrengt, sein jüngstes Malheur zu vergessen und stattdessen an sein größtes Plus zu denken: an Sara, den einzigen Menschen, der ihm immer half, die Dinge so zu sehen, wie sie wirklich waren. Er überlegte, was sie zu Rose gesagt hätte, und lachte still in sich hinein. Sara hätte sich diesen Ton niemals bieten lassen. Wenn Rose mit seiner Attacke fertig gewesen wäre, hätte sie ihn so niedergemacht, dass er es bereut hätte, auch nur den Mund aufgemacht zu haben. Das war es vor allem, was Jared so an ihr schätzte. Sie machte, was *er* nicht konnte. Wenn Jared ihrem Bedürfnis nach Vorhersehbarkeit und Organisation entgegenkam, kam sie seinem Bedürfnis nach Unberechenbarkeit und Spontaneität entgegen.

Allmählich begann Jared sich zu beruhigen. Das heißt, bis er eine Hand auf seiner Schulter spürte.

»Könnte ich Sie bitte kurz unter vier Augen sprechen?«, fragte Thomas Wayne und deutete auf sein Büro. Thomas Wayne war einer der beiden Gründer von Wayne & Portnoy, und es kam sehr selten vor, dass jemand, der noch nicht Partner war, allein zu einer Besprechung mit ihm gerufen wurde. Mit seinen eins achtundachtzig überragte Wayne die meisten seiner Angestellten deutlich, weshalb sich hartnäckig das Gerücht hielt, bei Wayne & Portnoy bekomme niemand eine Anstellung, der größer sei als Mr. Wayne. Natürlich traf das Gerücht nicht zu, aber Wayne gefiel der geheimnisvolle Nimbus, mit dem es ihn umgab, und er unternahm deshalb auch nichts, es zum Verstummen zu bringen. In Waynes Augen waren es Gerüchte wie dieses, die Legenden entstehen ließen – und wenn Thomas Wayne ein Ziel hatte, dann das, eine Legende zu werden.

»Wie ich höre, haben Sie einen schweren Tag hinter sich«, sagte Wayne, als er die Tür seines Büros schloss.

»Es war sicher nicht mein bester«, antwortete Jared.

»Das mag durchaus sein.« Wayne nahm hinter seinem großen, aber ansonsten unprätentiösen Nussbaumschreibtisch Platz. »Aber es waren nicht Tage wie dieser, die diese Kanzlei zu dem gemacht haben, was sie ist. Sie müssen sich darüber im Klaren sein, Jared, zu dem, was sie ist, wurde diese Kanzlei durch Männer, die die Ärmel hochgekrempelt und fest zugepackt –«

»Mir ist durchaus klar, was Sie sagen wollen, Sir«, unterbrach Jared seinen Chef. »Aber ich will ganz ehrlich mit Ihnen sein – Rose Microsystems mag vielleicht eine beträchtliche Summe bezahlt haben, aber ich bin der festen Überzeugung, wir haben ihnen eine wesentlich unangenehmere Alternative erspart. Sosehr sie auch toben und schimpfen mögen, stehe ich zu meiner Arbeit und ihrem Ergebnis.«

»Jared, haben Sie schon mal etwas von Percy Foreman gehört?«

»Der Name kommt mir bekannt vor, aber ich weiß nicht, wer –«

»Percy Foreman hat James Earl Ray verteidigt, den Mann, der Martin Luther King jr. ermordet hat. Und einmal abgesehen davon, wie Sie die Sache unter ethischen Gesichtspunkten sehen, war Percy einer der besten Verteidiger aller Zeiten. Irgendwann im Lauf seiner Karriere verteidigte er eine wohlhabende Dame der feinen Gesellschaft, die des Mordes an ihrem Mann beschuldigt wurde. Percy verlangte fünf Millionen Dollar dafür, den Fall zu übernehmen. *Fünf Millionen*. Selbst an heutigen Honoraren gemessen ist das unverschämt. Aber die Frau zahlte, und Percy übernahm den Fall. Beim Prozess unterlief er mit immer neuen Finten und Winkelzügen die Beweisführung der Anklage. Und am Ende schaffte er es, dass seine Mandantin für nicht schuldig befunden wurde. Aber die Presse – sie konnten einfach nicht fassen, dass er von dieser Frau dieses exorbitante Honorar verlangt hatte. Als die Journalisten Percy also auf der Treppe vor dem Gerichtsgebäude abfingen, wollten sie von ihm wissen, warum er fünf Millionen Dollar verlangt hätte, worauf Percy, ohne mit der Wimper zu zucken, in die Menge blickte und sagte, er habe diese Summe verlangt, weil *sie nicht mehr hatte*.«

Wayne sah Jared unverwandt an. »Und genau so stelle ich mir einen Anwalt vor, der hier arbeitet. Wenn ein Anwalt clever ist, wunderbar; wenn er ehrlich ist, wunderbar; wenn er aggressiv ist, ebenfalls wunderbar. Aber die wichtigste Eigenschaft, um wirklich gute Aufträge an Land zu ziehen, ist absolutes Vertrauen auf die eigene Fähigkeit, einen Prozess zu gewinnen. Mandanten laufen dem Erfolg hinterher – wenn sie das Selbstvertrauen *an* Ihnen riechen können, werden sie auch Vertrauen *in* Sie haben. Und wenn sie dieses Vertrauen haben, werden sie Ihnen immer vertrauen und Ihre Entscheidungen nie anfechten.

Und genau das war heute Nachmittag das Problem mit Ihnen, Jared«, fuhr Wayne fort. »Hätte Rose totales Vertrauen in Sie, hätte er diesen Scheck mit einem Lächeln ausgestellt. Stattdessen droht er jetzt, uns zu verlassen, und das bei einer jährlichen Auftragssumme in Höhe von drei Millionen Dollar. Wenn Sie allerdings neue Mandanten akquirieren könnten, träfe es uns nicht so hart, dass uns das Geschäft mit Rose entgeht.

Aber wenn ich mir Ihre Unterlagen ansehe, scheint es, dass die Akquisition neuer Mandanten nicht gerade Ihre Stärke ist.«

»Ich weiß«, gab Jared zu. »Aber ich versuche mein Bestes –«

»Neue Mandanten zu akquirieren erfordert mehr als nur Ihr Bestes. Es erfordert, jemanden davon zu überzeugen, dass er Ihnen sein Leben anvertrauen kann. Wenn wir dieses Vertrauen nicht genießen, können wir die alten Mandanten nicht halten und erst recht keine neuen akquirieren. Und wenn wir keine neuen Mandanten akquirieren können, können wir als Unternehmen nicht wachsen. Und wenn wir als Unternehmen nicht wachsen können, tja – Partner zu werden wird dann etwas schwierig. Verstehen Sie, worauf ich hinauswill, Jared?«

»Absolut, Sir.« Jared mußte sich sehr anstrengen, enthusiastisch zu klingen. »Aber Sie brauchen sich keine Sorgen zu machen. Ich weiß, was alte Mandanten wert sind, ich weiß, was neue Mandanten wert sind, und ich weiß auch, was es wert ist, in dieser Kanzlei Partner zu sein.«

»Wunderbar«, sagte Wayne. »Dann bin ich froh, dass wir dieses Gespräch geführt haben.«

Im ECAB steuerten Sara, Moore und Guff schnurstracks auf ein Büro auf der Rückseite des Raums zu. Sara setzte sich an den Schreibtisch.

»Okay«, sagte Moore zu Guff. »Stellen Sie ihr die Frage.«

»Ein Mann, der vorgibt, okkulte Kräfte zu haben, verspricht einer reizenden alten Dame, die bösen Geister auszutreiben, die ihr Kätzchen namens Shirley befallen haben«, begann Guff. »Weswegen können Sie ihn belangen?«

»Wie bitte?«

»Das Vergehen«, erklärte Guff. »Welche Straftat können Sie diesem Geisterbeschwörer zur Last legen?«

Als Sara auf das Buch mit den New Yorker Statuten auf dem Schreibtisch hinabsah, sagte Moore: »Sie sollen nicht das Buch benutzen. Benutzen Sie Ihr Wissen.«

»Ich bin nicht sicher«, gestand Sara. »Ich würde mal sagen, Betrug.«

»Sie würden mal sagen? Sie können nicht einfach nur raten. Sie sind stellvertretende Bezirksstaatsanwältin. Wenn ein Cop eine Verhaftung vornimmt, kommt er mit dem Aktenkram zu

Ihnen, und Sie sind diejenige, die entscheidet, um was für eine Straftat es sich handelt. Das heißt, Sie müssen neben den Statuten auch die einzelnen Aspekte einer jeden Straftat kennen.«

»Sie haben auf jeden Fall Recht«, gab Sara zu. »Ich hätte –«

»Sparen Sie sich die Selbstvorwürfe. Machen Sie einfach weiter – benutzen Sie das Buch und suchen Sie das Vergehen.«

Sara schlug den Wälzer auf und begann darin zu blättern, um nach der Antwort auf Guffs hypothetische Frage zu suchen. Fast drei Minuten lang sahen Moore und Guff ihr wortlos dabei zu. Schließlich blickte sie auf. »Wahrsagerei.«

»Erklären Sie es«, verlangte Moore.

Sara las aus dem Buch vor. »Wenn man in New York vorgibt, mit Hilfe okkulter Kräfte böse Geister austreiben oder auf sie Einfluss nehmen zu können, kann man der Wahrsagerei angeklagt werden.«

»Und die Verteidigung lautet?«

»Zu Unterhaltungszwecken darf man es tun«, antwortete Sara und wischte sich die Stirn.

»Ganz genau«, sagte Moore. »Aus diesem Grund haben wir den Großen Zamboni und alle anderen nicht verhaftet.«

»Was hat das mit meinem Einbruchsfall zu tun?«

»Sind Sie sicher, dass es ein Einbruch ist?«, hielt ihr Moore entgegen. »Vielleicht ist es gewaltsames Eindringen. Vielleicht ist es Diebstahl. Und wie sieht es mit Raub aus? Die einzige Möglichkeit, das herauszufinden, besteht darin, sich die einzelnen Fakten anzusehen. Die Kenntnis der Fakten gibt Ihnen Aufschluss über die Art des Verbrechens. Wenn Sie zum Beispiel jemandem sein Geld wegnehmen und ihn dann niederschlagen, ist es Raub. Wenn Sie aber sein Geld nehmen, es ihm wieder hinwerfen, wenn er zu schreien anfängt, und ihm dann eins überziehen, damit er zu schreien aufhört, ist es kein Raub mehr, weil Sie sein Eigentum nicht mehr haben. Es ist also von entscheidender Bedeutung, alle Einzelheiten in Erfahrung zu bringen.«

»Stellen Sie sich das Ganze wie einen Film vor«, fügte Guff hinzu. »Nehmen Sie es sich Einzelbild für Einzelbild vor. Fehlt Ihnen auch nur ein Einzelbild, haben Sie nicht den kompletten Film.«

»Na gut«, sagte Sara, nicht gerade überwältigt. »Das kann ich machen.« Sie las vom Anzeigeformular ab: »Nach Erhalt eines Funkrufs, in dem ein Einbruch gemeldet und der Täter beschrieben wurde, griff der Beamte den Täter zwei Blocks vom Ort des Einbruchs entfernt auf. Als sie in die East Eighty-second Street 201 zurückkehrten, identifizierte das Opfer den Täter als den Einbrecher. Nach Durchsuchung der Taschen des Täters kamen eine diamantenbesetzte Ebel-Uhr, ein Golfball aus Sterlingsilber und vierhundertundsiebzig Dollar zum Vorschein, die alle dem Opfer gehörten.«

»Damit«, sagte Moore, »haben Sie etwa drei Prozent dessen, was tatsächlich passiert ist.«

»Warum?«, fragte Sara verwirrt.

»Weil das bei Festnahmen immer so ist – jeder versucht sich im besten Licht darzustellen.« Moore beugte sich vor und nahm Sara die Anzeige aus der Hand. »Hier zum Beispiel: Der Cop spricht von einem ›Einbruch‹. Es ist nicht Aufgabe des Cops, die Straftat zu definieren, die verfolgt werden soll. Das ist Ihre Aufgabe. Und woher wissen wir, dass die über Funk durchgegebene Personenbeschreibung tatsächlich mit dem übereinstimmt, was Kozlow anhatte? Und wer hat den Einbruch gemeldet? War es das Opfer, oder ging ein anonymer Hinweis ein? Falls es ein anonymer –«

»Wenn die Quelle nicht verifiziert werden kann, bräuchte der Richter das Beweismaterial nicht zuzulassen«, sagte Sara. »Sie wollen also sagen, ich muss mit dem Cop sprechen.«

»Genau.« Moore nickte und deutete auf die winzige Videokamera auf dem ECAB-Computer. »Und zwar von Angesicht zu Angesicht. Auf dem Videophon.«

»Ein bisschen arg technisch.« Sara bewegte den Kopf auf die Kamera zu.

»Ich finde es, ehrlich gesagt, absolut schrecklich«, sagte Moore, »aber darüber möchte ich mich jetzt nicht weiter auslassen.«

»Also, ich finde es toll«, warf Guff ein. »Dinge wie diese bringen uns den Jetsons und ihrer Welt der Zukunft einen Schritt näher.«

Ohne sich um Guff zu kümmern, sagte Sara: »Okay, ich rufe also den Cop an und kläre alle Einzelheiten mit ihm. Und anschließend setze ich die offizielle Anzeige auf und fange wieder von vorne an.«

»Was meinen Sie damit: *Sie fangen wieder von vorne an?«*

»Damit meine ich, wenn ich fest entschlossen bin, diese Stelle zu behalten, werde ich mehr als diesen einen popligen Fall brauchen.«

»Ich habe Ihnen doch gesagt, sie will es wirklich wissen«, sagte Guff zu Moore.

»Ohne Frage sollten Sie sich jeden Fall unter den Nagel reißen, dessen Sie habhaft werden können«, sagte Moore zu Sara. »Aber vergessen Sie dabei eines nicht: Solange Stockwell ECAB-Supervisor ist, lässt er Ihnen nur Ramsch zukommen. Sie werden jeden Taschendieb in Manhattan belangen.«

»Und daran führt kein Weg vorbei?«

»In Anbetracht der Tatsache, dass Sie es sich mit Evelyn bereits verscherzt haben, wohl kaum.«

»Na schön. Meinetwegen. Darum spricht man ja auch von Lehrgeld zahlen.« Sara gab sich Mühe, zuversichtlich zu klingen. »Egal, was kommt, ich bin bereit, es zu tun.«

»Das ist genau die richtige Einstellung«, sagte Moore. »Aber wenn Sie sich ein paar Fälle beschafft haben, fahren Sie unbedingt nach Hause und ruhen sich etwas aus. Die Anklageerhebung ist heute Abend gegen elf Uhr.«

»Heute Abend?«, fragte Sara. »Finden Anklageerhebungen noch so spät statt?«

»Wir sind hier in New York«, erklärte ihr Moore. »Der Heimat von sechzehn Millionen Menschen, von denen jeder jeden hasst. Hier finden die Anklageerhebungen rund um die Uhr statt.«

»Ich werde da sein.« Als sie nach dem Telefon griff und die Nummer von Officer Michael McCabe wählte, erhob sich Moore von seinem Platz. »Wo wollen Sie hin?«, fragte Sara.

»Ich habe selbst einiges zu tun. Wir sehen uns bei der Anklageerhebung – sie findet im ersten Stock dieses Gebäudes statt. Kommen Sie sicherheitshalber etwas früher.«

»Bis heute Abend«, sagte Sara, als Moore das Büro verließ.

Als sich der Beamte am Telefon meldete, erklärte ihm Sara, sie rufe wegen der Verhaftung Kozlows an und wolle über das Videophon mit ihm sprechen. Dann legte sie auf und wartete, daß der Polizist zurückrief. Zwei Minuten später läutete ihr Telefon.

»Nehmen Sie ab, und drücken Sie auf ›Empfang‹«, sagte Guff und deutete auf ein Symbol auf ihrem Computerbildschirm.

Als sie Guffs Anweisung folgte, erschien Officer McCabes Gesicht in Farbe auf ihrem Monitor. »Können Sie mich hören?«, fragte Sara und beugte sich zu der winzigen Videokamera vor.

»Na, großartig!« Der Polizist verdrehte die Augen. »Eine Neue.«

»Sparen Sie sich das Gestöhne. Ich weiß, was ich tue.«

»Sie hat sechs Jahre Kanzleierfahrung«, sagte Guff und reckte seinen Kopf in den Blickwinkel des Kameraobjektivs.

»Wer ist das denn?«, wollte McCabe wissen.

»Niemand«, sagte Sara und schob Guff beiseite. »Fangen wir lieber an. Erzählen Sie mir genau, was passiert ist.«

Oscar Rafferty hatte sich den hohen Maroquinsessel an den französischen Schreibtisch (neunzehntes Jahrhundert) seines Partners gezogen und blätterte ruhig in den deutschen Verlagsrechten für *Die Katze auf dem heißen Blechdach.* Dazu war nur ein Anruf nötig gewesen. Das hieß, nicht ganz. Ein Anruf und ein kurzer Besuch in seinem Büro. Damit war das Geschäft perfekt. Von dem Augenblick an, in dem Rafferty die Welt des geistigen Eigentums betreten hatte, war ihm sehr deutlich bewusst gewesen, wie wichtig der Eindruck war, den man auf andere machte. Dem hatte er es maßgeblich zu verdanken, dass er es so weit gebracht hatte. Seien es nun die handgeknüpften Teppiche auf dem Fußboden oder das Calder-Mobile in einer Ecke des Raums, er war stets bemüht, sich von seiner besten Seite zu zeigen. Und wenn er noch mehr Beweise dafür brauchte, wie gut sich diese Devise bezahlt machte, musste er nur einen Blick auf die trocknende Tinte auf dem Vertrag vor ihm werfen. Es hatte weniger als fünfundvierzig Minuten gedauert, um diese vier Millionen Dollar zu verdienen. Selbst an den Standards des Bankwesens gemessen, war das ein stattlicher Stundensatz.

Im Einklang mit seiner Devise hatte Rafferty immer drei Telefone auf seinem Schreibtisch stehen. Angesichts der technischen Möglichkeiten wäre es ein Leichtes gewesen, sie in einem einzigen Apparat zu vereinen, aber die optische Wirkung, die sie auf seine Kunden hatten, war ihm den Verlust an Schreibtischfläche wert. Als das mittlere Telefon läutete – sein Privatanschluss –, nahm er beim ersten Läuten ab. »Sie haben hoffentlich gute Nachrichten.«

»Ob es gute Nachrichten sind, weiß ich nicht, jedenfalls sind es Informationen«, sagte der Privatdetektiv am anderen Ende der Leitung. »Ihr Name ist Sara Tate. Sie ist zweiunddreißig Jahre alt, wurde in Manhattan geboren und ist dort auch aufgewachsen. Vor sechs Monaten wurde sie von ihrer alten Anwaltskanzlei entlassen, was einen herben Rückschlag für sie bedeutete. Jetzt hat sie gerade in der Staatsanwaltschaft angefangen. Laut Aussagen einiger ihrer alten Kollegen in der Anwaltskanzlei ist sie enorm aggressiv und direkt und reagiert sehr emotional. Ein Mitarbeiter bezeichnete sie als sprunghaft und unberechenbar, aber er meinte auch, sie wäre nicht auf den Kopf gefallen.«

»Was hat er sonst noch gesagt?«, fragte Rafferty auf der Suche nach Schwächen. »Wie ist sie vor Gericht?«

»Nur einer von ihnen hat sie selbst eine Verhandlung führen sehen. Er meinte, sie wirkt als Person sehr authentisch, was man heutzutage nur noch von den wenigsten Anwälten behaupten kann.«

»Glauben Sie, sie könnte gefährlich werden?«

»Jeder neue Ankläger kann gefährlich werden. Wenn es der erste Fall ist, legen sich alle mächtig ins Zeug. Was allerdings Sara Tate gefährlich macht, ist, dass sie sich nicht nur profilieren will – angesichts der jüngsten Budgetkürzungen geht es bei ihr auch darum, ob sie ihre Stelle behalten kann, und das heißt, sie wird mit allen Mitteln zu gewinnen versuchen.«

»Das hat Victor auch gesagt.«

»Er muß es ja wissen.«

Rafferty überlegte. »Wissen wir, warum sie gefeuert wurde?«

»Noch nicht, aber das kann ich noch herausbekommen. Ich schätze, sie hat sich mit jemandem angelegt, mit dem man sich nicht anlegen sollte. Es wollte sich zwar niemand näher dazu äußern, aber es war herauszuhören. Wenn man Druck auf sie ausübt, reagiert sie mit Gegendruck – und zwar ganz massiv.«

»Was haben Sie über ihre Familie?«

»Mittelschicht. Vater Vertreter, Mutter Anwaltsgehilfin. Beide stammen aus kleinen Verhältnissen, obwohl man nicht darauf käme, wenn man Sara sieht. Sie sind schon vor mehreren Jahren bei einem Autounfall ums Leben gekommen, aber laut Aussagen ihrer alten Kollegen ist das immer noch ein wunder Punkt für sie.«

»Gut. Das wäre schon mal ein Ansatzpunkt. Sonst irgendwelche Verwandte?«

»Sie hat einen Großvater und einen Ehemann.«

»Erzählen Sie mir etwas über den Ehemann.«

»Er heißt Jared Lynch. Stammt aus einer wohlhabenden Vorortsiedlung Chicagos, hat aber hart für seinen Erfolg gearbeitet. Vater pensionierter Börsenmakler; Mutter spielt immer noch Hausfrau. Er hat zwei jüngere Brüder, leben beide in Chicago. Was das Finanzielle angeht, haben Sara und Jared von Jareds Familie einen kleinen Investmentfonds angelegt bekommen, aber was ihre frei verfügbaren Geldmittel angeht, sind sie knapp bei Kasse. Als Sara ihren Job verloren hat, traf sie der Einkommensausfall ziemlich hart. Soweit ich es beurteilen kann, haben sie in den letzten sechs Monaten fast ihre gesamten Ersparnisse aufgebraucht.«

»Das passiert meistens, wenn man einen gut bezahlten Job verliert«, lautete Raffertys Kommentar dazu. »Was macht Jared, ihr Mann?«

»Er arbeitet seit sechs Jahren als Strafverteidiger in einer großen Anwaltskanzlei. Ziemlich renommierte Firma, Wayne & Portnoy.«

»Er ist Strafverteidiger?«

»Kaum zu glauben, nicht? Zwei Anwälte in einer Familie. Dümmer hätte es kaum kommen können.«

»Im Gegenteil, das ist sogar eine gute Nachricht.«

»Wie das?«

»Sagen wir nur mal, ich sehe da einige interessante Möglichkeiten.«

Sara nahm zwei Stufen auf einmal, als sie in ihrem braunen Sandsteinhaus in der Upper West Side, einen Block vom Museum of Natural History entfernt, die Treppe hinaufrannte. Sie schloss die Wohnungstür auf und trat ein. Im Wohnzimmer war es dunkel. »Mist«, schimpfte sie. Jared war noch nicht zu Hause. Sie machte das Licht an und drückte auf den Abspielknopf des Anrufbeantworters. Es war eine Nachricht auf Band. »Sara, hier Tiffany. Bist du da?« Sie lauschte der Stimme des jungen Mädchens, das sie im Zuge des Big-Sisters-Projekts betreute. »Möchtest du mal hören, wie es sich anhören würde, wenn du ein Rockstar wärst?«, fragte Tiffany. »Saaaaaara! Saaaaaara!« Eine kurze Pause. »Saaaaaara! Saaaaaara!« Eine längere Pause. »Du dachtest nicht, dass ich es noch mal tun würde, wie? Ruf mich doch einfach an. Und vergiss nicht, dass wir für Donnerstag Abend was vorhaben! Hi, Jared! Bis dann.«

Lachend ging Sara in die Küche und begann mit den Vorbereitungen fürs Abendessen. Ihre Aufgabenteilung war einfach: Wer als Erster nach Hause kam, übernahm das Kochen, der Zweite den Abwasch. Wenn sie die Wahl hatte, wusch Sara lieber ab, während Jared lieber kochte. Das war etwas, was er von seinem Vater hatte, der gern in der Küche experimentierte.

Sara und Jareds Dreizimmerwohnung nahm den ganzen ersten Stock des fünfstöckigen Apartmenthauses ein. Sie hatte ein eigenes Esszimmer und ein relativ großes Schlafzimmer, aber der größte Raum war das Wohnzimmer. Mit seinem dick gepolsterten, mit einem Schonbezug versehenen Sofa und dem überdimensionierten weinfarbenen Sessel war es der beste Ort zum Entspannen und Abschalten.

Die Wohnung war in einem, wie Sara es nannte, »Schrägen Erbstücke«-Stil eingerichtet und als solche eine Mischung aus

Saras Zwanglosigkeit und Jareds Sammlerleidenschaft. Während Jared sich während des Jurastudiums noch auf alte Filmprogramme und seltene Kinoplakate konzentriert hatte, ging er nach dem Examen zu richtigen Filmrequisiten über. Als sie genau die Hälfte des Achtzigtausend-Dollar-Darlehens für Saras Studiengebühren zurückgezahlt hatten, feierte Jared dieses Ereignis mit dem Kauf seines ersten teuren Sammlerstücks: eines Schilds von Kirk Douglas aus dem Film *Spartacus*, der nun über dem Sofa an der Wand hing. Hinzugekommen waren seitdem noch eine Tüte Corn Nuts aus *Heathers*, ein Satz Salz- und Pfefferstreuer aus *American Diner*, eine kunstvoll verzierte Schriftrolle aus *Ein Mann zu jeder Jahreszeit* und das Glanzstück seiner Sammlung, das Messer, mit dem Roman Polanski in *Chinatown* Jack Nicholson die Nase aufgeschlitzt hatte. Während Jared seine Sammlung als eine Möglichkeit betrachtete, Popgeschichte zu erhalten, sah Sara darin ein Mittel, Jared bei Laune zu halten.

Umgekehrt wurde Sara durch die sechs gerahmten Bilder an der rechten Seitenwand bei Laune gehalten. Im Verlauf der letzten sechs Jahre hatte sie an jedem Hochzeitstag ein Porträt von Jared gezeichnet. Sie hatte zwar nie eine Ausbildung im Zeichnen erhalten, hatte aber schon immer gern gezeichnet. Sie malte nicht gern, sie skizzierte nie etwas, und wenn sie zeichnete, dann nie mit Bleistift – nur mit Tusche. Sie strebte keine Perfektion an; was zu sehen war, musste reichen.

Sara zerdrückte Knoblauch, hackte Zwiebeln, schnitt Paprika und zerkleinerte die restlichen Zutaten für eine selbst gemachte Tomatensoße. An sich hätte es auch eine Fertigsoße getan, aber die Hoffnung, ihre Stelle behalten zu können, versetzte sie in die Stimmung, Jared mit einem richtigen Sugo zu überraschen. Fünfzehn Minuten später kam Jared zur Tür herein. Er warf einen kurzen Blick auf Sara und musste lächeln.

»Schätze, für dich hat der Tag doch noch eine positive Wendung genommen«, sagte er.

»Es war unglaublich!« Sara konnte ihre Aufregung nicht mehr im Zaum halten, als sie auf ihn zueilte, um ihn zu umarmen. »Ich habe zwar erst mit der Arbeit an ihnen begonnen, aber diese Fälle gehören ganz allein mir. Es sind meine Fakten, meine Angeklagten, alles meins.«

»Moment mal. Du hast mehr als einen?«

»Ich habe fünf. Den Einbruch – plus zwei Ladendiebe, einen Taschendieb und einen Besitz von Betäubungsmitteln. Der Einbruch ist zwar der einzige, bei dem wirklich Aussicht besteht, dass er zur Verhandlung kommt, aber das tut im Moment nichts zur Sache. Es wird endlich wahr – genau, wie du gesagt hast.«

»Du bist einfach unglaublich, weißt du das? Wirklich.«

»Und wie ist es bei dir gelaufen? Hat alles geklappt?«

»Sicher.« Jared stellte seine Aktentasche ab und lockerte seinen Krawattenknoten. »Da gibt es eigentlich kaum etwas zu erzählen.«

Sara sah ihren Mann scharf an. Diesen Tonfall kannte sie. »Willst du mir etwa schon wieder auf diese Tour kommen?«

Jared drehte sich zu seiner Frau um. Er wollte ihr zwar von den Verhandlungen und dem Rüffel erzählen. Aber nicht heute. Nicht jetzt, wo sie endlich Aufwind hatte. Er wollte ihr die Stimmung nicht verderben. Deshalb sagte er: »Es ist wirklich nicht der Rede wert.«

»Und du glaubst, das nehme ich dir ab?«

»Jedenfalls hatte ich es gehofft.«

»Dann hast du Pech gehabt. Rück also lieber gleich mit der Wahrheit raus, bevor wir hier noch länger rumreden.«

Jared ließ sich auf das Sofa plumpsen und lehnte sich mit dem Kopf gegen eins der dicken Polster. »Da gibt es nicht viel zu erzählen. Ich habe den ganzen Nachmittag versucht, ihnen einen riskanten Prozess und jede Menge schlechter Presse zu ersparen, und zum Dank dafür putzt mich dann Lubetsky eine halbe Stunde lang herunter, ich hätte mich unterbuttern lassen und dadurch alles vermasselt. Und um das Maß voll zu machen, setzen hinterher auch noch Rose und Thomas Wayne, der Big Boss persönlich, eins drauf.«

»Hast du denn nicht dagegengehalten?«

»Sie hatten Recht. Was hätte ich denn sagen sollen?«

»Zum Beispiel: ›Hören Sie endlich auf, mich anzuschreien, Sie fetter, aufgedunsener Schleimscheißer – ich habe alles getan, was ich konnte.‹«

»Auch wenn du mich für verrückt erklärst – in dieser Situation hielt ich das nicht für angebracht.«

»Dann lass mich mal raten – stattdessen hast du so reagiert, wie du immer reagierst. Du hast dagestanden und –«

»Ich hab dagestanden und sie schreien lassen«, gestand Jared mit hängenden Schultern. »Ich hielt es für das Beste, einfach zu warten, bis sie sich abreagiert hatten.«

»Liebling, selbst wenn sie Recht haben, darfst du dir das nicht gefallen lassen. Du bist immer noch ein Mensch. Ich weiß, du hasst Auseinandersetzungen, aber du kannst nicht immer den Weg des geringsten Widerstands gehen.«

»Es ist keineswegs so, dass ich Auseinandersetzungen hasse –«

»Es ist nur so, dass du alles gern perfekt und schön geordnet hast«, fiel ihm Sara ins Wort. »Ich weiß, warum das bei dir so ist. Und ich finde es toll, dass es bei dir so ist – ich hätte gern selbst so viel Selbstbeherrschung wie du. Aber du kannst einfach nicht jedem Streit mit deinen Vorgesetzten aus dem Weg gehen.«

»Hör zu.« Er massierte sich die Schläfen. »Können wir darüber vielleicht ein andermal sprechen? Ich hatte heute schon genug Stress.«

»Gut«, sagte Sara. »Weil jetzt nämlich der Moment gekommen ist, an dem du dein Geschenk auspacken darfst.«

»Du hast mir ein Geschenk gekauft?«

»Nichts Besonderes – ich wollte dir nur sagen, ich liebe dich. Deine Rückenstärkung heute Morgen hat mir mehr geholfen, als du ahnen konntest.«

»Deswegen hättest du doch nicht …«

Er verstummte, als Sara ins Schlafzimmer verschwand und mit ihrer Aktentasche zurückkam. »Hier«, sagte sie und reichte sie Jared.

»Du schenkst mir deine Aktentasche?«

»Nein, dein Geschenk ist da drinnen. Ich hatte keine Zeit mehr, es einzupacken, darum dachte ich, ich tue so, als wäre die Aktentasche die Verpackung. Spiel einfach mit – benutz deine Fantasie.«

»Das ist aber schön verpackt«, sagte Jared und sah die Aktentasche bewundernd an. Dann öffnete er sie rasch und zog ein rot-weiß-blaues metallisch glänzendes Windrad heraus.

»Wie gesagt, es ist nichts Besonderes«, erklärte Sara. »Ein Obdachloser hat sie in der U-Bahn verkauft. Aber du musst lesen, was auf dem Stiel steht – ›Willkommen im Puerto Rico‹.«

»Das ist stark«, sagte Jared und pustete auf sein Geschenk. Als sich das Windrad drehte, kehrte das Lächeln in sein Gesicht zurück. »Echt klasse. Wirklich. *Der* Puerto Rico!«

Lachend nahm Sara ihn bei der Hand, zog ihn vom Sofa hoch und führte ihn in die Küche. »Und warte erst, bis du gesehen hast, was ich zum Abendessen gemacht habe.« Als sie vor dem Herd standen, sagte sie: »Schließ die Augen!«

»Ich weiß, was du gemacht hast. Ich konnte es riechen, sobald ich zur Tür –«

»Pssst. Schließ die Augen!« Als er ihrer Aufforderung nachkam, fügte sie hinzu: »Streck deine Zunge raus.« Als Jared auch das tat, tauchte Sara den Finger in die selbst gemachte Soße und strich ihm damit über die Zunge. »Wie schmeckt sie?«

»Nur der Ordnung halber, das war die direkteste Anmache, die du dir bisher hast einfallen lassen.«

»Und? Hat sie ihren Zweck erfüllt?«

»Tut sie doch immer«, erwiderte Jared grinsend. Und dann spürte er, immer noch mit geschlossenen Augen, Saras Hände in seinem Nacken. Sie zog ihn an sich und küsste ihn. Zuerst auf den Mund. Dann auf die Kinnspitze. Dann wanderten ihre Lippen auf seinen Hals hinab, während sie seine Krawatte löste und die obersten Knöpfe seines Hemds öffnete. Er machte dasselbe mit den Knöpfen ihrer Bluse. »Willst du hierbleiben oder ins –«

»Hier«, hauchte Sara, als sie ihn gegen die Arbeitsplatte drängte. »Gleich hier.«

5

»Wie fandst du's?«, wollte Sara wissen.

»Da fragst du noch? Fantastisch natürlich! Vor allem, als du auf der Arbeitsplatte …«

»Ich spreche vom Abendessen, du Spinner.« Nur im T-Shirt, saß Sara am Küchentisch Jared gegenüber, der in eine Trainingshose geschlüpft war.

»Oh.« Jared sah auf seinen leeren Teller. »Es war klasse. Alles war klasse. Vor allem du.«

»Wirf nicht so mit Komplimenten um dich; zur Hälfte war es dein Verdienst.« Sara langte über den Tisch, um seine Hand zu nehmen. »Übrigens, wie spät ist es?«

»Warum? Hast du eine Verabredung?«

»Ja. Mit der Justiz. Ich muss ins Gericht zurück. Meine Anklageerhebung soll so gegen elf sein.«

»O Gott – dein Fall! Entschuldige, eigentlich wollte ich mich noch genauer danach erkundigen. Ich war nur so –«

»Das macht doch nichts. Der Fall ist ganz okay. Also, vielleicht ist er okay. Das heißt, wahrscheinlich ist er nicht okay, sondern ein Flop. Aber es könnte trotzdem klappen. Vielleicht. Mit ein bisschen Glück.«

»Hört sich an, als könntest du nicht verlieren.«

»Lass deine dummen Witze. Du weißt, wie ich bin, wenn ich unter Druck stehe: ein ständiges Auf und Ab. Als ich den Fall bekam, war ich himmelhoch jauchzend; eine Stunde später war ich zu Todc betrübt, richlig in Panik, meinen Job zu verlieren; wieder eine Stunde später, als ich einigermaßen durchzublicken begann, war ich zwar ziemlich hektisch, aber einigermaßen zuversichtlich; und als ich nach Hause kam, dachte ich, es kann nichts mehr schief gehen.«

»Und jetzt?«

»Jetzt bin ich wieder im Keller. Nicht nur, dass ich wegen des Falls nervös bin, ich mache mir auch Sorgen über die Umstände, unter denen ich ihn bekommen habe. Du hättest mich heute Nachmittag sehen sollen. Wie ich diesen blöden Ordner angestarrt habe. Ich bekam richtig Panik. Und als der Moment kam, in dem ich mich entscheiden musste, ob ich ihn nehme – ich hatte das Gefühl, es wäre meine einzige Chance.« Sie löste sich von ihrem Mann und stand auf. »Mal ganz ehrlich: War es falsch, diesen Fall einfach zu nehmen?«

»Was ich denke, ist doch völlig egal«, sagte Jared gewohnt diplomatisch. Tief in ihrem Innern wusste Sara zwar, dass er ihrer Frage auswich, aber sie war nicht in der Stimmung, sich seine Belehrungen anzuhören. Es würde wie immer werden: Wenn es um berufliche Dinge ging, hatte er sehr rigorose Ansichten. »Es kommt nur darauf an, was du für ein Gefühl dabei hast.«

»Ich habe ein schreckliches Gefühl dabei. Nachdem die erste Aufregung verpufft ist, muss ich ständig daran denken. Es ist wie dieser lästige Geist, der in meinem Bauch herumschwirrt. Und das Schlimmste ist, ich bin nicht sicher, warum mich das Ganze so fertig macht: Ist es, weil ich weiß, es war falsch, ihn zu nehmen, oder einfach nur, weil ich dabei erwischt wurde?«

»Hör zu, du kannst das Geschehene nicht rückgängig machen. Du hast ihn gesehen, du hast ihn genommen und jetzt musst du damit leben. Abgesehen davon – so, wie du mir den Fall beschrieben hast, dürfte es keinen Menschen interessieren, dass du ihn gestohlen hast.«

»Bis auf Victor Stockwell. Ihm bin ich allerdings seitdem nicht mehr begegnet.«

»Apropos Stockwell – hast du deinem Assistenten schon erzählt, dass es Stockwells Fall war?«

»Nur andeutungsweise. Da wir den ganzen Nachmittag unterwegs waren, bin ich einfach nicht dazu gekommen. Außerdem glaube ich nicht, dass ich es ihm jetzt schon erzähle – ich möchte der Sache erst weiter auf den Grund gehen, bevor ich unser gutes Verhältnis aufs Spiel setze.«

»Denkst du immer noch, es könnte mehr dahinter stecken?«

»Ich bin nicht sicher.« Sara hob ihren blauen Hosenanzug vom Boden auf. »Bloß, wenn es kein Fall auf Stockwell-

Niveau ist, weiß ich beim besten Willen nicht, wie er dazu beitragen soll, dass ich meine Stelle behalten kann.«

Als Sara sich für ihre spätabendliche Anklageerhebung wieder angezogen hatte, ging sie zur Tür.

»Alles Gute«, rief ihr Jared hinterher. »Zeig's ihnen!«

»Mach dir da mal keine Sorgen«, erwiderte Sara. »Die Verteidigung kann sich auf etwas gefasst machen.«

Punkt halb elf betrat Sara das Gebäude Centre Street 100. Zu ihrer Überraschung sah sie Guff an der Tür des Gerichtssaals lehnen, in dem die Anklageerhebungen stattfinden sollten.

»Was machen Sie denn hier?«, fragte Sara. »Sie hätten doch nicht zu kommen brauchen.«

»Sie sind mein Boss«, sagte Guff. »Wo Sie sind, da bin auch ich.«

»Wenn das so ist, vielen Dank, Guff! Ich weiß Ihre Unterstützung wirklich zu schätzen. Jetzt müssen wir nur noch warten, bis –«

»SBA Tate! Für welche Anklage haben Sie sich entschieden?«, dröhnte eine Stimme vom Ende des Gangs.

»Einbruch zweiten Grades«, bellte Sara zurück. Moore war immer noch zehn Meter entfernt.

Als der stämmige Ankläger seine zwei Kollegen erreicht hatte, fragte er: »Und warum haben Sie sich den ausgesucht?«

»Weil für einen Einbruch ersten Grades eine Waffe erforderlich ist oder ein gefährlicher Gegenstand, oder eine physische Verletzung eines Opfers, aber in diesem Fall gibt es weder für das eine noch für das andere irgendwelche Anzeichen.«

»Ist das nicht auch für einen Einbruch zweiten Grades erforderlich?«, stellte Moore sie auf die Probe.

»Nicht, wenn das Gebäude Wohnsitzcharakter hat«, sagte Sara mit wachsendem Selbstvertrauen. »Und die East Eighty-second Street 201 gilt definitionsgemäß eindeutig als Wohnsitz. Das Opfer schläft dort jede Nacht. Ich habe sie selbst angerufen.«

Moore grinste. »Sehr gut. Und was ist mit unbefugtem Betreten? Warum lasten Sie ihm das nicht an?«

»Weil der Angeklagte die Uhr, den Golfball und vierhundert Dollar entwendet und damit eine Straftat begangen hat. Unbefugtes Betreten wäre daher ein zu geringfügiger Anklagepunkt.«

»Und Raub?«

»Laut Aussagen des Cops kam es nicht zu Gewaltanwendung. Das schließt Raub aus.«

»Und gewaltsames Eindringen?«

»Da wollten Sie mich aufs Glatteis führen«, sagte Sara. »So etwas wie gewaltsames Eindringen gibt es in New York nicht.«

»Sind Sie sicher?«

Sara hielt seinem Blick stand. »Natürlich bin ich sicher. Ich habe eine Stunde gebraucht, um diese Frage zu klären. Können wir jetzt reingehen und anfangen zu arbeiten?«

»Sie sind der Boss«, sagte Moore und deutete auf die Tür.

Infolge der späten Stunde erwartete Sara, den Gerichtssaal fast leer vorzufinden. Doch als sie eintrat, wimmelte es dort zu ihrer Überraschung von Anklägern, Polizisten, Gerichtspersonal, Verteidigern und frisch verhafteten Angeklagten. Die Ankläger saßen auf der rechten Seite des Saals, die Verteidiger auf der linken. Die Angeklagten mussten sich in einem außerhalb des Saals liegenden Warteraum bereithalten, bis ihr Fall aufgerufen wurde, und der Richter leitete in der Mitte des Saals die Anklageerhebungen, die in der Regel zwischen vier und fünf Minuten dauerten. In diesem Zeitraum wurden die Anklagepunkte verlesen und die Kaution festgesetzt.

Als sie den Saal betrat, wusste Sara, nach wem sie Ausschau halten musste. Rein juristisch gesehen war ihr klar, dass Anklageerhebungen ein wichtiger Garant für Freiheit und Fairness waren. Aber unter taktischen Gesichtspunkten betrachtet, hatten Anklageerhebungen eine völlig andere Funktion, von denen nicht die unwesentlichste war, den gegnerischen Anwälten die Möglichkeit einer ersten Tuchfühlung zu bieten. Ein starker Verteidiger bedeutete für den Ankläger jede Menge Ärger, ein schwacher einen leichten Sieg. Ähnlich Footballtrainern, die die Schwächen des nächsten Gegners ausspionierten, wussten deshalb die Ankläger der Bezirksstaatsanwaltschaft immer gern, mit wem sie es zu tun bekamen. Da war Sara keine Ausnahme.

»Haben Sie schon eine Ahnung, wer es ist?«, fragte sie Moore, als sie in der ersten Reihe der Holzbänke Platz nahmen.

Moore fasste das Dutzend Verteidiger ins Auge, die auf der linken Seite des Saals herumsaßen, schrieben oder in letzter Minute Unterlagen abhefteten. »Das werden wir erst erfahren, wenn sie ihn aufrufen.«

»O nein«, stöhnte Sara.

»Was ist denn?«

Sara deutete auf einen großen, blonden Mann auf der anderen Seite des Raums. Er trug einen gut geschnittenen Anzug und hatte eine schwarze Gucci-Aktentasche bei sich. »Das ist Lawrence Lake, ein Teilhaber aus meiner alten Kanzlei.«

»Ich glaube, das ist der Mann, gegen den Sie antreten müssen«, sagte Guff.

»Woher wollen Sie das wissen?«, fragte Moore.

»Woher ich das weiß? Ich kann den Feind riechen, sobald er den Raum betritt. Das ist ein Relikt meiner ungezähmten, raubtierhaften Natur.«

»Sie sind ja verrückt.«

»Oh, verrückt bin ich auf jeden Fall.« Um sich ein wildes Aussehen zu verleihen, kniff Guff die Augen zusammen. »Verrückt wie ein *Fuchs*.«

»Oder verrückt wie ein Psychopath«, sagte Moore, bevor er sich Sara zuwandte. »Konnten Sie sonst noch etwas über Kozlow in Erfahrung bringen?«

»Nur, was in seiner Akte steht. Er wurde bereits zweimal verhaftet: einmal wegen Körperverletzung ersten Grades, einmal wegen Mord ersten Grades. Bei der Körperverletzung benutzte er ein Springmesser; beim Mord stieß er jemandem einen Schraubenzieher in die Kehle.«

»Du lieber Himmel«, entfuhr es Guff. »Da hat wohl jemand Probleme, mit anderen zu spielen.«

»Nicht nach Meinung der Geschworenen. Er kam in beiden Fällen ungeschoren davon.«

»Demnach ist er ein guter Lügner«, sagte Moore. »Aber wenn ich Sie wäre, würde ich mir die Fakten dieser Fälle ansehen. Vielleicht hat er einen Hang zu kreativer Gewalt.«

»Ich werde sie mir gleich morgen vornehmen«, sagte Sara.

»Und sind Sie sich schon über die Höhe der Kaution im Klaren?«

Sara nickte.

»An welche Summe hatten Sie denn gedacht?«

»Mindestens zehntausend. Eine solche Summe zu hinterlegen dürfte ihm ziemlich schwer fallen. Beantragen werde ich allerdings fünfzehntausend, weil ich weiß, dass die Richter den Betrag immer etwas heruntersetzen.«

»Da brauchen Sie sich, glaube ich, in diesem Fall keine Sorgen zu machen«, sagte Moore. »Wenn die Richter für die nächtlichen Anklageerhebungen eingeteilt werden, sind sie in der Regel so sauer, dass sie die Angeklagten schon aus Prinzip die Ohren lang ziehen.«

»Wollen wir's hoffen.« Sara warf einen Blick auf Lakes Gucci-Aktentasche.

Fünfzehn Minuten später, als der Gerichtsdiener den Fall *Staat New York gegen Anthony Kozlow* aufrief, sah Sara, wie Lawrence Lake aufstand und zum Tisch der Verteidigung ging.

»Mist«, zischte sie leise.

»Nur keine Aufregung«, sagte Moore.

Als Sara forsch auf den Tisch der Anklage zuschritt, wurde Anthony Kozlow von einem der Gerichtsdiener in den Saal geführt. Er hatte eine abgetragene schwarze Lederjacke an und sah aus, als hätte er sich mehrere Tage nicht rasiert. Sara konnte nicht umhin, sich zu fragen, wie so ein abgerissener kleiner Ganove sich einen Anwalt wie Lake leisten konnte. Als er sich dem Tisch der Verteidigung näherte, schüttelte er Lake die Hand, als wären sie alte Freunde.

Während sie Kozlow beobachtete, spürte Sara, wie ihr der Schweiß auf die Stirn trat. Das war nicht wie in ihrer alten Kanzlei. Hier hatte sie es nicht mit irgendeinem gesichtslosen Unternehmen zu tun. Hier hatte sie es mit Tony Kozlow zu tun – mit einem Mann, der nur ein paar Meter von ihr entfernt war. Sie war ihm nie begegnet, und sie kannte ihn nicht, aber sie würde alles in ihrer Macht Stehende tun, dass er hinter Gittern blieb.

Ohne aufzublicken, verlas der Richter die Anklageschrift, die Sara verfasst hatte. Er erklärte, Kozlow sei eines Einbruchs zweiten Grades angeklagt, und vergewisserte sich, dass ein Anwalt für Kozlow anwesend war. Nachdem er den Rest der Anklage stumm durchgelesen hatte, wandte sich der Richter Sara zu. »Beantragen Sie eine Kaution?«

»Wir beantragen, eine Kaution in Höhe von fünfzehntausend Dollar festzusetzen. Der Angeklagte hat eine lange Vorgeschichte von gewalttätigen kriminellen Aktivitäten und –«

»Zwei Festnahmen sind schwerlich eine lange Vorgeschichte«, unterbrach Lake sie.

»Entschuldigung«, sagte Sara. »Ich dachte, ich wäre gerade dabei gewesen, etwas zu erklären.«

»Ich kann den Standpunkt der Anklage verstehen«, schaltete sich der Richter ein. »Und ich kann Mr. Kozlows Vorstrafenregister sehen. Darum, Mr. Lake, lassen Sie uns hören, was die andere Seite zu sagen hat.«

Lake grinste Sara süffisant an. »Mein Mandant wurde zweimal verhaftet. Das ist eindeutig keine lange Vorgeschichte. Um es kurz zu machen: Mr. Kozlow ist fest in seinem Umfeld verwurzelt, er hat dort mit kurzen Unterbrechungen fast sein ganzes Leben verbracht und es gibt in seiner Vorgeschichte nicht eine einzige Verurteilung. Es besteht also absolut kein Anlass, die Kaution so hoch festzusetzen.«

Der Richter überlegte einen Moment, dann verkündete er: »Der 180.80-Termin ist Freitag. Ich setze eine Kaution in Höhe von zehntausend Dollar fest.«

Sara war erleichtert. Selbst wenn Kozlow sich Lake als Verteidiger leisten konnte, bräuchte er mindestens ein paar Tage, um so viel Geld aufzutreiben.

Ohne mit der Wimper zu zucken, erklärte Lake jedoch: »Euer Ehren, mein Mandant möchte die Kaution stellen.«

»Wenn Sie sich diesbezüglich bitte an den Gerichtsdiener wenden möchten.« Der Richter schlug mit seinem Hammer auf den Tisch, und der Gerichtsdiener rief den nächsten

Fall auf. Die ganze Angelegenheit hatte keine fünf Minuten gedauert.

Ohne ein Wort drehte sich Sara um und verließ den Gerichtssaal. Guff und Moore folgten ihr auf den Flur hinaus. »Na schön, dann hat er eben die Kaution gestellt«, sagte Moore. »Was soll daran so schlimm sein?«

»Das Schlimme daran ist Lawrence Lake. Das ist kein Anwalt, den man eben mal aus dem Telefonbuch raussucht. Allein mit ihm zu sprechen kostet fünfhundert Dollar die Stunde.«

»Dann hat Kozlow offensichtlich was auf der hohen Kante«, sagte Moore. »Das ist nicht weiter ungewöhnlich.«

»Ich weiß nicht.« Sara war versucht, ihnen von Victor Stockwell zu erzählen. »Irgendwie habe ich kein gutes Gefühl bei der Sache. Kozlow macht keinen sehr wohlhabenden Eindruck – woher hat also jemand wie er das Geld und die Beziehungen, um überhaupt an Lake ranzukommen?«

»Keine Ahnung«, sagte Moore mit einem Blick auf seine Uhr. »Aber es ist schon spät, und da wir diese Frage heute Abend wohl auf keinen Fall mehr lösen werden, sollten wir uns lieber morgen früh noch einmal darüber unterhalten.«

Sara war jedoch noch nicht bereit, es dabei zu belassen. »Und was ist mit –«

»Fahren Sie nach Hause, und versuchen Sie nicht mehr daran zu denken«, sagte Moore. »Der Arbeitstag ist zu Ende.«

Bevor Sara etwas entgegnen konnte, kam Kozlow aus dem Gerichtssaal und streifte sie im Vorbeigehen. »Entschuldigung, Sara«, flüsterte er. »Bis demnächst in der Stadt.«

»Was haben Sie gesagt?«, fragte Sara.

Ohne zu antworten, ging Kozlow den Flur hinunter.

Da er keine Lust gehabt hatte, im Regen zu laufen, war Jared schon um acht Uhr in der Kanzlei eingetroffen und sofort zu dem firmeneigenen Fitness-Studio hochgefahren, das sogar über einen Basketballplatz verfügte. Er hoffte, den Stress von den Ereignissen des Vortags mit Hilfe eines ausgiebigen Morgentrainings abbauen zu können. Eingerichtet worden war die im siebzigsten Stock gelegene Sportanlage auf Betreiben Thomas Waynes, dessen Basketballbegeisterung gegenüber den Hoffnungen seiner Teilhaber auf eine größere Bibliothek die Oberhand behalten hatte. Dennoch war das Fitness-Studio bei den Mitarbeitern von Wayne & Portnoy sehr beliebt, zumal man durch seine drei Verbundglasaußenwände einen atemberaubenden Blick auf Manhattan hatte.

Während seines halbstündigen Laufs auf der Tretmühle ließ Jared noch einmal die gestrigen Gespräche in seinem Kopf ablaufen. Zuerst die Unterredung mit Lubetsky, dann die mit Rose und schließlich die mit Wayne. Als der Entfernungsmesser fünf Kilometer anzeigte, duschte er und fuhr nach unten in sein Büro.

»Geht's Ihnen inzwischen wieder besser?«, fragte Kathleen, als Jared an ihrem Schreibtisch vorbeiging.

»Na ja«, brummte er achselzuckend. »Und Ihnen?«

»Mir geht's blendend. Ich habe mir nur Ihretwegen Sorgen gemacht.« Kathleen zog einen Bleistift hinter ihrem Ohr hervor und deutete damit auf ihren Chef. »Wenn Sie etwas bessere Laune bekommen wollen, warum fragen Sie dann nicht, was für heute ansteht? Könnte sich unter Umständen lohnen.«

Jared verschränkte die Arme. »Na schön. Was steht für heute an?«

»Das Übliche«, antwortete Kathleen. »Lubetsky möchte Sie sehen, Rose möchte Sie sprechen, und ein neuer Mandant möchte Sie als Verteidiger haben.«

»Jemand möchte von mir verteidigt werden?«

»Er kam vor etwa zehn Minuten her und wollte ausdrücklich Sie haben. Er wartet im Besprechungszimmer.«

»Augenblick mal – soll das ein Scherz sein, damit ich wieder bessere Laune bekomme?«

»Kein Scherz. Sie wollten doch ein paar neue Mandanten, jetzt haben Sie einen. Er sagte, Sie seien ihm von einem Freund empfohlen worden. Wenn Sie möchten, bringe ich ihn in Ihr Büro.«

»Das wäre nett.« Jareds Puls begann zu rasen. »Nein, das wäre geradezu fantastisch.«

Zwei Minuten später führte Kathleen einen großen, hageren, dunkelhaarigen Mann in Jareds Büro und sagte: »Jared, das ist Mr. Kozlow.«

»Nennen Sie mich ruhig Tony«, sagte der Mann und reichte Jared die Hand.

»Wie der Tiger aus dem Cartoon«, bemerkte Jared im Spaß.

»Genau.« Kozlow lächelte. »Genau wie der Tiger.«

»Und Sie finden es nicht etwas eigenartig, dass Kozlow so einen teuren Anwalt hat?«, fragte Sara, als sie am frühen Nachmittag kurz in Moores Büro vorbeisah.

»Ganz und gar nicht«, erwiderte Moore. »Das kommt immer wieder vor. Genau für solche Fälle haben diese Vögel in irgendeiner Schublade Socken voller Geld gehortet.«

»Und wie finden Sie es, dass sein Anwalt auch noch in meiner alten Kanzlei arbeitet? Ich meine, es gibt in New York Tausende von Kanzleien. Finden Sie nicht, es ist etwas mehr als Zufall, dass sie ausgerechnet auf meine gekommen sind?«

»Sara, jetzt atmen Sie erst mal tief durch und beruhigen sich wieder. Ich weiß, Sie sind in dieser Angelegenheit auch emotional sehr stark engagiert, nur läuft man, wenn das der Fall ist, Gefahr, den Blick für die Realität zu verlieren. Glauben Sie mir, ich weiß sehr genau, was in Ihnen vorgeht: Als ich hier anfing, wollte ich auch, dass jeder meiner Fälle Schlagzeilen macht. Aber manchmal muss man sich damit abfinden, dass es bestenfalls für eine Randnotiz reicht, die kaum in einer Schülerzeitung gedruckt würde.«

»Sie glauben also, ich bilde mir das alles nur ein?«

»Ich sage damit nur, Sie sollten aufhören, sich über Kozlows Brieftasche Gedanken zu machen, und lieber anfangen, über den Fall nachzudenken. Sie müssen am Montag damit vor eine Grand Jury.«

»Nicht zu reden von den vier anderen Fällen, die ich noch zu bearbeiten habe«, fügte Sara hinzu.

»Weil Sie gerade davon reden, wie ist es heute Morgen gelaufen?«

»Bei den Anklageerhebungen? Wie gestern Abend, nur schneller. Der unerlaubte Drogenbesitz und einer der Ladendiebstähle waren Ersttäter. Sie brauchten also keine Kaution zu stellen. Und für den Taschendieb und den anderen Ladendieb habe ich jeweils zweitausend beantragt.«

»Dem entnehme ich, sie waren vorbestraft.«

»Zusammen hatten sie fast fünfzig Festnahmen vorzuweisen. Und der Taschendieb? Ob Sie's glauben oder nicht, er heißt Marion.«

»Machen Sie sich bloß nicht über den Namen ›Marion‹ lustig. Das war John Waynes richtiger Vorname.«

Mit leicht zur Seite geneigtem Kopf sah Sara Conrad Moore prüfend an. »Entschuldigung, sollte das gerade ein Witz sein?«

»Über John Wayne macht man keine Witze, Ma'am.«

Sara lachte. »Okay, ich will es Ihnen trotzdem noch mal durchgehen lassen. Jedenfalls, laut Vorstrafenregister wurde John Wayne, der Taschendieb, bereits dreiundzwanzigmal festgenommen, und er schwört, er war in allen dreiundzwanzig Fällen unschuldig – was seinen Aussagen zumindest eine gewisse Kontinuität verleiht. Der Ladendieb steht ihm nicht viel nach.«

»Okay, das hört sich an, als könnten sie die ersten zwei laufen lassen. Was die zwei anderen angeht, müssen Sie sehen, was ihre Anwälte sagen. Halten Sie sich aber nicht zu sehr mit ihnen auf. Ihre Zeit ist sicher nutzbringender mit der Vorbereitung von Kozlows Anklageschrift angewendet.«

»Dürfte ich Ihnen dann noch eine letzte Frage stellen? Was hat der Richter mit einem 180.80-Termin gemeint?«

Moore sah sie stirnrunzelnd an. »Hat man Ihnen denn in dieser Kanzlei gar nichts beigebracht?«

»Ich hatte nur Zivilsachen. Klären Sie mich schon endlich auf!«

»Also schön. Mit einem 180.80-Termin ist der Tag gemeint, bis zu dem Sie den Angeklagten belangt haben müssen, wenn er sich in Haft befindet. Aber nachdem Kozlow gegen Kaution auf freien Fuß gesetzt wurde, brauchen Sie sich nur wegen der Grand Jury Gedanken zu machen, wo –«

»Ich weiß, was in einer Verhandlung vor der Grand Jury passiert.«

»Sind Sie da sicher?«

»Sie geben wohl nie Ruhe, wie?« Sara grinste. »In einem Termin vor der Grand Jury muss ich zwölf normale Bürger davon überzeugen, dass es sich lohnt, gegen Kozlow Anklage wegen des Einbruchs zu erheben. Wenn sie sich für die Anklageerhebung entscheiden, kommt es zu einem Prozess. Wenn sie das nicht –«

»Wenn sie das nicht tun, können Sie den Fall vergessen.«

Auf dem Weg in ihr Büro ließ sich Sara Moores Rat noch einmal durch den Kopf gehen. Vielleicht hatte er Recht. Vielleicht hoffte sie zu sehr auf einen Fall, der Schlagzeilen machte. Vielleicht hatte Kozlow tatsächlich etwas auf der hohen Kante. Und vielleicht war sie ein Opfer ihrer blühenden Fantasie. Doch egal, wie sehr sie die Bedeutung der einzelnen Fakten herunterzuspielen versuchte, stieß ihr ein Punkt immer wieder auf: Der Fall Kozlow war ursprünglich für Victor Stockwell vorgemerkt gewesen.

Als sie auf die Tür ihres Büros zutrat, merkte sie, dass Guff nicht an seinem Schreibtisch sa?. Außerdem stand ihre Bürotür offen, obwohl sie wusste, dass sie sie beim Weggehen zugemacht hatte. Sie musste an Moores Rat bezüglich der Büros von SBAs denken: Schließen Sie alles ab – Geheimhaltung ist oberstes Gebot, und man ist nie vor neugierigen Blicken sicher. Durch die Milchglasscheibe in ihrer Tür konnte sie die verschwommenen Umrisse einer Person sehen, die an ihrem Schreibtisch saß. Sie blickte sich rasch um, ob jemand in der Nähe war. Da die Mittagspause näher rückte, war der Flur relativ leer. Zögernd öffnete sie die Tür. Es war Victor Stockwell, der auf sie wartete.

»Kann ich etwas für Sie tun?«, fragte sie aufgebracht.

»Nein«, sagte Stockwell. »Ich wollte nur sehen, wie Sie mit Ihrem Fall vorankommen.«

»Wie sind Sie in mein Büro gekommen?«

»Es war offen. Ich hoffe, Sie haben nichts dagegen.«

»Und ob ich was dagegen habe.«

»Nächstes Mal werde ich mehr Rücksicht nehmen. Aber jetzt erzählen Sie: Wie läuft es?«

»Warum? Gibt es irgendwelche Probleme?«

»Es gibt keine Probleme, Sara.«

»Warum schleichen Sie dann hier rein und versuchen mich

einzuschüchtern?« Sie hoffte, ihre Direktheit würde ihn überrumpeln. Tat sie aber nicht.

»Sie haben wirklich eine rege Fantasie. Sie sollten aufpassen, dass sie Ihnen nicht eines Tages zum Verhängnis wird.«

»Wie soll ich das verstehen?«

»Genauso, wie ich es gesagt habe: dass Sie aufpassen sollen. Unter den augenblicklichen Umständen können Sie sich keine Fehler mehr erlauben.«

»Und um mir das zu sagen, sind Sie hierher gekommen?«

»Sara, ich bin nur aus dem einen Grund hier, weil Sie sich einen Fall geschnappt haben, für den ich zuständig war. Es interessiert mich wirklich nicht, wie verzweifelt Sie waren oder wie Sie Conrad dazu gebracht haben, Ihnen zu helfen, aber wenn Sie das noch einmal machen, garantiere ich Ihnen jetzt schon: Dann kriegen Sie es mit mir zu tun.«

Sie wollte es nicht zugeben, aber er hatte natürlich Recht. »Es tut mir Leid. Ich –«

»Sparen Sie sich die Tränen. Das macht keinen Eindruck auf mich.« Damit stand Stockwell auf und ging zur Tür. »Aber an Ihrer Stelle würde ich mich vorsehen. Man weiß nie, wann das Beil fällt.«

Als Stockwell ging, kam Guff in Saras Büro. »Was sollte das denn?«, fragte er.

»Ich bin mir nicht ganz sicher.«

»Jedenfalls machte er eben keinen sehr glücklichen Eindruck.«

»Er war begeistert. Ich konnte es daran hören, wie er mir gedroht hat. Und? Noch weitere schlechte Nachrichten, bevor ich essen gehe?«

»Leider ja.« Guff hielt ein zweiseitiges Fax hoch. »Das kam gerade rein. Eine anwaltliche Vollmacht. Anscheinend hat Kozlow sich einen neuen Anwalt genommen.«

»Und?«

»Sehen Sie sich mal den Namen des neuen Anwalts an, und dann sagen Sie mir, ob er Ihnen bekannt vorkommt.«

Sie überflog das Schreiben, doch am Ende der Seite zuckte sie zusammen. Als sie dort die Unterschrift ihres Mannes sah, sank sie in ihren Stuhl zurück. »Das ist ja unglaublich! Darf er das überhaupt?«

»Keine Ahnung«, sagte Guff. »Ich habe es jedenfalls noch nie erlebt.«

»Er muss den Fall abgeben.« Sara griff nach dem Telefon und wählte Jareds Nummer. Als Kathleen sich meldete, fragte Sara, ob sie ihren Mann sprechen könne.

»Sie haben ihn gerade verpasst. Er sagte, er wollte sich mit Ihnen zum Mittagessen treffen. Ist irgendwas?«

»Nein, nein, alles in Ordnung.« Sara legte auf und stürmte aus dem Büro.

Guff hängte sich an ihre Fersen und folgte ihr den Gang hinunter. »Was soll ich tun, während Sie weg sind?«

»Finden Sie raus, ob so etwas überhaupt zulässig ist! Der letzte, den ich bei diesem Fall zum Gegner haben möchte, ist mein Mann.«

Zwanzig Minuten später stieg Jared vor dem Forlini aus einem Taxi. Das Restaurant lag nicht nur in unmittelbarer Nähe des Gerichts, sondern war auch sehr beliebt. Er gab dem Taxifahrer einen Zehndollarschein und betrat das Lokal. »Hallo, meine Schöne«, begrüßte er Sara. Er konnte es kaum erwarten, ihr die gute Neuigkeit zu erzählen.

»Wo warst du so lange?«, wollte Sara wissen.

»Ich saß im Stau fest.« Jared setzte sich an den Tisch. »Hast du was?«

»Allerdings.«

Jared legte Sara die Hand auf den Arm. »Dann sag doch, was –«

»Ich verstehe einfach nicht, wie du dich bereit erklären konntest, den Fall zu übernehmen – zumal du doch genau weißt, dass meine ganze Zukunft davon abhängt. Immerhin bist du derjenige, der einen Job in einer großen Kanzlei hat, während alles, was ich habe –«

»Moment, Moment, Moment«, unterbrach Jared sie. »Immer schön mit der Ruhe. Von welchem Fall redest du eigentlich?«

»Von meinem Einbruch. Warum hast du dich bereit erklärt, die Gegenseite zu vertreten?«

»Die Gegenseite zu vertreten? Ich weiß nicht, wovon du –«

»Der Fall Kozlow. Ich habe eben eine Benachrichtigung erhalten, dass du ihn vertrittst.«

»Augenblick. Das ist *dein* Fall? Du hast Tony Kozlows Fall?«

»Das hab ich dir doch gestern Abend erzählt.«

»Du hast keinmal seinen Namen erwähnt. Du hast nur gesagt, es wäre ein Einbruch.«

»Fandest du es nicht merkwürdig, dass du heute auch einen Einbruch angeboten bekamst?«

»Er hat mir nicht gesagt, dass es ein Einbruch ist – er sagte nur, es wäre eine kleinere Straftat. Und dass sie mir die Unterlagen später schicken würden.«

»Und was ist mit der Benachrichtigung über den Anwaltswechsel?«

»Wir hatten nur die Karteinummer des Falls. Kathleen hat die Benachrichtigung getippt und an die Staatsanwaltschaft gefaxt. Dort sehen sie die Nummer nach und leiten es an den zuständigen SBA weiter. Glaub mir, Liebling, so etwas würde ich doch nie absichtlich tun.«

»Du gibst den Fall also ab?«

»Was?«

»Im Ernst – gibst du den Fall wieder ab?«

»Warum sollte ich ihn abgeben?«, stöhnte Jared. »Das ist ein neuer Mandant. Für mich ist das eine Riesensache.«

»Jared, für dich ist es ein Mandant. Für mich –«

»Nein, du hast Recht. Es geht um deine Stelle. Du warst zuerst dran. Ich trete zurück.«

»Das tust du wirklich?«, fragte Sara.

Er zögerte. »Natürlich.« Und als er sich seiner Sache sicherer war, fügte er hinzu: »Für dich.«

Sara legte ihre Hand auf seine. »Du bist ein guter Mann, Charlie Brown. Ich weiß, wie viel –«

»Sara, du brauchst dich nicht zu bedanken.«

»Doch, muss ich schon. Und ich möchte auch, dass du weißt, wie Leid es mir tut, dass ich dich in diese Lage gebracht habe. Es ist nur, dass mich die derzeitige Situation in meinem neuen Job daran erinnert, wie es –«

»Diese Geschichte in deiner alten Kanzlei war ein Einzelfall, und auf keinen Fall solltest du deinen Wert danach beurteilen. Es ist nicht der Normalfall, dass man es in einer New Yorker Kanzlei zum Sozius bringt. Es ist eher die Ausnahme.«

»Und was tust du dann die ganze Zeit?«

»Ich versuche mein Bestes, der Statistik ein Schnippchen zu schlagen. Und meine Frau aufzumuntern.«

»Also, das gelingt dir wirklich hervorragend.« Sara strich mit dem Finger über den Rand ihres Wasserglases. »Dürfte ich dich trotzdem noch was fragen? Wenn wir gegeneinander antreten müssten – wer, glaubst du, würde gewinnen?«

»Du«, sagte Jared mit einem süffisanten Grinsen.

Sara lachte. »Du bist dermaßen von dir eingenommen, weißt du das?«

»Was hätte ich denn sonst sagen sollen?«

»Du hättest gar nichts zu sagen brauchen. Ich weiß genau, was in dir vorgeht.«

»Warum fragst du dann überhaupt? Du wolltest wissen, wer gewinnen würde. Willst du die Wahrheit hören, oder willst du etwas vorgemacht bekommen? Ich tue alles, wenn es dir nur besser geht.«

Sara lachte wieder. »Ist dir eigentlich klar, wie eingebildet du manchmal bist?«

»Augenblick. Du sagst, ich bin eingebildet?«

»Nein, ich sage, du bist schwerhörig.« Und mit lauterer Stimme fügte sie hinzu: »Du bist so was von eingebildet!«

Jared versuchte die neugierigen Blicke der anderen Gäste zu ignorieren. »Du weißt, ich hasse es, wenn du das machst.«

»Darum hättest du ja auch keine Chance gegen mich. Ich weiß zu gut, wo deine wunden Punkte sind.«

»Ach, das ist es also, was du tun würdest? Du würdest die Geschworenen in ein Restaurant holen und wie eine Verrückte rumbrüllen?«

»Alles was nötig ist. Das ist mein Motto.«

»Das ist zwar ein tolles Motto, aber vor Gericht kommst du damit nicht weit. Vergiss nicht, du hattest noch nie einen Strafprozess.«

»Wenn du es unbedingt so genau nehmen willst, ist das richtig. Aber es geht hier nicht darum, wer von uns in juristischen Fragen besser beschlagen ist. Es geht hier darum, wer von uns den Prozess gewinnen würde. Und wenn du besser aufgepasst hättest, wüsstest du, dass du keine Chance gegen mich hättest.«

»Ach, tatsächlich nicht?«

»Nein, tatsächlich nicht.«

»Und warum?«

»Du magst zwar Mr. Bücherwurm-Oberschlau sein, aber vom Kämpfen hast du keine Ahnung.«

»Du aber schon?«

»Mein lieber Freund, hast du etwa immer noch nicht gemerkt, dass ich dir schon seit sechs Jahren den Arsch versohle.«

Jared lachte laut. »Soll das schon wieder eine Anmache sein?«

»Das ist mein voller Ernst«, entgegnete Sara. »Um einen Kampf zu gewinnen, muss man die Schwächen des Gegners kennen. Und ich kenne jede Einzelne von dir.«

»Nenn mir eine.«

»Du hasst es, wenn jemand sagt, dir ist alles in die Wiege gelegt worden.«

Jared hielt kurz inne. »Nenn noch eine.«

»Oh, du bist so berechenbar.«

»Klopf dir doch nicht selbst so fest auf die Schulter! Noch eine.«

»Du kannst nicht mit ansehen, wenn ich leide – und das heißt, du könntest gegen mich nie mit vollem Einsatz kämpfen.«

»Glaub mir, wenn nötig, würde ich die Samthandschuhe ablegen.«

»Du kannst es nicht ab, wenn etwas nicht perfekt ist.«

»Und *du* hast Angst zu versagen«, konterte Jared. »Jetzt lass doch endlich mal eine richtige Schwäche hören.«

»Da hast Angst vor Katzen.«

»Ich habe keine Angst vor ihnen. Ich finde nur, sie haben was gegen mich.«

»Als du klein warst, hast du ein ganzes Lexikon von vorn bis hinten gelesen.«

»Nur die Bände *J* und *Li* bis *Lz*. Meine Initialen.«

»Du hast einen Lieblingskolumnisten.«

»Den haben die meisten Leute.«

Sara lehnte sich gegen den Tisch, hielt ihren kleinen Finger hoch und flüsterte: »Dein Penis – er ist winzig.«

»Das ist überhaupt nicht komisch.« Jared lachte. »Nimm das sofort zurück!«

»Okay, okay, ich nehme es zurück. Aber erzähl mir nicht, ich würde deine Schwächen nicht kennen.«

»Du weißt jedenfalls, wie du mich dazu bringen kannst, das zu tun, was du willst. Aber das kann ich umgekehrt genauso.«

»Deshalb möchte ich vor Gericht nicht gegen dich antreten«, sagte Sara. »Das gäbe ein fürchterliches Gemetzel.«

»Na, dann haben wir ja beide Glück gehabt, dass es nicht dazu kommt. Ich gebe den Fall ab, sobald ich zurück in der Kanzlei bin.«

»Das ist nett von dir.« Sara langte über den Tisch und nahm Jareds Hände in ihre. »Ich möchte nur, dass du weißt, wie dankbar ich dir bin, dass du dich so gut um mich kümmerst.«

»Sara, du hast es nicht nötig, dass ich mich um dich kümmere. Ich mache das alles nur, weil ich ganz vernarrt in dich bin.« Er zog ihre Hände an sich und küsste sie zärtlich. »Ich würde dir nie wehtun. Und jetzt lass uns endlich aufhören, uns wegen dieses Falls die Köpfe heiß zu reden. Dieses Problem ist hiermit erledigt.«

Nach dem Essen verließen Jared und Sara das Lokal. Der Tag war immer noch fahl und grau, und es bewölkte sich wieder stärker. »Es wird noch mehr regnen«, sagte Sara.

Jared nickte. »Soll ich dich zum Büro begleiten?«

»Nein, ich muss in die andere Richtung. Ich kann von hier zu Fuß gehen.«

Jared gab seiner Frau einen Kuss und beobachtete, wie sie sich entfernte. Sara hatte einen leicht wippenden Gang, und obwohl Jared sie deswegen häufig aufzog, gefiel ihm die Art, wie sie sich bewegte. Als sie um die Ecke bog, ging er auf das Taxi zu, das vor dem Restaurant stand. Sobald er die Tür öffnete, merkte er, dass bereits jemand auf dem Rücksitz saß. Es war Kozlow.

»Was machen Sie denn hier, Doc?«, sagte Kozlow. »Steigen Sie ein!«

Jared zögerte.

»Keine Angst«, sagte Kozlow. »Ich tue Ihnen schon nichts.«

Jared stieg vorsichtig in das Taxi und setzte sich neben Kozlow.

»Was gibt's?«, fragte er. »Was machen Sie hier?«

»Das werden Sie gleich sehen.«

»Was soll das heißen?«, fragte Jared, als das Taxi losfuhr. »Was wollen –«

»Halten Sie endlich die Klappe. Wir sind gleich da.«

Das Taxi hielt vor einem auffallend schönen Haus in der East Fifty-eighth Street, dessen polierte Messingtürgriffe und Handläufe sogar glänzten, obwohl die Sonne nicht schien. Als ihm ein livrierter Türsteher die Tür öffnete, stieg Jared langsam aus dem Taxi. Kozlow blieb sitzen. »Kommen Sie nicht mit?«, fragte Jared.

»Das ist nicht meine Szene«, sagte Kozlow. »Jetzt müssen Sie allein zurechtkommen.« Damit warf er die Tür zu, und das Taxi brauste davon.

»Mr. Lynch«, sagte der Türsteher. »Kommen Sie, bitte.«

Widerstrebend folgte Jared dem Mann.

Der Türsteher führte Jared durch eine vertäfelte Eingangshalle mit einem herrlichen alten Spiegel an einer Wand und dann eine breite, geschwungene, mit Teppich ausgelegte Treppe hinab. Nervös strich Jared über seine Zwei-Uhr-nachmittags-Stoppeln. Er reckte den Kopf in alle Richtungen und versuchte zu erkennen, wohin der Mann ihn führte. Es war zwar sonst niemand zu sehen, aber er befand sich eindeutig in einem Club. Am Ende der Treppe lag eine gut ausgestattete Bar auf der linken Seite. Direkt vor ihm öffnete sich ein großer Salon, der mit einer ungewöhnlichen Mixtur aus französischen Antiquitäten und afrikanischen Kunstgegenständen eingerichtet war. An den Wänden des dunklen und einschüchternden Raums hingen handbemalte Holzmasken, als Sitzgelegenheiten dienten Gruppen von Ohrensesseln neben

Louis-XV.-Tischchen. Aus verborgenen Lautsprechern kam leise afrikanische Musik.

Der livrierte Türsteher führte Jared zu einer Tür im hinteren Teil, durch die man in einen Raum trat, in dem ein Sofa und zwei antike Sessel um einen marmornen Kamin standen. In einem der Sessel saß ein großer, eleganter Mann mit einem scharfgeschnittenen Gesicht, der einen maßgeschneiderten schwarzen Blazer trug. Er hatte sein ergrauendes blondes Haar aus der Stirn gekämmt, und obwohl man es mit bloßem Auge unmöglich erkennen konnte, war eins seiner Beine geringfügig kürzer als das andere. Dieses Missverhältnis war die Folge einer alten Footballverletzung, die er wie eine Auszeichnung trug. Überdies war es tatsächlich nicht nur eine Footballverletzung für ihn. Es war eine *Princeton*-Footballverletzung. Und in seinen Augen machte das einen gewaltigen Unterschied.

Als er die beiden Männer eintreten hörte, stand er auf und reichte Jared eine sorgfältig manikürte Hand. »Es freut mich sehr, Sie endlich kennen zu lernen, Mr. Lynch.«

»Wären Sie so freundlich, mir zu sagen, was das alles soll?«, fragte Jared.

Der Mann schenkte ihm keine Beachtung. »Ich bin Oscar Rafferty. Nehmen Sie doch Platz.« Er deutete auf das Sofa und wandte sich dann dem Türsteher zu. »Das wär's fürs Erste, George, danke.« Die glatte Liebenswürdigkeit von Raffertys Stimme ließ darauf schließen, dass er es gewohnt war, in allem seinen Willen zu bekommen.

Zu diesem Schluss gelangte Jared auch, als er das elegant geschwungene goldene B auf den schwarzen Knöpfen von Raffertys Brioni-Blazer sah. Nicht einmal Thomas Wayne trug Brioni-Sakkos für zweitausend Dollar. Daher signalisierten Raffertys Knöpfe Jared vor allem eines: Das würde kein Mandantengespräch im üblichen Sinn werden.

Als Jared sich vorsichtig auf das Sofa niederließ, nahm er aus einer Schale, die auf dem Couchtisch zwischen ihnen stand, ein Heftchen Streichhölzer.

»Wenn ich recht informiert bin, stammen Sie aus Highland Park«, sagte Rafferty freundlich. »Kennen Sie die Familie Pritchard, Richter Henry Pritchard? Seine beiden Söhne sind Klienten von mir. Einer ist Drehbuchautor, der andere Produzent – mit anderen Worten, er macht viel Lärm um nichts.«

Überrascht von Raffertys Bemühen, eine gemeinsame Basis zu finden, sagte Jared: »Ohne unhöflich sein zu wollen, Mr. Rafferty, aber gibt es etwas, was ich für Sie tun kann?«

Raffertys Gesichtsausdruck veränderte sich schlagartig. Er ließ sich nicht gern von seinem Kurs abbringen. »Das ist tatsächlich der Fall, Jared. Und da ich es bin, der Tony Kozlows Anwaltshonorar zahlen wird, dachte ich, wir sollten uns mal unterhalten. Es gibt da verschiedenes, was Sie noch nicht wissen.«

»Also, wenn es etwas mit dem Fall zu tun hat, möchte ich Sie darauf hinweisen, dass ich mein Mandat leider niederlegen muss. Eben habe ich erfahren, dass meine Frau die Anklage vertritt.«

»Das macht doch nichts. Damit haben wir überhaupt kein Problem.«

»Aber ich«, erklärte Jared. »Darum trete ich von dem Fall zurück. Wenn Sie jedoch möchten, kann ich Ihnen gern jemand anders in unserer Kanzlei empfehlen, der den Fall übernimmt.«

Raffertys Blick verdüsterte sich, als er Jared missbilligend ansah. »Ich fürchte, Sie haben mich nicht verstanden. Sie geben diesen Fall nicht ab. Sie werden uns in dieser Angelegenheit vertreten.«

»Ach, wirklich?«

»Ja, wirklich«, entgegnete Rafferty kalt. »Ob es Ihnen gefällt oder nicht, Jared, wir müssen diesen Prozess gewinnen. Und wenn Sie sich offensichtlich auch sehr viel einbilden auf Ihren aufgeblasenen Karrieristenlebenslauf, haben Sie uns in Wirklichkeit nur eines zu bieten: Sie sind mit der Vertreterin der Anklage verheiratet. Sie wissen also, wie sie ein Problem anpackt und, was das wichtigste ist, wie man sich ihre Schwächen zunutze machen kann. Um es ganz direkt zu sagen: Sie wissen, wie man sie schlagen kann.«

»Aber ich übernehme den Fall nicht«, erklärte Jared.

»Jared, ich glaube nicht, dass Sie verstehen, was ich sage. Unser Freund Anthony Kozlow darf nicht schuldig gesprochen werden. Und wenn Sie weiter Ihren sexuellen Abenteuern auf dem Küchentresen frönen wollen, sollten Sie unbedingt dafür sorgen, dass er das nicht wird.«

»Woher wollen Sie wissen, dass wir –«

»Hören Sie gut zu«, sagte Rafferty ruhig. »Es ist für uns alle besser, wenn Sie den Fall gewinnen.«

»*Für uns alle besser?* Was soll das heißen?«

Ohne zu antworten, reichte Rafferty Jared einen großen braunen Umschlag. Als Jared ihn öffnete, sah er einen Packen mit etwa zwei Dutzend Schwarzweißfotos. Alle von Sara.

»Das ist Sara auf dem Weg ins Büro«, sagte Rafferty, als Jared auf eine Außenaufnahme sah. »Und hier ist sie, wie sie nach Hause kommt.« Auf den Fotos waren fast alle Orte zu sehen, an denen Sara in den letzten vierundzwanzig Stunden gewesen war. Als Jared zu einer Aufnahme kam, auf der Sara am Rand eines U-Bahnsteigs wartete, fügte Rafferty hinzu: »Das wurde aufgenommen, als sie gestern Nacht nach der Anklageerhebung nach Hause fuhr. Ich schätze, sie hatte es eilig, heimzukommen, denn sie beugte sich ständig über die Bahnsteigkante, um zu sehen, ob die U-Bahn endlich käme. So etwas ist nicht ganz ungefährlich, Jared. Nur ein kleiner Schubs, mehr ist nicht nötig.«

Jared, der wie gebannt auf die Fotos starrte, dachte, ihm würde jeden Augenblick übel. Die Trommelrhythmen der afrikanischen Musik schienen von allen Seiten auf ihn einzuhämmern. In einem plötzlichen Schwindelanfall verschwammen ihm die Fotos von Sara vor den Augen. Er schloss sie und versuchte sich wieder in den Griff zu bekommen. Schließlich sah er zu Rafferty auf. »Was wollen Sie?«

»Ich will, dass Sie gewinnen«, antwortete Rafferty. »Mehr nicht.«

»Und wenn ich verliere?«

Wortlos nahm Rafferty die Fotos und steckte sie in den Umschlag zurück.

»Antworten Sie mir«, verlangte Jared. »Was ist, wenn ich verliere?«

Rafferty verschloss den Umschlag wieder. »Die Antwort darauf wissen Sie, glaube ich, sehr genau.« Er ließ seine Worte auf Jared wirken. »Und hören Sie gut zu, was ich Ihnen jetzt sagen werde, denn ich weiß, was Sie denken. Wenn Sie zur Polizei oder sonst einer Behörde gehen, garantiere ich Ihnen, dass Sie an dieser Entscheidung Ihr ganzes restliches Leben zu tragen haben werden. Schweigen ist Gold. Wenn Sie irgendjemandem – und das gilt auch für Ihre Frau – auch nur ein Wort von unserer Unterredung erzählen, werden wir sie töten. Sobald Sie auch nur den Mund aufmachen, ist sie tot. Kozlow wird ihr schneller den Hals umdrehen, als Sie den Hörer auflegen können. Natürlich weiß ich, dass es dazu nicht kommen wird – Sie sind ein intelligenter Anwalt, Jared. In den nächsten paar Wochen verlangen wir nichts weiter von Ihnen, als dass Sie Ihre Arbeit tun. Bereiten Sie sich auf den Prozess vor, seien Sie ein guter Strafverteidiger, und gewinnen Sie. Denn mit nichts Geringerem geben wir uns zufrieden – irgendwelche Vergleiche kommen nicht in Frage. Schaffen Sie diese Sache aus der Welt, oder gewinnen Sie. Gelingt Ihnen das, werden Sie nie mehr etwas von mir hören. Kein Kopfzerbrechen, kein Ärger. Habe ich mich deutlich genug ausgedrückt?«

Jared nickte langsam. Sein Blick blieb unverwandt auf den leuchtend roten Bildteppich auf dem Boden geheftet.

»Ich werde dieses betretene Schweigen als ein Ja auffassen«, fuhr Rafferty schließlich fort. »Und das heißt, Kozlow wird gleich morgen früh in Ihrem Büro erscheinen. Machen Sie sich bis dahin noch einen schönen Tag.«

Rafferty stand auf und begleitete Jared zum Eingang des Clubs. Draußen wartete ein Wagen auf ihn. Als Jared einstieg, sagte Rafferty: »Leben Sie wohl, Jared.« Jared registrierte es kaum. Erst als die Tür zuschlug und er plötzlich allein auf dem Rücksitz des Autos saß, wurde ihm die volle Tragweite des Ganzen bewusst. Er ging noch einmal alles in Gedanken durch und stellte sich Rafferty und das Foto von Sara vor, wie sie allein an der Bahnsteigkante stand. Und dann stellte er sich Kozlow vor. O Gott, dachte Jared. Er löste seinen Krawattenknoten und schnappte nach Luft. In was habe ich uns da nur hineingeritten?

6

»Hallo, könnte ich bitte Claire Doniger sprechen«, sagte Sara mit einem Blick auf ihren Notizblock.

»Am Apparat«, trällerte Claire Doniger mit einer cocktailpartyerprobten, von vielen Zigaretten heiseren Stimme.

»Guten Tag, Ms. Doniger, hier ist Sara Tate von der Bezirksstaatsanwaltschaft. Ich habe gestern wegen dieses Einbruchs mit Ihnen gesprochen.«

»Ja, natürlich. Und? Wie kommen Sie voran?«

»Sehr gut. Wir machen gute Fortschritte, und ich dachte, ob wir das Ganze noch mal durchsprechen könnten.«

»Also, ich weiß wirklich nicht, was es da noch groß zu erzählen gibt. Ich schlief tief und fest, als ich gegen halb vier Uhr morgens die Türglocke hörte. Deshalb stand ich auf, um zu öffnen. Als ich durch den Spion schaute, sah ich einen Polizisten. Und als ich öffnete, stand er mit einem jungen Mann da, von dem er sagte, er hätte gerade mein Haus ausgeraubt. Das konnte ich zuerst gar nicht glauben und sagte deshalb, da müsse es sich um ein Versehen handeln. Doch dann zeigte er mir meine Uhr und meinen silbernen Golfball und fragte mich, ob das meine Sachen seien.«

»Und waren es Ihre Sachen?«, fragte Sara, die sich die ganze Zeit auf ihrem Block Notizen machte.

»Ohne Frage! Ich erkannte sie sofort. Die Uhr war eine Ebel aus dem Jahr 1956, die mein Vater meiner Mutter zur Silberhochzeit geschenkt hatte – das war das Jahr, in dem sie das Platinmodell zu bauen aufhörten. Und der Golfball war ein Geschenk meiner Brustkrebsorganisation – zum Dank, dass ich bei ihrem Prominentengolfturnier so viele Spenden beschaffen konnte. Mein Name ist in die Unterseite eingraviert. Anscheinend hatte der junge Mann die Sachen gerade gestohlen, und der Polizist hatte ihn gefasst, als er die Straße hinunterging.«

In Befolgung von Conrad Moores Rat, der Anzeige nicht zu viel Beachtung zu schenken und immer einfache, klare Fragen zu stellen, fragte Sara: »Wie kam der Polizist dazu, Mr. Kozlow festzunehmen?«

»Ist das sein Name? Kozlow?«, fragte Claire Doniger.

»Richtig – einer unserer Lieblingskriminellen«, witzelte Sara in der Hoffnung, Ms. Doniger bei Laune und am Reden zu halten. »Also, woher wusste der Polizist, dass er ihn verhaften sollte?«

»Also, so viel mir der Polizist erzählte, erhielt er einen Funkspruch, jemand hätte eine zwielichtige Gestalt aus meinem Haus kommen sehen.«

»Wissen Sie, wer der Anrufer war, der der Polizei diesen Tipp gegeben hat?«

»Meine Nachbarin von gegenüber. Patty Harrison. Ihr Haus ist direkt gegenüber von meinem. Sie erzählte mir, sie habe nicht schlafen können, weshalb sie aufgestanden sei, um eine Kleinigkeit zu essen. Behauptet sie jedenfalls.«

»Haben Sie Grund, an ihrer Aussage zu zweifeln?«

»Sie ist eine kleine Wichtigtuerin, die in alles ihre Nase stecken muss. Weiß über jeden genauestens Bescheid. Würde mich nicht wundern, wenn sie die ganze Nacht am Fenster hinge, nur um mitzubekommen, wer in der Straße spät nach Hause kommt. Wie dem auch sei, offensichtlich sah sie den Mann das Haus verlassen. Sie fand ihn verdächtig, weshalb sie die Polizei anrief und ihnen eine Personenbeschreibung gab. Zum Glück kam der Polizist gerade die Madison hoch. Er brauchte nur um die Ecke zu biegen und ihn festzunehmen. Unwahrscheinlicher Zufall, wenn Sie mich fragen.«

»Auf jeden Fall«, gab ihr Sara Recht. Während sie noch einmal ihre Notizen überflog, versuchte sie sich alle Vorkommnisse, Einzelbild für Einzelbild, vorzustellen. Sorgfältig ging sie in Gedanken jedes Detail durch und suchte nach einem Punkt, den sie übersehen haben könnte. Schließlich fragte sie: »Ms. Doniger, hat Ihr Haus eine Alarmanlage?«

»Wie bitte?«

»Ihr Haus – hat es eine Alarmanlage?«

»Ja, hat es. Aber ich muss an besagtem Abend vergessen haben, sie anzustellen, weil sie nicht losging.«

»Und gab es irgendwelche sichtbaren Spuren gewaltsamen

Eindringens? Ein zerbrochenes Fenster? Irgendwelche andere Zugangsmöglichkeiten außer der Haustür, durch die der Mann ins Haus gekommen sein könnte?«

»Nicht, dass ich wüsste. Nein. Ich will ja nicht unhöflich sein, aber ich bin mit Freunden verabredet und ohnehin schon spät dran. Könnten wir das vielleicht ein andermal klären?«

»An sich müsste das sowieso schon alles sein«, sagte Sara. »Vielleicht können wir es ja noch einmal gemeinsam durchgehen, bevor am Montag die Grand Jury zusammentritt.«

»Ja. Sicher. Wir können später noch einmal darüber sprechen.«

Als Sara auflegte, machte sie sich noch ein paar weitere Notizen auf ihrem Block.

»Das würde ich nicht tun«, warnte Guff sie, der gerade das Büro betrat.

»Was?«

»Sich Notizen machen. Sie sollten sich eigentlich nie Notizen machen.«

»Warum das denn?«

»Weil Sie in New York jede vorher aufgezeichnete Aussage einer Person, die Sie als Zeuge aufrufen wollen, vor Prozessbeginn an die Verteidigung weiterleiten müssen. Deshalb empfiehlt es sich, nichts aufzuschreiben.«

»Wollen Sie damit sagen, wenn mein Zeuge bei der Verhandlung plötzlich etwas ganz anderes erzählt als jetzt, kann die Verteidigung diese Notizen benutzen, um uns vor Gericht wie die letzten Idioten dastehen zu lassen?«

»So will es das Gesetz.« Guff warf einen Aktenordner auf Saras Schreibtisch. »Übrigens, ich habe die Informationen über die anderen neuen SBAs, die Sie haben wollten.« Während Sara den Ordner aufklappte, fuhr Guff fort: »Insgesamt haben achtzehn andere SBAs am selben Tag wie Sie angefangen. Bisher ist es jedem von ihnen gelungen, sich zumindest ein paar Fälle zu beschaffen. Ich habe sie nach Fallkategorien gegliedert.«

Beim Überfliegen der Liste stellte Sara fest, dass alle mindestens drei geringfügige Vergehen hatten. Darüber hinaus hatten neun ihrer Kollegen ein Verbrechen, und zwei assistierten bei einem Totschlag. »So was Blödes«, zischte Sara. »Warum müssen in New York nur alle so ehrgeizig sein?«

»Das liegt in der Natur der Sache. In dem Moment, in dem Sie sich in dieser Stadt vornehmen, irgendetwas zu tun, stehen vor Ihnen schon mindestens fünfhundert andere Leute Schlange, um das gleiche zu tun.« Guff warf beide Arme in einer weit ausholenden Bewegung durch die Luft. »Das mag vielleicht blöd aussehen, aber in genau diesem Moment gibt es mindestens ein Dutzend anderer Leute in dieser Stadt, die genau das Gleiche tun. In New York gibt es keine originellen Gedanken. Das ist das Schöne an unserem ehrgeizigen Untier.«

»Das gerade dabei ist, einen Happen aus meinem Allerwertesten zu beißen.«

»Ich verstehe gar nicht, warum Sie das überrascht. Als die Kürzungen angekündigt wurden, fing doch sogar die letzte Schlafmütze in dieser Behörde an, auf superproduktiv zu machen.«

»Dann sollte ich vielleicht noch eins drauflegen. Vielleicht kann ich noch ein paar Fälle mehr kriegen.«

»Es geht nicht darum, wie viel Sie haben; es geht darum, wie viel Sie gewinnen«, sagte Guff. »Und wenn man bedenkt, dass Sie schon fünf haben, würde ich mir nicht noch mehr aufhalsen.«

»Aber zwei davon werde ich außergerichtlich ...«

»Sara, was macht Ihrer Meinung nach mehr Eindruck: Wenn Sie ein Dutzend Fälle bearbeiten und nicht mehr zurechtkommen oder wenn Sie nur fünf Fälle abwickeln, und die aber gründlich und professionell?«

»In New York? Ich würde sagen, das Dutzend.«

»Jetzt hören Sie mal! Sie wissen ganz genau, dass das nicht stimmt.«

»Ich weiß, es ist nur –«

»Sie sind versucht, sich mehr Fälle unter den Nagel zu reißen. Das kann ich verstehen. Aber glauben Sie mir, mit je mehr Bällen Sie jonglieren, desto eher lassen Sie alle fallen. Schmeißen Sie die Nieten raus, halten Sie sich an die guten Fälle, und gewinnen Sie, was Sie behalten. So wird man auf Sie aufmerksam werden.«

»Wenn es also danach aussieht, dass wir eine Chance haben, gehen wir aufs Ganze, und wenn es so aussieht, als kämen wir in Schwierigkeiten, kneifen wir.«

»Das ist das Geheimrezept des Obersts«, sagte Guff. »Halten Sie sich daran, und Sie verlieren nie.«

Als Mitarbeiterin der Pressestelle der Bezirksstaatsanwaltschaft war Lenore Lasner die meiste Zeit damit beschäftigt, Journalisten und normalen Bürgern die Arbeitsweise der Behörde zu erläutern. Sie wurde nach dem Ausgang bestimmter Fälle gefragt. Sie wurde nach der Kompetenz bestimmter Richter gefragt. Und hin und wieder wurde sie nach einem bestimmten stellvertretenden Bezirksstaatsanwalt gefragt.

»Sara Tate, Sara Tate«, murmelte Lenore Lasner, als sie die Mitarbeiterliste durchging. »Ich glaube nicht, dass ich sie hier habe.«

»Sie hat erst diesen Montag angefangen.« Der Mann lehnte sich gegen den Schalter und starrte auf Lenores lange, manikürte Fingernägel. Er hatte eine tiefe, sonore Stimme und eingefallene Wangen, die ihn krank aussehen ließen.

»Warum haben Sie das nicht gleich gesagt?« Lenore Lasner wandte sich wieder dem Mitarbeiterverzeichnis zu, an dessen hinteren Einbanddeckel innen ein einzelnes Blatt Papier geheftet war. »Tate, Tate, Tate«, murmelte sie, während ihr Fingernagel über die Liste wanderte. »Hier ist sie.«

»Schöne Nägel haben Sie«, sagte der Mann.

»Danke«, sagte Lenore Lasner leicht errötend. »Und was wollen Sie jetzt über SBA Tate wissen?«

»Nur, wo ihr Büro ist.«

»Eine solche Auskunft dürfen wir Ihnen leider nicht erteilen. Aber Sie können ihre Telefonnummer haben.«

»Das wäre prima. Wenn ich Sie vielleicht auch noch um ein Blatt Papier und einen Stift bitten dürfte …«

»Aber selbstverständlich.« Als sich Lenore Lasner umdrehte, um einen Notizblock von ihrem Schreibtisch zu holen, sah der Mann auf das Verzeichnis hinab. Neben Saras Name stand ihre Telefonnummer, und daneben waren ihre Adresse und die Zimmernummer: Centre Street 80. Zimmer 727.

»Wissen Sie was? Mir ist gerade eingefallen, dass ich ihre Telefonnummer schon habe«, sagte der Mann. »Ich rufe sie später an.«

»Sind Sie sicher?«, fragte Lenore Lasner, als sie an den Schalter zurückkehrte.

»Ja«, sagte der Mann. »Ich weiß genau, wo ich sie finde.«

»Was ist denn mit Ihnen los?«, fragte Kathleen, als Jared ins Büro zurückkam. Er sah verheerend aus, sein Gesicht war aschfahl.

»Nichts«, erwiderte er. »Mir ist nur das Mittagessen nicht bekommen.« Nachdem er sein Büro betreten hatte, schloss Jared die Tür hinter sich, ließ sich in seinen Stuhl plumpsen, drückte den Nicht-stören-Knopf auf dem Telefon und legte den Kopf auf den Schreibtisch. Wen konnte er anrufen? Er wollte die Polizei verständigen. Oder das FBI. Sein Bruder kannte jemanden beim FBI. Aber Raffertys Warnung ging ihm nicht aus dem Kopf. Und vor allem musste er ständig an Sara denken. Ungeachtet der Drohung, ungeachtet der moralischen Konsequenzen, musste er etwas – irgendetwas – tun, um seine Frau zu schützen. Um ihrer eigenen Sicherheit willen musste er ihr alles erzählen. Doch als er den Hörer abnahm, merkte er, dass es unmöglich wäre, Sara dazu zu bringen, den Mund zu halten. Sobald sie davon erfuhr, würde sie zu ihren Freunden bei der Staatsanwaltschaft gehen. Und wenn sie sich mit Rafferty anlegte, würde sie alles noch schlimmer machen. Für sie beide. Und was noch wichtiger war, Rafferty ließ vielleicht schon sein Büro abhören. Das war unmöglich, versuchte er sich einzureden – nicht jetzt schon. Mit der entsprechenden Ausrüstung könnten sie es allerdings tun, ohne jemals sein Büro betreten zu haben. Jared legte den Hörer wieder zurück und saß wie versteinert da. Er hatte keine Chance.

Doch dann griff er nach dem Telefon und wählte Saras Nummer, bevor er es sich wieder anders überlegen konnte. Er musste es ihr sagen.

»SBA Tates Büro«, meldete sich Guff. »Was kann ich für Sie tun?«

»Hier ist Jared – Saras Mann. Ist sie gerade in der Nähe?«

»Tag, Jared. Bedaure, sie ist gerade nicht hier. Kann ich ihr etwas bestellen?«

»Könnten Sie ihr bitte sagen, sie soll mich anrufen, sobald sie zurückkommt? Es ist sehr dringend.«

»Ist irgendwas passiert?«

»Nein, nein. Sagen Sie ihr nur, ich möchte mit ihr sprechen. Es ist wichtig.« Als Jared auflegte, klopfte es. Bevor er sagen konnte: »Ich habe gerade zu tun«, ging die Tür auf, und Marty Lubetsky kam herein.

»Wo haben Sie die ganze Zeit gesteckt?«, fragte Lubetsky. »Ich versuche Sie heute schon den ganzen Vormittag zu erreichen.«

»Tut mir leid. Ich bin völlig zugeschüttet.«

»Habe ich bereits gehört. Eben bekam ich einen Anruf von Oscar Rafferty.«

»Sie kennen ihn?«, fragte Jared.

»Soweit man jemanden in einem dreiminütigen Telefongespräch kennen lernen kann. Er rief an und sagte mir, er hätte Sie für einen seiner Bekannten als Verteidiger beauftragt.«

»Warum hat er Sie angerufen?«

»Um sich zu vergewissern, dass Sie auch genug Zeit haben, um sich des Falls entsprechend anzunehmen. Ehrlich gestanden, dachte ich, Sie hätten ihn darum gebeten. Er wusste, dass ich Ihr Vorgesetzter bin, und er sagte, der einzige Grund, weshalb er sich an uns wenden würde, wäre Ihr guter Ruf. Er sagte, er würde uns vielleicht seine gesamten Geschäfte übertragen, wenn dieser Fall zu seiner Zufriedenheit abgewickelt wird. Und wie es sich anhört, handelt es sich dabei um recht umfangreiche Geschäfte.«

»Das wäre doch großartig.«

»Allerdings«, sagte Lubetsky. »Jedenfalls wollte ich Ihnen zu diesem Erfolg gratulieren. Tut mir leid wegen gestern, aber es sieht ganz so aus, als würden Sie das Ruder herumreißen. Machen Sie weiter so!«

»Ich werde mir Mühe geben«, sagte Jared, als Lubetsky das Büro verließ.

Jared fasste in seine Hosentasche und zog das Heft Streichhölzer aus dem Club heraus. Darauf stand in goldenen Lettern TWO ROOMS. Er drückte auf die Intern-Taste seines Telefons.

»Was gibt's?«, fragte Kathleen.

»Dürfte ich Sie um einen kleinen Gefallen bitten? In der East Fifty-eighth Street gibt es einen Club, der sich Two Rooms nennt. Können Sie Barrow bitten, rasch ein paar Nachforschungen darüber anzustellen und mir zu sagen, was dabei rausgekommen ist?«

»Kein Problem«, sagte Kathleen. »Wem soll ich es auf die Rechnung setzen?«

»Niemandem. Das bezahle ich selbst.«

»Was hast du rausgefunden?«, fragte Jared zwanzig Minuten später und beugte sich aufgeregt zu seiner Sprechanlage vor.

»Hast du mein Fax schon bekommen?«, fragte Barrow am Telefon.

Bevor Jared antworten konnte, kam Kathleen mit einem dünnen Stoß Papiere herein und legte sie auf seinen Schreibtisch. »Hier, bitte.«

Jared blätterte durch die Zeitungsausschnitte und Grundbuchauszüge.

»Gern geschehen«, sagte Kathleen. Aber Jared reagierte immer noch nicht. Sie war versucht, etwas zu sagen, aber sie wusste, das war jetzt nicht der richtige Zeitpunkt. Stattdessen verließ sie das Büro und schloss die Tür hinter sich.

»Wie du siehst, nur der übliche High-Society-Klatsch«, fuhr Barrow fort. »Es gibt kein Schild vorne dran, aber die richtigen Leute kennen ihn trotzdem alle. Früher hieß er mal Le Club, bis endlich jemand genug Geschmack bewies, den Namen zu ändern. Ansonsten ist das Einzige, was ich darüber finden konnte, ein paar Erwähnungen in den Klatschspalten und einige Restaurantkritiken. Jedenfalls ist der Laden absolut seriös, J – superexklusiv, praktisch unmöglich reinzukommen.«

»Nur private Mitgliedschaft?«

»Keine Ahnung – es ist niemand ans Telefon gegangen. Wenn du es versuchen willst, die Nummer steht auf der ersten Seite.«

»Danke«, sagte Jared, immer noch nicht ganz bei der Sache.

»Ich habe auch über deinen Freund Kozlow Erkundigungen eingezogen. Hast du seine Akte schon gesehen?«

»Wir warten noch, dass seine alten Anwälte sie uns zuschicken. Irgendwas Interessantes dabei?«

»Ich weiß nicht, ob ich es interessant nennen würde, aber eins kann ich dir sagen: Dieser Kerl tickt nicht ganz sauber. Wer einen Schraubenzieher benutzt, um –«

»Ich werde es selbst lesen«, unterbrach ihn Jared.

»Du musst dir das einfach anhören! Er hat sich einen Schraubenzieher geschnappt und –«

»Lenny, bitte, darüber möchte ich im Moment wirklich nicht sprechen.«

Am anderen Ende der Leitung trat kurzes Schweigen ein. Schließlich fragte Barrow: »Hat das etwas mit dem zu tun, was dir beim Mittagessen so auf den Magen geschlagen hat?«

»Woher weißt du, dass mir das Mittagessen nicht bekommen ist?«

»Von Kathleen. Sie sagte, du wärst total aufgelöst zurückgekommen.«

»Das stimmt doch gar nicht. Mir schwirrt im Moment nur der Kopf von allen möglichen anderen Dingen.«

»J, wir kennen uns doch inzwischen wirklich gut genug. Du brauchst mir nichts vorzumachen.«

»Tu ich auch nicht. Schon gar nicht dir gegenüber. Wie viel bin ich dir für die Recherchen schuldig?«

»Du glaubst doch nicht etwa, ich nehme Geld von dir? Wenn ich das täte, müsste Sara verhungern.« Barrow gab ein tiefes Lachen von sich. »Wenn es sich um was Wichtiges und was Privates handelt, ist es umsonst. Aber du kannst mich das nächste Mal gern zum Essen einladen.«

»Danke, Lenny.«

»Keine Ursache. Sag einfach Bescheid, wenn du noch was brauchst.«

Jared legte auf und wählte die Nummer des Two Rooms.

»Two Rooms. Was kann ich für Sie tun?«

Jared erkannte die Stimme des livrierten Türstehers. »Guten Tag, ich hätte ein paar Fragen über Ihren Club. Ist er privat oder für jeden zugänglich?«

»Wir sind für jeden zugänglich, Sir.«

»Demnach … dieser Raum im Untergeschoss – kann den jeder zum Mittagessen mieten?«

»Bedaure, aber wir haben mittags nicht geöffnet. Nur abends.«

Verwirrt sagte Jared: »Ich war doch erst vor einer Stunde bei Ihnen. Ich hatte eine Besprechung mit Oscar Rafferty.«

Am anderen Ende der Leitung wurde es kurz still. Dann sagte der Mann: »Heute hat hier keine Besprechung stattgefunden.«

»Aber sicher! Ich erkenne doch sogar Ihre Stimme wieder – Sie haben mich nach unten gebracht.«

»Sir, ich weiß nicht, wovon Sie sprechen. Glauben Sie mir, es hat keine Besprechung stattgefunden.« Einen Moment später hörte Jared ein Klicken. Der Mann hatte aufgelegt.

Was zum Teufel geht hier vor? fragte sich Jared.

Jared war mit den Nerven am Ende, als er von der U-Bahn nach Hause ging. Während der ganzen Fahrt hatte er sich mindestens dreißigmal umgesehen, um sich zu vergewissern, dass ihm niemand folgte. In der U-Bahn hatte er zweimal den Waggon gewechselt, und er war, unmittelbar bevor die Türen zugingen, in der Seventy-second Street ausgestiegen und nicht wie sonst in der Seventy-ninth. Als er den Broadway hinaufging, beobachtete er in jedem Schaufenster, an dem er vorbeikam, sein Spiegelbild, um zu sehen, ob jemand in der Nähe war. Dann begann er unvermittelt loszurennen. Nicht im Dauerlauf. Volles Tempo. So schnell er konnte, bog er in die Seventy-eighth und drückte sich in den ersten Hauseingang, den er erreichte – den schmalen Lieferanteneingang des Lebensmittelladens an der Ecke. Soweit er erkennen konnte, folgte ihm niemand. Vielleicht bluffte Rafferty nur? Vielleicht drohte er ihm nur, um ihn zum Spuren zu bringen?

Schließlich betrat Jared das Gebäude, in dem er und Sara wohnten, und zog den Schlüsselbund heraus, um nach der Post zu sehen. In diesem Moment hörte er ein leises Knirschen unter seinen Sohlen. Er blickte nach unten und sah, dass der Boden der kleinen Nische mit Glasscherben übersät war. Er schob sie mit dem Fuß in eine Ecke. Auf dem Weg nach oben musste er über weitere Glasscherben steigen. Woher sie kamen, entdeckte er am Ende der Treppe: Jemand hatte das große gerahmte Sonnenblumenbild, das dort hing, zertrümmert. Dann merkte er, dass die Tür seiner Wohnung einen Spalt offen stand. Seinen Rücken lief ein eisiger Schauder hinunter, als er vorsichtig darauf zuging. Ohne sich um das zerbrochene Glas auf dem Boden zu kümmern, sah er in beiden Richtungen den kurzen Flur hinunter und die Treppe hinauf. Es war niemand zu sehen. Langsam öffnete er die Tür und spähte nach drinnen.

Das erste, worauf sein Blick fiel, war das umgestürzte Bücherregal aus Eichenholz, das er und Sara in mühevoller Arbeit aufgebaut hatten. Dann die rustikalen Kiefernholzstühle, die in einer Ecke lagen. Dann der dazu passende Tisch, der umgeworfen worden war. Dann die verwüstete Küche.

Er musste über Hunderte von herumliegenden Büchern steigen, als er schließlich ins Wohnzimmer ging. Sein Bogart-Plakat war von der Wand gerissen, die Polster vom Sessel gezogen, das Sofa umgekippt, die Halogenlampen waren umgestürzt, der gläserne Couchtisch zerbrochen, der Fernseher mit dem Bildschirm nach unten auf den Boden geworfen, die Videokassetten über den ganzen Raum verstreut, die Zimmerpflanzen umgekippt, die Erde über den Teppich verteilt. Die sechs Porträts, die Sara von ihm gezeichnet hatte, hingen zwar noch an der Wand, aber die Glasrahmen waren zerbrochen. O mein Gott, dachte Jared, als er sich im Raum umblickte. Nicht ein einziger Gegenstand war unangetastet geblieben.

Als Jared nach dem Telefon suchte, um die Polizei anzurufen, hörte er im Schlafzimmer einen dumpfen Knall. Außer ihm war noch jemand in der Wohnung! Jared kroch in die Ecke des Wohnzimmers und ging hinter dem umgestürzten Sofa in Deckung. Von dort hörte er, wie der Eindringling das Schlafzimmer verließ, mit schweren Schritten in die Küche ging und dort in den Schubladen zu kramen begann. Plötzlich entdeckte Jared einen silbernen Brieföffner. Er lag nicht weit weg von ihm in der Mitte des Raums. Sorgsam darauf achtend, dass er keine der überall herumliegenden CDs berührte, kroch er langsam darauf zu. Mit einem stummen Stoßgebet, dass er nicht ausgerechnet jetzt auf eine knarzende Diele käme, griff er nach dem Brieföffner und stand auf, so leise er konnte. Noch konnte er sich den Überraschungseffekt zunutze machen. Doch als er seine provisorische Waffe zückte, hörte er, wie der Fremde ins Schlafzimmer zurückkehrte.

Um sich zu vergewissern, dass die Luft rein war, spähte Jared um die Ecke der Wohnzimmertür. Dann huschte er in die Küche. Auch dort war jede Schublade durchwühlt worden, jeder Küchenschrank durchsucht und leer geräumt. Nach Atem ringend lehnte sich Jared mit dem Brieföffner in der Hand gegen den Kühlschrank. Er war schweißüberströmt. Reiß dich zusammen, redete er sich gut zu. Und tief durchatmen.

Zehn Sekunden später verließ er die Küche und schlich auf die geschlossene Schlafzimmertür zu, hinter der er jemanden hektisch herumkramen hörte. Anscheinend durchsuchte jemand die große Kommode. Jareds Angst wich plötzlich wilder Wut. Er hob den Brieföffner und legte die andere Hand zitternd um den Türknauf. Bei drei, sagte er sich. Eins ... zwei ... Jared riss die Tür auf und stürzte in den Raum. Aber etwas schlug ihm gegen die Schienbeine. Eine Falle. Sie hatten auf ihn gewartet. Beim Aufprall auf dem Boden ließ er den Brieföffner los. Doch bevor er wieder danach greifen konnte, hörte er eine vertraute Stimme fragen: »Bist du verrückt geworden?«

Mit einem Küchenmesser in den Händen stand Sara über ihm. »Ich dachte, du wärst der Einbrecher!« Sie ließ das Messer sinken. »Ich hätte dich umbringen können.«

»Entschuldige.« Jared richtete sich auf und umarmte seine Frau. »Hauptsache, dir ist nichts passiert! Gott sei Dank ist dir nichts passiert.«

»Es ist alles okay«, sagte Sara. »Mir fehlt nichts.«

»Wann bist du nach Hause gekommen?«

»Vor ungefähr zehn Minuten. Ich hätte fast einen Anfall gekriegt, als ich in die Wohnung kam. Ich rief die Polizei an, und dann kam ich hier rein – um nachzusehen, ob sie den Schmuck meiner Mutter gefunden haben.«

»Und?«

»Zum Glück haben sie ihn übersehen. Soweit ich es beurteilen kann, haben sie das Geld aus der obersten Kommodenschublade genommen, die goldene Taschenuhr, die Pop dir geschenkt hat, und einige unserer Silberrahmen. Aber den Schmuck haben sie nicht gefunden.« Als sie ins Wohnzimmer gingen, nahm Sara zum zweiten Mal das Chaos in Augenschein, das in ihrer Wohnung herrschte. Als sie anfing, die umgestürzten Zimmerpflanzen aufzustellen, merkte Jared, dass sein *Chinatown*-Messer unbeschadet auf einem der Sofapolster platziert war.

Als er die Schutzhülle seines kostbarsten Sammlerstücks hochhob, entdeckte er an ihrer Unterseite einen kleinen Zettel, der dort mit Klebeband befestigt war. Ihm rutschte das Herz in die Hose, als er die drei Wörter darauf las: *Halt deinen Mund!*

»Sie haben es wohl für ein normales Messer gehalten«, sagte Sara.

»Wie bitte?«

»Dein Messer. Hätten sie gewusst, was es ist, hätten sie es bestimmt mitgenommen.«

»Ja, bestimmt«, sagte Jared und zog den Zettel ab, um ihn in der Hand zu zerknüllen.

Sara griff nach dem Telefon. »Ich kann es immer noch nicht fassen! Kaum fange ich an, für die Guten zu arbeiten, kommt irgend so ein Drecksack daher und raubt uns aus. Ich werde Conrad anrufen, um sicherzugehen –«

»Nein!«, fiel ihr Jared ins Wort. Als er das überraschte Gesicht seiner Frau sah, fügte er hinzu: »Die Polizei wird sowieso gleich eintreffen. Dann können wir sehen, was sonst noch fehlt, und den Hergang rekonstruieren.«

»Ja, wahrscheinlich hast du Recht«, stimmte ihm Sara zu und hob einen Stapel Bücher vom Wohnzimmerboden. »Aber eins sage ich dir jetzt schon: Wenn wir die Schweine erwischen, die das getan haben, dann erhebe ich persönlich Anklage gegen sie. Wer sich an meinen Sachen vergreift und mir Ärger macht, der kann was erleben!«

»Richtig«, sagte Jared apathisch.

»Hey, ist was?«

»Nein, nein. Alles okay.«

»Bist du sicher? Du siehst grauenhaft aus.«

»Wundert dich das etwa? Eben ist bei uns eingebrochen worden, und unsere Sachen sind über die ganze Wohnung verteilt. Soll ich darüber vielleicht begeistert sein?«

»Natürlich nicht. Aber sieh's doch mal von der positiven Seite – sie waren schon weg, als wir nach Hause kamen, uns ist nichts passiert, und aller Wahrscheinlichkeit nach werden wir nie mehr etwas von ihnen hören.«

»Ja«, sagte Jared, dem sehr wohl bewusst war, dass Rafferty nicht einfach verschwinden würde. »Wir haben auf jeden Fall Glück gehabt.«

»Aber erzähl doch schon mal, warum du heute Nachmittag angerufen hast. Was war so wichtig?«

Jareds Faust schloss sich fester um den Zettel. »Ach, nichts.«

»Guff meinte, du hättest den Eindruck gemacht, als wäre es sehr dringend gewesen.«

»Es war wirklich nichts. Ein Problem, das sich inzwischen von selbst geklärt hat.«

Bis Mitternacht war die Polizei gekommen und wieder gegangen, die Wohnung war nach Fingerabdrücken untersucht worden, und Jared und Sara hatten die meisten ihrer Sachen aufgeräumt.

»Die Cops sind sehr gründlich vorgegangen, finde ich«, sagte Sara, als sie sich aufs Sofa legte.

»Das will ich doch hoffen.« Jared setzte sich in seinen Lieblingssessel. »Du bist jetzt eine von *ihnen*.« Er versuchte so gut wie möglich, sich ganz normal zu geben, aber er konnte den Blick nicht von seiner Frau losreißen. Wenn er es tat, konnte etwas passieren. *Würde* etwas passieren. Und es wäre seine Schuld! Es lag in seinen Händen. Auf der Suche nach einer guten Überleitung fügte er hinzu: »Übrigens, nachdem wir diesen Schlamassel erst mal beseitigt haben, muss ich gleich mit der nächsten Katastrophenmeldung kommen. Ich kann nicht von dem Fall Kozlow zurücktreten.«

Sara schoss vom Sofa hoch. »Was heißt das: ›Du kannst nicht‹? Niemand hat dir irgendwelche Vorschriften zu machen – du kannst tun und lassen, was du willst.«

»Im Ernst. Ich kann nicht.«

»Warum nicht? Hält dir jemand eine Pistole an den Kopf?«

»Nein. Aber ich muss den Fall übernehmen, ob ich will oder nicht.«

»Jetzt komm mir nicht mit so was, Jared! Du hast mir versprochen –«

»Ich weiß, was ich gesagt habe. Aber es geht nicht.«

»Hör zu, der einzige Grund, warum Kozlow dich als Verteidiger will, ist, dass du mein Mann bist. Er will uns offensichtlich gegeneinander ausspielen.«

»Danke für das Kompliment.«

»Du weißt genau, was ich meine.«

»Trotzdem. Egal, aus welchem Grund seine Wahl auf mich gefallen ist, Lubetsky hat spitzgekriegt, dass der Kerl, der die Rechnung zahlt, gut bei Kasse ist. Er meint, wenn ich den Fall übernehme, kriegen wir vielleicht auch seine anderen rechtlichen Angelegenheiten zugeschoben.«

»Dann soll doch Lubetsky den Fall übernehmen! Ich täte nichts lieber, als ihm vor Gericht seine sieben Doppelkinne abzuwatschen.«

»Kozlow besteht darauf, dass ich ihn verteidige. Und Lubetsky lässt mich den Fall nicht abgeben. Ich habe es wirklich versucht, Schatz. Ich habe es wirklich versucht.«

»Du hast es nicht richtig versucht.« Saras Stimme wurde lauter. »Wenn du diesen Fall behältst, mischst du dich in meine beruflichen Angelegenheiten ein. Und wenn ich gegen meinen Mann verliere, verspiele ich meine einzige klägliche Chance, meine Stelle zu behalten.«

»Jetzt beruhige dich erst mal.«

»Du hast gut reden! Verschick du doch mal ein halbes Jahr lang Bewerbungsschreiben an jede Kanzlei in dieser Stadt. Krieg du doch mal zweihundertfünfundzwanzig Absagen. Auf dem Arbeitsmarkt für Juristen bin ich doch der letzte Ladenhüter. Und nach den vielen Dämpfern, die ich in letzter Zeit bekommen habe, möchte ich jetzt nicht schon wieder einen.«

»Jetzt reg dich doch nicht gleich so auf!« Jared setzte sich neben seine Frau. »Glaubst du wirklich, ich tue das, um dir die Karriere zu verpfuschen? Sara, du bist für mich das Wichtigste auf der ganzen Welt. Ich würde nie etwas tun, was dir schaden könnte. Ich möchte nur …« Jared verstummte.

»Du möchtest nur was?«

»Nichts, ich …«

»Was?«, hakte Sara nach. »Sag schon!«

Jared zögerte einen Moment. Schließlich sagte er: »Lubetsky meinte, wenn ich den Fall nicht übernehme und diesen Kerl nicht als Mandanten für die Kanzlei gewinne, werde ich nicht Partner. Ich werde auf der Stelle gefeuert.«

Sara war sprachlos. »Machst du Witze? Das hat er zu dir gesagt?«

»Nach allem, was gestern passiert ist, läuft es darauf hinaus. Sie stimmen im nächsten halben Jahr über mich ab. In den sechseinhalb Jahren, die ich inzwischen in der Kanzlei bin, habe ich nicht einen einzigen neuen Mandanten gewonnen.«

»Aber du hast einige ihrer größten –«

»Das waren die Fälle von anderen. Jetzt muss ich meine eigenen Fälle an Land ziehen. Eine Sozietät mag zwar ein Team von Anwälten sein, aber unterm Strich ist auch eine Kanzlei nur ein Geschäftsunternehmen. Wenn ich nicht zu einer Umsatzsteigerung beitragen kann, stehe ich am gleichen Punkt wie du vor sechs Monaten.«

Sara schwieg.

In der Hoffnung, auf diese Tour weitermachen zu können, fuhr Jared fort: »Ich weiß nicht, was ich sonst tun könnte. Wegen deiner Schulden können wir es uns nicht leisten –«

»Sie wollen dich wirklich feuern?«

»Hat er jedenfalls gesagt. Ich weiß zwar, zu verlieren wäre ein schwerer Schlag für dich, aber zumindest wäre deinen Vorgesetzten bis dahin klar, was für eine tüchtige Anklägerin du bist. Sie entlassen dich nicht, bloß weil du deinen ersten Fall verlierst.«

»Wer sagt, dass ich verliere?«, fragte Sara mit einem gezwungenen Lächeln.

Jared seufzte erleichtert. »Danke, Liebling! Das ist wirklich nett von dir.«

»Ich verstehe gar nicht, wofür du mir dankst. Auch wenn du auf der anderen Seite stehst, werde ich mit harten Bandagen kämpfen.«

»Etwas anderes hätte ich auch nicht erwartet.«

Sara erhob sich vom Sofa und folgte ihrem Mann aus dem Zimmer. Auf dem Weg ins Schlafzimmer fragte sie: »Wer unterschreibt denn nun eigentlich Kozlows Scheck, wenn er seine Rechnung nicht selbst zahlt?«

»Das darf ich dir nicht sagen«, erklärte Jared verlegen, als er das Schlafzimmer betrat. »Du bist der Feind.«

»Ah, da haben wir's«, bemerkte Sara. »Der Kampf hat bereits begonnen.«

Rafferty lehnte sich zurück und sah lächelnd auf den kleinen schwarzen Empfänger auf seinem Schreibtisch. »Und?«

»Hört sich so an, als ginge die erste Runde an unseren Mann«, sagte der andere Mann und nahm den Kopfhörer ab. »Er schafft es tatsächlich, sie dazu zu bringen, das zu tun, was er will.«

»Darum haben wir ihn ja auch ausgesucht«, sagte Rafferty. »Jetzt heißt es nur noch hoffen, dass es ihm auch vor Gericht gelingt.«

»Und wenn nicht?«

»Diese Möglichkeit ziehe ich erst gar nicht in Erwägung.«

»Aber Kozlow hat gesagt –«

»Lass mich mit diesem Trottel in Ruhe! Ich sollte ihn in der Luft zerreißen für das, was er getan hat.«

»Und ich bin sicher, das würdest du auch tun – wäre da nicht das klitzekleine Problem, dass er dir vorher den Kopf abreißen würde.«

Rafferty ignorierte die Bemerkung. »Lass dich bloß nicht von ihm einschüchtern! Zum Glück war er so schlau, auf die Geschichte mit dem Einbruch einzusteigen, auch wenn damit unsere Probleme nicht aus der Welt geschafft sind. Solange Kozlow nicht freigesprochen wird, stecken wir alle in der Klemme. Also ganz ungeachtet dessen, welche Maßnahmen ich ergreifen muss – er darf nicht verurteilt werden.«

Um Viertel vor zwei Uhr morgens lag Jared immer noch wach im Bett. In der letzten Stunde war er viermal eingedöst. Aber jedesmal wenn er kurz davor stand wegzutreten, wenn er kurz davor stand, alles zu vergessen, schrak er wieder hoch. Und in diesem einen Moment brach alles wieder über ihn herein. Jedesmal wandte er sich instinktiv seiner Frau zu. Um sich zu vergewissern, dass sie noch atmete, beobachtete er, wie sich ihre Brust hob und senkte. Das war das Einzige, was ihn interessierte. Solange ihr nichts zustieß, würde er auch alles weitere hinbekommen.

Am Mittwoch morgen stand Jared um sieben Uhr auf dem Bahnsteig und wartete auf die U-Bahn. Er hielt sich bewusst von der Bahnsteigkante fern und blickte ständig über seine Schulter. Der Mann mit dem blauen Hemd und der roten Krawatte sah eindeutig verdächtig aus. Oder der Mann im olivfarbenen Anzug. Und die Zeitung lesende Frau. Und der junge Mann mit dem Kopfhörer. Jared wich vor der Menge aus Fremden zurück und versuchte, sich von seinen Ängsten nicht verrückt machen zu lassen. Trotzdem ertappte er sich dabei, wie er bei jedem zufälligen Blick zusammenfuhr, wenn neue Pendler auf den Bahnsteig strömten. Schließlich drehte er sich um, verließ die Station und nahm ein Taxi.

Als er in der Kanzlei eintraf, war es fast halb acht. Nach dem Einbruch, der fast schlaflosen Nacht und dem morgendlichen Weg zur Arbeit war er psychisch und physisch am Ende. Seine Lider waren schwer, seine Schultern hingen nach unten, und die Tatsache, dass er Sara belogen hatte, lag ihm immer noch schwer im Magen. Er war eindeutig nicht in der Verfassung, sich schon in aller Frühe in die Arbeit zu stürzen. Ihm war jedoch klar, dass er noch einiges vor sich hatte, wenn er seine Frau retten wollte. Wenn ihm eine Konfrontation mit jemandem wie Sara bevorstand, musste er auf jedes noch so kleine Detail achten. Wie er aus seinem ersten Auftritt vor Gericht gelernt hatte, konnte sich ein guter Anwalt die geringste Blöße zunutze machen und sie in einen Sieg ummünzen.

Doch als er den Flur hinunterging, dachte Jared nicht an Prozessstrategien oder die Arbeit mit Zeugen oder die Auswahl der Geschworenen. Stattdessen versuchte er sich an alle Punkte zu erinnern, die es erforderlich machten, dass ein Anwalt ein Mandat niederlegte. Als er Kathleens Schreibtisch erreichte, rang er sich ein Lächeln ab.

»Guten Morgen«, begrüßte ihn Kathleen. »Heute fangen Sie aber früh an.«

»Allerdings«, sagte Jared. »Um mir für den Rest des Monats Luft zu schaffen. Der Fall Kozlow hat inzwischen absolute Priorität.«

»Warum? Es ist doch nur ein Einbruch.«

»Das heißt nicht, dass er nicht wichtig ist«, knurrte er.

»War ja nur eine Frage.«

Jared beugte sich über Kathleens Schreibtisch und senkte verschwörerisch die Stimme. »Nur dass das unter uns bleibt: Die Anklägerin ist Sara.«

»Sie treten gegen Ihre Frau an?«, entfuhr es Kathleen.

Jared verzog das Gesicht. »Glauben Sie mir, ich würde den Fall liebend gern abgeben! Deshalb brauche ich Ihre Hilfe. Soweit ich weiß, stellt es eine Art Interessenkonflikt dar, wenn Mann und Frau vor Gericht gegnerische Parteien vertreten. Vom moralischen Standpunkt aus betrachtet, scheint mir das für alle Beteiligten, insbesondere für den Mandanten, ein regelrechtes Minenfeld zu sein. Deshalb möchte ich, dass Sie eine Anwaltsgehilfin beauftragen, die Richtlinien der Kammer daraufhin zu prüfen, ob diese Konstellation überhaupt zulässig ist.«

»Warum nehmen Sie es nicht mit ihr auf? Wir machen sie fertig!«

»Passen Sie auf, was Sie sagen«, warnte Jared.

Kathleen hörte auf zu schreiben und sah zu ihrem Chef auf. »Jetzt gehen Sie doch nicht gleich an die Decke! War doch nur ein Scherz. Ich gebe Ihnen Bescheid, was sie herausfinden wird.«

Jared wandte sich seinem Büro zu und holte tief Luft. Vielleicht klappte es. Als er die Tür öffnete, hörte er jemanden sagen: »Tag, Chef! Was liegt heute an?«

Kozlow fläzte sich in dem Sessel in der Ecke von Jareds Büro. Die Füße hatte er auf dem Papierkorb liegen.

»Wie sind Sie hier reingekommen?«, fragte Jared verärgert.

»Alter chinesischer Trick«, sagte Kozlow. »Kathleen würde ich ihn allerdings nicht verraten. Sie scheint mir nicht der Typ, der auf Überraschungen steht.«

Jared ging zu seinem Stuhl und starrte auf seinen Mandanten hinab. »Nur um eines klarzustellen«, sagte er und stieß Kozlows Füße vom Papierkorb. »Ich weiß, dass Sie hinter dem Einbruch in meiner Wohnung stecken.«

»In Ihrer Wohnung wurde eingebrochen?«, fragte Kozlow unschuldig.

»Versuchen Sie nicht, mich zu verarschen«, warnte ihn Jared.

Kozlow schoss aus dem Sessel hoch, packte Jared an der Krawatte und zog ihn zu sich heran. »Dann reden Sie gefälligst nicht in so einem Ton mit mir!« Er hielt Jareds Krawatte fest umklammert. »Kapiert?«

Jared war über Kozlows Reaktion so erschrocken, dass er nur nickte.

»Wir wollen nur dafür sorgen, dass Sie Ihren Job tun! Das ist nicht persönlich gemeint.«

»Ich will folgendes.« Sara saß an ihrem Schreibtisch und Guff machte sich Notizen. »Zuerst möchte ich in Erfahrung bringen, ob Ehemann und Ehefrau sich vor Gericht gegenüberstehen dürfen. Daran scheint mir mehr als nur einiges faul. Wenn Sie also etwas finden können, das besagt, einer von uns muss sein Mandat niederlegen, gibt Jared den Fall vielleicht ab. Zweitens möchte ich –«

»Sie haben Angst, gegen ihn anzutreten, stimmt's?«, fragte Guff.

»Gegen wen, gegen Jared? Ganz und gar nicht. Warum? Mache ich den Eindruck, als hätte ich Angst?«

»Vergessen Sie, dass ich auch nur gefragt habe. Wieder zurück: Was wollen Sie sonst noch?«

»Ich bin vielleicht ein bisschen nervös, aber Angst habe ich, glaube ich, keine.«

»Okay, ich habe verstanden. Sie haben keine Angst.«

»Im Ernst. Es lässt mich völlig kalt.« Und als Guff nichts

erwiderte, fügte Sara hinzu: »Was hätte ich denn sagen sollen? Natürlich habe ich Angst.«

»Warum? Bloß weil er Ihr Mann ist?«

»Zum einen das. Zum anderen tendiert alles dazu, zu Jareds Gunsten zu verlaufen. Ihm fällt einfach alles in den Schoß.«

»Das verstehe ich nicht.«

»Ich will es mal so ausdrücken: Im sechsten Semester unseres Jurastudiums nahmen wir beide an einem Seminar über die rechtlichen Aspekte des amerikanischen Präsidentschaftssystems teil. Am ersten Seminartag forderte der Professor alle Seminarteilnehmer auf aufzustehen. Dann, als jeder in dem großen Vorlesungssaal stand, sagte er: ›Alle Frauen setzen. Alle, die nicht in den Vereinigten Staaten geboren sind, setzen. Alle, die eins achtzig oder kleiner sind, setzen.‹ Und einer nach dem anderen begannen sich alle im Saal Anwesenden zu setzen. Als er die Liste seiner Bedingungen schließlich durchhatte, stand nur noch einer. Jared. Und dann sagte der Professor: ›Das ist der einzige Seminarteilnehmer, der, mit Ausnahme des Mindestalters, die Voraussetzungen aufweist, Präsident zu werden.‹«

»Na, und wenn schon! Das heißt doch nur, Jared ist der Saubermann schlechthin und größer als eins achtzig.«

»Nein, es ist nicht nur das. Egal, wie clever oder gerissen oder aggressiv man ist, findet Jared auf geradezu unheimliche Weise immer einen Dreh, alles zu seinen Gunsten laufen zu lassen. So hat er das Jurastudium geschafft, und deshalb wird er es wahrscheinlich auch zum Partner bringen, obwohl er Schwierigkeiten hat, neue Mandanten für seine Kanzlei zu gewinnen. Es ist schwer zu erklären, aber er ist einer jener Menschen, bei denen man den Eindruck hat, als fiele ihnen alles leicht, auch wenn sie hart dafür arbeiten müssen.«

»Diese Typen hasse ich«, sagte Guff.

»Und ich habe einen von diesen Typen geheiratet. Das heißt, wir werden uns sogar noch mehr anstrengen müssen, um zu gewinnen. Doch wieder zurück zu den wesentlichen Dingen. Ich würde noch gern mit Ms. Donigers Nachbarin telefonieren...«

»Mit Patty Harrison.«

»… sehen Sie zu, dass Sie sie mir ans Telefon bekommen, damit ich ein erstes Gespräch mit ihr führen kann. Sie ist mit Abstand der beste Zeuge, den wir für die Grand Jury haben – sie ist die einzige, die tatsächlich gesehen hat, wie Kozlow das Haus verlassen hat. Drittens möchte ich noch mal mit Ms. Doniger sprechen. Wir sollten dafür sorgen, dass sie gründlich vorbereitet ist, bevor wir vor die Grand Jury treten. Und viertens … Was war der vierte Punkt?«

»Sie wollten noch mal mit Officer McCabe sprechen. Er wartet draußen auf dem Flur.«

»Was? Er ist schon da?«

»Während wir hier plaudern«, sagte Guff. »Weil Sie gestern ständig unterwegs waren, habe ich ihn angerufen und gefragt, wann er vorbeikommen könnte. Er arbeitet Freitagabends und das ganze Wochenende, deshalb fragte er, ob es heute ginge.«

»Sehr gut«, sagte Sara. »Schicken Sie ihn rein!«

Eine Minute später trat Officer Michael McCabe in Saras Büro. Er hatte stechende Augen und einen müden Zug um den Mund. Außerdem war er dünner, als ihn Sara von ihrem Gespräch am Bildtelefon in Erinnerung hatte. McCabe setzte seine Uniformmütze ab, unter der dichtes schwarzes Haar zum Vorschein kam, und nahm vor Saras Schreibtisch Platz. »Und wie sind die Leute hier zu Ihnen?«, fragte er mit einem starken Brooklyner Akzent.

»Alle sind wirklich nett«, antwortete Sara, während sie zu einer Seite mit Fragen in ihrem Block blätterte. »Wenn wir kurz Ihre Aussage vor der Grand Jury durchgehen könnten. Erzählen Sie mir noch mal, was in dieser Nacht geschah.«

»Die Sache war eigentlich ganz einfach. Ich bin für die East Side zuständig, von der Eightieth Street zur Ninetieth und von der Lexington zur Madison. Um halb vier Uhr morgens kriege ich also über mein Funkgerät rein, dass gerade jemand in der East Eighty-second zweihunderteins einen Einbruch gemeldet hat. Sie haben mir eine Beschreibung des Täters durchgegeben, und ich bin sofort los zur Eighty-second Street.«

»Sind Sie dorthin gelaufen?«

»Natürlich bin ich gelaufen. Ich gehe Streife, haben Sie das vergessen?«

»Natürlich nicht.« Sara tat ihr Bestes, einen informierten Eindruck zu machen. »Sie gehen Streife.«

»Jedenfalls, zwei Straßen vom Tatort entfernt sehe ich jemanden, auf den die Beschreibung des Täters zutrifft. Also nehme ich ihn fest.«

»Und wie lautete diese Beschreibung?«

»Schwarze Jeans, lange schwarze Lederjacke, Spitzbart. Die Beschreibung passte.«

»Tat er irgendetwas Verdächtiges? Rannte er? Widersetzte er sich der Festnahme? Tat er irgendetwas, das ihn schuldig erscheinen ließ?«

»Er war um drei Uhr morgens in einer verlassenen Straße zwei Blocks vom Tatort entfernt, und die Beschreibung des Täters passte auf ihn«, sagte McCabe trocken. »Was wollen Sie mehr?«

»Haben Sie ihn an Ort und Stelle durchsucht?«

»Ja. Und dabei kamen die Uhr, der Golfball und das Geld zum Vorschein.«

»Ich würde sagen, wir machen das Ganze gleich noch mal«, schlug Sara vor. »Wenn Sie nämlich vor die Grand Jury treten, werden die Geschworenen etwas genauere Auskünfte haben wollen als das hier.« Sara reichte McCabe eine Kopie des Anzeigeformulars und begann noch einmal von vorn. »Okay, Officer McCabe, jetzt erzählen Sie uns bitte, was Sie beim Angeklagten gefunden haben!«

McCabe las von dem Formular ab: »Eine Ebel-Uhr aus Platin, einen Golfball aus Sterlingsilber und vierhundertsiebzehn Dollar.«

»Wunderbar«, sagte Sara. »Genau so. Und als Sie Kozlow in die East Eighty-second Street zweihunderteins zurückbrachten, haben Sie Ms. Doniger geweckt.«

»Ja. Sie hatte gar nicht gemerkt, dass sie bestohlen worden war.«

»Aber sie identifizierte die Gegenstände als ihre eigenen.«

»Allerdings. Sie hat einen Moment gezögert, aber dann erkannte sie die Sachen wieder. Auf der Uhr stand der Name ihrer Mutter und auf dem Golfball ihr eigener.«

»Wurde ihr außer diesen beiden Dingen und dem Geld noch etwas gestohlen?«

»Das war alles, was ich gefunden habe, und es war alles, was nach Ms. Donigers Angaben fehlte. Wie ich die Sache sehe, steckte Kozlow einfach ein, was ihm gerade unter die Finger kam, und dann bekam er aus irgendeinem Grund Angst und machte sich aus dem Staub.«

»Und haben Sie auch mit Ms. Donigers Nachbarin gesprochen? Mit Ms. Harrison?«

»Nein. Ich wusste nicht, dass sie es war, die uns verständigt hatte.«

»Einen Augenblick.« Sara sah auf. »Sie haben in der Nacht, in der das Verbrechen geschah, keine positive Identifizierung erhalten?«

»Ich wusste nicht, dass die Nachbarin den Einbruch gemeldet hatte.«

»Okay. Das ist okay. Aber Sie ließen Ms. Donigers Haus nach Fingerabdrücken absuchen?«

McCabe schüttelte den Kopf. »Ich hatte den Verdächtigen bereits – da dachte ich, ich bräuchte seine Fingerabdrücke nicht.«

»Soll das ein Witz sein? Natürlich brauchen Sie seine Fingerabdrücke! Das ist wahrscheinlich die beste Möglichkeit zu beweisen, dass er im Haus war.«

»Da brauchen Sie doch nicht gleich sauer auf mich zu werden. Ich bin kein Detective. Ich verhafte sie bloß und liefere sie ein. Außerdem müssen wir sparen. Wir suchen nicht jeden Tatort nach Fingerabdrücken ab. Wenn wir keine Leiche oder sonst eine große Sache haben, lassen wir die Spurensicherung zu Hause und verfolgen das Ganze, so gut wir können.«

»Wirklich sehr hilfreich«, sagte Sara. »Erinnern Sie mich dran, den Politikern, die für diese Budgetkürzungen verantwortlich sind, zu danken, wenn ich den Prozess verliere.« Nachdem sie ihre Notizen überflogen hatte, fügte sie hinzu: »Gut, nur noch ein paar letzte Fragen. Wie lange sind Sie schon mit Victor Stockwell befreundet?«

»Was ist das denn für eine Frage?«

»Eine wichtige.«

»Ich weiß, wer er ist, aber ich habe ihn nie persönlich kennen gelernt.«

Verwirrt fragte Sara: »Warum wollten Sie dann, dass ihm der Fall zugeteilt wird?«

»Wovon reden Sie eigentlich?«

»Als ich diesen Fall im ECAB bekam, war das Festnahmeprotokoll für Victor Stockwell vorgemerkt. Warum wollten Sie, dass er den Fall übernimmt, obwohl Sie ihn kaum kennen?«

»Ich habe niemanden für den Fall vorgeschlagen«, sagte McCabe. »Mr. Stockwell hat mich gefragt, ob er den Fall haben kann.«

Sara hielt inne. »Tatsächlich? Victor Stockwell ist an Sie herangetreten?«

»Ja, er rief mich ein paar Stunden nach der Festnahme an – als ich gerade den Schreibkram erledigte. Er sagte, er wollte den Fall Kozlow, und bat mich, seinen Namen auf die Akte zu schreiben. Ich dachte, er hätte irgendein persönliches Interesse daran. Deshalb trug ich ihn ein.« Als er Saras erstauntes Gesicht sah, fragte er: »Ist daran denn etwas nicht in Ordnung?«

»Das weiß ich noch nicht«, erwiderte Sara. »Aber ich werde es noch herausfinden.«

Als McCabe Saras Büro verließ, schloss sie die Tür hinter ihm und kehrte an ihren Schreibtisch zurück. Es musste eine Erklärung dafür geben, warum einer der besten Ankläger der Behörde einen so belanglosen Fall übernehmen wollte. Während sie sich eine Reihe von möglichen Gründen durch den Kopf gehen ließ, nahm sie eine Papierklammer, bog sie auf und begann sie sich um den Zeigefinger zu wickeln. Vielleicht hielt Stockwell den Fall für interessant? Vielleicht wollte er sein Arbeitspensum reduzieren? Vielleicht kannte er einen der Beteiligten? Vielleicht kannte er Claire Doniger und wollte ihr einen Gefallen tun? Oder vielleicht kannte er Kozlow. Sie drehte auch noch an der Papierklammer herum, als sie über die Gründe nachdachte, warum sie ihren Verdacht lieber für sich behalten sollte. Als sich ihr Finger schließlich violett zu verfärben begann, wurde ihr bewusst, dass sie keine Ahnung hatte, was sie als nächstes tun sollte. Die Behörde war für sie noch immer unerforschtes Terrain und sie brauchte unbedingt Hilfe.

Sie zog die Papierklammer von ihrem Finger und suchte nach dem Sprechanlagenknopf auf ihrem Telefon. Es gab keinen – sie war hier nicht mehr in ihrer alten Kanzlei. Deshalb beugte sie sich über ihren Schreibtisch und rief: »Guff, könnten Sie kurz reinkommen?«

Als Guff den Raum betrat, bat ihn Sara, die Tür zu schließen.

»Was ist denn jetzt passiert?«, fragte Guff.

»Da ist etwas, was ich Ihnen erzählen muss.«

»Lassen Sie mich raten: Sie wollen meine Geheimliste sehen.«

»Ihre was?«

»Meine Geheimliste mit komischen Wörtern. Ich weiß, dass darüber die wildesten Gerüchte in Umlauf sind. Letzte Woche habe ich ein paar per E-Mail rumgehen lassen, und jetzt wollen alle mehr davon. Aber ich rücke sie nicht raus. Sie müssen sich schon mit dem zufrieden geben, was Sie haben: Salami, Docht, Nipsey Russell –«

»Guff, hören Sie bitte mal einen Moment zu. Erinnern Sie sich noch an den Tag, an dem wir im ECAB waren und ich mir diesen Fall geschnappt habe?« Guff nickte. »Als die Fälle gebracht wurden, sprachen Sie gerade mit Evelyn Katz und Victor Stockwell. Deshalb konnten Sie nicht sehen, dass der Fall Kozlow eigentlich für jemand anders vorgemerkt war – das war nämlich der Grund, weshalb ich ihn mir gegriffen habe.«

»Na, und wenn schon? Cops merken ihre Fälle ständig für gute SBAs vor.«

»Genau das dachte ich auch. Bloß habe ich eben herausgefunden, dass es in diesem Fall nicht der Cop war, der einen bestimmten SBA angefordert hat – es war der *SBA*, der den Fall angefordert hat.«

»Welcher SBA?«

Sara schwieg.

»Sagen Sie mir, für wen der Fall war, Sara! Das ist kein Witz. Es kann ganz schön ...«

»Stockwell«, sagte sie schließlich. »Der Fall war doch für Victor Stockwell vorgemerkt.«

»O nein! Was Blöderes hätten Sie wohl nicht tun können?«

»Der Bote, der die Fälle brachte, hat die Haftnotiz einfach abgezogen. Er hat gemeint, es wäre nur ein Vorschlag – ich hatte ja keine Ahnung.«

»Offensichtlich nicht.«

»Guff, ich weiß, das war dumm von mir, aber jetzt brauche ich dringend Ihre Hilfe. Es gibt sonst niemanden, dem ich vertraue.«

»Ich weiß nicht. Ich glaube, das ist eine Schuhnummer zu groß für mich. An Ihrer Stelle würde ich zu Conrad gehen.«

»Conrad reißt mir den Kopf ab, wenn er rausfindet, dass ich einem anderen SBA einen Fall gestohlen habe.«

»Also, das ist Ihre Sache. Aber wenn ich zwischen den beiden wählen müsste, würde ich mich jederzeit für Conrad entscheiden.«

»Wie ist's gelaufen?«, fragte Conrad Moore, als Sara sein Büro betrat.

»Wie ist was gelaufen?«

»Ihr Gespräch mit McCabe. War das nicht heute Morgen?«

»Ja.« Sara war sehr bemüht, nichts zu überstürzen. »Es lief ganz gut. Aber nicht berauschend.« Als sie auf Conrad Moores olivgrünem Plastiksofa Platz nahm, fragte sie: »Woher haben Sie dieses Sofa?«

»Lassen Sie Guff im Einkauf anrufen. Dann kriegen Sie nächstes Jahr auch eins. Aber jetzt erzählen Sie mir von Ihrem Gespräch!«

»Was gibt es da schon groß zu erzählen? Der Cop macht einen ganz sympathischen Eindruck, aber er hat ein paar dumme Fehler gemacht. Hat sich weder Fingerabdrücke noch eine Identifizierung besorgt.«

»Typisch – ein Achtzigprozenter.«

»Wie bitte?«

»In der Staatsanwaltschaft tun zwanzig Prozent der SBAs

achtzig Prozent der Arbeit«, erklärte ihr Moore. »Das Gleiche gilt für die Richter in den Gerichten und die Cops und Detectives auf den Straßen. Für achtzig Prozent der Leute ist das hier nur eine Acht-Stunden-Bürokratie.«

»Es ist keine Bürokratie«, sagte Sara. »Die Leute hier –«

»Sara, wissen Sie, wie viele offene Haftbefehle es in Manhattan gibt? Fünfhunderttausend. Das heißt, es gibt eine halbe Million Kriminelle, *von denen wir wissen*, dass sie auf freiem Fuß sind – und dann sind da noch all diejenigen, die wir noch nicht gefunden haben. Größtenteils wird hier wie am Fließband gearbeitet. Achtzig Prozent der Leute wollen bloß ihren Gehaltsscheck. Sie wollen nicht ihr Leben und ihre Familie aufs Spiel setzen, um irgendeinem Kriminellen das Handwerk zu legen, und sie sind nicht bereit, das zu tun, was tatsächlich nötig wäre, um wirksam gegen das Verbrechen vorzugehen. Das macht sie noch nicht zu schlechten Menschen; es macht sie nur zu schlechten Staatsdienern.«

»Und aus irgendeinem Grund glauben Sie, ich gehöre zu den zwanzig Prozent?«

»Auf jeden Fall. Sie sind zweiunddreißig Jahre alt, und das heißt, Sie wissen, worauf Sie sich einlassen. Und in diesem Alter ist das, ob es Ihnen gefällt oder nicht, Ihr Beruf. Sie mögen vielleicht noch etwas ungeschliffen sein und Sie mögen noch neu sein, aber Sie sagen, was Sie denken, und Guff vertraut Ihnen, was, ob Sie's glauben oder nicht, mehr über Sie aussagt, als Sie glauben. Wenn Sie Ihren Schuldspruch bekommen und den Fall zur Verhandlung bringen, wird Monaghan wissen, dass Sie nicht hier sind, um sich auf die faule Haut zu legen. Und da ich immer nach Leuten Ausschau halte, die auf der Zwanzig-Prozent-Seite der Skala stehen, werde ich alles in meiner Macht Stehende tun, Sie hier zu behalten. Darum erzählen Sie mir, was sonst noch mit dem Cop war, und ich sage Ihnen, wie es wieder in Ordnung gebracht werden kann.«

»Also, wie gesagt, er hat sich nicht um eine Identifizierung gekümmert.«

»Das ist noch kein Beinbruch. Ordnen Sie eine Gegenüberstellung an, damit die Nachbarin herkommen und mit dem

Finger auf Kozlow zeigen kann. Wenn die Zeit dafür nicht mehr reicht, lassen Sie sie es vor der Grand Jury tun. Dann können es die Geschworenen selbst sehen.«

»Und die Fingerabdrücke?«

»Damit werden Sie sich wohl oder übel abfinden müssen.«

»Blöder Achtzig-Prozenter«, grummelte Sara.

Moore grinste. »Sonst noch Probleme?«

Sara senkte den Blick zu Boden. »Nur eins«, rückte sie zaghaft mit der Sprache heraus. »Da ist ein Punkt, in dem ich nicht ganz offen gewesen bin. Als der Fall ursprünglich ins ECAB kam, war er mit einer Haftnotiz versehen, auf der stand: ›Mit der Bitte um Weiterleitung an Victor Stockwell.‹«

Zwischen Moores Augenbrauen bildete sich eine argwöhnische Falte. »Was ist mit dem Zettel passiert?«

»Der Bote hat ihn einfach abgemacht, und ich hab nicht verhindert, dass er ihn wegwarf.« Bevor Moore etwas sagen konnte, fuhr Sara fort: »Ich weiß, das war nicht richtig, aber ich dachte, Victor Stockwell bekäme so viele Fälle, dass ihm einer weniger nichts ausmachen würde. Doch bei dem Gespräch mit McCabe stellte sich heraus, dass er gar nicht wollte, dass Stockwell den Fall übernimmt – Stockwell hatte den Fall von *ihm* angefordert.« Als sie mit ihrer Geschichte fertig war, wurde es still im Raum. Sie wagte nicht, Moore in die Augen zu sehen.

Schließlich beugte sich Moore vor. »Sie machen es sich wirklich gern schwer, wie?«

»Darin bin ich eine wahre Meisterin.« Als sie aufblickte, stellte sie fest, dass die Falte zwischen Moores Augenbrauen verschwunden war. »Sind Sie nicht böse?«, fragte sie.

»Sara, hätten Sie sich den Fall auch geschnappt, wenn Sie gewusst hätten, dass Stockwell ihn wollte?«

»Natürlich nicht. Ich wollte nur –«

»Na, sehen Sie! Ich würde Ihnen nie einen Vorwurf daraus machen, dass Sie versucht haben, sich an die Spitze der Meute zu drängen. Wenn wir überhaupt etwas brauchen, dann mehr Leute von Ihrem Schlag.«

Moores Reaktion war völlig anders, als sie erwartet hatte. Sie bedachte ihn mit einem anerkennenden Nicken.

»Machen Sie sich deshalb mal keine Sorgen«, fuhr er fort. »Ich bin auf Ihrer Seite.«

So, wie er das sagte, wusste Sara, dass er nicht log. »Und was soll ich jetzt wegen Stockwell tun?«

»Hat er wegen des Falls irgendwas zu Ihnen gesagt?«

»Ich weiß, er ist stinksauer, aber er hat ihn nicht zurückverlangt.«

»Wo ist dann das Problem?«

»Finden Sie das nicht etwas eigenartig? Ich meine, warum wollte Stockwell diesen belanglosen Fall überhaupt?«

»Woher soll ich das wissen? Es kommt ständig vor, dass jemand einen Fall anfordert – meistens wollen sie einem Wiederholungstäter noch mal ans Leder, oder sie kennen jemanden, der in irgendeiner Weise in den Fall verwickelt ist. Vielleicht ist Stockwell derjenige, der Kozlow ursprünglich belangt hat, und er ist immer noch sauer, dass ihm Kozlow durch die Lappen gegangen ist. Vielleicht ist er mit dieser Ms. Doniger befreundet und wollte ihr einen Gefallen tun.«

»Oder es geht hier um mehr als nur einen Einbruch.«

Moore schüttelte den Kopf. »Sie haben sich das mit den Schlagzeilen immer noch nicht aus dem Kopf geschlagen, wie?«

»Ich kann einfach nicht anders«, erwiderte Sara verzweifelt. »Dieser Fall ist alles, was ich habe. Außerdem ist es nicht nur meine blühende Fantasie.«

»Sind Sie da wirklich sicher?«

»Ich glaube schon. Ich meine, wir haben hier einen Einbruch, bei dem von all den teuren Dingen, die entwendet werden könnten, nur zwei kleine Gegenstände abhanden kommen; dann haben wir einen Kleinganoven, der Beziehungen zu den besten Anwälten der Stadt hat; dann haben wir die Tatsache, dass von den zwei Kanzleien, die er mit seiner Verteidigung beauftragt, eine meine ehemalige ist und die andere die meines Mannes. Und als ob das noch nicht genug wäre, haben wir den besten Ankläger der Welt, der den Fall anfordert *und* sich in meinem Büro herumtreibt. Was wollen Sie noch? Eine riesige Leuchtreklame, auf der steht: ›An der Sache ist was faul‹?«

»Ich glaube trotzdem, Sie sehen Gespenster – für jeden dieser Punkte gibt es eine logische Erklärung.«

»Wirklich? Und wie ist es damit? Wenn das alles angeblich vollkommen normal ist, warum hat Stockwell den Fall nicht zurückverlangt?«

»Augenblick mal, was werfen Sie Victor vor?«

»Ich werfe niemandem etwas vor. Ich finde nur, Sie können nicht leugnen, dass man dieser Sache weiter nachgehen sollte.«

»Was das angeht, möchte ich mir mein endgültiges Urteil noch vorbehalten«, erwiderte Moore. »Aber wenn Sie schon fest entschlossen sind, Nachforschungen anzustellen – was wollen Sie als nächstes tun?«

»Ich bin nicht sicher. Ich dachte, ich sollte Victor Stockwell etwas unter die Lupe nehmen, aber ich weiß nicht, wo ich anfangen soll.«

»Wenn Sie möchten, können Sie im AJIS nachsehen – das ist die Datenbank, in der Sie abrufen können, wer Kozlows frühere Ankläger waren. Sie können dort auch prüfen, ob Victor schon mal einen Fall mit Ms. Doniger hatte. Aber ich muss Sie erneut warnen: Es gibt ein Dutzend unverfänglicher Gründe, weshalb Victor den Fall haben wollte. An Ihrer Stelle würde ich also die hochfliegenden Träume fahren lassen. Sie machen sich nur falsche Hoffnungen.«

»Keine Sorge!« Saras Stimme bebte vor Erregung. »Ich werde die Realitäten nicht aus dem Blick verlieren.«

Conrad Moore beobachtete, wie sich Sara hastig Notizen machte, und schüttelte den Kopf.

»Was ist?«, fragte Sara, als sie aufblickte. »Was habe ich gemacht?«

»Nichts«, sagte Moore. »Sonst noch was?«

»Ein letztes: Wie erwische ich die Schweine, die in meine Wohnung eingebrochen sind?«

»Davon hat Guff mir bereits erzählt. Während Sie mit McCabe sprachen, haben wir uns mit dem zwanzigsten Revier in Verbindung gesetzt. Sie gehen der Sache nach, aber sie haben noch keine Anhaltspunkte. Haken Sie das Ganze als einen unglücklichen Zufall ab, und vergessen Sie es.«

»Habe ich da eben recht gehört? Und was ist mit Ihrer schönen Rede von vorhin? Dass man alles tun soll, um das Verbrechen einzudämmen?«

»Das war nur Show«, witzelte Moore. »Vielleicht haben Sie ja Glück, wenn sie die Fingerabdrücke haben.«

Bei Moores letzten Worten betrat Guff das Büro. »Sie sollten sich schämen. Jetzt hören Sie sich an wie ein Achtzigprozenter.«

»Haben Sie eigentlich bei jedem Gespräch Ihr Ohr an der Tür?«, fragte Moore.

»Nur bei den interessanten.« Und an Sara gewandt, fuhr Guff fort: »Ich habe Neuigkeiten von der Front für Sie. Zuerst, Ms. Donigers Nachbarin, Patty Harrison, ist gern bereit auszusagen. Sie können sie heute anrufen, um einen Termin zu vereinbaren. Zweitens habe ich mich wegen des Interessenkonflikts kundig gemacht. Laut Kammerrichtlinien ist bei Ehemann gegen Ehefrau ein solcher Konflikt eindeutig gegeben. Die schlechte Nachricht ist, man kann das Ganze umgehen, wenn der Mandant in vollem Umfang über den Interessenkonflikt aufgeklärt wird und anschließend eine schriftliche Einverständniserklärung abgibt.«

»Verdammt«, sagte Sara. »Jared braucht also nur –«

»Augenblick mal«, unterbrach Moore sie. »Ihr Mann ist der Verteidiger?«

»Ich hab Ihnen doch gesagt, ich bilde mir das alles nicht nur ein«, sagte Sara. »Können Sie mir vielleicht einen Rat geben, was ich tun soll?«

»Sagen Sie ihm, er soll das Mandat niederlegen, oder Sie lassen sich scheiden. Ich habe so was schon einmal mitbekommen – da kommt etwas höchst Unerfreuliches auf Sie zu.«

»Es ist also zulässig?«, fragte Sara nervös.

»Nur unter bestimmten Umständen«, sagte Guff. »Die Kanzlei muss ein wenig tricksen, und auf jeden Fall braucht Ihr Mann von Kozlow eine schriftliche Einwilligung. Außerdem muss Ihr Mann eine Erklärung abgeben, dass er trotz Ihrer Beteiligung die Interessen seines Mandanten in angemessener Weise vertreten kann. So wird das bei Interessenkonflikten gehandhabt.«

»Und lassen Sie sich das alles unbedingt schriftlich geben«, fügte Conrad Moore hinzu. »Sonst gewinnen Sie und werden hinterher wieder um Ihren Sieg gebracht, wenn Kozlow in die Berufung geht und sich beschwert, er hätte kein faires Verfahren bekommen.«

»Wenn Jared also diese Einwilligung erhält, kann er den Fall behalten?«, fragte Sara, aber sie schien nicht sonderlich erpicht, die Antwort zu hören.

»Tut mir Leid – ich hätte auch gern bessere Neuigkeiten für Sie«, sagte Guff.

Moore deutete auf Sara. »Seien Sie bloß vorsichtig! Ich weiß, Sie wollen um jeden Preis gewinnen, aber lassen Sie es auf keinen Fall so weit kommen, dass der Fall Ihr ganzes Leben beherrscht.«

»Zu spät«, sagte Sara.

Ohne sich um seinen nagenden Hunger und den Stoß mit rosafarbenen Nachrichtenzetteln zu kümmern, arbeitete Jared die Mittagspause durch. Er las die Einbruchsstatuten, stellte eine Liste von Verteidigungsmöglichkeiten zusammen und begann nach jedem Fall mit ähnlichen Umständen zu suchen, der in den vergangenen zehn Jahren zur Verhandlung gekommen war.

Seine Besessenheit fand sogar im Aussehen seines Büros Niederschlag. Das Woody-Allen-Plakat, das hinter seinem Schreibtisch an der Wand gehangen hatte, war durch eine große Anschlagtafel mit einem vergrößerten Plan des Tatorts ersetzt worden, auf dem neben den Häusern von Ms. Doniger und Ms. Harrison sowohl Officer McCabes Standort eingezeichnet war, wo er über Funk die Einbruchsmeldung erhalten hatte, als auch die Stelle, an der er Kozlow angehalten hatte. Jared hatte vor, den Tag jeden Morgen auf die gleiche Weise zu beginnen: Er würde das Büro betreten, die Skizze studieren und sich den Tathergang Sekunde für Sekunde vorzustellen versuchen. Tag für Tag würde er alle Einzelheiten durchgehen und unermüdlich nach einem weiteren anfechtbaren Detail suchen, das er sich zunutze machen konnte. Beim Prozess brauchte er nur einen winzigen Fehler – einen Patzer, eine falsche Identifizierung, ein nicht stichhaltig erklärbares Moment. Das war alles, was nötig war, um allein mit Hilfe der Fakten zu gewinnen; das war alles, was er brauchte, um seine Frau zu beschützen.

Und wenn er nicht mit Hilfe der Fakten gewinnen konnte, bestand immer noch die Möglichkeit, mit Hilfe des Mandanten zu gewinnen. Wie er bereits bei zahlreichen Prozessen beobachtet hatte, wirkten manche Angeklagte so glaubwürdig – ja, sogar so sympathisch –, dass die Geschworenen gar nicht anders konnten, als sie für nicht schuldig zu befinden. Doch als Jared sah, wie Kozlow Nägel kaute und die Fitzel in eine Kaffeetasse spuckte, wurde ihm klar, dass er nicht zu dieser Sorte Mandanten gehörte.

In diesem Moment kam Kathleen herein. »Lust auf einen kleinen Energieschub? Brownie ist am Telefon.«

Jonathan Brown war einer von Manhattans eher unbekannten und ungewöhnlichen Antiquitätenhändlern. Er hatte sich auf Kino-Erinnerungsstücke spezialisiert und war Jareds Exklusivquelle für besonders schwer zu findende Sammlerstücke. Die beiden hatten sich, als Jared noch Jura studierte, auf einer Antiquitätenmesse kennen gelernt, aber erst als Jared das *Chinatown*-Messer gekauft hatte, war Brownie klar geworden, daß er einen Kunden auf Lebenszeit hatte. Brownie, der vor allem Geschäftsmann und nur unter anderem Sammler war, versicherte Jared immer, er bekäme seine Neuzugänge exklusiv als Erster zu sehen. Und weil Jared Brownie mochte, glaubte er ihm im Großen und Ganzen.

»Ich hätte da was für dich«, sagte Brownie, als Jared abnahm.

»Hör zu, Brownie, jetzt ist wirklich nicht –«

»Du meine Güte, geht das schon wieder los! Kannst du vielleicht mal eine andere Platte auflegen als dieses ewige: *Ach, weißt du, Brownie, wir müssen noch unsere Schulden abzahlen. Geh ein bisschen mit dem Preis runter, und ich überleg's mir noch mal.* Also, die Nummer zieht heute bei mir nicht, Mann. Weil ich nämlich gerade die echte Gans, die goldene Eier legt, aufgetan habe.«

»Ich meine es ernst –«

»Lass mich erst ausreden. Kannst du dich noch an die Wunschliste erinnern, die du mir gegeben hast? Die, wo oben draufsteht: ›Wenn du das siehst, kauf es für mich‹? Und zwar in Großbuchstaben? Also, ich habe Gegenstand Nummer drei auf deiner Liste gefunden. Für einen Preis, über den wir noch reden müssen, kannst du in Kürze der Besitzer deiner eigenen – und jetzt halt dich fest, Mr. Filmfreak – deiner eigenen Tauchermaske aus *Die Reifeprüfung* sein! Und die Rede ist von der echten Maske. Aus der berühmten Swimmingpoolszene. Echt alt und fast ver-«

»Brownie, dafür habe ich jetzt keine Zeit.« Jared legte auf und wandte sich Kathleen zu: »Sind Sie langsam fertig mit Ihrem Schreibkram?«

»Hier, bitte«, sagte Kathleen und reichte Jared einen dünnen Stoß Papiere.

Nachdem er sie Seite für Seite durchgelesen hatte, ging Jared zu Kozlow und legte sie ihm in den Schoß. Dann reichte er ihm einen Stift und forderte ihn auf: »Lesen Sie das durch, und wenn Sie mit dem, was dort steht, einverstanden sind, unterschreiben Sie es.«

»Was ist das?«, wollte Kozlow wissen.

»Es ist eine Einverständniserklärung, dass Sie sich von mir als Anwalt vertreten lassen wollen. Und was noch wichtiger ist: Sie bestätigen damit, dass Sie darauf hingewiesen wurden, dass die Anklägerin meine Frau ist und welche Konsequenzen das für Sie haben kann, und dass Sie trotzdem einverstanden sind, von mir vertreten zu werden. Wenn wir also verlieren, können Sie nicht hergehen und sagen, Sie wollen in Berufung gehen, weil Sie nicht wussten, dass wir verheiratet sind.«

»Wenn ich also den Wisch hier nicht unterschreibe, kann ich noch Berufung einlegen.«

»Das können Sie natürlich. Aber wenn Sie nicht unterschreiben, bringt meine Frau den Fall nicht zur Verhandlung. Sie ist zu clever, um diese schriftliche Einwilligung nicht zu verlangen.«

Während Kozlow sich vorbeugte, um seinen Namen unter das Schriftstück zu setzen, sagte Jared zu Kathleen: »Haben

Sie schon Ms. Donigers Nachbarin oder den Polizisten erreicht?«

»Warum jetzt schon?«, fragte Kathleen. »Damit warten wir doch sonst bis nach der Grand Jury. Im Moment wissen wir noch gar nicht, ob es überhaupt zu einem Prozess kommt.«

»Das ist mir egal. Ich möchte, dass Sie sie anrufen«, sagte Jared, ohne den Blick von Kozlow abzuwenden. »Was diesen Fall angeht, müssen wir so vorgehen, als wäre bereits das Schlimmste eingetroffen.«

Um vier Uhr am selben Nachmittag griff Sara nach dem Telefon und wählte Jareds Nummer. Kathleen stellte sie durch.

»Was willst du?«, meldete sich Jared.

»Nette Begrüßung«, sagte Sara. »Richtig herzlich.«

»Tut mir Leid, aber ich habe gerade keine Zeit. Bei dir alles okay?«

»Ja.«

»Wirklich?«

»Natürlich. Was sollte denn sein?«

»Ich weiß auch nicht. Also, was willst du?«

Überrascht vom Ton ihres Mannes, fragte Sara: »Was ist denn mit dir los?«

»Ich bin wegen des Falls nur sehr beschäftigt. Was liegt an?«

»Ich wollte nur sichergehen, dass du von der Einverständniserklärung weißt, damit wir –«

»Ich habe Sie bereits aufgesetzt und losgeschickt. Du wirst sie gleich morgen früh auf dem Tisch haben.«

»Gut«, sagte Sara. »Bleibt es bei unserem Essen heute Abend?«

»Was für ein Essen? Ach verdammt, das habe ich ganz vergessen. Tut mir leid. Das schaffe ich auf keinen Fall; ich ertrinke hier förmlich in Arbeit.«

»Jetzt komm nicht damit an, Jared! Du hast Pop versprochen mitzukommen.«

»Ich weiß, aber –«

»Was aber? Du hast zu viel zu tun? Es ist doch nicht mal klar, ob es überhaupt zum Prozess gegen Kozlow kommt.«

»Lass das mal meine Sache sein. Wenn du deine Arbeit richtig machst, muss ich auf alles vorbereitet sein.«

»Na schön, dann mach eben die ganze Nacht durch. Bloß wird es dir nichts nützen – vor Gericht hast du keine Chance gegen mich.«

Jared reagierte nicht auf die Spitze.

»Hallo?«, fragte Sara deshalb. »Ist noch jemand dran? Jemand, der vielleicht auch ein bisschen Spaß versteht?«

»Hör zu, ich muss jetzt los«, sagte Jared. »Wir sehen uns zu Hause.«

Sara hörte ein Klicken, und ihr Mann war weg.

»Alles okay?«, fragte Guff, der die Akten auf Saras Schreibtisch durchsah.

»Ich glaube nicht. Dafür, dass der Prozess noch nicht eröffnet ist, hängt er sich mächtig rein.«

»Vielleicht will er einfach vorbauen.«

»Vielleicht«, sagte Sara. »Jedenfalls merke ich, wenn mein Mann nervös ist, und im Moment geht ihm etwas ganz gewaltig an die Nieren. Ab sofort sind die Flitterwochen vorbei.«

7

Am selben Abend um sieben Uhr standen Sara und Guff vor dem Deli in der Second Avenue, aus dem der Geruch von koscheren Pickles und gebratenen Knishes drang. Während ein Strom von Bewohnern der Eastside ihren Nasen in die Gefilde gigantischer Pastramisandwiches und unverschämter Kellner folgten, fiel Sara vor allem die kühle Luft auf. »Der Winter ist im Anmarsch«, sagte sie.

»Glauben Sie?«, fragte Guff, der, um sich warm zu halten, in seine Hände blies und auf der Stelle trabte. »Könnten Sie mir vielleicht noch mal erklären, warum Ihr Großvater will, dass wir hier draußen stehen, während es drinnen schön warm und gemütlich ist?«

»Guff, ich habe Ihnen schon zehnmal gesagt – nennen Sie ihn nicht meinen Großvater! Er ist Pop. Er will Pop genannt werden. So nennen wir ihn. Und wenn wir mit ihm essen wollen, müssen wir uns draußen mit ihm treffen. Sonst denkt er, wir treffen uns nicht mit ihm, und geht wieder nach Hause. Es hört sich vielleicht absurd an, aber es ist kein Witz. Ich habe schon oft genug auf ihn gewartet, um zu wissen, wovon ich rede.«

»Er ist ein richtiges Original, nicht?«

»Darum habe ich Sie ja auch eingeladen. Er mag ja mein nächster noch lebender Verwandter sein, aber für einen allein kann er ziemlich anstrengend werden. Zu zweit ist er eindeutig leichter zu verkraften.«

»Warum ist Jared nicht mitgekommen?«

»Jared meinte, er hätte zu viel zu tun, aber ich glaube, es liegt auch daran, dass er und Pop nicht immer hundertprozentig miteinander klarkommen.«

»Warum nicht?«

»Als Jared und ich uns kennen lernten, meinte Pop, Jared wäre nicht der Richtige für mich.«

»Und?«

»Und er sagte es Jared ins Gesicht. Am ersten Abend – gleich, als sie sich kennen lernten.«

»Ich nehme mal an, Sie waren in diesem Punkt anderer Meinung.«

»Natürlich! Egal, was Pop denkt, war mir bei Jared immer schon klar: *der oder keiner*.«

»Woher wussten Sie das?«

»Was soll das heißen: Woher wusste ich das? Da gibt es keinen bestimmten Grund. So etwas ... weiß man einfach.«

»Mit diesem sentimentalen Quatsch brauchen Sie mir wirklich nicht zu kommen. Da muß es doch etwas geben, etwas ganz Konkretes – etwas, das für Sie so eine Art Signalcharakter hatte.«

Nach kurzem Nachdenken sagte Sara: »Da war tatsächlich etwas. Als ich noch ziemlich klein war, vielleicht neun oder zehn, fing mein Vater an, ständig auf Geschäftsreisen zu gehen – er war Vertreter für eine Damenbekleidungsfirma. Zur gleichen Zeit bekam ich immer wieder den gleichen Albtraum, dass ich taub wäre. Das war ganz schön beängstigend. Um mich herum redeten alle, aber ich konnte nichts hören. Und dann konnte auch mich niemand hören – selbst wenn ich aus Leibeskräften schrie. So ging das fast zwei Jahre.«

»Weil Ihnen Ihr Vater fehlte.«

»Genau. Als meine Mutter mit mir zu einem Psychologen ging, erklärte er ihr, der Albtraum rührte von meiner Angst vor dem Alleinsein her. Da ich ein Einzelkind war und meine Eltern häufig nicht zu Hause waren, war das ganz normal. Mit etwas Hilfe kam ich schließlich über meine vorpubertären Ängste hinweg. Dann starben zwölf Jahre später meine Eltern. Und ich hatte wieder diesen Albtraum. Denselben schrecklichen immer wiederkehrenden Traum: Ich bin wieder zehn, ich bin taub, und obwohl ich brülle wie eine Verrückte, kann ich mich selbst nicht hören, und auch sonst kann mich niemand hören. Doch diesmal wollten die Träume nicht aufhören – egal, wie sehr ich es versuchte, egal, wie viele psychologische Tricks ich ausprobierte. Sie machten mich richtig fertig. Doch als ich mit Jared auszugehen begann, hatte ich den

Traum plötzlich nicht mehr. Und auch die ganze Zeit danach nicht mehr. Und das ist zumindest einer der Gründe, weshalb ich wusste, dass er der Richtige war. Pop ist da natürlich anderer Meinung, aber das ist bei ihm immer so.«

»Das verstehe ich nicht – wie kann ein Mensch so schlimm sein?«

»Sie werden schon sehen«, warnte ihn Sara lächelnd. »Und noch einen letzten Rat: Wenn Ihnen der Gesprächsstoff ausgeht, schneiden Sie auf keinen Fall das Thema Bekleidungsindustrie an.«

Guff, der mit einem kauzigen alten Mann gerechnet hatte, war überrascht, als Pop endlich um die Ecke bog. Mit seinen freundlichen, wachen Augen und seinem milden Lächeln sah der alte Mann wesentlich sympathischer aus, als Guff ihn sich vorgestellt hatte. Als er auf sie zukam, merkte Guff auch, wie groß er war. Als ehemaliger Streifenpolizist in Brooklyn war Pop zwar kein Muskelpaket mehr, aber in seinem entschlossenen, schwerfälligen Gang glaubte Guff immer noch Spuren des Mannes erkennen zu können, der er einmal gewesen war.

Nachdem Pop Sara zur Begrüßung einen Kuss gegeben hatte, sah er Guff an und fragte: »Warum sehen Ihre Haare so komisch aus? Sind sie nicht echt?«

»Nein, sie sind wirklich so«, antwortete Guff. »Ich bin übrigens Guff. Freut mich, Sie kennen zu lernen, Pop.«

»Nennen Sie mich ruhig Pop«, sagte Pop und schüttelte ihm die Hand. »Und das mit ihren Haaren war natürlich nur Spaß. Immer zu einem kleinen Scherz aufgelegt, Sie wissen schon.« Mit einem vielsagenden Blick auf Sara folgte Guff Pop in das Restaurant. »Wo ist denn die Nervensäge von deinem Mann?«

»Er arbeitet an einem Fall«, erklärte Sara. »Ich soll dich schön von ihm grüßen.«

»Erzähl mir doch keinen Unsinn, Schwester. Ich bin schon von besseren Leuten versetzt worden als ihm.«

»Das wundert mich überhaupt nicht.«

Die Bedienung führte Guff, Sara und Pop an einen Tisch im hinteren Teil des Restaurants.

»Ist der Laden hier auch wirklich ganz gut?«, fragte Guff.

»Ganz gut?«, sagte Pop. »Das ist der Second Avenue Deli! Die machen hier schon Pastrami, seit Eisenhower seine riesige Stirn ins Weiße Haus zwängte.«

»Eisenhower hatte eine große Stirn?«, fragte Guff.

»Und ob«, sagte Pop. »Ike hatte einen Riesenkürbis. Genau wie Jack Kennedy. Der einzige Unterschied war, Kennedy hatte Haare. Sehen Sie sich mal die Fotos an – es stimmt.«

»Das wusste ich nicht.« Guff hatte Mühe, sich ein Grinsen zu verkneifen. »Wer hatte sonst noch einen großen Kopf?«

»Meine Güte, damals hatte jeder einen. Darum trugen ja auch alle Hüte. Goldwater, Nixon, Milton Berle, sogar dieser de Gaulle drüben in Frankreich – er hatte einen riesigen. Das war wie ein Geheimcode.«

»Ein Geheimcode?«

»Aber klar. Wenn man einen Hut trug, bedeutete das was. Das ist wie mit den Buchstaben eines Kartenspiels. Zählt man sie zusammen, kommt –«

»Zweiundfünfzig raus!«, platzte Guff, plötzlich ganz aufgeregt, heraus. »Den Code kenne ich!«

Als Sara zu lachen begann, fing auch Pop an.

»Was ist so komisch?«, fragte Guff, als sich die anderen beiden kaum mehr halten konnten. »Moment mal – Sie haben ihm von dieser Sache mit dem Kartenspiel erzählt, stimmt's?«

»Und Sie sind drauf reingefallen!«, sagte Pop.

»Entschuldigung«, fügte Sara hinzu, »aber als Sie plötzlich so aufgeregt wurden, konnte ich mich einfach nicht mehr beherrschen.«

»Wirklich toll«, brummte Guff, griff nach einer Speisekarte und hielt sie sich vors Gesicht. »Immer auf den Neuen! Wenn es die Familie Tate glücklich macht, sich an einem armen Teufel abzureagieren, bitte, tun Sie sich keinen Zwang an.«

Vor dem Deli stand der Mann mit den eingefallenen Wangen gegen einen silbernen Wagen gelehnt. Er war Anfang dreißig, aber wegen seiner markanten Züge war sein Alter schwer zu schätzen. Von seinem Standort hatte er Sara, Guff und Pop gut im Blick. In den fünf Minuten, die er sie aufmerksam beobachtete, kehrten seine Blicke immer wieder zu Pops Gesicht zurück. Noch ein wunder Punkt, dachte der Mann und verschränkte die Arme.

»Und wie gefällt dir dein neuer Job?«, fragte Pop und griff nach seinem Sandwich mit Pastrami und Corned Beef. »Gut oder schlecht?«

»Gut«, sagte Sara.

»Und auf dem besten Weg, besser zu werden«, flocht Guff ein. »Erzählen Sie ihm von dem Fall.«

»Von welchem Fall?«, fragte Pop.

»Nichts ...«

»Erzähl schon«, drängte Pop. »Hör auf deinen Freund.«

»Nichts Großartiges«, sagte Sara. »In meinem ersten Fall treffen Jared und ich aufeinander.«

»Das ist es also«, sagte Pop. »Kein Wunder, dass er nicht hier ist. Ihr geht euch gegenseitig an den Kragen?«

»Noch nicht.« Sara stocherte an einem Kartoffelpfannkuchen herum. »Er hat sich nur sehr gründlich darauf vorbereitet, was mich ...«

»Es macht dich nervös, stimmt's?«, fragte Pop.

Sara legte die Gabel weg und schob ihren Teller beiseite. »Er ist nicht nur ein guter Anwalt – er kennt mich auch besser als jeder andere.«

»Also, da hast du nichts zu befürchten. Wenn es darum geht, Geschworene zu überzeugen, bist du wesentlich glaubwürdiger als er – ganz gleich, wie gründlich er sich vorbereitet. Er hatte es sein ganzes Leben lang leicht, und so was merken die Leute.«

»Bitte sag das nicht, Pop. Er hat hart gearbeitet, um dahin zu kommen, wo er ist – er hatte es nicht leicht.«

»Von wegen! Er hatte es leicht, als ich ihn kennen lernte, damals mit seinen schnieken Yale-Manschettenknöpfen, und er hat es heute leicht. Ich mag ihn wie einen Sohn, aber er hat keine Ahnung, was es heißt, kämpfen zu müssen. Er weiß die Dinge nicht richtig zu schätzen.« An Guff gewandt, fügte Pop hinzu: »Als wir uns zum ersten Mal begegnet sind, kamen wir hierher, in meinen Lieblingsdeli. Er will natürlich prompt die Rechnung zahlen. Dann isst er sein Sandwich nur zur Hälfte, und ich sage ihm, er soll es sich einpacken lassen, damit er es mit nach Hause nehmen kann. Worauf er sagt: ›Nehmen Sie's doch mit! Wenn ich es mitnehme, wandert es doch nur in den Abfall.‹ Das schlägt doch dem Fass den Boden aus.«

»Es wundert mich, dass Sie Sara überhaupt erlaubt haben, ihn zu heiraten«, sagte Guff.

»Schütten Sie nicht noch Wasser auf seine Mühlen, Guff«, flehte Sara. »Und Pop, bitte, lassen wir dieses Thema.«

»Na gut, dann lassen wir es eben. Aber glaub mir, die Geschworenen kaufen ihm nicht ab, was er ihnen andrehen will. Von dir werden sie wesentlich mehr beeindruckt sein – du bist ein Mensch, der mitten im Leben steht. Eine tüchtige, bodenständige amerikanische Frau, der nichts geschenkt wurde.«

»Wirklich toll, Pop. Aber könntest du das vielleicht auch meinem Boss erzählen?«

Um halb elf kam Sara endlich nach Hause. Sie hängte ihren Mantel in den Schrank und ging in die Küche. Ohne nach etwas Bestimmtem zu suchen, öffnete sie den Kühlschrank und sah hinein. Plötzlich hörte sie hinter sich Schritte. Gleichzeitig spürte sie eine Hand auf ihrer Schulter. Sie packte eine Weinflasche am Hals und wirbelte herum, ließ die Flasche aber sofort wieder sinken. Es war Jared.

»Was soll dieser Blödsinn?«, stieß sie hervor. »Hast du mich vielleicht erschreckt!«

»Entschuldige, das wollte ich nicht«, sagte Jared und umarmte seine Frau.

»Was? Auf einmal bist du wieder nett zu mir?«

»Du hast mir gefehlt. Ich habe mir Sorgen um dich gemacht.«

»Warum warst du dann am Telefon so eklig?«

»Ich stand gerade enorm unter Druck. Du weißt doch, wie ich werden kann, wenn ich arbeite.« Er hielt seine Frau immer noch in den Armen, als er hinzufügte: »Weißt du eigentlich, wie sehr ich dich liebe?«

»Natürlich.«

»Nein, wirklich!« Jared sah Sara tief in die Augen. »Weißt du, wie viel mir an dir liegt? Und welche Sorgen ich mir um dich mache? Weißt du, dass ich alles für dich täte?«

»Sicher«, antwortete Sara und fragte sich gleichzeitig, was diesen Gefühlsausbruch ausgelöst hatte. »Jared, ist in der Kanzlei auch wirklich alles in Ordnung?«

»Sicher. Alles bestens.«

»Gut. Genau das wollte ich hören.« Sie gab ihm einen Kuss. »Ich möchte nicht, dass uns dieser Fall entzweit.«

»Das wird er auf keinen Fall.« Jared drückte seine Frau fest an sich. Dabei fiel sein Blick auf die sechs Porträts, die Sara von ihm gemacht hatte. Das zerbrochene Glas war längst weggefegt, aber die Zeichnungen waren jetzt ungeschützt. Jared blickte auf seine verletzlichen Konterfeis und drückte Sara noch fester an sich. »Es wird nichts passieren«, flüsterte er. »Das verspreche ich dir.«

»Können Sie mich mit Barrow verbinden?«, fragte Jared Kathleen, als er am nächsten Morgen sein Büro betrat. »Es ist wichtig.«

»Er hat Ihnen wirklich Angst gemacht, nicht?«, sagte Kathleen.

»Wer?«

»Kozlow. Das ist doch, was Sie von Barrow wollen? Sie möchten, dass er Kozlow unter die Lupe nimmt?«

Wie immer traf Kathleen den Nagel auf den Kopf. Aber das hieß nicht, dass er ihr alles andere erzählen würde. Das hätte sie nur in Gefahr gebracht. »Warum sollte ich über meinen eigenen Mandanten Nachforschungen anstellen?«, fragte er.

»Ich bitte Sie, Jared, für wie blöd halten Sie mich eigentlich? Die Ringe unter Ihren Augen sind nicht zu übersehen – Sie haben seit Tagen nicht mehr richtig geschlafen. Seit dem Tag, an dem Sie ihn kennen gelernt haben, sind Sie wie ausgewechselt. Und Sie kommen inzwischen fast vor mir ins Büro. Außerdem muss man kein Genie sein, um zu merken, dass es mit diesem Kerl nur Ärger geben kann.«

Jared sah sich im Büro um. Niemand würde etwas hören. »Wie kommen Sie darauf?«

»Haben Sie seine alte Akte noch nicht gelesen?«

»Ich weiß, er ist zweimal verhaftet worden, aber ich bin noch nicht dazu gekommen, mir den Rest anzusehen. Ich war mit anderen Dingen beschäftigt.«

»Oder Sie haben es bewusst aufgeschoben, weil Ihnen das, was Sie dort finden werden, Angst macht.«

Sein Kiefer verschob sich. »Sagen Sie mir einfach, was dort steht.« Nun sah auch Kathleen auf den Flur hinaus, bevor sie sich auf ihren Ellbogen vorbeugte. »An Ihrer Stelle wäre ich auf der Hut vor ihm. Der Kerl ist eine wandelnde Zeitbombe. Vor zwei Jahren geriet er mit einem Gangster aus Brooklyn namens Joey Gluck aneinander. Der Akte zufolge kam Joey nach einer durchzechten Nacht mit einer Prostituierten am Arm nach Hause. Sie lassen schnell die Hüllen fallen, wissen aber nicht, dass sich Kozlow, dieser Irre, unter dem Bett versteckt hat. Und gerade als Joey ins Bett schlüpfen will, nagelt ihm Kozlow mit einem Springmesser den nackten Fuß am Fußboden fest. Dann kriecht er unter dem Bett hervor und stößt Joey hintenüber, damit es noch ein bisschen mehr wehtut. Das Beängstigende daran ist, als der Fall zur Verhandlung kommt, beschließt Joey völlig überraschend, seine Aussage zu ändern. Behauptet plötzlich, er kann sich an nichts mehr erinnern.«

»Und die Prostituierte?«

»Sie wurde in der Nacht nach dem Überfall tot aufgefunden. Eine Überdosis Heroin, wenn man dem Obduktionsbefund glauben will.«

»Glauben Sie, Kozlow hat sie umgebracht?«

»Was meinen Sie? Hier ist Fall Nummer zwei: Ein Bauarbeiter namens Roger Hacker kommt nach einem langen Arbeitstag nach Hause, geht als Erstes ins Bad und setzt sich auf die Klobrille. Plötzlich bildet sich der gute Mann ein, in der Dusche ein Geräusch zu hören. Bevor er aufstehen kann, fliegt der Duschvorhang auf und Kozlow springt heraus. Soweit sich der Hergang rekonstruieren lässt, schickt Kozlow Hacker mit einem Schlag gegen den Kehlkopf zu Boden. Dann tritt er ihm ins Gesicht und gegen den Kopf und schließlich noch mit voller Wucht gegen die Schulter. Schlüsselbeinbruch. Kozlow hat ihm also seinen Standpunkt klargemacht. Doch dann tut

Hacker etwas Dummes. Er rappelt sich hoch, zieht einen Schraubenzieher aus seinem Werkzeuggürtel und stürzt sich damit auf Kozlow, der gerade die Wohnung verlassen will. Jetzt geht das Ganze erst richtig los. Ein Wohnungsnachbar, der natürlich beim Prozess seine Aussage änderte, erklärte, es hätte sich angehört, als würde jemand eine Katze quälen. Und als die Polizei schließlich eintraf, steckte der Schraubenzieher in Hackers Kehle, während seine Augen –«

»Mehr will ich nicht hören«, unterbrach Jared sie.

»Dann lassen Sie mich Ihnen nur noch den Schluss erzählen: Bei der Obduktion stellte sich heraus, dass Hacker mindestens ein Dutzend Verletzungen aufwies, die ihm nachweislich nach Eintritt des Todes beigebracht worden waren – das heißt, Kozlow machte sich nur zum Spaß auch dann noch über Hacker her, als der längst tot war.«

»Ich sagte doch, ich will nichts mehr hören.«

»Jared, ich weiß, das sind nicht gerade erfreuliche Neuigkeiten, aber Sie haben es hier mit einem Mörder zu tun. Sie müssen –«

»Bitte erzählen Sie mir nicht, was ich tun muss. Rufen Sie bloß Barrow an, und geben Sie ihm Bescheid, dass ich zwei Personen überprüft haben möchte. Die erste ist Kozlow; die zweite ist Oscar Rafferty.«

»Wer ist Oscar Rafferty?«

»Das würde ich auch gern wissen.«

»Gut, wird gemacht«, erklärte Kathleen. »Ich werde dafür sorgen, dass wir alles bekommen: Hintergrund, Bankkonten, Frauen, Clubmitgliedschaften, alles, was irgendwelche Aufschlüsse zulässt.«

»Und sagen Sie ihm, er soll möglichst diskret vorgehen. Ich möchte nicht, dass Rafferty Wind von der Sache bekommt.«

Sie war es nicht gewöhnt, Jared so paranoid zu sehen. »Das ist wirklich nicht ganz ungefährlich, wie?«

»Sie sollten jedenfalls lieber nichts davon mitbekommen.«

»Möchten Sie darüber sprechen?«

Jared zögerte. »Nein. Jetzt nicht.«

Kathleen sah ihren Chef an. In den vier Jahren, die sie Jared kannte, hatte sie ein sicheres Gespür dafür entwickelt, ob er etwas ernst meinte oder ob er wollte, dass sie weiter in ihn drang. Heute war kein Tag, um weiter in ihn zu dringen. »Ich bin jedenfalls da, wenn Ihnen danach ist.« In diesem Moment sah Kathleen, wie Kozlow in Begleitung einer der Empfangsdamen der Kanzlei den Flur herunterkam. Sie gab Jared ein kurzes Zeichen und begann dann laut: »... und danach lasse ich sie alle Fälle raussuchen, die sich mit Einbrüchen befassen. Bis zum Mittagessen liegen sie auf Ihrem Tisch.«

»Danke«, sagte Jared mit einem Blick auf Kozlow, der in seiner üblichen dreiviertellangen Lederjacke in Jareds Büro schlenderte. Aus der Tasche seiner verwaschenen Jeans hing eine kleine Kette.

»Und was machen wir heute? Wieder lauter solchen Paragraphenkram?«

»Ja, noch mehr Paragraphenkram.« Während Kathleen sich bei der Empfangsdame bedankte, folgte Jared Kozlow in sein Büro. »Kommen Sie rein, damit wir gleich anfangen können. Heute befassen wir uns mit Ihrer Aussage.«

»Muß ich denn aussagen? Vor der Grand Jury?«

»Auf jeden Fall.« Jared nahm hinter seinem Schreibtisch Platz. »Wenn wir Ihre Geschichte in eine glaubhaftere Form bringen können, gelingt es uns vielleicht, die Geschworenen zu überzeugen, dass Sie unschuldig sind. Und wenn sie Sie aus irgendeinem Grund mögen sollten, besteht tatsächlich die Aussicht, dass sie nicht gegen Sie stimmen.«

»Jeder mag mich«, erklärte Kozlow, als er vor Jareds Schreibtisch Platz nahm. »Und was soll ich jetzt machen?«

»Zuerst möchte ich, dass Sie sich einen guten Anzug zulegen.«

»Ich habe einen guten Anzug.«

»Sicher, aber ich möchte, dass Sie sich einen richtigen Anzug kaufen. Einen wie meinen.«

Kozlow nahm Jareds dunkelblauen Nadelstreifenanzug in Augenschein. »Warum soll ich mich wie Sie anziehen?«

»Das hat seine Gründe.« Jared drückte auf die Sprechtaste seines Telefons. »Kathleen, könnten Sie kurz reinkommen?« Und als Kathleen den Raum betrat, fuhr Jared fort: »Ich möchte Sie bitten, gegen zehn Uhr mit Mr. Kozlow einkaufen zu gehen. Er braucht einen seriösen Anzug, eine schöne, zurückhaltende Krawatte, Schnürschuhe und eine Brille mit Metallgestell. Er muß glaubwürdig wirken.«

»Ich bin beeindruckt – so schnieke war ich seit dem Militär nicht mehr«, sagte Kozlow.

»Sie waren beim Militär?«

»Ein bisschen. In der Army. Aber sagen Sie mal, wer zahlt das eigentlich alles?«

»Es wird auf Mr. Raffertys Rechnung gesetzt«, sagte Jared. »Nichts, was wir hier tun, ist umsonst. Aber wenn Sie die Leute überzeugen wollen, dass Sie unschuldig sind, müssen Sie zuallererst auch entsprechend aussehen.«

Als Kathleen gegangen war, zog Jared einen Block aus seinem Aktenkoffer. Er versuchte nach Kräften, sich so zu verhalten, als wäre es x-beliebiger anderer Fall, aber er spürte, wie er zunehmend ungeduldiger wurde. »Gehen wir das Ganze mal durch. Schildern Sie mir den Hergang in Ihren eigenen Worten.«

»Also, ich gehe, nichts Böses ahnend, die Straße runter, als mich plötzlich dieser Cop festhält und sagt, ich bin verhaftet.« Kozlow begleitete seine Ausführungen mit einer wegwerfenden Handbewegung. »Dann schleppt er mich zum Haus dieser Frau und sagt zu ihr: ›Dieser Kerl ist doch gerade in Ihr Haus eingebrochen, oder nicht?‹«

»Hat er die Frage so gestellt?«, fragte Jared und machte sich dabei Notizen. »War sie tatsächlich so suggestiv?«

»Was heißt das?«

»Hat er ihr die Antwort mehr oder weniger in den Mund gelegt?«

»Aber klar. Sie konnte praktisch gar nichts anderes sagen als ja.«

Das dürfte funktionieren, dachte Jared. »So, und woher hatten Sie die Ebel-Uhr?«

»Die habe ich auf der Straße gefunden.«

»Und den silbernen Golfball?«

»Den habe ich im Müll gefunden. Ich dachte schon, das wäre mein Glückstag.«

Jared sah Kozlow wütend an. »Sie werden sich auf jeden Fall eine bessere Erklärung einfallen lassen müssen. So blöd sind die Geschworenen nicht.«

»Wie wär's damit: Er hat mir beides heimlich in die Taschen gesteckt.«

»Wenn der Cop eine dubiose Vergangenheit hat, könnten Sie damit unter Umständen durchkommen. Aber was ist mit den vierhundertsiebzehn Dollar?«

»Das war mein Geld. Es steckte sogar in meiner Geldklammer, als es mir der Cop aus der Tasche zog. Fragen Sie ihn – er wird es Ihnen bestätigen.«

»Schön, ich werde ihn fragen«, erwiderte Jared unwirsch. »Nun zu folgendem Punkt: Wenn Sie in Brooklyn wohnen – was hatten Sie dann um drei Uhr früh in der Upper East Side zu suchen?«

Kozlow stutzte. »Gute Frage. Darüber habe ich mir noch gar keine Gedanken gemacht.«

Jared warf seinen Block auf den Schreibtisch. »Also, dann machen Sie sich jetzt darüber Gedanken! Wir brauchen eine gute Antwort. Andernfalls zerreißen die uns in der Luft.«

»Warum? Rafferty hat gesagt, vor der Grand Jury gibt es kein Kreuzverhör. Wenn das wirklich so ist, brauchen Sie mir doch nur lauter Pipifaxfragen zu stellen.«

»Es gibt deshalb kein Kreuzverhör, weil vor der Grand Jury nur ein Anwalt das Wort ergreifen darf. Und das ist der stellvertretende Bezirksstaatsanwalt. Meine Frau kann Sie fragen, was sie will und ich kann nichts tun als danebensitzen.«

»Dann sollte ich vielleicht lieber nicht aussagen.«

Jared sprang auf und kam hinter seinem Schreibtisch hervor. »Jetzt hören Sie mir mal gut zu! Ich bin hier der Anwalt. Nicht Sie. Wenn Sie irgendein x-beliebiger Mandant wären, wäre mir vollkommen egal, ob Sie den Prozess gewinnen oder nicht. Aber ich werde alles tun, damit Sie ihn gewinnen, und das lasse ich mir nicht von irgendeinem hirnlosen Affen vermasseln! Wenn Ihnen also nichts an der Sache liegt, brauchen Sie es mir nur zu sagen, und ich –«

Kozlow sprang auf und versetzte Jared einen Stoß, dass er gegen die Wand flog. Dann packte er ihn am Revers und drückte ihm die Ellbogen in die Rippen. »Was habe ich Ihnen gestern gesagt? Ich bin kein Idiot, also hören Sie gefälligst auf, mich wie einen zu behandeln.«

Als die Wirkung des Adrenalins nachließ, merkte Jared, dass er ein Problem hatte. »Entschuldigung, ich habe nicht gemeint –«

»Ich weiß genau, was Sie gemeint haben«, sagte Kozlow und ließ Jared los. Während dieser sein Hemd und seine Krawatte in Ordnung brachte, starrte Kozlow stumm aus dem Fenster und drückte die Stirn gegen die Scheibe. Dann begann er leicht damit dagegenzuschlagen. »Wenn ich aussage – stehen dann unsere Chancen, dass wir gewinnen, wirklich besser?«

»Wenn Sie aussagen und *glaubwürdig* sind, können wir heute Abend schon mit der Organisation der Siegesfeier beginnen. Fälle mit falschen Identifizierungen gehören zu den Fällen, in denen sich die Geschworenen am leichtesten verunsichern lassen. Lassen Sie sich einen plausiblen Grund einfallen, warum Sie um diese Zeit an diesem Ort waren, und der Rest ist ein Kinderspiel. Wissen Sie, wie viele New Yorker in dunklen Jeans und schwarzen Lederjacken rumlaufen?«

»Eine halbe Million?«

»Mindestens«, sagte Jared. »Darum strengen wir uns jetzt ein bisschen an und sehen zu, dass wir Ihre Geschichte einigermaßen auf die Reihe kriegen.«

»Stockwell hat also noch nicht gegen Kozlow die Anklage vertreten?« Sara beugte sich über Guffs Schulter und sah auf den Computermonitor.

»So steht es hier jedenfalls«, antwortete Guff. »Beide Fälle Kozlows wurden von SBAs bearbeitet, die nicht mehr hier tätig sind. Aber das heißt nicht, dass sich Stockwell und Kozlow nicht kennen. Es wäre durchaus möglich, dass er Kozlow als Zeugen oder Informanten oder sonst etwas verwendet hat.«

»Können wir das hier nachprüfen?«

»An sich nicht. AJIS ist im Grunde genommen eine komprimierte Datenbank – es enthält nur die wesentlichen Fakten. Es ist zwar eine Spalte für Zeugenlisten vorgesehen, aber meistens ist nichts darin eingetragen. Wenn wir herausfinden wollen, welche Personen in einen bestimmten Fall verwickelt waren, müssen wir die Akten von Hand durchgehen.«

»Gut. Tun wir das.«

»Sara, Stockwell ist schon fast fünfzehn Jahre bei dieser Behörde. Wir reden also von fast tausend Akten – jede davon zehn Zentimeter dick. Allein die Ordner rauszusuchen dauert mindestens eine Woche.«

»Das ist mir egal. Ich will diese Akten!«

»Aber –«

»Guff, wenn eine Verbindung zwischen Stockwell und Kozlow besteht, werde ich es herausfinden. Und dabei ist mir vollkommen egal, wie lange es dauert oder wie viele Seiten ich lesen muss.«

»Es sind Ihre Augen, die Sie sich dabei kaputtmachen.«

»Ihre genauso«, hielt Sara dagegen. »Vorerst haben wir noch bis ein Uhr Zeit. Dann kommt Ms. Doniger her. Wenn Sie schon mal die neuesten Akten beschaffen könnten, fangen wir gleich an und arbeiten uns nach hinten vor.«

»Ich soll sie also nicht alle gleichzeitig bringen?«

»Nein – ich möchte nicht, dass Stockwell etwas davon erfährt. Wenn er merkt, was wir vorhaben, sind wir geliefert. Fordern Sie fünfzig seiner Fälle an, fünfzig von Conrad Moore und fünfzig von irgendeinem anderen Staranwalt. Wenn jemand Fragen stellt, sagen Sie, wir wollen sehen, wie die besten SBAs Ihre Prozesse gewinnen.«

Guff grinste. »Sie hängen sich aber wirklich rein, wie?«

»Und ob ich mich reinhänge! Das ist das erste Mal, seit ich hier angefangen habe, dass ich genau weiß, was ich tun muss.«

»Was mache ich hier bloß?«, stöhnte Sara viereinhalb Stunden später. Ihr Schreibtisch und der größte Teil ihres Büros waren unter Stapeln von Aktenordnern und Containern begraben. »Es ist absolut hoffnungslos.«

»Ich habe Sie gewarnt«, sagte Guff. »Und haben Sie auf mich gehört? Nein. Haben Sie mir vertraut? Nein. Sind Sie auf eigene Faust losgezogen und haben Ihren Kopf durchgesetzt und gedacht, Sie könnten mit so einer simpel gestrickten Idee den Karren aus dem Dreck ziehen? Ja, ja und nochmals ja. Und was ist dabei rausgekommen? Staub. Staub an unseren Händen, Staub an meiner Krawatte, Staub in meinem Schoß. Mal ganz im Ernst, ich bin gar nicht begeistert. Ganz und gar nicht.«

»Guff, hat jemand Sie gesehen, als Sie die Anträge für die Herausgabe dieser Akten eingereicht haben?«

»Ich glaube nicht.«

»Und lässt sich irgendwie feststellen, ob sie sich vor uns schon jemand angesehen hat?«

»Das müsste möglich sein. Warum?«

»Ich versuche mir nur klar darüber zu werden, ob Stockwell weiß, was hier vor sich geht. Ich meine, vielleicht ist er ja schon hergegangen und hat einige der Akten geändert.«

»Jetzt werden Sie langsam echt neurotisch. Die traurige Wahrheit ist, dass hier niemand erwähnt ist. Kein Kozlow, keine Doniger, keine Nachbarin, kein Niemand.«

»Apropos Ms. Doniger. Wo bleibt sie eigentlich?«, fragte Sara mit einem Blick auf ihre Uhr. »Sie wollte um eins hier sein.«

»Jetzt ist es doch erst halb zwei. Haben Sie ein bisschen Geduld. Sie kommt schon noch.«

»Ich weiß nicht.« Sara blätterte in der Akte, die in ihrem Schoß lag. »Irgendwie habe ich kein gutes Gefühl bei der Sache. Da ist noch etwas, an dem mir etwas faul zu sein scheint.«

»Warum? Nur weil sich Ihre Hauptzeugin eine halbe Stunde verspätet hat? Ich bitte Sie! Den Zeugen für den Taschendiebstahl können wir auch nicht finden.«

»Guff, Sie wissen genau, das ist was anderes.«

»Hören Sie, wir gehen jede einzelne Akte durch, die es in diesem Gebäude gibt. Auf diese Weise werden wir herausbekommen, ob Victor Stockwell in irgendeiner Beziehung zu Kozlow oder Ms. Doniger steht. Aber solange das nicht erwiesen ist, können Sie doch nicht in jedem gleich den schwarzen Mann sehen.«

»Und wenn jeder der schwarze Mann *ist*?«

»Vergessen Sie mal die imaginären Monster, und konzentrieren Sie sich auf die realen. Außer diesem Fall, der vor die böse, große Grand Jury kommt, haben Sie noch vier weitere geringfügige Vergehen, die Sie bearbeiten müssen. Und da die Gerichte für geringfügige Vergehen hoffnungslos überlastet sind, könnte das der einzige Fall sein, bei dem Sie zeigen können, was Sie können. Wenn Sie also die Grand Jury nicht überzeugen können, gibt es keinen Prozess. Und wenn es keinen Prozess gibt, ist es völlig egal, wie verdächtig sich alle benehmen.«

»Ich weiß, ich weiß – Sie haben Recht. Wenn ich mich bei diesem Prozess blamiere, werde ich meinen Job wohl kaum –« Sara wurde durch das Klingeln des Telefons unterbrochen. »SBA Tate«, meldete sie sich.

»Sara, hier spricht Claire Doniger.«

»Guten Tag, Ms. Doniger. Wo sind Sie? Ist irgendwas?«

»Nein, nein. Ich wollte nur noch mal wegen dieses Einbruchs mit Ihnen sprechen. Als ich gestern Abend noch mal in Ruhe über alles nachdachte, wurde mir klar, dass ich eigentlich gar nicht so viel Zeit habe, wie dafür nötig wäre. Deshalb habe ich beschlossen, die Sache nicht mehr weiterzuverfolgen. In Anbetracht der Tatsache, dass ich meine Sachen wieder zurückbekommen habe, bin ich bereit, die andere Wange hinzuhalten.«

»Die andere Wange hinzuhalten?«, fragte Sara verdutzt. »Aber das ist doch –«

»Ich weiß, es kommt etwas überraschend, aber so denke ich inzwischen darüber«, fiel ihr Ms. Doniger ins Wort. »Sie können das Verfahren also einfach einstellen.«

»So einfach geht das aber jetzt nicht mehr! Sobald wir einmal jemanden verhaftet haben, sind wir diejenigen, die entscheiden, ob wir ein Verfahren einstellen oder nicht. Diese Entscheidung bleibt ausschließlich uns überlassen, nicht Ihnen.«

»Na schön, Sie werden ja wohl selbst am besten wissen, was Sie tun.« Claire Doniger klang beleidigt. »Jedenfalls hoffe ich, Sie hören auf, mich zu belästigen.«

»Ma'am, es war nie meine Absicht –«

»Bitte verschonen Sie mich mit Ihren Entschuldigungen. Ich habe wirklich Wichtigeres zu tun. Wiedersehen.«

Als Sara den Hörer auflegte, fragte Guff: »Was ist? Möchte sie, dass Sie das Verfahren einstellen?«

»Sagt sie jedenfalls.«

»Glauben Sie, sie wird trotzdem aussagen?«

»Ich bin nicht sicher.« Sara griff nach dem Telefon. »Aber für den Fall, dass sie nicht mehr will ...«

»Wen rufen Sie an?«

»Donigers Nachbarin. Wenn wir schon das Opfer nicht kriegen können, möchte ich wenigstens sichergehen, dass wir Patty Harrison noch haben. Im Übrigen ist sowieso sie die bessere Zeugin – sie ist die Einzige, die Kozlow tatsächlich aus Ms. Donigers Haus hat kommen sehen.« Rasch wählte Sara Ms. Harrisons Nummer.

»Hallo?«, meldete sich eine Frauenstimme.

»Ms. Harrison, hier spricht Sara Tate von der Bezirksstaatsanwaltschaft. Wir wollten uns eigentlich heute Nachmittag treffen, aber nun wollte ich Sie fragen, ob wir unseren Termin möglicherweise etwas vorverlegen könnten.«

»Äh, nein. Tut mir leid, Ms. Tate, aber ich kann doch keine Aussage machen.«

»Wie bitte?«

»Ich kann es nicht«, stotterte Ms. Harrison. »Ich habe zu viel zu tun – Sie müssen jemand anders finden. Es tut mir wirklich leid. Wiedersehen.« Damit hängte sie auf.

Sara blickte zu Guff auf. »Was zum Teufel ist da los?«

»Sagen Sie bloß nicht, sie steigt auch aus.«

»Wenn ja, bekommen wir ernste Probleme.« Sara wählte noch einmal Patty Harrisons Nummer. Es läutete fünfmal, bis Ms. Harrison abnahm.

»Hallo?«, meldete sie sich mit leiser, nervöser Stimme.

»Ms. Harrison, hier ist noch mal Sara Tate.«

»Es tut mir leid, aber –«

»Hören Sie, Ms. Harrison«, unterbrach Sara sie. »Ich weiß nicht, wer Ihnen gedroht hat, aber Sie sollten sich darüber im Klaren sein, dass Sie nie wieder von diesen Leuten behelligt werden, wenn Sie uns ihre Namen nennen.«

»Es hat mich niemand bedroht«, erwiderte Ms. Harrison scharf. »Kein Mensch. Und jetzt lassen Sie mich bitte in Ruhe.«

»Ms. Harrison, erst gestern sagten Sie noch, Sie wären gern zu einer Aussage bereit. Heute legen Sie schon nach einer halben Minute einfach den Hörer auf. Ich kann durchaus verstehen, dass Sie Angst haben, aber wenn Sie nicht aussagen, ermutigen Sie solche Leute nur. Wenn Sie sich wirklich sicher fühlen wollen, sagen Sie mir, wer Sie einzuschüchtern versucht hat, und ich lasse die Betreffenden binnen einer Stunde durch unsere Beamten festnehmen. Sie brauchen keine Angst zu haben.«

»Ich habe keine Angst.«

»Wäre es Ihnen recht, wenn ich bei Ihnen vorbeikomme? Dann könnten wir uns unterhalten und –«

»Nein! Ich will nicht, dass Sie herkommen. Ich weiß Ihre Bemühungen durchaus zu schätzen, aber mein Entschluss steht fest. Leben Sie wohl.«

Als Sara auflegte, sagte Guff: »Starkes Stück, wie Sie ihr das gerade auf den Kopf zugesagt haben.«

»Jetzt tun Sie doch nicht so. Es gibt keinen Grund, um den heißen Brei herumzureden. Kozlow hat so etwas schon zweimal gemacht – er steckt hundertprozentig auch jetzt dahinter.« Als sie es klopfen hörte, rief sie: »Ja, bitte?«

Victor Stockwell öffnete die Tür und trat ein. Sara und Guff klappten gleichzeitig die Ordner in ihren Händen zu und verstummten.

»Kann ich irgendetwas für Sie tun?«, fragte Sara. Sie rückte einen Stapel Ordner zurecht und versuchte, Stockwell die Sicht auf ihren Schreibtisch zu versperren.

»Ich wollte nur mal vorbeischauen, um zu sehen, wie's Ihnen so geht.« Stockwell blickte sich im Raum um. »Was machen Sie mit den alten Fällen da?«

»Zusätzliche Recherchen«, stotterte Sara. »Ich möchte mich möglichst gründlich vorbereiten.«

»Wenn Sie sich so wohler fühlen... Sehen Sie nur zu, dass Sie darüber das eigentliche Problem nicht aus den Augen verlieren.«

»Danke für den guten Rat. Gibt es sonst noch etwas? Wie Sie sehen, stecke ich bis über beide Ohren in der Arbeit.«

»Das war's an sich schon.« Stockwell klopfte mit den Knöcheln gegen einen der Aktenbehälter. »Aber seien Sie vorsichtig. Ich weiß zwar, Sie hören es nicht gern, aber Sie sind nicht so schlau, wie Sie denken.« Als Stockwell den Raum verließ, wartete Sara, bis die Tür hinter ihm zugefallen war.

»Was sollte das denn?«, fragte Guff.

»Er weiß es«, sagte Sara und ließ sich in ihren Sitz plumpsen.

»Er weiß was?«

»Dass wir seine alten Akten haben. Deshalb kam er hier rein – um uns zu verstehen zu geben, dass er Bescheid weiß. Er weiß von den Akten, er weiß von dem Fall, und obwohl er es nie zugeben würde, weiß er auch, was mit unseren Zeuginnen passiert ist.«

»Was soll das heißen, sie sagen nicht aus?«, fragte Jared.

»Genau das, was ich gesagt habe«, antwortete Rafferty. Seine Stimme hörte sich am Telefon brüchig an. »Sie sagen nicht aus. Aus irgendeinem Grund haben es sich beide anders überlegt.«

Als Jared zu Kozlow aufblickte, der im hinteren Teil des Büros in einer Zeitschrift blätterte, überkam ihn plötzlich ein heftiges Schwindelgefühl. »Könnten Sie bitte einen Moment warten?«, fragte er Rafferty. Und bevor Rafferty antworten konnte, legte Jared den Hörer beiseite und ging zu Kathleens Schreibtisch hinaus. »Wann waren Sie heute Morgen mit dem Einkaufen fertig?«

»Gegen Viertel vor zwölf. Warum?«

»Und was haben Sie dann getan?«

»Er sagte, er hätte noch Verschiedenes zu erledigen«, antwortete Kathleen zögernd. »Deshalb ging ich allein ein paar Krawatten für ihn aussuchen. Etwa eine Stunde später trafen wir uns dann wieder. Warum? Ist irgendwas?«

»Er war also mindestens eine Stunde allein?«, fragte Jared.

»Er verspätete sich etwas. Es waren also fast eine Stunde und fünfzehn Min-«

»O Gott.« Jared stürzte in sein Büro zurück und griff nach dem Hörer. »Sie hätten ihnen nicht drohen sollen«, sagte er zu Rafferty.

»Ihnen drohen? Wovon reden Sie überhaupt? Das wäre gegen das Gesetz.«

»Das ist nicht witzig.«

»Sie sollten sich lieber über diese gute Nachricht freuen! Das sollte die Sache doch wesentlich einfacher für Sie machen.«

Als Rafferty auflegte, klopfte es an Jareds Tür. »Herein«, sagte Jared.

Kathleen steckte den Kopf zur Tür herein. »Es tut mir wirklich leid. Ich –«

»Keine Sorge – das konnten Sie ja nicht wissen.« Als sein Blick auf den rosa Nachrichtenzettel in ihrer Hand fiel, fügte er hinzu: »Hat jemand angerufen?«

»Lubetsky möchte wissen, ob Sie mit den AmeriTex-Anträgen schon fertig sind.«

»Meine Güte, nein.« Jared begann in den Unterlagen zu wühlen, die seinen Schreibtisch übersäten. »Sagen Sie ihm, er kriegt Sie gleich morgen früh.«

»Ich soll Sie daran erinnern, dass sie bis heute fünf Uhr eingereicht werden müssen.«

Erschrocken sah Jared zu Kathleen auf. »Sie machen doch Witze?«

»Ganz und gar nicht.«

»Na schön.« Jared warf einen Blick auf seine Uhr. »Damit bleiben mir noch dreieinhalb Stunden.« Er schaltete seinen Computer an und öffnete die AmeriTex-Datei. »Ich brauche zwei Anwaltsgehilfen für Recherchen und einen Kollegen im dritten oder vierten Jahr für die Verfahrensfragen. Sie sollen sich in einer halben Stunde im Besprechungszimmer mit mir treffen.«

»Irgendeinen bestimmten Kollegen?«, fragte Kathleen.

»Irgendwen, Hauptsache er ist gut«, sagte Jared, als Kathleen die Tür hinter sich schloss.

»Nicht übel«, sagte Kozlow. »Aber woher wollen Sie wissen, dass alle anderen einfach stehen und liegen lassen, woran Sie gerade arbeiten?«

»Das ist eine große Kanzlei«, erwiderte Jared. »Mit hundertachtundsechzig Teilhabern, dreihundertsechsundvierzig angestellten Anwälten und hundert und noch was Anwaltsgehilfen. Da findet sich immer jemand. Dafür zahlen Sie auch so viel Geld.«

»Ist das der Grund, warum Sie es tun? Das Geld?«

»Zumindest zum Teil.«

»Und was ist der andere Teil?«

Überrascht über das Interesse in Kozlows Stimme, zögerte Jared einen Moment mit seiner Antwort. Das war seine Chance, zu ihm durchzudringen, dachte er. Nachdem es heute vormittag mit Wut nicht funktioniert hatte, würde es vielleicht jetzt mit Aufrichtigkeit klappen. »Möchten Sie den wahren Grund wissen, warum ich als Verteidiger arbeite? Weil ich finde, es ist genug Gerechtigkeit für alle da. Ich tue nichts anderes, als auch denen etwas davon zukommen lassen, die manchmal etwas zu kurz kommen.«

»Sie hören sich an wie ein Pfadfinder.«

»Das sagt meine Frau auch immer.« In der Hoffnung, nicht vom Thema abzukommen, fügte Jared hinzu: »Weil wir gerade davon reden, warum erzählen Sie mir nicht, was mit Ms. Doniger und Ms. Harrison war?«

Kozlow wurde still und machte die Zeitschrift zu. Vor Wut wurden seine Augen ganz schmal. »Tun Sie das nie wieder.«

»Was?«, fragte Jared verdutzt.

»Stellen Sie sich doch nicht blöd, Lynch – ich werde nicht Ihr kleiner Freund.«

»Ich dachte doch nur, wir –«

»Halten Sie bloß das Maul!«, brüllte Kozlow los. »Halten Sie Ihr blödes Maul, und machen Sie Ihren Job!«

»Das ist doch nicht Ihr Ernst«, sagte Conrad Moore und beugte sich über Saras Schreibtisch.

»Leider doch«, antwortete Sara. »Ich hatte nach dem Gespräch mit Ms. Harrison kaum aufgelegt, als er hier hereingeschneit kam. Die Akten lagen überall rum.«

»Ich wusste, ich hätte Sie davon abbringen sollen. Es besteht kein Grund, über jemanden wie Victor Nachforschungen anzustellen.«

»Ich will Stockwell nicht am Zeug flicken – ich versuche nur herauszubekommen, warum er den Fall wollte.«

»Seien Sie trotzdem vorsichtig. Mit Victor sollte man sich lieber nicht anlegen. Wenn er rausbekommt, was Sie vorhaben –«

»Ich weiß. Darüber mache ich mir schon den ganzen Nachmittag Gedanken. Aber selbst wenn ich das mit Stockwell geregelt bekomme, weiß ich nach wie vor nicht, was ich mit Ms. Doniger und Ms. Harrison machen soll. Beide riefen an, um mir zu sagen, dass sie nicht mehr aussagen wollen.«

»Und ob sie aussagen werden«, sagte Moore und stieß sich vom Schreibtisch hoch. »Sie wissen es nur noch nicht.«

»Oh-oh – jetzt wird's ernst«, sagte Guff. »Die Damen sollten sich besser warm anziehen.«

»Ich mache keine Witze«, sagte Moore. »Die beiden können winseln und jammern, so viel sie wollen, aber sie werden am Montag vor der Grand Jury erscheinen. Guff, haben Sie das Reisegepäck für Sara vorbereitet?«

»Schon an dem Tag, als sie hier ankam«, antwortete Guff stolz. Er verließ das Büro, um wenig später mit einem braunen Ziehharmonikaordner zurückzukommen, den er vor Sara auf den Schreibtisch legte.

»Machen Sie ihn auf«, forderte Moore Sara auf.

Das Innere des Ordners war nach dem Alphabet in Fächer unterteilt. »Es ist unter *V*«, sagte Moore.

Sara griff in das *V*-Fach des Ordners und zog einen dünnen Stoß Papiere heraus.

»Wissen Sie, was das ist?«, fragte Moore.

»Blankovorladungen«, erwiderte Sara.

»Richtig. Als Sie hier an Ihrem ersten Arbeitstag die ganzen Formalitäten erledigten, wurde Ihnen die Macht der Feder zuteil, auch bekannt als Macht der Vorladung. Unterschreiben Sie zwei dieser Formulare, lassen Sie sie Ihren Zeuginnen zustellen, und laut den Statuten des Staates New York werden die beiden am Montag ihren Arsch in den Gerichtssaal bewegen müssen, ob sie nun Bammel haben oder nicht.«

»Ich weiß nicht«, sagte Sara. »Ms. Doniger war ein bisschen pampig, aber Ms. Harrison schien wirklich Angst zu haben. Ich möchte auf keinen Fall, dass ihnen etwas –«

»Tun Sie das nie wieder«, unterbrach Moore sie energisch.

»Was soll ich nicht wieder tun?«

»Sich so in die Defensive drängen lassen. Sie sind eine stellvertretende Bezirksstaatsanwältin – Sie beugen sich keinen Drohungen. Die beiden vor Gericht zu holen ist Teil Ihrer Aufgabe. Ich möchte Sie auf keinen Fall dazu anstiften, einen Zeugen in Gefahr zu bringen, aber nachzugeben ist keine Lösung.«

»Und was wäre eine?«

»Das würde ich gern von Ihnen hören. Lösen Sie das Problem.«

»Langsam habe ich Ihr blödes Oberguru-Getue satt.«

»Umso mehr sollten Sie sich was Gescheites einfallen lassen. Lösen Sie das Problem!«

»Sie wollen, dass ich es löse? Also, dann werde ich folgendes tun: Statt sie heute Abend schon mit der Vorladung zu bescheren, lasse ich sie ihnen Montag Morgen von zwei Polizisten überbringen. Dann können die beiden Polizisten sie auch gleich beschützen, falls es irgendwelchen Ärger geben sollte. Außerdem ist auf diese Weise gewährleistet, dass sie auch wirklich vor Gericht erscheinen.«

Moore schwieg einen Moment, bevor er sagte: »Gut. Ein guter Start.«

»Dann unterhalten wir uns mal darüber, wie es überhaupt dazu kommen konnte. Wir sind uns doch alle einig, dass Kozlow dahintersteckt?«

»Hey, Boss«, unterbrach Guff sie. »Es ist schon halb drei.«

»Tatsächlich?« Sara sah auf ihre Uhr und stand auf. »Entschuldigen Sie bitte, aber ich muss sofort los. Ich habe einen Termin, den ich auf keinen Fall versäumen darf.«

»Und was ist mit den Vorbereitungen für die Grand Jury?«, fragte Moore. »Sie haben doch noch kaum an der Oberfläche gekratzt.«

»Keine Sorge, das hat absolute Priorität.« Sara nahm ihre Jacke von der Garderobe. »Grand Jury bedeutet *Anklage,* bedeutet *Prozess*, bedeutet *gewinnen*, bedeutet *glücklich bis ans Ende ihrer Tage*. Ich werde auf keinen Fall schon in der ersten Runde verlieren – vor allem nicht, wenn es noch so viel zutage zu fördern gibt.«

»Das nenne ich einen wundervollen Einsatz des Konsekutivs, aber wann werden Sie sich tatsächlich auf dieses große Ereignis vorbereiten?«

»Wir haben noch den ganzen morgigen Tag, und Guff meinte, wir könnten uns auch am Wochenende treffen.«

»Tatsächlich?«, sagte Moore mit einem Blick auf Guff.

»Tun Sie doch nicht so«, sagte Guff. »Sie sind doch sowieso jedes Wochenende hier.«

»Morgen habe ich zwar zu tun«, erklärte Moore. »Aber Samstag könnte ich kommen. Vergessen Sie bitte nicht, ich muss mich auch um meine eigenen Fälle kümmern.«

»Ich weiß – und ich bin Ihnen wirklich sehr dankbar für Ihre Hilfe«, sagte Sara auf dem Weg zur Tür. »Bis morgen also.«

»Moment«, sagte Moore. »Laufen Sie noch nicht weg! Was ist so wichtig, dass Sie so plötzlich weg müssen?«

»Ich habe eine Verabredung mit meiner kleinen Schwester.«

»Sie haben eine Schwester?«

»Keine richtige«, antwortete Sara. »Ich arbeite ehrenamtlich beim Big-Sisters-Projekt mit.«

»Tatsächlich?« Moore sah sie erstaunt an. »Und was machen Sie an den Wochenenden? Blut spenden oder Obdachlose betreuen?«

»Sehr originell«, sagte Sara sarkastisch.

»Wie lange machen Sie das schon?«

»Ich habe etwa einen Monat nach meiner Entlassung in der Kanzlei damit angefangen. So lange hat es ungefähr gedauert, bis ich es satt hatte, zu Hause rumzusitzen und zu warten, dass das Telefon klingelt. Ich dachte, es wäre besser für meine Psyche, als für diese zusätzlichen Sitzungen beim Therapeuten zu bezahlen – ganz zu schweigen davon, dass es wesentlich mehr Spaß macht.«

»Also, ich finde das gut«, sagte Guff. »Schön für Sie.«

»Danke für die Bestätigung«, sagte Sara. »Aber jetzt muss ich wirklich los, auch wenn ich Sie beide zu gern für dieses Projekt gewinnen würde.«

»Noch eine letzte Bitte«, sagte Moore. »Wenn Sie heute Abend nach Hause kommen, sprechen Sie mit Ihrem Mann über Ihre Zeugen. Morgen früh müssen wir unbedingt herauszubekommen versuchen, was da eigentlich gespielt wird.«

»Mache ich«, sagte Sara und hetzte nach draußen.

Zwanzig nach drei überquerte Sara die 116th Street und lief die Amsterdam Avenue hinauf. Rechts von ihr lagen die hochmodernen Einrichtungen ihrer Alma mater, der Columbia Law School, links von ihr befanden sich die betagten, altehrwürdigen Gebäude der Columbia University. Als sie jedoch weiter nach Norden kam, wurden die Bauten wesentlich weniger imposant, und innerhalb eines Straßenzugs wichen Marmorstatuen, gotische Architektur und reich verzierte Spitzbögen heruntergekommenen Läden, verbeulten Autos und der übelsten schlaglochübersäten Straße Manhattans. An der 121st Street hörte das Gelände der Columbia University offiziell auf. Und wie Sara im ersten Semester ihres Jurastudiums gelernt hatte, gab es eine klare Grenze zwischen der Eliteuniversität und Harlem, New York.

Als Sara die Ralph Bunche Elementary School erreichte, wimmelte es am Eingang des ramponierten Ziegelbaus von Hunderten von Jugendlichen, die sich freuten, dass die Schule aus war. Als sie um die Ecke bog und sich einen Weg durch die Schülerscharen bahnte, hörte Sara jemanden rufen: »Du bist spät dran!« Auf dem Kofferraumdeckel eines weißen Autos saß Tiffany Hamilton, Saras kleine Schwester. Sara wusste zwar, dass Tiffany für eine Siebtklässlerin sehr groß war, aber ihr vor kurzem getroffener Entschluss, Lippenstift zu benutzen, ließ sie wesentlich älter aussehen als dreizehn. Sie hatte große Augen, dunkelbraune Haut und einen langen, tadellosen Zopf, der ihr über den Rücken hinabfiel. Außerdem hatte sie den Charme einer Dampfwalze.

»Ich hab gesagt, du bist spät dran«, wiederholte Tiffany.

»Ich habe gehört, was du gesagt hast«, erwiderte Sara, als sie den Wagen erreichte. »Ich hatte bloß keine Lust, dir zu antworten.«

»Wo warst du?«

»Im Büro.«

»Ach ja, klar.« Tiffany sprang zu Boden. Ihr rosa Lippenstift glänzte in der Nachmittagssonne. »Hab ganz vergessen, dass du wieder angefangen hast. Kannst du schon Leute verhaften? Kriegst du eine Dienstmarke?«

»Nein, wir kriegen keine Dienstmarke«, sagte Sara lachend. »Wir kriegen bloß einen Eimer voll Lippenstifte. Heutzutage kann das eine Waffe sein – unsere Gegner blenden und so.«

»Sehr witzig.« Tiffany presste verlegen die Lippen aufeinander. »Aber erzähl doch noch ein bisschen von deinem neuen Job. Gefällt er dir?«

»Klar gefällt er mir. Aber der Fall, an dem ich gerade arbeite, kostet mich ganz schön Nerven.«

»Echt? Ist es ein Mord? Ist jemand erschossen worden?«

»Nein, ein Einbruch. Und rate mal, wer der Verteidiger ist.«

»Perry Mason.«

»Woher kennst du Perry Mason?«

»Aus dem Fernsehen.«

»Trotzdem falsch. Rate noch mal.«

»Ist er dicker oder dünner als Perry Mason?«

»Wie kommst du darauf, dass es ein Mann ist? Frauen können auch Anwälte sein.«

»Okay, dicker oder dünner?«

»Dünner.«

»Hässlicher oder hübscher?«

»Hübscher.«

»Größer oder kleiner?«

»Keine Ahnung. Sagen wir, gleich groß.«

»Jetzt weiß ich, es ist ein Typ. Mehr oder weniger Haare?«

»Weniger.« Sara lachte. »Vor allem an dieser einen Stelle am Hinterkopf, wo –«

»Jared?«

»Der und kein anderer.«

»Ach du lieber Gott! Du machst ihn doch total zur Schnecke! Kann ich mitkommen und zuschauen?«

»Mal sehen.«

»Wie ist es, ihn als Gegner zu haben? Ist es komisch? Hat er Angst?«

»Ich glaube nicht, dass er sonderlich viel Angst hat«, sagte Sara bei dem Gedanken an ihre zwei Zeuginnen.

»Das heißt wohl, er gewinnt gegen dich? Wie stehen deine Chancen? Wirst du verlieren?«

»Er gewinnt nicht gegen mich«, sagte Sara, und um das Thema zu wechseln, fügte sie hinzu: »Aber erzähl doch mal von der Schule. Wie läuft's bei dir?«

»Super«, sagte Tiffany, als sie an der Columbia Law School vorbeikamen. »Wo gehen wir heute hin?«

»Kommt ganz darauf an. Wie lief's in der Mathe-Prüfung?«

»Neunundachtzig Prozent.«

»Ich weiß nicht – das ist immer noch keine Eins.«

»Jetzt hör mal, Sara, du hast gesagt, wenn ich neunzig –«

»Ich weiß, was ich gesagt habe – und wenn ich mich nicht täusche, ist neunundachtzig noch immer weniger als neunzig.«

»Sara, bitte! Ich habe die ganze letzte Woche gebüffelt, um eine gute Note zu kriegen. Und mir fehlt nur noch ein lächerlicher Punkt. Ein klitzekleiner Punkt.«

»Also schön. Du brichst mir das Herz. Such dir ein Geschenk aus.«

»Können wir noch mal ins Metropolitan Museum of Art?«

»Meinetwegen gern, aber vorher würde ich eins gern wissen: Willst du tatsächlich ins Museum, oder willst du nur auf der Treppe sitzen und Gequälte-Künstler-Zählen spielen?«

»Ich möchte Gequälte-Künstler-Zählen spielen. Mit fünfzig Extrapunkten für welche mit schwarzen Baskenmützen.«

»Das hab ich mir gedacht. Such dir ein anderes Geschenk aus.«

»Wie wär's, wenn wir zum Bowling gehen und hinterher im Sylvia's essen?«

»Ich kann heute nicht mit dir zu Abend essen«, sagte Sara. »Ich muß mich auf meinen – Hey!« Sara blieb die Luft weg, als ein ihr entgegenkommender Mann mit voller Wucht gegen sie stieß. Sie verlor das Gleichgewicht und fiel hintenüber auf den Bürgersteig. Der Mann stieg stolpernd über sie weg.

Als Sara zu dem dunkelhaarigen Mann hochblickte, sagte dieser: »Entschuldigung, das war allein mein Fehler.«

»Nicht so schlimm.« Als Sara ihre Aktentasche aufhob, fiel ihr auf, wie die hohlen Wangen des Mannes sein kantiges Gesicht akzentuierten.

»Ich muss wohl gerade in Gedanken ganz woanders gewesen sein«, erklärte der Mann und sah dabei Tiffany aufmerksam an.

»Ist schon gut.«

»Wirklich?«

»Ja«, sagte Sara. »Mir ist nichts passiert.«

Als sie und Tiffany ihren Weg in Richtung Campus fortsetzten, sagte Tiffany: »Schräg aussehender Typ, nicht?«

»Er sah tatsächlich etwas eigenartig aus«, gab ihr Sara Recht. Als sie den Riemen ihrer Handtasche auf ihrer Schulter zurechtrückte, merkte sie, dass sie sich irgendwie anders anfühlte. Sie sah in ihre Handtasche. »Dieses Schwein!«, schrie sie und wirbelte herum.

»Was ist denn?«, wollte Tiffany wissen.

»Der Kerl hat mein Portemonnaie geklaut!« So schnell sie konnte, rannte Sara die Amsterdam Avenue hinauf und bog in die 117th Street. Der Fremde war verschwunden.

8

Als er die Treppe zu seiner Wohnung hinaufstieg, fiel Jared auf, dass das zerbrochene Glas weggefegt und das Bild mit den Sonnenblumen neu gerahmt war. Der Einbruch lag inzwischen zwei Tage zurück, aber das Knirschen von zerbrochenem Glas ließ Jared immer noch zusammenzucken. Am Ende der Treppe fragte er sich, wie jemand auf die Idee hatte kommen können, zuerst ein Bild im Flur zu zertrümmern. Das ist doch vollkommen hirnrissig, dachte er. Es bringt absolut nichts – bis auf die Lust an sinnloser Zerstörung. Und plötzlich wurde ihm alles klar. Für Kozlow war alles nur ein Spiel.

Während Jared noch versuchte, sich nicht mehr weiter vorzustellen, wie Kozlow den alten Bilderrahmen zertrümmerte, hörte er die Haustür im Erdgeschoss zuschlagen. Jemand anders war ins Haus gekommen. Sara? Nein, dafür waren die Schritte zu schwer. Statt einen Blick über das Geländer zu werfen, begann Jared hastig nach dem Wohnungsschlüssel zu suchen. Als er zu diesem Zweck seine Aktentasche abstellte, konnte er hinter sich bereits jemanden die Treppe heraufstapfen hören. Mit zitternden Händen öffnete er das obere Türschloss. Unteres Schloss, unteres Schloss, unteres Schloss, dachte er, während er nach dem Schlüssel kramte. Als er ihn schließlich ins Schloss schob und nach links drehte, klemmte er. Verdammt, nicht ausgerechnet jetzt! Geh schon auf, du blödes Vorkriegsding von einem – Plötzlich schnappte das Schloss zurück, die Tür flog auf, und Jared stolperte in die Wohnung. Er warf die Tür zu und spähte durch den Spion. Der Mann auf der Treppe war Chris Guttman, der im zweiten Stock wohnte.

Wütend über seine paranoide Reaktion, ging Jared ins Schlafzimmer. »Sara? Bist du schon zu Hause?« Keine Antwort. Er ließ seine Aktentasche neben dem Nachttisch auf den Boden fallen und setzte sich aufs Bett.

Erst mal tief durchatmen, dachte er. Lass dich jetzt nur nicht unterkriegen! Er ging ins Bad und spritzte sich kaltes Wasser ins Gesicht. Plötzlich bildete er sich ein, er hätte gesehen, wie sich in der Dusche etwas bewegte. Rasch zog er den Vorhang zurück. Nichts. Die Dusche war leer. Er rannte ins Schlafzimmer zurück und sah unters Bett. Dann in seinen Schrank. Dann in den von Sara. Dann in den Wäscheschrank. In keinem war jemand. Leer, leer, leer. Es war eindeutig niemand in der Wohnung. Trotzdem fühlte sich Jared deswegen nicht sicherer.

Um halb neun saß Jared im Wohnzimmer, schlug sich mit dem Kreuzworträtsel der *New York Times* herum und wartete ungeduldig auf die Heimkehr seiner Frau. Es ist ihr bestimmt nichts passiert, sagte er sich, während er erst auf seine Armbanduhr, dann auf die Zeitanzeige des Videorecorders sah. Sie hat ziemlich weit nach Hause – darum kommt sie so spät. In der letzten halben Stunde hatte er dreimal in Saras Büro angerufen, ohne dass jemand drangegangen wäre. Um sich abzulenken, begann er zu überlegen, wie sie es aufnehmen würde, dass ihre zwei Zeuginnen abgesagt hatten. Er nahm an, zunächst würde sie ihm die Schuld geben, und dann würde sie ihm irgendwelche Anhaltspunkte zu entlocken versuchen. Nach Abschluss seiner Analyse sah er wieder auf die Uhr. Und auf die Zeitanzeige des Videorecorders. Ihr ist nichts zugestoßen, wiederholte er. Bitte mach, dass ihr nichts zugestoßen ist!

Zehn Minuten später kam Sara endlich nach Hause. Sobald Jared ihren Schlüssel im Schloss hörte, griff er wieder nach der Zeitung. »Wie lief's bei dir?«, rief er.

»Ganz toll«, antwortete Sara sarkastisch. »Zuerst bedroht dein Mandant zwei meiner Zeuginnen, dann stößt jemand auf der Straße mit mir zusammen und klaut mir mein Portemonnaie.«

Jareds erster Gedanke war: Kozlow. Er ließ die Zeitung sinken. »Bist du dabei verletzt worden? Wo ist es passiert?«

Sara betrat das Wohnzimmer und schilderte ihm rasch den Hergang. »Dieser Dreckskerl hat mir alles geklaut – Kreditkarten, Führerschein …«

»Ich erinnere dich zwar nur ungern, aber ich habe dir immer wieder gesagt, du sollst dir eine Handtasche mit einer besseren Schließe zulegen.« Gleichzeitig überlegte Jared: War er es gewesen? »Aber jetzt erzähl schon, wie mein Mandant deine Zeugen bedroht hat.«

»Tu doch nicht so, Jared. Du weißt genau, was pas-«

»Ich habe wirklich keine Ahnung, wovon du redest.«

Sara ging auf Jared zu, beugte sich vor und sah ihm in die Augen. »Sag das noch mal!«

»Ich habe keine Ahnung, wovon du redest«, wiederholte Jared, Silbe für Silbe betonend. Jetzt bloß nicht blinzeln, schärfte er sich mit angehaltenem Atem ein. Wenn du jetzt blinzelst, weiß sie Bescheid.

Sara sah ihren Mann durchdringend an. Wenn er log, stellte er sich inzwischen geschickter an. Schließlich sagte sie: »Als ich nach dem Mittagessen Ms. Doniger und Ms. Harrison anrief, eröffneten mir beide, sie wären nicht mehr bereit auszusagen. Ms. Harrison hatte solche Angst, dass ich es sogar am Telefon spüren konnte.«

»Du meinst also, Kozlow hat ihnen in irgendeiner Weise gedroht?«

»Wer sonst?«

»Sonst kommt dafür niemand in Frage«, erklärte Jared mit Nachdruck. »Aber ich kann dir bestätigen, dass Kozlow heute den ganzen Vormittag bei mir war.«

»Und was ist mit dem Nachmittag?«

»Den Nachmittag habe ich damit verbracht, einen Antrag für Lubetsky zu entwerfen. Wir mussten ihn bis fünf fertig haben. Außerdem, hast du nicht eben gesagt, du hättest nach dem Mittagessen mit ihnen gesprochen?«

»Habe ich«, sagte Sara. »Ich wollte nur sichergehen.«

»Also, du kannst dir deine Verdächtigungen wirklich sparen. Ich weiß nicht, wovon du redest.« Da Jared bewusst wurde, dass sie ihn umso eher durchschauen würde, je länger er bei diesem Thema blieb, versuchte er es zu wechseln. »Noch mal zurück zu deinem Portemonnaie. Wie viel Geld war drin?«

»Ich weiß es nicht, und ich möchte auch gar nicht darüber nachdenken«, sagte Sara und ließ sich auf das Sofa plumpsen. »Ich bin fix und fertig.«

»Gehst du am Wochenende ins Büro?«, fragte Jared gespannt.

»Klar. Und du?«

»Sicher. Was willst du dann heute Abend machen?«

»Ehrlich gestanden, möchte ich einfach nur dasitzen und ein paar Stunden an nichts denken müssen.«

»Hättest du Lust, mir die Haare zu schneiden?«

»Klar. Hol die Sachen!« Sara hatte im zweiten Jahr ihres Jurastudiums begonnen, Jared die Haare zu schneiden. Als Jared eines Tages übel zugerichtet aus dem Columbia Barber Shop nach Hause gekommen war, hatte Sara erklärt, das könne sogar sie besser. Einen Monat später gab ihr Jared die Chance, es zu beweisen. Und seit diesem Tag hatte er keinen Cent mehr für den Friseur ausgegeben.

Nachdem er sich in der Dusche die Haare gewaschen hatte, kam Jared mit einem Handtuch um die Hüfte in die Küche zurück und setzte sich an den Tisch. Als Sara seine Haare zu kämmen begann, sagte sie: »Hier oben fangen sie an, sich ganz schön zu lichten.«

»Ich weiß. Im Freien spüre ich inzwischen jeden kalten Luftzug. Wenn es mir bestimmt ist, eine Glatze zu kriegen, dann kriege ich eben eine.«

»Wie es aussieht, ist diese Entscheidung bereits gefallen.«

»Na, großartig. Aber dürfte ich dich jetzt noch was zu dem Fall fragen?«

»Schieß los.« Sara hielt ein Büschel Haare zwischen zwei Fingern hoch.

»Was würdest du davon halten, das Verfahren einzustellen?«

»Wie bitte?« Sara begann zu schnippeln.

»Was würdest du davon halten, das Verfahren einzustellen?«, wiederholte Jared. Er konnte die abgeschnittenen Haare auf seine Schultern rieseln spüren. »Das wäre doch ein guter Kompromiss. Du erklärst dich einverstanden, die Akte Kozlow zu schließen. Das Ganze wird nirgendwo vermerkt, und du hast Kozlow für immer vom Hals.«

Stirnrunzelnd ließ Sara die Schere sinken. »Und was hätte *ich* davon?«

»Um es mal ganz unverblümt auszudrücken: Du würdest dich nicht blamieren. Statt schon am Montag vor der Grand Jury baden zu gehen oder den Prozess zu verlieren, könntest du dich elegant aus der Affäre ziehen, bevor dir das Ganze als Niederlage angerechnet werden kann. Du würdest nicht gleich mit einer negativen Bilanz beginnen.«

Mit einem wütenden Schnippen schnitt Sara ein großes Haarbüschel ab.

»Was hast du denn?«, fragte Jared, als er die Reste auf den Boden fallen sah.

»Wie kommst du darauf, dass ich so ein Versager bin?«

»Das hat nichts mit dir zu tun; nur mit deinem Fall. Du hast es doch selbst gesagt – zwei deiner Zeugen haben dich im Stich gelassen. Du bist der Stadt gegenüber verpflichtet, nicht unnütz ihre Mittel zu vergeuden. Nachdem deine Zeuginnen einen Rückzieher gemacht haben, solltest du auf keinen Fall nur aus dem einen Grund weitermachen, weil du unbedingt deinen Job behalten möchtest.«

»Erstens habe ich immer noch den Cop. Zweitens hat es sich von den beiden, die abgesagt haben, eine noch mal anders überlegt. Ms. Doniger hat sich bereit erklärt zu kommen.«

»Tatsächlich?«

»Nein, natürlich nicht«, sagte Sara und fuhr mit dem Schneiden fort. »Das habe ich nur gesagt, um zu sehen, wie du reagierst.«

»Du hast was?« Jared wich vor ihr zurück.

Mehr brauchte sie nicht zu sehen. »Du wusstest von Anfang an, dass beide einen Rückzieher gemacht haben, stimmt's?«

Jared wappnete sich innerlich für die nächste Attacke. Seine Frau setzte ihm gewaltig zu. »Sara, ich –«

»Wer hat es dir gesagt?« Sara deutete mit der Schere auf ihn. »Jemand aus meinem Büro oder Kozlow selbst?«

»Ich hatte keine –«

»Es war Kozlow, nicht? Und nur, damit du es weißt: Morgen erhebe ich gleich als erstes Anklage wegen Einmischung und Einschüchterung.«

»Sara, ich glaube wirklich nicht, dass er es war.« Jared zwang sich, dem Blick seiner Frau nicht auszuweichen.

Nur so konnte es funktionieren. »Ehrlich. Ich schwör's dir.«

»Woher wusstest du dann, dass Ms. Doniger und Ms. Harrison einen Rückzieher gemacht haben?«

»Sie haben es mir selbst erzählt. Ich rief sie an, um mal zu hören, wie sich das Ganze von ihrer Seite darstellt. Bei dieser Gelegenheit erfuhr ich es. Jetzt weißt du's.« Das war nicht rundweg gelogen, sagte sich Jared, um sich aufzubauen. Nach dem Gespräch mit Rafferty hatte er die beiden Frauen tatsächlich angerufen, um seine Geschichte untermauern zu können.

»Und warum hast du so getan, als wüsstest du nichts davon, als ich nach Hause kam?«

Ihm kam eine Idee. »Aus demselben Grund, aus dem du mich hinsichtlich Claire Donigers Aussage angeschwindelt hast – ich wollte sehen, wie viel du tatsächlich weißt.«

Während Sara ihren Mann ansah, verzog sich ihr Gesicht zu einem Lächeln.

»Was ist?«, fragte Jared und rang sich ebenfalls ein Lächeln ab.

»Sieh uns doch an! Ich meine, können wir uns noch verrückter aufführen?«

Jared sah auf seinen Ehering. »Wahrscheinlich schon.«

»Ganz bestimmt sogar. Aber das heißt nicht, dass wir diese Spielchen nötig haben.«

»Nein, du hast Recht.« Jared musste noch einen Schritt weitergehen. »Es ist nur so, dass dieser Fall –«

»Ich weiß, er ist wichtig, aber du solltest das Ganze wirklich etwas lockerer angehen«, sagte Sara und fuhr mit dem Schnippeln fort. »Hör auf, dich da so hineinzusteigern.«

»Wie wär's, wenn du auch mal zwischen den Zeilen lesen würdest? Ich tue das doch nicht nur für mich – ich tue es auch für dich.«

»Wie soll ich das verstehen?«

Jared stand auf und sah seine Frau an. »Du solltest dir noch mal in aller Ruhe klarmachen, was du eigentlich an konkreten Anhaltspunkten hast. Ich weiß, dir kommt einiges an der Sache faul vor, aber du hast nichts, um es zu beweisen. Dein Cop ist keine große Hilfe; deine Zeugen wollen nicht kooperieren.

Wenn du dich auf eine Einstellung des Verfahrens einlässt, verlierst du deinen ersten Fall zumindest nicht. Dann kannst du hergehen und dir einen besseren aussuchen. Ich versuche doch nur, dir zu helfen, Schatz. Wir wissen schließlich beide, dass das die beste Möglichkeit ist, allen zu beweisen, dass du auf jeden Fall eine Bereicherung für die Staatsanwaltschaft bist – zeig ihnen, dass du in der Lage bist, die Dinge richtig anzupacken!«

»Ich weiß nicht.«

»Sara, wenn du mit diesen Fakten vor Gericht gehst, wirst du verlieren. Und wenn du verlierst, kannst du dich im Handumdrehen wieder in das Heer von Arbeitslosen einreihen.«

Sara rührte sich nicht. An der Art, wie sie die Lippen aufeinander presste, konnte Jared erkennen, dass sie verunsichert war. »Und wenn ich dir im Strafmaß entgegenkomme?«

»Kommt nicht infrage.« Jared hätte gern nachgegeben, aber das durfte er nicht. »Wenn du dich also unbedingt wieder in das Heer der –«

»Hör auf damit!«, schrie Sara.

»Deswegen brauchst du doch nicht auf mich sauer zu werden – ich bin nicht schuld an deinem Problem. Ich versuche nur, dir zu helfen. Also, was meinst du?«

Sara trat von ihrem Mann zurück und ließ den Blick ziellos durch den Raum schweifen. Jared wusste, sie hatte angebissen. Die Lügen hinterließen zwar ein Loch in seinem Bauch, aber sie würden sich bezahlt machen.

»Glaubst du wirklich, dass ich verliere?«, fragte Sara.

»Ja«, sagte er ohne Zögern. »Auf jeden Fall.«

»Ich meine es ernst. Mach mir jetzt bitte nichts vor!«

Er holte tief Luft. Alles, was er wollte, war, seine Frau zu beschützen. »Ich mache dir nichts vor, Sara.«

»Dann lass es mich überschlafen. Wir können ja morgen noch mal drüber reden.«

Sara verließ den Raum, und Jared schloss die Augen. Er hatte es fast geschafft.

Jared stand an der Spüle und wusch das Geschirr ab. Sie hatten sich thailändisches Essen nach Hause kommen lassen. Obwohl er wusste, dass er weiter Druck auf Sara ausüben musste, hatte er zum ersten Mal das Gefühl, dass sich die Dinge ganz positiv entwickelten. Als das Telefon läutete, rief er: »Könntest du bitte drangehen, Schatz?«

Wenig später hörte er Sara rufen: »Es ist für dich.«

Jared stellte das Wasser ab, trocknete sich mit einem Geschirrhandtuch die Hände ab und nahm das Telefon. »Hallo?«

»Tag, Mr. Lynch, hier Bari Axelrod von American Health Insurance. Ich wollte mich nur noch mal wegen der Adresse von Dr. Kuttler bei Ihnen melden. Eine Kollegin sagte mir eben, ich könnte sie in Ihren Unterlagen finden.«

»Entschuldigung, aber ich habe keine Ahnung, wovon Sie reden.«

Am anderen Ende der Leitung trat eine verlegene Pause ein. »Entschuldigung, aber ich spreche doch mit Jared Lynch?«

»Ja, am Apparat.«

»Mr. Lynch, könnten Sie mir Ihr Geburtsdatum und Ihre Sozialversicherungsnummer geben?«

»Also, ich glaube nicht. Wie war gleich noch mal Ihr Name?«

»Ich bin Bari Axelrod, und ich bin von American Health Insurance, Ihrer Krankenversicherung.«

»Warum brauchen Sie diese Angaben?«, fragte Jared argwöhnisch. »Eigentlich müssten Sie sie doch haben.«

»Sir, ich habe gerade eine halbe Stunde lang mit jemandem telefoniert, der behauptet hat, er sei Jared Lynch. Wenn Sie das nicht waren, muss ich überprüfen, mit wem ich gerade spreche. Wenn es Sie beruhigt, ich weiß, die letzten drei Erstattungsanträge, die Sie eingereicht haben, waren für Rechnungen der Ärzte Koller, Wickett und Hoffman, und zwar in dieser Reihenfolge. Glauben Sie mir, ich habe bereits Ihre Informationen. Wenn Sie mir also bitte Ihr Geburtsdatum und Ihre Sozialversicherungsnummer geben könnten.«

Zögernd gab Jared ihm die Daten. »Was wollte der Mann?«

»Könnten Sie mir zur Bestätigung noch sagen, an welchem Knie Dr. Koller Sie behandelt hat?«

»Am linken. Und jetzt würde ich gern wissen, was er gesagt hat.«

»Er bat mich, sämtliche Ausgaben durchzugehen, um sich einen Überblick zu verschaffen, wieweit er die Versicherung bereits in Anspruch genommen hat.«

»Und Sie haben ihm diese vertraulichen ärztlichen Informationen über mich gegeben?«

»Ich dachte, er wäre Sie. Er nannte mir Ihr Geburtsdatum und Ihre Sozialversicherungsnummer und sagte, er wollte ein Budget erstellen.«

Jared wischte sich mit dem Geschirrtuch über die Stirn und begann in der Küche auf und ab zu gehen. »Was haben Sie ihm genau gesagt?«

»Ich ging Dr. Hoffmans Zahnarztrechnungen durch, Dr. Wicketts jährliche Checkups und den Besuch bei Dr. Koller wegen Ihres Knies, einschließlich der Kosten für den Stützverband. Und als ich damit fertig war, erkundigte er sich nach Ihrer Frau.«

»Was haben Sie ihm gesagt?«, fragte Jared mit zitternder Stimme.

»Sir, ich hatte ja keine Ahnung –«

»Sagen Sie mir bitte nur, welche Auskünfte Sie ihm gegeben haben.«

»Nur über die Ausgaben. Mehr haben wir hier ja nicht. Ihre Rezepte für Antibabypillen, das Seldan gegen Allergien und das viermonatige Rezept für Antidepressiva von ihrer Therapeutin. An diesem Punkt wollte er Dr. Kuttlers Adresse oder Telefonnummer wissen. Er sagte, er wollte sich nach ihren Abrechnungssätzen erkundigen. Mir war nicht klar, dass wir sie hier in den Unterlagen haben, deshalb fragte ich ihn, ob er so lange warten wollte. Aber er meinte, es wäre nicht so wichtig, er könnte es selbst nachsehen. Und dann, als ich merkte, dass wir die Adresse hier haben, rief ich Sie noch mal an, und nun stellt sich heraus –«

»Ist das noch zu fassen!«, stöhnte Jared.

»Es tut mir wirklich leid, Sir. Er hatte Ihre Versicherungsnummer, deshalb –«

»Wie könnte er sie sich beschafft haben?«

»Keine Ahnung. Sie ist auf Ihre Versicherungskarte gedruckt. Haben Sie vor kurzem Ihre Brieftasche verloren?«

»Ist irgendwas?«, fragte Sara, die gerade in die Küche kam.

Jared schüttelte den Kopf und konzentrierte sich wieder auf das Telefon. »Ms. Axelrod, ich rufe Sie später zurück. Ich habe die erforderlichen Papiere gerade nicht zur Hand.«

»Aber –«

Jared legte auf. »Was ist denn?«, fragte Sara, die seinen Gesichtsausdruck richtig einschätzte.

»Nur ein paar neue Probleme mit der Krankenversicherung«, sagte Jared und wischte sich die Stirn. »Aber kein Grund zur Aufregung.«

»Bist du sicher, weil –«

»Natürlich. Sie haben nur mit unseren Erstattungsanträgen etwas durcheinander bekommen. Aber das regle ich schon.«

Jared, der die schmalen Gänge zwischen den Regalen des Lebensmittelladens an der Ecke auf und ab wanderte, verbrachte den Anfang des Samstagvormittags damit, einige eher überflüssige Einkäufe zu machen. In den letzten vier Tagen hatte er keine einzige Nacht richtig geschlafen. Egal, wie erschöpft er gewesen war, war er immer schon um drei, vier und fünf Uhr morgens aufgewacht. Immer aus dem gleichen Grund – immer, um nach Sara zu sehen. Er hoffte, Samstag würde der Tag werden, an dem er nicht aufstehen müsste und seinen Schlafrückstand aufholen könnte. Doch als um acht Uhr Saras Wecker läutete, war er gezwungen, sich dem Tag zu stellen. Er tat alles in seiner Macht Stehende, um im Bett liegen zu bleiben und die Augen geschlossen zu halten, aber es war zwecklos. Ständig ging ihm die eine Frage durch den Kopf: Werden sie sie in ihre Gewalt bringen? Das war es, was er sich jeden Morgen fragte und das war das einzige, was ihn interessierte.

Nicht bereit, sich der Antwort zu stellen, kroch Jared aus dem Bett und beschloss, einkaufen zu gehen, solange Sara duschte. Fünfzehn Minuten später machte er sich mit zwei Tüten voller Lebensmittel und einem halben Dutzend Bagels auf den Heimweg. Auch als er an Scharen anderer New Yorker mit ähnlichen Einkaufstüten vorbeiging, musste er ständig an seine Frau denken. Ihr wird nichts passieren, sagte er sich. Sonst müsste er –

Die schrille Sirene eines Krankenwagens riss ihn aus seinen Gedanken. Die Ampeln standen auf grün, als der Wagen den Broadway hinunterraste. Als Jared zum ersten Mal aufblickte, war er vier Querstraßen entfernt. Sekunden später hatte der Wagen fast die Eightieth Street erreicht – den Block, in dem er und Sara wohnten.

Nicht abbiegen, nicht abbiegen, bitte nicht abbiegen, flüsterte Jared, als er an der Ecke zur Seventy-ninth stehen blieb. Rings um ihn herum hielten sich die Leute wegen des durchdringenden Sirenenjaulens die Ohren zu, aber Jared nahm es gar nicht wahr. Er war ganz auf den Krankenwagen konzentriert. Vor allem, als er in die Eightieth Street bog.

Und im selben Moment rannte er los. Es war reiner Instinkt. Die Einkaufstüten fest umklammert, sprintete er, so schnell er konnte, den Broadway hinauf. Nicht Sara, betete er. Bitte mach, dass es nicht sie ist! Er kam gut voran, aber ihm war es nicht schnell genug. Ohne zu überlegen, ließ er die Einkaufstüten los und legte einen Zahn zu. Er konnte das Sirenengeheul durch die schmale Straße hallen hören. Als er um die Ecke bog, sah er, dass der Krankenwagen etwa in der Mitte des nächsten Blocks angehalten hatte, direkt vor dem Haus, in dem sie wohnten. »Sara!«, stieß er hervor. Doch schon nach wenigen Schritten die Eightieth Street hinunter sah er, dass der Krankenwagen weiterfuhr. Er hatte nur angehalten, um an einem in zweiter Reihe geparkten Auto vorbeizukommen. Und als er das Hindernis umfahren hatte und in die Columbus Avenue bog, hörte Jared endlich zu laufen auf. Es ist alles in Ordnung, dachte er, während er mit zitternden Händen dastand. Sara war nichts passiert. Alles andere war undenkbar.

Mit festem Schritt und selbstbewusstem Blick schlenderte Sara durch den Gerichtssaal. »Meine Damen und Herren Geschworenen, Sie sind heute hier, um eine ganz bestimmte Aufgabe zu erfüllen – und diese Aufgabe ist, Gerechtigkeit walten zu lassen.«

»›Diese Aufgabe ist, *Gerechtigkeit walten zu lassen*‹?«, unterbrach sie Conrad Moore, der in der vorderen Reihe der

Geschworenenbank saß. »Das ist kein Kongresshearing – wir wollen, dass die Geschworenen Sie ernst nehmen.«

»Ich kann einfach nicht anders.« Sara warf ihren Block auf den Tisch im vorderen Teil des Raums. »Jedesmal wenn ich nervös werde, gebe ich irgendwelche unsäglichen Klischees von mir. Dann beginnen sich diese zahllosen schlechten Filme zu rächen.«

»Haben sie Ihnen denn in Ihrer alten Kanzlei nichts über Geschworene erzählt?«, fragte Guff, der neben Moore saß.

»Ich sagte Ihnen doch: In sechs Jahren habe ich ganze zwei Prozesse geführt. In allen anderen Fällen haben wir uns verglichen.«

»Ah, die Paralyse passiven Widerstands«, sagte Guff. »Wie ich mich nach diesem sanften Stillstand sehne.«

»Noch so ein Witz, und ich stecke Ihnen meinen sanften Stillstand in Ihren sanf-«

»Lassen Sie den Jungen in Ruhe«, fiel ihr Moore ins Wort. »Zurück zu den Geschworenen.« Er stand auf und stellte sich neben Sara. »Egal, ob es sich um eine Grand-Jury-Sitzung oder einen normalen Prozess handelt, müssen Sie vor allem das Vertrauen der Geschworenen gewinnen. Wenn sie Ihnen vertrauen, ergreifen sie für Sie Partei. Wenn nicht, verlieren sie. Aber es ist ein Unterschied, die Geschworenen dazu zu bringen, Sie zu mögen oder auch in Ihrem Sinn zu entscheiden. Wenn Sie wollen, dass die Geschworenen gegen den Angeklagten entscheiden, ist mehr nötig als ein freundliches Lächeln und ein paar wohlgesetzte Worte und Gesten.«

»Und was ist der Trick dabei?«

»Der Trick dabei ist die Sprache«, erklärte Moore. »Einer Grand Jury gehören zwischen sechzehn und dreiundzwanzig Leute an. Sie müssen lediglich zwölf von ihnen davon überzeugen, dass die Beweislage eine Anklage wegen eines Verbrechens rechtfertigt. Sie stimmen nicht darüber ab, ob der Angeklagte verurteilt wird; sie müssen ihn nicht hinter Gitter bringen. Sie müssen nur einen berechtigten Grund für die Annahme finden, dass Kozlow das Verbrechen begangen hat. An sich ist das eine ziemlich niedrige Schwelle, aber man stolpert trotzdem leicht darüber.«

»Was meinen Sie mit Sprache? Was haben Sie? Irgendwelche Zaubersprüche?«

»Und ob wir ein paar Zaubersprüche haben«, erwiderte Moore. »Regel Nummer eins: Nehmen Sie nie den Namen des Angeklagten in den Mund. Nennen Sie ihn nie Kozlow oder Anthony oder Tony. Das lässt ihn automatisch menschlicher erscheinen und macht es den Geschworenen schwerer, gegen ihn zu entscheiden. Nennen Sie ihn ›den Beschuldigten‹ oder ›den Angeklagten‹. Regel zwei: Verwenden Sie im Fall des Opfers, des Polizisten und der Zeugen immer den Namen. Ms. Doniger, Officer McCabe, Ms. Harrison. Das lässt sie menschlicher und glaubwürdiger erscheinen. Regel drei: Benutzen Sie nie die tatsächliche Bezeichnung des Verbrechens, dessen Sie den Angeklagten beschuldigen. Mit anderen Worten, sagen Sie nicht: ›Er verübte einen *Einbruch*‹ oder ›Er beging einen *Mord*‹. Diese Worte hören sich für die Leute beängstigend an, nicht zu reden davon, dass die Geschworenen nach den Einzelheiten des Verbrechens zu fragen beginnen werden, bevor sie abstimmen. Um das Ganze einfacher zu machen, sagen Sie: ›Wenn Sie glauben, der Angeklagte hat Ms. Doniger *bestohlen* ...‹«

»Und das soll funktionieren?«, fragte Sara skeptisch.

»In meinen neun Jahren bei dieser Behörde«, sagte Moore, »habe ich vor einer Grand Jury kein einziges Mal verloren. Es mag zwar sein, dass ich den Prozess nicht gewinne, aber ich bringe es zumindest immer so weit, dass es zu einem Prozess kommt. Und ich komme so weit, weil ich beigebracht bekommen habe, mich auf die Details zu konzentrieren.«

»Und wer hat Ihnen diese Perlen der Weisheit vermacht?«

»Die Regierung der Vereinigten Staaten«, erklärte Moore stolz.

»Sie waren beim Militär?«, fragte Guff sarkastisch. »Auf gar keinen Fall. Dafür sind Sie viel zu locker.«

»Ich habe mich für drei Jahre verpflichtet, sie haben mir das Jurastudium finanziert. Aber nach drei Jahren lassen sie einen keine Strafsachen mehr machen. Als ich plötzlich so langweilige Zivilsachen wie Testamente und Steuern und Scheidungsfälle machen sollte, setzte ich mich hierher ab.«

»Sie brauchen es einfach, dass Ihnen an der Front die Fetzen um die Ohren fliegen, wie?«

»Ohne das könnte ich nicht leben«, gestand Moore. »Aber zurück zum Thema. Wissen Sie schon, wie Sie vorgehen wollen?«

»Ich rufe die Leute in der Reihenfolge ihrer Beteiligung auf. Zuerst den Cop, dann Ms. Doniger und dann Ms. Harrison. Kozlow kommt am Schluss.«

»Hat Kozlow also beschlossen auszusagen?«

»Er hat eine entsprechende Erklärung abgegeben«, sagte Sara. »Vermutlich denkt Jared, er gibt einen sympathischen Zeugen ab. Ich hoffe, der Entschluss der Geschworenen steht bereits fest, wenn er als letzter in den Zeugenstand tritt.« Sara hielt einen Moment inne, um über ihre anderen Zeugen nachzudenken. Ms. Harrison war eindeutig die beste, da sie die einzige war, die Kozlow tatsächlich aus dem Haus hatte kommen sehen. Aber wenn sie sich weigerte auszusagen oder, was noch schlimmer wäre, leugnete, etwas gesehen zu haben, würde Jared mit seiner Einschätzung der Lage Recht behalten: Dann stand es schlecht um sie. Mit einem Blick auf Moore fuhr sie fort: »Ein Letztes – ich weiß zwar, dass Sie von dieser Möglichkeit nicht begeistert sind, aber wenn morgen alles in die Binsen zu gehen droht, muss ich mir über eine mögliche Einstellung des Verfahrens Gedanken machen.«

»Da würde ich mich nie auf Diskussionen mit Ihnen einlassen«, sagte Moore. »Es ist Ihr Fall. Und ob Sie es glauben oder nicht, ich akzeptiere die Konsequenzen.« Als er Saras erstaunte Miene sah, fügte er hinzu: »Das ist mein voller Ernst. Es ist vollkommen in Ordnung, die Dinge realistisch zu sehen.«

»Sagt der Mann, der sich nie auf einen Vergleich einlässt.«

»Sara, man kann nicht jeden Fall gewinnen. Denken Sie nur mal, welche Schwierigkeiten Sie haben: wacklige Zeugen, ein gerissener Angeklagter und nicht zuletzt Ihr eigener Mann als Anwalt der Gegenseite. Das ist nicht gerade wenig an emotionalem Ballast, was Sie da mit sich herumschleppen müssen.«

»Aber *dieser* Fall –«

»Ich weiß, Sie wollten mit diesem Fall den Durchbruch schaffen, aber wenn Sie gar nichts in den Händen haben, ist es schlecht möglich, etwas daraus zu machen. Das heißt, manchmal kann man selbst aus nichts etwas machen, aber das ist schwerlich eine solche Gelegenheit. Wenn Sie morgen vor die Grand Jury treten, entscheiden Sie einfach selbst. Und ganz egal, was passiert, Sie werden mit dem Ergebnis leben können.«

»Es ist nicht das Ergebnis, was mir Angst macht, es ist die Motivation, die dahintersteht. Sie hätten Jared gestern Abend hören sollen – es hätte meiner Mutter alle Ehre gemacht, wie er mir ein schlechtes Gewissen einzuimpfen versucht hat. Und glauben Sie mir, das will einiges heißen.«

»Das glaube ich Ihnen gern. Nachdem Ihre Zeugen abgesprungen sind und Ihnen zu allem Überfluss auch noch Victor Stockwell im Nacken sitzt, kann es Ihnen an sich niemand verdenken, wenn Sie sich elegant aus der Affäre zu ziehen versuchen. Es mag Ihnen vielleicht nicht leicht fallen, das Verfahren einzustellen, aber unter diesen Umständen ist es auf jeden Fall besser, als zu verlieren.«

»Kann schon sein«, sagte Sara niedergeschlagen. »Bloß ist da für mich kaum ein Unterschied zu erkennen.«

Rafferty langte über sein Ledersofa nach dem läutenden Telefon.

»Sie sagten, ich soll mich bei Ihnen melden«, sagte Kozlow am anderen Ende der Leitung.

»Können Sie nicht mal Guten Tag sagen, oder ist das eine unter Neandertalern übliche Form der Begrüßung?«, fragte Rafferty.

»Hallo. Wie geht's?«, knurrte Kozlow. »Ist für morgen alles soweit klar?«

»Sollte es eigentlich sein. Sara hat vor, Claire und Patty in aller Frühe vorladen zu lassen.«

»Echt? Werden sie da sein, wenn sie mit den Vorladungen vorbeikommen?«

»Auf jeden Fall. Und wenn sie dann vor der Grand Jury nichts sagen, hat der Spuk ein Ende.«

»Sind Sie sicher, dass das die beste Lösung ist?«

Rafferty weigerte sich, diese Frage zu beantworten. »Von wo rufen Sie an?«

»Keine Angst«, sagte Kozlow. »Aus einer Zelle. Halten Sie mich etwa für blöd?«

»Ich weiß nicht. War es etwa nicht blöd, die Diamantenuhr und den silbernen Golfball einzustecken?«

»Müssen Sie mir das eigentlich ständig unter die Nase reiben? Ich habe –«

»Ich will nichts mehr davon hören, Sie habgieriger kleiner Blutsauger. Hätten Sie das nicht getan, müssten wir uns jetzt nicht mit diesen Problemen herumschlagen.«

»Was haben Sie eben gesagt? Sie finden, *ich* bin habgierig? Ich will Ihnen mal was sagen, Sie aufgeblasener Großkotz mit Ihrem Kennedykomplex. Sie waren derjenige, der –«

»Wiederhören«, unterbrach ihn Rafferty. Mit einem Schlenker seines Handgelenks war Kozlow weg.

9

Montag morgen schritt Sara die dunklen, gefliesten Gänge im achten Stock des Gebäudes Hogan Place Nummer eins auf und ab und versuchte ihr Bestes, nach außen hin ruhig zu erscheinen. Vor dem Sitzungssaal der Grand Jury hatte sich eine kleine Schlange von stellvertretenden Bezirksstaatsanwälten gebildet, die alle darauf warteten, ihre Fälle vorzubringen. Da das Wartezimmer nicht Platz für alle bot, wimmelte es auf dem Gang von Dutzenden von Zeugen, Familienangehörigen und Strafverteidigern. In der Hoffnung, sich von ihren Befürchtungen ablenken zu können, beobachtete Sara die ständig größer werdende Gruppe aufmerksam.

Mit ihren marineblauen oder grauen Anzügen und den leuchtend weißen Hemden waren die Anwälte mühelos auszumachen. Jeder, der nicht diese Uniform trug, konnte nur ein Zeuge, ein Opfer, ein Angeklagter oder ein Familienangehöriger sein, der zwecks moralischer Rückenstärkung hier war. Um die SBAs von den Verteidigern zu unterscheiden, brauchte Sara nur auf die Körpersprache zu achten. Die Verteidiger waren locker und entspannt. Da ihnen nicht gestattet war, an Grand-Jury-Sitzungen teilzunehmen, hatten sie nichts zu verlieren. Im Vergleich dazu waren die SBAs in der Regel jünger und hatten einen leichten, aber dennoch erkennbaren Anflug von Nervosität im Blick. Eine angespannt an die Hüfte gelegte Hand, abgebissene Fingernägel, ein Blick zu viel auf die Uhr – mehr war nicht nötig, um einen Ankläger zu erkennen zu geben. Dies und die unübersehbaren Bemühungen, möglichst ruhig zu erscheinen. In dem Moment, als ihr dieses Verhaltensmuster bewusst wurde, hörte Sara auf, ständig auf und ab zu gehen.

Hinter ihr sagte ein Mann in einem grauen Anzug: »Ich hatte gehofft, wir kämen als Erste dran, aber eben höre ich, wir sind Siebter und Achter.«

Als Sara sich umdrehte, stellte sie fest, dass sie den Mann von der Einweisung am ersten Tag kannte. »Siebter und Achter?«

»Um vor der Grand Jury zu erscheinen«, erklärte ihr der Mann. »Von den siebzehn anderen SBAs, die mit uns angefangen haben, haben es bereits sechs geschafft. Bis auf einen haben alle es bis zum Prozess geschafft. Dieser Typ aus Brooklyn, Andrew, hat voll danebengelangt. Jede Wette, dass es ihn als Ersten erwischt! Es heißt, heute wird entschieden, wer alles entlassen wird.«

Angesichts dieser Neuigkeit zog Sara eine Augenbraue hoch. »Entschuldigen Sie, ich habe leider Ihren Namen vergessen«, sprach sie den Mann an.

»Charles, aber alle nennen mich Chuck.«

»Charles, Chuck, wie auch immer – könnten Sie mir einen kleinen Gefallen tun? Sprechen Sie nicht mehr mit mir.«

Die Grand Jury wurde einmal im Monat nach einem Modus ausgewählt, den Guff als eine »Strafrechtsversion von Bingo« bezeichnete. Im Gegensatz zu einem normalen Schwurgericht, das nur in einem einzigen Fall einen Schuldspruch zu fällen hatte, hörte die Grand Jury an einem Tag normalerweise Dutzende von Fällen an und entschied nur, ob berechtigte Gründe bestanden, dass die Staatsanwaltschaft den Fall weiterverfolgte. Da die Geschworenen einen ganzen Monat im Amt waren, bedeutete der erste Montag im Monat in der Regel eine neue Grand Jury – und war deshalb der schlechteste Tag, um einen Fall vorzustellen. Zu Beginn ihrer Amtsperiode waren die Geschworenen vorsichtige Neulinge, die peinlich darauf bedacht waren, keinen Falschen den Mühlen der Justiz zu überantworten. Am Ende waren sie abgebrühte alte Hasen, denen sehr deutlich bewusst war, dass es nur der erste Schritt des Verfahrens war, wenn man über die Zulässigkeit einer Anklage entschied. Am Anfang waren sie nette Menschen, die versuchten, das Richtige zu tun. Am Ende waren sie typische New Yorker, bereit, von jedem das Schlechteste anzunehmen.

Weitere zwanzig Minuten vergingen, bis Sara vom Ende des Gangs Guffs Stimme hörte: »Sehen Sie, wen ich getroffen habe.« Als sie sich umdrehte, sah sie Guff ein Metallwägelchen mit ihren gesamten Prozessunterlagen vor sich herschieben – sie hatte sich fest vorgenommen, auf alles vorbereitet zu sein. Er wurde gefolgt von Officer McCabe, Claire Doniger und Patty Harrison. McCabe wirkte gelassen, Claire Doniger verärgert und Patty Harrison verängstigt. Sara ging auf ihre Zeugen zu. »Ich hoffe, Sie verstehen, warum wir –«

»Behandeln Sie mich gefälligst nicht wie ein kleines Kind«, schimpfte Ms. Doniger. Ihre gefärbte Haarpracht wippte auf und ab, als verfügte sie über ein Eigenleben. Mit ihrem Adolfo-Kostüm, der chemischen Bräune, dem offensichtlichen Facelifting und der winzigen Handtasche sah die vierundfünfzigjährige Ms. Doniger genauso aus, wie Sara sie sich vorgestellt hatte. Als sie ohne ein weiteres Wort an ihr vorbeiging, wurde Sara klar, dass ihre Unterhaltung damit beendet war.

Sie wandte sich Ms. Harrison zu und berührte sie leicht an der Schulter. »Alles in Ordnung?«

»Ja«, sagte Ms. Harrison wenig überzeugend.

»Soll ich Ihnen sagen, wer Ihnen gedroht hat?«

»Mir hat niemand gedroht.« Ms. Harrison hatte ihr pechschwarzes Haar nach hinten frisiert und mit einer schwarzen Samtschleife zusammengebunden. Ihre eisblauen Augen zuckten beim Sprechen bald hierhin, bald dorthin. »Aber eines sage ich Ihnen: Ich lasse mich in der Nachbarschaft nicht zum Paria abstempeln.«

»Wer vermittelt Ihnen das Gefühl, ein Paria zu sein, Ms. Doniger? Kozlow?«

»Ich weiß doch nicht mal, wer dieser Kozlow ist. Ich habe ihn damals aus Claires Haus kommen sehen. Er machte einen zwielichtigen Eindruck, und deshalb rief ich bei der Polizei an. Mehr kann ich dazu nicht sagen.«

»Mehr sollen Sie auch nicht sagen. Erzählen Sie einfach nur, was Sie gesehen haben.«

Ms. Harrison wandte sich ab. »Nein. Das werde ich nicht tun.«

»Es ist Ihre Pflicht, das zu tun.«

»Ich bin niemandem außer mir zu irgendetwas verpflichtet. Mein Mann hat mich vor acht Jahren wegen seiner hochtoupierten Sekretärin verlassen; meine Tochter ist nach San Francisco gezogen, und ich höre nichts mehr von ihr; und das höchste der Gefühle ist für mich im Moment ein kleiner Flirt mit dem Fleischwarenverkäufer an der Deli-Theke des Supermarkts. Es mag banal sein, aber es ist mein Leben und ich habe Spaß daran. Und das gebe ich nicht wegen irgendeines verquasten Pflichtgefühls auf.« Als Ms. Harrison merkte, dass einige der anderen Leute im Gang sie ansahen, wandte sie sich ihnen zu und schrie: »Kümmert euch doch um euren eigenen Kram, ihr neugierigen Trottel.«

Um Ms. Harrison Zeit zu lassen, sich zu beruhigen, wartete Sara einen Moment, bevor sie sagte: »Sie haben völlig Recht. Es geht um Ihren Kopf und Kragen, nicht um meinen. Aber wenn Ihre Tochter eines Tages im sonnigen Kalifornien unterwegs ist und jemand ihr den Schädel einschlägt, hoffe ich, dass die Person, die Zeuge des Überfalls wird, mehr Rückgrat zeigt als Sie.«

Ms. Harrison sah Sara unverwandt an. »Sind Sie fertig?«

»Ich habe meinen Teil gesagt«, erklärte Sara.

Als sie ein Stück den Gang hinunterging, sah sie, wie Jared und Kozlow eintrafen. Dieser gab in seinem Nadelstreifenanzug mit der modischen, aber dezenten Brille eine ganz passable Figur ab. Ein typischer Jared-Schachzug, dachte sie. Den Gesten ihres Mannes nach zu schließen, gab er Kozlow gerade zu verstehen, möglichst weit entfernt von Saras Zeugen am anderen Ende des Gangs zu warten. Kozlow blieb, wo er war, und Jared kam auf seine Frau zu.

»Alles okay?«, fragte er und studierte dabei Saras Körpersprache.

»Natürlich.« Sie holte tief Luft.

»Wirklich?« Er hob die Hand, um ihren Arm zu streicheln.

Sara wich ihm rasch aus. »Nicht hier. Nicht jetzt.«

»Entschuldige – ich hatte nicht die Absicht –«

»Das ist nicht der richtige Zeitpunkt.«

»Ich weiß. Hast du noch mal über eine Einstellung des Verfahrens nachgedacht?«

»Natürlich habe ich –«

»Sara!«, brüllte Guff. »Sie sind dran!«

»Und?«, fragte Jared und sah seiner Frau in die Augen. »Können wir uns so einigen?«

Zögernd blickte Sara zu Boden.

»Ich habe bereits alles Schriftliche vorbereitet«, fügte Jared hinzu. Er hatte sie am Haken. Er konnte es spüren.

Sie wusste, wie viel für ihn von diesem Fall abhing. Und ihm zu schaden hieß, sich selbst zu schaden. Schließlich sah sie wieder auf. »Tut mir leid. Aber es ist einfach nicht richtig.«

»Aber –«

»Bitte frag mich nicht noch einmal«, sagte Sara und ging auf den Gerichtssaal zu. »Deine Schläge gehen ohnehin schon unter die Gürtellinie.«

Jared biss die Zähne zusammen und wandte sich ab.

Guff hielt Sara die Tür auf. »Viel Glück, Boss!«

»Kommen Sie nicht mit rein?«, fragte sie.

»Das geht leider nicht. Es dürfen nur Zeugen und Angehörige der New Yorker Anwaltskammer rein. Nur gut, dass ich keins von beidem bin. Und jetzt zeigen Sie's denen!«

Als Sara den Saal betrat, spürte sie, wie alle Blicke sich auf sie richteten. Die dreiundzwanzig Männer und Frauen ihrer ersten Grand Jury saßen in zwei Bankreihen. Es waren typische New Yorker Geschworene: vorwiegend pensionierte Männer und Frauen, ein paar ältere Mütter, ein Kellner, ein Geschäftsführer einer Großhandelsfirma, ein junger Lektor, ein Mechaniker, ein graduierter Student und so weiter.

Kozlow wurde angewiesen, auf der rechten Seite des Raums Platz zu nehmen, Officer McCabe, Claire Doniger und Patty Harrison warteten im Zeugenzimmer nebenan. Während Sara ihre Umgebung studierte, kam Jared herein und setzte sich neben seinen Mandanten. Er sah bestürzt zu Sara herüber und bemühte sich, ihre Aufmerksamkeit auf sich zu lenken.

Sara, die jeden Blickkontakt mit ihm vermied, merkte, sie hätte sich nicht bereit erklären sollen, ihn in den Saal zu lassen. Sie schritt auf den leeren Tisch im vorderen Teil des Raums zu, stellte ihre Aktentasche darauf und wandte sich den Geschworenen zu. »Guten Tag.«

Niemand erwiderte den Gruß.

»Gut, dann wollen wir mal.« Sara öffnete ihre Aktentasche, sah jedoch im selben Moment leicht errötend auf. »Wenn Sie mich einen Augenblick entschuldigen würden.« Sie ging zur Tür und steckte den Kopf nach draußen.

»Was ist?«, fragte Guff, der an der Wand lehnte.

»Die Unterlagen?«

»Oh!«, sagte Guff und schob das Wägelchen auf Sara zu.

Als sie damit in den Saal zurückkehrte, lächelte sie die Geschworenen wieder an. »Das hat noch gefehlt. Können wir jetzt anfangen?«

Als Officer McCabe seine Aussage beendet hatte, begann Sara wieder Hoffnung zu schöpfen. Er war kaum ein optimaler Zeuge, aber er erzählte seine Geschichte gut und verstrickte sich nicht in Ungereimtheiten.

»Hat noch jemand Fragen?«, fragte Sara. Sie vermied immer noch jeden Blickkontakt mit Jared. Im Gegensatz zu normalen Geschworenen, die ohne jede Interaktion mit den beiden beteiligten Parteien ganze Fälle anhörten und entschieden, war es den Angehörigen einer Grand Jury gestattet, jedem Zeugen Fragen zu stellen und sich auf diese Weise selbst ein Bild vom Tathergang zu machen. Und solange sie nicht fragten, warum McCabe das Haus nicht nach Fingerabdrücken abgesucht oder eine korrekte Identifizierung des Angeklagten vorgenommen hatte, konnte Sara eigentlich nichts passieren.

Als erster hob ein Geschworener in der zweiten Reihe die Hand.

»Warten Sie, ich komme zu Ihnen«, sagte Sara und ging auf den Geschworenen zu. Sie beugte sich zu ihm hinüber und er flüsterte ihr seine Frage ins Ohr. Es war Aufgabe des SBA, sich bei jeder Frage vorher zu vergewissern, ob sie auch zulässig war. Wenn dem so war, musste der SBA die Frage dem Zeugen stellen. Als Sara nun die Frage des Geschworenen hörte, reagierte sie genau so, wie Conrad Moore ihr eingebleut hatte. Ohne die leiseste Regung zu zeigen, wandte sie sich McCabe zu. »Die erste Frage ist: ›Haben Sie nachgeprüft, ob im Haus Fingerabdrücke des Angeklagten waren?‹«

»Dafür fehlt es uns an den finanziellen Mitteln«, erklärte McCabe.

Der Geschworene flüsterte Sara eine weitere Frage zu.

»Aber ließe sich so nicht am sichersten feststellen, ob der Angeklagte tatsächlich dort war?« wiederholte Sara sie.

»Schon«, antwortete McCabe ungehalten. »Aber man kann nicht immer alles hundertprozentig machen.«

Sara kehrte McCabe den Rücken zu. Von nun an ging es bergab.

Am Ende von Ms. Donigers Aussage war Sara mit den Nerven am Ende. Claire Doniger, die mit finsterem Gesicht am Zeugentisch saß, verhielt sich feindselig und unkooperativ – schwerlich das sympathische Opfer, das Sara sich erhofft hatte. In dem Bemühen, das Blatt zu wenden, bat Sara um Fragen.

Sofort hob eine Geschworene in der ersten Reihe die Hand und flüsterte Sara eine Frage zu, die diese an Ms. Doniger weitergab. »Sie haben also Mr. Kozlow gar nicht in Ihrem Haus gesehen?«

»Nein«, antwortete Ms. Doniger.

Eine weitere Frage wurde geflüstert. »Dann wissen Sie also gar nicht, ob er der Dieb ist«, verkündete Sara.

»Das weiß ich definitiv nicht.«

Als immer weitere Fragen kamen, konnte Sara nicht mehr anders. Sie sah zögernd zu Jared hinüber. Ein Blick genügte ihr, um zu wissen, was er dachte – man musste kein Genie sein, um zu merken, dass sie auf verlorenem Posten stand. Dann schob Jared einen Zettel auf den Tisch der Verteidigung und bedeutete Sara, ihn zu lesen. Lässig schlenderte Sara darauf zu und nahm ihn an sich. Auf dem Zettel stand: »Willst du das Verfahren nicht doch noch einstellen? Die Gelegenheit ist günstig.«

Sara sah ihren Mann an. Sie war versucht, das Angebot anzunehmen – Ms. Doniger heimzuschicken und diesem Affentheater auf der Stelle ein Ende zu machen. Denn selbst wenn sie die Grand Jury überzeugen konnte, wie sollte es dann weitergehen? Mit Zeugen wie Ms. Doniger und Ms.

Harrison würde der Prozess ein noch größeres Desaster. Selbst Conrad Moore hatte gemeint, das Verfahren einzustellen wäre besser, als zu verlieren. Und was noch wichtiger war, Sara brachte es einfach nicht über sich, gegen Jared anzutreten. Die Sache mal im Kopf durchzuspielen war eines, aber ihm durch ihr Vorgehen tatsächlich zu schaden, etwas anderes. Vielleicht hat er Recht, dachte sie, als sie an den Tisch der Anklage zurückkehrte.

Als Ms. Doniger ihre Aussage beendet hatte, war Sara klar, dass nun der Punkt gekommen war, an dem sie sich entscheiden musste. Sie konnte das Verfahren einstellen oder weitermachen und mit Ms. Harrison ihr Glück versuchen. Es war zwar keine leichte Entscheidung, aber für Sara war die Sache klar.

»Wenn Sie noch einen Moment Geduld haben, hätte ich noch eine letzte Zeugin«, erklärte Sara und wandte sich von ihrem Mann ab. Die Pflicht hatte den Vorrang. »Ich würde gern Patricia Harrison aufrufen.«

Um halb eins betraten Guff und Sara Conrad Moores Büro. »Victor, kann ich Sie gleich noch mal zurückrufen?«, sagte Moore in den Hörer. »Sie sind gerade gekommen.« Er legte auf und sah seine zwei Kollegen an. Beide hatten ausdruckslose Mienen aufgesetzt. »Und? Haben Sie Ihren Prozess bekommen?«

»Was denken Sie?«, schoss Guff zurück.

»Ich glaube, Sie haben ihn, und ich glaube, Sie machen auf extra cool, weil Sie sich der irrigen Hoffnung hingeben, mich überraschen zu können.«

»Allerdings!«, platzte Guff los. »Wir haben diese Kommunistenschweine in die Steinzeit zurückgebombt!«

»Na, sehen Sie!« Moore sprang auf, umarmte Sara fest, löste sich aber gleich wieder von ihr. Sie lächelte verhalten.

»Sie hätten sie sehen sollen«, fuhr Guff fort und ging wie ein Karatekämpfer in die Knie. »Sie war ganz auf sich allein gestellt. Alles, was sie zu ihrer Verteidigung hatte, waren ihr Verstand und drei schlechte Zeugen. Aber dann zeigte sie den Geschworenen die Zähne – denen war sofort klar, diese Frau meint es ernst! Und dann, als sie dachten, jetzt macht sie zick, machte sie zack. Zick! Zack! Zick! Zack! Es war wie meine Eltern bei einem Büfett, bei dem man so viel essen kann, wie man will – das Essen flog so schnell durch die Gegend, dass das menschliche Auge nicht mehr folgen konnte.«

»Was reden Sie da überhaupt?«, fragte Moore.

»Ich verwende Essen als Metapher für wichtige rechtliche Fragen«, erklärte Guff.

»Die rechtlichen Fragen flogen also so schnell hin und her, dass das menschliche Auge nicht mehr folgen konnte?«

»Genau. Und dann, als sie bereits schwer angeschlagen in den Seilen hing, raffte sie sich noch einmal auf und stieg wie ein schimmernder, juristisch beschlagener, Präzedenzfälle schaffender Phönix aus der Asche des Gerichtssaals empor.«

»Und das alles haben Sie gesehen, obwohl Sie gar nicht im Raum waren?«, fragte Moore.

»Glauben Sie mir, ich hatte mein Ohr an der Tür«, sagte Guff. »Und wenn ich mich einer meiner physischen Fähigkeiten besonders rühmen müsste, wäre es bestimmt mein exorbitantes Hörvermögen.«

»Nach Abzug der nutzlosen Übertreibungen läuft das Ganze worauf hinaus?«, fragte Moore.

»Dass Patty Harrison noch mal alles rausgerissen hat«, sagte Sara, die erst jetzt ihre Aktentasche auf den Boden stellte.

»Ihr war also anzusehen, dass sie Angst hatte?«

»Allerdings«, sagte Sara. »Als sie in den Zeugenstand trat, stellte ich ihr eine einzige Frage: ›Wer war die Person, die Sie in besagter Nacht aus Ms. Donigers Haus kommen sahen?‹ Darauf trat erst einmal langes Schweigen ein. Es schien sich eine Ewigkeit hinzuziehen. Conrad, es war so still im Saal, ich schwöre Ihnen, ich konnte hören, wie sich die Erde drehte. Und dann hob sie schließlich die Hand und deutete auf Kozlow und sagte: ›Er war es.‹«

»Jared fiel sicher aus allen Wolken.«

»Begeistert war er jedenfalls nicht. Und Kozlow hat auch ziemlich dumm aus der Wäsche geguckt.«

»Haben Sie auf Ms. Donigers Reaktion geachtet?«

»Ich hatte es mir vorgenommen«, sagte Sara, inzwischen wieder ganz ernst. »Aber ich habe die ganze Zeit nur auf Jared gesehen.«

Conrad Moore bedachte sie mit einem langen Blick, der schwer zu deuten war. »Er hat Ihnen wohl sehr zugesetzt?«

»Sie machen sich keine Vorstellungen, wie das ist. Er weiß genau, wo er bei mir ansetzen muss.«

»Dann machen Sie sich lieber schon mal auf was gefasst! Von jetzt an wird es nur noch schlimmer. Doch jetzt erzählen Sie mir von Ms. Doniger. Haben Sie eine Ahnung, was mit ihr los ist?«

»Ehrlich gestanden, dachte ich zuerst tatsächlich, sie wäre nur so stinkig, weil ich ihren Terminplan durcheinander gebracht habe – ein Tag weniger, um einkaufen zu gehen und nach farblich perfekt passenden Handtüchern zu suchen. Aber sie war heute mit Absicht eine furchtbare Zeugin. Ich weiß zwar nicht, warum, aber sie hat mit aller Macht versucht, mir das Leben schwer zu machen.«

»Nachdem Sie jetzt Ihren Prozess bekommen haben, können Sie ja der Sache weiter nachgehen. Das ist schließlich der Zweck Ihrer Prozessvorbereitungen – die fehlenden Teile zu ergänzen. Wenn ich Sie wäre, würde ich den Rest des Tages dazu nutzen, wieder auf die Beine zu kommen, und mich dann um den Prozess kümmern.«

»Was ist übrigens mit Stockwell?«, wollte Sara wissen.

»Was soll mit ihm sein?«

»Warum haben Sie mit ihm telefoniert, als ich reinkam?«

»Er wollte wissen, ob Sie die Grand Jury überzeugt haben.«

»Wollte er sonst noch etwas wissen? Hat er sich nach seinen Akten erkundigt?«

Moore hob warnend den Finger. »Ich glaube immer noch nicht, dass ein Anlass besteht, irgendwelche Anschuldigungen –«

»Ich sage kein Wort«, unterbrach ihn Sara. »Zumindest nicht, bis wir die Akten durchgesehen haben.«

»Dann mal los«, sagte Moore. »Ab sofort ist Ihre einzige Aufgabe, sich auf den Prozess vorzubereiten, eine Antwort auf diese Fragen zu finden …«

»Und Ihrem Göttergatten ordentlich heimzuleuchten«, fügte Guff hinzu.

»Weil wir gerade von Ihrem Mann sprechen«, sagte Moore. »Hat er nach der Verhandlung irgendwas zu Ihnen gesagt?«

»Kein Wort. Er nahm seine Aktentasche, ging zur Tür und verschwand. Aber glauben Sie mir, heute Abend werde ich alles zu hören bekommen! Der Kampf Tate gegen Lynch geht gerade in die zweite Runde.«

Als Jared in die Kanzlei zurückkam, warf er seine Aktentasche auf den Schreibtisch und lockerte seinen Krawattenknoten. Automatisch sah er auf die Anschlagtafel mit dem Plan vom Tatort. Es sprang ihm nichts Neues in die Augen. Er sah nur, wie nah bei Claire Donigers Haus der Polizist Kozlow aufgegriffen hatte. So nah, dachte er. So nah, dass er fast an Ort und Stelle war. »Verdammter Mist!«, fluchte er und riss die Karte von der Wand.

In dem Moment, in dem er sich in seinen Stuhl fallen ließ, kam Kathleens Stimme aus der Sprechanlage.

»Ich habe Oscar Rafferty in der Leitung«, sagte sie.

»Nicht –«

Jareds Apparat läutete. Dann läutete er wieder. Und wieder.

Kathleen steckte den Kopf zur Tür herein. »Haben Sie nicht gehört? Mr. Rafferty möchte Sie sprechen.«

Das Telefon läutete weiter, aber Jared nahm trotzdem nicht ab.

»Jared …«

»Ich kann jetzt nicht mit ihm sprechen«, sagte Jared und ließ sich zurücksinken.

Kathleen verließ den Raum, und das Telefon hörte auf zu klingeln. Gleich darauf konnte Jared ihre Stimme von draußen hereindringen hören. »Tut mir leid, aber er muss gerade weggegangen sein. Ich werde ihm ausrichten, er soll Sie anrufen, sobald er zurückkommt.« Danach kam sie wieder in Jareds Büro und sagte: »Was ist passiert?«

»Was passiert ist? Ich habe verloren. Sara hat grünes Licht für den Prozess bekommen, und jetzt müssen wir vor Gericht gehen.«

»Und warum können Sie das Rafferty nicht sagen?«

»Weil ich es nicht kann«, fuhr Jared sie an. »Wie oft soll ich es Ihnen noch sagen? Ich kann es im Moment nicht.«

Überrascht über Jareds heftige Reaktion, ging Kathleen auf seinen Schreibtisch zu und setzte sich. »Wollen Sie mir nicht endlich erzählen, was wirklich los ist?«

Jared senkte den Blick zu Boden.

»Mir können Sie es doch sagen, Jared. Was ist mit Rafferty?«

»Nichts.« Jared war nicht imstande, seine Assistentin anzusehen.

»Das können Sie jemand anders erzählen.« Sie wusste, es stand ihr nicht zu, so mit ihrem Chef zu sprechen, aber dafür war diese Sache zu wichtig. »Was hat er gemacht? Hat er etwas zu Lubetsky gesagt? Hat er etwas über Sara gesagt?«

»Bitte geben Sie endlich Ruhe!«

»Was hat er zu Sara gesagt? War es an sie gerichtet oder an Sie?«

»Jetzt reicht's aber wirklich, Kathleen!«

»Belästigt er sie? Macht er ihr Ärger? Bedroht er sie?«

Jared blieb stumm.

»Das ist es also, nicht? Deshalb hat er Sie mit dem Fall betraut: Er möchte, dass Sie gegen Sara gewinnen. Und wenn nicht, wird er sie –«

»Eines muss man Ihnen lassen, Kathleen«, sagte Jared betont beiläufig, »Sie haben wirklich eine blühende Fantasie. Sie könnten kaum weiter von der Wahrheit entfernt sein.«

Kathleen verschränkte die Arme und sah ihren Chef an. »Halten Sie mich wirklich für so blöd? Ich meine, sehe ich so doof aus, als ob ich das tatsächlich glauben würde?« Als Jared nichts erwiderte, fuhr Kathleen fort: »Sagen Sie mir bloß, dass ich Recht habe, damit wir zum nächsten Punkt übergehen können. Es gibt keinen Grund, warum Sie das alles für sich behalten sollten. Wir können zur Polizei gehen oder zu Barrow oder zu –«

»Kathleen, bitte – tun Sie das nicht!«

»Okay, das genügt. Mehr brauche ich nicht zu hören.« Sie stand auf und ging zur Tür. »Tut mir leid, aber es ist Zeit, Hilfe zu holen. Ich werde Lubetsky anrufen und ihm klarmachen –«

»Halt!«, stieß Jared hervor. Als Kathleen sich umdrehte, wurde ihm klar, dass er keine Wahl mehr hatte. »Wenn ich einem Menschen etwas sage, bringen sie sie um.«

Kathleen erstarrte. »Wie bitte?«

»Sie haben mich sehr gut verstanden. Wenn ich einem Menschen etwas sage, bringen sie Sara um.«

»Das hat er gesagt?«

Wieder gab Jared keine Antwort. Er hatte sich geschworen, dieses Geheimnis für sich zu behalten, aber er musste zugeben, es tat ihm gut, sich zu öffnen. Raffertys Drohung begann ihren Tribut zu fordern, und solange Jared die Lage unter Kontrolle hatte, konnte er einen zweiten klugen Kopf brauchen, der mit ihm nach einer Lösung suchte. Er sah Kathleen lange an. Nach all den Jahren in der Kanzlei gab es niemanden, dem er mehr vertraute. Schließlich sagte er: »Ja, so war es.« Nachdem er alles erzählt hatte, von dem Treffen im Club bis zu dem Einbruch in ihrer Wohnung und den ständigen Drohungen, wandte sich Jared von seiner Assistentin ab.

Kathleen musste das Gehörte erst einmal verdauen. »Also deshalb hat er mir heute Morgen all diese Fragen über Sie und Sara gestellt.«

»Er hat Sie über uns ausgefragt?«

»Ausgequetscht wäre der bessere Ausdruck. Er rief an, während Sie im Gericht waren – wollte alles über Sie beide wissen. Ihre Charaktereigenschaften, Ihre Arbeitsgewohnheiten, was Sie für einen Ruf haben. Natürlich habe ich ihm nichts gesagt, aber er versuchte mit allen Mitteln herauszufinden, was Sie für ein Mensch sind.«

»Na ja, vielleicht.«

»Nein, ganz sicher.« Sie erhob sich von ihrem Stuhl und fügte hinzu: »Wir müssen irgendwas unternehmen.«

»Ich setze Barrow darauf an«, sagte Jared, einer Panik nahe.

»Das ist nicht genug – so bekommen wir nur heraus, ob Rafferty wirklich so gefährlich ist. Warum sagen Sie es Sara nicht? Sie hat ein Recht darauf, es zu erfahren.«

»Ich kann es ihr nicht sagen, Kathleen. Sie wissen, wie sie reagieren würde. Sie würde sich schon mit Rafferty anlegen, bevor ich überhaupt zu Ende erzählt hätte.«

»Nur, weil sie nicht blöd ist.«

»Nein, weil sie ein Hitzkopf ist! Und in diesem Fall halte ich einen Konfrontationskurs nicht für die beste Lösung.«

»Aber glauben Sie nicht –«

»Kathleen, ich habe alle Möglichkeiten durchgespielt. Wir sprechen hier von meiner Frau. Meinem Ein und Alles. Die ganze letzte Woche habe ich nur daran gedacht, wie es wäre, sie zu verlieren. Wissen Sie, wie das ist? Jeden Abend, wenn ich mich schlafen lege, frage ich mich, ob sie sie mir wegnehmen werden. Und das ist auch die erste Frage, die ich mir jeden Morgen beim Aufwachen stelle. Den ganzen Tag über kann ich an nichts anderes denken als an sie. Gestern Nacht träumte ich, was ich bei ihrem Begräbnis sagen würde. Haben Sie eine Ahnung, wie beängstigend das ist? Sie ist mein Ein und Alles, Kathleen.«

Kathleen legte Jared die Hand auf die Schulter. »Es tut mir leid.«

Jared wischte sich die Augen. »Schon die ganze Woche versuche ich eine Lösung zu finden. Soll ich zur Polizei gehen, oder soll ich den Mund halten? Soll ich es Sara sagen, oder ist es besser für sie, wenn sie nichts weiß? Ich würde es ihr zu gern erzählen. Eigentlich müsste ich es ihr *unbedingt* erzählen. Aber ich glaube, Rafferty übertreibt keineswegs, wenn er behauptet, er überwacht jeden meiner Schritte. Ich glaube, er tut ihr wirklich etwas an, wenn ich einem Menschen etwas davon erzähle.«

»Warum haben Sie es dann mir erzählt?«

»Weil Sie von selbst drauf gekommen sind. Nachdem Sie einmal soweit waren, wurde mir klar, dass ich Sie nur daran hindern kann, alles auszuplaudern, wenn ich Sie über die Konsequenzen aufkläre.«

»Aber –«

»Nichts ›aber‹. Wenn ich es Sara sage, läuft sie Amok. Sie wird sofort gegen alle Beteiligten vorzugehen versuchen, was alles nur noch schlimmer machen würde. Das Beste, was ich zu ihrem Schutz tun kann, ist, dafür zu sorgen, dass sie auf keinen Fall etwas davon erfährt. Und nachdem das Ganze nun mal mein Problem ist, habe ich beschlossen, die Sache so und nicht anders anzugehen. Wenn Sie anderer Meinung sind, können Sie gern in der Personalabteilung anrufen und sich einem anderen Anwalt zuteilen lassen. Ansonsten möchte ich Sie bitten, das zu tun, was ich sage. Einmal ganz unabhängig davon, was Sie denken, könnte ich wirklich Unterstützung brauchen.«

»Dann werden Sie also einfach alles tun, was sie sagen?«

»Es wird allgemein von mir *erwartet*, dass ich tue, was sie sagen – es ist mein Job, den Prozess zu gewinnen, oder haben Sie das vergessen?«

»Und wenn Sie nicht gewinnen?«

»Glauben Sie mir, ich werde gewinnen! Und wenn ich Himmel und Hölle in Bewegung setzen muss – ich werde diesen Prozess gewinnen. Also, wie sieht es aus?«

Kathleen bedachte ihn mit einem warmen Lächeln. »Sie kennen doch meine Antwort bereits. Wenn ich nicht voll hinter Ihnen stünde, wäre ich schon vor Jahren gegangen.«

»Danke, Kathleen«, sagte Jared. »Ich hoffe nur, Sie müssen es nicht bereuen.«

Sara ließ das Mittagessen ausfallen und verbrachte die nächste Stunde damit, sich auf ihre anderen Fälle vorzubereiten. Der erste Ladendiebstahl und der Drogenbesitz hatten sich zu einer gemeinnützigen Tätigkeit bereit erklärt, womit sie diese beiden schon einmal abhaken konnte. Aber der zweite Ladendieb und der Taschendieb stellten sich quer. Sie kannten sich gut genug mit den Tücken des amerikanischen Rechtssystems aus, um zu wissen, dass es Monate dauern konnte, bis ihr Fall zur Verhandlung käme, und nach der Durchsicht der unmöglich langen Wartelisten der Gerichte für geringfügige Delikte gelangte Sara zu der Überzeugung, daß sie Recht hatten.

Frustriert wandte sie sich wieder Kozlows Einbruch zu und fuhr mit der Durchsicht von Victor Stockwells alten Prozessunterlagen fort. Sie konnte nirgendwo eine Verbindung zwischen Stockwell und Kozlow oder Claire Doniger entdecken. Kozlow war ebensowenig wie Ms. Doniger ein Zeuge oder Informant Stockwells gewesen. Frustriert klappte Sara schließlich den letzten vergilbten Ordner zu und zog einen neuen Notizblock heraus. Während sie auf die leere Seite starrte, fragte sie sich: Warum könnte Victor Stockwell diesen Fall gewollt haben? In einer Art von stummem Brainstorming erstellte sie eine Liste möglicher Antworten: Weil er Kozlow kennt, weil er Kozlow hasst, weil er Kozlow bestrafen will, weil er Kozlow helfen will, weil er denkt, es ist ein guter Fall. Ein Klopfen riss sie aus ihren Gedanken. »Herein«, sagte sie, ohne aufzusehen.

Sie war so in Gedanken versunken, dass sie nur mitbekam, wie die Tür aufging und jemand hereinkam. Es ist Guff, dachte sie. Er schloss leise die Tür. Dann hörte sie das metallische Klicken des zuschnappenden Türschlosses.

Sie sah auf. Und da stand er – das Gesicht mit den eingefallenen Wangen war unverkennbar – es war der Mann, der sie angerempelt hatte und ihre Brieftasche gestohlen hatte. »Was bilden Sie sich eigentlich ein?«, fauchte Sara und stand auf.

»Ich möchte mich nur kurz ungestört mit Ihnen unterhalten«, erwiderte der Mann. Er trug einen billigen grauen Anzug, und seine tiefe Stimme hatte einen spöttischen Unterton.

»Sie haben genau eine Sekunde Zeit, um diese Tür wieder zu öffnen, oder –«

»Ich kann natürlich die Tür wieder aufmachen, aber ich nahm an, Sie wollen nicht, dass alle hören, wie wir uns über den Fall Kozlow unterhalten.«

Sara sah ihren Besucher noch einmal genau an. »Bitte, setzen Sie sich.« Als der Fremde ihrer Aufforderung nachkam, fügte Sara hinzu: »Entschuldigen Sie, aber wie war noch mal Ihr Name?«

»Der tut hier nichts zur Sache. Ich bin nur ein Freund des Opfers.«

»Dann kennen Sie also Ms. Doniger?«

»Ich sagte, des Opfers. Ach, übrigens, ich habe von Ihrem Auftritt heute vor Gericht gehört. Ich bin schwer enttäuscht von Ihnen.«

»Halt, nicht weitersprechen! Lassen Sie mich raten: Kozlow schickt Sie, um mir zu drohen. Er möchte nicht, dass ich die Sache weiterverfolge.«

»Umgekehrt wird ein Schuh draus. Ich möchte nicht nur, dass Sie diesen Fall weiterverfolgen, ich möchte, dass Sie ihn gewinnen. Aber nach allem, was heute Morgen mit Ihrem Mann war – also, meiner Meinung nach hätten Sie um ein Haar alles versiebt.«

»Wovon reden Sie eigentlich?« Noch während sie diese Frage stellte, legte sie den Notizblock in ihren Schoß.

»Was tun Sie da?«, fragte der Mann.

»Ich mache mir Notizen.« Sie hielt den Block so, dass ihr Besucher das oberste Blatt nicht sehen konnte, während sie heimlich eine Skizze von ihm zeichnete. »Erzählen Sie mir doch mal, wieso ich es heute fast versiebt hätte. Wie lautet die Geschichte?«

»Die Geschichte handelt von Ihrem Mann und davon, wie er versucht hat, Sie zu manipulieren.« Er senkte die Stimme und fuhr in einem tieferen Ton fort: »›Komm schon, Sara, tu's für uns. Es nutzt deiner Karriere genauso wie meiner. Stell das Verfahren ein, such dir einen besseren Fall und sieh zu, dass du einen richtigen Sieg erringst.‹«

Sara hörte auf zu zeichnen. »Wo haben Sie das gehört?«

»Wirklich erstaunlich, was man in einem überfüllten Gang alles hören kann. Aber für uns kommt es im Moment nur darauf an, dass so etwas nicht wieder passiert.«

Langsam wurde Sara wütend. »Ich will Ihnen mal was sagen: Wenn Sie mir noch länger auf diese Tour kommen, verklage ich Sie wegen Einschüchterung, Bedrohung und Behinderung der Amtsgewalt.«

Unbeeindruckt erwiderte der Mann: »Sieh mal einer an! Haben Sie also doch noch Ihre Statuten gelernt.«

Sara saß vollkommen reglos da.

»Kennen Sie eigentlich diese Geschichte, Sara? Da ist ein kleines Mädchen, das sich vor nichts fürchtet. Plötzlich verliert sie ihre Stelle, und deshalb sucht sie nicht nur bei einem Psychologen Rat und Hilfe, sondern es werden auch wieder lang verschüttete Emotionen in Zusammenhang mit dem Tod ihrer Eltern wachgerufen. Das nimmt schließlich solche Ausmaße an, dass sie Medikamente nehmen muss, um ihre Depressionen in den Griff zu bekommen. Das Verrückte ist, sie will zwar mit allen Mitteln eine Stelle bekommen, aber sie gibt in ihren Bewerbungsunterlagen nie an, dass sie Medikamente nimmt. Und da es sich dabei um eine Stelle im Staatsdienst handelt, könnten ihr aus dieser kleinen Unterlassung jederzeit rechtliche Probleme erwachsen.«

»Meine Bewerbung wurde eingereicht, bevor ich diese Medikamente verschrieben bekam.«

»Aber es ist Ihre Pflicht, Ihre Bewerbungsunterlagen auf den neuesten Stand zu bringen. Selbst wenn Sie es nicht absichtlich getan haben sollten, möchte ich doch meinen, dass Ihre Arbeitgeber darüber nicht gerade begeistert wären.«

Langsam trat Besorgnis an die Stelle der Feindseligkeit in Saras Miene. »Ziemlich frustrierend, wenn alle so gut über einen Bescheid wissen, nicht?«

»Was wollen Sie?«, fragte Sara in bewusst neutralem Ton.

»Nicht viel. Nur zu Ihrer Information: Ich weiß, dass Sie diesen Fall von Victor Stockwell gestohlen haben. Daher möchte ich nur, dass Sie der Verantwortung, die Sie damit auf sich genommen haben, auch gerecht werden. Und was noch wichtiger ist: Sie sollten sich darüber klar werden, dass Sie lieber alles in Ihrer Macht Stehende tun sollten, diesen Prozess zu gewinnen, wenn Sie Ihren Mann wirklich lieben.«

»Was soll das heißen?« Als der Mann nicht antwortete, fügte Sara hinzu: »Antworten Sie schon!«

»Stellen Sie sich doch nicht dümmer, als Sie sind, Sara. Sie wissen genau, was ich meine. Es ist nicht schwer, an ihn ranzukommen. Machen Sie also keinen Aufstand, passen Sie gut auf Ihren Mann auf, und tun Sie Ihre Arbeit.«

Bevor Sara ein Wort sagen konnte, begann das Telefon zu läuten. Sie nahm nicht ab.

»Ich an Ihrer Stelle würde lieber abnehmen«, riet er ihr. »Es könnte ein wichtiger Anruf sein.«

Das Telefon läutete wieder. Sara starrte ihren Besucher eisig an.

»Ich meine es ernst«, sagte er.

Als Sara über den Schreibtisch griff, um den Hörer abzunehmen, riss ihr der Fremde den Notizblock aus der anderen

Hand. Sie versuchte, ihn ihm wieder zu entwinden, aber er war zu schnell und hatte ihn zu fest gepackt. Außerdem hatte er das oberste Blatt mit Saras Skizze bereits abgerissen. »Gut getroffen«, sagte er mit einem kurzen Blick auf sein Konterfei und zerknüllte es.

»SBA Tate«, sagte Sara in den Hörer.

Währenddessen zog der Mann ein Feuerzeug heraus, setzte damit die Papierkugel in Brand und warf das kleine brennende Etwas auf Saras Schreibtisch. Sara sprang auf, packte ihre Statuten und schlug damit auf das Papier ein, um das Feuer zu löschen.

»Ms. Tate, sind Sie noch dran?« krächzte eine Stimme aus dem Hörer. »Hier ist Arthur Monaghan.«

Als Sara den Namen des New Yorker Bezirksstaatsanwalts hörte, blieb ihr fast das Herz stehen. O Gott, dachte sie. Nicht ausgerechnet jetzt. »Guten Tag, Sir«, stammelte sie. »Was kann ich für Sie tun?« Als sie den Fremden zur Tür gehen sah, hielt sie die Hand auf die Sprechmuschel und rief: »Bleiben Sie hier!«

»Sprechen Sie mit mir?«, fragte Monaghan.

»Nein, ich meine nicht Sie, Sir.« Sara wandte sich wieder dem Telefon zu. Ihr Besucher verließ wortlos das Büro. »Ich habe gerade mit meinem Assistenten gesprochen. Also, was kann ich für Sie tun?«

»Ich hätte einige persönliche Dinge mit Ihnen zu besprechen. Wenn Sie vielleicht in mein Büro kommen könnten.«

»Jetzt sofort, Sir? Ich habe nämlich –«

»Ja«, sagte Monaghan. »Sofort.«

»Ja, Sir. Bin schon unterwegs.« Sara knallte den Hörer auf die Gabel und rannte in der Hoffnung, den Fremden noch zu erwischen, auf den Gang hinaus. Aber er war schon weg. Links von ihr, am Ende des Gangs, sah sie Guff. »Haben Sie einen hässlichen Kerl in einem grauen Anzug vorbeikommen sehen?«, rief sie ihm zu.

»Nein. Warum?«, fragte Guff.

Ohne ihm zu antworten, wandte sich Sara nach rechts und rannte los. Vielleicht hat er diesen Weg genommen, dachte sie, als sie an Conrad Moores Büro vorbeilief. »Hat jemand einen

Kerl in einem grauen Anzug gesehen?«, rief sie. Keiner der zahlreichen SBAs, Polizisten und Assistenten, die auf dem Gang herumstanden, gab eine bejahende Antwort. Bis Sara den Lift am Ende des Gangs erreicht hatte, war ihr klar, dass der Mann verschwunden war. »Verdammter Mist«, stieß sie atemlos hervor.

Als sie in ihr Büro zurückkam, wartete Guff auf sie. »Was ist passiert?«, fragte er und sog prüfend die Luft ein. »Riecht nach einem Lagerfeuer.«

»Kommen Sie rein, aber fassen Sie den Türgriff nicht an!« Nachdem Sara ihm die verkohlten Überreste ihrer Zeichnung gezeigt hatte, nahm sie ihren Ziehharmonikaordner aus dem Regal und schlug ihn beim Buchstaben *G* auf. Sie zog ein Paar Gummihandschuhe heraus und sagte: »Die sind doch vermutlich dafür da, Beweismaterial anzufassen, oder nicht?«

»Ja«, sagte Guff, als Sara sich die Handschuhe überstreifte. »Aber was haben Sie …«

Vorsichtig nahm Sara beide Türknäufe in die Hände und drehte sie in entgegengesetzter Richtung, bis die rostigen Gewinde nachgaben und die Knäufe sich abschrauben ließen. »Geben Sie mir einen Beweismittelbeutel aus dem Reiseset«, forderte sie Guff auf.

Guff nahm eine Plastiktüte heraus und öffnete sie. Sara legte die Knäufe in die Tüte und zog die Handschuhe aus. »Bringen Sie sie zur Spurensicherung rüber. Ich möchte sie nach Fingerabdrücken untersucht haben.«

»Glauben Sie, jemand war in Ihrem Büro?«

»Ich weiß, dass jemand hier war. Und jetzt will ich wissen, wer es war.«

Fünf Minuten später war Sara im siebten Stock des Gebäudes Hogan Place Nummer eins, wo sich das Büro von Arthur Monaghan befand. Nachdem sie die Sicherheitskontrolle passiert hatte, ging sie den langen Korridor entlang zum Warteraum für Besucher. Dort saßen bereits zwei andere neue SBAs aus ihrem Einführungskurs. Sara konnte sich erinnern, dass die Frau mit der ovalen Brille frisch von der NYU kam, während der blonde Mann mit den hellen Sommersprossen mit ihr an der Columbia studiert hatte. Beide wirkten nervös. Sara bedachte ihre Kollegen mit einem zaghaften Lächeln. »Sieht so aus, als bekämen wir Ärger.«

»Seien Sie lieber still«, sagte die Frau von der NYU. »Diese Stadt ist die am schlechtesten organisierte –«

»Sind Sie Sara Tate?«, kam von der rechten Seite des Warteraums eine Frauenstimme.

Als Sara sich umdrehte, sah sie die Sekretärin des DA, eine dünne Frau mit einer aus der Mode gekommenen hochgefönten Frisur.

»Ja, die bin ich.«

»Gehen Sie gleich rein«, sagte die Sekretärin. »Alles weitere hören Sie dann von ihm.«

»Viel Glück«, sagte der Mann von der Columbia.

Sowohl von der Tatsache, dass sie so rasch vorgelassen wurde, wie von den Mienen ihrer Kollegen verunsichert, ging Sara langsam an der Sekretärin vorbei. Sie bekam wieder dieses flaue Gefühl im Bauch, als flatterten Schwärme von Schmetterlingen darin herum. Als sie den Kopf durch die Tür von Monaghans Büro steckte, sah sie, dass der langgezogene Raum von einem riesigen Mahagonikonferenztisch beherrscht wurde. Und obwohl die restliche Büroeinrichtung keineswegs als besonders hochwertig zu bezeichnen war, fiel ihr doch auf, dass sie eindeutig besser war als die 08/15-Möbel der SBAs: ein matt schimmernder Eichenschreibtisch statt eines hässlichen aus Metall, ein Ledersessel statt eines quietschenden aus Plastik und neue Aktenschränke statt der rostigen Einheitsmodelle.

»Warum haben Sie so lange gebraucht? Sie mussten doch nur die Straße überqueren«, sagte Monaghan, als er sie aufforderte einzutreten. Mit seinem strahlenden Lächeln und dem unübersehbaren Toupet machte Monaghan den Eindruck, als versuche er, bei den Leuten gut anzukommen. Wenn man allerdings dem Glauben schenken durfte, was in der Behörde geredet wurde, gelang ihm das nur selten.

»Schön, Sie mal persönlich kennen zu lernen, Sir«, sagte Sara, als sie vor Monaghans Schreibtisch Platz nahm.

»Kommen wir gleich zur Sache«, sagte Monaghan. »Es geht um die Budgetkürzungen. Was halten Sie davon?«

»Sieht mir ganz nach einer wahltaktischen Maßnahme aus.« Sara rutschte unbehaglich auf ihrem Sitz herum, versuchte aber ihrer Stimme etwas Selbstbewusstes zu verleihen.

»Natürlich ist es das – aber es funktioniert. Und genau das ist der Grund, warum der Bürgermeister so viel davon hält. Heutzutage stehen sie alle auf rauhe Budgetkürzungen. Zum Teufel mit aller Mäßigung, nein, zurück zu den harten Realitäten. Je mehr es schmerzt, desto mehr Leute denken, es ist gut für sie. Wir sind eine Stadt von Masochisten geworden. Die Sozialhilfe abbauen, die Ansprüche beschneiden, alles kürzen. Die Leute sehen das als eine strenge Form der Zuneigung. Wenn uns etwas Gutes genommen wird, dann muss es daran liegen, dass es nicht gut für uns war – sonst würden die Politiker nicht so unliebsame Standpunkte vertreten. Es ist die umgekehrte Psychologie auf die Spitze getrieben: Wir behalten die Dinge, die wir nicht wollen, und trennen uns von denen, die wir lieben.«

»Durchaus möglich, Sir. Obwohl ich finde –«

»Aber wissen Sie was? Das spielt alles keine Rolle.« Er legte seine Hände flach auf den Schreibtisch. »Unterhalten wir uns lieber über Ihre Zukunft bei dieser Behörde.«

Saras Hände wurden nass von Schweiß. Ohne zu überlegen, platzte sie heraus: »Ich habe fünf Fälle und habe gerade einen vor der Grand Jury gewonnen. Zwei der Verfahren habe ich eingestellt, aber wenn Sie möchten, kann ich mich stärker engagieren oder einen anderen Fall übernehmen –«

»Übernehmen Sie bloß keine weiteren Fälle«, fiel ihr Monaghan ins Wort. »Wenn Sie ausscheiden, bedeutet das nur einen Prozess mehr, bei dem wir einen Ersatz für Sie benötigen. Beschränken Sie sich einfach auf die, die Sie bereits haben, und tun Sie bei denen Ihr Bestes. In den nächsten dreißig Tagen wird man Sie zwangsläufig an Ihren Kollegen messen. Wenn Sie also unter Beweis stellen können, dass es sich lohnt, Sie hier zu behalten, können Sie vielleicht an Bord bleiben.«

»Heißt das, im nächsten Monat kann mir nichts passieren?«

»Sagen wir mal so: Wenn ich Sie wäre und meine Chancen abwägen würde, sähe ich mich schon mal nach anderen Beschäftigungsmöglichkeiten um.«

»Wirklich?«

»Wirklich.«

Wie betäubt von dem schweren Schlag, den sie gerade hatte einstecken müssen, ging Sara in ihr Büro zurück. Sobald Guff sie sah, sagte er: »Sie sind gefeuert worden, oder?«

»Noch nicht«, erwiderte Sara. »Aber nur keine Angst! Nicht mehr lange, und dieser Film läuft auch in Ihrem Theater.« Statt sich an ihren Schreibtisch zu setzen, hockte sich Sara auf den Boden und lehnte sich an die Wand. »Glauben Sie, mein neues Sofa wird noch diesen Monat geliefert?«

»Erzählen Sie endlich, was passiert ist! Sonst alles okay?«

»Ich denke schon.« Das klang nicht sehr überzeugend.

Nachdem Sara Guff von dem Gespräch mit Monaghan erzählt hatte, sagte Guff: »Na, wenigstens hat er Sie nicht entlassen. Aber was war nun eigentlich mit dieser Türknauftype? Was hat er gemacht?«

»Ach so, dieser Kerl mit den eingefallenen Wangen. Zuerst mal hat er mich bedroht. Außerdem hat er mir einen ganz schönen Schrecken eingejagt. Er wusste alle möglichen Dinge über mich, und er meinte, wenn ich den Prozess nicht gewinne, muss Jared es büßen.«

»Glauben Sie, das war ernst gemeint?«

»Ich weiß nicht, was ich davon halten soll. Ich hatte gehofft, wenn wir seine Fingerabdrücke bekommen, wissen wir Näheres, ob er gefährlich ist oder nicht.«

»Also, die Spurensicherung sagt, wir kriegen sie gleich morgen früh. Außerdem meinten sie, es würde die Identifizierung beschleunigen, wenn Sie ihnen noch ein paar zusätzliche Angaben machen könnten, wie zum Beispiel Haarfarbe, sonstige Körpermerkmale und so weiter.«

»Ach, könnten Sie mir meinen Block und einen Bleistift geben? Ich hatte angefangen, ihn zu zeichnen, aber als ich nach dem Telefon griff, hat er mir die Zeichnung aus der Hand gerissen. Das war übrigens auch, was Sie gerochen haben. Er hat sie verbrannt.«

»Was wollen Sie dann damit?«, fragte Guff, als er ihr die gewünschten Gegenstände reichte.

»Das werden Sie gleich sehen.« Als Sara mit der Seite der Bleistiftspitze behutsam über das oberste Blatt des Blocks zu streichen begann, kamen die Linien der Zeichnung zum Vorschein.

»Holmes, Sie sind ein Genie«, sagte Guff.

»Man muss sich nur zu helfen wissen.«

»Hat er sonst noch was gesagt?«

»Im Grunde nicht. Würde mich wirklich interessieren, wer der Kerl ist! Dann wüsste ich wenigstens, ob ich es nur mit einem Sprücheklopfer zu tun habe oder mit einem echten Irren.« Als Saras Telefon zu läuten begann, nahm Guff ab. Nach wenigen Sekunden wurde er kreidebleich.

»Was ist?«, fragte Sara.

»Es ist wegen Pop«, sagte Guff. »Er hatte einen Unfall.«

10

Gefolgt von Guff, stürzte Sara durch den Eingang der Notaufnahme des New York Hospital und auf den Informationsschalter zu. »Ich suche meinen Großvater«, stieß sie aufgeregt hervor. »Maxwell Tate. Er wurde vor etwa einer Stunde hier eingeliefert.«

Mit einem Blick auf ihr Klemmbrett sagte die Schwester: »Er wird gerade operiert.«

»Kommt er durch?«, fragte Sara.

»Er ist im OP. Müsste aber bald fertig sein.«

Sara fuhr sich über die Stirn und schloss die Augen. »Lieber Gott, mach bitte, dass er wieder gesund wird!«

Eine Stunde später saßen Sara und Guff im karg eingerichteten Warteraum des Krankenhauses. Während Guff in jahrealten Zeitschriften blätterte, saß Sara reglos da und starrte auf die kahle hellblaue Wand.

Schließlich legte Guff seine Hand auf Saras Schulter. »Er kommt bestimmt durch! Sie werden sehen.«

»Es passiert immer mit einem Anruf«, sagte Sara.

»Wie bitte?«

»Alle denken, der Tod kommt, wenn man, umgeben von den Menschen, die man liebt, im Krankenhaus ist. Aber der Tod ist viel willkürlicher und chaotischer. Er kommt nicht gemächlich, in einem Moment der Stille. Nein, er springt einen an – genau in dem Moment, in dem man am wenigsten darauf gefasst ist.«

»Haben Sie es bei Ihren Eltern auch so erfahren? Am Telefon?«

»Wenn es wenigstens so gewesen wäre! In meinem Fall beschlossen die reizenden Leute im Krankenhaus, mir eine Nachricht auf meinem Anrufbeantworter zu hinterlassen. Stellen Sie sich das mal vor – Sie hören die eingegangenen Nachrichten ab, und eine davon lautet: ›Tut uns leid. Ihre Eltern sind tot. Schlafen Sie gut.‹«

»Und das haben Sie abgehört, als Sie zur Tür reinkamen?«

»Ich hatte für die Abschlußprüfung gelernt und kam nach Hause. Dieses blinkende kleine Licht werde ich mein Leben lang nicht vergessen. Auch die Nachricht weiß ich heute noch auswendig: ›Hallo, hier ist Faye Donoghue. Ich bin Patientenbetreuerin des Norwalk Hospital in Connecticut. Wir müssen dringend mit einem Familienangehörigen von Mr. Robert Tate und Mrs. Victoria Tate sprechen. Es ist ein Notfall.‹ Sie hatte einen leichten Massachusetts-Akzent, aber ansonsten war ihre Stimme vollkommen emotionslos.«

»Mehr hat sie nicht gesagt? Sie hat nicht gesagt, dass sie tot waren?«

»Das war nicht nötig. Ich wusste es in dem Moment, in dem ich es hörte. Für so etwas hat man einen Riecher. Als ich nach Hause kam, machte ich den Anrufbeantworter an, und weil ich kalte Füße hatte, ging ich in die Küche, um mir etwas Cider warm zu machen. Zuerst kam die Nachricht eines Kommilitonen, der sich mit mir aufs Examen vorbereiten wollte; dann eine Nachricht von Jared, der, obwohl er mich kaum kannte, immer noch meinen Grundriss über die Zivilprozessordnung haben wollte; und dann die Nachricht von Faye Donoghue – ›Es *ist* ein Notfall.‹ Das ist, was ich ständig hörte: Es ist ein Notfall, es ist, es ist. Ich hab's dreimal abgespielt, um sicherzugehen, dass ich mich nicht verhört hatte.«

Aus Angst, etwas Falsches zu sagen, blieb Guff still. Schließlich sagte er: »Das tut mir aufrichtig Leid.«

»Ist doch nicht Ihre Schuld. Ich habe daraus nur gelernt, dass es so etwas wie ein romantisches Sterben nicht gibt – und dass man sich immer auf das Schlimmste gefasst machen muss. Das ist die eigentliche Lektion. Solange ich sie beherzige, werde ich nicht überrascht sein, wenn es tatsächlich einmal soweit ist.«

»Aber so kann man doch nicht leben!«

»Es ist nicht so, dass ich eine Wahl habe, Guff – so ist es einfach bei mir. Jedesmal wenn ich denke, ich bin über den Berg, bekomme ich eins aufs Dach. Kaum begann ich mich über diesen Job zu freuen, erfuhr ich von den Budgetkürzungen. Kaum begann ich mich über meinen Fall zu freuen, erfuhr ich, dass mein Mann die Gegenseite vertritt. Kaum begann ich mich darauf zu freuen, Victor Stockwell auf den Zahn zu fühlen, stellte sich heraus, dass er mir auf den Zahn fühlt. Und schließlich heute – kaum habe ich das mit der Grand Jury hinter mir, rufen sie wegen Pop an. Und wo das Ganze auch noch passiert ist, kurz nachdem dieser Kerl in meinem Büro aufgekreuzt ist –«

»Sara, ich weiß zwar, was Sie denken, aber ich glaube nicht, dass Pops Unfall etwas mit diesem Kerl zu tun hat.«

Sara sah Guff skeptisch an.

»Damit will ich nicht behaupten, dass auf keinen Fall ein Zusammenhang besteht. Aber Sie sollten auch nicht immer gleich das Schlimmste annehmen. Sobald Pop operiert worden ist, werden wir ja hören, was passiert ist.«

Zehn Minuten verstrichen, bevor ein Arzt in den Warteraum kam. »Sind Sie Ms. Tate?«

»Ja.« Sara sprang auf. »Wie geht es ihm?«

»Er ist eine Treppe hinuntergefallen«, erklärte ihr der Arzt. »Er hat einen Beckenbruch – deshalb mussten wir ihn operieren – und eine Colles-Fraktur.«

»Eine was?«, fragte Sara.

»Ein Bruch im distalen Radius. Im Unterarm. Das ist vermutlich passiert, als er den Sturz abzufangen versuchte. Außerdem hat er eine Kontusion an der Stirn. Aber das ist nichts weiter als eine Beule.«

»Wird er wieder ganz gesund?«

»In Anbetracht seines Alters ist sein Zustand erstaunlich gut. Er wird eine Weile liegen müssen, aber die Operation verlief ohne Komplikationen.«

»Wann können wir ihn sehen?«, fragte Sara.

»Im Moment liegt er noch im Aufwachzimmer. Erkundigen Sie sich doch schon mal, wo sein Zimmer ist. Dort wird er im Lauf der nächsten Stunde hingebracht.«

Zwanzig Minuten später wartete Sara ungeduldig im Krankenzimmer ihres Großvaters. Sie schüttelte seine Kissen auf, ordnete die Blumen, die sie mitgebracht hatte, und vergewisserte sich, dass das Fernsehgerät funktionierte. Schließlich ging die Tür auf, und zwei Krankenpfleger schoben Pop auf einer fahrbaren Bahre in den Raum. Er sah verheerend aus: Sein Gesicht war fahl, sein Arm lag im Gips, und auf der rechten Stirnhälfte hatte er einen dicken Verband. Bei seinem Anblick kamen Sara die Tränen.

»Pop, wie geht's dir?«, stammelte sie.

»Alice?«, fragte er mit brüchiger Stimme. Seine Augen waren immer noch geschlossen.

»Pop, ich bin's, Sara.«

»Sara?« Verwirrt blinzelnd schlug Pop die Augen auf. »Sara. Sara, du bist hier! Wie geht's dir?«

»Bestens.« Sie wischte sich lachend die Augen. »Und dir?«

»Keine Ahnung. Ich spüre überhaupt nichts.«

»Das ist ganz normal, Pop. Mach dir da mal keine Sorgen. Erzähl mir nur, was passiert ist. Hat dich jemand gestoßen?«

Er schüttelte den Kopf, als ihn die Pfleger von der Bahre aufs Bett hoben. »Ich bin gestolpert.«

»Hat dich wirklich niemand gestoßen?«, fragte Sara.

»Gestoßen?« Pop atmete schwer, und das Sprechen bereitete ihm große Mühe. »Ich bin ... nach dem Mittagessen die Treppe zur U-Bahn runter ... Ich höre die Bahn einfahren ... dann stürmen die Leute plötzlich los ... um die U-Bahn noch zu erwischen. Jemand rempelt mich ziemlich fest an ... ich falle auf den Beton. Immer ... in New York ist alles ein Kampf.«

Sara sah Guff an. Sie versuchte abzuschätzen, wie er auf die Geschichte reagierte.

»Haben Sie den Kerl, der Sie angerempelt hat, gesehen?«, fragte Guff.

Wieder schüttelte Pop den Kopf. »Ich habe das Ganze ... gar nicht richtig mitbekommen.«

In diesem Moment ging die Tür auf, und Jared kam herein. »Wie geht es ihm?«, stieß er hervor und eilte auf Sara zu.

Sara kamen wieder die Tränen, als sie ihren Mann in die Arme schloss. »Er ist soweit ganz okay.« Bei dem Gedanken an das, was der Fremde in ihrem Büro gesagt hatte, drückte sie Jared noch fester an sich. »Er wird wieder ganz gesund.«

»Wie konnte das nur passieren, Pop?«, sagte Jared. »Ich habe es eben erfahren.«

Pop streckte den Arm aus und drückte Jareds Hand ganz fest. Jared nickte aufmunternd. Er versuchte zwar, sich nichts anmerken zu lassen, aber er musste ständig daran denken, dass es eine Warnung von Rafferty war.

»Keine Angst, wir sind ja bei dir«, sagte Sara, als sie Pops verängstigten Gesichtsausdruck bemerkte. »Wir werden dafür sorgen, dass du –« Das Telefon auf dem Nachttisch begann zu läuten.

»Wahrscheinlich ist es der Chef der städtischen Verkehrsbetriebe, der sich entschuldigen will«, sagte Guff, als Sara den Hörer abnahm.

»Hallo.«

»Hi, Sara! Ich wollte nur mal hören, wie es Ihrem Großvater geht.«

»Wer ist am Apparat?«

»Haben Sie mich so schnell schon wieder vergessen? Wir haben uns doch erst vor ein paar Stunden kennen gelernt. Warum befolgen Sie eigentlich nicht meinen Rat? Hören Sie auf, Nachforschungen über mich anzustellen, und kümmern Sie sich um Ihrem Fall.«

»Ich wusste, dass Sie's waren.«

»Ich?«, fragte er scheinheilig. »In der U-Bahn herrscht ziemliches Gedränge. Das ist nicht der richtige Ort für einen alten Mann in einer dunkelblauen Jacke und zerknitterten Khakihosen. Wenn man da nicht aufpasst, kann einem alles mögliche passieren.«

»Sagen Sie mir, wa-« Bevor Sara den Satz zu Ende sprechen konnte, hörte sie ein Klicken. Er hatte aufgelegt. Umso zu tun, als führte sie das Gespräch fort, fügte sie hinzu: »Gut. Gut. Kein Problem. Und vielen Dank für Ihre Hilfe, Herr Doktor.« Als sie auflegte, merkte sie, dass alle sie ansahen. »Das war Pops Arzt«, sagte sie deshalb.

Jared kniff argwöhnisch die Augen zusammen. »Ist irgendwas?«

»Ja, das heißt, nein. Der Doktor wollte mich nur darauf aufmerksam machen, dass es unter Umständen schlechter werden kann, bevor es besser wird.«

Um elf Uhr abends kehrten Sara und Jared nach Hause zurück. Nachdem Sara ihren Mantel in den Schrank gehängt hatte, ging sie schnurstracks ins Schlafzimmer. Jared folgte ihr.

»Wenn man bedenkt, dass er gerade aus dem OP kam, macht er gar keinen so schlechten Eindruck«, sagte Jared, als Sara ihre Bluse aufknöpfte.

»Ja«, antwortete sie.

Jared, dem der abwesende Gesichtsausdruck seiner Frau nicht entgangen war, fragte: »Hast du was? Du bist schon den ganzen Abend so still.«

»Nein. Was sollte ich denn haben?« Sie machte ihren BH auf und streifte ihren Rock nach unten. Als sie fertig ausgezogen war, schlüpfte sie in ein altes Columbia-T-Shirt und stieg ins Bett. »Glaubst du, er –«

»Pop ist nicht unterzukriegen«, sagte Jared und schlüpfte zu ihr unter die Decke. »Wenn er nicht so zäh wäre, wäre er nicht so alt geworden.«

Jared dachte lange über Pops Unfall nach. So etwas konnte jedem passieren, dachte er. Es gab keinen Grund, eine Warnung Raffertys darin zu sehen.

Das versuchte sich Jared immer wieder einzureden. Allerdings vergeblich. In der Hoffnung, auf andere Gedanken zu kommen, schmiegte er sich an seine Frau. »Bitte nicht«, sagte Sara und schob ihn von sich.

Überrascht sah Jared seine Frau genauer an. Sie lag auf dem Rücken, starrte an die Decke und hielt mit geballten Fäusten die Decke umklammert. Ihre Augen bewegten sich mit einer Sprunghaftigkeit, die Jared lange nicht mehr an ihr beobachtet hatte. Nach dem, was Pop zugestoßen war, hatte sie eindeutig Angst.

Jared rutschte näher an sie heran und drückte ihr einen zärtlichen Kuss auf die Wange. »Er wird bestimmt wieder ganz gesund«, sagte er.

»Es ist nicht nur das.«

»Was sonst noch? Deine Eltern?«

»Nein«, sagte Sara. Komm schon, dachte sie, frag noch mal!

»Was dann?«

»Der Fall. Ich möchte, dass du ihn abgibst.«

»Was? Was soll der Fall –«

»Ich möchte nicht gegen meinen eigenen Mann antreten, Jared. Dafür ist das Leben zu kurz.« Während sie wartete, dass er das verdaute, beobachtete sie seine Augen. Als er den Blick abwandte, wusste sie, dass das gesessen hatte. In der Hoffnung, ihm den Rest zu geben, setzte sie nach: »Ich meine, du und Pop, ihr seid die einzigen –«

»Sara, ich kann verstehen, dass du dir wegen Pop Sorgen machst, aber wie oft willst du damit noch anfangen?«

»Du verstehst nicht –«

»Ich verstehe sehr wohl – ich weiß, was du heute durchgemacht hast. Und ich mag Pop mindestens so sehr, als würde er zu meiner Familie gehören. Es ist nur, dass ...«

»Ja, was?«

»Daß ich ...« Jared geriet ins Stocken. Nach Pops Unfall brauchte sie ihn. Er wollte sie nicht im Stich lassen. Doch dann musste er wieder, wie immer, an Rafferty denken. Mehr war nicht nötig. Egal, was sonst geschah, er durfte Sara unter keinen Umständen in Gefahr bringen. »Ich weiß, Pops Unfall hat bei dir wieder alte Wunden aufgerissen, aber so Leid es mir tut, es gibt nichts, was ich dagegen machen könnte.«

Sara wusste, er hatte Recht. Aber es ging nicht nur um Pop. Es ging auch um Jared. Als sie sich von ihrem Mann abwandte, spulte sie in ihrem Kopf noch einmal das Gespräch mit dem Fremden in ihrem Büro ab. Hier musste sie ansetzen. Mit ihm hatte alles angefangen. Dann die Drohung gegen Jared. Dann Monaghan. Dann die Angst in Pops Augen, als er in das Krankenzimmer geschoben wurde. Dann der Anruf des Fremden. Dann der Verlust ihrer Eltern. Darauf schien es für Sara immer hinauszulaufen. Sie schloss ganz fest die Augen und kämpfte gegen die schmerzlichen Gefühle an, die in ihr hochstiegen. Sie biss die Zähne zusammen und atmete ganz langsam. Nach und nach beruhigte sie sich wieder. Nachdem sie sich die Augen gewischt hatte, damit keine Tränen mehr zu sehen waren, drehte sie sich auf die andere Seite und blickte auf die Krümmung von Jareds Rücken. Ohne Frage war er das Wichtigste in ihrem Leben, und sie würde alles tun, damit ihm nichts zustieß. Nach einer Weile tippte sie ihm auf die Schulter und sagte: »Ich wollte dir bloß sagen, ich tue das nur, weil ich dich liebe.«

»Ich weiß«, flüsterte Jared. »Ich liebe dich auch.«

»Ich glaube, er war kurz davor, es ihr zu sagen«, sagte Raffertys Gast und nahm den Kopfhörer ab.

»Nein, war er nicht«, sagte Rafferty.

»Sie haben doch gar nicht mitgehört.«

»Glauben Sie mir, er hätte nichts gesagt. Dazu ist er viel zu clever.«

»Wenn Sie so sicher sind, dass er den Mund halten wird, warum soll ich dann immer noch ihre Gespräche belauschen?«

»Weil nach einem Tag wie diesem jeder versucht wäre, es seinem Partner zu erzählen. Saras Großvater ist in ziemlich schlechter Verfassung – das hat sie einander merklich näher gebracht. Aber wenn Jared heute Nacht nichts sagt, können Sie sicher sein, dass er auch in Zukunft den Mund hält.« Rafferty stand auf und rückte seine Krawatte zurecht. »Aber was halten Sie vom Unfall ihres Großvaters? Glauben Sie, da könnte etwas nicht mit rechten Dingen zugegangen sein?«

»Hört sich ganz so an, als wäre er gestolpert und die Treppe runtergefallen. So was passiert ständig. Warum?«

»Ich weiß nicht«, sagte Rafferty. »Ich kann mich des Verdachts nicht erwehren, dass da jemand anders seine Finger im Spiel hatte.«

11

»Wie geht's Ihrem Großvater?«, fragte Conrad Moore, als Sara und Guff sein Büro betraten.

»Soweit ganz okay. Die Schwester sagte, er hätte die ganze Nacht durchgeschlafen, was ein gutes Zeichen ist.«

»Freut mich zu hören«, sagte Moore. »Und um zu den schlechten Nachrichten zu kommen: Victor hat mir von Ihrem Gespräch mit Monaghan erzählt.«

»Ja?«, fragte Sara verwundert.

»Ich verstehe diesen Kerl nicht«, sagte Guff. »Letzte Woche wollte er Sie noch in der Luft zerreißen, und diese Woche ist er Ihr BFL.« Als er merkte, dass niemand verstand, was er meinte, fügte er hinzu: »BFL – bester Freund auf Lebzeiten. Hatten Sie auf der Junior High-School keinen?«

Ohne auf den Witz einzugehen, sah Moore Sara forschend an. »Sie glauben immer noch, Victor steckt da mit drin?«

»Ich müsste schön blöd sein, wenn ich das nicht glaubte. Egal, was ich tue, er weiß immer Bescheid, was ich vorhabe. Und das kann nur eins bedeuten: Entweder ist Victor Stockwell wirklich rührend um mich besorgt oder, auch wenn es Ihnen noch so sehr gegen den Strich geht, wirklich korrupt.«

»Ich will kein Wort mehr davon hören.« Moore sah sich auf dem Gang um, dann schloss er die Tür. Als er an seinen Platz zurückkehrte, erklärte er Sara: »Seien Sie bitte auf der Hut! Victor ist fast fünfzehn Jahre bei dieser Behörde. Er hat eine Menge Freunde in diesem Gebäude, und er ist jemand, den man sich lieber nicht zum Feind machen sollte.«

»Alles schön und gut«, sagte Sara. »Aber was heißt das für mich konkret?«

»Es heißt, dass Sie einen verdienten Mitarbeiter beschuldigen, ohne Beweise zu haben. Haben Sie eigentlich inzwischen seine alten Prozessunterlagen durchgesehen?«

»Die meisten. Aber ich glaube, es wird langsam Zeit, dass ich mich nicht mehr mit diesem verstaubten Kram aufhalte, sondern mich wieder der eigentlichen Frage zuwende: Warum will einer der besten Ankläger dieser Behörde diesen unbedeutenden Einbruch übernehmen? Darüber habe ich heute Morgen in der U-Bahn nachgedacht. Was kann ein SBA mit einem Fall machen, außer ihn zu verfolgen?«

»Wir können eine Strafverfolgung ablehnen oder es zu einem geringfügigeren Delikt herunterstufen«, antwortete Moore.

»Und sonst noch?«, fragte Sara. »Denken Sie bitte auch an die Gegenseite. Da wäre zum Beispiel der Umstand, dass zunächst jemand aus meiner alten Kanzlei und dann Jared mit der Verteidigung betraut wurde. Ganz offensichtlich hält da jemand seine schützende Hand über Kozlow. Er muss Beziehungen zu einer einflussreichen Persönlichkeit haben. Und nun nehmen wir mal an, diese Person kennt auch Victor Stockwell. Wenn Sie ein korrupter SBA wären, was könnten Sie sonst noch tun?«

»Sie könnten den Fall einfach unterschlagen«, sagte Guff.

»Genau«, erklärte Sara und zeigte auf ihren Assistenten. »Genau das habe ich auch gedacht. Stockwell verspricht einem einflussreichen Mann, den Fall zu unterschlagen. Aber als der Fall reinkommt, schnappt ihn sich ein übereifriger SBA, bevor er auf seinem Schreibtisch landet. Als Stockwell davon erfährt, kriegt er einen Anfall und lässt die ECAB-Sekretärin jeden SBA anrufen, bis sie herausgefunden haben, wer ihn hat.«

»Aber wenn das alles stimmt, warum hat Stockwell den Fall dann nicht zurückverlangt?«, wandte Guff ein.

»Das konnte er an diesem Punkt nicht mehr. Weil ich bereits von seiner Existenz wusste. Es war zu spät, um –«

»Sind Sie inzwischen beide komplett verrückt geworden?«, fuhr Moore an dieser Stelle dazwischen. »Sie glauben, Victor Stockwell würde Fälle unterschlagen?«

»Das wäre zumindest eine Möglichkeit.«

»Es ist ein Unterschied, ob etwas möglich ist oder ob es beweisbar ist«, erklärte Moore. »Und solange ich es nicht beweisen kann, würde ich an Ihrer Stelle auf keinen Fall so etwas sagen. Abgesehen davon steht es Ihnen nicht zu, jemanden wie Victor in dieser Weise zu verdächtigen.«

»Wenn das wirklich Ihre Überzeugung ist, warum ermuntern Sie mich dann ständig dazu?«

»Wie bitte?«

»Sie haben mich sehr gut verstanden. Sie haben mich von Anfang an vor Stockwell gewarnt, aber jedesmal wenn ich Ihre Hilfe brauche, um ihm auf den Zahn zu fühlen, sind Sie sofort dabei. Was ist nun wirklich Sache?«

Über Moores Züge legte sich der Anflug eines Grinsens.

»Ich habe doch Recht, oder?«, hakte Sara nach. »Sie glauben auch, dass er Dreck am Stecken hat.«

»Da möchte ich mich vorerst noch eines Urteils enthalten. Tatsache ist jedoch, ich vertraue Ihrem Riecher. In diesem Fall gibt es zu viele unerklärliche Zufälle, und wenn es eines gibt, wovon ich fest überzeugt bin, dann, dass es keine Zufälle gibt. Wenn Sie also weiter bohren wollen, helfe ich Ihnen bohren, aber noch einmal: Ich werde nicht zulassen, dass Sie Victors Karriere gefährden, ohne Beweise zu haben.«

»Ich erhebe keine Anklage gegen ihn. Ich versuche nur herauszufinden, was hier wirklich gespielt wird.«

»Egal, was Sie vorhaben – ich glaube trotzdem, dass Sie ein schiefes Bild von der Sache haben. Unabhängig davon, dass Sie inzwischen von der Existenz des Falls wissen – wenn Victor ihn wirklich hätte unterschlagen wollen, könnte er ihn trotzdem zurückverlangt und einfach die Verfolgung abgelehnt haben.«

»Das meinen Sie doch nicht im Ernst? Nachdem ich einmal die Einzelheiten des Falls kannte, konnte Stockwell doch die Verfolgung nicht mehr ablehnen. Es mag zwar ein unbedeutender Fall gewesen sein, aber keineswegs ein aussichtsloser.«

»Vielleicht«, sagte Moore. »Trotzdem hätte er die Sache noch herunterspielen können. Dazu hätte er Kozlow nur eine Strafminderung anzubieten brauchen – oder dass er ihn wegen eines geringfügigeren Delikts anklagt.«

»Außer der unbekannte Drahtzieher wollte aus irgendeinem Grund verhindern, dass der Einbruch überhaupt aktenkundig wird.«

»Das würde ich glauben«, sagte Guff achselzuckend.

»Sie glauben doch auch, dass alle Vegetarier böse sind«, sagte Sara.

»Lachen Sie nicht«, konterte Guff. »Hitler war einer.«

»Ihre Theorie hat trotzdem einen kleinen Schönheitsfehler«, sagte Moore zu Sara.

»Der wäre?«

»Sie haben keine Erklärung dafür, warum dieser Einbruch auf keinen Fall ans Licht kommen soll.«

»Ich weiß«, gab Sara zu. »An diesem Punkt komme ich auch nicht weiter.«

»Wie wär's damit?«, schlug Guff vor. »Vielleicht ist Kozlow mit jemandem verwandt, und der Betreffende will verhindern, dass er als vorbestraft gilt.«

»Oder Kozlow ist in einem anderen Bundesstaat auf Bewährung aus dem Gefängnis entlassen worden, und wenn er hier verurteilt wird, bekommt er dort Schwierigkeiten«, fügte Moore hinzu.

»Das habe ich gleich am ersten Tag nachgeprüft«, sagte Sara. »Kozlow wurde zweimal verhaftet, aber nie verurteilt.«

»Vielleicht soll er einen Job bekommen, für den er nicht vorbestraft sein darf«, sagte Moore.

»Das hört sich sehr gut an«, sagte Sara.

»Halt, ich hab's«, platzte Guff heraus. »Vielleicht hat Kozlow mit irgendeiner anderen abgefuckten Type eine Wette abgeschlossen. Sie haben gewettet, dass Kozlow einen Monat lang nicht verhaftet wird. Doch dann macht er diesen Bruch und wird geschnappt. Und um die Wette nicht zu verlieren, versucht er die Festnahme jetzt mit allen Mitteln zu vertuschen.«

»Das wäre auch eine Möglichkeit«, bemerkte Moore sarkastisch. »Soweit ich weiß, ist es gerade schwer in, darauf zu wetten, dass man nicht verhaftet wird. In Las Vegas ist es gerade der absolute Renner.«

»Schweifen Sie jetzt bitte nicht ab«, sagte Sara. »Sonst noch irgendwelche Ideen?«

»Ich glaube, der erste Schritt wäre, mehr über Kozlow und die Person herauszufinden, die seine Anwaltskosten bezahlt«, sagte Moore. »Wenn Sie das wissen, kennen Sie zumindest schon mal die beteiligten Parteien. Dann können wir auch anfangen, uns über das Motiv Gedanken zu machen.«

»Und wir können uns mit der Frage beschäftigen, was sie mit diesem Türknauftyp von gestern zu tun haben«, sagte Guff.

»Mit welchem Türknauftyp?«, fragte Moore.

Sara bedachte Guff mit einem strafenden Blick. »Er meint Kozlow«, erklärte sie hastig. »Wenn wir wissen, wer sein anonymer Geldgeber ist, sehen wir wesentlich klarer, was hier wirklich gespielt wird.«

»Waren Sie das?«, fragte Jared, sobald Kozlow sein Büro betrat.

»Ob ich was war?« Kozlow schlenderte auf seinen Stuhl in der Ecke zu.

Jared sprang von seinem Stuhl hoch und warf die Tür zu. »Sie wissen ganz genau, was ich meine! Saras Großvater ist gestern Abend in der U-Bahn die Treppe runtergefallen und –«

»Jetzt regen Sie sich mal wieder ab. Ich habe gehört, was passiert ist.«

»Von wem?«

»Wie gesagt, ich habe es gehört... aber ich hatte nichts damit zu tun.«

»Und das soll ich Ihnen glauben?«

»Glauben Sie meinetwegen, was Sie wollen, aber das ist die Wahrheit. Wenn wir es getan hätten, hätten wir auf jeden Fall dafür gesorgt, dass Sie es auch erfahren. Wozu sonst der Aufwand?«

Jared dachte kurz über Kozlows Argument nach. »Dann waren Sie es also nicht?«

Kozlow grinste. »Ausnahmsweise sind wir unschuldig, Chef. Der alte Mann ist einfach die Treppe runtergefallen.«

Wieder allein in ihrem Büro, griff Sara nach dem Telefon und wählte die Nummer von Jareds Kanzlei. »Wayne und Portnoy«, meldete sich die Empfangsdame. »Was kann ich für Sie tun?«

»Könnten Sie mich bitte zur Rechnungsabteilung der Buchhaltung durchstellen?«

Nach einer kurzen Pause meldete sich eine Frauenstimme: »Hallo, hier Roberta.«

»Hi, Roberta«, sagte Sara betont freundlich. »Hier ist Kathleen aus Jared Lynchs Büro. Könnten Sie mir vielleicht helfen, ein paar Informationen über einen Mandanten zu finden, der Kozlow –«

»Wer sind Sie eigentlich?«, unterbrach sie Roberta.

Erschrocken antwortete Sara: »Kathleen.«

»Kathleen wer?«

»Kathleen Clark.« Sara konnte sich von der Weihnachtskartenliste des letzten Jahres an Kathleens Nachnamen erinnern.

»Also, das finde ich aber wirklich komisch, weil Kathleen Clark nämlich erst vor zwei Minuten hier war, um Briefmarken zu kaufen. Möchten Sie also noch mal von vorn anfangen, oder soll ich die Polizei rufen?«

Ohne ein weiteres Wort zu sagen, legte Sara auf.

Eine Minute später kam Guff herein, ohne anzuklopfen. Nach einem Blick auf Sara fragte er: »Welche Laus ist Ihnen denn über die Leber gelaufen?«

»Keine. Ich habe nur versucht, in Jareds Kanzlei anzurufen und –«

»Sie sind Ihnen auf die Schliche gekommen, nicht?« Guff schüttelte den Kopf. »Ich habe Ihnen doch gesagt, lassen Sie das. Sie wissen ganz genau, das ist nicht korrekt.«

»Ach, sind Sie jetzt plötzlich Mr. Hyperkorrekt?«

»Sara, ich weiß, wer ich bin. Ich kenne meine Fehler. Ich verallgemeinere zu stark, ich bin generell pessimistisch, ich mag keine Kinder, ich benutze keine Zahnseide, ich glaube nicht an Selbstentzündung, ich halte die meisten Menschen für werbeindustrieabhängige Schafe, die bloß darauf warten, dass sie in ihren Glotzen das nächste Firmenlogo zu sehen bekommen, das sie sich auf die Brust pappen können, und ich glaube, Männer mit Spitzbärten sind grundsätzlich bescheuert. Aber ich weiß auch, dass meine Tage gezählt sind. Und im tiefsten Innern meiner finsteren Seele ist mir bewusst, dass meine Ansichten Beachtung finden werden, wenn meine Zeit gekommen ist. Nur um mich zu quälen, werden sie im Fernsehen verbreitet werden. Aber damit kann ich leben, weil ich mich selbst verstehe. Ich kenne meinen Platz im Leben.«

»Und ich nicht?«

»Nein. Sie nicht. Sie sind jetzt ein SBA. Sie dürfen nichts tun, was Sie einmal bereuen könnten.«

»Haben Sie schon wieder vergessen, was gestern passiert ist, Guff? Dieser Kerl hat mir gedroht, Jared etwas anzutun, und dann hat er Pop die Treppe runtergestoßen.«

»Sie wissen doch gar nicht –«

»Und ob ich es weiß!« Sara ließ ihn nicht zu Wort kommen. »Ich habe ihn mit meinen eigenen Augen gesehen und mit meinen eigenen Ohren gehört. Man muss kein Genie sein, um sich alles Weitere zusammenzureimen. Wir sprechen hier von den zwei wichtigsten Menschen in meinem Leben. Wenn ich einen von ihnen verliere, und das auch noch durch eigenes Verschulden, würde ich ...« Sie hielt inne. »Jedenfalls ist für mich an diesem Punkt das Maß voll. Wenn die Sicherheit meiner Familienangehörigen auf dem Spiel steht, ist es wohl kaum eine Todsünde, in der Kanzlei meines Mannes anzurufen.«

»Um eine Lawine auszulösen, ist nur eine einzige Schneeflocke nötig.«

»Guff, bitte – ich habe es auch so schon schwer genug.«

»Ich weiß, und ich weiß auch, wie viel sie Ihnen bedeuten. Ich versuche nur, Ihnen unnötigen Ärger zu ersparen.«

»Danke«, sagte Sara. »Das weiß ich auch zu schätzen.«

»Weil wir gerade beim Thema Lügen sind: Warum haben Sie Moore nichts von dem Türknauftyp erzählt?«

»Weil ich wusste, wie er reagieren würde. Wenn er erfahren hätte, dass dieser Kerl mir gedroht hat, hätte er sich sofort eingeschaltet und mir lange Vorträge gehalten, dass sich ein SBA nicht einschüchtern lassen darf. Und uns ist doch hoffentlich beiden klar, dass ich Jared umso besser beschützen kann, je weniger Leuten ich davon erzähle. Außerdem bin ich nicht sicher, ob ich überhaupt möchte, dass er es weiß. Er hat in letzter Zeit für meinen Geschmack ein bisschen viel herumerzählt.«

»Moment mal! Soll das heißen, Sie trauen Conrad nicht?«

»Ich traue ihm, aber er plaudert mir etwas zu viel mit Stockwell.«

»Jetzt hören Sie aber mal! Er hat keine Privatangelegenheiten über Sie weitererzählt.«

»Mein Leben ist keine Privatangelegenheit? Mein Erfolg in diesem Fall ist keine Privatangelegenheit?«

»Sara, Sie wissen ganz genau, er heult nur mit den Wölfen. Ohne den üblichen Bürotratsch geht nun mal gar nichts.«

»Aber finden Sie denn nicht, dass Stockwell –«

»Sie wissen, ich finde, Stockwell ist eindeutig zu neugierig. Aber das hat nichts mit Conrad zu tun.«

»Ich weiß, was Sie meinen. Trotzdem möchte ich es ihm nicht erzählen. Haben Sie eigentlich schon etwas von der Spurensicherung bekommen?«

»Zu Ihren Diensten.« Guff reichte Sara den braunen Ordner, den er in der Hand hielt. »Das Ergebnis der Fingerabdruckanalyse.«

»Und was ist dabei herausgekommen?«, fragte Sara und öffnete den Ordner.

»Auf dem Türknauf war ein deutlicher Fingerabdruck, aus dem wir allerdings nicht schlau werden. Er ließ sich zweifelsfrei identifizieren und stammt von einem gewissen Sol Broder.«

»Wer ist Sol Broder?«

»Das ist der Haken an der Sache. Sein Foto hatte keinerlei Ähnlichkeit mit Ihrer Zeichnung, aber als sie seinen Namen in den BCI eingaben, spuckte er ein Vorstrafenregister aus, das sich liest wie das Drehbuch eines Scorsese-Films.«

»Ist doch wunderbar. Und wo ist das Problem?«

»Na ja, ich weiß nicht, wie ich es anders ausdrücken soll, aber … Sol Broder ist seit drei Jahren tot.«

Sara ließ den Ordner auf ihren Schreibtisch fallen. »Sie wollen behaupten, der Kerl, mit dem ich gesprochen habe, der Kerl, der Pop die Treppe runtergestoßen hat, ist tot?«

»Entweder das, oder er ist ein wirklich guter Zauberkünstler.«

Verärgert saß Rafferty auf dem Rücksitz seines Stadtautos. Rafferty war nur drei Häuser von Frank Sinatras Geburtshaus entfernt in Hoboken, New Jersey, geboren und aufgewachsen, und hatte sich in der Übergangsphase vom Jugendlichen zum

Erwachsenen vor allem darauf konzentriert, nicht nur den zahlreichen italienischen Freunden seiner irischen Mutter aus dem Weg zu gehen, sondern auch dem Kleinbürgermief seiner Heimatstadt zu entfliehen. Er war der Erste in seiner Familie gewesen, der ein College besucht hatte, und hatte schon früh alle alten Bindungen gekappt. Er bekam ein Stipendium für das Brooklyn College, ging aber schon nach einem Jahr nach Princeton. Immer höher hinaus.

In Princeton war Raffertys Zimmergenosse ein kleiner Angeber gewesen, der zufällig auch Erbe eines renommierten Zeitschriftenverlags war. Von ihm lernte Rafferty, wie man sprach, wie man aß und wie man sich anzog. Alles zu dem Zweck, einen guten Eindruck zu machen. In den Winterferien wurde Rafferty in das Ferienhaus seines Zimmerkameraden in Greens Farms, Connecticut, eingeladen. Dort lernte er dessen Vater kennen, der Rafferty seinen ersten Job im Verlagswesen anbot: ein Sommerpraktikum in der Abonnentenabteilung. Mit einem Mal war der Wert solcher Beziehungen für Rafferty nicht mehr nur ein Gerücht; er nahm sehr konkrete Züge an.

Sein Job hatte nur einen Nachteil. Wegen der schlechten Bezahlung war Rafferty gezwungen, weiter zu Hause bei seiner Mutter zu leben. Nach den Winterferien in Greens Farms, einem Frühlingsausflug nach Martha's Vineyard und einem Jahr in Princeton war die Rückkehr nach Hoboken eine herbe Enttäuschung. Seiner Meinung nach gehörte er nicht dorthin. Nach diesem Sommer verbrachte er keine einzige Nacht mehr in seiner Heimatstadt. Immer höher hinaus. Als sich daher jetzt sein Wagen durch die schmalen Straßen Hobokens schlängelte, konnte Rafferty seinen Ärger nur mit Mühe verbergen.

Von Manhattan war Hoboken durch den Lincoln Tunnel in nur zehn Minuten Fahrt zu erreichen, und Rafferty sah die ganze Zeit aus dem Fenster. Als der Wagen sein Ziel erreichte, stellte er fest, dass sich viel verändert hatte. Aus der Zeitung wusste er, dass Hoboken inzwischen von zwei extrem gegensätzlichen Bevölkerungsgruppen bewohnt war: von den fest verwurzelten Italienern, die ihren Lieblingssohn Frank Sinatra als ihr Idol hochhielten, und von den Yuppies, die in Hoboken zu leben für die beste Möglichhkeit hielten, die hohen New Yorker Steuern zu umgehen. Auf der Fahrt durch die Straßen, in denen er aufgewachsen war, konnte Rafferty die Folgen dieser Entwicklung deutlich sehen – während sich in den Hauptstraßen ein Yuppie-Café an das andere reihte, gab es in den Seitenstraßen immer noch zahlreiche Tante-Emma-Läden, und die Straßen der ärmsten Viertel waren von Jugendlichen bevölkert, die von nichts anderem sprachen, als wie sie von hier wegkommen könnten.

Als sich der Wagen der Willow Avenue 527 näherte, sagte Rafferty: »Hier ist es. Parken Sie vor dem Bestattungsinstitut in zweiter Reihe.« Der Fahrer befolgte Raffertys Anweisungen und hielt vor dem Bestattungsinstitut am Ende des Blocks.

»Wann haben Sie ihn das letzte Mal gesehen?«, fragte Kozlow, als der Wagen hielt.

Rafferty antwortete ihm nicht. Er öffnete die Tür und stieg aus.

Kozlow folgte ihm auf das vierstöckige Backsteinhaus zu und fragte: »Haben Sie ihm gesagt, dass wir kommen?«

Rafferty drückte auf die Klingel von Wohnung 8. »Lieber würde ich ihn überraschen.«

Aus der Sprechanlage kam eine rauhe Stimme. »Wer ist da?«

»Ich«, sagte Rafferty. »Lass uns rein.«

»Wer ist ›ich‹?«

»Oscar«, knurrte Rafferty.

»Welcher Oscar?«

Rafferty drosch mit der Faust gegen die Sprechanlage und rief: »Mach endlich die Tür auf, oder ich brech dir deinen Sch –«

Ein schnarrender Summton ertönte und gewährte ihnen Zugang zu dem Gebäude. Rafferty zog an seinen Aufschlägen und rückte sein Jackett zurecht. Es bestand kein Grund, nervös zu werden, sagte er sich. Bis sie im dritten Stock ankamen, waren Rafferty und Kozlow außer Atem. Als sie auf Wohnung 8 zugingen, flog die Tür auf. Es war der Mann mit den eingefallenen Wangen. »Hallo, Jungs.«

Am liebsten hätte ihm Rafferty beim Betreten der spartanischen Zweizimmerwohnung einen Stoß gegen die Brust versetzt. Gerade fest genug, um ihm Angst zu machen. In ihm regten sich alte Instinkte, aber er beherrschte sich. Es bestand kein Grund, in frühere Gewohnheiten zurückzufallen. »Elliot, ich dachte, du wolltest hier mal renovieren.« Rafferty schnippte ein Stück abblätternde Farbe von der Wand.

»Wenn du mir etwas Geld gibst, gern«, antwortete Elliott. »Was gibt's, Tony?«

»Das Übliche«, sagte Kozlow.

»Ich habe dir bereits Geld gegeben«, unterbrach Rafferty die beiden und folgte Elliott in das heruntergekommene Wohnzimmer.

»Ich meine, nicht nur ein paar lächerliche Lappen. Echte Kohle.«

»Du weißt, wie ich dazu stehe.« Rafferty steuerte auf einen metallenen Klappstuhl in der Ecke zu. Bevor er sich darauf setzte, wischte er mit der Hand die Sitzfläche sauber.

»Du bist also nicht gekommen, um mir gute Nachrichten zu bringen?«, sagte Elliott.

»Eigentlich komme ich, um dir eine Frage zu stellen«, sagte Rafferty. »Montag abend fiel Sara Tates Großvater in der U-Bahn eine Treppe hinunter. Brach sich bei dem Sturz das Becken. Ich wollte mich nur vergewissern, dass du nichts davon weißt.«

»Und Sara Tate ist die Staatsanwältin, die Kozlows Fall bearbeitet?«, fragte Elliott.

»Ganz richtig«, sagte Rafferty und hielt in Elliotts hagerem Gesicht nach einer Spur von Falschheit Ausschau.

»Tut mir leid, davon weiß ich nichts.«

»Dann hast du Sara also nie getroffen? Hast nie mit ihr gesprochen?«

»Hey, ich weiß nicht mal, wie sie aussieht«, sagte Elliott mit einem schiefen Grinsen. Sein Tonfall hatte etwas Herausforderndes, so, als wäre er sich seiner Sache sehr sicher. Oder als genösse er einen der seltenen Momente, in denen er am längeren Hebel saß. »Ich kenne diese Frau nicht.«

»Elliott, kann ich mir ein Soda klauen?«, rief Kozlow aus der Küche.

»Das ist doch, was du am besten kannst«, rief Elliott zurück, ohne den Blick von Rafferty abzuwenden.

»Komm mir bloß nicht dumm«, warnte Rafferty.

»Glaubst du, ich wäre so dumm, mich mit dir anzulegen? Du bist wie ein Vater für mich.«

»Aber sicher.«

»Doch, wirklich. Weswegen machst du dir außerdem Sorgen? Ich dachte, du hättest alles fest im Griff.«

»Habe ich auch«, erwiderte Rafferty. »Solange niemand anfängt, unsere Pläne umzustoßen.«

»Also, du kannst aufhören, mich zu verdächtigen«, stichelte Elliott weiter. »Ich habe bereits bekommen, was ich wollte. Außerdem möchte ich, dass du es schaffst. Wenn nicht, hätte ich dich nie mit Tony bekannt gemacht.«

»Was mir das gebracht hat, sieht man ja.«

»Hey ...«, meldete sich Kozlow aus der Küche.

»Gibt es sonst noch etwas, das ich wissen sollte?«, fragte Elliott. »Noch nicht«, sagte Rafferty und wandte sich zum Gehen. »Aber keine Sorge, du wirst von mir hören.«

Rafferty und Kozlow sprachen kein Wort, bis sie das Gebäude verlassen hatten. Erst als sie in die frische Septemberluft hinaustraten, fragte Kozlow: »Glauben Sie ihm?«

»Sie kennen ihn besser als ich. Was denken Sie?«

»Ich traue ihm. Er kann zwar sehr nachtragend sein, aber ich kann mir nicht vorstellen, dass er uns so was antun würde. Saras Großvater ist von allein die Treppe runtergefallen.«

»Hoffen wir, dass Sie Recht haben.« Rafferty stieg in den Wagen. »Das wäre für uns alle besser.«

»Na schön, meinetwegen«, sagte Jared kühl in den Hörer. »Wenn du ihn sehen willst, musst du einen schriftlichen Antrag stellen.«

»Soll das ein Witz sein?«, fragte Sara. »Ich will nichts weiter, als mit Kozlow sprechen. Warum möchtest du, dass ich einen schriftlichen Antrag einreiche, wenn du jetzt am Telefon dein Einverständnis erklären kannst?«

»Sara, nimm das bitte nicht persönlich, aber so handhabe

ich es mit jedem Mandanten. Wenn du ihn haben willst, musst du auch die entsprechenden Formalitäten erfüllen.«

»Na schön, ich schicke dir den Antrag.« Sara hörte sich ziemlich aufgebracht an. »Wir sprechen uns später.«

»Vergiss nicht – heute Abend ist der Ball«, fügte Jared hinzu.

»Muss ich wirklich –«

»Ja, du musst mitkommen. Es ist wichtig für mich, und es sähe ziemlich blöd aus, wenn du nicht kämst. Also, bis neun.«

Als Jared auflegte, kam Kathleen herein. »Sie möchte Kozlow sehen?«

»Natürlich. Aber wenn sie denkt, das könnte sie so einfach haben, hat sie sich geschnitten.«

Bevor Kathleen etwas entgegnen konnte, ertönte ein lautes Klopfen. »Jemand da?«, fragte Barrow, als er den Raum betrat. In der Hand hatte er eine kleine braune Tüte, in der sich eindeutig eine Weinflasche befand.

»Wo warst du so lange?«, fragte Jared, als er seinen Lieblingsdetektiv sah. »Einen trinken?«

»Im Dienst? Da müsstest du mich eigentlich besser kennen«, sagte Barrow, dessen graumelierter Bart bereits mehr grau als meliert war. »Die Flasche ist nur wegen der Fingerabdrücke. Eine meiner hochgestochenen Klientinnen möchte, dass ich ihrem reichen Mann nachspioniere.« Jared und Barrow kannten sich, seit Jared in der Kanzlei angefangen hatte. In den letzten sechseinhalb Jahren waren sie gute Freunde geworden und hatten eine Menge Spaß miteinander gehabt, einschließlich des Abends, an dem Barrow Sara beschattet hatte, damit Jared genau wusste, wann sie zu der Überraschungsparty anläßlich ihres dreißigsten Geburtstags nach Hause käme.

Was das Berufliche anging, hatte ihm Barrow Informationen beschafft, mit deren Hilfe Jared mindestens vier Fälle mit links gewonnen hatte. Aber Barrows Miene nach zu schließen war das diesmal nicht der Fall. »Was hast du für schlechte Nachrichten?«, fragte Jared. »Mit wem haben wir es zu tun?«

Barrow nahm auf einem der Stühle vor Jareds Schreibtisch Platz und sagte: »Das weiß ich, ehrlich gestanden, selbst nicht so genau. Ich habe Raffertys Namen in jedes Informationsnetzwerk eingegeben, zu dem ich Zugang habe, aber was dabei herauskam, war praktisch gleich null. Geboren wurde er in Hoboken, was heisst, daß er vermutlich aus kleinen Verhältnissen stammt. Durch irgendein Wunder und dank eines Stipendiums der Textilarbeitergewerkschaft hat er es bis nach Princeton gebracht – wer hätte das gedacht? Wohnsitz: eine noble Adresse in der Upper East Side – wieder, wer hätte das gedacht? Er ist Teilhaber einer Fünfzig-Millionen-Dollar-Firma namens Echo Enterprises, die die Rechte an Theaterstücken verwertet, und der einzige Schluss, den ich aus all dem ziehen kann, ist: Lass lieber die Finger von dem Kerl.«

»Wie kommst du darauf?«

»Das habe ich einfach im Urin. Mit diesem Kerl kann es nur Ärger geben, J. Niemand versteckt sich, wenn er nichts zu verbergen hat. Und je tiefer ich grabe, desto weniger finde ich. Oscar Rafferty hat alles unter Kontrolle, und uns auf Distanz zu halten ist überhaupt kein Problem für ihn.«

»Was ist mit Kozlow? Was gibt es über ihn?«

»Tony Kozlow ist ein ganz übler Zeitgenosse. Auf meine Fragen nach ihm bekam ich immer wieder zwei Wörter zu hören: ›brutal‹ und ›unberechenbar‹. Anscheinend hält er sich nicht an irgendwelche Anweisungen – er wurde wegen Befehlsverweigerung aus der Army entlassen. Trotzdem braucht er immer jemanden, der ihm sagt, was er zu tun hat. In den beiden Fällen, in denen er verhaftet wurde, handelte er im Auftrag eines Dritten: Das eine Mal stach er für einen Brooklyner Kredithai jemanden nieder und dann hat er im Auftrag eines kleinen Drogendealers jemanden in die Mangel genommen. Allein aufgrund dessen würde ich sagen, sein Verhältnis zu Rafferty ist das von Arbeitnehmer zu Arbeitgeber.«

Jared ließ sich Barrows Hypothese eine Weile schweigend durch den Kopf gehen, bevor er fragte: »Könnten sie von der Mafia sein?«

»Auf gar keinen Fall«, sagte Barrow. »Unterweltbeziehungen hinterlassen unübersehbare Spuren. Aber das heißt nicht, dass diese Typen deswegen weniger gefährlich sind.«

»Wie kommst du darauf?«

»Weil sie bereits Kontakt mit mir aufgenommen haben«, sagte Barrow bestimmt.

»Was?«

»Da staunst du, was? Irgendwoher wussten sie, dass du mich beauftragt hast, sie unter die Lupe zu nehmen. Deshalb sind sie, als ich hierher unterwegs war, mit einem besseren Angebot an mich herangetreten. Rafferty wollte mir das Doppelte zahlen, wenn ich dir Falschinformationen unterschiebe.«

»Was hast du ihm gesagt?«

»Ich habe ihnen gesagt, ich würde es tun. Geld ist Geld.«

»Aber diese Fakten –«

»Glaubst du im Ernst, ich würde dir irgendwelche Falschinformationen unterschieben? Um mich dazu zu bringen, einen Freund zu hintergehen, ist wesentlich mehr nötig als ein paar Tausender. Aber das heißt nicht, dass ich ihr Geld nicht genommen habe.«

»Sie denken also, du erzählst mir –«

»Sie denken, ich erzähle dir, dass ich über keinen von beiden etwas in Erfahrung bringen konnte. Dass ich nie etwas von Tony Kozlow oder diesem Kredithai gehört habe oder von Echo Enterprises oder von Raffertys nobler Adresse in der Upper East Side und seinem Spleen, unbedingt zu den oberen Zehntausend gehören zu müssen. Wenn sie wirklich so blöd sind, ist das ihr Problem.«

»Glaubst du wirklich, darauf fallen sie rein?«

»Hast du eine bessere Idee?« Barrows Ton wurde ernst. Und als Jared nicht antwortete, fuhr er fort: »Diese Kerle fackeln nicht lange. Die Tatsache, daß sie wussten, du würdest dich an mich wenden, heißt, sie nehmen dich sehr genau unter die Lupe und wissen ganz genau, wo sie nachsehen müssen. Und nach den fünf Minuten, die ich mit ihnen verbracht habe, besteht für mich überhaupt kein Zweifel daran, dass es ihnen ernst damit ist, dass das Ganze unter uns bleibt. Ich weiß zwar nicht, was sie alles zu verbergen haben, aber es sind bestimmt einige sehr interessante Dinge dabei.«

»Was soll ich deiner Meinung nach tun?«

»Na, was wohl?«, fragte Barrow verschmitzt. »Lass mich Ihnen noch weiter auf den Zahn fühlen. Die können doch nicht ernsthaft glauben, sie könnten dir dumm kommen, ohne dass das irgendwelche Konsequenzen hat.«

»Ich weiß nicht. Ich halte es nicht für ratsam, sich mit diesen Leuten anzulegen.«

»Jetzt hör aber mal!« Barrow stand auf. »Du legst dich doch nicht mit denen an. Du versuchst nur, Informationen zu bekommen. Wenn dich Rafferty zur Rede stellen sollte, sagst du einfach, ich hätte nichts finden können. Wie soll er da was merken?«

»Ich weiß nicht, ob das wirklich so –«

»Also, dann abgemacht«, sagte Barrow. »Wir sind wieder im Geschäft.« Bevor er das Büro verließ, griff Barrow in die braune Papiertüte, zog eine leere Champagnerflasche heraus und knallte sie auf Jareds Schreibtisch.

»Was ist das?«

»Das, mein Freund, ist eine Original-Champagnerflasche aus der Silvesterszene von *Der Pate, Teil zwei.* Und außerdem habe ich so die ersten zweihundert Dollar von deren Geld angelegt. Ich dachte, das würde sie mächtig ärgern. Etwas verfrüht – alles Gute zum Geburtstag!«

Jared war ungewohnt still. Er griff nicht einmal nach der Flasche. »Das hättest du nicht tun sollen, Lenny.«

»Das ist doch kein Grund, sich Sorgen zu machen. Irgendwann wirst du mir bestimmt dankbar sein.«

»Das werde ich bestimmt«, sagte Jared ausdruckslos. »Ich möchte nur, dass du vorsichtig bist.«

»Sieh lieber zu, dass du auf dich selbst aufpasst«, sagte Barrow, als er sich zum Gehen wandte. »Du bist derjenige, den sie auf dem Kieker haben.«

Um Viertel nach sieben an diesem Abend saß Sara auf einer der vielen Parkbänke entlang der Promenade des Battery Park, von der man einen herrlichen Blick auf den Hudson River hatte. Der Battery Park an der Südspitze Manhattans war für Sara einer der wenigen Orte, an denen sie New York wirklich entkommen konnte. Im Gegensatz zum Central Park, in dem es von Touristen und Einheimischen wimmelte, die um einen Platz zum Joggen, Rollerbladen und Ausspannen wetteiferten, wurde die am Fluß entlangführende Joggingstrecke des Battery Park vorwiegend von Anwohnern und einigen wenigen Pendlern genutzt, die im nahen Bankenviertel arbeiteten. Außerdem machte ihn sein von Bäumen gesäumter, gewundener Spazierweg zu einem idealen Ort für ein unbemerktes Treffen in aller Abgeschiedenheit.

Sara sah gerade wieder einmal auf die Uhr und fragte sich, warum es so lange dauerte, als sie hinter sich jemanden rufen hörte: »Nur keine Angst, ich versetze dich schon nicht!« Als Sara sich umdrehte, sah sie Barrow mit einem breiten Grinsen auf sich zukommen. Sie erwiderte sein Lächeln nicht. »Wieso machst du so ein langes Gesicht?«, fragte Barrow, als er sich neben sie auf die Parkbank setzte.

»Ich habe mir nur Sorgen gemacht, du könntest nicht kommen.«

»Das kann ich sehen«, bestätigte ihr Barrow mit einem Blick auf ihre angenagte Nagelhaut. »Wie wär's, wenn du endlich mit der Sprache rausrücken würdest? Was ist so wichtig, dass du mich den weiten Weg hier runter hast kommen lassen?«

»Ich muss dich um einen Gefallen bitten. Und da es sich dabei um eine größere Sache handelt, hielt ich es für das Beste, dich persönlich zu fragen.«

»Sara, wenn du irgendwelche Informationen über Jared haben möchtest, ist meine Antwort nein.«

»Hör mir doch erst mal zu! Ich weiß, dass ich dich damit in Verlegenheit bringe, aber ich habe ernste Probleme.«

»Sara, ich bitte dich. Jared und ich –«

»Ich weiß, ihr kennt euch schon sehr lange. Und ich weiß auch, dass du nichts tun würdest, was ihm schaden könnte. Aber in dieser Angelegenheit bin ich dringend auf deine Hilfe angewiesen. Glaubst du etwa, ich würde dich umso etwas bitten, wenn es nicht um Leben und Tod ginge?«

Barrow sah auf den Hudson River hinaus. »Ist die Sache wirklich so ernst?«

»Ich schwöre dir, Lenny. Wenn es nicht so wäre, wäre ich nicht hier.«

Barrow weigerte sich immer noch, Sara anzusehen, und starrte weiter unverwandt auf die riesige Colgate-Uhr, die im Hudson River schwamm, und murmelte: »Tick-tack, tick-tack.« Schließlich wandte er sich Sara zu. »Es tut mir leid. Aber das kann ich unmöglich tun.«

»Du verstehst nicht«, beschwor ihn Sara. »Es ist –«

»Bitte, Sara. Mach es mir nicht schwerer, als es ohnehin schon für mich ist. Als ich Jared fragte, ob es okay wäre, mich mit dir zu treffen, wollte er, dass ich dir ein paar falsche Informationen unterschiebe. So etwas würde ich zwar nie tun, aber ich würde auch nichts gegen ihn unternehmen. Das ist die einzige Möglichkeit, weiter mit euch beiden befreundet zu bleiben.«

»Dann wirst du mir also nicht helfen?«

»So schwer es mir fällt«, sagte Barrow. »Aber in diesem Fall muss ich dich leider enttäuschen.«

Sara war fix und fertig, als sie die Treppe zum Untergeschoss des Rockefeller Center hinabstieg. Ihr Treffen mit Barrow war wesentlich schlechter verlaufen, als sie erwartet hatte. Außerdem hatte es sie in ihren Befürchtungen bestärkt, dass es ihr immer weniger gelang, für Jareds Sicherheit zu sorgen. Als sie endlich den Eingang zu Wayne & Portnoys jährlich stattfindender Herbstfeier erreichte, die von allen liebevoll nur ›der Ball‹ genannt wurde, holte sie deshalb erst einmal tief Luft und versuchte, die Vorkommnisse des Tages zu vergessen. Auch wenn ihre Ruhe nur oberflächlicher Natur war, sollte Jared auf keinen Fall merken, wie aufgewühlt sie war.

Nachdem die Hostess Saras Namen auf der zweiundzwanzig Seiten und über eintausend Personen umfassenden Gästeliste gefunden hatte, deutete sie auf das riesige Zelt, das dort errichtet worden war, wo sich normalerweise die Eisfläche des Rockefeller Center befand. »Damit das Ganze etwas intimer ist, haben wir ein Zelt auf der Eisbahn gebaut, wie Sie sehen können. Dort befindet sich auch die Tanzfläche; für Musik sorgt DJ Sir Jazzy Eli. Wenn Sie etwas essen wollen und eine formellere Atmosphäre suchen, gehen Sie am besten dorthin.« Die Hostess deutete auf die Ladenzeile entlang der Eisfläche.

»Sind die Restaurants geöffnet?«

»Heute abend nicht«, erklärte die Hostess stolz. »Wir haben die Restaurants und das Café gemietet. Sie können sich überall kostenlos bedienen.«

Sara verdrehte angesichts dieser übertriebenen Präsentation die Augen. Als sie auf dem Weg zur Garderobe ihre Jacke abnahm, kam darunter ein spektakuläres schwarzes Kleid zum Vorschein. Mit Tausenden schwarzer Perlen besetzt, passte es sich den Konturen ihres Körpers an. Auf der Tanzfläche im Innern des riesigen Zelts drängten sich zahllose junge Paare, die alle im Takt des hämmernden Beats wippten. Sie sahen so jung aus, fand sie. Wahrscheinlich frisch von der Universität. Sie musste daran denken, wie Jared sie auf seinen ersten Ball mitgenommen hatte. Damals hatte er noch im Carlyle stattgefunden. Jared hatte gerade in der Kanzlei angefangen, und er und Sara waren erst einen Monat verheiratet gewesen. Überwältigt von der Extravaganz der Veranstaltung, hatten sie die ganze erste Stunde damit zugebracht, der Reihe nach alle fünfzehn Hors d'œuvres durchzuprobieren, vom Sushi über die gegrillten Tomaten bis hin zu den Lammkoteletts. Und dann, nach ein paar Minuten Smalltalk mit Lubetsky und einigen anderen Teilhabern, hatten sie sich auf die Tanzfläche zurückgezogen. Seitdem hatten Jared und Sara, sei es bei Jareds Wayne & Portnoy-Ball oder bei Saras von Winick & Trudeau ausgerichteter Feier, von Jahr zu Jahr weniger getanzt und mehr geplaudert. Das war so viel einfacher, dachte Sara, als sie sich vom Zelt abwandte.

Beim Betreten der überdachten Ladenzeile, die die Eisbahn umgab, stellte Sara fest, dass das einzige, was sich gegenüber dem Carlyle geändert hatte, im Grund der Standort war. Die Restaurants waren durch den üblichen Wayne & Portnoy-Partyservice ersetzt worden. Über alle Räume waren Hors d'œuvre-Büfetts verteilt, an sechs verschiedenen Bars wurden Getränke ausgeschenkt, und die ewig gleichen Anwälte führten in den ewig gleichen Smokings die ewig gleichen Gespräche.

»Sara! Hier bin ich!«, rief jemand durch den Raum. Sie erkannte Jareds Stimme und reckte den Hals, um ihn zu finden. Als er ihr zuwinkte, sah sie ihn bei einem älteren Herrn mit ergrauenden Schläfen stehen. »Fred, darf ich Ihnen meine

Frau vorstellen«, sagte Jared, als Sara auf sie zukam. »Sara, das ist Fred Joseph – wahrscheinlich der beste Strafverteidiger der ganzen Kanzlei.«

Sara setzte ihr bestes Partylächeln auf und schüttelte Fred Joseph die Hand. »Schön, Sie endlich mal kennen zu lernen«, sagte sie.

»Das will ich auch hoffen«, erwiderte Joseph. Nur Jared lachte über den Witz. Unbeirrt fuhr Joseph fort: »Jared hat mir eben erzählt, Sie vertreten zurzeit in einem Prozess gegnerische Seiten. Muss ziemlich schwer sein, da noch miteinander zu sprechen.«

»Ja.« Sara konnte sich nicht einmal ein Lächeln abringen. »Würden Sie uns bitte einen Moment entschuldigen, Fred? Ich habe Jared den ganzen Tag nicht gesehen und –«

»Keine Erklärung erforderlich«, sagte Joseph. »Jared, wir unterhalten uns später weiter.«

»Das wäre nett«, sagte Jared mit einem breiten Lächeln. Doch sobald Joseph außer Sichtweite war, verflog sein Lächeln. »Was sollte das eben?«, fuhr er Sara an. »Er ist einer der Teilhaber.«

»Meinetwegen könnte er auch deine Mutter sein«, konterte Sara. »Mir ist einfach im Moment nicht danach.«

Ein paar Leute begannen sich nach ihnen umzudrehen. Um zu verhindern, dass Sara ihm eine Szene machte, nahm Jared sie bei der Hand und führte sie in eine Ecke des Restaurants. Da er sich jedoch auch dort noch zu stark beobachtet fühlte, steuerte er auf die Schwingtüren zur Küche zu. Dahinter flitzten Kellner mit silbernen Tabletts durch die Gegend. Aber Jared ging es vor allem darum, dass keine Anwälte in der Nähe waren.

Bevor er jedoch ein Wort sagen konnte, kam ein Kellner auf sie zu. »Bedaure, Sir, aber Sie können hier nicht bleiben! Wir haben heiße Teller –«

»Das ist ein Notfall«, sagte Jared. »Nur eine Minute?«

»Aber, Sir ...«

Jared zog Sara ins hintere Ende der Küche, wo er sich neben einen ständig anwachsenden Stapel schmutzigen Geschirrs zwängte. »Hier sind wir nicht im Weg. Also lassen Sie uns hier kurz reden.« Der Kellner entfernte sich verärgert, und Jared wandte sich wieder seiner Frau zu. »Bring mich nie wieder so in Verlegenheit! Oder willst du mich unbedingt vor allen Leuten blamieren?«

»Du wusstest, dass ich heute Abend nicht kommen wollte.«

»Aber du hast zugesagt.«

»Egal, was ich gesagt habe – ich habe keine Lust, hier zu bleiben.«

»Meinst du, ich vielleicht? Ich weiß nicht mehr aus noch ein vor Arbeit. Dieser Fall bringt mich noch um.«

»Dir geht es also wieder mal wie immer am schlechtesten, hm?«

»Diesmal ist es tatsächlich so.« Jared wurde merklich lauter. »Deshalb finde ich, dass du es mir zumindest etwas einfacher machen könntest.«

»Warum? Du machst es mir auch nicht einfacher, Kozlow zu sprechen. Stattdessen lässt du mich einen schriftlichen Antrag stellen.«

»Ach, das ist es also! Du bist sauer, weil ich mich ans Protokoll halte. Also, tut mir wirklich leid, Schatz, aber wenn du nicht mit harten Bandagen kämpfen willst –«

»Verschon mich mit deinen Machoklischees. Das hier hat nichts mit harten Bandagen und schon gar nicht mit irgendwelchen Protokollfragen zu tun – nur damit, dass du ein aufgeblasenes Arschloch bist.«

»Ach, wirklich?«

»Ja, wirklich. Oder kannst du mir vielleicht sagen, warum du mich sonst mit diesem ganzen bürokratischen Papierkram schikanierst?«

»Und warum rufst du in der Rechnungsabteilung meiner Kanzlei an und gibst dich als Kathleen aus?«, schoss Jared zurück.

Sara erstarrte. »Wie bitte?«

»Sara, ich weiß genau, dass du angerufen hast. Oder dachtest du im Ernst, sie würden mir nicht sagen, dass jemand über Kozlow Erkundigungen einholen wollte? Mir war sofort klar, das kannst nur du gewesen sein.«

Sara sagte kein Wort.

»Und du denkst, *ich* wäre unfair?«, fuhr Jared fort. »Was du getan hast, verstößt nicht nur gegen die primitivsten Anstandsregeln – es stellt auch unser Vertrauensverhältnis in Frage. Du weißt, dass meine Karriere auf dem Spiel steht, und trotzdem versuchst du hinter meinem Rücken irgendwelche schmutzigen Tricks. So etwas würde ich umgekehrt nie tun.«

»Wirklich nicht?«

»Nein, auf keinen Fall.«

»Warum sagst du dann Barrow, er soll mir falsche Informationen über den Fall unterschieben?«

Jared sah seine Frau wütend an.

»Aber nein doch«, fuhr Sara sarkastisch fort, »du würdest nie etwas hinter meinem Rücken tun. Du bist ja so superkorrekt mit deiner noblen Kanzlei und ihren riesigen Partys und ihrer Devise: um jeden Preis gewinnen. Dann will ich dir mal was sagen: Im Endeffekt bist du genauso rücksichtslos wie ich. Der einzige Unterschied ist, dass ich nicht vorgebe, mich in allem, was ich tue, an die allerhöchsten ethischen Prinzipien zu halten.«

»Deine Moralpredigt kannst du dir sparen«, sagte Jared. »Ich weiß, was ich getan habe, und übernehme die volle Verantwortung dafür. Wenn du also über den Fall sprechen willst, dann lass uns darüber sprechen. Ansonsten halte ich es nicht für nötig, unsere Abende damit zu verbringen, über unsere unterschiedlichen Prozessstrategien zu streiten.«

Sara lehnte sich gegen einen der großen Kühlschränke und holte tief Luft. »Da bin ich ganz deiner Meinung. Was gibt es demnach noch zu besprechen?«

»Wie wär's mit einer realistischen Beilegung des Falls? Wie ich die Sache sehe, sollten wir die ganze Angelegenheit so bald wie möglich zum Abschluss bringen. Je länger wir sie hinausziehen, umso weniger Zeit haben wir für Pop, der sich sicher –«

»Du Mistkerl!«

»Was habe ich denn –«

»Untersteh dich und benutze ihn noch einmal gegen mich!«, legte Sara los. »Er ist nicht irgendeine Spielfigur! Er ist mein Großvater! Ist das klar?«

»Sara, glaub mir, ich habe nichts dergleichen beabsichtigt. Ich wollte nur –«

»Ich weiß genau, was du wolltest. Also, wenn du mit mir reden willst, jederzeit, aber lass Pop aus dem Spiel! Ich möchte nicht mal, dass du seinen Namen erwähnst.«

»Schön, dann kommen wir gleich zur Sache. Soweit ich es beurteilen kann, hast du nichts, womit du vernünftig arbeiten kannst. Du hast mit Ach und Krach einen Prozess bekommen, und zwar mit Hilfe der Aussage eines inkompetenten Cops und einer unzuverlässigen Zeugin, und du weißt genau, dass ich die beiden in einer Verhandlung nach allen Regeln der Kunst auseinander nehmen werde. Von ihnen abgesehen hast du nichts weiter als einen schlichten Fall von Verwechslung. Um es dir also so einfach wie möglich zu machen, mein letztes Angebot: Entweder du stellst das Verfahren ein, oder du machst dich schon mal auf eine vernichtende Niederlage gefasst. Es bleibt ganz dir überlassen.«

»Wirklich eine tolle Rede«, konterte Sara. »Aber um einen Prozess kommst du auf keinen Fall herum.«

Jared stieg das Blut ins Gesicht, und er ballte die Fäuste noch fester. »Herrgott noch mal, Sara, warum musst du nur so stur sein?«

»Komisch«, entgegnete Sara kühl, als sie die Küche verließ. »Das gleiche wollte ich dich gerade fragen.« Und als sie die Schwingtür aufdrückte, fügte sie hinzu: »Noch viel Spaß auf der Party.«

»Sie sehen schrecklich aus«, sagte der Liftführer eine Woche später zu Sara.

»Sie hätten mich erst mal nach dem Aufstehen sehen sollen«, sagte Sara. Dicke Tränensäcke ließen ihren hellen Teint dunkler erscheinen. »Es hat mich eine ganze Stunde gekostet, mich wenigstens so hinzukriegen.«

»So ist es meistens – beginnt man einen Fall zu verlieren, beginnt man auch den Schlaf zu verlieren.«

»Wer sagt, dass ich meinen Fall verliere?«, fragte Sara, als die Lifttüren zugingen.

»Werden Sie nicht sauer auf mich, ich sage Ihnen nur, was

ich höre. Es heißt, dass Sie gegen Ihren Mann antreten. Also, wenn Sie sich unbedingt selbst zerfleischen wollen, hätte es auch weniger schmerzhafte Möglichkeiten gegeben.« Als Sara auch nicht den Anflug eines Lächelns zeigte, fügte er hinzu: »Es wird richtig gemein und schmutzig, oder nicht?«

Sara nickte. »Anfangs, als er den Fall übernahm, machte mich die Vorstellung, ihm schaden zu können, halb wahnsinnig. Aber jetzt ... jetzt fängt es an, persönlich zu werden. Jeden Tag finden wir neue Möglichkeiten, uns gegenseitig in den Rücken zu fallen.«

»Das ist doch klar. Angst lässt sich am besten durch Wut verbergen. Das ist zwangsläufig der nächste Schritt. Eigentlich dürfte Sie das nicht überraschen.«

»Ich bin nicht überrascht, ich bin nur enttäuscht. Ich dachte, wir wären stärker.«

»Mit Stärke hat das nichts zu tun. Je länger es dauert, desto gemeiner wird es. Und eins kann ich Ihnen sagen, meine Liebe, es wird sogar noch gemeiner werden.«

»Darnell«, sagte Sara und lehnte sich gegen die Rückwand der Liftkabine. »Sie haben wirklich ein Talent, einem Mut zu machen.«

»Wie finden Sie dann das?«, fragte er, als der Lift im sechsten Stock ankam. In einer perfekten Ethel-Merman-Imitation sang er: *»You'll be swell, you'll be great – gonna have the whole world on your plate. Starting here, starting now ...«*

»Everything's coming up roses ...«, fiel Sara mit ein, als sie den Lift verließ. »Danke, Darnell«, fügte sie durch die zugehende Fahrstuhltür hinzu.

Als sie den Flur hinunterging, sah Sara, dass Officer McCabe an Guffs Schreibtisch lehnte und auf sie wartete. Sie warf einen Blick auf die Anwesenheitstafel. Der kleine Magnet neben Victor Stockwells Namen war in der »Abwesend«-Spalte. Er war noch nicht da. Erleichtert eilte Sara auf McCabe zu und zog ihn in ihr Büro.

»Ist irgendwas?«, fragte er.

»Nein, nein.« Sara schloss die Tür hinter ihm. »Mir fiel nur eine Frage ein, mit der Sie mir hoffentlich weiterhelfen können.«

»Dann fragen Sie.«

»Halten Sie sich nach einer Festnahme über den weiteren Verlauf des Falls auf dem Laufenden?«

»Das hängt vom jeweiligen Fall ab. Wenn es einer ist, bei dem mein Partner erschossen oder ein Freund oder Verwandter verletzt wurde, würde ich die Sache auf jeden Fall weiterverfolgen. Aber wenn es sich um eine Lappalie handelt, reicht normalerweise die Zeit gar nicht, um sich weiter darüber auf dem Laufenden zu halten – vor allem, wo es bei den meisten Fällen gar nicht zu einem Prozess kommt.«

»Würden Sie das hier als Lappalie bezeichnen?«

»Ein unbewaffneter Einbruch? Das ist kaum schlimmer, als bei Rot die Straße überqueren. Von der Sorte habe ich jede Woche mehrere. Ich habe gar nicht die Zeit, um mich über jeden Einzelnen auf dem Laufenden zu halten.«

»Wenn also ich – oder sonst ein SBA – einen solchen Fall einfach unterschlagen würde, bekämen Sie das gar nicht mit?«

»Wenn ich die Sache weiterverfolgen würde, würde ich es natürlich merken, aber aller Wahrscheinlichkeit nach würde ich mir kaum die Mühe machen. Ich muss Kozlow nur aus dem Verkehr ziehen – um alles weitere kümmern Sie und Ihre Kollegen sich.«

»Auf jeden Fall«, sagte Sara. »Vor allem, wenn wir denken, es sieht gerade niemand hin.«

Als McCabe Saras Büro verließ, sah er zwei Kollegen aus seinem Revier auf dem Flur herumstehen. Nachdem sie sich kurz über ihre Fälle unterhalten und die jüngsten dienstlichen Neuigkeiten ausgetauscht hatten, steuerte McCabe auf den Lift zu. Als er am Tisch des Sicherheitsbeamten durch die Sperre gehen wollte, versperrte ihm jemand den Weg. Es war Victor Stockwell.

»Sind Sie Michael McCabe?«, fragte Stockwell mit eisiger Miene.

»Hängt ganz davon ab«, erwiderte der Cop. »Wollen Sie mir eine Vorladung überbringen?«

Mit einem gezwungenen Lächeln sagte Stockwell: »Keineswegs. Ich wollte mich nur vorstellen.« Er reichte McCabe die Hand. »Ich bin Victor Stockwell.«

»Sie sind also der berühmte Victor«, sagte McCabe und schüttelte ihm die Hand. »Was kann ich für Sie tun?« – »Also«, sagte Stockwell und legte McCabe eine Hand auf die Schulter. »Eigentlich wollte ich Ihnen nur ein paar Fragen stellen.«

»Aber nur kurz. Ich muss nämlich zurück –«

»Keine Angst«, sagte Stockwell. »Es wird nicht lange dauern.«

Eine halbe Stunde später rief Sara Patty Harrison an. Niemand ging ans Telefon. Sie legte auf und wählte Claire Donigers Nummer.

»Hallo«, meldete sich Ms. Doniger.

»Guten Tag, Ms. Doniger. Hier ist Sara Tate. Tut mir Leid, wenn ich Sie störe, aber ich wollte –«

»Worum geht es?«, fragte Ms. Doniger.

Sara versuchte, mit begütigender Stimme weiterzureden. »Ich wollte nur fragen, ob Sie vielleicht etwas Zeit erübrigen könnten, damit wir bei Ihnen vorbeikommen und uns Ihr Haus ansehen. Da wir gerade dabei sind, uns auf den Prozess vorzubereiten, wäre es sehr hilfreich, den genauen Grundriss Ihres Hauses zu kennen, damit sich die Geschworenen ein Bild machen können –«

»Bedaure, aber wie ich Ihnen bereits letzte Woche sagte, bin ich zurzeit sehr beschäftigt. Deshalb nichts für ungut, aber ich muss mich jetzt leider von Ihnen verabschieden. Leben Sie wohl, Miss Tate.« Die Verbindung wurde unterbrochen.

Wutentbrannt stürmte Sara den Gang zu Conrad Moores Büro hinunter. »Können Sie mir helfen, einen Detective zu bekommen?«

»Wozu brauchen Sie einen Detective?«, fragte Moore.

»Wenn ich herausbekommen will, was eigentlich mit Claire Doniger los ist, bin ich auf die Hilfe eines Profis angewiesen. Ich bin nicht Miss Marple – allein schaffe ich das nicht.«

»Beruhigen Sie sich erst mal«, sagte Moore. »Und dann erzählen Sie. Was hat Ms. Doniger getan?«

»*Getan* hat sie gar nichts. Sie ist nur in keiner Weise bereit, uns zu helfen. Sie will nicht über den Fall sprechen, sie will nicht aussagen, sie will uns nicht in ihr Haus lassen. Man könnte meinen, wir sind der Feind.«

»Lassen Sie sich das auf keinen Fall von ihr bieten.« Moore zeigte mit dem Finger auf Sara. »Ich habe Ihnen schon einmal gesagt: Sie sind diejenige, die am längeren Hebel sitzt, und es ist Ihre Aufgabe, sie zur Mitarbeit zu bewegen. Wenn sie sich keine Zeit nehmen will, hier vorbeizukommen, stellen Sie sie vor die Wahl: Entweder lässt sie Sie eine halbe Stunde ihr Haus besichtigen, oder Sie rücken mit einem Durchsuchungsbefehl bei ihr an, und zwar in Begleitung von einem halben Dutzend Polizisten, einem Fotografen und einem Reporter, die alle nichts lieber täten, als eine besonders ausführliche achtstündige Hausbesichtigung vorzunehmen und alles auf den Kopf zu stellen. Wer weiß, was bei dieser Gelegenheit alles an den Tag kommt? Und wenn sie darauf nicht einsteigt, packen Sie sie an den Schultern und schütteln sie so lange, bis sie zumindest etwas Vernunft annimmt.« Zur Verdeutlichung schüttelte Moore eine imaginäre Person. »Machen Sie sie zur Schnecke, wenn sie nicht spurt.«

Sara musste über Moores Lösung lächeln. »Wissen Sie übrigens, dass Sie richtig reizend aussehen, wenn Sie wütend sind?«

»Danke«, erwiderte er und rückte seine Krawatte zurecht. »Es ist das Vor und Zurück, das Sie so erregt hat, nicht?«

»Wow, wow, wow«, erwiderte Sara lachend, überrascht von Moores Reaktion. »Wer sagt, dass ich erregt war?«

»Ich nicht. Ich habe kein Wort gesagt.«

»Gut, denn ich war nicht mal ansatzweise erregt. Bestenfalls war ich leicht amüsiert.«

»Wunderbar. Streiten Sie ruhig alles ab. Ich will Ihnen weiß Gott nichts in den Mund legen. Und? Gibt es sonst noch etwas?«

»Haben Sie denn nicht zugehört?« Sara lenkte das Gespräch wieder in normale Bahnen. »Ich brauche einen Detective, der mir bei den Ermittlungen hilft.«

Zwanzig Minuten später kam Guff in Moores Büro und fragte: »Was liegt an?«

Sara hielt die Hand hoch und flüsterte: »Conrad versucht uns einen Detective zu beschaffen.«

»Nein, verstehe«, sagte Moore in den Hörer. »Vielen Dank.« Er legte auf und wandte sich Sara zu. »Daraus wird wohl nichts. Sie werden allein klarkommen müssen.«

»Er hat auch abgelehnt?«, fragte Sara.

»Ich kann es kaum glauben«, sagte Moore. »Niemand will uns einen Detective zuteilen. So etwas ist mir noch nie passiert.«

»Warum stellen sie sich so an?«

»Zuallererst, sie haben grundsätzlich zu wenig Personal. Dazu kommen noch die Budgetkürzungen. Alle haben solche Angst um ihre Jobs, dass niemand einen unbedeutenden Fall übernehmen will.«

»Oder es steckt mehr dahinter«, sagte Sara. »Könnte durchaus sein, dass Victor Stockwell –«

»Jetzt hören Sie endlich auf, Sara«, unterbrach Moore sie. »Nicht einmal Victor Stockwell kennt jeden Detective, den wir anrufen.«

»Aber er könnte alle Sergeants kennen, die für die Zuteilung der Detectives zuständig sind«, machte Sara geltend.

»Ach was«, meldete sich Guff vom Sofa her zu Wort. »Ich würde sagen, wir fahren morgen da runter und sehen uns selbst um. Dafür brauchen wir nicht irgendeinen maßlos überschätzten Detective.«

»Ich weiß nicht«, sagte Moore. »Gerade aus meinem Mund mag sich das vielleicht seltsam anhören, aber vielleicht sollten Sie das Verfahren doch einstellen und die Sache auf sich beruhen lassen. In Anbetracht dessen, was Monaghan gesagt hat, sollten Sie Ihren ersten Prozess möglichst nicht verlieren. Und wenn ich mir Ihre Zeugenliste ansehe, sieht es nicht so aus, als hätten Sie viel, worauf Sie sich stützen können.«

Sara biss sich zwar auf die Lippen, konnte aber nicht umhin, ihm Recht zu geben. Allerdings war ihr seit Pops Unfall klar, dass es nicht mehr nur um ihren Job ging. Inzwischen hatte sich der Einsatz erhöht. Jetzt stand Jareds Leben auf dem Spiel. »Nein«, erklärte sie deshalb. »Ich kann das Verfahren nicht einstellen.«

»Aber wenn Sie diesen Fall vom Hals haben, können Sie sich stärker auf die anderen konzentrieren und –«

»Ich konzentriere mich auch auf die anderen Fälle.«

»Tatsächlich?«

»Ich konzentriere mich auf sie«, wiederholte Sara. »Wenn wir für diesen keinen Detective bekommen können, werde ich mich selbst darum kümmern. Morgen früh statten wir Claire Doniger einen Besuch ab und sehen, was wir finden.«

Um halb zwei machte sich Jared auf den Weg, um im Chez Wayne, dem kanzleieigenen Restaurant, zu Mittag zu essen. Tag für Tag tauschten dort über dreihundert Angestellte den neuesten Klatsch aus und stopften sich dabei die Bäuche voll.

Doch Jared, der im hinteren Teil des Raums saß, achtete nicht auf die Unterhaltungen seiner Kollegen. Während er seine Minestrone löffelte, war er in Gedanken ganz bei seinem Fall. Obwohl er wusste, dass der Prozess noch nicht gewonnen war, hatte er doch ein gutes Gefühl bei der Sache. Sara hatte noch immer so gut wie keine Informationen, und die Zusammenarbeit mit ihren Zeugen gestaltete sich zusehends schwieriger. Endlich sah es für die Verteidigung ganz gut aus, und was das Beste war: Seiner Frau würde nichts passieren! Als Jared Marty Lubetsky in den Speisesaal kommen sah, hob er daher die Hand, um seinen Chef auf sich aufmerksam zu machen.

Mit seinem Tablett in den Händen kam Lubetsky auf Jared zu. »Warum plötzlich so gut gelaunt?«

»Ach, nur so«, erwiderte Jared. »Ich dachte gerade an den AmeriTex-Fall von letzter Woche.«

»Jared, Sie werden doch nicht nach Komplimenten fischen?«

»Davon kann überhaupt keine Rede sein.«

»Ach, wirklich nicht?« Lubetsky stellte sein Tablett ab und setzte sich. »Aber machen Sie sich keine Sorgen – ich habe Kopien der Anträge. Das war gute Arbeit.«

»Danke.«

»Aber jetzt erzählen Sie mir vom Fall Kozlow. Wie sieht es aus?«

»Gut. Sehr gut. Ich hoffe immer noch auf eine Einstellung des Verfahrens, obwohl ich nicht glaube, dass meine Frau sich darauf einlässt.«

»Wie steht sie da?«

»Auf zunehmend verlorenem Posten. Bis zum Ende der Woche wird sie, glaube ich, einsehen, dass sie keine Chance mehr hat. Und sobald sie in Panik gerät, habe ich ein paar spezielle Tricks auf Lager.«

Sara stand gegen die Tür des U-Bahnwaggons gelehnt. Sie wusste, es sah nicht gut aus für sie. Von dem Moment an, in dem sie den Fall übernommen hatte, war es beständig bergab gegangen. Und egal, wie sehr sie sich auch anstrengte, gelang es ihr nicht, diese Talfahrt zu bremsen. Je weiter die U-Bahn nach Norden fuhr, desto mehr Pendler stiegen ein und drängten sie in die Mitte des Waggons. Mit Rücken und Schultern zwischen lauter Fremden eingekeilt, bekam sie allmählich Platzangst. Damit ihr nicht so heiß wurde, öffnete sie ihre Jacke, aber die trocken-staubige Luft in der U-Bahn ließ sie in Schweiß ausbrechen. Sie schloss die Augen und versuchte die anderen Fahrgäste zu vergessen. Sie versuchte Jared und Kozlow und den Kerl mit den eingefallenen Wangen zu vergessen. Und sie versuchte, nicht an ihre Eltern und ihre Familie zu denken und daran, was passieren würde, wenn sie den Fall verlor. Aber sosehr sie sich auch bemühte, und so viele andere Dinge sie auch zu ignorieren schaffte, konnte sie nicht aufhören, an Pop zu denken. Nie würde sie die Angst in seinen Augen vergessen, als er in das Krankenzimmer geschoben worden war. Sie hätte ihn fast verloren und er wusste es. Sie hatten Pop kleingekriegt. Das war es, was ihr nicht aus dem Kopf gehen wollte. Zugleich war ihr auch sehr deutlich bewusst, dass sie ihrem Mann das Gleiche antun konnten. Reiß dich zusammen, sagte sie sich schließlich und umklammerte den Griff ihrer Aktentasche noch fester. Es wird schon klappen.

Als die U-Bahn in der Seventy-ninth Street hielt, zwängte Sara sich aus dem Waggon. Sie konnte es kaum erwarten, an die frische Luft zu kommen, und stieg, so schnell sie konnte, zum Ausgang hoch, wo sie endlich mit einem erleichterten Seufzer aufatmete. Auf dem Weg nach Hause versuchte sie sich einzureden, dass alles gut gehen würde – dass sie nur Ruhe bewahren musste und nicht den Kopf verlieren durfte.

Doch als sie in ihre Straße bog, hörte sie hinter sich jemanden sagen: »Hallo, Sara. Wie geht's?«

Als sie herumwirbelte, stellte sie zu ihrer Erleichterung fest, dass es nur Joel Westman war, der über ihnen wohnte. »Entschuldigen Sie, Joel. Ich dachte, es wäre jemand anders.«

»Tut mir leid, wenn ich Sie erschreckt habe«, sagte Westman, als er sie einholte. »Fehlt Ihnen auch nichts? Sie sehen nicht gut aus.«

»Nein, nein, alles in Ordnung«, sagte Sara, während sie sich ihrem Haus näherten. »Ich glaube nur, ich bekomme eine Erkältung. War eine anstrengende Woche.«

»Das kann ich gut verstehen. Die Arbeit kann einem manchmal wirklich über den Kopf wachsen. Übrigens, was ist denn mit Ihrer Aktentasche passiert?«

Als Sara nach unten blickte, sah sie, dass jemand das Wort *Gewinnen* in das Leder geritzt hatte. Einen Moment stand ihr das Herz still. Die Bedrohung war näher, als ihr bewusst gewesen war – sogar so nahe, dass sie in der U-Bahn direkt neben ihr gestanden hatte.

12

Donnerstag morgen stand Sara vor dem Haus in der East Eighty-second Street 201 und wartete aufgeregt auf Conrad Moore und Guff. Es war über eine Woche her, dass sie mit Patty Harrison gesprochen hatte, und sie wusste, sie stünde beim Prozess auf verlorenem Posten, wenn sie nicht bald etwas Brauchbares an Land zog. Als sie auf das alte, aber tadellos erhaltene braune Sandsteinhaus mit den Topfpflanzen am Eingang und den hohen, eleganten Fenstern blickte, konnte sie nicht umhin, Claire Donigers Zuhause mit dem ihren zu vergleichen. Während ihr und Jareds Mietshaus den Charakter der Upper West Side hatte, hatte das von Claire Doniger die Noblesse der Upper East Side.

Ein Taxi hielt am Straßenrand und Guff und Conrad Moore stiegen aus. »Hier also ist Kozlow sein kleiner Fehltritt unterlaufen?«, sagte Guff und blickte an dem Haus hoch.

»Sehen Sie es sich gut an«, sagte Conrad Moore. »Versuchen Sie sich alle Abläufe, wie Sie sie kennen, vorzustellen, und dann überlegen Sie, ob sie unter diesen örtlichen Gegebenheiten hätten stattfinden können.« Auf Moores Rat hin betrachteten die drei das Gebäude und versuchten sich vorzustellen, wie Officer McCabe Kozlow vor Claire Donigers Haustür schleppte und Patty Harrison durch ihren Spion spähte.

»Okay, ich bin fertig«, sagte Guff nach einer halben Minute. »Können wir jetzt reingehen?«

»Still«, sagten Moore und Sara gleichzeitig.

Als sie fertig damit waren, die Fassade des Gebäudes zu studieren, stiegen Moore und Guff die Eingangstreppe hinauf. Doch Sara sagte: »Einen Augenblick noch! Zuerst möchte ich mit Ms. Harrison sprechen. Ich konnte sie seit der Sitzung der Grand Jury nicht mehr erreichen.« Sie ging über die Straße zu Patty Harrisons Sandsteinhaus. Moore und Guff folgten ihr.

Als Sara klingelte, legte Moore den Finger auf den Spion.

»Warum tun Sie das?«, fragte Sara.

»Wenn sie uns sieht und nicht mit uns sprechen will, wird sie so tun, als wäre sie nicht zu Hause«, flüsterte er. »So dagegen muss sie fragen –«

»Wer ist da?«, rief jemand hinter der Tür. Moore grinste.

»Ms. Harrison, hier ist Sara Tate. Ich wollte Ihnen nur ein paar Fragen stellen.«

»Nein. Gehen Sie bitte.«

»Es wird nicht lange dauern«, sagte Sara. »Ehrenwort.«

»Ich sagte, Sie sollen bitte gehen. Ich will nicht mehr mit Ihnen sprechen.«

Verwirrt sah Sara Moore an. »Ms. Harrison, stimmt irgendwas nicht?«

Keine Antwort.

Moore hieb mit der Faust gegen die Tür und sagte: »Ms. Harrison, ich bin der stellvertretende Bezirksstaatsanwalt Conrad Moore. Sie haben die Wahl: Entweder Sie öffnen jetzt sofort die Tür, oder wir kommen mit einem Durchsuchungsbefehl, einem Bus voll Polizisten und einem Rammbock zurück. Egal wie, wir kommen zu Ihnen rein.«

»Sie haben keinen berechtigten Grund für eine Hausdurchsuchung«, flüsterte Sara.

»Das weiß *sie* aber nicht«, erwiderte Moore leise, um dann wieder laut fortzufahren: »Ms. Harrison, Sie haben drei Sekunden Zeit, sich zu entscheiden. Danach werden wir dafür sorgen, dass die ganze Nachbarschaft erfährt, dass Sie sich weigern, mit der Polizei zusammenzuarbeiten. *Eins … zwei …*«

Die Türschlösser klickten und die Tür ging auf.

Als Sara das Haus betrat, kehrte ihr Ms. Harrison den Rücken zu und hielt die linke Hand an ihr Gesicht. »Was haben Sie denn?«, fragte Sara und berührte sie an der Schulter.

Als Ms. Harrison sich umdrehte, sah Sara, dass sie unter ihrem angeschwollenen linken Auge einen dunklen Bluterguss hatte. Ihre rechte Unterlippe war aufgeplatzt, und auf der rechten Wange hatte sie einen weiteren blauen Fleck. Ihr rechter Arm, mit Fiberglas geschient, hing in einer Schlinge. Sara war fassungslos. Patty Harrison war nicht mehr nur eine Zeugin. Inzwischen war sie auch ein Opfer.

»Wer war das?«, wollte Sara wissen.

»Bitte, lassen Sie mich …«; flehte Ms. Harrison mit Tränen in den Augen.

»Sagen Sie uns, wer das war«, verlangte Sara. »War es Kozlow?«

»Wir können Sie vor ihm schützen«, fügte Moore hinzu, als Ms. Harrison sich im Wohnzimmer auf das Sofa setzte.

»Sie hat auch gesagt, sie könnte mich schützen.« Patty Harrison deutete auf Sara. »Und jetzt sehen Sie mich an!«

»Aber diesmal …«

»Er hat mir mit bloßen Händen das Handgelenk gebrochen!«, stieß Patty Harrison mit tränenüberströmtem Gesicht hervor. »Mit seinen bloßen Händen!«

»Sagen Sie uns doch, wer es war.« Sara legte Ms. Harrison den Arm um die Schulter.

»Lassen Sie mich in Ruhe!« Patty Harrison wich vor ihr zurück. »Verlassen Sie mein Haus! Schon durch Ihr bloßes Erscheinen bringen Sie mich in Gefahr. Wenn Sie unbedingt jemanden belästigen wollen, belästigen Sie die Donigers. Ihretwegen ging das alles los.«

»Bitte, Ms. Harrison, lassen Sie sich doch von uns helfen.«

»Ich will Ihre Hilfe nicht! Ich will, dass Sie mein Haus verlassen!«, schrie Patty Harrison mit rotem Gesicht. »Und jetzt verschwinden Sie! *Verschwinden Sie aus meinen Haus*!«

Auf dem Weg zur Tür suchte Sara nach den passenden Worten.

»Ich habe versucht, eine gute Bürgerin zu sein!«, rief ihr Ms. Harrison hinterher. »Ja, genau – eine gute Bürgerin!«

»Das wissen wir«, sagte Moore, der Sara folgte. »Deshalb wollten wir –« Krachend fiel die Tür zu.

Guff sah Sara an. »Das darf doch nicht wahr sein!«

»Er hat es mit seinen bloßen Händen getan«, sagte Sara. »Er hat ihr mit bloßen Händen das Handgelenk gebrochen. Was sind das nur für Bestien?«

»Keine Ahnung«, sagte Moore. »Aber ich habe ein paar Fragen an Claire Doniger.« Moore ging über die Straße und klopfte an Ms. Donigers Tür. Dann legte er den Finger auf ihren Spion und wartete. Niemand meldete sich. Moore klingelte und klopfte noch einmal.

»Wahrscheinlich hat sie Sie schreien gehört«, sagte Sara.

»Oder sie ist einfach nicht zu Hause«, sagte Guff.

»Quatsch«, brummte Moore. »Ich weiß, sie ist da drinnen.« Er hieb noch einmal gegen die Tür und rief: »Machen Sie auf, Ms. Doniger! Wir wissen, dass Sie zu Hause sind!«

»Ach was«, sagte Guff und stieg die Treppe vor dem Eingang hinab. »Die kriegen wir schon noch.«

Als sich im Haus noch immer nichts rührte, folgte Moore Guff auf den Bürgersteig hinab. »Kommen Sie?«, fragte Moore. Sara stand immer noch vor Claire Donigers Tür. Wenig später stieg sie ebenfalls die Treppe hinab und schloss sich Moore und Guff an. »Was sollte das jetzt?«, fragte Moore.

»Ms. Harrison sagte, wir sollten mit den Donigers sprechen – so, als wären es mehr als einer. Deshalb sah ich auf dem Briefkasten nach, und dort stand ›Mr. und Mrs. Arnold Doniger‹. Anscheinend ist Claire Doniger verheiratet.«

»Warum haben wir dann nie etwas von Mr. Doniger gehört?«, warf Guff ein.

»Genau das frage ich mich auch«, sagte Sara. »Aber das herauszufinden dürfte nicht allzu schwer sein.«

Zurück in ihrem Büro, rief Sara Claire Doniger an. »Hallo, hier Claire«, meldete sich Ms. Doniger.

»Guten Tag, Mrs. Doniger. Hier spricht Sara Tate. Dürfte ich Sie vielleicht um einen Gefallen bitten?«

»Hören Sie, das hatten wir doch gestern schon«, sagte Ms. Doniger. »Ich –«

»Eigentlich hätte ich gern Ihren Mann gesprochen.«

Am anderen Ende der Leitung trat eine kurze Pause ein. Schließlich sagte Claire Doniger: »Mein Mann ist tot.«

Erschrocken sagte Sara: »Oh, das tut mir Leid. Wann ist er gestorben?«

Wieder eine kurze Pause. »Letzten Freitag.«

»Tatsächlich?« Sara gab sich Mühe, nicht argwöhnisch zu klingen, während sie im Kopf die Tage nachrechnete. »Hoffentlich hat sich Ihr Zeugentermin nicht mit dem Begräbnis überschnitten. Wann war es?«

»Am Samstag.« Bevor Sara eine weitere Frage stellen

konnte, fügte Claire Doniger hinzu: »Um ehrlich zu sein, die letzte Woche war eine richtige Tortur für mich. Er war schon einige Zeit krank – und nun ist er endgültig an seinem Diabetes gestorben. Deshalb wollte ich auch nichts mehr mit dieser Einbruchsgeschichte zu tun haben. Sie erschien mir neben all dem anderen, was ich durchgemacht habe, plötzlich so belanglos.«

»Das kann ich gut verstehen. Tut mir Leid, dass ich Sie so bedrängt habe.«

»Schon gut. Und mir tut es Leid, dass ich Ihnen gegenüber so schroff war. Für mich war das alles nicht ganz leicht.«

»Natürlich. Darf ich Ihnen bei dieser Gelegenheit auch gleich mein aufrichtiges Beileid aussprechen! Es tut mir Leid, Sie belästigt zu haben.« Sobald Sara aufgelegt hatte, blickte sie zu Moore und Guff auf.

»Er ist tot?«, fragte Guff.

»Sie sagte, er starb letzten Freitag. Anscheinend hatte er Zucker. Sie sagt, er war schon länger krank.«

»Das glauben Sie doch nicht im Ernst, oder?«, sagte Moore.

»Natürlich nicht. Wir hatten die letzten zwei Wochen ständig mit dieser Frau zu tun, und da soll sie den Tod ihres Mannes mit keinem Wort erwähnt haben? Wir haben sie am Montag gesehen und sie hat nichts gesagt. Zu diesem Zeitpunkt wäre sie noch keine zweiundsiebzig Stunden Witwe gewesen.«

»Was werden Sie jetzt tun?«, fragte Guff.

»Das würde ich gern von Ihnen wissen«, entgegnete Sara. »Was ist nötig, um eine Leiche zu exhumieren?«

Um halb neun war Jared endlich allein in seinem Büro. Kozlow war vor fast zwei Stunden gegangen, und Kathleen war gerade zu ihrem Mann nach Hause gefahren. Froh über die Stille, aber nicht in der Lage, sich zu entspannen, saß Jared auf der Stuhlkante und ging im Kopf die bevorstehende Unterhaltung mit Sara durch. Zuerst würde er ihr erzählen, dass er in der Mittagspause mit Pop gesprochen hatte. Das würde sie etwas aus der Reserve locken. Dann würde er sie fragen, wie es im Büro lief. Obwohl sie sich daraufhin vermutlich wieder in ihren Panzer zurückziehen würde, war ihm klar, dass er die anstehenden Punkte rasch anschneiden musste. Im Lauf der letzten Abende hatte er beobachtet, wie Sara, egal, um welches Thema es sich handelte, immer schneller die Geduld verlor. Deshalb würde es nicht gerade einfach werden, über berufliche Dinge eine längeres Gespräch mit ihr zu führen.

Jared sah auf die Uhr. Er durfte nicht mehr länger warten. Er war schon seit dem Mittagessen versucht gewesen, sie anzurufen. Aber es war sicher klug gewesen, bis zum Abend zu warten. Inzwischen war Sara müde und frustriert, und der lange Arbeitstag hatte seinen Tribut gefordert. Wie sein Professor für Wirtschaftsrecht immer gesagt hatte: »Je müder die Beute, desto leichter geht sie ins Netz.« Es war der abgedroschenste Spruch des Professors gewesen, aber als Jared nun zum Telefon griff, hätte er ihm nicht mehr zustimmen können.

Er wählte Saras Nummer und wartete, dass sie abnahm.

»SBA Tate.«

»Sara, ich bin's.«

»Was willst du?«

Jared verlieh seiner Stimme etwas Warmes und Aufrichtiges. »Ich wollte nur hören, wie es dir geht. Ist das genehmigt?«

»Sicher. Was gibt's sonst Neues?«

»Ich habe mit Pop gesprochen. So, wie er sich anhört, geht es ihm schon wieder besser.«

»Ich weiß. Ich habe ihn in der Mittagspause besucht. Danke, dass du dich um ihn gekümmert hast.«

»Das ist doch selbstverständlich.« Das Gespräch geriet ins Stocken.

»Also, Jared, warum rufst du wirklich an?«

Jared schüttelte den Kopf. Seine Frau kannte ihn zu gut. »Ich wollte dir einen letzten Vorschlag machen.«

»Jared!«

»Hör mir doch erst mal zu. Ich will dir nicht wieder die Ohren damit vollquatschen, was gut für meinen und deinen Job ist. Hier geht es um etwas Wichtigeres als unsere Karrieren. Du hast selbst gesagt: Es geht um unsere Ehe und um unser Leben. Solange wir mit diesem Fall befasst sind, steht das alles auf dem Spiel. Du hast selbst gesehen, wie es in den letzten anderthalb Wochen war. Kein Tag, an dem wir keine Reibereien haben; keine Nacht, in der wir nicht aus den Augen verlieren, worauf es wirklich ankommt. Sara, wenn wir das Verfahren einstellen, hat das alles auf der Stelle ein Ende. Dann können wir wieder ein normales Leben und eine normale Ehe führen und uns um Pop kümmern und was sonst noch ansteht.«

»Und das ist dein letztes Angebot? Dein berühmter Vorschlag, das Verfahren einzustellen?«

»Richtig. Ab morgen werde ich anfangen, die Beweisanträge vorzubereiten. Und sobald das einmal losgeht, wird es wirklich ernst, auch wenn ich nach wie vor versuche, dich zu schonen. Deshalb, Liebling – was meinst du?«

»Ganz gleich, wie du es drehst und wendest, Jared – was du gerade machst, ist reine Manipulation. Glaubst du im Ernst, das würde ich nicht merken?« Sara lachte. »Außerdem werde ich auf keinen Fall etwas unternehmen, solange ich nichts vom Gerichtsmediziner gehört habe.«

»Was brauchst du für diesen Einbruch einen Gerichtsmediziner?«

»Tja, wenn wir ihn dazu bewegen können, Arnold Donigers Leiche noch mal auszugraben, wird er uns sagen, ob wir deinen Mandanten auch des Mordes anklagen müssen.«

Jared beugte sich vor. »Wer ist Arnold Doniger?« Statt einer Antwort bekam Jared nur ein Klicken zu hören. Seine Frau hatte aufgelegt.

»Was hat er gesagt?«, wollte Conrad Moore wissen.

»Ich glaube, er hat sich fast in die Hosen gemacht«, sagte Sara.

»Ehrlich gestanden, hätte ich Ihnen nicht zugetraut, dass Sie einfach auflegen würden.«

»Diesmal geschieht es ihm wirklich recht. Er ruft mich an, tut so, als wäre er die Unschuld in Person, und denkt, er könnte mich um den Finger wickeln, bloß weil er mir auf die gefühlsmäßige Tour kommt. Ich hasse es, wenn er Pop und meine Karriere dazu benutzt, mich rumzukriegen – er weiß, das bringt mich total auf die Palme.«

»Diese beiden Punkte sind nun mal Ihre Achillesferse. Jeder gute Gegner würde sie sich zunutze machen.«

»Bloß will ich keinen Gegner. Ich will einen Ehemann.«

»Wenn Sie ihn so sehr lieben, wie kommt es dann, dass Sie nicht bereit sind einzulenken, Sara?«

Sara sah zu Moore auf. Sie war versucht, ihm von dem Kerl mit den eingefallenen Wangen zu erzählen. Und dass sie nur deshalb so erbitterten Widerstand leistete, weil sie verhindern wollte, dass ihrem Mann etwas zustieß. Doch stattdessen log sie: »Weil er der Mann auf der anderen Seite ist. Ihm das Leben schwer zu machen ist mein Job.«

Moore betrachtete sie aufmerksam. »Und Sie glauben, dass ich Ihnen das abnehme?«

Sara spielte mit ein paar Papierklammern herum, gab aber keine Antwort.

»Na ja, das müssen Sie selbst wissen«, sagte er. »Ich stelle jedenfalls keine weiteren Fragen mehr.«

Zehn Minuten später kam Guff herein und gab Sara ein paar Papiere. »Hier ist die Kopie Ihrer Exhumierungsanweisung. Von Judge Cohen ausgestellt. Sie graben ihn heute Abend aus. Die Obduktion ist gleich für morgen früh angesetzt.«

»Wunderbar.« Sara verstaute die Dokumente in ihrer Aktentasche. »Und nochmals vielen Dank, dass Sie die Unterschrift beschafft haben!«

»Mir dürfen Sie da nicht danken. Conrad ist derjenige, der den Richter kannte.«

»Dann Ihnen vielen Dank«, sagte Sara und nickte Moore zu.

»Für Sie, meine Liebe, tue ich doch alles.«

Um zehn Uhr abends nahm Jared seine Anzugjacke vom Haken an der Tür und trat auf den Flur hinaus. In der Kanzlei waren zwar noch Dutzende junger Anwälte am Arbeiten, aber die Angestellten waren schon fast alle nach Hause gegangen. Daher waren die Flure verlassen. Auf dem Weg zum Aufzug war Jared immer noch dabei, Saras Mitteilung zu verdauen.

Nach dem Telefonat mit ihr hatte er die Lexis-Datenbanken nach Informationen über Arnold Doniger durchforstet. Alles, was er hatte finden können, war eine Anzeige in der *New York Times* gewesen, in der Doniger seine Verlobung mit Claire Binder bekannt gab, einer zwölf Jahre jüngeren Radcliff-Absolventin und Antiquitätenexpertin, sowie eine kurze Todesanzeige vom vergangenen Samstag. Warum hatte ihm Rafferty nichts davon erzählt?

Während er auf den Lift wartete, dachte Jared über das neu gewonnene Selbstvertrauen in Saras Stimme nach und was es für den Fall bedeutete. Das trieb ihm so abrupt den Schweiß in die Handflächen, dass ihm seine Aktentasche entglitt. Als er sich bückte, um sie aufzuheben, ging die Aufzugtür auf. In der Kabine waren Rafferty und Kozlow.

Mit einem gezwungenen Lächeln sagte Jared: »Was machen Sie –«

Bevor er jedoch den Satz zu Ende sprechen konnte, spürte er Kozlows Faust in seinem Bauch und ging, nach Luft schnappend, zu Boden. Kozlow zerrte ihn in den Lift, die Tür ging zu, und Rafferty drückte auf den roten Knopf. Das Alarmsignal ging los. Ohne Jared zu Atem kommen zu lassen, trat Kozlow ihm zweimal in den Bauch. Dann hob er Jareds Aktentasche auf, öffnete sie und leerte alle Papiere auf Jared, der, nach Atem ringend, auf dem Boden lag.

Während die Dokumente zu Boden schwebten und der Alarm weiterheulte, trat Kozlow Jared noch einmal. Dann stellte er ihm den Fuß auf den Hinterkopf, drückte das Gesicht auf den Boden und sagte: »Wir amüsieren uns doch köstlich, oder nicht?« Jared, der den Kopf zu heben versuchte, antwortete nicht. »Ich hab dich was gefragt!«, schrie Kozlow ihn darauf an. »Amüsieren wir uns, oder nicht?« Mit einem kurzen Stoß drückte er Jareds Gesicht wieder auf den Boden. Jared fürchtete, jeden Moment ohnmächtig zu werden. »Los, antworte!«, brüllte Kozlow. »Antworte, oder ich trete dir den Schädel ein!«

»Es reicht, Tony«, sagte Rafferty und zog Kozlow von Jared zurück.

»Rühren Sie mich nicht an!«, brüllte Kozlow Rafferty an. »Ich weiß, was ich tue.«

»Daran habe ich nie gezweifelt«, sagte Rafferty. »Aber ich muss mit ihm reden. Jetzt atmen Sie erst mal tief durch, und beruhigen Sie sich.« Als Kozlow zurücktrat, beugte sich Rafferty zu Jared hinab. »Sie sagten, ich solle mir keine Sorgen machen«, flüsterte er. »Ist das nicht, was Sie mir gesagt haben?«

»Es tut mir Leid«, stöhnte Jared, dem der Speichel über das Kinn lief. »Ich wusste nicht, dass sie –«

»Erzählen Sie mir nicht noch mehr Unsinn! Davon habe ich die Nase gestrichen voll. Wir müssen herausbekommen, was Sara weiß. Beschaffen Sie sich ihre Aufzeichnungen, lesen Sie meinetwegen ihre Gedanken, machen Sie, was Sie wollen, aber finden Sie heraus, was da vor sich geht! Das darf auf keinen Fall ein Mordprozess werden.«

Dann richtete sich Rafferty auf und schaltete den Alarm aus. Wenig später hielt der Lift im Erdgeschoss des Gebäudes. Jared blieb auf dem Boden liegen, als Rafferty über ihn stieg und die Kabine verließ. Als Kozlow ihm folgte, trat er Jared mit seinem Stiefel auf die rechte Hand. »Steh gefälligst auf«, knurrte Kozlow und drückte mit dem Absatz auf Jareds Finger.

»Ich meine es ernst«, fügte Rafferty hinzu, als die Tür zuging. »Morgen früh möchte ich ein paar Antworten.«

Jared traf um Viertel vor elf zu Hause ein. Er setzte sich aufs Sofa und wartete ungeduldig auf Sara. Als sie um halb zwölf endlich nach Hause kam, sprang Jared auf, um ihr entgegenzueilen.

»Was ist passiert?«, fragte er, bevor sie auch nur ihren Mantel aufgeknöpft hatte.

»Das kann ich dir nicht sagen«, erwiderte sie. »Also lass das oder wechsle das Thema.«

»Was hat es mit Arnold Doniger auf sich? Warum ist er –«

»Hörst du mir eigentlich zu, Jared?« Sara sah ihn wütend an. »Hör bitte auf, mich deswegen auszufragen.«

»Dann erzähl mir wenigstens, ob du eine Obduktion vornehmen lässt, damit ich weiß, was ich morgen tun muss.«

Sara ging ins Schlafzimmer und begann sich auszuziehen.

»Bitte«, sagte Jared. »Ich muss es wissen.«

Sie wusste genau, was er vorhatte, aber sie wollte sich auf keinen Fall herumkriegen lassen. Sie tat, als hörte sie ihm nicht zu, und hängte ihr Kostüm in den Kleiderschrank. Nachdem sie ein T-Shirt aus ihrer Kommode genommen hatte, ging sie ins Bad. Jared folgte ihr und blieb in der Tür stehen, als sie sich das Gesicht zu waschen begann.

»Sara, du kannst doch nicht einfach so tun, als wäre ich gar nicht da! Ich brauche deine Hilfe. Ich weiß sonst nicht, was ich tun soll.«

Inzwischen bettelte er, und sein Tonfall überraschte sie. Nicht nur, weil er sie emotional berührte, sondern auch weil sie spürte, dass er nicht gespielt war. Jared stand das Wasser bis zum Hals. Er war auf ihre Hilfe angewiesen. Und mit ein paar Informationen hätte sie seine Qualen lindern können. Nein, sagte sie sich. Lass dir das nicht von ihm antun! Sie behielt die Augen geschlossen und spülte die Seife ab. Dann vergrub sie mit einer raschen Bewegung ihr Gesicht im Handtuch. Sieh ihn nicht an, schärfte sie sich ein. Das ist die einzige Möglichkeit, dich nicht weichkriegen zu lassen.

»Bitte, Sara! Du bist meine Frau.« Als Jared das sagte, konnte sie seine Stimme brechen hören. Er flehte sie nicht mehr nur an. Er weinte. Sie konnte nicht anders, sie hob ihr Gesicht aus dem Handtuch. Und als sie zu ihm aufblickte, sah sie die Verzweiflung in seinen Augen. Nein, nicht nur Verzweiflung. Angst. »Bitte«, wiederholte er.

Sara spürte, wie ihr Mund trocken wurde. Ihr wurde flau im Magen. So etwas hatte sie ihm nie antun wollen. Aber sie musste es tun. »Es tut mir Leid, Jared. Ich kann nicht.« Dann senkte sie den Blick zu Boden und versuchte sich an ihm vorbeizudrängen, aber Jared legte die Arme um sie.

»Sara …«

Sie entwand sich ihm. »Bitte … es fällt mir auch so schon schwer genug.«

Jared blieb in der Tür des Badezimmers stehen und sah zu, wie seine Frau ins Bett ging. Als sie das Licht auf ihrem Nachttisch ausmachte, rührte er sich nicht von der Stelle. Schließlich kam ihre Stimme aus dem Dunkeln. »Gute Nacht.«

Zweieinhalb Stunden lang lag Jared reglos im Bett und tat so, als schliefe er. Den Rücken Sara zugekehrt, die Augen längst an die Dunkelheit gewöhnt, starrte er auf den beigefarbenen Heizkörper in der Ecke. Er dachte an den Tag, an dem sie in die Wohnung gezogen waren, und an den Tag, an dem er den Vorschlag gemacht hatte, den Heizkörper neu zu streichen, damit er zu ihrem weinrot-beige Bettüberwurf passte. Sara hatte ihm erklärt, in New York käme kein Mensch auf die Idee, einen Heizkörper farblich auf den Rest der Wohnung abzustimmen, und hatte sich geweigert, sich an einem so »sinnlosen« Unternehmen zu beteiligen. Doch Jared ließ nicht locker und strich ihn, sodass sein Ordnungssinn schließlich die Oberhand gewann über die eher legere Einstellung seiner Frau, die es mehr mit dem permanenten Chaos ihrer Heimatstadt hielt. Und während er nun wach zu bleiben versuchte, starrte er wieder einmal auf den Heizkörper und fragte sich, warum sie so viel Zeit damit vertan hatten, sich über etwas so Belangloses zu streiten.

Als die Leuchtziffern seines Elektroweckers 2 Uhr 30 anzeigten, drehte sich Jared langsam zu seiner Frau herum und flüsterte: »Sara?«

Keine Antwort.

»Sara, schläfst du?«

Noch immer keine Antwort.

So leise er konnte, hob Jared die Decke und glitt aus dem Bett. Lautlos schlich er um das Fußende herum. Als er auf eine lose Diele trat, gab diese ein leises Quietschen von sich. Sara drehte sich daraufhin auf die andere Seite, sodass sie nun dem Nachttisch zugewandt war, auf den Jared zusteuerte. Er blieb abrupt stehen. »Sara?«

Keine Antwort.

Jared schlich weiter und ging neben der Aktentasche seiner Frau, die am Nachttisch lehnte, in die Hocke. Er streckte den Arm danach aus, hielt jedoch plötzlich inne. Mein Gott, was tat er da? Während er den Arm zurückzog, fragte er sich, wie er auf die Idee gekommen war, er könne das durchziehen. Doch dann fiel sein Blick auf Sara, und die Antwort war vollkommen klar: Ihr Leben war dieses Risiko wert. Mit angehaltenem Atem kämpfte er gegen das Rumoren in seinem Bauch an und hob Saras Aktentasche vorsichtig hoch.

Seine Hände zitterten, als er den Verschluss öffnete und die Lederklappe zurückschlug. Er begann fieberhaft in ihren Unterlagen zu blättern und zog schließlich den Ordner mit der Aufschrift KOZLOW heraus. Gerade als er im Begriff war, ihn zu öffnen, blickte er noch einmal seine Frau an. Sie sah sehr schön aus. Wie gebannt sah Jared sie weiter an. Er wollte sie nicht betrügen, aber er musste unbedingt herausbekommen, was sie wusste. Und bevor er es sich anders überlegen konnte, öffnete er den Ordner und begann zu lesen.

»Was hast du dir dabei eigentlich gedacht?«

Jared richtete sich abrupt auf. Sara war hellwach.

»Sara, bevor du weitersprichst, lass mich –«

»Raus!«

»Es ist nicht so, wie du –«

»Raus hier! Ich möchte dich nicht mehr sehen! *Sofort*!« Sie sprang aus dem Bett und riss Jared den Ordner aus der Hand. »Wie konntest du so etwas tun! Wie konntest du! Respektierst du mich wirklich so wenig?«

»Ganz im Gegenteil, ich wollte doch nur –«

»Was wolltest du nur? Einen Kaugummi suchen? Einen Stift, um einen Traum aufzuschreiben? Wolltest du gegen die primitivsten Anstandsregeln verstoßen? Oder was hast du sonst für eine faule Ausrede parat?«

»Vertrau mir! Ich weiss, ich stehe ziemlich dumm da, aber ich kann es dir erklären.«

»Dir vertrauen? Du möchtest, dass ich dir vertraue?« Sie ließ den Ordner fallen und versetzte Jared einen Schlag. Zuerst gegen die Brust, dann gegen die Schulter. »So sieht unser Vertrauen aus, Jared! So sieht unser Vertrauen aus und du hast es gerade kaputtgemacht!«

Er versuchte ihre Schläge abzublocken, so gut es ging. »Jetzt hör mir doch erst mal zu, Sara!«

»Ach so, natürlich. Na schön, ich höre. Ich kann es gar nicht erwarten zu hören, was du mir zu sagen hast!«

Jared holte tief Luft. Er zitterte. Er wusste nicht mehr ein noch aus. »Ich weiss, du wirst mir nicht glauben, aber das hat nichts mit dir zu tun. Es geht nur um den Fall. Du musst dir endlich mal darüber klar werden, wie viel mir das alles bedeutet. Ich wollte nur wissen, was ich morgen zu erwarten habe.«

»Hast du das auch schon mal gemacht, bevor ich vor die Grand Jury musste? Hast du auch damals schon in meinen Unterlagen herumgeschnüffelt? Und wirst du das auch vor dem Prozess noch mal tun?« Während Sara ihn mit ihren Fragen bombardierte, trat sie näher auf ihn zu und ließ mit jedem Vorwurf ihren Finger auf seine Brust vorschnellen.

Jared wich instinktiv zurück und entfernte sich immer weiter von Saras Seite des Betts. »Sprich bitte nicht in so einem Ton mit mir«, sagte er. »Ich habe doch kaum etwas gesehen.«

»Weil ich aufgewacht bin und dich daran gehindert habe weiterzulesen!«

»Hör zu, es tut mir leid, dass es dazu gekommen ist, aber im umgekehrten Fall hättest du genau das Gleiche getan.« Jared stand inzwischen mit dem Rücken an Saras Kommode. »Wenn du also willst, dass ich ausziehe, bitte! Aber überleg dir bitte sehr genau, bevor du etwas tust, was du später bereuen könntest.«

Sara drehte sich um, griff in die oberste Schublade ihres Nachttischs, zog einen Schlüsselbund heraus und warf ihn Jared zu. »Das ist der Schlüssel für Pops Wohnung. Pack deine Sachen, und geh mir aus den Augen!«

»Soll das ein Witz sein?«, fragte Jared konsterniert.

»Mein Entschluss steht fest«, sagte Sara. »Und jetzt geh.«

»Bist du sicher, du –«

»Verschwinde! Auf der Stelle.«

Verwirrt und wütend schüttelte er den Kopf. »Das wirst du noch bereuen.«

»Das werden wir ja sehen.«

Zähneknirschend stürmte er zu seinem Schrank. Warte, bis sie allein ist, dachte er. Dann wird sie einsehen, dass sie total überreagiert hat. Wutentbrannt stapfte er von Zimmer zu Zimmer, bis er Anzüge, Toilettenartikel und genügend Kleidung für das Wochenende zusammengesucht hatte. Aber erst als er schließlich soweit war, dass er gehen konnte, wurde ihm bewusst, was gerade passierte.

Als er seinen schwarzen Kleidersack zur Tür trug, sah er Sara im dunklen Wohnzimmer sitzen. Ihre Aktentasche lehnte an der Couch. Schlagartig fiel seine Wut in sich zusammen. »Ich gehe jetzt«, sagte er kleinlaut.

Sie antwortete nicht.

»Sara, ich –«

»Ich habe gehört, was du gesagt hast.«

Jared legte die Hand auf den Türknauf. »Bitte, glaub mir, es tut mir Leid.«

»Das will ich auch hoffen.«

»Doch, wirklich.« Er wollte auf keinen Fall gehen, aber er wusste nicht, was er sagen sollte. Er suchte nach den richtigen Worten, fand aber keine. Schließlich platzte er heraus: »Willst du wirklich, dass ich gehe?«

Wieder antwortete Sara nicht. Sie beobachtete ihn aufmerksam. Er wirkte so verletzlich, als er mit dem Kleidersack über der Schulter dastand. Im Raum machte sich betretenes Schweigen breit. Jared versuchte die ausdruckslose Miene seiner Frau zu ergründen. Langsam ließ er den Kleidersack zu Boden sinken.

»Lass das«, sagte Sara.

»Aber du –«

»Ich werde es mir nicht anders überlegen, Jared. Ich möchte, dass du gehst.«

Damit hatte es sich. Sie würde nicht einlenken. Jared wandte sich ab und öffnete die Tür. Und verschwand ohne ein weiteres Wort.

Das Erste, was ihm auffiel, war die Stille. Die Fotos von Sara und ihren Eltern, die die langen Wände des Eingangsflurs zierten, hatten keinerlei Wirkung auf ihn, und den vertrauten abgestandenen Geruch, der ihn an das Haus seiner eigenen Großeltern erinnerte, nahm er kaum wahr. Das einzige, was Jared nicht ignorieren konnte, als er Pops bescheidene Wohnung in der East Seventy-sixth Street betrat, war die durchdringende Stille.

»Hallo?«, rief er, nur um ein Geräusch zu machen. »Irgendjemand zu Hause?« Niemand antwortete.

Immer noch mit dem Kleidersack über der Schulter, machte er ein paar zaghafte Schritte und ließ dann seine Sachen zu Boden sinken. Dann ging er rasch in Pops Schlafzimmer und entschied ebenso rasch, dass er nicht in Pops Bett schlafen würde. Es kam ihm nicht richtig vor. Nachdem er den Wäscheschrank gefunden hatte, zog er ein paar Laken und eine Decke heraus, klappte die Schlafcouch auf und machte das Bett. Dann musste er sich bloß noch drauflegen.

Es ist nur, bis der Prozess vorbei ist, sagte er sich. Mehr hat sie doch damit nicht gemeint, oder? Voller Widerstreben, sich seine Frage zu beantworten, ging er zur Wohnungstür zurück und vergewisserte sich, dass sie auch wirklich abgeschlossen war. Im Gegensatz zu seiner und Saras Wohnung, die mit zwei Panzerriegeln und einer Kette gesichert war, hatte Pops Wohnungstür nur ein Schloss – dasselbe, das bereits eingebaut gewesen war, als Pop vor fast zwanzig Jahren einzog. Pop genügte dieses eine Schloss, um sich sicher zu fühlen. Jareds Problem war ein ganz anderes. Jared machte sich nicht wegen des Schlosses Sorgen. Er machte sich nicht einmal um sich Sorgen. Er machte sich um seine Frau Sorgen. Und je länger er nicht zu Hause war, desto länger war Sara ungeschützt.

Zurück im Wohnzimmer, nahm Jared das Telefon vom Couchtisch und wählte seine Privatnummer. Komm schon, Schatz, und nimm endlich ab! Das Telefon läutete wieder. Mach schon, Sara, ich weiß, du bist da. Und wieder. Bist du wirklich da? Und wieder. Wo bist du? Und wieder. Sara, jetzt machst du mir Angst. Bist du –

»Hallo«, hauchte sie endlich mit schlaftrunkener Stimme in den Hörer.

»Entschuldige, dass ich dich geweckt habe. Ich wollte dir nur sagen, dass ich jetzt hier bin und dass –«

Sara legte auf.

Beruhigt stellte Jared das Telefon ab. Sie war in Sicherheit. Vorerst.

Sie hatte nach seinem Anruf nicht mehr einschlafen können. Es machte ihr nichts aus, dass er ihre Wohnung verließ, und es machte ihr nichts aus, dass sie nicht wusste, wo er war, aber sobald er anrief, um zu sagen, dass bei ihm alles in Ordnung war, war es um ihre Ruhe geschehen. Vielleicht war es der Klang seiner Stimme, vielleicht ihr schlechtes Gewissen. Egal was, es begann seine Wirkung zu zeigen. Aber diesmal würde sie allein damit zurechtkommen müssen.

Um halb fünf Uhr morgens war Sara immer noch hellwach. Zuerst versuchte sie es mit einer Tasse warmer Milch. Dann versuchte sie es mit klassischer Musik. Dann fragte sie sich, ob es etwas anderes gab, was ihr fehlte. Aus Erfahrung wusste sie, dass es, wenn sie nicht einschlafen konnte, entweder daran lag, dass sie den vergangenen Tag noch einmal durchlebte oder dass sie Angst hatte, sich dem bevorstehenden zu stellen. In diesem Fall traf beides zu. Und als sie sich instinktiv an die Kissen auf Jareds Seite des Betts kuschelte, wusste sie, es würde keine leichte Nacht werden.

»Woran ist er gestorben?«, fragte Walter Fawcett am nächsten Morgen unverblümt. Fawcett, ein schwergewichtiger Mann mit heiserer Stimme, dickem Schnurrbart und noch dickeren Brillengläsern, war einer der zehn Gerichtsmediziner, die in Manhattan mit der Durchführung von Obduktionen betraut waren. Er und Sara standen vor dem Obduktionsraum im Keller des gerichtsmedizinischen Instituts und sprachen über die näheren Umstände von Arnold Donigers Tod.

»Laut Totenschein und laut Aussagen seiner Frau fiel er infolge seines Diabetes in ein Koma«, sagte Sara und rieb sich die geröteten Augen. »Anscheinend war sein Blutzuckerspiegel zu niedrig.«

»Sie sagten vorher, die Rettungssanitäter hätten ihn eingeliefert. Irgendwas Auffälliges in ihrem Bericht?«

Sara reichte Fawcett eine Kopie des Berichts. »Hier steht, dass Arnold Doniger den ganzen Abend vor seinem Tod ziemlich schlecht gelaunt war. Seine Frau hat ausgesagt, dass er wegen seines Diabetes häufig solche Phasen hatte. Deshalb nimmt sie an, sein Blutzucker sei zu niedrig, und gibt ihm etwas Apfelsaft und einen Müsliriegel. Ein paar Stunden später, unmittelbar bevor er zu Bett geht, sieht sie, wie er sich eine Spritze gibt. Als sie am nächsten Morgen aufwacht, liegt er tot neben ihr. Sie bekommt einen Schock und ruft einen Krankenwagen. Ende der Geschichte.«

»Das ist nie und nimmer das Ende«, sagte Fawcett. »Wir werden mehr finden.« Als er den Bericht durchgesehen hatte, gab er ihn Sara zurück. »Bleiben Sie, bis ich mit der Obduktion fertig bin?« Sara war so in Gedanken versunken, dass sie nicht antwortete. Fawcett hielt ihr die Hand vors Gesicht und schnippte mit den Fingern. »Hallo, sind Sie auf Empfang?«

»Wie bitte?« Sara schrak aus ihren Gedanken hoch. »Entschuldigung. Was haben Sie gesagt?«

»Erstens habe ich gefragt, ob Sie bis zum Ende der Obduktion bleiben. Zweitens frage ich, was Sie so beschäftigt.«

»Eigentlich nichts – nur ein anderer Aspekt des Falls. Was Ihre Frage angeht, ob ich zur Obduktion bleibe – ich würde gern dabei zusehen, aber ich habe heute Mittag einen Termin im Gericht. Im Büro meinten alle, es wäre sehr lehrreich, sich mal anzusehen, wie so etwas gemacht wird.«

»Die haben keine Ahnung, wovon sie reden«, sagte Fawcett, als er auf den Obduktionsraum zuging. »Aber wenn Sie unbedingt meinen, ziehen Sie sich einen Kittel an.«

»Sie führen eine Obduktion durch?«, fragte Rafferty, als er vor Jareds Schreibtisch Platz nahm.

»Der einzigen Akte zufolge, die ich zu sehen bekam, haben sie die Leiche gestern Abend exhumiert«, sagte Jared. »Und heute Morgen sezieren sie sie.«

»Und dann hat sie Sie erwischt?«, fragte Kozlow von seinem Stuhl im hinteren Teil des Büros. »O Mann, Sie müssen –«

»Jetzt reicht's«, unterbrach ihn Jared. »Ich will nichts mehr davon hören.«

»Das war keine Glanzleistung.«

»Das kriege ich schon geregelt«, sagte Jared. »Ich habe nur für drei Tage Sachen zum Anziehen mitgenommen. Deshalb habe ich einen Vorwand, dass ich in die Wohnung zurück muss. Außerdem hat sie die Schlösser nicht ausgetauscht.«

»Noch nicht«, sagte Kozlow.

»Gibt es eine Möglichkeit, die Obduktion zu verhindern?«, wollte Rafferty wissen.

»Wir könnten versuchen, sie zu torpedieren, aber ich persönlich glaube, das würde mehr schaden als nützen. Auf keinen Fall dürfen wir etwas tun, was uns noch verdächtiger erscheinen lässt.«

»Und was sollen wir dann tun?«

»Wir führen eine eigene Obduktion durch, deren Ergebnisse hoffentlich denen ihres Pathologen widersprechen werden. Widersprüchliche Gutachten verwirren die Geschworenen immer. Ansonsten können wir vorerst nichts Besseres tun, als zu warten. Ich weiß, das macht Sie ganz wahnsinnig, aber solange wir nicht wissen, was bei der Sache herauskommt, besteht kein Grund zur Panik.«

»Und wenn sie auf was Verdächtiges stoßen?«, fragte Kozlow.

»Das hängt ganz davon ab«, erwiderte Jared. »Wenn es sich irgendwie anfechten lässt, kann es der Pathologe, den wir damit betrauen, möglicherweise herunterspielen. Aber wenn sie es direkt mit Ihnen in Verbindung bringen können, klagen sie Sie unter Umständen wegen Mor-«

»Ich sagte Ihnen doch«, unterbrach ihn Rafferty. »Ich möchte nicht, dass das Ganze zu einem Mordprozess ausartet.«

»So leid es mir tut, Sie enttäuschen zu müssen, aber darauf habe ich im Moment keinen Einfluss.«

Als Sara und Fawcett sich umgezogen hatten, reichte Fawcett Sara einen Streifen Spearmint-Kaugummi. »Da, nehmen Sie.«

»Was?« Mit einem verdutzten Blick auf Fawcett nahm Sara den Kaugummi.

»Man darf zwar nichts zu essen und zu trinken mit reinnehmen, aber so wird Ihnen nicht so leicht übel. Von dem Geruch kann es Ihnen jederzeit den Magen umdrehen.«

»Keine Sorge.« Sara steckte den Kaugummi ein und zog sich ihre Gesichtsmaske über. »Ich bin nicht das erste Mal in einem Leichenschauhaus.«

Achselzuckend betrat Fawcett den Obduktionsraum. Der riesige, makellos saubere Raum war in acht Arbeitsbereiche mit jeweils einem Obduktionstisch unterteilt, von denen jeder mit Hunderten kleiner Löcher versehen war, damit die Körperflüssigkeiten ablaufen konnten. Im Moment waren bereits drei Obduktionen im Gange. Sobald Fawcett die Tür öffnete, schlug Sara der Verwesungsgeruch entgegen wie eine Dampframme. Als sie darauf hektisch den Kaugummi aus ihrer Tasche kramte, fiel ihr Blick auf Arnold Donigers exhumierte sterbliche Überreste. Sie sah die grünliche Färbung, die über seinem Gesicht lag. Und die ersten Verwesungserscheinungen, die sich an seinen Schultern und den Außenseiten seiner Beine zu zeigen begannen. Und seine schlaffe Haut, die den Eindruck erweckte, als verflüssigte sich sein Gesicht. Noch bevor sie den Kaugummi auch nur aus der Tasche bekam, beugte sich Sara vornüber und erbrach sich in ihre Atemmaske, sodass ein bräunliches Rinnsal über ihren Kittel lief.

Um den Raum nicht zu kontaminieren, zog Fawcett sie sofort nach draußen. Während Sara sich vor dem Obduktionsraum in einem Metallwaschbecken säuberte, fragte er: »Möchten Sie vielleicht jetzt Ihren Kaugummi?«

»Ich glaube schon«, sagte Sara und spuckte den letzten Rest ihres Frühstücks aus. Nachdem sie sich den Mund ausgespült und etwas Wasser ins Gesicht gespritzt hatte, blickte sie zu Fawcett auf.

»Bereit für den nächsten Versuch?«, fragte er und reichte ihr einen frischen Kittel.

»So bereit wie nur möglich.«

Nach einer raschen Untersuchung von Donigers Leiche trat Fawcett auf das Pedal, mit dem sich sein Diktiergerät in Betrieb setzen ließ. Seine Diktion wurde präzise und betont knapp. »Im linken und rechten Femoraldreieck sowie an der linken Seite des Halses befinden sich Balsamierungsinzisionen. Die einbalsamierte Leiche ist die eines gut entwickelten, gut genährten sechsundsechzigjährigen Weißen von einhundertdreiundsiebzig Zentimetern Größe und achtundsiebzig Kilo Gewicht. Er hat braunes Haar und keine erkennbaren äußeren Verletzungen.« Als Fawcett Donigers Augen öffnete, entfernte er zwei Plastikscheiben, die wie trübe Kontaktlinsen aussahen.

»Was ist das?«, fragte Sara.

»Augenkappen«, erklärte ihr Fawcett. »Einer der Lieblingstricks der Bestattungsunternehmer. Das sind Linsen mit Sägezähnen – damit die Augen zu bleiben. Für immer.«

»O Gott«, sagte Sara.

»Aber es funktioniert. Trotzdem mag ich die Dinger nicht. Aber das ist Einstellungssache.« Fawcett legte die Augenkappen beiseite und griff nach einem Skalpell. Mit einer raschen Handbewegung schnitt er ein großes Y in Donigers Brust. Die Inzisionen verliefen von den Schultern schräg nach unten, trafen sich in der Mitte der Brust und führten die Bauchdecke hinunter. »Gut kauen«, sagte Fawcett, als er merkte, dass sich Saras Kiefer nicht mehr bewegten. »Jetzt kommt das Schlimmste.«

Auf seine Aufforderung hin begann Sara wie wild zu kauen. Aber auch das half nichts. Fawcett griff in den Mittelpunkt des Y und zog die Haut von Donigers Leiche zurück, sodass darunter die Rippen und die meisten seiner inneren Organe zum Vorschein kamen. Das war der Moment, in dem ihr der süße Alkoholgeruch der Balsamierungsflüssigkeit entgegenschlug.

»Sind Sie noch da?«, fragte Fawcett.

»Ich … ich glaube schon«, stammelte Sara. Sie versuchte nur noch an die Frische ihres Spearmint-Kaugummis zu denken.

»Gut – weil ich nämlich eben gelogen habe. Das hier ist das Schlimmste.« Er legte das Skalpell beiseite und griff nach einer über einen Meter langen Schere aus rostfreiem Stahl. »Gärtner kappen damit dicke Zweige; ich benutze sie für alte Knochen.« Damit machte er sich nun über Donigers Rippen her und schnitt sie von oben nach unten der Reihe nach durch. Jedes Knacken hörte sich an wie das Geräusch, mit dem ein hölzerner Schläger gegen einen Baseball trifft. Zunächst zog er das Brustbein vom Herzen weg, um es sauber zu machen, dann entfernte er fünf Rippen, die im Zwerchfell steckten.

»Kaugummi, Kaugummi, Kaugummi«, murmelte Sara vor sich hin.

Als die Rippen entfernt waren, untersuchte Fawcett die inzwischen leichter zugänglichen Organe. »Sehr gut«, sagte er, anscheinend zufrieden. »Zum Glück haben sie nur mäßigen Gebrauch vom Trokar gemacht. Das meiste ist intakt.« An Sara gewandt, fügte er hinzu: »Was, sagten Sie, hat ihm seine Frau am Abend vor seinem Tod zu essen gegeben?«

»Apfelsaft und einen Müsliriegel. Warum?«

Fawcett beugte sich über die Leiche, nahm das Skalpell und brachte im Magenbereich mehrere Schnitte an. Zufrieden mit seiner Arbeit, schob er die Hände unter das Organ, hob den Magen heraus und legte ihn in eine bereitstehende Metallschüssel. Dann wandte er sich wieder Sara zu. »Weil wir einen Blick reinwerfen und uns selbst überzeugen werden.«

Dreieinhalb Stunden später, beim letzten Streifen ihrer zweiten Kaugummipackung, verließ Sara den Obduktionsraum. Durch die offene Tür beobachtete sie, wie Fawcett ein Tuch über die Leiche zog und ein paar letzte Angaben in das Diktiergerät sprach. Als Fawcett zu ihr nach draußen kam, konnte sie ihre Neugier kaum mehr im Zaum halten. »Was meinen Sie?«, fragte sie aufgeregt. »Ist es ein Mord?«

»Ich kann Ihnen nur Fakten nennen – welche Schlüsse Sie daraus ziehen, ist Ihre Sache.«

»Alles wunderbar, bloß habe ich die letzten dreieinhalb Stunden nichts anderes getan, als zuzuhören, wie Sie von Vorderkammern und Kammerwasseräquilibrierung sprachen. Sie müssen mir das in normales Englisch übersetzen! Ist Arnold Doniger wegen seines Diabetes in ein Koma gefallen und gestorben?«

»Soweit ich das sagen kann, ja«, antwortete Fawcett, als sie ihre Kittel auszogen. Sara war inzwischen so an Conrad Moores eindeutige Antworten gewöhnt, dass sie Fawcetts bedächtige Ausdrucksweise frustrierend fand. »Die entscheidende Frage ist: Hatte sein Tod eine natürliche Ursache, oder wurde er durch Fremdeinwirkung hervorgerufen?«

»Das verstehe ich nicht«, sagte Sara, als sie in Fawcetts Büro zurückgingen.

»Es liegen genügend Daten vor, um beide Theorien zu stützen – Sie müssen nur entscheiden, welche schlüssiger ist. Der Aussage der Frau des Verstorbenen zufolge war ihr Mann schlecht gelaunt, weshalb sie ihm etwas Apfelsaft und einen Müsliriegel gab. Bei Diabetikern wird diese Übellaunigkeit durch zu niedrigen Blutzucker ausgelöst. Um den Blutzuckerspiegel zu heben, nimmt man in der Regel etwas Kalorienhaltiges zu sich – einen Apfel, einen Keks, irgendetwas in der Art. Und wenn diese Nahrungszufuhr den Blutzucker zu stark in die Höhe treibt, setzt man sich normalerweise eine Insulinspritze, um ihn zu senken. Zumindest ist das in der Regel so.«

»Essen hebt also den Blutzuckerspiegel, und eine Insulinspritze senkt ihn.«

»Richtig.« Fawcett betrat sein enges Büro und steuerte schnurstracks auf das Bücherregal an der Rückwand zu. Während er ein bestimmtes Buch suchte, fuhr er mit seinen Erläuterungen fort: »Und wenn man sich eine Spritze gibt, wenn der Blutzucker niedrig ist, senkt ihn die Injektion noch mehr, und man fällt in ein Koma oder bekommt einen Schlaganfall. Grundsätzlich wissen wir, dass der Blutzucker des Toten zum Zeitpunkt der Injektion niedrig war, weil er danach ins Koma fiel. Nun ist der Trick bei der Sache herauszufinden, wie hoch sein Blutzuckerspiegel ein paar Stunden vor der Injektion war.«

»Und wie geht das?«

»Wie gesagt, das ist der Trick bei der Sache. Erinnern Sie sich an den Fall Claus von Bülow? Den Blutzuckerspiegel eines Toten festzustellen, um einen Mord nachzuweisen, ist eine haarige Sache. Es ist ein fast nicht nachweisbares Verbrechen.«

»Was heißt ›fast‹?«, fragte Sara, um ihm eine konkrete Antwort zu entlocken.

»Ah, hier haben wir's.« Fawcett zog ein kleines weißes Buch aus dem Regal. Sein rechtes Ohrläppchen zwischen den Fingern reibend, überflog er ein paar Seiten, um schließlich zu erklären: »Laut der gängigen Meinung kann man den Blutzuckerspiegel einer Person schon wenige Stunden nach ihrem Tod nicht mehr bestimmen. Wenn man allerdings einige der besseren medizinischen Fachzeitschriften abonniert – die vor kurzem aus unserem Budget gestrichen wurden –, weiß man, dass es eine Stelle gibt, an der er sich noch nachweisen lässt: die Vorderkammer des Auges.«

»Soll das heißen, als Sie vorhin Donigers Augen sezierten, haben Sie in Wirklichkeit seinen Blutzuckerspiegel gemessen?«

»Die Wissenschaft kann Ihnen nur dann zu Fakten verhelfen, wenn Sie wissen, wo Sie suchen müssen«, erwiderte Fawcett. »Im Auge schreitet die Angleichung der Körperflüssigkeiten sehr langsam voran, weshalb es sich mit dem Kammerwasser etwas anders verhält als mit den übrigen Körperflüssigkeiten. Das heißt, der Humor aquosus bleibt länger erhalten und hinterlässt auch dann noch Spuren von der Deutlichkeit eines Fingerabdrucks, wenn diese sich im restlichen Körper schon längst verflüchtigt haben. Und das ermöglicht uns, den Blutzuckerspiegel im Körper eines Toten festzustellen.«

»Und was sagen uns Arnold Donigers Augen?«, fragte Sara.

»Sie sagen, sein Blutzuckerspiegel war normal, aber Sie dürfen nicht vergessen, dass die Augen immer ein wenig hinter dem restlichen Körper herhinken. Und das wiederum heißt: Wenn er, was die aus der Obduktion gewonnenen Erkenntnisse andeuten, an zu niedrigem Blutzucker starb, sank sein Blutzucker am Ende rapide ab.«

»Stützt das denn nicht Claire Donigers Aussage, dass sein Blutzuckerspiegel zu niedrig war und sie ihm deshalb Apfelsaft und einen Müsliriegel gab?«

»Verlieren Sie bitte die Fakten nicht aus den Augen! Sie haben selbst gesehen, was in seinem Magen war – er enthielt keinerlei Spuren von Nahrung. Er hatte mehrere Stunden lang nichts gegessen.«

»Also haben sie ihn hungern lassen, und als sein Blutzucker niedrig genug war, haben sie ihm eine Insulinspritze gesetzt, die sein Ende bedeutete.«

»Oder sie haben ihm eine Überdosis Insulin gegeben. Das heißt, *falls sein Tod durch Fremdeinwirkung hervorgerufen wurde*. So oder so handelt es sich dabei um eine außerordentlich raffinierte Methode, jemanden umzubringen. Selbst wenn ein Pathologe gründlich vorgeht und auch die Augen untersucht, ist es immer noch extrem schwierig, zu einem eindeutigen

Ergebnis zu kommen. Man muss die Leute, die das getan haben, für ihren Einfallsreichtum bewundern.«

Sara nickte. »Wie sieht es mit der Todeszeit aus? Meiner Theorie zufolge starb er etwa vier Tage früher, als seine Frau behauptet. Gibt es eine Möglichkeit, das zu beweisen?«

»Das wäre einfacher, wenn die Leiche noch frisch wäre, aber sie lag schon fast eine Woche unter der Erde. Steht im Bericht der Rettungssanitäter irgendetwas, dass die Leiche eigenartig gerochen hat, als sie sie abholen kamen?«

»Ich glaube nicht, aber ich werde mich erkundigen«, sagte Sara. »Sonst noch etwas Verdächtiges?«

»Nun, die Hirnhaut wies leichte Risse auf, wie sie manchmal durch extreme Kälte verursacht werden. Aber nachdem das Hirn mittlerweile größtenteils nur noch verwester Brei ist, bin ich nicht überzeugt, dass sie wirklich davon herrühren. Jedenfalls kamen sie mir etwas seltsam vor.«

Während Sara das zu verarbeiten versuchte, fiel ihr Blick auf Fawcetts Uhr; es war fast Viertel vor zwölf. »Ich muss sofort los«, rief sie und sprang auf. Auf dem Weg zur Tür fügte sie hinzu: »Noch eine letzte Frage: Glauben Sie, Ihre Entdeckungen sind überzeugend genug, um zu beweisen, dass Arnold Doniger ermordet wurde?«

»Sie sind diejenige, die die Schlußfolgerungen zu ziehen hat – waren Sie überzeugt?«

Sara öffnete die Tür und grinste über beide Ohren. »Völlig. Jetzt müssen wir nur noch die Geschworenen überzeugen.«

Als sie die Treppe der Centre Street 100 hinaufrannte, sah Sara auf ihre Uhr und verfluchte den New Yorker Verkehr, der ihr Taxi die letzte halbe Stunde in Geiselhaft genommen hatte. Inzwischen war es fast Viertel nach zwölf, und das hieß, sie kam fast fünfzehn Minuten zu spät zu Kozlows Anklageerhebung. In der Hoffnung, Kozlow hätte seinen Antrag noch nicht eingereicht, hastete sie in das Gebäude und durch den Metalldetektor und nahm den Lift in den elften Stock. Dort rannte sie auf der Suche nach Zimmer Nummer 1127 den Gang hinunter. Vor dem Gerichtssaal blieb sie kurz stehen, um Atem zu schöpfen. Während dieser kurzen Verschnaufpause wurde ihr eines klar: Wenn sie nicht bald auf die Toilette ging, platzte ihre Blase noch.

Als sie durch das Glasfenster in der Tür des Gerichtssaals blickte, sah sie, dass Kozlow auf der linken Seite des Raums saß. Er war noch nicht aufgerufen worden, und das hieß, der Zeitplan hatte sich nach hinten verschoben. Sie rannte auf die Toilette und steuerte schnurstracks auf die erste der vier Kabinen zu. Kurz darauf hörte sie jemanden in die Toilette kommen und an einem der Waschbecken das Wasser aufdrehen. Neugierig spähte Sara durch einen Spalt in der Tür. Doch bis sie die Waschbecken gut genug in den Blick bekam, war die Person nicht mehr zu sehen. Im selben Moment ließ Sara ein lautes Klopfen an der Tür ihrer Kabine zusammenfahren.

»Wer ist da?«, fragte sie nervös.

»Ich. Wo bleiben Sie denn so lange?« Die vertraute Stimme jagte ihr einen kalten Schauder den Rücken hinunter, und im selben Moment spähte auch schon der Mann mit den eingefallenen Wangen über den oberen Rand der Trennwand.

Sara sprang hoch, zog ihre Kleider zurecht und schoss aus der Kabine.

Der Mann lehnte an einem der Waschbecken und wartete auf sie. »Hab ich Sie mit runtergelassener Hose erwischt, wie?«

Aufgebracht stürmte Sara auf ihn zu. »Was wollen Sie hier?«

»Nur nach meiner Inves-«

Bevor Elliott den Satz zu Ende sprechen konnte, holte Sara mit der Aktentasche aus und versuchte, ihm damit ins Gesicht zu schlagen. Er riss jedoch, um ihren Angriff abzuwehren, die Hand hoch und fing die Aktentasche mitten im Schwung auf. »Eine schöne Aktentasche haben Sie da«, sagte er und warf sie auf den Boden. »Wie ich sehe, haben Sie meine Nachricht schon wieder weggemacht.«

»Lassen Sie mich in Ruhe!«

»Um Sie geht es mir doch gar nicht, Sara – obwohl ich sagen muss, ich bin froh, dass Sie Ihren Göttergatten rausgeworfen haben.«

»Lassen Sie bloß die Finger von ihm!«

Elliott packte sie am Revers ihrer Kostümjacke. »Sagen Sie mir nicht, was ich zu tun habe.« Damit stieß er sie so heftig von sich, dass sie gegen die Toilettenkabine flog. Sara stolperte über die Kloschüssel und schlug mit dem Kopf gegen die Wand. Als Elliott die Toilette verließ, fügte er hinzu: »Ach, übrigens – sehen Sie doch mal in Ms. Donigers Keller nach! Was Sie dort finden, wird Ihnen gefallen.«

Sara rappelte sich hoch, so schnell sie konnte, und rannte Elliott nach. Doch als sie auf den Flur hinausstürzte, war er verschwunden. »Mist«, zischte sie und rieb sich die Beule am Hinterkopf. Ihr Herz schlug wie wild, als sie durch das Fenster in der Tür des Gerichtssaals spähte. Zu ihrer Überraschung standen Jared und Kozlow am Tisch der Verteidigung und sprachen mit dem Richter. Energisch riss Sara die Tür auf.

Als sie den Raum betrat, hörte sie, wie der Gerichtswachtmeister Jared fragte: »Worauf plädiert Ihr Mandant, Sir? Schuldig oder nicht schuldig?« Während Sara forsch in den vorderen Teil des Raums schritt, fragte sie sich, wie die Anklageerhebung ohne sie hatte beginnen können. Vielleicht sollte sie unverzüglich Einspruch erheben? Zugleich überlegte sie fieberhaft, was sie sonst tun könnte. Doch gerade als sie den Mund aufmachen wollte, merkte sie, dass Conrad Moore am Tisch der Anklage saß. Mit einem stummen Nicken dankte sie ihrem Mentor.

»Nicht schuldig«, sagte Jared, der neben Kozlow am Tisch der Verteidigung stand.

Daraufhin trat Moore an die Richterbank und reichte dem Richter einen Packen Papiere.

Wortlos nahm Sara am Tisch der Anklage Platz. Dann blickte sie nach links und sah Jared an. Er wirkte abgezehrt, mit dicken Tränensäcken unter den Augen. Ganz offensichtlich hatte er eine unruhige Nacht hinter sich. Sara wandte sich bewusst wieder ab und wartete, dass Conrad Moore an den Tisch zurückkam. Als er neben ihr Platz nahm, flüsterte sie ihm zu: »Danke. Die Obduktion dauerte länger, als ich dachte, und der Verkehr war –«

»Schon gut«, unterbrach Moore sie. »Sie können von Glück reden, dass Guff Kopien Ihrer Unterlagen hatte. Das haben Sie vor allem ihm zu verdanken.«

Als Sara sich umdrehte, sah sie Guff in der vordersten Reihe des Zuschauerbereichs sitzen. Er zwinkerte ihr zu.

»Der Termin für die Antragstellung ist hiermit auf heute in zwei Wochen festgesetzt«, verkündete der Richter von der Bank. »Melden Sie sich am dritten Oktober in Abteilung einunddreißig. Den Vorsitz führt Richter Bogdanos.«

Als der Richter mit seinem Hammer zuschlug, kam Jared auf seine Frau zu. »Gut, dass du endlich da bist. Ich fing schon an, mir Sorgen zu machen.«

»Mir sind noch bestimmte Dinge dazwischengekommen«, erwiderte Sara.

»Die Obduktion, meinst du«, sagte Jared.

»Genau.«

»Und was kam dabei heraus?«

»Ich glaube nicht, dass sie darauf antworten muss«, schaltete sich Conrad Moore ein und stand von seinem Platz auf.

Verärgert sagte Jared: »Sie sind wohl Conrad Moore.«

»Und Sie sind wohl Jared.«

»Richtig. Ihr Mann. Meines Wissens war Sara bislang selbst in der Lage, Fragen zu beantworten.«

»Tja, und meines Wissens war Verteidigern bislang klar, dass sie nicht mit Vergünstigungen rechnen sollten. Hören Sie also endlich auf, um Obduktionsergebnisse zu betteln, die Ihnen noch nicht zustehen.«

»Ich wusste gar nicht, dass das Ihr Fall ist«, sagte Jared.

»Ist es auch nicht«, sagte Sara, die zwischen die zwei Männer getreten war. »Conrad, bitte halten Sie sich da raus. Und Jared, wir unterhalten uns später.«

»Ganz wie du willst«, sagte Jared, der immer noch Conrad Moore ansah. »Ruf mich an, wenn du Zeit hast.« Mit einem Nicken in Richtung Moore fügte er hinzu: »Hat mich gefreut.«

»Ganz meinerseits«, erwiderte Moore kühl.

Als Jared und Kozlow den Gerichtssaal verließen, sah Sara Moore an. »Was sollte das denn gerade?«

»Ich wollte nur nicht mit ansehen, wie Ihr Mann Sie über den Tisch zieht«, sagte Moore und packte seine Sachen zusammen.

»Ihre Besorgnis ist ja wirklich rührend, aber ich werde mit meinem Mann auch allein fertig.«

»Daran habe ich nie gezweifelt, aber –«

»Nichts aber«, fiel ihm Sara ins Wort. »Ich mag zwar neu in diesem Job sein, und ich mag noch einiges zu lernen haben, aber ich bin nicht irgendein naives Dummchen. Das Thema Obduktion ließ ich ihn nur deshalb anschneiden, weil ich sehen wollte, wie viel er weiß. Jared hat ein weitreichendes Informationsnetz, und ich würde gern wissen, wo genau es beginnt. Hören Sie also bitte auf zu denken, Sie müssten an einer Liane angeschwungen kommen, um mich aus den Händen der Bösen zu befreien.«

»Sara, nur um eines klarzustellen: Ich habe Sie noch nie für ein naives Dummchen gehalten.«

Von dem Kompliment überrascht, brauchte Sara einen Moment, um zu antworten. »Was soll das nun wieder heißen?«

»Es soll gar nichts heißen. Es ist lediglich, wie ich Sie einschätze.«

»Dann behandeln Sie mich auch nicht wie eine blutige Anfängerin! Inzwischen weiß ich nämlich, was ich in diesem Fall zu tun habe.«

»Weshalb Sie auch nicht darauf angewiesen waren, dass ich vorhin für Sie eingesprungen bin? Weil Sie selbst alles so gut im Griff haben?«

Sara musste grinsen. »Jetzt vermiesen Sie mir meine leidenschaftlichen Argumente nicht mit irgendeinem lahmen Formfehler. Ich weiß natürlich, dass Sie für mich einspringen mussten. Ich wollte nur –«

»Ach, jetzt verstehe ich. Jared ist Ihr Mann, und deshalb sind Sie die einzige, die auf ihm herumhacken darf. Aber könnten wir jetzt vielleicht gehen? Sie haben sich noch auf einen Prozess vorzubereiten.«

»Aber klar doch – wir können es ja alle kaum erwarten, dass endlich der Prozeß beginnt«, sagte Guff, als sie den Gerichtssaal verließen. »Aber jetzt erzählen Sie uns von der Obduktion. Haben Sie sich von oben bis unten vollgekotzt, oder konnten Sie Ihr Frühstück bei sich behalten?«

Da Sara sah, dass Jared und Kozlow noch auf dem Gang herumstanden, sagte sie: »Nicht hier. Warten Sie, bis wir wieder in meinem Büro sind.«

Zurück in der Centre Street 80, war Sara die nächsten fünfundvierzig Minuten damit beschäftigt, Guff und Moore von den Ergebnissen der Obduktion zu berichten. Sie erzählte ihnen von der Flüssigkeit in Arnold Donigers Augen, und dass sein Magen keine Nahrung enthalten hatte. Sie erklärte ihnen, dass er entweder von einer anderen Person mit einer Injektion getötet worden sein könnte oder sich die Injektion versehentlich selbst gegeben haben könnte. Stets bemüht, ihre Kollegen bei der Urteilsfindung weder in der einen noch in der anderen Richtung zu beeinflussen, erläuterte ihnen Sara langsam und systematisch sämtliche Einzelheiten. Falls sie zu der Auffassung gelangen sollten, es sei ein Mord gewesen, sollten sie diesen Schluss selbst ziehen.

Als sie mit ihren Ausführungen geendet hatte, fragte Moore: »Sein Magen war also vollkommen leer?«

Sara nickte.

»Dann kann sie ihm nichts zu essen gegeben haben«, fuhr Moore fort. »Selbst wenn es für alles andere eine logische Erklärung gäbe, hat uns Claire Doniger in diesem Punkt belogen.«

»Das ist der Punkt, der auch für mich den Ausschlag gegeben hat«, erklärte Sara. »Diese Tatsache läßt sich einfach nicht leugnen.«

»Und falls es wirklich ein Mord war, würde das auch erklären, warum bei dem Einbruch fast nichts entwendet wurde«, sagte Guff.

»Es fügt sich alles ineinander«, sagte Sara. »Bis ins kleinste Detail.« Und mit einem Blick auf Moore fügte sie hinzu: »Also mal ganz ehrlich: Was glauben Sie?«

Moore sagte zunächst nichts, bevor er schließlich antwortete: »Sieht ganz so aus, als könnten Sie aus der Sache einen Mordfall machen. Nicht schlecht.«

»Tatsächlich?« Sara, die ihre Begeisterung nicht verbergen konnte, strahlte vor Freude. Zum ersten Mal, seit Pop ins Krankenhaus gekommen war, sah sie eine Möglichkeit, Jared zu retten.

»Was Claire Doniger und Kozlow angeht«, sagte Moore, »sind in dieser kurzen Zeit einfach zu viele Dinge passiert, an denen etwas faul zu sein scheint.«

»Was sage ich denn die ganze Zeit!«, rief Sara begeistert und hieb auf ihren Schreibtisch. »Ich wusste, dass an diesem Fall mehr dran ist, als auf den ersten Blick zu erkennen ist. Erheben wir jetzt Anklage wegen Mordes? Gegen beide oder nur einen?«

»Das würde ich gern von Ihnen hören. Wer, glauben Sie, ist der Mörder?«

»Claire Doniger steckt da meiner Meinung zwar auf jeden Fall mit drin, aber ich glaube nicht, dass sie die Tat selbst begangen hat. Ich nehme an, sie hat Kozlow damit beauftragt, ihrem Mann die Spritze zu geben.«

»Und die angeblich gestohlene Uhr und der Golfball waren vielleicht die Bezahlung für den Mord«, fügte Guff hinzu. »Wir brauchen uns ja nur Claire Donigers Bankkonten anzusehen, dann wissen wir, wie sie finanziell gestellt war.«

»Klasse. Super«, sagte Sara. »Dann sehen wir zu, dass wir so bald wie möglich Einblick in ihre Konten erhalten. Wir dürfen keine Zeit verlieren.« Sie wandte sich Moore zu. »Was können wir sonst noch tun?«

»Bevor Sie in weiteren Punkten Anklage erheben, würde ich an Ihrer Stelle noch mehr Nachforschungen anstellen. Sie haben das *Wie*, aber um einen Mordfall gründlich vorzubereiten, müssen Sie auch das *Warum* kennen. Verschaffen Sie sich Einblick in Ms. Donigers Finanzen, sehen Sie sich Arnold Donigers Testament an, halten Sie nach allem Ausschau, was als Motiv infrage kommen könnte. Und wenn Sie das haben, reichen Sie eine neue Klage mit den neuen Anklagepunkten ein und verhaften die Person, die Sie unter Anklage stellen wollen, noch einmal. Sie haben noch eine Menge zu tun, aber Sie machen Ihre Sache recht gut.« Damit stand Moore auf und ging zur Tür. »Leider muss ich mich auch noch um meine eigenen Fälle kümmern. Aber sagen Sie mir Bescheid, wenn es irgendetwas Neues gibt.«

»Darauf können Sie zählen«, sagte Sara. »Und noch mal vielen Dank, dass Sie heute für mich eingesprungen sind – Sie haben keine Ahnung, wie viel mir das bedeutet hat! Wirklich. Danke. Für alles.«

»Gern geschehen«, sagte Moore.

Als Moore ging, begann Sara sofort hektisch, eine Liste der Dinge zusammenzustellen, die sie noch tun musste. Darauf sagte Guff, der sie kurz dabei beobachtete: »Keine Angst. Wir werden ihn bestimmt retten.«

»Nur, wenn wir mit System vorgehen. Das ist die einzige Möglichkeit, ihn zu schlagen.« Nachdem sie sich vergewissert hatte, dass Moore tatsächlich gegangen war, griff Sara vorsichtig nach ihrer Aktentasche und stellte sie vor Guff auf ihren Schreibtisch. »Könnten Sie die Aktentasche bitte nach unten bringen und nach Fingerabdrücken untersuchen lassen?«

»Warum?«, fragte Guff.

»Weil ich das Glück hatte, wieder einmal meinem Freund mit den eingefallenen Wangen zu begegnen. Er hat mir auf der Toilette aufgelauert, als ich vor der Verhandlung noch mal kurz verschwinden musste.«

»Er war im Gericht?«

»Ja. Und weil wir immer noch nicht wissen, wer er ist, tat ich das einzige, was mir einfiel – in der Hoffnung, er würde sie auffangen, hab ich mit der Aktentasche nach ihm geschlagen.«

»Und deshalb haben Sie jetzt seine Fingerabdrücke?« Als Sara nickte, fügte Guff hinzu: »Sie sind ein ganz schön durchtriebenes Luder, wissen Sie das?«

»Ich gebe mir Mühe«, erwiderte sie und lehnte sich zurück. »Und Ihnen, Mr. Guff – noch mal vielen Dank, dass Sie mir zu Hilfe gekommen sind.«

»Das ist doch nicht der Rede wert. Um ehrlich zu sein, Moore hat sich förmlich darum gerissen, für Sie einzuspringen. Und zu beobachten, wie er sich mit Jared anlegte, war das Eintrittsgeld allemal wert.«

»Trotzdem verstehe ich nicht, warum er das getan hat.«

»Was gibt es da groß zu verstehen? Er ist in Sie verschossen.«

»Jetzt machen Sie aber mal einen Punkt! Conrad ist in niemanden verschossen.«

»Sara, infolge mangelhafter Planung und schlechter Zeiteinteilung hätten Sie um ein Haar die heutige Anklageerhebung versäumt. Sie haben nicht angerufen, um sich zu vergewissern, ob jemand Sie vertritt. Sie hatten niemanden, der für Sie eingesprungen wäre. Sie haben schlicht und einfach den Termin versäumt. Und wie hat Conrad reagiert? Hat er Sie zusammengestaucht? Nein. Hat er sich groß aufgeregt? Nein. Stattdessen hat er gesagt: ›Ach, dann springe ich eben für sie ein – kein Problem.‹ Jeden anderen hätte er zu Hackfleisch gemacht. Aber Ihnen hat er geholfen.«

»Vielleicht wird er mit zunehmendem Alter einfach nachsichtiger.«

»Conrad wird nie nachsichtig. Wir sprechen hier von einem Mann, der sogar, wenn er in einem Hotel übernachtet, selbst sein Bett macht. Und so jemand, glauben Sie, wird irgendwann nachsichtig? Er hat Jared nur aus dem Grund die Leviten gelesen, weil er in Sie verschossen ist.«

»Also, ich würde da nicht zu viel hineininterpretieren«, sagte Sara. »Er hat mir nur einen Gefallen getan.«

Später am Abend nahm Jared ein Taxi in die Upper East Side. Inmitten der Designer-Boutiquen und schicken Cafés entlang der Madison Avenue war das Büro von Lenny Barrow. Es befand sich an der Ecke der Sixty-fifth Street über einer sündhaft teuren Boutique für Kinderkleider und hatte über dem Eingang ein Schild mit der Aufschrift: WISSEN SIE AUCH WIRKLICH, WO ER IST? LEONARD BARROW – PRIVATDETEKTIV. Jared betrat das Gebäude durch einen schmalen Seiteneingang neben dem Kindergeschäft, ging die Treppe hinauf und klopfte an Barrows Tür.

Barrow empfing ihn in Sportsakko und Krawatte. »Warum hast du dich denn heute so in Schale geschmissen?«, fragte Jared.

»Du weißt doch, wie das hier in der Gegend ist«, sagte Barrow, während er das Sakko auszog und den Krawattenknoten lockerte. »Hier will jeder Eindruck schinden.« Er ging hinter seinen Schreibtisch und ließ sich in seinen abgenutzten Ledersessel plumpsen. Das Büro war klein und eng, aber Barrow wusste, die Lage garantierte ihm eine Klientel, die ihre Rechnungen rechtzeitig zahlte. »Was gibt es Wichtiges, dass du extra hier vorbeikommst?«, fragte er.

»Um ehrlich zu sein, ich habe Angst, in meinem Büro auch nur ein offenes Wort zu reden«, antwortete Jared. »Die Wände haben Ohren.«

»Alle Wände haben Ohren. Die entscheidende Frage ist: Wer hört mit?«

»Ich weiß, wer mithört. Deshalb möchte ich auch wissen, was du noch herausgefunden hast.«

»Also, wenn es dich beruhigt, ich habe mir die Firmenunterlagen ein bisschen angesehen und herausgefunden, dass Raffertys Teilhaber bei Echo Enterprises kein Geringerer als der vor kurzem verstorbene Arnold Doniger war.«

»Was?«, entfuhr es Jared.

»Sie waren jahrelang Partner – die Firma hat sich im Lauf der Zeit zu einer wahren Goldgrube entwickelt.«

»Du machst wohl Witze! Dann hat Rafferty also Doniger aus dem Weg räumen lassen, damit ihm die Firma allein gehört?«

»Hängt davon ab, wer die Firma bekommt«, sagte Barrow. »Aber das wird sich bald zeigen.«

»Was ist mit Raffertys Telefon? Hast du schon etwas unternommen, um es abzuhören?«

»Das wollte ich eigentlich gestern machen, aber ich kam nicht dazu. Zumindest habe ich mir seine Telefonrechnungen schon mal angesehen.«

»Und?«

»Nichts und. Da die Ortsgespräche nicht einzeln aufgeführt sind, kann ich nicht feststellen, mit wem er telefoniert hat. Sara könnte sie sich allerdings beschaffen. Die Staatsanwaltschaft kann verlangen, jedes einzelne Gespräch aufgeführt zu bekommen.«

»Komm mir bloß nicht mit der Staatsanwaltschaft! Die kannst du vergessen – die helfen uns bestimmt nicht. Ich brauche diese Informationen sofort. Verstehst du?«

Barrow klopfte mit den Daumen auf den Schreibtisch und sah Jared fragend an. »In der Hochzeitssuite herrscht anscheinend immer noch schlechte Stimmung.«

»Entschuldigung, das war nicht gegen dich gerichtet. Bei Sara und mir hängt nur im Moment der Haussegen etwas schief.«

»Sie hat dich rausgeworfen, und das nennst du, der Haussegen hängt schief?«

»Woher weißt du überhaupt, dass ich ausgezogen bin?«

»Es ist mein Job, Bescheid zu wissen.«

»Aha, dann hat es dir also Kathleen erzählt.«

»Natürlich weiß ich es von Kathleen. Von wem sonst? Sie macht sich Sorgen um dich. Sie meint, du wärst auf einmal richtig verbohrt – hättest sogar ein neues Stück für deine Kinosammlung verschmäht.«

»Das hat nichts damit zu tun, dass ich zu Hause ausgezogen bin. Ich möchte lediglich den Fall gewinnen.«

»Und Sara hat dir offensichtlich Anlass zu der Annahme gegeben, dass dir das nicht mehr gelingt?«

»Ich weiß nicht, wie ich es dir erklären soll. Es ist nur so, dass sie vor zwei Tagen bereits angeschlagen am Boden lag, und mit einem Mal ist sie wieder auf den Beinen und fängt an zu fighten wie Muhammad Ali. Plötzlich ist wieder sie am Drücker.«

Barrow beobachtete, wie Jared an seiner Krawatte herumspielte. »Du kannst anscheinend wirklich nicht verlieren, wie?«

»Es gibt nichts, was ich schlimmer finde.«

»Und dass du auch noch ausgerechnet gegen deine Frau verlierst, macht das Ganze noch schlimmer.«

»Ich weiß nicht. Es geht um mehr als das.«

»Um mehr als deine Ehe? Was könnte noch wichtiger sein?«

»Nichts, worüber ich wirklich sprechen möchte«, sagte Jared verzweifelt. »Bitte, lassen wir dieses Thema.«

Darauf trat erst einmal betretenes Schweigen ein, bis Barrow sagte: »Du steckst wirklich in der Klemme, J, nicht wahr?«

Jared zeigte keine Reaktion.

Darauf beugte sich Barrow vor, zog die unterste Schreibtischschublade heraus und nahm eine Handfeuerwaffe Kaliber .38 heraus. »Hier. Für alle Fälle.«

Jared nahm die Waffe von Barrow entgegen und sah sie an. »Ich weiß nicht. Dafür bin ich eigentlich nicht der Typ.«

»Wenn du so tief in der Klemme steckst, wie ich glaube, solltest du eine Waffe haben.« Barrow zog ein Hosenbein hoch, so dass eine kleinere Pistole in einem ledernen Schienbeinholster zum Vorschein kam. Nachdem er es abgenommen hatte, reichte er es Jared. »Wenn du die große nicht magst, nimm die hier. Sie ist klein, handlich und unauffällig.« Als Jared nicht danach griff, fügte Barrow hinzu: »Nur für alle Fälle.«

Jared nahm die Waffe widerstrebend an sich. Dann zog er sein Hosenbein hoch und legte sich das Holster an.

»Man merkt kaum, dass man sie trägt, nicht?«

»Kann schon sein«, sagte Jared. »Hoffen wir nur, dass ich sie nicht brauche.«

Kozlow saß auf dem Fahrersitz eines schlichten weißen Mietwagens und beobachtete den unauffälligen Eingang zu Barrows Büro. Was brauchen die nur so lange? fragte er sich ungeduldig. Aber sollen sie sich ruhig Zeit lassen. Es ist genau, wie Rafferty gesagt hat: »Sie haben einiges zu besprechen. Jared wird nervös, und sobald das der Fall ist, wird er nach einem Schlupfloch suchen.«

Wie üblich hatte Rafferty Recht. Jared war fast eine Stunde bei Barrow. Als er schließlich aus dem Haus kam, beobachtete Kozlow, wie er die Straße hinaufging und verschwand. Er wirkte sogar noch nervöser als bei seiner Ankunft.

Kozlow sah zum Schild von Barrows Privatdetektei hoch. Er wußte, es würde nicht lange dauern. Zwanzig Minuten später verließ Barrow sein Büro und überquerte die Sixty-fifth Street. Na also, dachte Kozlow. Zeit, sich zu revanchieren.

Samstag morgen erschien Sara schon früh mit einer mäßig heißen Tasse Kaffee in der Hand in ihrem Büro. Angesichts der jüngsten Entwicklungen im Fall Kozlow und des Arbeitsaufwands, den ihre zwei anderen Fälle und der Schreibkram für die zwei eingestellten Verfahren erforderten, begann sie langsam zu verstehen, dass die Vorstellung, immer ein paar frische Sachen im Büro zu haben, durchaus einen gewissen Reiz hatte.

Nachdem sie den Kaffee auf ihren Schreibtisch gestellt hatte, griff sie nach dem Telefon und hörte die eingegangenen Nachrichten ab. Der einzige Anruf war von Tiffany, die wissen wollte, warum Sara sie gestern nicht von der Schule abgeholt hatte. »O nein«, stöhnte Sara und begann sofort zu überlegen, wie sie dieses Versäumnis gutmachen könnte.

Dann ließ sie sich in ihren Stuhl plumpsen und legte die Füße auf den Schreibtisch. Das wird bestimmt ein guter Tag, dachte sie und versuchte, nicht mehr an Tiffany zu denken. Pop ging es besser; ihr Allerweltseinbruch war inzwischen ein Mord; und obwohl ihr Jared fehlte, war sie dennoch zuversichtlich, ihn beschützen zu können. Zum ersten Mal seit Wochen strotzte Sara vor Selbstvertrauen. Wie es aussah, würde doch noch alles gut gehen.

Zehn Minuten später steckte Guff den Kopf zur Tür herein. Nach einem kurzen Blick auf Sara fragte er: »Was ist denn plötzlich in Sie gefahren? Sie strahlen ja übers ganze Gesicht.«

»Kann ich nicht wenigstens einmal guter Laune sein?«

»Das wollte ich Sie auch gerade fragen«, sagte Guff mit einem schelmischen Grinsen. »Weil heute nämlich *Ihr Glückstag* ist!« Damit schoss er auf den Flur hinaus und rief: »Rein damit, Jungs!« Als er wieder in Saras Büro stolziert kam, folgten ihm zwei Männer, die eine nagelneue olivgrüne Plastikcouch trugen.

»Sie haben tatsächlich eine gekriegt!«, rief Sara ungläubig. »Wie haben Sie das geschafft?«

Als die Männer die Couch abstellten, erklärte Guff: »Sagen wir einfach mal, wir sind der süßen kleinen Rothaarigen im Einkauf einen Gefallen schuldig.«

»Was haben Sie gemacht? Sind Sie mit ihr ausgegangen?«

»Genau das Gegenteil. Ich habe ihr versprochen, sie sechs Wochen nicht mehr anzurufen. Ursprünglich wollte sie mich sogar auf ganze zwei Monate hochhandeln, aber ich blieb eisern.«

»Das haben Sie wirklich gutgemacht.« Sara setzte sich auf die Couch und klopfte auf die Polster. »Ohhhh, echtes amerikanisches Plastik.«

»Für meinen Boss nur das Feinste vom Feinen«, sagte Guff, als die zwei Männer den Raum verließen. »Aber das Beste kommt erst noch.« Guff griff hinter seinen Rücken und zog etwas aus seiner Gesäßtasche. »Raten Sie mal, was ich in der Hand habe!«

Sara überlegte kurz. »Eine Giraffe?«

»Kleiner.«

»Ein Kanu?«

»Kleiner.«

»Einen Schrumpfkopf?«

»Nee, kleiner – je nachdem, wie stark er geschrumpft ist.«

»Ein Zauberlasso, das einen zwingt, die Wahrheit zu sagen.«

»Sie erraten es nie«, sagte Guff. »In Ihrer ersten Woche hier kamen die Unterlagen rein, und obwohl Sie sich selbst darum hätten kümmern müssen, habe ich gegen die Regeln verstoßen und das Ganze für Sie erledigt. Sie waren so beschäftigt, dass ich dachte –«

»Geben Sie schon her«, forderte Sara ihn auf.

»Okay, schließen Sie die Augen.« Und als Sara seiner Aufforderung nachkam, sagte Guff: »Bei drei. Eins ... zwei ... drei.«

Als Sara die Augen öffnete, sah sie, was Guff in der Hand hielt: ein offizielles goldenes Dienstabzeichen, in das *Sara Tate, DA* und darunter *New York County* eingraviert war. Das Abzeichen schien im Morgenlicht zu funkeln.

»Herzlichen Glückwunsch«, sagte Guff und reichte ihr das Abzeichen in seinem schwarzen Lederfutteral. »Nun sind Sie offiziell eine stellvertretende Bezirksstaatsanwältin.«

Sara konnte den Blick nicht von ihrem neuen Ausweis losreißen. »Ist ja irre«, sagte sie schließlich. »Ich komme mir vor wie ein Cop.«

»Und jetzt können Sie auch diese ganzen coolen Cop-Nummern abziehen: einfach am Schauplatz eines Verbrechens auftauchen oder im Kino einen guten Platz kriegen. Und vor allem können Sie es rausreißen und ›Sara Tate! SBA!‹ brüllen«, schrie Guff und zog sein eigenes imaginäres Dienstabzeichen hoch.

»Toll. Vielen Dank, Guff! Ganz herzlichen Dank. Das hätten Sie wirklich nicht tun brauchen.«

»Tun Sie mir umgekehrt nun auch einen Gefallen. Zeigen Sie mal, wie Sie das Abzeichen zücken.«

Sara erhob sich von ihrem neuen Sofa und ging in die Hocke. Dann riss sie ihr Abzeichen heraus und rief: »*Sara Tate! Bezirksstaatsanwalt! Stehen bleiben, oder's knallt!*«

»Sie können doch nicht in Reimen sprechen«, sagte Guff lachend. »Kein Mensch wird Sie ernst nehmen.«

Bevor Sara zu einem neuen Versuch ansetzen konnte, stürmte Conrad Moore in ihr Büro. Er machte keinen fröhlichen Eindruck.

»Probieren Sie mal«, forderte Sara ihn auf und hielt ihm das Abzeichen hin. »Richtige Amtsgewalt aus echtem Metall.« Als sie keine Antwort bekam, fügte sie hinzu: »Machen Sie doch nicht so ein Gesicht – wir sind hier gerade am Feiern.«

»Sie wissen es noch nicht, oder?«, fragte Moore.

»Was soll ich noch nicht wissen?«

Moores Stimme wurde sehr ernst. »Sara, vielleicht sollten Sie sich erst mal setzen.«

»Was ist passiert?«

»Setzen Sie sich erst.«

»Ist etwas mit Jared? Ist ihm etwas passiert? Was –«

»Jared fehlt nichts.«

Inzwischen war sie einer Panik nahe. »Dann ist es Pop! O Gott, es ist Pop! Was ist passiert? Ist er –«

»Ihre Angehörigen sind wohlauf«, unterbrach Moore sie. »Es ist Ihr Freund, Lenny Barrow, der Privatdetektiv. Er wurde gestern Nacht gefunden. Ermordet.«

13

»Lenny ist tot?«, stieß Sara entgeistert hervor. »Wann ist das passiert? Und wie?«

»Er wurde in der Nähe seines Büros von einem Auto überfahren«, sagte Moore. »Dabei erlitt er so schwere Kopfverletzungen, dass er auf der Stelle tot war. Der Fahrer beging Fahrerflucht.«

Sara sank auf die Couch. »Das kann ich einfach nicht glauben. Wir kennen Lenny schon seit Jahren. Als ich am Blinddarm operiert wurde, brachte er mich ins Krankenhaus – er trug mich vom Taxi nach drinnen.«

»Wenn Sie wollen, kann ich Ihnen den Bericht der Mordkommission beschaffen«, sagte Moore. »Vielleicht erfahren Sie daraus Näheres.«

»Ich kann einfach nicht glauben, daß Lenny tot sein soll«, sagte Sara.

»Sind Sie soweit okay?«, fragte Guff und setzte sich neben sie.

»Geben Sie mir das Telefon«, sagte Sara zu Moore. »Das muß ich Jared erzählen.«

»Tot?«, stieß Jared hervor.

»Sara rief vor ungefähr einer halben Stunde an«, sagte Kathleen. »Er wurde gestern Abend tot aufgefunden. Es tut mir aufrichtig Leid für Sie, Jared. Ich weiß, Sie standen sich sehr nahe.«

»Ich kann es nicht glauben.« Jareds Hände zitterten, als er seinen Krawattenknoten löste und den obersten Knopf seines Hemds öffnete. »Haben Sie schon etwas von Rafferty oder Kozlow gehört?«

»Bisher noch nicht. Ich glaube nicht, dass Sie heute herkommen.« Als sie sah, wie ihrem Chef der Schweiß auf die Stirn trat, fragte sie: »Fehlt Ihnen auch nichts? Soll ich Ihnen ein Glas Wasser bringen?«

Jared lief der Schweiß den Rücken hinunter, als er aufstand und zur Tür ging. »Danke, es geht schon. Ich muss nur mal kurz an die frische Luft.« Jared hatte Mühe zu atmen, als er sich den Gang hinunterschleppte. Er betrat wankend die Herrentoilette und stürzte auf eins der drei Marmorwaschbecken zu. Als er sich darüber beugte, dachte er, er müsste sich gleich übergeben. Zwei Minuten lang kämpfte er gegen die Übelkeit an und versuchte, ruhiger zu atmen. Dann drehte er das kalte Wasser auf und spritzte es sich ins Gesicht.

Schließlich blickte er auf und sah sich im Spiegel an. Es ist meine Schuld, dachte er. Ich hätte ihn da nicht mit reinziehen sollen. Als er den Blick abwandte, wünschte er, dass es eine Möglichkeit gäbe, die Ereignisse der letzten Wochen ungeschehen zu machen. Dass er den Fall abgeben, seine Frau beschützen und, was das wichtigste war, seinen Freund zurückholen könnte. Als er die jüngsten Geschehnisse noch einmal in seinem Kopf abspulte, machte er sich schwere Vorwürfe, dass er gestern Abend in Barrows Büro gegangen war. Das hätte er auf keinen Fall tun dürfen – Rafferty hatte ihm ganz deutlich zu verstehen gegeben, dass er ihn ständig im Auge behalten würde. Immer noch außerstande, in den Spiegel zu sehen, schloss Jared die Augen und ballte die Fäuste. Von einem Moment auf den anderen wurde aus tiefer Reue rasende Wut.

Er öffnete die Augen. »*Du blöder Idiot! Wie konntest du deinem Freund das antun?*«, schrie er. Und dann holte er, ohne zu überlegen, aus und schlug mit der Faust gegen den Spiegel, dass die Scherben klirrend ins Waschbecken fielen. Das Blut floss ihm über den Unterarm bis zum Ellbogen, aber er stand völlig reglos da. Nach dem sinnlosen Wutausbruch ging es ihm keinen Deut besser. Er hatte weder seinen Schmerz gelindert noch seine Ängste zerstreut. Nur den Spiegel hatte er zerstört. Und einen kurzen, aber erlösenden Augenblick lang musste sich Jared Lynch nicht in die Augen sehen.

Als Jared um fünf Uhr abends von der Arbeit nach Hause kam, war er fix und fertig. Er hatte die ganzen letzten sieben Stunden an seinem Schreibtisch gesessen, ohne irgendetwas zustande zu bringen. Daher widersprach er ausnahmsweise einmal nicht, als Kathleen schließlich sagte, er solle nach

Hause gehen. Und als sie »nach Hause« sagte, war Jared klar, sie meinte damit nicht Pops Wohnung. Sie meinte zu Hause – sein Zuhause, Saras Zuhause, ihr gemeinsames Zuhause –, den einzigen Ort, an dem er sein wollte. Als er die Tür öffnete und die Wohnung betrat, rechnete er damit, sie leer vorzufinden. Doch zu seiner Überraschung war Sara bereits da.

»Mein Gott, wie schrecklich, Jared!« Sie eilte ihm entgegen, um ihn in die Arme zu schließen.

Er brach in Tränen aus, als er den Kopf auf ihre Schultern sinken ließ.

»Ich bin ja da«, flüsterte Sara und strich ihm mit den Händen zärtlich über den Rücken.

So blieb das Paar eng umschlungen stehen. Eine Minute lang waren alle Probleme vergessen. Dann bemerkte Sara den weißen Verband um Jareds Hand. »Was hast du mit deiner Hand gemacht?«, fragte sie.

»Ach, nichts.« Jared löste sich aus ihrer Umarmung. »Es ist nicht weiter schlimm.«

»Aber wie –«

Um den Fragen seiner Frau auszuweichen, ging Jared in die Küche. »Ich habe mich mit einem Brieföffner geschnitten. Nichts Schlimmes.« Er schenkte sich ein Glas Rotwein ein und ging ins Schlafzimmer. Sara folgte ihm.

Beim Betreten des Schlafzimmers merkte Sara, dass ihre Aktentasche offen auf dem Bett lag. So beiläufig wie möglich schloss sie sie und stellte sie auf den Boden.

»Du traust mir tatsächlich nicht mehr, wie?«, sagte Jared, als ihm die Tränen in die Augen stiegen. »Sara, so etwas würde ich nie mehr tun. Ich weiß, du hast keinen Grund, mir zu glauben, aber ich schwöre dir, es ist die Wahrheit. Diese Mordanklage hat mich so überrascht, dass ich vermutlich in Panik geraten bin.«

»Jared –«

»Ich weiß, du willst nicht, dass ich schon wieder damit anfange, aber ich wusste einfach nicht, was ich sonst machen sollte. Ich … ich weiß nicht … ich … ich liebe dich, Sara.«

»Ich liebe dich auch«, sagte sie. »Und ich kann es auch verstehen.«

»Und dann diese Geschichte mit Lenny ...«

»Wirklich. Du brauchst nichts zu erklären. Ich weiß, was du sagen willst.«

»Wirklich? Hast du dann auch nichts dagegen, wenn ich zurückkomme und –«

»Jared, unser Freund wurde gerade ermordet – ich möchte auf keinen Fall, dass du allein in Pops Wohnung bist.«

Er streckte die Arme aus, um sie zu umarmen.

Als sie sich in die Arme schlossen, fügte Sara hinzu: »Hältst du mich wirklich für so herzlos, dass ich dich heute Nacht nicht hier bleiben ließe?«

Jared wich zurück. »Was meinst du mit ›heute Nacht‹?«

»Ich weiß nicht. Ich dachte nur, weil der Prozess jetzt bald beginnt ...«

Ohne ein weiteres Wort stürmte Jared zähneknirschend aus dem Schlafzimmer und schleuderte, als er an der Küche vorbeikam, das Weinglas in die Spüle, dass die Splitter in alle Richtungen flogen und der Rotwein durch den Raum spritzte.

»Mist«, flüsterte Sara. Sie wollte ihn doch nur schützen. Wenn er nicht hier war, hatte der Kerl mit den eingefallenen Wangen eine Sache weniger, mit der er ihr drohen konnte. Sie rannte ihrem Mann hinterher und rief: »Jared, entschuldige! Das hätte ich nicht sagen sollen. Wenn du bleiben willst, kannst du das auch.«

»Auf keinen Fall.« Er stapfte zur Wohnungstür.

»Bitte – ich möchte wirklich, dass du bleibst.« Als er nicht antwortete, fügte sie hinzu: »Liebling, Ehrenwort. Ich möchte, dass du bleibst. Wirklich.«

Jared blieb stehen und drehte sich um. »Wenn du wirklich wolltest, dass ich bleibe, hättest du das nie gesagt.«

»Das stimmt nicht. Ich –«

»Er ist tot!«, schrie Jared. »Lenny ist tot, und du machst dir immer noch wegen deiner Prozessunterlagen Gedanken! Ist dir eigentlich klar, wie krank das ist?«

»Jared, bitte ...«

»Ich will nichts mehr hören. Ich bin bei Pop.« Er kehrte seiner Frau den Rücken zu und riss die Tür auf. »Und falls es dich interessiert – Lennys Schwester hat angerufen. Das Begräbnis ist morgen. Wenn du also auch noch für andere Dinge Zeit hast, wäre es schön, wenn du kämst.«

»Natürlich werde ich kommen.«

»Na, wunderbar. Dann bis morgen.« Ohne sich umzusehen, stürmte Jared nach draußen und warf die Tür hinter sich zu.

»Langsam habe ich die Schnauze voll«, sagte Kozlow, als er dem Ende von Saras und Jareds Wortwechsel zuhörte. »Sie macht uns nur Scherereien. Bringen wir sie um, und der Fall ist erledigt.«

»Sind Sie wirklich so blöd?«, fragte Rafferty, der am Schreibtisch in seinem Arbeitszimmer saß. »Sara Tate ist mein bester Trumpf. Ohne sie habe ich nichts, womit ich auf Jared Druck ausüben kann.«

»Wen interessiert schon Jared? Wenn er nicht in der Wohnung ist, nützt er uns nichts. Ich denke, wir gehen noch mal zu Stockwell und sagen ihm, er soll –«

»Kein Wort mehr von Victor! Ich habe Ihnen schon zigmal gesagt, dass er mit dem Fall nichts mehr zu tun haben will. Also kommen Sie nicht ständig wieder damit an.«

»Ich will ja nur sagen, dass Jared in letzter Zeit nicht viel gemacht hat, um –«

»Hören Sie mir eigentlich zu?«, schrie Rafferty. »Ich habe gesagt, ich will nichts mehr davon hören!«

Blitzschnell langte Kozlow über den Schreibtisch und packte Rafferty am linken Ohr. Und als er ihn daran auf sich zu zog, zischte er: »Wie oft muss ich Ihnen noch sagen, Sie sollen mich nicht anschreien? Das mag ich nicht.«

»Lassen Sie mich los«, verlangte Rafferty. Als Kozlow seiner Aufforderung nachkam, sagte er: »Was ist eigentlich los mit Ihnen?«

»Nichts«, sagte Kozlow. »Ich mag es bloß nicht, wenn jemand so mit mir redet.«

»Das habe ich inzwischen gemerkt.« Rafferty fand langsam seine Beherrschung wieder und strich sich mit der Hand übers Haar. Wenn das hier erledigt war, würde er sich Kozlow vornehmen.

»Sie glauben also, wenn wir gewinnen wollen, sollten wir weiter auf Jared setzen«, sagte Kozlow.

»Richtig«, sagte Rafferty. »Sie haben es erfasst.«

Sara saß in ihrer leeren Wohnung und versuchte sich sein Gesicht vorzustellen. Sie war mindestens fünf Jahre mit Lenny befreundet gewesen, aber aus Erfahrung wusste sie, dass man die simpelsten Dinge oft am schnellsten vergaß. In ein paar Wochen würden ihre lebhaften Erinnerungen an sein Äußeres zu verblassen beginnen. Sie würde nie vergessen, wie er als Mensch und als Detektiv gewesen war, aber die Künstlerin in Sara wollte etwas Bleibenderes von ihm behalten. Sicher, sie könnte sich immer alte Fotos ansehen, aber das wäre nicht dasselbe. Sie wollte sich erinnern, wie er sich bewegte, wie er mit seinen kurzen, dicken Fingern gestikulierte und wie sich seine Schultern hoben und senkten, wenn er lachte. Das war es, was sie in Erinnerung behalten wollte, und das war es, was sie die nächsten zwei Stunden zu tun versuchte.

Ausgelaugt von ihren Bemühungen, wärmte Sara ein paar übrig gebliebene Nudeln auf, die sie, an der Küchentheke stehend, gleich aus der Schüssel aß. Dann leerte sie, um sich mit etwas weniger Belastendem zu beschäftigen, den Wäschekorb in den roten Wäschesack und machte sich damit auf den Weg in den Waschraum im Keller. Sie schleifte den Sack die Treppe hinunter, und nachdem sie durch die Eingangstür nach draußen gegangen war, zog sie den Schlüsselbund heraus und öffnete das schwarze Metallgitter, das zur Kellertür führte. Nachdem sie das Gitter wieder hinter sich geschlossen hatte, betrat sie den Waschraum und sortierte die Kleider nach Weiß- und Buntwäsche.

Der Waschraum war typisch für New York: still, muffig und umständlich zu erreichen. Von dem Raum abgeteilt waren ein kleiner Bereich für Hausmeistergerätschaften und eine Nische mit einem schlecht beleuchteten Labyrinth aus Leitungen und Stromkreisunterbrechern. Schon beim Einzug hatte Sara den Raum unheimlich gefunden – wegen der Betonwände wirkte er wie eine Gruft. Als sie mit dem Füllen der

Waschmaschinen fertig war, holte sie den Schlüsselbund heraus, öffnete das Gitter und kehrte in ihre Wohnung zurück.

Eine halbe Stunde später ging sie wieder in den Keller. Wieder öffnete sie das Metallgitter, um in den Waschraum zu kommen. Sie musste immer noch an ihren Streit mit Jared denken, als sie die Wäsche aus den Waschmaschinen holte und in die Trockner füllte. Vielleicht sollte ich ihn anrufen, dachte sie. Heute ist kein Abend, um allein zu sein. Da hörte sie beim Umfüllen der Wäsche im hinteren Teil des Kellers ein Scheppern. Das ist sicher eins dieser blöden Heizungsrohre, die uns mit ihrem Schlagen den ganzen Winter den Schlaf rauben, dachte sie. Doch als sie das Geräusch näher kommen hörte, blickte sie über ihre Schulter. Aus dem Augenwinkel sah sie ein kurzes Huschen. Erschrocken ließ sie die Kleider in ihren Händen fallen. Nur eine Maus, stellte sie fest, als sie das kleine Tier hinter eine der Waschmaschinen flitzen sah. Sie verspürte zwar eine gewisse Erleichterung, aber ganz wohl war ihr immer noch nicht bei der Sache. Als sie mit dem Füllen der Trockner fertig war und zu dem schwarzen Gittertor nach draußen ging, merkte sie, dass sie die Schlüssel im Waschraum gelassen hatte. Sie machte kehrt und ging zurück. Doch als sie auf den Waschmaschinen und Trocknern nach den Schlüsseln suchte, waren sie nicht da.

Sara öffnete die Tür eines der Trockner und durchwühlte ihre nassen Kleider. Nichts. Dann beugte sie sich in den zweiten Trockner und zog ein Stück nach dem anderen heraus, um jedes sorgfältig nach ihren fehlenden Schlüsseln zu durchsuchen. Plötzlich hörte sie hinter sich ein anderes Geräusch. Sie erwartete, die Maus zu sehen, als sie sich umdrehte. Doch dann ging plötzlich das Licht aus.

Sara stand im Dunkeln. Ihr erster Gedanke war, dass noch jemand im Raum war. Nicht bewegen, dachte sie. Dann findet er dich nicht so leicht. Sie hielt den Atem an und lauschte. Doch alles, was sie hörte, war das monotone Mahlen der sich drehenden Trocknertrommel. Es schien den ganzen Raum auszufüllen – es war zum Wahnsinnigwerden. Vielleicht ist nur eine Sicherung durchgebrannt, dachte sie. Es besteht kein Grund, in Panik zu geraten. Doch dann spürte sie eine Hand auf ihrem Mund. Hinter ihr war jemand. Er hielt ihr Kinn fest umklammert. »Hi, Sara«, hauchte er in ihr Ohr. Die Stimme kannte sie. Es war der Kerl mit den eingefallenen Wangen.

Sie stieß ihm den Ellbogen in den Bauch. Als er sie darauf einen Moment losließ, rannte sie zur Tür. Elliott war dicht hinter ihr. Sie konnte noch immer nichts sehen, aber sie tastete mit den Händen die kalte Wand entlang, bis sie die Tür fand. Sie riss sie auf. Als sie das schwarze Metallgitter erreichte, klammerte sie sich an den Gitterstangen fest und schrie: »*Polizei! Hil-!*«

Bevor sie das Wort zu Ende rufen konnte, legte sich wieder seine Hand über ihren Mund. Elliott schlug ihr so lange auf die Finger, bis sie das Tor losließ, und zerrte sie in den Waschraum zurück. Die Tür ging zu, und wieder umgab sie tiefes Dunkel. Blindlings um sich schlagend, versuchte sie sich loszureißen. Doch er hielt mit einer Hand ihre beiden Handgelenke umklammert und schleuderte sie gegen die Wand. Als sie sich immer noch zur Wehr setzte, schlug ihr Elliott mit dem Handrücken ins Gesicht. Erst dann hörte sie auf, Widerstand zu leisten. Er beugte sich vor und packte sie an der Kehle. Sie konnte schale Alkoholrückstände in seinem Atem riechen. »Sieh zu, dass er nicht in die Wohnung zurückkommt. Kapiert? Ich möchte nicht, dass er in deinen Sachen rumschnüffelt.«

Sara nickte mit Nachdruck.

Dann warf er sie, ohne ihre Handgelenke loszulassen, zu Boden. Es war so dunkel, dass sie nicht erkennen konnte, wo er war – hinter ihr, vor ihr – er hätte überall sein können. Sie blieb vollkommen reglos auf dem Boden liegen und lauschte angestrengt. Und wieder war alles, was sie hörte, das träge Summen des Trockners. Halt dich ganz still, schärfte sie sich ein. Er sieht genauso wenig wie du. Dann übertönte plötzlich Elliotts tiefe Stimme das Geräusch des Trockners.

»Nichts ist heilig«, warnte er sie. »Nicht einmal du.«

Bevor Sara reagieren konnte, sah sie da, wo die Tür war, einen Spalt Licht. Dann hörte sie, wie das schwarze Metallgitter aufschwang und krachend zufiel. Er hatte den Raum verlassen. Sie rannte ihm hinterher und sah ihn auf der anderen Seite des Gitters stehen.

Sie schrie: »*Polizei! Hilfe! Ist da jemand?*«

»In dieser Stadt kannst du dir das abschminken«, sagte Elliott. Dann nahm er Saras Schlüsselbund und legte ihn auf die vom Keller am weitesten entfernte Stufe. »Bestimmt kommt bald jemand vorbei.« Und als er sich auf dem Bürgersteig zu entfernen begann, fügte er hinzu: »Wir sehen uns im Gericht.«

Als Sara Montag morgen in ihr Büro kam, hoffte sie, der Tag würde nicht allzu anstrengend werden. Lennys Begräbnis und der Umstand, dass sie Jared dort gesehen hatte, waren ihr ziemlich an die Nieren gegangen. Doch als sie die Tür ihres Büros öffnete, stellte sie fest, dass dort zwei Arbeiter ihre Unterlagen in Kartons packten. »Was machen Sie denn hier?«, fragte sie.

»Akten wegbringen«, sagte einer der Männer.

»Das sehe ich auch. Wer hat Ihnen erlaubt, hier reinzukommen?«

»Conrad Moore. Er hat gesagt, wir sollen alle Kozlow-Akten holen, weil sie den zuständigen SBA entlassen haben.«

Während Sara noch mit offenem Mund dastand, betrat Guff das Büro. »Was ist denn hier los?«

»Ich bin gefeuert«, stieß Sara hervor und stürzte aus dem Raum.

»Wie bitte?« Guff folgte Sara den Gang hinunter.

»Warum haben Sie mir das nicht gesagt?«, platzte Sara los, als sie in Moores Büro stürmte.

»Beruhigen Sie sich erst mal«, sagte Conrad Moore. »Ich kann Ihnen alles erklären.«

»Was heißt hier, Sie können alles erklären? Sie erfahren, dass ich gefeuert werde, und dann besitzen Sie nicht mal den Anstand, es mir zu sagen!«

»Wovon reden Sie überhaupt? Man hat Sie nicht entlassen.«

»Nicht?«, fragte Sara.

»Nein«, sagte Moore. »Man hat Ihnen nur den Fall entzogen.«

»Was?«

»Das hat mir jedenfalls Monaghan gesagt. Er meint, er könnte einen so brisanten Mordfall nicht in den Händen einer

Anfängerin lassen. Er sei zu kompliziert, und es hinge zu viel davon ab. Sie sollen mir alle Ihre Unterlagen übergeben.«

Als Sara langsam zu begreifen begann, wandte sie sich Guff zu.

»Jetzt regen Sie sich mal nicht auf«, sagte ihr Assistent. »Wir werden schon einen Weg finden –«

»Nein«, platzte Sara heraus. »Ich möchte diesen Fall unbedingt behalten. Es ist mein Fall.«

»Bedaure«, sagte Moore. »Ich weiß, Sie sind enttäuscht. Aber ich muss tun, was er sagt.«

»Das hat nichts damit zu tun, dass ich enttäuscht bin.« Saras Stimme wurde sehr ernst. »Ich muss diesen Fall unbedingt behalten.«

Moore warf einen kurzen Blick auf Guff, bevor er wieder Sara ansah. »Was verschweigen Sie beide mir eigentlich? Da ist doch eindeutig irgendetwas Wichtiges, was Sie mir nicht sagen.«

»Was sollte da sein? Ich möchte den Fall einfach behalten.«

Als Moore darauf Guff durchdringend ansah, sagte dieser: »Sehen Sie mich doch nicht so an – ich habe nichts getan.«

»Sara, irgendwas ist da im Busch.«

Sie senkte den Blick zu Boden, sagte aber kein Wort.

»Wenn Sie es mir sagen, kann ich Ihnen helfen. Andernfalls sind Sie auf sich allein gestellt und den Fall los.«

Sara schwieg immer noch.

»Na schön, wie Sie wollen.« Moore ging zur Tür. »Die restlichen Akten kann ich mir selbst holen.«

Gerade als Moore den Raum verlassen wollte, sah Sara Guff fragend an, und als dieser ihr zunickte, sagte sie: »Wenn ich es Ihnen sage, müssen Sie mir Ihr Wort geben, dass Sie alles so machen, wie ich sage.«

Moore drehte sich um und schloss die Tür. »Dann los.«

»Geben Sie mir zuerst Ihr Wort. Versprechen Sie mir, dass Sie nichts tun, was ich nicht will.«

»Ich verspreche gar nichts. Erzählen Sie mir lieber endlich, was hier vor sich geht.«

»Dann eben nicht«, sagte Sara.

Moore schüttelte den Kopf. »Nennen Sie mir einen Grund, weshalb ich mir von Ihnen Anweisungen erteilen lassen sollte.«

»Weil Sie, wenn Sie es nicht tun, mein Leben und das meiner Angehörigen aufs Spiel setzen.«

Das ließ Sara einfach so im Raum stehen, bis Moore schließlich sagte: »Ich verspreche Ihnen, nichts zu tun, was Sie oder Ihre Angehörigen gefährden könnte.«

»Und darauf habe ich Ihr Wort?«

»Darauf haben Sie mein Wort.«

Nun holte Sara tief Luft und erzählte, wie der Mann mit den eingefallenen Wangen bei ihr aufgetaucht war und ihr eingeschärft hatte, sie müsste den Fall unbedingt gewinnen. Sie erzählte Moore alles, angefangen von der Drohung, die er gegen Jared ausgesprochen hatte, bis hin zu dem, was er mit Pop gemacht hatte. Conrad unterbrach sie kein einziges Mal. Doch in dem Moment, als Sara fertig war, sagte er: »Das heißt also, jemand hat Ihnen gedroht, und Sie haben es nicht gemeldet? Was habe ich Ihnen zu diesem Thema gesagt? Das System ist dazu da, Sie zu beschützen, wenn –«

»Nichts für ungut, Conrad, aber im Moment können Sie sich Ihre schönen Reden über das System wirklich sparen. Das System konnte Pop nicht schützen, und schon gar nicht kann es meinen Mann schützen. Dieser Irre hat die Fingerabdrücke eines Toten, weiß alles über mich, hat sich mir in der U-Bahn genähert, ohne dass ich es gemerkt habe, und hat sich ohne einen Schlüssel Zutritt zu unserem Waschraum verschafft. Tatsache ist, er jagt mir eine Todesangst ein. Jedesmal wenn ich die Wohnung betrete, sehe ich in sämtliche Schränke, ob er sich nicht irgendwo versteckt hat. Im Schlafzimmer sehe ich hinter die Tür, ob er mir nicht auflauert. Das ist kein gewöhnlicher Verbrecher, und solange wir nicht wissen, wer er ist, sehe ich keinen Grund, ihn zu reizen. Im Grunde will er nichts anderes von mir, als dass ich meine Arbeit tue.«

»Er will nicht, dass Sie Ihre Arbeit tun. Er droht Ihnen damit, Jared umzubringen.«

»Er möchte, dass ich gewinne«, schoss Sara zurück. »Mehr will er nicht. Und wir wissen beide, dass ich ihm diesen

Wunsch erfüllen kann. Sie mögen der bessere Strafverfolger sein, aber niemand kennt meinen Mann besser als ich. Ich weiß, wie er denkt und wie er kämpft und mit wem er spricht.«

»Zum Beispiel mit Lenny Barrow«, bemerkte Moore.

»Richtig. Zum Beispiel mit Lenny Barrow. Glauben Sie mir, ich bin fest entschlossen, diesen Kerl nicht ungestraft davonkommen zu lassen, aber es geht einfach nicht an, dass Sie mir den Fall entziehen! Es sind meine Angehörigen, meine Probleme, und es ist mein Fall.«

»Also, ich weiß nicht…«

»Conrad, seit wir uns kennen, habe ich mich an Ihre Regeln gehalten. Egal, was Sie gesagt haben, ich habe es getan. Und dafür werde ich Ihnen immer dankbar sein. Nur dieses eine Mal bitte ich Sie, sich nach mir zu richten. Helfen Sie mir, dass ich den Fall behalten kann! Mehr verlange ich nicht.«

Eine Minute lang sagte niemand ein Wort. »Ich möchte mir das Ganze erst noch mal überlegen«, sagte Moore schließlich. »Morgen früh gebe ich Ihnen Bescheid.«

»Solange Sie es sich nur gut überlegen«, sagte Sara und ging zur Tür. »Mehr verlange ich nicht.«

Am nächsten Morgen saßen Sara und Guff in Saras Büro und warteten ungeduldig auf Moore. »Glauben Sie, er lässt sich darauf ein?«, fragte Guff.

»Keine Ahnung«, sagte Sara. »Manchmal scheint er so berechenbar, und dann wieder werde ich überhaupt nicht schlau aus ihm.«

»Berechenbar? Conrad Moore ist nie berechenbar. Er mag sich zwar normalerweise strikt an die Regeln halten und moralische Werte predigen, aber sobald er es für nötig hält, pfeift er auf diesen ganzen Kram und tut, was er für richtig hält. Vergessen Sie nicht, er ist New Yorker *und* Staatsbeamter. Da bleibt ihm gar nichts anderes übrig, als Realist zu sein.«

»Ich kann nur hoffen, Sie haben Recht.«

Zehn Minuten später betrat Conrad Moore Saras Büro. Er schloss die Tür hinter sich und blieb direkt vor ihrem Schreibtisch stehen. »Ich mache Ihnen folgendes Angebot«, erklärte er. »Zunächst, ich gebe den Fall nicht wieder ab.«

»Dann können Sie –«

»Lassen Sie mich ausreden«, unterbrach er sie. »Ich kann den Fall nicht wieder abgeben, weil Monaghan nicht will, dass Sie ihn bearbeiten. Aber ich bin bereit, ihn gemeinsam mit Ihnen zu übernehmen. Nach außen hin wird es so aussehen, als wäre ich dafür zuständig, aber in Wirklichkeit bearbeiten wir ihn als gleichberechtigte Partner.«

»Ich kann also weiterhin so verfahren, wie ich es für richtig halte?«

»Wie *wir* es für richtig halten«, korrigierte Moore sie. »Für Sie steht bei diesem Fall zwar viel auf dem Spiel, aber ich werde nicht zulassen, dass Sie etwas Verbotenes tun oder irgendeine Dummheit begehen, nur weil Sie sich einen Vorteil davon versprechen. Aus Erfahrung weiß ich, dass sich Emotionen immer nachteilig auf das rationale Denken auswirken. Wenn Sie also über die Stränge schlagen, pfeife ich Sie wieder zurück.«

»Aber Sie werden mir helfen, den Fall zu gewinnen?«

»Nur, dass Sie mich nicht falsch verstehen, Sara: Wir werden gewinnen. Egal, was Ihr Mann tut, egal, wie viel Anträge er stellt, egal, wie viele Designeranzüge und Seidenkrawatten tragende, Saab fahrende, gefönte, manikürte, konsum- und prestigegeile, über ihre Verhältnisse lebende Schickimicki-Anwälte er in seiner großkotzigen Kanzlei auftreibt – wir machen sie fertig, dass sie nicht mehr wissen, wo oben und unten ist. Und egal, wer der Dreckskerl ist, der Ihrem Pop das angetan hat – wenn wir das hier vom Tisch haben, werden wir diesem mysteriösen Unbekannten die Fresse polieren, dass er sich sein Leben lang nicht mehr zu waschen braucht.«

Sara grinste über beide Ohren.

»Ich wusste, dass er das sagen würde«, bemerkte Guff. »Absolut berechenbar!«

»Und? Einverstanden?« Moore reichte Sara die Hand.

»Solange Sie Monaghan nichts von dem Kerl erzählen, der mich bedroht hat.«

»Monaghan wird kein Sterbenswörtchen erfahren. Ich habe ihm lediglich erzählt, wie aggressiv Sie als Anklägerin sind und wie lange Sie immer arbeiten. Sie wissen, wie gern er das hört. Also, sind Sie sicher, dass Sie mit der Jagd auf diesen Kerl weitermachen wollen?«

»Ich habe nie etwas anderes gewollt«, sagte Sara und ergriff Moores Hand.

»Gut«, sagte Moore und setzte sich neben Guff auf die Couch. »Denn genau damit möchte ich gleich anfangen.«

»Halt, erst müssen Sie mir noch etwas verraten«, sagte Sara. »Was hat für Sie den Ausschlag gegeben, mir den Fall zu lassen?«

»Dazu musste ich mich nur in Ihre Haut versetzen. Und sobald ich das tat, wurde mir klar, dass ich in Ihrer Situation auf keinen Fall wollte, dass jemand anders für mich einspringt. Beantwortet das Ihre Frage, oder wollen Sie irgendwelchen Psychoquatsch hören, dass ich es tun muss, um verschüttete Probleme aus meiner Vergangenheit aufzuarbeiten?«

»Nein. Das genügt mir vollauf«, sagte Sara. »Aber wenn Sie weiter so nett zu mir sind, fange ich noch an, überall herumzuerzählen, was für ein Softie Sie in Wirklichkeit sind.«

»Kein Mensch würde Ihnen glauben.« Moore öffnete seine Aktentasche und zog einen verschlossenen Umschlag für interne Post heraus. »Übrigens – das kam gerade von der Spurensicherung. Sieht nach den Fingerabdruckuntersuchungen aus, die Sie beantragt haben.«

»Die von meiner Aktentasche? Was ist dabei herausgekommen?«

»Ich wollte sie nur im Beisein meiner Partnerin öffnen.« Moore warf Sara den Umschlag zu. »Bitte.«

Sara riss den Umschlag auf und blätterte den Bericht durch. »Das darf doch nicht wahr sein!«

»Was?«, wollte Guff wissen. »Sind die Fingerabdrücke vom selben Toten?«

»Nein, es ist nicht derselbe Tote. Es ist ein neuer Toter. Dem Bericht zufolge gehören die Abdrücke auf meiner Aktentasche Warren Eastham, einem Kleinkriminellen, der letztes Jahr ermordet wurde.«

»Das verstehe ich nicht«, sagte Guff. »Wie kann ein Mann zwei verschiedene Fingerabdrücke haben?«

»Vielleicht arbeitet er bei der Spurensicherung und sabotiert alle Untersuchungen, die wir machen«, schlug Moore vor.

»Oder die Spurensicherung baut den Mist ganz von selbst«, fügte Guff hinzu.

»Mir ist völlig egal, wie er es macht«, sagte Sara. »Ich möchte nur wissen, wer er ist.«

In engen schwarzen Bikershorts und einem sehr großen verwaschenen Michigan-Sweatshirt marschierte Elliott schnurstracks ins Foyer des rechtsmedizinischen Instituts. Er rief dem Sicherheitsbeamten »Bote« zu und hob den knallgelben Nylonrucksack, den er sich über die Schulter gehängt hatte, leicht an. »Ich suche einen Dr. Fawcett.«

»Nehmen Sie den Lift in den Keller«, sagte der Sicherheitsbeamte. »Zimmer B-22.«

Als Elliott im Keller ankam, fand er Zimmer B-22 schnell. Fawcett saß an seinem Schreibtisch. »Tag«, sagte Elliott lächelnd. »Ich soll den Obduktionsbefund für Arnold Doniger abholen.«

»Sind Sie von der Staatsanwaltschaft?«, fragte Fawcett argwöhnisch.

»Aber sicher.« Elliott zog ein Klemmbrett aus seinem Rucksack. »Mal sehen – ich soll ihn auf schnellstem Weg der stellvertretenden Bezirksstaatsanwältin Sara Tate in der Centre Street 80 bringen. Sie möchte ihn am liebsten schon gestern haben.«

»Das wollen sie alle«, sagte Fawcett grinsend und reichte Elliott den verschlossenen Umschlag.

»Danke, Doktor«, sagte Elliott und steckte den Umschlag in seinen Rucksack. »Grüßen Sie die Leichen schön von mir. Und sagen Sie ihnen, sie verpesten die Luft hier ganz schön.«

»Mache ich«, sagte Fawcett, als Elliott das Büro verließ.

Zweieinhalb Wochen später kündigte ein beißender Oktoberwind einen frühen Winterbeginn an. Obwohl Wollmäntel das Stadtbild zu prägen begannen, deutete sonst nichts darauf hin, dass irgendetwas anders war in der Stadt, die nie von etwas Notiz nahm. Die Sirenen heulten weiter, der Verkehr war weiter uferlos, chinesisches Essen wurde weiter zu jeder Tages- und Nachtzeit ins Haus geliefert, und Sara, Conrad und Guff mühten sich weiter damit ab, die Teile des Falls zusammenzusetzen.

»Ich hab's«, rief Guff, als er, mit einem Stoß Papiere wedelnd, Saras Büro betrat.

»Was haben Sie?«, fragte Moore, der an Saras Aktenschrank lehnte.

»O guter Mann, wisst Ihr denn nicht, was Ihr so sehr vermisst? Ich hab das kostbarst' aller Dinge dieser Welt erworben – den Inbegriff all' ird'schen Strebens.«

»Den was?«, fragte Moore.

»Seinen letzten Willen«, erklärte ihm Sara, die an ihrem Schreibtisch saß. »Das Nachlassgericht hat sich endlich bereit erklärt, uns Arnold Donigers Testament zu überlassen.«

»Bereit erklärt?«, fragte Moore. »Sie hätten es mittels eines Gerichtsbescheids anfordern sollen.«

»Sie überstellen Gerichtsbescheide, ich bitte«, sagte Sara. »Das Ergebnis ist dasselbe.« Sie wandte sich Guff zu. »Und was steht drin?«

»In einem Punkt hatten Sie Recht – Arnold Doniger war finanziell nicht gerade schlecht gestellt. Wenn man die gesamte Barschaft in seinem Testament zusammenrechnet, hat er gut und gern seine sieben Millionen Dollar hinterlassen. Und das noch ohne sein New Yorker Stadthaus, sein Wochenendhaus in Connecticut und seinen Anteil an Echo Enterprises, seiner Haupteinnahmequelle, möchte ich mal annehmen.«

»Das war nicht weiter schwer zu erraten«, sagte Moore. »Wer in der East Side wohnt, ist in der Regel recht gut gespickt. Die entscheidende Frage ist allerdings: Wer erbt?«

»Das ist das Verrückte«, sagte Guff und reichte Sara das Testament. »Wir dachten, Claire Doniger hätte Kozlow angeheuert, damit sie nach dem Tod ihres Mannes absahnen könnte, aber laut Testament bekommt die Gute keinen Cent. Als sie Doniger vor zehn Monaten heiratete, hat sie einen Ehevertrag unterzeichnet, in dem sie auf alle Erbansprüche verzichtet.«

»Aber steht ihr nicht wenigstens ein Pflichtanteil zu?«, fragte Moore. »Soweit ich aus meinem Jurastudium in Erinnerung habe, steht Eheleuten immer ein bestimmter Anteil am Erbe zu, selbst wenn sie im Testament nicht berücksichtigt werden.«

»Nicht in diesem Fall«, sagte Sara. »Claire Doniger hat in ihrem Ehevertrag auf jegliche Ansprüche verzichtet, sei es auf einen Pflichtanteil oder sonst etwas. Sie bekommt nicht einmal das Haus, in dem sie gelebt haben.«

»Wollen Sie damit sagen, Claire Doniger hatte kein Motiv, ihren Mann umzubringen?«, fragte Moore.

»Jedenfalls nicht, wenn dieses Motiv war, ihren Mann zu beerben. Laut Testament bekommt sie nämlich rein gar nichts.«

»Und wer bekommt dann das Ganze?«

»Auch hier wieder keine bestimmte Person. Das Geld geht an ein Dutzend verschiedener gemeinnütziger Organisationen, das Haus in Connecticut bekommt die örtliche Historical Society, und den Erlös aus dem Verkauf des New Yorker Hauses erhält die Universität Princeton, seine Alma mater.«

»Sonstige Familienangehörige?«

»Keine Kinder, keine Geschwister. Er hat ein paar Cousins und Cousinen und eine Tante in Florida, aber die kriegen alle nur ein paar tausend. Nichts, weswegen man jemanden umbringt.«

»Und was ist mit der Firma?«, fragte Moore. »Wer bekommt die?«

»Echo Enterprises geht an die anderen Teilhaber der Firma. Ich schätze, er wollte Geschäft und Familie strikt getrennt halten.«

»Das glaube ich nicht«, sagte Sara und stand auf. »Ich kann mir nicht vorstellen, dass es nicht Claire Doniger war, die Kozlow angeheuert hat. Das liegt doch auf der Hand.«

»Auf jeden Fall«, sagte Moore. »Bis auf den kleinen Umstand, dass sie kein Motiv hat.«

»So würde ich das nicht unbedingt sehen«, sagte Guff. »Vielleicht hat sie ihn genau deshalb umbringen lassen – weil sie in seinem Testament nicht berücksichtigt wurde.«

»Ich weiß nicht«, sagte Moore. »Das erscheint mir ein wenig kurzsichtig. Sobald ihr Mann stirbt, verliert sie ihr Zuhause, ihre Absicherung, ihr ganzes Auskommen. An Claire Donigers Stelle wäre ich zwar auch sauer, im Testament nicht berücksichtigt zu werden, aber ich täte alles, um meinen Mann am Leben zu halten und nach Strich und Faden auszunehmen.«

»Vielleicht hat sie ihren Mann einfach gehasst«, schlug Sara vor. »Das wäre doch möglich.«

»Jetzt projizieren Sie.«

»Nein, ganz im Ernst«, fuhr Sara fort. »Warum muss sie es unbedingt auf sein Geld abgesehen haben? Jede Menge Leute ermorden ihre Ehepartner aus wesentlich trivialeren Gründen.«

»Das ist allerdings richtig«, sagte Moore. »Aber wenn eine nicht sonderlich begüterte fünfzigjährige Frau ihren sechsundsechzigjährigen Millionärsehemann umbringt, den sie erst vor kurzem geheiratet hat, muss sie dafür einen triftigen Grund haben. Und in all den Jahren, die ich schon hier arbeite, hat fast immer Geld eine Rolle gespielt.«

»Aber gerade Geld bekommt Claire Doniger keines.«

»Vielleicht ist das der springende Punkt«, warf Guff ein. »Vielleicht hat Claire Doniger gar nichts mit der ganzen Sache zu tun.«

»Ausgeschlossen«, widersprach Sara. »Claire Doniger ist auf jeden Fall an dieser Geschichte beteiligt. Dazu hat sie sich eindeutig zu sonderbar verhalten.«

»Dann müssen wir herausfinden, welcher Art diese Beteiligung war«, fügte Moore hinzu. »Ansonsten bekommen wir Probleme, diesen Fall vor Gericht zu bringen.«

»Somit haben wir also das Opfer, die Todesursache, das Testament und vermutlich auch die Person, die die Tat begangen hat«, sagte Guff. »Aber wir haben kein Motiv.«

»Und ohne Motiv können wir einpacken.«

»Sie wissen Bescheid.« Nervös drehte Claire Doniger an ihrem Ehering. Ihr Saft und ihr Jasmintee standen unangetastet vor ihr. »Sie wissen eindeutig Bescheid!«

»Deswegen brauchst du doch nicht gleich hysterisch zu werden«, sagte er. »Wenn sie etwas wüssten, hätten sie dich längst wegen Beihilfe angeklagt. Sie können dir nichts nachweisen.«

»Aber wie lange wird das noch so bleiben? Sie fragen ständig, wann sie sich mal das Haus ansehen können. Und wenn sie nun etwas finden, was –«

»Ich habe dir doch gesagt, darum kümmere ich mich. Jared sorgt genau in diesem Moment dafür, dass dieser Besuch nie stattfindet.«

Claire Doniger stand auf und fing hektisch an, den Tisch abzuräumen. »Das sagst du schon die ganze Zeit. Aber was ist, wenn er sie nicht daran hindern kann? Was ist, wenn –«

Er packte Claire Doniger an den Handgelenken und zwang sie, die Tasse und die Untertasse, die sie hielt, wieder abzustellen. Dann zog er sie auf seinen Schoß hinab. »Ich möchte, dass du erst mal ganz tief durchatmest und mir dann genau zuhörst: Wenn es mir nur um das Geld ginge, hätte ich mich schon vor Wochen aus dem Staub gemacht. Verstehst du? Ich möchte nicht allein sein. Deshalb, egal, was nötig ist, egal, was ich tun muss – ich werde nicht zulassen, dass sie mir das Kostbarste nehmen, was ich habe. Deinetwegen habe ich mich auf das alles eingelassen, und egal, was dafür nötig ist, wir werden es gemeinsam durchstehen.« Claire Donigers Hände in den seinen haltend, fügte er hinzu: »Und jetzt sag mir, wer dich liebt!«

Claire Doniger rang sich ein zaghaftes Lächeln ab. »Du.«

»Das meine ich doch, verdammt noch mal«, sagte Rafferty.

Jared massierte sich die Schläfen und versuchte alles, seine heftigen Kopfschmerzen zu ignorieren, als er auf den Bildschirm seines Computers sah. In den letzten zwei Wochen hatte er sich die besten Strafverteidiger der Kanzlei herausgesucht. Von jedem hatte er noch einen Trick, noch einen Kniff, noch eine Finte mehr zu erfahren versucht, um den Fall zu gewinnen und seine Frau zu retten.

Selbst der Anschlagtafel schenkte er mehr Aufmerksamkeit als sonst. Jeden Tag sah er sich eisern den Plan des Tatorts an.

Er erschien nie später als sieben Uhr morgens im Büro und verbrachte die ersten fünfzehn Minuten jedes Tages damit, sich ihn durch den Kopf gehen zu lassen. Er ging nie vor elf Uhr abends nach Hause und nie, ohne einen letzten Blick darauf geworfen zu haben. Er katalogisierte jeden Augenblick. Er indizierte jede Minute. Er tat alles in seiner Macht Stehende, um jede Nuance der Tat zu visualisieren.

Um da weiterzumachen, wo Barrow aufgehört hatte, engagierte er schließlich sogar einen renommierten Privatdetektiv, der jeden Zentimeter jedes Straßenzugs zwischen Claire Donigers Haus und der Stelle, wo McCabe Kozlow aufgegriffen hatte, unter die Lupe nahm. Auf Jareds Anweisung sprach der Detektiv mit den Müllmännern, die frühmorgens den Müll abholten, befragte die Nachtschichttürsteher der Häuser in unmittelbarer Nähe und rief sogar die lokalen Taxiunternehmen an, um herauszufinden, welche Fahrer in der fraglichen Nacht in dieser Gegend unterwegs gewesen waren. Egal, wie weit hergeholt, wie unwahrscheinlich oder wie grotesk die Spur war, Jared und seine Mitarbeiter suchten nach jemandem, der Kozlow an einem Punkt platzieren konnte, der nicht mit dem übereinstimmte, an dem McCabe ihn gesehen haben wollte. Doch am Ende, nach all den anstrengenden Nachforschungen, konnten sie keinen einzigen neuen Zeugen finden.

»Es muss jemanden geben, den wir übersehen haben«, sagte Jared und starrte auf den Plan an der Wand.

»Sie machen wohl Witze?«, sagte Kathleen. »Wir haben an alles und jeden gedacht.«

»Haben Sie etwas über die Zeitungsjungen in Erfahrung gebracht?«

»Welche? Die der *New York Times*, der *New York Post*, der *Daily News* oder der *Newsday*? Ich habe mit allen gesprochen und keiner hat am fraglichen Morgen vor halb sechs mit dem Austragen begonnen.«

»Und was ist –«

»Es gibt niemanden mehr«, unterbrach ihn Kathleen. »Wir haben sie alle durch. Die lokalen Bäckereien, die bei Tagesanbruch mit dem Teigkneten beginnen, die Lebensmittelläden, die rund um die Uhr geöffnet sind, sogar die noblen

Hostessenagenturen, die in dieser Gegend aktiv sind. Ich glaube, der einzige Mensch, mit dem wir nicht gesprochen haben, ist Arnold Doniger, und das nur deshalb, weil er tot ist.«

»Ich weiß«, sagte Jared. »Ich möchte nur nichts übersehen.«

»Jared, Sie können Lenny nicht zurückholen, wenn Sie sich selbst ins Grab bringen. Und Ihre Frau retten Sie damit schon gar nicht! Wenn wir etwas über ihre Anträge erfahren, werden wir schon wesentlich genauer sehen, was auf uns zukommt. Aber solange das nicht der Fall ist, dürfen Sie nicht noch länger solchen Raubbau mit Ihren Kräften treiben.«

»Es geht mir prima«, sagte Jared und wandte sich wieder dem Bildschirm zu.

»Jared, Sie sind nicht –«

»Ich sagte, es geht mir prima«, unterbrach er sie gereizt. »Und jetzt zum nächsten Punkt.«

»Wie weit müssen wir denn noch fahren?«, fragte Guff, der zwischen Sara und Moore auf dem Rücksitz eines Taxis saß.

»Hören Sie endlich auf zu fragen«, sagte Moore, als das Taxi den Holland Tunnel verließ. »Wir kommen schon noch früh genug an.«

»Ich kann mir nicht helfen«, sagte Guff. »Bei Außendiensteinsätzen werde ich jedesmal ganz hibbelig. Dann fühle ich mich plötzlich wieder wie auf der Junior High.«

»Auf der Junior High?«, brummte Moore. »Dann würde ich sagen: Halten Sie den Mund, bis wir da sind, oder ich stopfe Sie in ein Spind im Umkleideraum.«

»Ahhhh, holde Jugendzeit«, sagte Guff lächelnd. »Wie ich diese längst vergangenen Tage vermisse.«

Zehn Minuten später hielt das Taxi vor dem Haupteingang der Hudson County Pistol Range. Als die drei Kollegen aus dem Taxi stiegen, verkündete Conrad Moore: »Da wären wir – der beste Schießstand des Dreistaatengebiets.«

»Sie meinen, außer Manhattan selbst?«, fragte Sara.

Zwanzig Minuten später waren Moore, Sara und Guff bewaffnet, ausgerüstet und bereit, mit den Schießübungen zu beginnen. Sara und Guff folgten Moore durch das langgezogene, unauffällige Gebäude in einen riesigen Raum, der acht separate Schießstände enthielt. Am gegenüberliegenden Ende befand sich jeweils die dazugehörige Zielscheibe. Einige Schießstände hatten als Ziele Scheiben mit einem Zehnerring, andere mit den Umrissen von Hirschen und Löwen, und wieder andere mit Umrissen von Menschen. Die einzelnen Schießstände waren in solche für Anfänger und Fortgeschrittene unterteilt, wobei die Zielscheiben für die Anfänger sechs Meter, für die Fortgeschrittenen neun Meter entfernt waren. Ohne zu zögern, steuerte Moore schnurstracks auf ein Abteil für Fortgeschrittene zu.

»Wir sind wohl Anfänger«, sagte Guff zu Sara.

»Von wegen«, sagte Moore. »Sie bleiben schön bei mir.«

»Aber ich habe noch nie im Leben eine Schußwaffe abgefeuert.«

»Das macht nichts«, sagte Moore. »Die beste Methode, jemanden schwimmen zu lehren, ist, ihn ins Tiefe zu werfen.«

»Und wenn ich gar nicht schwimmen lernen will?«, warf Sara ein.

Moore deutete auf das Abteil neben seinem. »Jeder schwimmt. Gehen Sie da rein.«

Als jeder der drei in einem Abteil war, legte Moore Schutzbrille und Kopfhörer an. »Können Sie mich alle hören?«, fragte er durch das kleine Kinnmikrophon, das an seinem Kopfhörer angebracht war.

»Ich höre Sie laut und deutlich, *Bandit*«, antwortete Guff über seinen eigenen Kopfhörerset. »Aber wie wär's, wenn Sie mir gegen diese Brüder helfen würden, die mir dicht auf den Fersen sind?«

Nachdem ihm Sara ihren erhobenen Daumen entgegengereckt hatte, griff Moore, ohne Guff Beachtung zu schenken, nach seiner geliehenen .38er. Und mit sechs rasch aufeinander folgenden Schüssen zerfetzte er die neun Meter entfernte Papierzielscheibe mit den Umrissen eines Menschen.

»Nicht schlecht, Slim, aber jetzt komme ich«, sagte Guff und zielte. Er gab sechs Schüsse ab, ließ die Waffe sinken und blickte auf die Zielscheibe. Er hatte kein einziges Mal getroffen. »Meine Kanone ist kaputt«, sagte er.

»Jetzt sind Sie dran, Sara«, sagte Moore.

»Bevor ich anfange, nur noch eine klitzekleine Frage: Was soll das Ganze eigentlich?«

»Ich habe Ihnen bereits gesagt: Das ständige Herumsitzen im Büro hat uns nicht weitergebracht. Deshalb dachte ich, ein kleiner Ortswechsel könnte nicht schaden. Und jedesmal wenn ich an einen Punkt komme, an dem ich nicht mehr weiterkomme, erweist sich das hier immer als der beste Ort, um abzuschalten und die Dinge noch einmal völlig neu zu überdenken.«

»So schalten Sie ab? Indem Sie mit einer gelben Brille und einem überdimensionalen Kopfhörerset riesige Löcher in Papiermenschen ballern?«

»Manche Leute stehen auf klassische Musik; andere bevorzugen eine aggressivere Ästhetik«, erklärte ihr Moore. »Auf jeden Fall mussten wir alle dringend auf andere Gedanken kommen. Darum hören Sie auf zu jammern und fangen Sie an zu schießen.«

»Ganz wie Sie meinen, Herr Oberst«, sagte Sara. »Aber ich verstehe immer noch nicht, wie uns das bei unserem Fall weiterbringen soll.« Damit hob sie ihre Waffe und zielte. Sie gab einen Schuss ab. Zielte wieder. Gab einen weiteren Schuss ab. Zielte wieder. Gab einen weiteren Schuss ab. Nach sechs Schüssen hatte sie die Zielscheibe kein einziges Mal getroffen.

»Sie strengen sich zu sehr an«, sagte Moore, als Sara fertig war. »Das Abfeuern einer Waffe ist reine Instinktsache. Die Waffe muss sozusagen eine Verlängerung Ihres Arms werden. Es ist, als würden Sie einen Baseball werfen – da können Sie auch nicht ewig herummachen und zielen – Sie müssen ihn einfach werfen.«

»Ohhhh, noch so eine Fitnessanalogie«, sagte Sara. »Und diesmal sogar noch mit einem Hauch von Zen.«

»Das ist mein voller Ernst«, sagte Moore. »Versuchen Sie es noch einmal. Aber zielen und schießen Sie diesmal nur.«

Nachdem sie neu geladen hatte, stellte sich Sara wieder auf. »Dann mal los«, sagte sie. »Werde die Kugel.« Sie hob die Waffe und gab sechs weitere Schüsse ab. Diesmal traf sie zweimal den oberen Rand der Zielscheibe.

»Nicht schlecht«, sagte Moore und kam in ihr Abteil. »Das einzige Problem ist, glaube ich, Ihre Haltung. Ihr Schwerpunkt liegt nicht richtig. Deshalb drückt Sie der Rückstoß nach hinten, und das hat zur Folge, dass Sie zu hoch schießen.« Nachdem er Saras Waffe nachgeladen hatte, fuhr Moore fort: »Nehmen Sie die Füße weiter auseinander. Stellen Sie einen vor den anderen, und legen Sie das Gewicht auf das hintere Bein.« Als Sara ihre Beinhaltung änderte, stellte sich Moore direkt hinter sie und rückte ihre Hüften zurecht.

»Jetzt aber mal langsam, Cowboy! Jetzt werden Sie ein bisschen zu persönlich.«

»Genau darauf kommt es an«, entgegnete Moore grinsend und hielt weiter Saras Taille. »Jetzt legen Sie Ihr Gewicht hier drauf. Als Stütze dient Ihr hinteres Bein, aber Ihr Gewicht ruht hier.«

»Ich bin verankert«, sagte Sara. Dann hob sie mit einer fließenden Bewegung ihre Waffe und feuerte sechs Schüsse ab. Vier davon trafen die menschliche Gestalt auf der Zielscheibe. Einer davon durchschlug ihr Gesicht.

»Sieh mal einer an! Wo haben Sie denn so gut schießen gelernt?«, fragte Moore.

Sara sah zwinkernd über ihre Schulter und senkte ihre Stimme zu einem tiefen Knurren. »In Chinatown, Jake.«

»Mein Gott«, sagte Guff. »Genau das ist es!«

»Was ist es?«, fragte Sara. »Chinatown?«

»Nein, nein«, sagte Guff. »Claire Donigers Motiv.«

»Claire Donigers Motiv ist Chinatown?«

»Es war nicht das, was Sie gesagt haben, sondern das, was Sie getan haben«, erklärte Guff. »Wir haben alle gängigen Motive in Erwägung gezogen. Habgier, Eifersucht, Hass. Aber an Wollust haben wir nie gedacht. Dieser Gedanke ist mir bisher kein einziges Mal gekommen – bis ich Sie beide vorhin zusammen in der Kabine gesehen habe.«

»Was ist in der Kabine passiert?«, fragte Sara.

»Ja«, schloss sich Moore an. »Was soll da passiert sein?«

»Nichts für ungut – schließlich bedeuten Sie mir beide sehr viel –, aber sind Sie wirklich so blind?«

»Ich?«, fragte Sara. »Ich bin nicht –«

»Vergessen Sie einfach mal, wie er darauf gekommen ist«, sagte Moore zu Sara. »Das braucht uns im Moment nicht zu interessieren.« Moore verließ das Abteil und trat auf Guff zu. »Wenn das Motiv wirklich Wollust war, was heißt das für uns konkret?«

»Keine Ahnung«, sagte Guff. »Diese Idee ist mir eben erst gekommen. Ich hatte noch keine Zeit, weiter darüber nachzudenken.«

»Vielleicht war Arnold Doniger schwer krank. Vielleicht hat sie ihn getötet, um ihn von seinem Leiden zu erlösen«, schlug Moore vor. »Dann hätten wir einen Mord aus Liebe.«

»Auf keinen Fall«, sagte Sara. »So nett ist sie nicht.«

»Vielleicht war sie in jemand anders verliebt«, sagte Guff, »und sie hat ihren Mann getötet, um mit ihrem Geliebten leben zu können.«

»Zu romantisch«, sagte Moore. »Außerdem sind sogar New Yorker so zivilisiert, dass sie in so einem Fall die Scheidung einreichen.«

»Nicht, wenn sie durch den Tod ihres Ehepartners etwas zu gewinnen haben«, hielt Sara dem entgegen.

»Wie meinen Sie das?«, fragte Moore.

»Was ist, wenn die Person, die Claire Doniger liebt, eine der Personen ist, die einen Teil des Erbes erhalten?«

»Ich verstehe, worauf Sie hinauswollen«, sagte Guff. »Demnach haben also *beide* Kozlow damit beauftragt, ihren Mann umzubringen. Sie sorgt dafür, dass er problemlos ins Haus kommt, ihr Geliebter bezahlt die Rechnung.«

»Da wäre nur ein kleines Problem«, sagte Moore. »Laut Testament geht der ganze Besitz an gemeinnützige Organisationen.«

»Bis auf einen Posten«, korrigierte ihn Sara. »Echo Enterprises. Die Firma geht an die anderen Teilhaber.«

»Sie glauben also, einer von Arnold Donigers Partnern geht mit Claire Doniger ins Bett, und als sie merken, Arnolds Tod würde ihnen nicht nur ermöglichen zusammenzuleben, sondern sie auch beide reich machen, heuern sie Kozlow an und bringen Arnold um die Ecke?«

»Klingt durchaus einleuchtend«, sagte Guff.

»Finde ich auch«, sagte Sara. »Obwohl ich noch mal klarstellen möchte, dass eben in der Kabine absolut nichts war.«

»Jetzt hören Sie aber mal«, protestierte Guff. »Geht die Sonne im Osten unter? Tragen die New Yorker gern Schwarz? Wurde Elvis in einem weißen Anzug, einem taubenblauen Hemd und einer Kaschmirkrawatte begraben? Ja, ja und ja. Wir sind alle einfache Geschöpfe. Merke ich also, was Sache ist, wenn ich jemanden flirten sehe? Auf jeden Fall.«

»Die Sonne geht nicht im Osten unter«, machte Moore geltend. »Sie geht im Westen unter.«

Guff sah kurz Sara an, dann wieder Moore. »Das ändert nichts an den Tatsachen!«, übertönte Guff Saras Gelächter. »In diesem Abteil wurde geflirtet!«

14

Rafferty saß schlecht gelaunt hinter dem antiken Schreibtisch in seinem Büro bei Echo Enterprises. Das Frühstück mit Claire war anstrengend gewesen, das Geschäftsessen bei CBS eine Qual, und trotzdem stand ihm das Schlimmste noch bevor – Kozlow war in seinem Büro. »Sie sollten mal mit Elliott reden. Wir kriegen langsam Probleme.«

»Das brauchen Sie mir nicht zu sagen«, erwiderte Kozlow, der auf einem der zwei Stühle vor Raffertys Schreibtisch saß. »Sie sind derjenige, der –« Das Läuten von Raffertys Telefonanlage unterbrach ihn mitten im Satz.

»Was ist, Beverley?«, fragte Rafferty.

»Sir, hier ist eine Sara Tate«, sagte seine Sekretärin. »Sie sagt, sie möchte Sie sprechen.«

»Sie ist schon hier?« Raffertys Hand schloss sich fester um den Hörer.

»Ja, Sir. Sie sagt, sie sei von der Bezirksstaatsanwaltschaft und würde Sie gern einen Moment sprechen.«

Rafferty überlegte einen Moment, bevor er sagte: »Beverley, hören Sie mir jetzt bitte sehr genau zu. Ganz gleich, was Ms. Tate sagt, lassen Sie sie auf keinen Fall wissen, wer gerade bei mir in meinem Büro ist. Wenn sie Sie fragt, haben Sie keine Ahnung, wer Tony Kozlow ist, und haben nie etwas von ihm gehört. Lassen Sie mir fünf Minuten Zeit. Dann gebe ich Ihnen Bescheid, dass Sie sie reinlassen können.«

Im selben Moment, in dem Rafferty den Hörer auflegte, sagte Kozlow: »Sara Tate hat hier angerufen?«

»Wenn es nur das wäre. Sara Tate ist *hier*. Draußen vor der Tür.«

Kozlow sprang von seinem Stuhl hoch. »Sie ist hier?«

»Beruhigen Sie sich! Sehen wir erst mal zu, wie wir Sie verstecken. Dann werde ich schon mit ihr fertig.« Damit ging er in eine Ecke des Raums und zog ein schwenkbares Paneel heraus, hinter dem sich seine private Toilette befand. »Gehen Sie da rein.«

»Ins Klo? Haben Sie keinen zweiten Ausgang oder so was?«

»Rein mit Ihnen!«, fuhr ihn Rafferty an. »Sie kommt gleich rein.« Kozlow betrat den kleinen Raum, und als Rafferty das Paneel hinter ihm schloss, fügte er hinzu: »Bis gleich.«

Als zwei Minuten später Sara, Guff und Conrad Moore in Raffertys Büro kamen, saß Rafferty an seinem Schreibtisch und unterzeichnete Briefe.

»Tag, Mr. Rafferty, ich bin Sara Tate«, stellte sich Sara vor und streckte ihre Hand aus. »Das sind meine Kollegen Conrad Moore und Alexander Guff.«

»Freut mich, Sie kennen zu lernen, Ms. Tate«, sagte Rafferty, als er ihr die Hand schüttelte. »Bitte, nehmen Sie Platz.« Als Sara und Moore sich setzten, zog sich Guff aus einer Ecke des Raums einen Stuhl heran. »Und was kann ich für Sie tun?«

»Also, Sir, wir gehen dem Mord an Arnold Doniger nach und –«

»Wie bitte?«, unterbrach Rafferty sie. »Sie glauben, er wurde ermordet? Das kann ich mir nicht vorstellen.«

»Das ist die Theorie, die wir gerade überprüfen«, sagte Sara. »Eigentlich sind wir gekommen, um per Gerichtsbescheid die Herausgabe einiger Firmenunterlagen von Echo zu verlangen, aber wir dachten, es könnte nicht schaden, mit einigen Teilhabern der Firma zu sprechen.«

»Aber sicher, natürlich. Wenn ich Ihnen irgendwie helfen kann, lassen Sie es mich einfach wissen.«

»Könnten Sie uns ein wenig über Echo erzählen?«

»Aber sicher. Natürlich. Ja.« Ein Stottern überspielend, fuhr Rafferty fort: »Echo ist eine Firma, die die Verwertungsrechte für geistiges Eigentum besitzt. Um es für einen Laien verständlich auszudrücken: Wir besitzen und verwalten das Copyright für bestimmte Theaterstücke.«

»Befinden sich darunter auch bekannte Stücke?«, fragte Sara, um sich einen Eindruck von der Größenordnung des Unternehmens verschaffen zu können.

Raffertys Antwort ließ nicht lange auf sich warten. »*Chorus Line* zum Beispiel, *Die Katze auf dem heißen Blechdach, Endsta-*

tion Sehnsucht – und noch verschiedene andere. Wenn jemand das Stück aufführen will, sei es an einer High-School oder in Form einer Fünfzig-Millionen-Produktion, kommen sie zuerst zu uns. Als Gegenleistung für unsere Zustimmung einigen wir uns dann auf eine prozentuale Beteiligung.«

»Sie erhalten also einen bestimmten Anteil der Einnahmen«, sagte Moore. »Ich kann mir vorstellen, da fällt einiges ab.«

»Man kann davon leben«, sagte Rafferty.

»Es könnte auch für mehr reichen«, sagte Moore vorwurfsvoll.

»Entschuldigung, aber wollen Sie damit etwas andeuten?«, fragte Rafferty, sichtlich bemüht, das Gespräch auf einer freundlichen Ebene zu halten.

»Ganz und gar nicht«, sagte Sara mit einem finsteren Blick auf Moore. »Wir versuchen nur sicherzugehen, dass wir nichts übersehen haben. Aber dürfte ich Sie vielleicht fragen, wie viele Teilhaber die Firma hat?«

»Wir haben über vierzig Mitarbeiter, aber die einzigen Teilhaber sind Arnold und ich.«

»Tatsächlich?«, sagte Sara. »Heißt das, daß Ihnen nach Mr. Donigers Tod die Firma ganz allein gehört?«

»Das hängt von Arnies Testament ab. Als wir Echo gründeten, beschlossen wir, dass im Erbschaftsfall die spezifischen Wünsche des jeweiligen Teilhabers gegenüber unserem Teilhabervertrag Vorrang haben sollten. Wenn also Arnie seinen Anteil jemand anders vermacht hat, sind nun der oder die Betreffenden meine Teilhaber. Aber wie ich Arnie kenne, bin ich ehrlich gesagt ziemlich sicher, dass er seinen Anteil irgendwelchen gemeinnützigen Organisationen vermacht hat. Er war ein echter Philanthrop.«

»Dann kann ich Ihnen sagen, er hat seinen Anteil an der Firma den anderen Teilhabern von Echo vermacht«, erklärte Sara. »Wie es also aussieht, Ihnen.«

»Was?« Rafferty klang verblüfft. »Das kann nicht sein. Da muss es sich um ein Versehen handeln.«

»Ganz und gar nicht«, sagte Moore argwöhnisch. »Mr. Rafferty, welcher Art ist Ihre Beziehung zu Claire Doniger?«

»Ich kenne Claire schon, seit sie und Arnie sich kennen gelernt haben – das war vor ein paar Jahren im Decorator Show House. Sie ist eine hervorragende Innenarchitektin.«

»Sehen Sie sich oft?«

»Ich habe sie seit Arnies Tod ein paarmal angerufen, um zu hören, wie es ihr geht. Aber ansonsten haben wir kaum miteinander gesprochen; sie ist ein sehr introvertierter Mensch.«

»Und vor dem Tod ihres Mannes – haben Sie sie da bei gesellschaftlichen Anlässen getroffen?«, fragte Moore weiter.

»Eigentlich nicht«, antwortete Rafferty. »Warum fragen Sie?«

»Nur so«, schaltete sich Sara ein. »Dann wollen wir Sie nicht länger aufhalten, Mr. Rafferty. Sie haben uns sehr geholfen.«

»Gern geschehen. Und lassen Sie mich bitte wissen, wenn ich sonst noch etwas für Sie tun kann. Haben Sie von der Verwaltung alles bekommen, was Sie brauchen?«

»Ich denke schon.« Sara stand auf und schüttelte Rafferty die Hand. »Und noch mal vielen Dank, dass Sie sich für uns Zeit genommen haben.«

»Keine Ursache«, sagte Rafferty und brachte sie zur Tür.

Als er sie geschlossen hatte, spähte Kozlow aus der Toilette.

»Sie können rauskommen«, sagte Rafferty. »Sie sind weg.«

Im selben Moment, in dem Kozlow aus der Toilette kam, flog die Bürotür auf. »Nur noch ein Letztes«, sagte Sara. »Ich wollte Ihnen meine Karte hier lassen – für den Fall, dass Sie uns anrufen möchten.«

Kozlow blieb wie angewurzelt stehen. Rafferty, der in der Mitte des Raums stand, hatte Sara rechts und Kozlow links von sich, jeden in seiner jeweiligen Tür. Als Sara weiter in den Raum treten wollte, eilte Rafferty auf sie zu und versperrte ihr den Weg. »Danke. Wenn es irgendwas Neues gibt, rufe ich Sie natürlich sofort an.«

»Das wäre nett. Und noch mal: Entschuldigen Sie bitte die Störung.«

»Aber das ist doch nicht der Rede wert.« Als Sara das Büro verließ, schloss Rafferty die Tür hinter ihr. Zehn Sekunden lang bewegten sich weder er noch Kozlow.

»Sie gehört mir«, sagte Kozlow schließlich. »Langsam reicht's mir.«

»Halten Sie den Mund!« Rafferty griff nach dem Telefon und wählte. »Jared Lynch.«

»Jetzt hören Sie mal zu, Sie überbezahlter, selbstgefälliger Quatschkopf, was machen Sie eigentlich die ganze Zeit?«

»Was ist los?«, fragte Jared. »Ist irgendwas passiert?«

»Und ob etwas passiert ist! Ich hatte gerade das Vergnügen, Ihre Frau und ihre lächerlichen Mitarbeiter bei mir zu haben!«

»Meine Frau war bei Ihnen?«

»Sie war nicht nur bei mir, sie hat mich verhört. Und ich sage Ihnen nur eines: Das war's. Sie ist erledigt. Ich lasse ihr ein Loch verpassen, so tief –«

»Bitte nicht ... warten Sie! Ich werde mit ihr sprechen.«

»Ihre Zusicherungen können Sie sich sonstwo hinstecken.«

»Ich regle das. Ehrenwort! Lassen Sie mir nur etwas Zeit.«

»Diesmal meine ich es ernst, Jared. Wenn sie nicht schleunigst die Finger von der Sache lässt, kann sie Barrow Gesellschaft leisten. Haben Sie mich verstanden?«

»Natürlich«, stieß Jared bestürzt hervor. »So etwas soll nicht wieder vorkommen.«

Rafferty zupfte sein Sakko zurecht und versuchte sich wieder in den Griff zu bekommen. Er mochte es nicht, wenn er die Beherrschung verlor, aber er war nicht bereit, sich alles zunichte machen zu lassen. »Und – haben Sie auch ein paar gute Neuigkeiten für uns?«, fragte er Jared.

»Ich glaube schon – die Sekretärin des Richters rief eben an. Morgen wird über unsere Anträge entschieden. Wenn wir mit ein paar davon durchkommen, können wir einige Beweismittel meiner Frau für nicht zulässig erklären lassen.«

»Dann sehen Sie mal zu, dass die Sache gut ausgeht«, sagte Rafferty. »Wenn Sie nämlich so weitermachen wie bisher, ist sie gestorben.«

»Und? Was denken Sie?«, fragte Sara Conrad Moore beim Verlassen des Büros von Echo Enterprises.

»Mein Riecher sagt mir, er lügt. Aber beweisen kann ich es noch nicht. Er geriet nicht mal ins Schwitzen, als ich ihn zu provozieren versuchte.«

»Nicht nur das. Er machte sogar den Eindruck, als wollte er uns wirklich helfen.«

»Darauf würde ich nichts geben.« Moore blieb auf dem Bürgersteig stehen. »Unterstützung zu heucheln ist einfach. Ruhe zu bewahren etwas anderes. Außerdem: Egal, wie zuvorkommend er ist, er ist der einzige, der wirklich von Arnold Donigers Tod profitiert. Schon das allein macht ihn hochgradig verdächtig. Ich bitte Sie, er steht im Begriff, ein Fünfzig-Millionen-Dollar-Unternehmen zu erben, und will uns weismachen, er wüsste nicht, was im Testament steht.«

»Also, falls es jemanden interessiert, mir war er nicht sympathisch«, sagte Guff. »Wenn jemand schon drei Telefone hat – das kann nichts Gutes bedeuten.«

»Das muss ich mir merken«, sagte Moore und winkte einem Taxi. »Der Mann hat drei Telefone, also ist er laut Guff ein Mörder.«

»Was steht heute sonst noch an?«, fragte Sara.

»Wir bereiten uns auf die morgige Anhörung vor, wir sehen uns das Testament noch mal an, und wir tun unser Bestes, um herauszubekommen, ob Oscar Rafferty ein tief betroffener Freund ist oder einer der besten Schauspieler, die mir je begegnet sind.«

»Wenn wir nur den Todeszeitpunkt genauer bestimmen könnten«, sagte Guff. »Das brächte uns sicher weiter.«

Sara, die gerade in das Taxi steigen wollte, hielt inne. »Keine schlechte Idee. Hätten Sie was dagegen, in die East Side mitzukommen?«

»Ich kann leider nicht«, sagte Moore. »Ich muss noch Verschiedenes erledigen.«

»Können Sie das nicht verschieben, bis –«

»Unmöglich. Ich muss ins Büro zurück.« Er bedeutete Sara und Guff einzusteigen und fügte hinzu: »Fahren Sie schon mal los.«

»Wollen Sie wirklich nicht mitkommen?«

»Nein. Und nun fahren Sie endlich! Wir sehen uns, wenn Sie fertig sind.«

Als das Taxi losfuhr, wandte sich Guff Sara zu. »Wohin fahren wir eigentlich?«

»Wir machen genau das, was Sie gesagt haben. Den genauen Todeszeitpunkt herausfinden.«

»Einen Augenblick«, sagte Guff, der hinter Sara auf Claire Donigers Haus zuging. »Dieser Irre hat gesagt, Sie sollen sich mal Claire Donigers Keller ansehen, und das wollen Sie jetzt machen? So einfach mir nichts, dir nichts?«

»Ganz genau. So einfach mir nichts, dir nichts. An sich wollte ich dafür einen Detective haben, aber wie Sie sich vielleicht noch erinnern, wollte uns niemand einen zur Verfügung stellen.«

»Ich dachte, in Mordfällen müsste man einen Detective zugeteilt bekommen.«

»Eigentlich schon, aber die Budgetkürzungen machen sich in jeder Abteilung bemerkbar. Nur deshalb machen wir es selbst.« Sara stieg die Eingangstreppe hinauf und klingelte.

»Wer ist da?«, fragte eine Stimme.

»Sara Tate, Mrs. Doniger. Ich möchte Ihnen ein paar Fragen stellen.«

Claire Doniger öffnete die Tür einen Spaltbreit und sagte: »Ich habe bereits mit einem Anwalt gesprochen, und er sagt, ich brauche nicht mit Ihnen zu sprechen. Er meinte, wenn Sie mich des Mordes anklagen wollen, wäre das Ihr gutes Recht, aber ich brauche kein Wort mit Ihnen zu sprechen, solange er nicht anwesend ist.«

»Da hat er Ihnen einen guten Rat gegeben«, sagte Sara. »Aber hat Ihnen Ihr Anwalt auch das hier gezeigt?« Sie öffnete ihre Aktentasche und zog ein Blatt Papier heraus. »Das ist ein Durchsuchungsbefehl. Wenn Sie unbedingt meinen, kann ich ihn ausfüllen und einen ganzen Bus voll Cops anfordern, die nichts lieber täten, als Sie vor den Augen Ihrer Nachbarn bloßzustellen. Oder Sie können mit uns kooperieren und mich reinlassen, was wesentlich vernünftiger wäre. Sie haben also die Wahl.«

Nach kurzem Zögern öffnete Claire Doniger langsam die Tür. Sie sah wesentlich mitgenommener aus als das letzte Mal. Ihre ehedem perfekte Frisur war jetzt zusammengefallen und glanzlos und ihr sonst immer gut ausgeruhtes Gesicht wirkte geradezu verhärmt. Obwohl sie ihre Blässe mit einer dicken Schicht Make-up zu kaschieren versuchte, war nicht zu übersehen, dass dies nicht ihr bester Tag war.

Sara betrat das luxuriös eingerichtete Haus. »Und? Wie geht es Ihnen?«

»Gut«, antwortete Claire Doniger kurz angebunden. »Sehen Sie sich meinetwegen um, aber machen Sie bitte nicht allzu lange. Ich habe heute noch einiges vor.«

Als Sara auf den Salon des schönen Sandsteinhauses aus dem 19. Jahrhundert zuging, vorbei an den zwei zusammenpassenden holländischen Landschaften, den schweren Brokatvorhängen und den Louis-quatorze-Möbeln, hatte sie ein eigenartiges Déjà-vu-Erlebnis. In Gedanken ging sie nun schon seit Monaten in diesem Haus herum. Es jedoch plötzlich in der Realität zu tun, hatte etwas Beängstigendes.

»Komisch, nicht?«, flüsterte Guff, als sie ins Wohnzimmer gingen.

»Wie im Traum«, sagte Sara. Als sie in die Küche kamen, wandte Sara sich noch einmal an Claire Doniger. »Dies war also der Raum, wo Sie Ihrem Mann in der Nacht, in der er Ihren Angaben zufolge starb, ein Glas Apfelsaft und einen Müsliriegel gegeben haben?«

Mit einem verdrießlichen Blick erwiderte Ms. Doniger: »Ihre Anspielungen können Sie sich sparen. Kozlow war ein Einbrecher – mehr nicht.«

»Sie müssen es ja wissen. Könnten Sie uns bitte zeigen, wo es zum Keller geht?«

»Was wollen Sie im Keller?«

»Wir möchten uns nur vergewissern, ob es eine andere Möglichkeit gibt, wie der Einbrecher ins Haus gekommen sein könnte«, sagte Guff. »Wenn dem so ist, würde das Ihre Aussage stützen.«

Unschlüssig, was sie tun sollte, sah Claire Doniger Guff an, bevor sie sagte: »Es ist die Tür gleich hinter Ihnen. Der Lichtschalter ist rechts.«

Als sie die Treppe hinunterstiegen, merkte Guff, dass ihnen Claire Doniger nicht mehr folgte. »Sie sind übrigens nicht ermächtigt, einen Durchsuchungsbefehl auszustellen«, flüsterte er Sara zu. »Das kann nur ein Richter.«

»Ich weiß.« Sara lächelte. »Aber sie weiß es nicht. Und nachdem wir jetzt ihre Einwilligung haben, können wir uns überall umsehen, wo wir wollen.«

»Ganz schön raffiniert. Wonach suchen wir eigentlich?«

»Das weiß ich selbst nicht so genau. Er sagte nur, ich sollte im Keller nachsehen.« Am Ende der Treppe befand sich ein Raum, bei dem es sich offensichtlich um Arnold Donigers Arbeitszimmer handelte. An seiner Rückwand standen ein kleiner Holzschreibtisch, ein Aktenschrank mit zwei Zügen und ein PC. In der Ecke stand ein Princeton-Lesestuhl, an der rechten Seitenwand ein bis zum Gehtnichtmehr vollgepacktes Bücherregal. An der linken Seitenwand befanden sich ein perfekt präparierter zwei Meter langer Fächerfisch – offensichtlich eine Trophäe von einem erfolgreichen Angelausflug – und ein Durchgang zu einem Abstellraum voll leerer Schachteln und alter Möbel. An den anderen zwei Wänden hingen alte Fotos und Erinnerungsstücke: Bilder von Arnold Doniger in der Navy, Fotos von ihm auf seinem Segelboot und ein großes Hochzeitsbild von ihm und Claire.

»Schönes Bild«, sagte Guff mit einem Blick auf das Hochzeitsfoto. »Sie sehen richtig glücklich aus.«

»Einfach krank, nicht?«, fragte Sara. »An einem Tag trägt man das weiße Kleid, und zehn Monate später trägt man das schwarze.«

»Willkommen in der wunderbaren Welt der Strafverfolger«, sagte Guff.

Sara las den gerahmten Artikel aus der Zeitschrift *Avenue*, der neben dem Foto des Paares hing.

»Irgendwas Interessantes?«, fragte Guff.

»Definieren Sie erst mal ›interessant‹«, entgegnete Sara. »Diesem kurzen Klatschspaltenbericht zufolge waren Claire Doniger, als sie und Arnold ihre Hochzeit im Pierre planten, die Vorhänge im Cotillion Room so zuwider, dass sie für ihre Hochzeit neue anfertigen ließ. Anscheinend weigerten sie sich im Pierre, die Kosten dafür zu tragen, weshalb Claire Doniger sie selbst bezahlte. Und nach der Hochzeit ließ sie sie einfach da – vermutlich waren sie zu groß, um sie nach Hause mitzunehmen. Das Komische daran war, dass sie dem Management des Pierre so gut gefielen, dass man sie hängen ließ, weshalb Claire Donigers Vorhänge heute immer noch dort sind – womit sie zumindest volle zehn Minuten zum Stadtgespräch wurde.«

»Sie wollen damit also sagen, Claire Doniger gehört zu der Sorte Menschen, die gern aus dem Vollen schöpfen?«

»Wenn Sie mich fragen, ob sie diesen aufwendigen Lebensstil mag, würde ich sagen, die Antwort lautet: ja.«

Als Guff auf Arnold Donigers Schreibtisch zutrat, sagte Sara: »Sie nehmen sich den Schreibtisch vor, ich den Rest.«

Als sie fünfzehn Minuten später immer noch nichts gefunden hatten, begann Guff frustriert, jedes Foto von der Wand abzuheben, um dahinterzusehen. »Was machen Sie denn da?«, fragte Sara.

»Das weiß ich selbst nicht so genau. Vielleicht finde ich einen Geheimgang oder eine benutzte Spritze oder sonst irgendwas Interessantes. Haben Sie vielleicht eine bessere Idee?«

»Eigentlich nicht.« Sara trat durch den Durchgang, der in die andere Hälfte des Kellers führte. Dort standen ein altes, zerschlissenes Zweiersofa, vier hölzerne Küchenstühle und eine Reihe leerer Computer-, Stereoanlagen- und Küchengerätekartons. Vor allem zog Saras Aufmerksamkeit jedoch eine Glastür auf sich, die aussah, als führte sie in einen Kühlraum. Als Sara die Tür öffnete, kam ihr ein Schwall kalter Luft entgegen.

»Was ist das?«, fragte Guff.

Sara machte das Licht an und steckte den Kopf hinein. In dem Kühlraum waren mindestens dreihundert Flaschen Wein gelagert.

»Sieh mal einer an«, murmelte Sara. Sie betrachtete die Rückwand des zwei mal zwei Meter großen Weinkellers, nahm einen Stift aus ihrer Aktentasche und notierte sich etwas. Dann drehte sie sich mit einem wissenden Leuchten in den Augen um und schloss die Tür wieder hinter sich.

»Was soll daran Besonderes sein?«, fragte Guff. »Ist doch nur ein Weinkeller.«

»Nicht nur«, sagte Sara und wandte sich zum Gehen. »Schnell weg hier.«

Sara saß in Fawcetts Büro im Keller des gerichtsmedizinischen Instituts und wartete, dass Guff aufhörte zu telefonieren.

»Nein, ich verstehe«, sagte Guff. »Aber glauben Sie, es ist grundsätzlich möglich?«

Während Guff auf eine Antwort wartete, kam Fawcett herein und setzte sich an seinen Schreibtisch. »Mit wem spricht er?«, fragte er Sara.

»Mit Chillington Freezer Systems. Das ist die Herstellerfirma der Kühlanlage in Donigers Weinkeller.«

»Ja. Ja. Nein, ganz meiner Meinung«, sagte Guff. »Und nochmals vielen Dank für Ihre Hilfe!« Er legte auf und wandte sich Sara und Fawcett zu. »Also, die wirklich hilfsbereiten Kundenserviceleute bei Chillington sagen, ein Weinkeller ist normalerweise auf 12 Grad eingestellt, und die Luftfeuchtigkeit beträgt zwischen fünfundfünfzig und achtzig Prozent – je nachdem welche Luftverhältnisse im Raum herrschen.«

»Ich will nichts über Weinlagerung wissen«, unterbrach ihn Sara. »Ich möchte wissen, wie kalt man ihre Kühlschränke stellen kann.«

»Das ist das Problem«, sagte Guff. »Ein Weinkeller ist kein Kühlschrank. Er ist zum Kühlen gebaut, aber nicht für besonders niedrige Temperaturen.«

»Und wie niedrig –«

»Immer mit der Ruhe, dazu komme ich gleich«, sagte Guff. »Die Frau, die ich eben am Telefon hatte, meinte, manuell könnte man die Temperatur auf acht bis zehn Grad stellen. Aber wenn man den Luftentfeuchter und die Aufheizspule entfernt, und wenn keine Sonne in den Raum kommt –«

»Wie in einem Keller.«

»Genau. In einem Kellerraum zum Beispiel kann man die Temperatur auf vier bis sieben Grad minus senken.«

»Ich hab's gewusst!«, rief Sara und hieb auf Fawcetts Schreibtisch. »Ich wusste es in dem Moment, in dem ich diesen Kasten sah!«

»Könnte mir vielleicht mal jemand erklären, worum es hier geht?«, sagte Fawcett. »Warum dieses plötzliche Interesse an Weinkellern?«

»Wegen einer Bemerkung von Ihnen bei der Obduktion.« Sara zog den Entwurf von Fawcetts Obduktionsbefund heraus, den sie mit eigenen Notizen versehen hatte. »Sie erwähnten damals, Mr. Donigers Hirnhaut wiese Risse auf, die durch Minustemperaturen verursacht worden sein könnten. Hier haben wir unsere Minustemperaturen! So konnten sie verhindern, dass der Verwesungsgestank im ganzen Haus zu riechen war, und so konnten sie den Anschein erwecken, als wäre Arnold Doniger erst mehrere Tage nach dem Einbruch gestorben – sie packten ihn in den Weinkeller und stellten diesen so kalt wie möglich. Jede Wette, dass sie ursprünglich nur vorhatten, am Morgen nach seiner Ermordung den Notarzt zu rufen und zu sagen, ihr zuckerkranker Ehemann sei gestorben. Doch nachdem Patty Harrison Kozlow das Haus hatte verlassen sehen und dieser festgenommen worden war, mussten sie sich etwas anderes einfallen lassen.«

»Was ist mit den Sachen, die er bei sich hatte?«, fragte Guff. »Dem Golfball und der Platinuhr?«

»Ich würde sagen, Kozlow konnte den Hals nicht voll bekommen. Vermutlich hat er die Sachen in der Hoffnung, niemand würde es merken, einfach beim Rausgehen eingesteckt. Ihm war jedenfalls nicht klar, dass man ihn wenige Minuten später verhaften würde. Und als ihn dann der Cop zu Claire Donigers Haus zurückbrachte, fragte der Cop Mrs. Doniger, ob bei ihr eingebrochen worden sei. Ihr blieb keine andere Wahl, als auf die Einbruchsgeschichte einzusteigen. Jedenfalls war das an diesem Punkt besser, als zuzugeben, Kozlow wäre da gewesen, um ihren Mann umzubringen.«

»Das ist eindeutig eine Möglichkeit«, sagte Fawcett. »Vor einigen Jahren versuchte ein Mann etwas Ähnliches mit seiner toten Frau. Soweit ich mich erinnern kann, verstaute er sie in einer Gefriertruhe, bis seine Stiefkinder in Urlaub fuhren.«

»Sehen Sie, das ist es, was ich an New York so toll finde«, erklärte Guff stolz. »Die Leute hier sind so gewissenhaft.«

Um immer einen Vorwand zu haben, nach Hause kommen zu können, ließ Jared fast alle seine Sachen in seiner Wohnung. So konnte er einmal die Woche zu Hause aufkreuzen, um sich einen Anzug, ein paar Krawatten, oder was ihm sonst gerade einfiel, zu holen und sich bei dieser Gelegenheit in der Wohnung umzuschauen und, was das wichtigste war, seine Frau zu sehen. Nach ihrer letzten Auseinandersetzung war Jared fest entschlossen gewesen, nicht mehr nach Hause zu kommen, aber Raffertys jüngste Drohung hatte ihn seine Taktik noch einmal revidieren lassen. Er musste unbedingt noch einmal in die Wohnung. Um sicherzugehen, dass Sara keinen Verdacht schöpfte, kündigte er sich vorher telefonisch an. Er sagte, er käme gegen acht Uhr. In der Hoffnung, sie wäre bis dahin bereits eingeschlafen, kam er jedoch erst kurz nach Mitternacht nach Hause. So leise wie möglich schlich er zum Schlafzimmer und öffnete langsam die Tür.

»Wo warst du so lange?«, fragte Sara, sobald er eintrat. »Du kommst vier Stunden zu spät.«

Jared antwortete ihr nicht. Er stellte seine Aktentasche neben den Nachttisch und ging schnurstracks ins Bad. In den letzten zwei Wochen waren ihre Gespräche immer kürzer und nichtssagender geworden, sodass sie sich inzwischen praktisch nur noch anschwiegen. Berufliche Neuigkeiten waren ohnehin schon lange tabu, aber seit neuestem schlugen sich ihre Spannungen auch im Small talk nieder.

Als Jared wieder aus dem Bad kam, lag Sara im Bett und hatte ihrem Mann den Rücken zugekehrt. »Hast du in meine Aktentasche gesehen?«, fragte er sie unvermittelt.

»Was?«, Sara drehte sich um.

»Hast du in meine Aktentasche gesehen?«, wiederholte Jared und deutete auf den Boden. »Als ich ins Bad ging, stand sie aufrecht neben dem Nachttisch. Jetzt liegt sie flach auf dem Teppich.«

Lachend erwiderte Sara: »Hast du vielleicht schon mal was von den Folgen der Schwerkraft gehört?«

»Jetzt werd nur nicht sarkastisch!«, fuhr er sie an. »Ich meine es ernst!«

Von seiner plötzlichen Feindseligkeit überrumpelt, fragte Sara: »Was hast du denn?«

»Was ich haben soll? Ich habe dich ertappt –«

»Du hast mich bei gar nichts ertappt«, konterte Sara. »Du bist bloß sauer, weil du langsam einsiehst, dass du den Prozess verlierst.«

»Von wegen! Ich werde nicht verlieren!« In Jareds Augen lag ein Ausdruck, wie sie ihn noch nie an ihm bemerkt hatte. Von seiner gewohnten unerschütterlichen Zuversicht war nichts mehr zu spüren. An ihre Stelle war blanke Verzweiflung getreten.

Um ihn zu beruhigen, sagte Sara: »Lassen wir es für heute Abend einfach gut sein und streiten morgen weiter.«

»Ich meine es ernst, Sara. Ich werde nicht verlieren.«

»Das glaubst du doch selbst nicht.«

»Hast du nicht gehört, was ich gesagt habe? Ich werde nicht verlieren.«

»Jared, was soll ich darauf antworten? ›Du hast vollkommen Recht. Du wirst nie verlieren.‹«

»Ich möchte nur, dass du mich ernst nimmst.«

Sara antwortete ihm nicht.

»Ignorier mich nicht einfach«, redete Jared weiter auf sie ein. »Nimmst du mich nun ernst oder nicht?«

»Wenn du mich das fragen musst, spielt meine Antwort keine Rolle.«

»Leider muss ich dich fragen. Antworte mir gefälligst.«

Sara wandte sich von ihrem Mann ab und sagte: »Fick dich doch sonst wohin.«

Als Jared in Pops Wohnung zurückkehrte, war es fast ein Uhr morgens. Immer noch außer sich, versuchte er sich auf die bevorstehende Entscheidung des Richters über seine Anträge zu konzentrieren. Wenn er auch nur der Hälfte stattgab, stünde es immer noch ganz gut für ihn, dachte er, als er die Wohnungstür aufschloss. Inzwischen hatte er sich so an die Gerüche von Pops Wohnung gewöhnt, dass er den feuchten Modergeruch, von dem ihm beim ersten Mal fast schlecht geworden war, gar nicht mehr registrierte. Nicht einmal die

Fotos von Sara, die ihn jede Nacht quälten, nahm er zur Kenntnis. Aber dass der elektrische Ventilator, Baujahr 1946, aus irgendeinem Grund in Betrieb war, bemerkte er sofort, als er die Wohnung betrat.

Eins von Pops besten alten Stücken war der taubenblaue General-Electric-Ventilator im Art-déco-Stil, der noch zu einer Zeit gebaut worden war, als man die Metallblätter noch nicht aus Sicherheitsgründen mit einem Schutzgitter versehen hatte. »Und das Ding läuft immer noch«, brüstete sich Pop, wenn die Rede darauf kam.

Als Jared sah, dass der Ventilator auf dem Beistelltisch neben der Couch in Betrieb war, wurde ihm klar, dass irgendwas nicht stimmte. Als er die Wohnung am Morgen verlassen hatte, war der Ventilator aus gewesen. Und angesichts des bevorstehenden Winters käme nur ein Verrückter auf die Idee …

»Rate mal, wer da ist«, rief Kozlow und sprang aus dem Schrank in der Diele. Und als Jared sich umdrehte, schlug ihm Kozlow mit der Handfläche gegen die Nase. »Sie waren heute im Büro!«, brüllte Kozlow. Jareds Nase begann sofort heftig zu bluten. »Sie waren im Büro und dann im Keller! Wie ist das möglich?« Bevor Jared antworten konnte, rammte ihm Kozlow das Knie in den Bauch. »Los, du Schlaumeier, fang schon an, mir das zu erklären!«

Als Jared vor Schmerzen vornübersackte, fiel sein Blick auf einen Besen, der aus dem Schrank gefallen war, als Kozlow herausgesprungen war. Er musste nur versuchen, ihn in die Finger zu bekommen. Doch Kozlow war Jareds Blick gefolgt und hatte sich bereits umgedreht, bevor Jared dazu kam, auch nur eine Bewegung zu machen. »Wolltest du damit etwa auf mich losgehen?« Kozlow packte den Besen, holte kurz aus und schlug Jared damit in die Rippen. »Los, antworte!« Er schlug ihm gegen die Schulter. Dann wieder in die Rippen. Dann wieder gegen die Schulter. »Warum antwortest du mir nicht?«, schrie Kozlow, als Jared zu Boden sank.

Kozlow stellte sich hinter sein Opfer, schob ihm den Besen unter den Hals und zog ihn nach oben. Nach Luft schnappend, versuchte Jared verzweifelt, den Besen von seinem Hals wegzudrücken. Um der besseren Hebelwirkung willen versuchte er seine Finger zwischen Besenstiel und Kehle zu zwängen. Aber es half nichts. Kozlow ließ nicht los. Jared rang mit hochrotem Kopf weiter nach Atem.

Dann zwang Kozlow Jared mit einem scharfen Ruck aufzustehen und stieß ihn vor sich her auf die Couch zu. Der Ventilator auf dem Beistelltisch drehte sich immer noch. Als Jared merkte, was Kozlow vorhatte, stemmte er verzweifelt die Füße in den Boden und warf sich mit aller Kraft nach hinten, sodass er und Kozlow gegen eine Wand voller gerahmter Bilder flogen. Ein Regen aus Glassplittern klirrte auf den Boden. Auf dieses plötzliche Aufbäumen war Kozlow nicht gefasst gewesen, aber schon nach wenigen Sekunden hatte er den Besen wieder fest im Griff und presste ihn gegen Jareds Kehle. Als Jared weiter auf die rotierenden Ventilatorblätter zugeschoben wurde, leistete er erbitterten Widerstand und versuchte, sich irgendwo festzuhalten. Er riss die Lampe zu Boden, stieß den Couchtisch um und stemmte sich mit den Füßen gegen die Couch. Aber je mehr er sich zur Wehr setzte, desto weiter schob ihn Kozlow auf die Couch zu.

Schließlich stieß Kozlow Jared mit dem Gesicht voran auf die Couch nieder und drückte ihm das Knie in den Rücken. Dann griff er nach dem Ventilator und stellte ihn vor sein Gesicht. Jared zog den Kopf zurück. Sein Gesicht war nur noch wenige Zentimeter von den Ventilatorblättern entfernt. Kozlow packte ihn an den Haaren und schob ihn langsam darauf zu.

»Du hast uns versprochen, du wirst gewinnen«, sagte Kozlow. »Das hast du doch gesagt! Dass du auf jeden Fall gewinnst.«

»Später …«, stieß Jared hervor. »Die Anträge.«

»Auf später ist geschissen. Mich interessiert nur, was jetzt ist.« Kozlow schob Jareds Kopf noch weiter auf den Ventilator zu.

Um wenigstens etwas mehr Abstand zu bekommen, versuchte Jared den Kopf zur Seite zu drehen, aber Kozlow zog ihn nach hinten, sodass Jareds Kinn weit nach vorne gereckt war. Inzwischen war der Ventilator so dicht vor ihm, dass er den Staub auf den sich drehenden Blättern riechen konnte.

»Sag mir Bescheid, wenn es wehtut«, sagte Kozlow.

Nur noch Millimeter vom Ventilator entfernt, biss Jared die Zähne zusammen und schloss die Augen. Kozlow grinste. Und Jared schrie.

Am nächsten Morgen standen Moore und Guff auf dem Gang vor dem Gerichtssaal und hielten nach Sara Ausschau. »Sie kann doch nicht schon wieder zu spät kommen«, sagte Moore. »Das ist schon das zweite Mal.«

»Vielleicht ist etwas dazwischengekommen«, sagte Guff.

»Was sollte dazwischengekommen sein? Woran arbeitet sie sonst noch?«

»An ihrer Kunst des Bogenschießens? Ihrer Rückhand? Woher soll ich das wissen?«

Mit einem Blick auf seine Uhr stellte Moore fest, dass es Zeit war, nach drinnen zu gehen. Als er die Schwingtür des Gerichtssaals aufstieß, sah er Jared und Kozlow im hinteren Teil auf einer Bank sitzen. Jared hatte einen dicken Verband am Kinn. Moore ging auf seinen Kontrahenten zu und sagte: »Schön, Sie zu sehen.«

»Ganz meinerseits«, erwiderte Jared tonlos.

»Was haben Sie mit Ihrem Gesicht angestellt?«

»Das geht Sie nichts an.«

»Ganz wie Sie meinen. Haben Sie Ihre Frau gesehen?«

»Nein. Warum?«

»Weil ich mit ihr sprechen muss und nicht weiß, wo sie ist.«

»Letztes Mal kamen Sie doch ganz gut ohne sie zurecht«, sagte Kozlow lachend.

»Sehr witzig«, sagte Moore. »Hoffentlich können Sie auch bei Ihrer Verurteilung noch so lachen – damit alle sehen, was für ein toller Hecht Sie sind.«

»Okay«, sagte Jared und stand auf. »Inzwischen wissen wir, was für ein harter Bursche Sie sind. Aber jetzt lassen Sie meinen Mandanten in Ruhe, bevor ich Sie noch wegen Belästigung anzeige.«

Moore sah Jared unverwandt an. »Ich schätze, Sie haben keine Ahnung, wie schwer es ist, eine Belästigung nachzuweisen.«

»Und Ihnen ist hoffentlich bewusst, wie lästig es sein kann, auf der Anklagebank zu sitzen. Selbst wenn Sie gewinnen, kostet Sie das Ganze sechs Monate Ihres Lebens.«

Bevor Moore etwas entgegnen konnte, kam Sara in den Raum gestürmt. Jared und Moore sahen sich an und verstummten. »Was ist mit deinem Gesicht passiert?«, fragte Sara.

»Nichts«, sagte Jared.

Fünf Minuten später rief der Gerichtsdiener Fall Nummer 0318-98 auf: *Staat New York gegen Anthony Kozlow*. Mit seinem kantigen Kinn und dem sorgfältig gestutzten Bart war Richter Bogdanos eine gut aussehende, aber Respekt gebietende Erscheinung. Als er vor zwölf Jahren noch als Ankläger gearbeitet hatte, war er für seine fast irrationale, aber sehr vehement vertretene Überzeugung berüchtigt gewesen, dass jeder, der verhaftet wurde, irgendeines Vergehens schuldig war. In den Augen der Verteidiger war Bogdanos befangen; in den Augen der Ankläger war er ein Held.

»Ich werde mich kurz fassen«, erklärte er, als sich die Anwesenden setzten. »Zum Antrag der Verteidigung auf einen Aufschub zwecks weiterer Beweiserhebung: Antrag abgelehnt. Zum Antrag der Verteidigung auf Nichtzulassung der Platinuhr als Beweisstück: Antrag abgelehnt. Zum Antrag der Verteidigung auf Nichtzulassung des Golfballs als Beweisstück: Antrag abgelehnt. Zum Antrag der Verteidigung auf Nichtzulassung der Aussage von Officer Michael McCabe: Antrag abgelehnt. Zum Antrag der Verteidigung auf Nichtzulassung der Aussage von Patricia Harrison: Antrag abgelehnt. Zum Antrag der Verteidigung auf Nichtzulassung der Aussage der Notruftelefonistin: Antrag abgelehnt.«

Und so ging es noch eine ganze Weile weiter. Alle vierunddreißig Anträge Jareds wurden für unzulässig erklärt und abgelehnt. Nachdem Richter Bogdanos seine Entscheidungen verlesen hatte, blickte er auf und sagte: »Mr. Lynch, ich bewundere zwar Ihre Hartnäckigkeit, möchte Ihnen aber bei dieser Gelegenheit in aller Deutlichkeit zu verstehen geben, dass ich nur sehr ungern meine Zeit vergeude. Im Leben gibt es einige wenige seltene Momente, in denen Quantität wichtiger ist als Qualität, aber glauben Sie mir, dass es sich hier nicht um einen solchen handelt. Haben Sie mich verstanden?«

»Ja, Euer Ehren«, antwortete Jared, ohne den Blick vom Richter abzuwenden.

»Gut. Dann lassen Sie uns einen Verhandlungstermin festsetzen. Wenn möglich, würde ich es gern nächsten Donnerstag machen.«

»Die Anklage hat nichts dagegen einzuwenden, Euer Ehren«, erklärte Sara.

Obwohl er versucht war, um einen späteren Termin zu bitten, sagte Jared mit einem gezwungenen Grinsen: »Die Verteidigung ist bereit, Euer Ehren.«

»Gut«, sagte Bogdanos. »Dann sehen wir uns nächste Woche wieder.« Mit einem kurzen Schlenker des Handgelenks schlug er mit dem Hammer auf den Tisch, und der Gerichtsdiener rief den nächsten Fall auf.

»Wie ist es gelaufen?«, fragte Kathleen, als Jared an ihrem Schreibtisch vorbeikam.

Ohne ihr zu antworten, verschwand Jared in seinem Büro und schloss die Tür hinter sich.

Eine Minute später kam Kathleen nach. Da sie erwartet hatte, ihn hinter seinem Schreibtisch anzutreffen, war sie überrascht, ihn, die Arme über den Augen, auf dem Boden liegen zu sehen. »Was ist denn?«, fragte sie.

Jared schwieg immer noch.

»Jared, antworten Sie mir! Fehlt Ihnen etwas? Was ist mit Ihrem Kinn passiert?«

»Es ist alles in Ordnung«, flüsterte er.

»Wo ist Kozlow?«

»Keine Ahnung. Er ist verschwunden, sobald die Anhörung zu Ende war. Wahrscheinlich, um Rafferty zu sagen, dass ich es versiebt habe.«

»Die Entscheidung des Richters fiel also nicht in Ihrem Sinn aus?«

Die Arme immer noch über den Augen, sagte Jared: »Eigentlich hätte ich es mir denken können. Ich meine, bis auf einen oder zwei taugte keiner meiner Anträge was. Ich hatte nur gehofft, einen Aufschub herausschinden zu können.«

»Bei Bogdanos? So gut müssten Sie ihn doch inzwischen kennen.«

Jared schüttelte den Kopf. »Kathleen, das Wasser steht mir bis zum Hals. Ich glaube nicht, dass wir eine Chance haben.«

»Sagen Sie das nicht! Der Prozess hat noch nicht mal angefangen. Im Gegenteil, wenn –«

»Nein, ich meine es ernst«, unterbrach er sie. »Alles hat sich gegen uns verschworen.«

»Jared, Sie sind ein Strafverteidiger, der einen schuldigen Mandanten vertritt. Da ist es ganz normal, dass sich alles gegen Sie verschworen zu haben scheint.« Sie setzte sich neben ihren Chef. »So sah es auch im Fall Wexler aus und trotzdem haben Sie das Ruder noch herumgerissen. Und im Fall Riley. Und im Fall Shoretz.«

»Das war etwas anderes. Da musste ich nicht –«

»Da mussten Sie was nicht? Gegen Ihre Frau als Anklägerin antreten? Und mit solchen Konsequenzen rechnen? Keine Frage, da hat dieser Fall andere Dimensionen. Aber das heißt nicht, dass wir Ihre Frau nicht retten können. Sara ist nicht unschlagbar – sie ist eine Anfängerin, die ein paarmal Glück hatte. Und Sie sind nach wie vor der selbstsichere junge Staranwalt, der Sie immer schon waren. Sie wissen, dass ich Recht habe, Jared. Wenn es hart auf hart geht, sind Sie im Vorteil. Ihr wird nichts passieren. Ganz bestimmt nicht. Werfen Sie also nicht gleich die Flinte ins Korn, bloß weil einmal nicht alles so läuft, wie Sie es gern hätten.«

Jared ließ sich nicht überzeugen. Er blieb, die Augen unter seinen Armen verborgen, weiter auf dem Boden liegen.

»Kommen Sie«, forderte Kathleen ihn auf. »Hören Sie auf, sich so gehen zu lassen. So sind Sie schon, seit Barrow gestorben ist. Reißen Sie sich zusammen! Das sagen Sie doch auch den neuen Mitarbeitern immer: *Nehmen Sie das Ruder in die Hand.*«

»Hören Sie, Kathleen, es ist wirklich nett, dass Sie mich wieder aufzubauen versuchen, aber dafür bin ich im Moment wirklich nicht in der richtigen Stimmung. Lassen Sie mich bitte allein. Wenn ich soweit bin, komme ich schon wieder auf die Beine.«

»Dann würde ich mich aber etwas beeilen«, sagte Kathleen. »Die Uhr läuft bereits.«

»Das war ja vielleicht ein Ding«, sagte Guff, als sie in Saras Büro zurückkehrten. »So ein Massensterben habe ich nicht mehr gesehen, seit die Eiszeit über die Dinos hereingebrochen ist. V-E-R-N-I-C-H-T-E-T. Vernichtet, vernichtet, vernichtet!«

»So schlimm war es auch wieder nicht.«

»Soll das ein Witz sein? Haben Sie Jareds Gesicht gesehen, als Bogdanos seine Entscheidungen verlas? Abgelehnt, abgelehnt, abgelehnt, abgelehnt, abgelehnt. Hörte sich langsam an, wie eine Zusammenfassung meiner Annäherungsversuche an das andere Geschlecht.«

»Wenn so etwas überhaupt möglich ist, war es sogar noch schlimmer als eine Aufzählung der Körbe, die Sie sich schon eingehandelt haben«, sagte Moore mit einem breiten Grinsen. »Es war ein regelrechtes Massaker. Ein Gemetzel, ein Blutbad, ein Schlachtfest, eine absolut vernichtende Niederlage.«

»Vielleicht sollte ich ihn anrufen.« Sara griff nach dem Telefon. »Nur um zu sehen, wie er –«

»Er kommt schon wieder auf die Beine«, sagte Moore. »Das gehört dazu.«

»Ich will Ihnen mal was sagen«, erklärte Guff. »Es mag sich vielleicht verrückt anhören, aber heute ist ein Tag, an dem ich mir wünsche, Anwalt zu sein.«

»Dann kosten Sie ihn voll aus«, sagte Moore. »Jetzt kommt nämlich der schwierige Teil. Jetzt müssen wir uns auf einen Prozess vorbereiten.«

Am selben Abend um neun Uhr sah Moore zu, wie Sara Guff zum siebten Mal innerhalb von zwei Stunden ins Kreuzverhör nahm.

»Also, Mr. Kozlow«, wandte sie sich an ihren Assistenten. »Warum erzählen Sie dem Gericht nicht einfach, wie Sie Mr. Doniger ermordet haben?«

»Nein, nein, nein, nicht schon wieder«, schaltete sich Moore ein, bevor Guff antworten konnte. »Sie dürfen ihn nicht vor sich hertreiben – Sie müssen ihn führen! Führen Sie ihn da hin, wo Sie ihn haben wollen, und wenn er schließlich dort ist, halten Sie ihn sofort fest.«

»Ich kann mich des Gefühls nicht erwehren, diese Philosophie schon mal gehört zu haben«, sagte Sara. »Ich glaube, es war ... im Gulag.«

»Es mag sich vielleicht übertrieben anhören, aber sowohl im Leben wie vor Gericht erreicht man so am besten, was man will.« Moore wandte sich dem Sofa zu, auf dem Guff saß. »Mr. Kozlow, Sie waren doch am fraglichen Abend in Arnold Donigers Haus?«

»Nein, ich –«, begann Guff.

»Und nur so können Sie erklären, wie Sie in den Besitz von Claire Donigers Uhr und Golfball gekommen sind, oder nicht?« Er sah wieder Sara an. »Sehen Sie zu, dass jede Ihrer Fragen sitzt. Die Geschworenen sehen bei der Entscheidungsfindung vor allem auf Sie, und in ihren Augen ist jedes Stottern eine Lüge.«

Guff stand vom Sofa auf. »Ich würde ja gerne bleiben und mich noch länger ausquetschen lassen, aber ich muss jetzt wirklich los.«

»Feigling«, sagte Moore, als Guff zur Tür ging.

Als Guff weg war, wandte sich Sara Moore zu. »Das nächste Opfer.«

»Meinetwegen.« Moore nahm Guffs Platz auf dem Zeugenstandsofa ein. »Aber ich warne Sie! So zahm wie Guff bin ich nicht. Mein Kozlow ist wesentlich widerspenstiger.«

»Dann lassen Sie mal sehen«, sagte Sara und stellte sich vor dem Sofa auf. Sie sah auf ihren Block, stimmte sich auf ihre Rolle ein und blickte dann Moore an. Mit strenger, gebieterischer Stimme begann sie: »Also, Mr. Kozlow, Sie waren doch an besagtem Abend in Arnold Donigers Haus?«

»Ms. Tate, können Sie mich nicht mal was anderes fragen?«, antwortete Moore mit einem überdrüssigen Stöhnen. »Das habe ich den Geschworenen doch schon längst gesagt. Wissen Sie, das ist das Problem mit den Anwälten heute: Sie hören nicht zu. Sie versuchen mit Gewalt, die Dinge so hinzustellen, wie sie sie sehen, und zwar ohne Rücksicht auf die unschuldigen Menschen, die Sie dabei vielleicht verletzen.«

Von Moores Antwort überrumpelt, sagte Sara: »Das ist nicht fair. Sie dürfen ihn nicht sympathisch machen.«

»Ach nein? Und was, glauben Sie, versucht Ihr Mann schon die ganze Zeit?«

Zwei Stunden später öffnete Jared die Tür seiner Wohnung. Nach Kozlows Überfall vom Vortag wollte er nicht mehr bei Pop bleiben. Außerdem sehnte er sich danach, seine Frau zu sehen. Egal, welche Probleme er gehabt hatte, egal, welchen Belastungen er ausgesetzt gewesen war, egal, welche Kämpfe er hatte ausfechten müssen – Sara war in den letzten zehn Jahren immer für ihn da gewesen. Sie war die erste gewesen, die er gesehen hatte, als er nach seiner Knieoperation aus der Narkose erwacht war, und als er seinen ersten Prozess verloren hatte, war sie die Einzige gewesen, die ihm versichert hatte, er hätte seine Sache gutgemacht. In den letzten drei Wochen hatte es Jared einfacher gefunden, ihr aus dem Weg zu gehen, doch als er nun die stille Wohnung betrat, wurde ihm klar, dass es niemanden gab, den er in diesem Moment lieber gesehen hätte. Ihm fehlte ihr Lachen und die Art, wie sie sich über seinen Sinn für Mode lustig machte, oder mit jemandem stritt, wenn sie anderer Meinung war. »Sara?« Er betrat das Wohnzimmer. »Bist du da?« Er ging ins Schlafzimmer. »Sara? Bist du da, Schatz?« Wieder kam keine Antwort. Seine Frau war nicht zu Hause. »Hoffentlich ist dir nichts passiert«, flüsterte er. In den letzten drei Wochen war Jared sehr einsam gewesen; heute Abend war er allein. Wie er nun in der Stille des leeren Schlafzimmers stand, spürte er den Unterschied sehr genau.

»Noch mal«, verlangte Moore. »Noch mal ganz von vorn.«

»Sind Sie ein Roboter, oder was?« Sara plumpste neben ihm auf das Sofa. »Es ist fast Mitternacht.«

»Wenn Sie es perfekt hinkriegen wollen, dürfen Sie nicht auf die Uhr sehen.«

»Lassen Sie mich doch mit Ihrem Perfektionswahn in Ruhe! Das ist nichts für normale Sterbliche.«

»Ich wette, Jared gibt sich nur mit absoluter Perfektion zufrieden.«

»Auf jeden Fall. Das ist der Unterschied zwischen uns – er will alles perfekt hinkriegen, während ich mich damit zufrieden gebe, innerhalb meiner Möglichkeiten das Beste zu erreichen.« Sie deutete auf Moore. »Und hören Sie endlich auf, ihn gegen mich auszuspielen. Das mag ich nicht, und es funktioniert auch nicht.«

»Bisher hat es funktioniert«, sagte Moore.

»Hören Sie trotzdem auf damit! Ich mag das nicht.«

Moore lehnte sich zurück und sah Sara schweigend an. Schließlich fragte er: »Hatten Sie immer schon so ein stark ausgeprägtes Konkurrenzverhältnis?«

»Zu Jared? Natürlich. Seit wir uns zum ersten Mal begegnet sind.«

»Und wie ist es noch mal dazu gekommen, zu Ihrer ersten Begegnung? Haben Sie in derselben Kanzlei Ihr Praktikum absolviert?«

»Von wegen! Da haben wir eine wesentlich bessere Story zu bieten. Ich habe Jared im ersten Semester unseres Jurastudiums kennen gelernt.«

»O Gott. Zwei verliebte Jurastudenten. Gibt es überhaupt noch etwas Langweiligeres?«

»Kaum. Was das angeht, haben wir es zu wahrer Perfektion gebracht.« Als Moore den Kopf schüttelte, fügte Sara hinzu: »Als ich ihn das erste Mal sah, hob er gerade die Hand, um in unserem Vertragsrechtsseminar eine Frage zu beantworten. Als er fertig war, bezeichnete der Professor seine Antwort als ›fantasievoll, aber studienanfängerhaft unplausibel‹. Er war so offensichtlich geknickt, dass ich wusste, ich musste ihn einfach haben.«

»Aber so haben Sie sich nicht kennen gelernt, oder?«

»Eigentlich lernten wir uns schon in den ersten Wochen des Studiums kennen, aber wir hatten erst mehr miteinander zu tun, als wir uns in der Diskussionsgruppe für hypothetische Rechtsfälle als Partner zugeteilt wurden.«

»Ich nehme an, Sie konnten sich nicht ausstehen.«

»Natürlich nicht. Er fand mich zu aggressiv, und ich hielt ihn für einen verbohrten Klugscheißer.«

»Und was hat Sie einander schließlich näher gebracht?«

»Ich weiß nicht. Ich glaube, es lag daran, dass ich das Wort *Penis* mochte und er einen hatte.«

»Meine Frage war ernst gemeint.«

»Ich weiß. Das ist bei Ihnen immer so. Aber ich weiß nicht, wie ich darauf antworten soll. Jedenfalls weiß ich, wenn ich an Jared denke, eines sicher: Er ist so, wie ich gern werden möchte. Wirklich. So sehe ich ihn. Und wenn wir zusammen sind, hilft er mir, so zu sein. Liebe muß komplementär sein.«

»Das muss sie allerdings«, sagte Moore.

»Und Sie? Haben Sie mal jemanden geliebt?«

»Natürlich. Ich war sogar mal drei Jahre verheiratet. Vor langer Zeit.«

»Tatsächlich?« Sara sah Moore plötzlich in einem anderen Licht. »Sie erscheinen mir aber gar nicht wie der Typ, der verheiratet ist.«

»Ich mir auch nicht. Darum habe ich sie auch verlassen.«

»Wie hieß sie?«

»Marta Pacheco. Wir lernten uns kennen, als ich den Dienst bei den Marines beendete, und ein Jahr später haben wir geheiratet. Als ich nach New York wollte, wollte sie in der Nähe ihrer Familie in Kalifornien bleiben. Das war eigentlich nur der Tropfen, der das Fass zum Überlaufen brachte, aber es war mir als Vorwand gerade recht. Wir waren viel zu jung, um uns zusammenzuraufen.«

»Und jetzt gilt Ihre ganze Liebe dem Strafrecht. Wic romantisch.«

»Dicsc Stadt ist eine fiese Geliebte, aber es gibt keine bessere«, sagte Moore lachend. »Doch jetzt genug von meinen Fehlern – lassen Sie mich mehr von Ihren hören! Warum wurden Sie in Ihrer alten Kanzlei entlassen?«

»Das beschäftigt Sie wohl immer noch, wie?«

»Wundert Sie das? Sie wollten von Anfang an nicht darüber sprechen.«

»Das will ich auch heute noch nicht.«

»Ach, werden Sie doch endlich erwachsen! So peinlich kann es doch gar nicht gewesen sein?«

»Sagen Sie das nicht. Es war sogar extrem peinlich.«

»Erzählen Sie es mir trotzdem. Ich erzähle es bestimmt nicht weiter.«

Nach kurzem Schweigen sagte Sara: »Was halten Sie von folgendem Vorschlag? Ich erzähle Ihnen, warum ich gefeuert wurde, wenn Sie mir etwas ähnlich Peinliches über sich erzählen.«

»Was soll das denn auf einmal? Sind wir jetzt wieder in der vierten Klasse? Geheimnisse austauschen?«

»Das ist meine Bedingung. Sie brauchen ja nicht darauf einzugehen.«

»Also, meinetwegen«, sagte Moore. »Dann lassen Sie mal hören.«

»Alter geht vor Schönheit. Wenn Sie etwas von mir hören wollen, müssen schon Sie anfangen.«

»Ihr Mann hatte recht. Sie sind ganz schön aggressiv.«

»Erzählen Sie einfach Ihre Geschichte.«

»Okay, okay. Sie ist ganz simpel. Haben Sie mal was von Platos Philosophie der Seele gehört?«

»Soll das eine Art literarische Parabel werden?«

»Hören Sie mir einfach zu. Plato vertrat die Auffassung, dass jede Seele bei der Geburt einen ganz individuellen Dämon oder Engel erhält, der das Talent und das Schicksal der betreffenden Person bestimmt. Seiner Überzeugung nach sind wir auf einer bestimmten Ebene alle Eichen in winzigen Eicheln. Davon war meine Mutter fest überzeugt, als ich klein war. Und zweifellos war sie der festen Meinung, ich hätte die Seele eines Entertainers.«

»Sie?«

»Sie können mir glauben, meine Reaktion war die Gleiche. Aber meine Mutter interessierte meine persönliche pubertäre Meinung nicht die Bohne. Und als ich fünfzehn wurde, sollte ich mir eine Teilzeitbeschäftigung suchen, um die Familienkasse etwas aufzubessern. Und um das Beste daraus zu machen und mich schon einmal auf meine Zukunft als Entertainer vorzubereiten, beschaffte mir meine Mutter einen Job als Assistent eines Zauberers, der bei Kindergeburtstagen auftrat.«

»Was soll daran peinlich sein? Hört sich doch nach einem Traumjob an!«

»Dachte ich zunächst auch – bis ich mein Kostüm sah. Vier Jahre lang musste ich zentimeterdick Schminke, eine Perücke in allen Farben des Regenbogens und riesige Schuhe tragen, die –«

»Sie waren ein Clown?«, fragte Sara lachend.

»Genau – der Clownassistent von Max Marcus, Clevelands überschätztem Zauberer.«

»Sie waren tatsächlich ein Clown?«, fragte Sara lachend.

»Lachen Sie nur! Aber ich war wirklich gut. Ich hatte sogar meine eigene Clownidentität.«

»Wirklich? Und wie sah die aus? Haben Sie den armen Kleinen so lange Angst gemacht, bis sie alles zugaben? Haben Sie beide so eine Art Guter-Clown-böser-Clown-Nummer abgezogen?«

»Ich muß zugeben, an der Auslegung der Figur hätte ich noch ein wenig feilen müssen. Aber ich legte mir sofort einen Namen zu. Ich hieß vom ersten Tag an Slappy Kincaid.«

Sara lachte schallend los. »Slappy Kincaid? Was soll denn das für ein Name sein?«

»Was haben Sie daran auszusetzen? Ist doch ein toller Name für einen Clown!« Während Sara weiterlachte, fuhr Moore fort: »Jetzt kennen Sie meine peinlichste Geschichte. Und nun sind Sie dran. Warum hat man Sie entlassen?«

Sara beruhigte sich nur langsam wieder. »Ich muß Sie warnen, es ist gar nicht so dramatisch. Besonders, wenn man es mit Ihren Auftritten als Clown vergleicht...«

»Fangen Sie einfach an.«

»Okay. Als ich letztes Jahr meine jährliche Beurteilung hatte, teilte mir William Quinn, der Vorsitzende des Vorstands, mit, dass ich nicht Teilhaberin werden könnte. Der einzige Grund, warum ich die letzten zwei Jahre wie eine Verrückte geschuftet hatte, war natürlich der, dass Quinn mir versichert hatte, ich hätte gute Chancen, Teilhaberin zu werden. Aber offensichtlich lief nicht alles wie geplant, weshalb er mir nahe legte, die Kanzlei zu verlassen. Da ich jedoch gut sechs Jahre meines Lebens bei ihnen verbracht habe, böte er mir an, notfalls noch vier Monate bleiben zu können.«

»Wie nett von ihm.«

»Der Mann war die Nettigkeit in Person. Wie dem auch sei, ich lächelte, bedankte mich und verließ in aller Ruhe sein Büro. Bis ich zurück in meinem Büro war, hätte ich Quinn am liebsten mit einer Brechstange den Schädel eingeschlagen. Und in diesem Moment entdeckte ich die entzückende kleine E-Mail, die er mir geschickt hatte. Darin wies er mich darauf hin, die vier zusätzlichen Monate, über die wir gesprochen hätten, seien mit einer kleinen Bedingung verbunden: Ich dürfte keinem der anderen jungen Anwälte in der Kanzlei erzählen, dass ich entlassen worden sei – ich sollte sagen, ich sei aus freien Stücken ausgeschieden. Offensichtlich machten sie sich Sorgen, was die jüngeren Mitarbeiter denken könnten, wenn sie erfuhren, dass ihnen die Kanzlei zwar den Aufstieg zum Teilhaber in Aussicht stellte, sich aber dann nicht an diese Zusage hielt. Als Gegenleistung dafür, dass ich die Arbeitsmoral der Mitarbeiter nicht untergrub, wurden mir also bessere Kündigungsmodalitäten zugestanden.«

»Und das hat Ihnen dieser Idiot per E-Mail mitgeteilt?«

»Allerdings. Es erübrigt sich wohl zu sagen, dass ich mir meinen Teil dachte und sein Angebot höflich ablehnte, um dann jedoch, in einem Moment größter persönlicher Genugtuung, sein Schreiben und meine Antwort darauf an sämtliche Mitarbeiter von Winick und Trudeau zu verteilen.«

»Ich muss sagen, das war unglaublich durchdacht von Ihnen.«

»Ich war wütend und brannte auf Rache – genau die richtige Gelegenheit, um mal so richtig die Sau rauszulassen. Nachdem ich sechs Jahre in den Wind geschossen hatte, wollte ich außerdem verhindern, dass sie den anderen Anwälten denselben Streich spielten. Das waren schließlich meine Freunde. Nach dem Motto: Wenn Sie mich rauswerfen wollen, meinetwegen, aber erwarten Sie bitte nicht, dass ich Ihnen auch noch helfe, Ihr schmutziges Geheimnis zu hüten.«

Lachend fragte Moore: »Und was haben Sie gemacht, als Quinn es erfuhr?«

»Was konnte ich schon viel machen? Als er in mein Büro gestürmt kam, erklärte ich ihm, ich machte ihn persönlich dafür verantwortlich, sechs Jahre meines Lebens vergeudet zu haben. Er nannte mich eine unterbelichtete, hohlköpfige Platzverschwendung; ich nannte ihn eine aufgeblasene, herrschsüchtige Flasche in Nadelstreifen. Als ich nach dem Mittagessen in mein Büro zurückkam, waren meine Sachen bereits gepackt. Natürlich bekam ich die vier Monate nicht. Im Nachhinein glaube ich, es war eine sehr stark psychisch geprägte Reaktion, aber damals schien es mir wirklich die beste Lösung zu sein. Aber selbst wenn das Ganze ziemlich peinlich war, hatte ich –«

»Sara, Sie haben keinen Grund, sich zu schämen. Ganz im Gegenteil, Sie sollten stolz sein.«

»Finden Sie?«

Der Ton, in dem sie Moore diese Frage stellte, schmeichelte ihm. »Sie haben Ihre Freunde nicht im Stich gelassen. Das ist das Einzige, was zählt.«

Ein zaghaftes Grinsen ließ ihre Wangen aufleuchten. »Freut mich, dass Sie es so sehen.«

»Natürlich hätte es einfachere Möglichkeiten gegeben, sich für sie einzusetzen, als die Privatpost Ihres Chefs publik zu machen.«

»Seien Sie auf der Hut, Slappy. Wenn Sie mir dumm kommen, veröffentliche ich auch Ihre Memos! Rachsüchtige Witzbolde sind wesentlich gefährlicher als Anwaltsclowns.«

»Dafür sind Anwaltsclowns wesentlich amüsanter.«

»Sie brauchen sich gar nicht mit Eigenlob zu überhäufen. Sie sind nicht mein Typ.«

»Und wer ist Ihr Typ?«, fragte Moore.

»Lassen Sie mich mal überlegen. Ich mag Astronautenclowns, Arztclowns und Politikerclowns. Aber Anwaltsclowns mag ich nicht.«

»Wirklich nicht?«

»Warum fragen Sie?«, fragte Sara kokett.

»Beantworten Sie nur meine Frage: Wirklich nicht?«

»Ich bin eigentlich ziemlich sicher. Warum –« Bevor Sara zu Ende sprechen konnte, beugte Moore sich vor, packte sie am Hinterkopf und gab ihr einen langen, leidenschaftlichen Kuss. Sara wusste, dass sie sich ihm entziehen sollte. Stattdessen schloss sie nur die Augen.

15

»Das darf ich nicht«, sagte Sara, als sie nach ein paar Sekunden Moore zurückstieß. »Es ist nicht richtig.«

»Was ist nicht richtig? Wie ich dich küsse oder –«

»Alles. Das Ganze.« Mit zitternden Händen stand Sara vom Sofa auf. Sie hätte nicht so lange warten dürfen. Sie hätte es sofort unterbinden müssen.

»Das verstehe ich nicht«, sagte Moore. »Ich dachte, du –«

»Conrad, ich mag dich sehr, aber ich bin immer noch verheiratet. Und wenn ich auch sauer auf Jared bin, heißt das nicht, dass ich ihn betrügen will.«

»Aber –«

»Bitte sprich nicht weiter«, stammelte sie. Sie suchte jemanden, dem sie die Schuld geben könnte, fand aber niemanden. »Ich gebe zu, es hat mir gefallen, aber ich hätte es nicht tun sollen.«

Über den Raum legte sich peinliches Schweigen. Schließlich sagte Moore: »Entschuldige bitte. Ich wollte dich nicht in solche Gewissensnöte bringen. Ich war –«

»Ist ja nicht so tragisch.« Sie versuchte, so überzeugt wie möglich zu klingen. »Es ist schon spät … wir haben hart gearbeitet … wir sind beide müde. Du hast mit mir geflirtet, und ich habe zurückgeflirtet.«

»Aber deswegen ist es noch lange nicht okay.«

»Daran lässt sich nun nichts mehr ändern. Deshalb würde ich sagen: Schwamm drüber.«

Moore stand auf und ging zur Tür. »Wenn du möchtest, ich bin heute mit dem Auto hier – wenn ich dich also nach Hause bringen soll …«

»Danke«, sagte Sara und fügte nach kurzem Zögern hinzu: »Das Beste ist wahrscheinlich, ich nehme mir ein Taxi.«

»Meinst du wirklich?«

»Ja«, antwortete sie mit leiser Stimme.

Bevor er das Büro endgültig verließ, drehte sich Moore

noch einmal um. »Sara, es tut mir aufrichtig leid. Und ich weiß auch, es hört sich wie eine ziemlich faule Ausrede an, aber in diesem Moment hielt ich es wirklich für das Richtige.«

»Ich weiß«, sagte Sara, die sich die Szene noch einmal vergegenwärtigte. Ihre Wut auf Jared hatte es ihr sehr leicht gemacht. »Genau das ist es, was mich erschreckt.«

Jared beugte sich zum Spiegel über dem Waschbecken im Bad vor und entfernte vorsichtig den Verband von seinem Kinn. Beim Anblick der ovalen Kerbe, die ihm Kozlow beigebracht hatte, zuckte er unwillkürlich zusammen. Obwohl die Wunde schon lange zu bluten aufgehört hatte, war sie noch sehr empfindlich. Jared versuchte, sie nicht anzusehen, als er unter das Waschbecken griff und ein paar Wattebäusche und eine Flasche mit Wasserstoffsuperoxyd hervorholte. Das wird wehtun, dachte er, als er die Watte mit dem farblosen Desinfektionsmittel tränkte. Dann betupfte er sich mit angehaltenem Atem das Kinn. Im Spiegel konnte er den gelb-weißen Eiter sehen, der sich an den Wundrändern gebildet hatte. Und wenn dies auch das Einsetzen des Heilungsprozesses ankündigte, wusste er doch, dass die Schmerzen jetzt erst richtig losgehen würden.

Sara brauchte noch eine halbe Stunde, um zu merken, dass sie nichts Vernünftiges mehr zustande bringen würde. Conrads Kuss hatte ihr etwas vor Augen geführt, was sie nie hatte sehen wollen, und egal, wie sehr sie sich auf etwas anderes zu konzentrieren versuchte, musste sie ständig in allen Einzelheiten an den Vorfall zurückdenken. Als sie einem Taxi winkte, ging ihr immer wieder dieselbe Frage durch den Kopf. Wie hatte sie das tun können? Sie wollte es auf irgendeine äußere Ursache schieben: Wut. Einsamkeit. Frustration. Doch als ihr Taxi nach Norden fuhr, vorbei am Carmine's und am Ollie's und an John's Pizzeria und jedem anderen Lokal, das sie an ihren Mann erinnerte, gestand sich Sara schließlich die Wahrheit über ihr spätabendliches Erlebnis ein: Sie hatte es genossen, als es passiert war. Und der einzige Mensch, dem sie es zum Vorwurf machen konnte, war sie selbst.

Als sie nach Hause kam, gab es nur einen Menschen, den sie sehen wollte – und als sie das Schlafzimmer betrat, war er zu ihrer Überraschung auf ihrem Bett. Jared lag in voller Kleidung auf der Tagesdecke und schlief. Sara streifte sich die Schuhe gerade so laut von den Füßen, dass er davon aufwachte.

»Entschuldige«, sagte Jared und rieb sich die Augen. »Ich hatte vorher angerufen, aber du warst nicht zu Hause. Wenn du nichts dagegen hast, wäre ich dir sehr dankbar, wenn ich heute hier schlafen könnte.«

Sara sah ihren Mann an. An jedem anderen Abend hätte es deswegen Streit gegeben. Aber an diesem sagte sie nur: »Sicher. Wenn du möchtest.«

Als Jared am nächsten Morgen aufwachte, spielte er mit dem Gedanken, nicht in die Kanzlei zu gehen. Er wusste, er hatte noch ein gewaltiges Arbeitspensum zu bewältigen, wenn er gut vorbereitet in die Verhandlung gehen wollte, aber er konnte sich des Eindrucks nicht erwehren: Um seine Batterien wieder aufzuladen, wäre es das Beste, sich einmal einen Tag ganz ohne Stress und Hektik zu gönnen. Als er sich jedoch umdrehte und sah, dass Sara bereits zur Arbeit gegangen war, schlug er die Decke zurück und sprang aus dem Bett. Egal, wie müde er war, egal, wie erschöpft – sie durfte auf keinen Fall gewinnen!

Eine Stunde später traf Jared mit der Aktentasche in der Hand in seinem Büro ein. Als er mit dem Lift in den vierundvierzigsten Stock hochfuhr, spielte er mit dem Gedanken, im Fitnessraum auf der Tretmühle zu laufen. Das war immer das Beste, um wieder einen klaren Kopf zu bekommen. Doch wieder war seine Angst stärker als das Bedürfnis, abzuschalten und auszuspannen. Bis er die Tür seines Büros öffnete, gingen ihm bereits alle möglichen Prozessstrategien durch den Kopf.

»Sie kommen aber spät«, sagte jemand, als Jared eintrat.

Jared fuhr zusammen. Es war Rafferty.

»Für jemanden, der ohnehin im Hintertreffen ist, machen Sie sich äußerst spät an die Arbeit.« Rafferty lehnte sich in Jareds Ledersessel zurück.

»Es ist noch nicht mal acht.«

»Na und! Ihre Frau war schon um Viertel nach sieben im Büro.«

Jared stellte seine Aktentasche auf den Schreibtisch. »Gibt es sonst noch etwas, das Sie von mir wollen, oder sind Sie hier, um mir nach dem gestrigen Debakel erneut zu drohen?«

»Ich brauche Ihnen nicht mehr zu drohen, Jared. Sie sind sich über die Folgen im Klaren.« Rafferty legte die Hand auf einen verschlossenen Umschlag und schob ihn über Jareds Schreibtisch. »Ich bin nur hier, um Ihnen zu zeigen, was sich sonst noch alles tut, während Sie unaufhaltsam einer Katastrophe entgegensteuern.«

Jared öffnete den Umschlag, entnahm ihm ein paar Fotos und blätterte sie durch. Auf dem ersten waren Sara und Moore zu sehen, wie sie sich unterhielten. Auf dem letzten küssten sie sich. Jared wurde kreideweiß.

»Und Sie haben sich gewundert, warum Ihre Frau so viel Zeit im Büro verbringt«, sagte Rafferty.

»Wer hat diese Aufnahmen gemacht?« Jared starrte immer noch wie gebannt auf die Fotos. »Und wann?«

»Gestern Abend. Ein Mitarbeiter im Büro Ihrer Frau hat sie für uns gemacht. Er hat gute Arbeit geleistet, finden Sie nicht?«

Jared eilte zur Tür.

»Wo wollen Sie hin?«, fragte Rafferty.

Jared stürmte wortlos aus dem Raum.

Ohne sich um das Schild mit der Aufforderung, sich in die Besucherliste einzutragen, zu kümmern, preschte Jared durch den Metalldetektor und an dem Sicherheitsbeamten auf Saras Etage vorbei. »Hey, kommen Sie sofort zurück!«, rief ihm der Mann hinterher. »Besucher müssen sich eintragen!«

Jared stürmte jedoch weiter mit langen Schritten den Flur hinunter und rief lauthals: »Ich suche Sara Tate. Wo ist sie?« Eine Sekretärin deutete den Gang hinunter.

Kurz bevor Jared Guff erreichte, der an seinem Schreibtisch vor Saras Büro saß, hatte ihn der Sicherheitsbeamte eingeholt und am Arm gepackt. »Kennen Sie diesen Mann?«, fragte der Sicherheitsbeamte Guff.

»Ja«, antwortete Guff nervös. »Das geht schon in Ordnung.«

»Aber das nächste Mal tragen Sie sich ein«, sagte der Sicherheitsbeamte zu Jared.

»Danke«, sagte Jared und befreite sich aus dem Griff des Mannes.

»Sie möchten vermutlich Sara sprechen?«, sagte Guff.

Ohne ihm zu antworten, stürmte Jared auf Saras Tür zu und riss sie so heftig auf, dass sie gegen die Wand schlug. Erschrocken sah Sara von ihrem Schreibtisch auf. »Was willst du?«, fragte sie und deckte die Papiere auf ihrem Schreibtisch zu. »Ich arbeite hier.«

»Ich muss dich kurz sprechen.«

Aufgrund des ernsten Tons, in dem ihr Mann das sagte, legte Sara die Papiere in den Ordner zurück. »Guff, könnten Sie uns einen Moment allein lassen?«

»Aber klar doch.« Guff verließ den Raum und schloss die Tür.

Sara und Jared starrten sich an. »Hast du ein Verhältnis?«, fragte er leise.

Sara öffnete entgeistert den Mund und wandte den Blick ab.

»Sara, bitte sieh mich an«, sagte Jared mit brechender Stimme. »Wir waren immer ehrlich zueinander. Und jetzt beantworte bitte meine Frage: Gestern Abend, hast du da Conrad Moore geküsst?«

»Wer sagt, dass wir uns geküsst haben?«

»Wer sagt, dass wir …? Das ist nicht zu fassen! Du lügst! Du lügst mich an!«

»Lässt du jemanden mein Büro überwachen?«, fragte Sara vorwurfsvoll. Sie blickte aus dem Fenster, um zu sehen, wer zu ihr hereinsehen könnte. Auf der anderen Seite des Luftschachts befanden sich die staubigen Fenster der Büros anderer SBAs.

»Versuch jetzt bloß nicht, vom Thema abzulenken«, sagte Jared. »Erst betrügst du mich, und dann versuchst du, mich als den Schuldigen hinzustellen? *Du* hast *mich* betrogen!«

»Zuallererst, schrei hier nicht so rum! Zweitens, ich habe dich nicht betrogen. So war es nicht. Conrad versuchte mich zwar zu küssen, aber ich ließ ihn nicht.«

»Eure Lippen haben sich also nicht berührt?«

»Nein«, schoss Sara zurück. »Haben sie nicht.«

Jared rang einen Moment um Beherrschung. Er spürte einen stechenden Schmerz in seinem Hals. Und dann platzte ihm der Kragen. »Sara, ich habe mit eigenen Augen die verdammten Fotos gesehen! Ich habe sie gesehen! Du hast ihn auf *dieser* Couch geküsst! Auf *dieser* Couch hier!«

»Ich weiß nicht, was für Bilder du gesehen hast. Jedenfalls bin ich sofort zurückgewichen! Es ist nichts passiert.«

»Erst sagst du, eure Lippen haben sich nie berührt, dann sagst du, du bist sofort zurückgewichen. Wie soll ich dir da noch glauben?«

»Glaub mir einfach, Jared.«

»Also, mit dem Quatsch kannst du jemand anders kommen. Du bist nicht in der Position, Vertrauen zu erwarten.«

»Aber du schon?«, fragte Sara.

»Ich habe meine Frau nicht betrogen.«

»Du hast gestern Abend nur ihre Aktentasche durchsucht.«

»Was?« Jared rang sich ein Lachen ab.

»Ich habe dich gehört, Jared. Ich habe jede Bewegung gehört, die du gemacht hast. Und als ich mich umdrehte, habe ich dich gesehen. Für wie blöd hältst du mich eigentlich? Glaubst du im Ernst, ich nehme nach dem Vorfall neulich noch wichtige Unterlagen mit nach Hause? Ich wollte dich nur auf die Probe stellen. Und du hast sie nicht bestanden. Hör also auf, mich anzulügen.«

Er schob zornig die Lippen vor und verschränkte die Arme. Nachdem er eine Weile so dagestanden hatte, sagte er schließlich: »Gut, ich gebe es zu. Du hast mich ertappt. Aber glaub bloß nicht, was du mit Moore gemacht hast, wäre dasselbe. Hier geht es nicht um irgendwelche Unterlagen, hier geht es um unsere Ehe!«

»Es geht um unser gegenseitiges Vertrauen! Und als du in meiner Aktentasche rumgeschnüffelt hast –«

»Deine Aktentasche? Willst du das hier auf eine Ebene mit deiner Aktentasche stellen? Hast du nicht gehört, was ich gesagt habe? Es geht hier um unsere Ehe, Sara! Um unsere Ehe!«

»Ich weiß, was auf dem Spiel steht, Jared!«, rief Sara und stand auf. »Ich bin nicht blind! Außerdem ist überhaupt nichts passiert! Es war nur ein Kuss –«

»*Nur ein Kuss?*«

»Und ich bin sofort zurückgewichen! Jetzt hör endlich auf, darauf herumzureiten!« Aufgebracht deutete Sara mit dem Finger auf ihren Mann.

Jared packte sie am Handgelenk. »Hör auf, mir im Gesicht herumzufuchteln.«

»Und lass du mich gefälligst los!«, schoss Sara zurück und versuchte sich ihm zu entwinden. »Ich kann dich aus der Anwaltskammer ausschließen lassen! Du bist ein Dieb!«

»Wenigstens bin ich keine Hure!«

Sara holte aus und schlug Jared ins Gesicht.

Jared hielt sich die Wange und starrte seine Frau an. Und er sah etwas, das er bis dahin nicht gesehen hatte. »Das hättest du nicht tun sollen, Sara! Jetzt hast du alles kaputtgemacht.«

»Jared, so glaub mir doch! Wir haben uns nie –« Doch bevor sie zu Ende sprechen konnte, stürmte Jared zur Tür. »Bitte… hör mir doch erst mal zu.« Sie bekam ihn am Arm zu fassen. »Es tut mir Leid.«

»Dafür ist es jetzt zu spät. Lass mich los.« Er versuchte sich loszureißen, aber Sara ließ ihn nicht los. »Du sollst mich loslassen, habe ich gesagt!«, schrie er sie an. »Jetzt ist Schluss!« Er riss sich so heftig los, dass Sara gegen einen Aktenschrank geschleudert wurde.

Im selben Moment flog die Tür des Büros auf, und Moore stürmte herein. »Was zum Teufel machen Sie hier?«, fragte er Jared.

Wortlos holte Jared aus und schlug nach Moore. Doch der wich dem Schlag mühelos aus, packte Jareds Arm, drehte ihn ihm blitzschnell auf den Rücken und drückte ihn mit dem Gesicht nach unten auf Saras Schreibtisch.

»Lassen Sie mich auf der Stelle los«, verlangte Jared, während draußen auf dem Gang bereits Leute zusammenliefen.

»Conrad, lass ihn los«, sagte Sara.

Moore kam ihrer Aufforderung nach und sagte: »Versuchen Sie bloß nicht, mich noch mal zu schlagen! Das nächste Mal breche ich Ihnen den Arm.«

»Nächstes Mal treffe ich«, warnte Jared.

»Das werden wir ja sehen.«

Mit einem letzten Blick auf seine Frau zwängte sich Jared zwischen den Schaulustigen hindurch und entfernte sich in Richtung Lift.

»Was sollte das denn?«, wandte Moore sich an Sara.

»Ach, nichts«, murmelte sie. »Es geht schon wieder.«

»Ich wollte nicht wissen, wie es dir geht. Ich habe gefragt –«

»Das gibt sich schon wieder.« Sie wandte sich von Moore ab. »Ich werd's überleben.«

Jared verließ das Gebäude und ging zur U-Bahnstation Franklin Street. Als er dort die Treppe hinunterrannte, konnte er das Rumpeln der einfahrenden U-Bahn hören. Er war gerade durch die Sperre, als der leise Glockenton ertönte, der das Schließen der Türen ankündigte. Er spurtete los. »Warten Sie!«, rief er einem der U-Bahnfahrer zu, der aus einem Fenster lehnte. Aber die Türen schlossen sich schon vor seiner Nase.

»Mensch!«, schrie er und drosch gegen die Tür. »Mach schon auf!«

Die Türen blieben zu.

»Bitte!«, brüllte er. Er zwängte die Finger zwischen die Gummidichtungen der Türen und versuchte sie aufzuziehen. Sie blieben zu.

»Nein!«, protestierte er und hieb noch einmal mit den Fäusten gegen die Tür. Und als die U-Bahn langsam losfuhr, begann Jared in der Hoffnung, doch noch mitzukommen, neben ihr herzurennen. »*Nicht!*«, schrie er. »*Nicht wegfahren!*« Doch die U-Bahn fuhr einfach weiter und beschleunigte. Jared brach in Tränen aus. Es hatte keinen Sinn. Er konnte sie nicht aufhalten. Wenige Augenblicke später war sie verschwunden und Jared stand auf dem Bahnsteig. Allein.

Eine halbe Stunde nachdem Jared gegangen war, rief Sara im Büro ihres Mannes an. »Ist er schon zurück?«, fragte sie Kathleen.

»Nein«, sagte Kathleen. »Aber ich werde ihm ausrichten, dass Sie angerufen haben.«

Fünfzehn Minuten später rief Sara noch einmal an.

»Tut mir leid«, sagte Kathleen. »Er ist immer noch nicht zurück.«

Nachdem Sara aufgelegt hatte, rief sie zu Hause an. Dann in Pops Wohnung. Nur der Anrufbeantworter.

Sie ließ zehn Minuten verstreichen, bevor sie wieder in seinem Büro anrief.

Als sich Kathleen meldete, sagte sie: »Sara, ich verspreche Ihnen, sobald er hier aufkreuzt, sage ich ihm, er soll Sie anrufen.«

Eine halbe Stunde später klingelte Saras Telefon. »Jared?«, sagte sie in den Hörer.

»Nein, ich bin's«, sagte Kathleen. »Er ist gerade zur Tür reingekommen.«

»Bitte, stellen Sie mich zu ihm durch.«

»Das wollte ich bereits, aber er weigert sich, mit Ihnen zu sprechen. Ich dachte nur, Sie würden gern wissen, dass er heil und wohlbehalten hier aufgetaucht ist.«

»Ja. Danke, Kathleen.«

»Jared?«, rief Sara, als sie am Abend nach Hause kam. »Bist du da?«

Als sie keine Antwort bekam, ging sie im Schlafzimmer an Jareds Schrank und öffnete ihn. Er war leer. Alle Anzüge waren weg. Und alle Hemden. Alles, was noch da war, waren einige alte Krawatten und ein paar Kleiderbügel. »Nein. Nein, nein, nein!« Sie lief zu seiner Kommode und zog die oberste Schublade heraus. Leer. Sie ging so leicht auf, dass sie Sara ganz entgegenkam. Sie warf sie auf den Boden und zog die nächste heraus. Und die nächste. Und die nächste. Socken, Unterwäsche, Unterhemden, alles weg. »Du kannst doch nicht einfach weggehen!«, schrie sie und knallte die Schubladen wieder zu. »Nicht jetzt.« Sie hätte nie gedacht, dass es so kommen könnte. Denn im Moment hätte es kaum besser für sie laufen können. Alles sprach zu ihren Gunsten: die Recherchen, die Beweise, die Anträge und sogar der Richter. Eigentlich hätte nichts mehr schief gehen können. Eigentlich hätte alles klappen müssen. Doch als sie nun das Gesicht in den Händen vergrub, wurde ihr bewusst, dass es am Ende, wenn alles gesagt und getan war, kein strahlender Sieg für sie sein würde.

Jared schleppte seinen zum Platzen vollen Kleidersack durch die grellweißen Flure des New York Hospital. Er nahm den Aufzug in den zehnten Stock hinauf und suchte Zimmer 206. Er stellte seine Sachen vor der Tür ab und klopfte.

»Sieh mal einer an, wer mich da doch noch besuchen kommt«, sagte Pop, als Jared das Krankenzimmer betrat. »Was führt dich hierher? Außer deinem schlechten Gewissen, meine ich.«

»Könnte doch sein, dass ich einfach nur mal bei dir vorbeischauen wollte! Anrufe sind gut und schön, aber ein richtiger Besuch ist doch was anderes.«

»Jared, auf dieses Säuseln fallen vielleicht irgendwelche naiven Geschworenen herein, aber ich nehme es dir nicht ab. Du bist nur aus einem Grund hier: Entweder hat dich Sara hergeschickt, oder du hast Probleme.«

»Sag das nicht, Pop. Nachdem meine Eltern und meine Großmütter in Chicago leben, bist du der einzige Verwandte, den ich in New York habe.«

»Okay, du hast Probleme. Wie viel Geld brauchst du?«

»Ich brauche kein Geld.« Jared zog sich einen Stuhl an Pops Bett heran. »Warum erzählst du mir nicht, wie es dir geht? Wann darfst du wieder nach Hause?«

»Wenn es mir besser geht. Oder falls du meinem Arzt glauben willst: Wenn Sie mich wieder soweit haben, dass ich gehen kann, was zwischen zwei Wochen und einem Monat dauern dürfte. So – das hätten wir also abgehakt. Jetzt kannst du mir erzählen, was los ist.«

»Es gibt nichts zu erzählen.« Jared versuchte einen möglichst beiläufigen Ton anzuschlagen. »Sara und ich, wir haben momentan nur etwas Spannungen. Du weißt schon, wegen dieses Falls.«

»Der Fall Kozlow.«

»Ja, woher –«

»Glaubst du etwa, ich höre nicht zu, wenn meine Enkelin mir etwas erzählt? Meine Ohren sind vielleicht länger und haariger als deine, aber ihren Zweck erfüllen sie noch genauso gut. Und mir war von Anfang an klar, dass ihr euch bei diesem Fall ganz gewaltig in die Wolle kriegen würdet. Du und Sara, ihr seid auch so schon ehrgeizig genug – da braucht ihr nicht noch einen Prozess, um euch gegenseitig an die Gurgel zu gehen.«

»Es ist weniger der Prozess als das, was sich im Umfeld abspielt.«

»Was spielt sich sonst noch ab? Ist sie krank? Schwanger? Nehmt ihr endlich Vernunft an und kriegt ein Kind?«

»Nein, Pop, sie ist nicht schwanger.« Jared fummelte am Kabel des Notrufknopfs auf Pops Nachttisch herum. »Es ist nur so, dass es in letzter Zeit sehr gut für sie läuft.«

Pop sah Jared an und grinste. »Gefällt dir wohl gar nicht, dass sie mal besser ist als du – und das auch noch auf deinem Spezialgebiet.«

»Nein, du verstehst das völlig falsch. Es geht um mehr als nur ums Gewinnen –«

»Machen wir uns doch nichts vor, Jared. Wenn du mir erzählst, es geht dir nicht ums Gewinnen, kann ich bestenfalls laut lachen. So lange ich dich kenne, warst du geradezu versessen darauf, Erfolg zu haben. Du warst der absolute Überflieger, während Sara sich kräftig abstrampeln musste. Und wenn es nun plötzlich mal andersherum läuft, merkst du, dass das ziemlich hart ist.«

»Ich verfolge damit nicht irgendwelche egoistischen Motive. Bei diesem Fall geht es um mehr.«

»Junge, du solltest dich wirklich mal reden hören! Wenn alles so ist, wie du mir eben erzählt hast, sieht es so aus, als würde Sara diesen Fall gewinnen – und das willst du nicht wahrhaben. Du magst vielleicht ein Spitzenanwalt sein, aber diesmal hast du gegen Sara keine Chance. Du hast also folgende Möglichkeiten: Entweder du machst weiter wie bisher und gehst mit fliegenden Fahnen unter, oder du gibst auf und gestehst deine Niederlage ein, was du aber natürlich nie tun wirst, oder du einigst dich mit ihr auf einen Kompromiss, mit dem ihr beide leben könnt. Die Entscheidung bleibt ganz dir überlassen.«

Jared, der den Blick nicht von dem Notrufknopf in seiner Hand losreißen konnte, wusste, dass Pop zumindest in einem Punkt Recht hatte: Wenn er nicht bald etwas unternahm, würde er den Prozess verlieren. Und wenn er den Prozess verlor … Außerstande, diesen Gedanken zu Ende zu denken, sah Jared zu Pop auf.

»Willst du es mir nicht erzählen?«, fragte Pop.

»Sicher möchte ich. Es ist nur … ich kann nicht.«

»Dann erzählst du es besser ihr. Wenn du noch länger den Deckel draufhältst, fliegt dir irgendwann alles um die Ohren.«

Pops Worte blieben nicht ohne Wirkung, und schließlich legte Jared den Notrufknopf beiseite. »Vielleicht hast du Recht.«

»Bist du sicher, dass er nicht in Pops Wohnung war?«, fragte Tiffany, die am Springbrunnen des Lincoln Center lehnte.

»Ich war gestern Abend zweimal dort«, sagte Sara schroff. »Wie es aussieht, ist er verschwunden. Aber können wir jetzt bitte damit aufhören?«

»Du hast doch damit angefangen.« Tiffany zeigte auf einen Mann mit einer Matrosenmütze. »Da ist einer.«

Sara sah den Mann an. »Der gilt nicht. Erstens sieht er nicht gequält aus, und zweitens ist das keine schwarze Baskenmütze.«

»In der Upper West Side wirst du aber kaum etwas finden, was dem näher kommt.«

»Du hast aber wirklich eigenartige Vorstellungen! Glaubst du allen Ernstes, alle guten gequälten Künstler leben im Village? In dieser Gegend musst du nur die Augen besser aufmachen.«

Tiffany steckte die Hände in die Taschen ihres rosafarbenen Wintermantels und ließ den Blick über die Menschenmassen gleiten, die durch die riesige Promenade des Lincoln Center strömten. »Mir wird langsam kalt und das Spiel macht auch keinen Spaß.«

»Was erwartest du eigentlich von mir? Dass ich einen Shuttle-Bus zum Guggenheim einrichte?«

»Nein, nur dass du etwas netter bist«, schoss Tiffany zurück. »Es ist schon schlimm genug, dass wir uns jetzt nur noch alle zwei Wochen treffen – da könntest du dich wenigstens etwas freuen, wenn du mich siehst.«

Überrascht über den Gefühlsausbruch, legte Sara Tiffany die Hand auf die Schulter und zog sie an sich. »Verzeih mir bitte. Ich war in letzter Zeit wirklich nicht gut drauf.«

Tiffany blickte zu ihrer großen Schwester auf. »Ist es, weil er dir fehlt?«

»Ja. Jedenfalls zum Teil.«

»Dann solltest du vielleicht was dagegen tun. Vielleicht kannst du den Fall abgeben.«

»Das verstehst du nicht. So einfach ist es leider nicht.«

»Ist mir doch egal, wie schwer es ist«, sagte Tiffany, immer noch an Sara gedrückt. »Ich möchte nur, dass alles wieder wie früher wird. Und je länger ihr beide sauer aufeinander seid, desto schlimmer ist es für den Rest von uns.«

Am Abend aßen Sara und Tiffany in Sylvia's Soulfood Restaurant in Harlem, wo es die besten Brathähnchen der ganzen Lenox Avenue gab. Als sie das Lokal verließen, sah Sara zu dem eintönig schwarzen Himmel hoch. »Ich wette einen Korb Maisbrot, dass wir in den nächsten zwei Tagen den ersten Schnee dieses Jahres kriegen.«

»Wenn ich mich nicht fühlen würde, als müsste ich gleich kotzen, würde ich einschlagen«, sagte Tiffany und hielt sich den Bauch. Lächelnd trat Sara auf die Straße hinaus und winkte einem Taxi. Bei dieser Gelegenheit bemerkte sie eine dunkelblaue Limousine, die auf der anderen Straßenseite stand. Sie und Tiffany stiegen in das Taxi, und Sara nannte dem Fahrer Tiffanys Adresse. Als sie sich nach einer Weile umdrehte, stellte sie fest, dass die Limousine hinter ihnen war.

»Seien Sie doch so nett«, sagte Sara zum Taxifahrer, »und

biegen Sie mal in eine Seitenstraße ab. Ich möchte wissen, ob uns der Wagen hinter uns folgt.«

Daraufhin bog der Fahrer von der Lenox Avenue in die 131st Street. Die Limousine folgte ihnen nicht.

»Wer war das deiner Ansicht nach?«, fragte Tiffany und sah aus dem Rückfenster.

»Niemand. Ich habe mir das Ganze nur eingebildet«, seufzte Sara erleichtert und fügte an den Fahrer gewandt hinzu: »Sie können jetzt wieder normal weiterfahren.«

Während der nächsten paar Minuten hielt Sara trotzdem immer wieder Ausschau nach der Limousine. Aber sie war eindeutig verschwunden. Das Taxi hielt vor dem Mietshaus in der 147th Street, in dem Tiffany wohnte. »Wenn es Ihnen nichts ausmacht zu warten«, sagte Sara zum Fahrer, »ich bin sofort zurück.« Sara stieg aus dem Taxi und begleitete Tiffany nach drinnen – sie lieferte Tiffany nach jedem Besuch persönlich bei ihrer Tante ab. Nachdem sie ein paar Worte mit ihr gewechselt hatte, verließ Sara das Gebäude und hielt nach ihrem Taxi Ausschau. Es war weg. Das einzige Auto weit und breit war die dunkelblaue Limousine. Der Fahrer der Limousine, ein blasser Mann mit einem blonden Schnurrbart, stand gegen die Motorhaube gelehnt.

Sara zog ihre Dienstmarke aus der Tasche und rief: »Staatsanwaltschaft! Wer sind Sie?«

Unbeeindruckt blickte der Fahrer der Limousine auf und reichte Sara ein zusammengefaltetes Blatt Papier.

»Was ist das?«, fragte Sara argwöhnisch.

»Eine neue Erfindung. Wir nennen es Papier.«

»Sehr witzig.« Sara riss ihm das Blatt aus den Händen. Als sie es auseinander faltete, las sie die Wörter STEIG IN DAS AUTO, POOH. Sara sah den Fahrer an. »Wer hat das geschrieben?«

»Keine Ahnung. Ich weiß nur, wohin ich Sie bringen soll. Solange ich im Voraus bezahlt werde, interessiert mich alles Weitere nicht.«

Sie machte einen Schritt von dem Wagen fort.

»Haben Sie keine Angst«, sagte der Fahrer. »Es passiert Ihnen nichts.«

Davon war Sara noch keineswegs überzeugt.

»Nichts für ungut, aber wenn ich Ihnen was antun wollte, hätte ich das schon längst tun können. Besonders in dieser Gegend – kein Mensch würde sich darum kümmern. Also steigen Sie schon ein.«

Während sie das Argument des Mannes überdachte, stellte Sara fest, dass Tiffany das Geschehen von ihrem Fenster beobachtete.

»Wenn etwas passiert«, fügte der Fahrer hinzu, »haben Sie sogar einen Zeugen.«

Damit sich Tiffany keine Sorgen machte, sah Sara mit einem gezwungenen Lächeln zu ihr hoch, als sie auf die Limousine zuging. »Wohin fahren wir?«, fragte sie den Fahrer.

»Das darf ich nicht sagen«, erwiderte der Fahrer mit einem Blick über seine Schulter. »Aber Sie werden es nicht bereuen.«

Sara beschloss, die Botschaft glaubwürdig zu finden, und stieg mit einem letzten Blick auf Tiffany zögernd ein. Eine halbe Stunde lang fuhr die Limousine in die Innenstadt zurück. Der Fahrer behielt die ganze Zeit den Rückspiegel im Auge. Auf der Fahrt durch die Upper West Side dachte Sara, sie führen zum Times Square. Als sie über den Times Square fuhren, dachte sie, sie führen ins Village. Als sie durchs Village fuhren, dachte sie, sie führen zu ihrem Büro in der Centre Street. Und als sie an ihrem Büro vorbeifuhren, fragte sie: »Wo bringen Sie mich nun eigentlich hin?«

»Noch zehn Minuten«, vertröstete sie der Fahrer.

Die Limousine steuerte auf die Zufahrt zur Brooklyn Bridge zu.

»Fahren wir nach Brooklyn?«, fragte Sara nervös.

»Das werden Sie gleich sehen«, sagte der Fahrer lächelnd.

Nachdem er bei der ersten Abfahrt von der Brücke scharf nach rechts gebogen war, fuhr er durch das idyllische alte Viertel Brooklyn Heights. Sie kamen an klassischen Stadthäusern und traditionellen Holzbauten sowie an einem von George Washingtons Häusern vorbei und erreichten schließlich die Uferpromenade, die bekannt war für den atemberaubenden Blick, den man von dort über den Fluss auf die Südspitze Manhattans hatte. Normalerweise wimmelte es auf der gepflasterten Promenade von Touristen und Einheimischen, aber die kalte Witterung hatte die Straßen leer gefegt. »Endstation«, sagte der Fahrer.

Sara, die sich nervös umblickte, sah niemanden.

»Steigen Sie aus«, forderte der Fahrer sie auf.

»Hier? Sie erwarten von mir, dass ich hier aussteige? Sind Sie von allen guten Geistern verlassen?«

»Steigen Sie aus. Sie werden es nicht bereuen.«

Daraufhin stieg Sara aus und beugte sich zum Fahrerfenster hinab. »Und was nun?«

»Warten Sie hier.« Der Fahrer ließ das Fenster hoch und fuhr los.

»Halt! Wo fahren Sie hin?«, schrie Sara und hieb gegen das Fenster der wegfahrenden Limousine. Plötzlich stand Sara mutterseelenallein auf dem betonierten Gehweg, umgeben nur von vereinzelten Bänken, und spürte, wie ihr der kalte Wind vom East River um die Ohren pfiff. Auch als sie sich noch einmal nach allen Seiten umblickte, entdeckte sie niemanden. Sie ging zum Wasser hinunter. *»Ist hier jemand? Hallo?«*

»Sara«, ertönte plötzlich hinter ihr eine Stimme.

»Wer –« Erschrocken fuhr Sara herum. Es war Jared. »Ich habe mir solche Sorgen um dich gemacht«, stieß sie spontan hervor und umarmte ihren Mann. »Wo hast du gesteckt?«

»Entschuldige bitte«, sagte Jared und löste sich aus ihrer Umarmung. »Ich wollte nur sichergehen, dass du allein bist.«

»Ich bin allein. Schon seit gestern Abend.«

»Du wolltest, dass ich ausziehe.«

»Du weißt ganz genau, das ist etwas anderes. Nicht mal in Pops Wohnung konnte ich dich erreichen.«

»Das tut mir leid. Nach der Geschichte mit Moore hatte ich einfach Angst davor, dich zu sehen.«

»Jared, ich schwöre dir bei allem, was mir heilig ist: Mit Conrad war nichts. Er hat mich geküsst, und ich habe mich ihm entzogen. Wenn jemand behauptet, dass mehr passiert ist, lügt er.«

»Schön, dann haben sie also gelogen.« Jared trat gegen ein imaginäres Stück Nichts. »Du hast wie immer Recht.«

»Was soll dieser Ton schon wieder?«

Als Jared nicht antwortete, fuhr Sara fort: »Jared, bitte! Wenn du nicht darüber sprechen willst, warum hast du mich dann hierher kommen lassen?«

»Weil ich ungestört mit dir reden wollte.«

»Und deshalb lässt du mich von irgendeinem Irren abholen und schickst mir eine Geheimnachricht mit dem alten Kosenamen meines Vaters für mich? Ich würde sagen, es gibt einfachere, weniger beunruhigende Möglichkeiten, sich mit jemandem in Verbindung zu setzen.«

»Ich dachte, du würdest merken, dass die Nachricht von mir ist. Wer sonst hätte so etwas wissen können?«

»Du würdest dich wundern, was ein Fremder alles über dich rausbekommen kann!« Sara setzte sich auf eine Holzbank, und Jared nickte stumm. Sara sah ihren Mann forschend an, als sie fortfuhr: »Wenn du nicht über gestern mit mir sprechen willst, worüber dann?«

»Über den Fall.« Jareds Stimme war kaum lauter als ein Flüstern. »Wir müssen uns über den Fall unterhalten.«

Nun wurde Sara wütend. »Natürlich – das einzige auf der Welt, was dich wirklich interessiert.«

»Liebling, du weißt, das ist nicht –«

»Und ob es wahr ist! Und noch etwas will ich dir sagen: In zwei Wochen ist der Prozess, die Anträge wurden in unserem Sinn entschieden, und sobald Kozlow schuldig gesprochen worden ist, knöpfen wir uns Claire Doniger vor und wer sonst noch als Mittäter infrage kommt.«

Kopfschüttelnd stellte Jared gegen den peitschenden Wind seinen Mantelkragen hoch. »Sara, ich will nicht mit dir streiten. Das ist die Sache nicht wert. Ich möchte nur, dass du mir sehr genau zuhörst. Ich käme nicht im Traum darauf, dich darum zu bitten, wenn es nicht absolut unerläßlich wäre.« Er trat auf sie zu und fuhr fort: »Es mag sich vielleicht verrückt anhören, aber du musst mir helfen! Sieh zu, dass du ein paar Beweismittel verschlampst, oder mach absichtlich einen Fehler – wie du es anstellst, ist mir egal, aber ich muss unbedingt gewinnen.«

Sara lachte. »Bist du schon so verzweifelt? Ist dir eigentlich klar, dass das, was du da von mir verlangst, gegen das Gesetz ist, ganz zu schweigen davon, dass es auch moralisch in keiner Weise vertretbar ist?«

»Die moralischen Implikationen sind mir scheißegal. Hier geht es um wesentlich mehr als um Moral.«

»Ach ja, richtig – ich habe ganz vergessen, dass dein Job wichtiger ist als alles andere auf der Welt.«

»Hör mir doch nur einen Moment zu.«

»Gut, ich höre.« Sara sprang von ihrem Sitz hoch. »Aber ich kann einfach nicht glauben, worum du mich eben gebeten hast. Als du am Drücker warst, war alles wunderbar. Aber kaum habe ich mal Oberwasser, möchtest du, dass ich irgendwelche krummen Touren mache. Du hast wirklich Nerven. Dieser Job hat mein Leben verändert. Zum ersten Mal seit langem habe ich wieder das Gefühl, die Dinge im Griff zu haben. Es läuft im Moment sehr gut für mich. Ich habe wieder Selbstvertrauen, meine Ängste sind endlich verschwunden. Dieser Fall hat einen neuen Menschen aus mir gemacht. Und wenn du glaubst, du könntest mich hier nach deiner Pfeife tanzen lassen, wie du das schon vor der Grand Jury versucht hast, dann hast du dich geschnitten. Ich sage dir das nur einmal, Jared. Das lasse ich mir nicht von dir nehmen.«

»Du verstehst mich nicht«, beschwor Jared sie. »Du *musst* mich gewinnen lassen.«

»Hörst du mir eigentlich zu? Ich muss überhaupt nichts.«

»Doch. Musst du schon.«

»Bist du eigentlich noch zu retten? Kannst du es tatsächlich nicht ertragen, dass ich einmal gegen dich gewinne?«

»Das hat uberhaupt nichts damit zu tun, dass ich nicht verlieren kann.« Jareds Stirn glänzte inzwischen vor Schweiß.

»Trotzdem kannst du dir das abschminken.« Sara kehrte ihrem Mann den Rücken zu. »Der Einzige, der hier einen Sieg nach Hause trägt, bin ich. Ich hoffe, damit kannst du leben.«

Jared packte seine Frau energisch am Arm. »Hör zu! Hier steht mehr auf dem Spiel, als du denkst!«

»Das hast du bereits gesagt. Und jetzt lass mich los.«

Ohne seinen Griff zu lockern, schrie Jared: »Sara, ich bitte dich ein letztes Mal: Du musst mich gewinnen lassen.«

»Warum? Wieso ist dir das so wichtig?«, schrie Sara zurück und versuchte sich loszureißen.

An diesem Punkt wurde Jared klar, dass er keine andere Wahl hatte. Er sah seiner Frau tief in die Augen und schrie: *»Weil sie dich umbringen, wenn ich den Prozess nicht gewinne!«*

Saras Gegenwehr erlahmte sofort. »Was?«

»Du hast ganz richtig verstanden! Sie werden dich umbringen. Ich habe diesen Fall nur aus dem Grund übernommen, weil sie mir gedroht haben, dich umzubringen, wenn ich ihn abgebe. Nur deshalb habe ich mich so reingehängt. Nur deshalb habe ich die ganze Zeit versucht, dich zum Einlenken zu bewegen. Und nur deshalb habe ich in deiner Aktentasche herumgeschnüffelt. Sie haben uns seit Kozlows Festnahme ständig beobachtet. Sie sind in unsere Wohnung eingebrochen. Und sie haben –«

»O mein Gott«, stieß Sara hervor und sank auf die Bank zurück.

»Die Sache ist todernst, Sara! Wir stecken ganz gewaltig in Schwierigkeiten.«

»Die Leute, die dir gedroht haben – hatte einer von ihnen extrem eingefallene Wangen?«

»Eingefallene Wangen? Nein. Gedroht haben mir Kozlow und ...« Jared hielt inne.

»Kozlow und wer?«, fragte Sara.

Um sich zu vergewissern, dass sie immer noch allein waren, blickte Jared sich um. Dann sah er seine Frau direkt an. »Oscar Rafferty. Er hatte von Anfang an seine Finger mit im Spiel. Er ist es, der –«

»Dieses hinterhältige Schwein!«, platzte Sara heraus. »Wir wussten es – Guff sagte es, sobald wir aus seinem Büro kamen. Rafferty hatte dich in der Hand, und der Kerl mit den eingefallenen Wangen mich.«

»Von wem sprichst du eigentlich? Wer ist dieser Bursche mit den Wangen?«

Sara berichtete ihm kurz von ihren Begegnungen mit dem Hohlwangigen und wie er ihr gedroht hatte, Jared umzubringen. Dann erzählte sie ihm von seinen Fingerabdrücken und dass sie von einem Toten stammten.

Als sie fertig war, sagte Jared: »Wenn du also klein beigegeben hättest, hätte er –«

»Nur deshalb habe ich nicht zurückgesteckt.«

»Aber wenn er es war, der Pop die Treppe runtergestoßen hat, warum hast du ihn dann nicht festnehmen lassen?«

»Weil ich keine Ahnung habe, wer er ist. Außerdem hatte ich solche Angst, er könnte dir etwas antun, dass ich nicht wagte, etwas gegen ihn zu unternehmen.«

»Jetzt weiß ich, was du durchgemacht hast.« Jared setzte sich neben Sara und strich über den Verband auf seinem Kinn.

»Wer war das? Kozlow?«

»Hat sich auf seine Art ein Pfund Fleisch geholt«, sagte Jared. »Aber wie es aussieht, hat dir dieser Typ doch auch geholfen! War nicht er es, der dich auf Rafferty aufmerksam gemacht hat?«

»Ganz und gar nicht. Auf Rafferty sind wir ganz allein gestoßen. Ein Blick in Arnold Donigers Testament genügte, um ihn in den Kreis der Verdächtigen zu rücken.«

»Doniger hatte ein Testament?«

»Siehst du, das ist das Problem mit euch Strafverteidigern. Euch interessiert nichts anderes, als eure Mandanten herauszuhauen. Wir Staatsanwälte sind die Einzigen, die die Wahrheit herauszufinden versuchen.«

Ohne auf diese Spitze einzugehen, sagte Jared: »Was stand in Donigers Testament?«

»Da gibt es an sich nicht viel zu erzählen. So, wie wir die Sache sehen, wird Rafferty Echo Enterprises erben, nachdem sein Partner nicht mehr unter den Lebenden weilt.«

»Im Ernst? Rafferty kriegt die Firma?«

»Alles«, sagte Sara, als sie das entgeisterte Gesicht ihres Mannes sah. »Wieso? Erklärt das irgendwas? Ich meine, außer der Tatsache, dass er einen Grund hatte, seinen Partner umzubringen.«

»Es erklärt, warum es für Rafferty so wichtig war, diesen Prozess zu gewinnen.« Er strich sich mit der Hand durchs Haar. »Dieser Kerl ist wirklich unglaublich.«

»Warum? Was hat er gemacht?« Sara schlug ihrem Mann auf den Arm. »Erzähl schon endlich.«

»Es ist eigentlich ganz simpel. Weißt du, was ein Tötungsstatut ist.«

»Ein was?«

»Ein Tötungsstatut. Tötung wie in Mord oder Totschlag.« Als Sara den Kopf schüttelte, führte Jared weiter aus: »Das Tötungsstatut soll verhindern, dass ein Mörder von seiner Tat profitiert. Angenommen, du hast ein Testament. Und in diesem Testament hast du mich als Haupterben eingesetzt. Mit anderen Worten: Wenn du stirbst, kriege ich dein ganzes Geld.«

»Meine ganzen fünfundzwanzig Dollar?«

»Bis auf den letzten Cent. Doch jetzt gehen wir mal davon aus, ich möchte etwas früher an dein Geld kommen und lasse dich deshalb umbringen. Aufgrund des Tötungsstatuts erhalte ich nun allerdings keinen Cent, wenn ich erwiesenermaßen an deiner Ermordung beteiligt war – selbst wenn in deinem Testament steht, dass ich alles erben soll.«

»Gibt es in New York ein solches Statut?«

»Ob es ein offizielles Statut gibt, weiß ich nicht, aber es ist ein allgemein gültiger Rechtsgrundsatz.«

»Warum haben sie sich dann nicht auf einen Vergleich eingelassen?«

»Wenn ich mich recht entsinne, kann in so einem Fall das Verbrechen eines Täters auch den übrigen daran beteiligten Personen zur Last gelegt werden – und aus diesem Grund ist es für Rafferty so wichtig, dass Kozlow freigesprochen wird.«

»Rafferty macht sich also Sorgen, er könnte leer ausgehen, wenn Kozlow verurteilt wird und wenn herauskommt, dass Rafferty Kozlow mit der Ausführung der Tat beauftragt hat.«

»Nicht zu vergessen, dass er Angst hat, selbst wegen Mordes angeklagt zu werden. Jedenfalls wäre das die einzige vernünftige Erklärung für Raffertys ausgeprägtes Interesse an dem Fall. Wäre er unschuldig, könnte ihm sein Ausgang vollkommen egal sein. Und wenn er nicht so versessen auf das Geld wäre, bräuchte es ihn auch nicht zu interessieren, ob Kozlow nun verurteilt wird oder nicht.«

»Glaubst du, er versucht auch, Claire Doniger zu decken?«, fragte Sara und stand auf.

»Du bist also fest davon überzeugt, dass sie auch etwas mit dieser Geschichte zu tun hat?«

»Also hör mal, Jared – der Mann dieser Frau wird umgebracht, und sie weint ihm keine Träne nach. Und was noch wichtiger ist, sie rührt keinen Finger, um uns bei unseren Ermittlungen zu unterstützen. Wenn man mit ihr spricht, muss man ihr jedes Wort einzeln aus der Nase ziehen. Und sie zu einer Aussage zu bewegen ist, als ... als ...«

»Müsste man ihr jedes Wort einzeln aus der Nase ziehen«, bemerkte Jared trocken.

»Allerdings. Und aus einer ziemlich verstopften Nase noch dazu.«

»Okay. Wenn sie also die Finger mit im Spiel hat – was ist ihr Motiv? Bekommt sie laut Testament irgendetwas?«

»Keinen Cent. Aber das hat nichts zu besagen. Unsere Theorie lautet, dass sie ein Verhältnis mit Rafferty hat. Wenn sie nun Arnold Doniger um die Ecke bringen, kriegen sie nicht nur sein ganzes Geld, sondern können auch jeden Abend miteinander kuscheln, so viel sie wollen. Das Einzige, was uns ziemliches Kopfzerbrechen bereitet hat, war der Nachweis, dass Rafferty an der Sache beteiligt ist – obwohl vollkommen klar ist, dass er derjenige ist, in dessen Händen alle Fäden zusammenlaufen.«

»Das ist keine schlechte Theorie«, gab Jared zu. »Und wenn ich darüber nachdenke – er kehrt wirklich jedesmal den Beschützer heraus, wenn die Rede auf Claire Doniger kommt.«

»Hat Rafferty sonst noch etwas gesagt, was wir gegen ihn verwenden könnten?«

Jared setzte sich wieder auf die Bank und stützte den Kopf in die Hände. »Eigentlich kannst du nichts von dem, was er mir gegenüber geäußert hat, gegen ihn verwenden. Das ist aufgrund meiner Schweigepflicht als Anwalt tabu.«

»Es geht mir nicht mehr darum, den Prozess zu gewinnen, mein Hübscher. Ich möchte nur sichergehen, dass du nichts zu befürchten hast und uns aus ...« Als Sara merkte, dass ihr Mann wie erstarrt dasaß, verstummte sie. »Was hast du denn? Ist irgendwas?«

Ohne ein Wort stand Jared auf und schlang die Arme um seine Frau. »Es tut mir so leid, Sara. Ich wollte dir nie wehtun. Ich habe das alles nur getan, weil ich solche Angst um dich hatte.«

Sara fiel ein Stein vom Herzen, und sie drückte ihren Mann ganz fest an sich. »Ist ja gut. Und mach dir deswegen mal keine Gedanken. Ich hatte um dich genauso viel Angst.«

»Aber ich –«

»Schhhhh, kein Wort mehr.« Sara drückte ihn weiter fest an sich. »Es ist vorbei! Es ist endlich vorbei.« Als Jared sich gerade so weit zurücklehnte, um seiner Frau in die Augen sehen zu können, wurde ihm klar, dass sie Recht hatte. Und zum ersten Mal seit Monaten beschloss er, ihr nicht zu widersprechen. Stattdessen zog er sie an sich und streichelte behutsam ihre Schultern und ihren Rücken. Er mochte es, wie sich ihre Körper aneinander schmiegten. Sara spürte das vertraute Kratzen seiner abendlichen Bartstoppeln an ihrer Wange. Mit geschlossenen Augen sog sie den Duft des Eau de Cologne ein, mit dem sie ihn ständig aufzog. Und dann, die Hände um seine Taille geschlungen, ließ sie ihre Hand unter seine Jacke gleiten und streichelte die Stelle über seinem Po. Sie hatte ganz vergessen, wie sehr ihr das alles fehlte.

Wie sie nun stumm aneinander geschmiegt dastanden, brauchten Sara und Jared kein Wort zu sagen. Zu lange hatten sie sich erbittert bekämpft. Jetzt lagen sie sich endlich wieder in den Armen. Und das war alles, was zählte. Als die Realität sie langsam wieder einfing, konnte Sara spüren, wie Jared zu zittern begann. Wenige Augenblicke später traten ihm Tränen in die Augen. »Ist ja gut«, tröstete sie ihn und versuchte selbst gegen ihre Tränen anzukämpfen. Aber es war bereits zu spät – sobald sie Jared einmal aufschluchzen gehört hatte, konnte auch sie nicht mehr lange an sich halten. Bald wurden beide von ihren Gefühlen überwältigt. »Ist ja gut.« Auch Sara liefen Tränen die Wangen hinab. »Ist ja gut.«

»Ich weiß.« Jared wischte sich mit dem Jackenärmel die Tränen aus dem Gesicht. »Solange dir noch Gefahr drohte, konnte ich unmöglich –«

»Ich weiß genau, was in dir vorgegangen ist.« Auch Sara trocknete ihre Tränen. »Aber wir müssen unbedingt dafür sorgen, dass die nächste Phase kurz wird. Keiner von uns befindet sich wirklich in Sicherheit, solange diese Angelegenheit nicht endgültig bereinigt ist.«

»Du hast vollkommen Recht.« Jared gewann langsam seine Fassung wieder. Er rieb sich die Augen und räusperte sich. »Und wie sieht unser nächster Schritt aus?«

»Wir müssen uns noch einmal ganz gründlich die Fakten vornehmen. Gibt es sonst noch etwas, das Rafferty oder Kozlow vielleicht gesagt haben? Irgendetwas, das erklären könnte, warum Victor Stockwell den Fall haben wollte? Oder wer der Kerl mit den eingefallenen Wangen ist? Ist er ein ehemaliger Mitarbeiter? Hat er etwas gegen Rafferty? Hat Kozlow etwas von irgendwelchen offenstehenden Rechnungen gesagt?«

»Mich hat lediglich überrascht, dass Kozlow mal erwähnt hat, er sei beim Militär gewesen.«

»Tatsächlich? Wo?«

»Bei der Army. Lenny sagte, sie haben ihn rausgeworfen, aber das ist auch schon alles, was ich weiß. Glaubst du, es könnte sich lohnen, diese Spur weiterzuverfolgen?«

»Durchaus möglich. Auch Stockwell war beim Militär. Ich werde dem morgen gleich mal nachgehen.«

»Sehr gut. Und könntest du dir vielleicht Raffertys Telefonrechnungen vorlegen lassen? Ich habe es zwar bereits versucht, aber nur du bekommst eine Auflistung seiner Ortsgespräche. Wenn deine Theorie richtig ist, müssten in seiner Telefonrechnung jede Menge Anrufe bei Claire Doniger und Kozlow aufgeführt sein.«

»Und vielleicht auch bei unserem geheimnisvollen Unbekannten mit den eingefallenen Wangen.«

»Hoffentlich«, sagte Jared. »Vielleicht stecken sie alle unter einer Decke.« Jared hob den Kopf und betrachtete die lichterfunkelnde Skyline von New York City. Sie war schön, dachte er. So schön wie das erste Mal, als er sie von dieser Stelle gesehen hatte, im Verlauf einer mitternächtlichen Radtour, die er und Sara am Ende ihres ersten Studienjahres unternommen hatten. Jared holte tief Luft und lächelte. Endlich spürte er, wie wieder Leben in ihn zurückkehrte. Im selben Moment hörte er Sara lachen. »Was ist so komisch?«, fragte er und wandte sich wieder seiner Frau zu.

»Nichts«, sagte Sara. Ihr Lachen war eine perfekte Mischung aus Nervosität und Erleichterung. »Ich kann einfach immer noch nicht fassen, dass uns das alles passiert ist. Ich meine, warum ausgerechnet uns?«

»Keine Ahnung. Vielleicht sollte es einfach so sein.«

»Nein, nein. Dieses Problem hat nicht uns gefunden – ich habe dieses Problem gefunden. Wenn ich mir nicht so viel Gedanken um meine berufliche Zukunft gemacht hätte, hätte ich mir zunächst einmal diesen Fall nicht unter den Nagel gerissen. Und wenn ich mir diesen Fall nicht unter den Nagel gerissen hätte, wärst du nicht gezwungen worden –«

»Okay. Das reicht. Damit brauchen wir nicht noch mal anzufangen. Das waren erst mal für ein Jahr genug Selbstvorwürfe.«

»Das sind keine Selbstvorwürfe. Das ist nur meine Art, mich den Tatsachen zu stellen. Wenn ich mir diesen Fall nicht genommen hätte, wäre uns das alles erspart geblieben.«

»Egal, ob du mir glaubst oder nicht – das würde ich dir nie zum Vorwurf machen. Aber wenden wir uns jetzt lieber der eigentlichen Frage zu: Was machen wir mit dem Fall?«

Nach kurzem Nachdenken sagte Sara: »Ich weiß nicht. Auf jeden Fall dürfen wir nicht zulassen, dass er zur Verhandlung kommt.«

»Vielleicht könnten wir zum Richter gehen und ihn bitten, ihn uns wegen eines Interessenkonflikts zu entziehen«, schlug Jared vor. »Oder vielleicht können wir einen Formfehler geltend machen.«

»Das wären beides Möglichkeiten, obwohl damit unsere Probleme nicht gelöst wären.«

»Es geht mir eigentlich gar nicht mehr darum, das Problem zu lösen«, sagte Jared. »Ich finde, wir geben den Fall ab und fangen wieder an, selbst über unser Leben zu bestimmen. Soll ruhig jemand anders den Helden spielen.«

»Kommt überhaupt nicht infrage! Das ist unser Problem. Rafferty, Doniger, Kozlow, der Kerl mit den eingefallenen Wangen, sie sind alle unser Problem. Und wenn du es auch nicht gern hören willst – sie werden uns erst in Ruhe lassen, wenn sie ihr Ziel erreicht haben.«

»Na schön, dann müssen wir uns in erster Linie überlegen, wie wir uns diese Psychopathen am besten vom Hals schaffen können. Wie wär's, wenn wir beide den Fall niederlegen und ihnen klarmachen, wenn einem von uns etwas zustößt, veröffentlichen unsere Anwälte einen Brief, der Rafferty schwer belastet?«

»Jared, du übersiehst einen entscheidenden Punkt. Selbst wenn sie uns in Frieden lassen, können wir nicht erlauben, dass sie mit jemand anders so umspringen.«

»Wir sollten also Raffertys E-Mail der ganzen Firma zugänglich machen?«

»Mach dich bitte nicht lustig über mich – du weißt ganz genau, dass ich Recht habe.« Und nachdem sie ihm etwas Zeit gelassen hatte, die Logik ihres Arguments zu überdenken, fügte sie hinzu: »Ob es dir passt oder nicht, wir können uns unserer Verantwortung nicht entziehen.«

Jared nickte. »Was schlägst du vor?«

»Ich weiß noch nicht. Ich möchte morgen erst mal mit Conrad sprechen. Er kennt sich mit so etwas besser aus als jeder andere.«

»Und womit kennt er sich sonst noch so gut aus?«

»Jetzt hör mal, Jared, musst du damit ausgerechnet jetzt damit ankommen? Ich schwöre dir, zwischen uns war nichts! Wir haben uns geküsst, und ich habe ihn sofort wieder zurückgestoßen. Das war alles.«

Jared sagte kein Wort.

Als Sara die Reaktion ihres Mannes sah, fühlte sie sich plötzlich schrecklich elend. Zweifellos würde sie dieser flüchtige Kuss für immer verfolgen. Während sie noch überlegte, was sie sagen könnte, merkte sie, dass keine Entschuldigung jemals genügen würde. Doch wenn sie in diesem Punkt weiterkommen wollte, musste sie irgendwo einen Anfang machen. Deshalb sagte sie: »Es tut mir Leid, Jared.«

»Du musst dich nicht zu –«

»Doch, genau das muss ich«, erwiderte sie. »Es tut mir wirklich Leid, Schatz. Es tut mir so Leid, dass ich dir das angetan habe. Ich wünschte, ich könnte es ungeschehen machen. Am liebsten würde ich es einfach vom Tisch wischen. Und obwohl ich weiß, dass das keine Entschuldigung ist, hoffe ich, dir ist zumindest eines klar: Es gibt für mich nichts Schlimmeres, als dir wehzutun. Nichts, rein gar nichts, ist schmerzhafter für mich.«

»Dann bist du also nicht in ihn verliebt?«

»In ihn verlie-? Bist du verrückt? Es war nur ein kurzer Moment – ein Fehltritt. *Du* bist mein Ein und Alles, Jared. Es gibt nichts, was mir mehr bedeutet. Mein Vertrauen in dich ist vollkommen.«

»Wenn du mir so sehr vertraust, warum hast du mich dann belauert, ob ich deine Aktentasche durchsuchen würde?«

Sara streckte die Hand aus und kitzelte ihn im Nacken. »Liebling, ich habe die ganze Zeit fest geschlafen. Ich habe das nur gesagt, um zu sehen, wie du reagieren würdest. Ganz offensichtlich hast du es tatsächlich getan. Aber trotzdem vertraue ich dir. Und ich liebe dich!«

Mit einem verschmitzten Grinsen sagte Jared: »Du bist ganz schön grausam, weißt du das?«

»Was soll ich dazu sagen? Wenn du dich mit den Besten anlegst, kriegst du notgedrungen die eine oder andere Abreibung.«

»Sara, glaub mir, ich habe das nur getan, weil ich solche Angst um dich –«

»Das interessiert mich doch schon lange nicht mehr.« Sara nahm Jared an der Hand. »Geben wir uns einen Wiedergutmachungskuss, und damit hat es sich.«

»Hier?« Jared blickte sich auf der menschenleeren Promenade um. »Vor all den Leuten?«

»Wo denn sonst? Das ist unser perfekter Hollywoodmoment. Der furchtlose Held, die wildromantische Umgebung, das windzerzauste Haar. Es ist alles genau so, wie es sein soll. Alles, was wir jetzt noch tun müssen, ist –« Sara schnitt sich selbst das Wort ab, beugte sich vor, packte ihren Mann und gab ihm einen leidenschaftlichen Kuss. So standen sie eine Minute lang da, die Lippen fest aufeinander gepresst, die Arme eng umeinander geschlungen. Wieder einmal vergaßen sie alles um sich herum. Als sie fertig waren, fragte sie: »Wie war es?«

Jared lächelte. »Es ist schön, wieder zu Hause zu sein!«

»Allerdings. Können wir dann nicht auch endlich von hier verschwinden?«

»Hängt davon ab, was wir im weiteren vorhaben.«

»Also, im Moment setzen wir ein Puzzle zusammen. Und sobald sich ein Bild abzuzeichnen beginnt, knöpfen wir uns die Kerle vor, die es durcheinander gebracht haben. Wenn Rafferty glaubt, er hätte jetzt schon Probleme, dann warte erst mal ab, wenn sein Arsch mit meinem Fuß in Berührung kommt.«

»Hoffentlich hast du Recht. Wenn Rafferty nämlich Wind von der Sache bekommt, ist nicht mit ihm zu spaßen – auch wenn du eine Staatsanwältin bist.«

»Für dich immer noch eine stellvertretende Bezirksstaatsanwältin. Und jetzt lass uns nach Hause fahren.«

Er stand hinter einer Gruppe wuchernder Büsche, wo er noch zusätzlich durch die tief hängenden Äste einer Eiche verdeckt wurde, und beobachtete stumm, wie das Paar die Promenade verließ. Er hatte gewusst, dass es irgendwann so weit kommen würde – er hatte es von Anfang an gesagt. Wenn der Druck zu stark würde, gäben sie ihm nach.

Er beobachtete, wie sie den betonierten Weg zur Clark Street heraufgingen. Sie kamen direkt auf ihn zu, aber aufgrund der Dunkelheit machte er sich keine Sorgen. Er duckte sich nicht einmal, als sie näher kamen. Er lehnte sich lediglich gegen den Baum und folgte ihnen mit seinen Blicken, als sie an ihm vorübergingen. Er war versucht, die Hand nach ihnen auszustrecken, aber er kämpfte gegen den Drang an. Jared und Sara schritten mit neu gewonnener Zuversicht dahin. Inzwischen wussten sie fast alles. Das heißt, bis auf die Tatsache, dass ihr Geheimnis nicht gut aufgehoben war.

16

»Ich wusste, er war's!«, rief Guff und rieb sich die Hände an der Hose. »Habe ich es nicht schon gesagt? Ich war der Einzige, der gesagt hat, Rafferty steckt da mit drin!«

»Schön, schön, Sie hatten Recht«, bestätigte ihm Moore. »Aber jetzt beruhigen Sie sich mal wieder.« Er wandte sich Sara zu, die auf ihrem Schreibtisch saß. »Was hat Ihnen Jared sonst noch erzählt?«

»Das war's eigentlich schon. Rafferty hat Jared gedroht, mich umbringen zu lassen, wenn er den Prozess nicht gewinnt. Er war von Anfang an daran beteiligt.«

»Glaubst du, du kannst ihm trauen?«, fragte Moore.

»Wem? Jared? Was soll das für eine Frage sein? Er ist mein Mann.«

»Und dein Gegner. Was heißt, das Ganze könnte nur eine List sein.«

»Entschuldigung, aber ich glaube, da verlierst du doch etwas die Relationen aus dem Blick. Er hat mir sogar Fotos gezeigt, auf denen zu sehen ist, wie wir uns küssen. Das war kein schöner Anblick.«

»Fotos? Woher hatte er die?«

»Also, ich würde sagen –«

»Mannomann«, platzte Guff dazwischen. »Sie haben sich geküsst? Kam es in diesem Büro etwa zu sexuellen Handlungen? Wenn dem nämlich so ist, sollte ich darüber Bescheid wissen.«

»Es war nichts«, sagte Sara. »Ein unglücklicher Ausrutscher unter Freunden.«

»Was war mit den Fotos?«, fragte Moore.

»Sieht so aus, als wären sie von dort drüben aufgenommen worden.« Sara deutete auf zwei Büros gegenüber. »Beide gehören anderen SBAs.«

»Hast du eine Ahnung, wer sie aufgenommen haben könnte?«

»Es muss Victor Stockwell gewesen sein«, behauptete Sara. »Auch wenn er bei dieser Sache vielleicht nur hinter den Kulissen mitmischt, hat er auf jeden Fall seine Hand mit im Spiel.«

»Das mag durchaus sein«, sagte Moore. »Aber solange wir es nicht beweisen können, haben wir rein gar nichts gegen ihn in der Hand. Selbst wenn er verdächtig ist, hat er nichts Gesetzwidriges getan.«

»Deshalb möchte ich der Sache weiter nachgehen. Jared hat mir Raffertys Privatnummer gegeben und ich würde sie gern mal überprüfen lassen.«

»Das kann ich machen«, sagte Guff. »Wahrscheinlich wollen Sie wissen, welche Gespräche von diesem Anschluss geführt wurden und welche eingegangen sind.«

»Alles, was Sie kriegen können«, sagte Sara.

Guff sah Moore an. »Kann ich –«

»Ich bin mit allem einverstanden«, sagte Moore. »Wenn sie Ihnen Probleme machen, sagen Sie ihnen, sie sollen mich anrufen.«

Sara nickte ihm ein Dankeschön zu. »Und jetzt kommt der Punkt, bei dem ich wirklich Ihre Hilfe brauche. Jared sagte, Kozlow wäre eine Weile beim Militär gewesen. Wenn mich nicht alles täuscht, hat er dort den Kerl mit den eingefallenen Wangen kennen gelernt. Und da wir nichts tun können, solange wir nicht wissen, wer er ist, dachte ich, ob wir vielleicht –«

»Sagen Sie einfach, was Sie brauchen«, sagte Moore. »Die Namen aller Leute in seiner Division? Jeden auf seinem Stützpunkt? Fotos? Fingerabdrücke?«

»Fotos wären am besten. Ein Name würde nicht viel sagen, aber anhand eines Fotos würde ich ihn vielleicht erkennen.«

»Ich lasse sie herschaffen, sobald sie alles beisammen haben. Bevor dieser Prozess zu Ende ist, kennen wir sogar die Ringgröße dieses Kerls.«

»Nein, nein, nein«, sagte Sara. »Die brauche ich, *bevor der Prozess beginnt*. Wenn wir warten, bis er vorbei ist, ist einer von uns tot.«

Als Moore und Guff Saras Büro verließen, sagte Sara zu Moore: »Conrad, könnte ich dich noch kurz sprechen?«

»Oho, Romeo, jetzt wird's ernst«, witzelte Guff.

Moore sah Saras verlegenes Gesicht und schloss die Tür hinter Guff. »Lass mich raten, worum es geht.«

»Ich weiß, es ist peinlich, aber wir müssen darüber sprechen.«

»Sara, du brauchst nichts zu sagen. Ich weiß, wie du über Jared denkst. Er ist dein Mann.«

»Es ist nicht nur, dass er mein Mann ist. Er ist –«

»Er ist der Mann, den du liebst«, unterbrach Moore sie.

»Nein«, sagte Sara. »Er ist mehr. Wesentlich mehr.«

Moore setzte sich auf die Couch. »Es tut mir Leid, Sara. Das hätte nie passieren dürfen.«

»Es war nicht nur deine Schuld. Ich habe mich ja auch nicht gerade gesträubt.«

Moore stützte die Ellbogen auf die Knie und hielt den Kopf weiter gesenkt. »Das war wirklich dumm«, murmelte er.

»Mach dir jetzt bitte keine Vorwürfe.«

»Es war nicht richtig – ich hätte es nicht tun sollen.«

»Conrad, in jeder Freundschaft gibt es ein paar peinliche Momente. Das war einer von unseren. Und egal, wie oft wir uns entschuldigen, glaube ich, wir kommen am besten darüber hinweg, indem wir das Ganze einfach auf sich beruhen lassen.«

»Einfach so, hm?«

Sara wandte den Blick ab. »Ich weiß auch nicht ... vielleicht.«

Als er ihre Reaktion sah, wurde Moore klar, dass er keine andere Wahl hatte. »Ich verspreche dir, ich werde nie mehr –«

»Keine Erklärungen nötig«, sagte sie und setzte ihre entschlossenste Miene auf. »Wir werden damit leben können.«

»Das werden wir auf jeden Fall. Aber es tut mir wirklich Leid, Sara. Ich habe dein Verhalten falsch gedeutet und es wird nicht wieder passieren.«

»Abgemacht.« Lächelnd reichte Sara ihm die Hand. »Von jetzt an kann es nur noch aufwärts gehen.«

Moore schüttelte ihr die Hand. »Abwärts jedenfalls nicht mehr.«

»Sind Sie für Donnerstag bereit?«, fragte Rafferty, als Jared den Hörer abnahm.

»Ich hoffe es«, sagte Jared. »Allerdings wird bis dahin doch alles noch recht eng.«

»Aber Sie hatten doch wochenlang Zeit, sich auf den Prozess vorzubereiten! Was gibt es denn da noch zu tun?«

»Ich muss noch mein Eröffnungsplädoyer abschließen, ich muss meine Zeugenvernehmungen abschließen, ich muss meine Kreuzverhöre abschließen, ich muss mir über die Auswahl der Geschworenen Gedanken machen, ich muss entscheiden, welcher Geschworenentypus Kozlow am ehesten sympathische Züge abgewinnt. Alles in den nächsten drei Tagen. Das ist nicht gerade wenig.«

»Das ist mir doch egal! Sehen Sie jedenfalls zu, dass Sie es schaffen. Sonst irgendwas Neues von Ihrer Frau?«

»Nur, dass ich wieder zu Hause eingezogen bin. Ich habe ihr gesagt, ich würde nicht gern bei Pop schlafen, und nach der Geschichte mit Moore hatte sie so ein schlechtes Gewissen, dass sie nicht Nein sagen konnte. Ansonsten gibt es nicht viel zu berichten.«

»Wirklich nicht?«

Jared zögerte nicht einen Moment. »Natürlich nicht. Und laut den Aufzeichnungen in ihrer Aktentasche wird sie Patty Harrison erst dann in den Zeugenstand rufen, wenn sie sie wirklich braucht.«

»Glauben Sie mir, selbst wenn sie sie aufruft, wird Ms. Harrison nicht dieselbe Zeugin sein, die sie mal war.«

»Tun Sie mir bitte einen Gefallen und lassen Sie sie in Ruhe, solange wir nicht wissen, was Sara vorhat. Ich möchte nicht auch noch Einschüchterung von Zeugen auf die Liste von Kozlows Delikten setzen müssen.«

»Keine Sorge. Das Problem haben wir im Griff.«

»Ich weiß«, sagte Jared devot. »Aber wenn Sie mich jetzt bitte wieder weiterarbeiten lassen würden! Ich melde mich später bei Ihnen.« Als Jared auflegte, sah er zu Kathleen auf, die das ganze Gespräch mitgehört hatte.

»Glauben Sie, er weiß Bescheid?«, fragte sie.

»Keine Ahnung«, sagte Jared. »Er wird nervös, aber ich

glaube, er ist zu aufgeregt, um Verdacht zu schöpfen. Ich hoffe nur, Sara bekommt vor dem Prozess noch Verschiedenes heraus.«

Als Jared an diesem Abend um Viertel nach acht nach Hause kam, knallte er die Tür hinter sich zu, und sobald er seine Frau in der Küche stehen sah, fuhr er sie an: »Sara! Wann wirst du eigentlich endlich mal eine Zeugenliste einreichen?«

»Wenn ich sie fertig habe«, schoss Sara zurück und ging ins Schlafzimmer. »Und ich habe sie noch nicht fertig.«

»Renn nicht einfach vor mir weg«, schrie Jared und folgte ihr. »Was du da veranstaltest, hat nichts mehr mit einer Gerichtsverhandlung zu tun. Das ist schon eher ein Hinterhalt.«

»Nenn es meinetwegen, wie du willst. Jedenfalls kann ich mir mit dem Abschluss meiner Recherchen bis zu den Eröffnungsplädoyers Zeit lassen.«

»Bist du verrückt? Niemand braucht so lang. Üblicherweise müsstest du –«

»Was üblich ist, interessiert mich einen Dreck! Laut den Bestimmungen bin ich dazu ermächtigt, und ich habe vor, meinen Handlungsspielraum in vollem Umfang auszuschöpfen. Wenn du also wieder hier einziehen willst, dann mach es dir lieber auf der Couch bequem, und lass mich ansonsten in Ruhe.« Mit einem raschen Stoß knallte Sara Jared die Tür vor der Nase zu.

Einen Augenblick später öffnete Jared die Tür vorsichtig wieder und schlich ins Schlafzimmer. Sara saß bereits am Computer und bearbeitete mit ihrem Zweifingersystem die Tastatur. Als Jared sich ihr näherte, las er folgende Wörter auf dem Bildschirm: »*Wie lief's heute bei dir, Schatz?*« Jared beugte sich vor, küsste Saras Nacken und übernahm an der Tastatur.

»*Gut*«, tippte er nun seinerseits. »*Habe mit Rafferty telefoniert. Ging, glaube ich, ganz gut. Glaube nicht, dass er was ahnt. Er ist zu nervös.*« Damit ließ er Sara wieder an die Tastatur. Während sie umständlich tippte, zog sich Jared einen Stuhl heran, sodass sie beide vor dem Bildschirm saßen.

»Warum dieses Theater? Conrad meint, wir können die ganze Wohnung nach Wanzen absuchen lassen. In zwei Stunden wäre alles erledigt, und dann können wir uns ungestört unterhalten.«

Mit einer raschen Handbewegung drehte Jared die Tastatur zu sich herum und schrieb: *»Auf keinen Fall! Wenn die Wohnung nach Wanzen durchsucht wird, weiß Rafferty, dass etwas nicht stimmt. Bis zum Prozess gehen wir kein Risiko ein.«*

Mit zwei Fingern schrieb Sara: *»Ich kann nur so schlecht tippen.«*

Jared lachte still in sich hinein. Das war es, was ihm die ganze Zeit so gefehlt hatte. Er legte Sara die Hand an den Hinterkopf, zog sie zu sich heran und küsste ganz zart ihre Stirn. Dann ihre Wange. Dann ihr Ohrläppchen. Und als er mit den Lippen ihr Ohr streifte, flüsterte er: »Ich liebe dich wirklich!« Während er sich seitlich an ihrem Hals hinabarbeitete, machte er langsam den obersten Knopf ihrer Bluse auf.

Sara schloss die Augen und stand kurz davor, sich dem Augenblick hinzugeben. Doch plötzlich fiel ihr etwas ein. Sie wich zurück und tippte: *»Nicht, solange sie zuhören.«*

»Sie werden nichts hören«, tippte Jared.

»Ganz richtig. Werden sie nicht.«

»Ist das dein letztes Wort?«

Sara gab nichts als ein Ausrufezeichen ein.

»Schön, dann sitze ich eben hier und leide«, tippte Jared. *»Ich leide. Ich leide. Ich leide.«* Er hielte inne. *»Ich leide immer noch.«* Als ihm Sara auf den Rücken klopfte, schrieb er: *»Was ist heute sonst noch bei dir passiert? Irgendwas Neues?«*

»Nicht jetzt«, tippte Sara. *»Morgen.«*

Als Sara und Jared sich an den Computer setzten, fiel keinem von beiden auf, dass der Schreibtisch um einen Zentimeter nach rechts gerückt worden war. Sie bemerkten weder die etwas stärkere Aufwärtsneigung des Bildschirms noch das zusätzliche Kabel, das vom Bildschirmkabel abgezweigt worden war. Und schon gar nicht merkten sie, dass dieses Kabel hinter dem Schreibtisch in einem sauber in die Schlafzimmerwand gebohrten Loch verschwand. Oder dass es sich am Abzugsrohr der Gasheizung entlangschlängelte, das direkt in den Keller hinabführte und dort in einen anderen Bildschirm mündete, auf dem jedes Wort zu lesen war, das Jared und Sara tippten.

Dienstag morgen betrat Sara mit aufrechter Haltung und energisch gerecktem Kinn den Aufzug. Darnell sah sie und musste grinsen. »Oh, oh, Sie müssen aber heute wieder Wheaties gegessen haben – Sie sehen aus wie der absolute Champion!«

»Das ist mein Geheimrezept«, sagte Sara.

Bevor sich die Lifttür schloss, sprang ein junger Mann in einem kurzärmeligen Hemd in die Kabine. Sara erkannte sofort den Mann in ihm wieder, der nicht nur die Festnahmeformulare im ECAB abgeliefert, sondern sie auch auf die Idee gebracht hatte, Stockwells Fall zu klauen.

»Was gibt's Neues, Darnell?«, fragte er den Liftführer. »Irgendwelche heiße neue Gerüchte, die ich … Hey«, rief er, als er Sara sah. »Schön, Sie mal wiederzusehen!«

»Sie kennen sich?«, fragte Darnell.

»In gewisser Weise.« Sara streckte die Hand aus. »Übrigens, ganz offiziell bin ich Sara.«

»Malcolm«, sagte der junge Mann, als die Lifttür zuging. »Und wie kommen Sie mit Ihrem Fall voran? Hatte ich Recht, oder hatte ich Recht!«

»Es war genau, wie Sie gesagt haben: ein klasse Fall.«

»Natürlich war es ein klasse Fall! Wenn nicht, hätten Sie ihn nicht gekriegt.«

Sara zog eine Augenbraue hoch. »Wie bitte?«

»Sie wissen schon, den Fall.«

»Und was ist mit dem Fall?«

Malcolm schwieg betreten. Schließlich sagte er: »Entschuldigung. Ich dachte, darüber hätten Sie bereits gesprochen.«

»Worüber? Und mit wem?«

Malcolm sah Darnell an, dann wieder Sara. Beide blickten ihn fragend an. »Also, mehr will ich dazu nicht sagen. Wie es scheint, habe ich sowieso schon wieder zu viel geredet.«

»Malcolm …«

»Nein, nein, nein, kommt überhaupt nicht infrage! Wenn Sie irgendwelche Fragen haben, wenden Sie sich an Stockwell.« Als im sechsten Stock die Lifttür aufging, verließ Malcolm die Kabine. »Bis später, Sara. Bye, Darnell.«

Als die Tür wieder zuging, fragte Darnell: »Ist irgendwas? Sie sind ja kreidebleich.«

»Fahren Sie mich einen Stock höher«, sagte Sara. »Schnell.«

Sara stürmte aus dem Lift und direkt in ihr Büro, wo sie einen ihrer alten Notizblöcke aus einer Schreibtischschublade holte. Reiß dich zusammen, redete sie sich gut zu. Lass dich jetzt nicht durcheinander bringen. Überleg einfach, wie und warum es dazu gekommen ist. Sie spulte das Gespräch mit Malcolm noch einmal Silbe für Silbe in ihrem Kopf ab. *Wenn nicht, hätten Sie ihn nicht gekriegt.* Wenn nicht, hätte *ich* ihn nicht gekriegt. Wenn nicht, hätte ich ihn nicht *gekriegt*. Sie blätterte in ihrem Block, bis sie eine leere Seite fand. Wieder einmal fragte sie sich: Warum könnte Victor Stockwell diesen Fall gewollt haben? Gewissenhaft und systematisch ging sie alle ihre alten Antworten durch: Weil er Kozlow kennt, weil er Kozlow hasst, weil er Kozlow bestrafen will.

Verdammt, dachte sie plötzlich. Dass sie darauf nicht gleich gekommen war! Er hatte sich schon vom ersten Tag an ihre Schwäche zunutze gemacht. Sie schloss die Augen und versuchte die fehlenden Teile zu ergänzen. Und mit einem Mal ergab alles einen Sinn. Sie ballte die Fäuste, als sie merkte, wie ihr die Wut in den Nacken stieg. Sie versuchte erst gar nicht, sie zu unterdrücken. *»Du mieses Schwein!«*, schrie sie und schleuderte den Block gegen die Wand. »Wie konnte ich nur so blöd sein?«

Sara warf die Tür ihres Büros hinter sich zu und stürmte den Flur hinunter. Ohne anzuklopfen, riss sie Victor Stockwells Tür auf.

»Kommen Sie rein.« Stockwell sah von seinem Schreibtisch auf.

Sara kochte vor Wut.

»Wie es scheint, haben Sie Probleme?«

»Sie wussten die ganze Zeit Bescheid«, stieß Sara hervor.

»Bedaure, aber würden Sie mir vielleicht erst erklären, wovon Sie sprechen.«

»Spielen Sie bloß nicht den Ahnungslosen! Sie wussten die ganze Zeit Bescheid, stimmt's? Als wir uns an meinem ersten Arbeitstag hier im Aufzug begegneten, wussten Sie genau, wer ich bin. Sie kannten meinen Namen, meinen Lebenslauf, alles, was es über mich zu wissen gab. Und was das wichtigste war, Sie wussten, wie dringend ich einen Fall brauchte.«

»Sara, ich habe keine Ahnung, wovon Sie –«

»Es war gar nicht so schwer einzufädeln, oder? Nachdem Sie sich für Malcolm eine gute Erklärung hatten einfallen lassen, mussten Sie nur noch jemanden finden, der blöd genug war, um auf das Ganze reinzufallen. Jemand, der einerseits gute Arbeit leisten würde, sich aber zugleich leicht steuern ließe. Jemand, der zwar energisch war, aber auch zu naiv, um Verdacht zu schöpfen. Jemand, der verwundbar war. Und verzweifelt. Und den Fall übernehmen würde. Jemand wie ich.«

»Ist ja eine tolle Geschichte, die Sie da erzählen.«

»Ich mache mir schon die ganze Zeit Vorhaltungen, dass ich so blöd war. Und so ehrgeizig. Aber in Wirklichkeit ist die Sache ganz anders, oder etwa nicht, Victor? Ich habe diesen Fall keineswegs nur durch mein eigenes Zutun erhalten. Sie haben es so hingedreht, dass ich ihn bekommen würde.«

Über Victor Stockwells Züge legte sich der Anflug eines Lächelns.

»Irgendwie kann ich es immer noch nicht glauben«, fuhr Sara fort. »Warum? Warum haben Sie ihn nicht selbst behalten?«

»Wie ich schon mehrere Male gesagt habe, weiß ich beim besten Willen nicht, wovon Sie eigentlich reden. Aber dieser Kozlow hat es wirklich in sich, nicht?«

Sara biss die Zähne zusammen. »Sie sind ein richtiges Schwein, Victor!«

»Selbst wenn, bin ich zumindest eines, das wesentlich weniger Ärger am Hals hat.«

»Bist du wirklich sicher?«, fragte Moore. »Das ergibt doch keinen Sinn.«

»Was muss da groß einen Sinn ergeben?«, entgegnete Sara. »Es war Victor Stockwell.«

»Nur damit wir uns nicht missverstehen – du sagst also, als du an deinem ersten Arbeitstag im ECAB warst, wusste Stockwell nicht nur, dass Malcolm den Fall dort abliefern würde, sondern er hatte Malcolm auch eingeschärft, er solle *dafür sorgen*, dass du ihn stiehlst?«

»Ganz richtig.«

»Aber wenn Victor den Fall nicht wollte, warum überließ er ihn dann nicht einfach jemand anders? Und wenn er ihn konsequent bearbeitet haben wollte, warum, nichts für ungut, gab er ihn dann dir? Warum gab er ihn nicht jemandem mit mehr Erfahrung?«

»Weil Kozlow und Rafferty nicht erfahren sollten, dass er ihn nicht haben wollte.«

»Traust du jetzt also plötzlich Victor doch wieder nicht mehr zu, dass er einen Fall unterschlagen würde?«

»Nein, ich denke nur, dass er *diesen* Fall nicht unterschlagen wollte.« Als sie Moores verdutzte Miene sah, fügte Sara hinzu: »Lass mich noch mal ganz von vorn beginnen. Ich bin nach wie vor fest davon überzeugt, dass Victor Stockwell in irgendwelche unsauberen Machenschaften verwickelt ist. Ich glaube, er hat ein paar wohlhabende Kunden, die ihm viel Geld dafür zahlen, dass er leicht zu übersehende Fälle unterschlägt, und ich glaube, er hat jede Menge Dreck am Stecken. In diesem Fall ist nun folgendes passiert: Einer von Raffertys Freunden erzählt Rafferty von Stockwell. Und als Kozlow verhaftet wird, wendet sich Rafferty an Stockwell und klagt ihm sein Leid. Nun steht eines fest: Stockwell ist nicht auf den Kopf gefallen. Er weiß, diese krumme Tour funktioniert nur, wenn er sichergehen kann, dass alle Beteiligten absolut dichthalten. Nun kennen wir allerdings mittlerweile Kozlow gut genug, um zu wissen, wie gut auf den Kerl Verlass ist … wie auf einen hochgradig Verrückten eben.«

»Stockwell schickt also Rafferty wieder nach Hause.«

»Richtig. Nun ist aber auch Rafferty nicht auf den Kopf gefallen. Da er Stockwells schmutziges kleines Geheimnis kennt, droht er ihm, alles an die große Glocke zu hängen, wenn Stockwell nicht spurt. Selbstverständlich will Stockwell den Fall nicht unterschlagen, denn er weiß, dass er damit Kopf und Kragen riskiert. Und abgeben kann er ihn auch nicht, weil er weiß, dass ihm Rafferty genau auf die Finger sieht. Stockwell steht also vor folgendem Dilemma: Wie wird er einen Fall los, ohne dass es so aussieht, als wollte er ihn loswerden?«

»Er sorgt dafür, dass ihn jemand stiehlt.«

»Kommt Ihnen das Ganze langsam bekannt vor?«

Moore stand auf und sah aus dem Fenster. »In Victors Fall zeugt es sogar von einigem Einfallsreichtum.«

»Der Mann ist sehr versiert im Umgang mit der Macht. Er ist nicht bereit, für jemanden wie Kozlow seine Karriere aufs Spiel zu setzen. Aber nun muss er nichts machen, als so tun, als wäre er sauer. Dann erklärt er Rafferty und Kozlow, er hätte keinen Einfluss mehr auf das Ganze. Vielleicht tut er Rafferty noch den einen oder anderen Gefallen – leitet zum Beispiel wichtige Informationen an ihn weiter und macht ein paar Fotos für ihn –, und schon ist Rafferty davon überzeugt, dass er auf seiner Seite steht.«

»Er hat dich also die ganze Zeit im Auge behalten …«

»Entweder leitet er alles an Rafferty weiter, oder er sorgt zumindest dafür, dass ich nicht auf seine anderen Fälle stoße.«

Moore wandte sich vom Fenster ab. »Eins verstehe ich immer noch nicht: Um zu wissen, dass du an diesem Nachmittag hierher kommen würdest, muss jemand es Victor gesagt haben. Außer dir und Jared …«

»Es gibt nur noch einen Menschen, der wusste, wo ich war.«

In diesem Moment kam Guff zur Tür herein. »Was ist denn mit Ihnen beiden? Sie sind ja kreidebleich?«

»Was soll schon sein«, stotterte Sara. »Es ist nichts.«

»Also, wenn Sie wieder ein Küsschen riskieren wollen, tun Sie sich keinen Zwang an.«

»Hören Sie auf mit diesem Unsinn«, sagte Moore. »Das ist nicht witzig.«

»Guff, könnten Sie uns vielleicht einen Moment allein lassen?«, fragte Sara.

»Warum? Was gibt es für ein großes Geheimnis?«

»Jetzt gleich«, sagte Moore.

»Okay, okay, ein intimer Moment – ich verstehe.« Guff wandte sich zum Gehen. »Tragen Sie es nur nicht auf meinem Rücken aus. Ich bin auf Ihrer Seite.«

Als die Tür zuging, sah Sara Moore an. »Bitte sag nicht, dass er es war.«

»Natürlich nicht. Ich kenne den Jungen, seit er hier angefangen hat. Zu so etwas wäre er nie imstande.«

»Mich interessiert nicht, wie lange du ihn schon kennst. Alles andere ergibt keinen Sinn. Im Übrigen hat er mich erst dazu gebracht, ins ECAB zu gehen. Ich meine, ohne ihn wüsste ich vielleicht bis heute noch nicht, dass es das ECAB überhaupt gibt.«

»Sara, er hat dir einen Gefallen getan.«

Inzwischen war ihr der Schweiß ausgebrochen. »O Gott – dann heißt das, Rafferty weiß, dass Jared und ich miteinander gesprochen haben.«

»Völlig ausgeschlossen. Niemand weiß etwas.«

»Wie erklärst du dir dann –«

»Ich brauche nichts zu erklären«, sagte Moore. »Ich kenne Guff. Und was noch wichtiger ist, ich vertraue ihm. So etwas würde er dir nie antun.«

»Du kannst einem Menschen trauen, so viel du willst«, sagte Sara. »Das heißt noch lange nicht, dass er dir nicht irgendwann doch ein Messer in den Rücken stößt.«

Sara kam an diesem Abend erst um halb neun nach Hause. Als sie ins Schlafzimmer ging, konnte sie bereits das leise Klicken der Tastatur hören. Jared hatte getippt: »*Tag, Liebling. Wie war dein Tag?*« Doch als er sich umdrehte und seine Frau sah, fügte er hinzu: »*Was ist passiert?*«

Sara bat ihn mit erhobenem Finger, einen Moment Geduld zu haben, und sagte dann gereizt: »Würde es dir was ausmachen, ins Wohnzimmer zu gehen? Ich habe hier drinnen nämlich zu arbeiten.«

»Ganz wie du meinst«, gab Jared zurück. Er stand auf und stürmte aus dem Raum. Nachdem er im Wohnzimmer den Fernseher angemacht hatte, kehrte er leise ins Schlafzimmer zurück. Über Saras Schulter hinweg las er auf dem Bildschirm: »*Kann sein, dass Guff auf der anderen Seite steht. Jedenfalls sieht es ganz so aus, als hätte er mich an meinem ersten Arbeitstag aus einem ganz bestimmten Grund ins ECAB geschickt.*«

Jared übernahm die Tastatur und schrieb. »*Das ist ein schwerer Vorwurf, Sara. An deiner Stelle würde ich jedes Detail noch einmal sorgfältig überprüfen, bevor ich mir diese Beziehung kaputtmache.*«

Sara sah ein, dass ihr Mann Recht hatte, und schrieb: »*Haben wir einen Kalender?*«

»*In meiner Aktentasche*«, tippte Jared. »*Mein Terminplaner.*«

Sara öffnete Jareds Aktentasche und fand seinen kleinen elektronischen Terminplaner. Als sie auf die Taste ›Termine‹ drückte, sah sie das Datum sowie eine Liste der Punkte, die Jared erledigen wollte. »*Geschworenenexperten anrufen. Eröffnungsplädoyer überarbeiten. Drucker anrufen.*« Mit Hilfe der ›Aufwärts‹-Taste ging Sara zum Montag, den 8. September, zurück – ihrem ersten Arbeitstag. Und als der Tag auf dem Display erschien, sank Sara das Herz in die Hose. In der Rubrik für die Dinge, die Jared an diesem Tag erledigen wollte, war nur ein Punkt aufgeführt: »*V. S. anrufen.*« Unter den Initialen stand eine Telefonnummer. Sara erkannte die Zahlengruppe *335* wieder – es war eine Nummer in der Bezirksstaatsanwaltschaft. Sie sah noch einmal auf die Initialen. *V. S.* Victor Stockwell.

Sara blickte zu Jared auf. Dann wieder auf Victor Stockwells Telefonnummer. Das konnte nicht sein.

Als sie sich wieder Jared zuwandte, sah er sie fragend an und formte mit den Lippen lautlos die Frage: »Ist irgendwas?«

Kopfschüttelnd klappte Sara den Terminplaner wieder zu. Es war keineswegs Guff. Es war Jared. Mit weichen Knien kehrte sie an den Computer zurück.

Auf dem Bildschirm hatte Jared geschrieben: »*Was hat Guff getan? Wieso verdächtigst du ihn?*«

Sara musste sich gewaltig zusammenreißen, damit ihre Hände nicht zitterten, als sie tippte: »*Nichts. Nur so ein Gefühl.*«

17

»Ich sagte dir doch, es war nicht Guff«, sagte Moore am nächsten Morgen. »Aber du wolltest mir ja nicht glauben. Ich wusste, dass er es nicht gewesen sein kann.«

»Guff ist mir im Grunde relativ egal.« Aus Saras Stimme war alles Leben gewichen. Sie hatte die Arme auf dem Schreibtisch verschränkt und den Kopf darauf gelegt und hatte nicht mehr aufgesehen, seit sie Moore die ganze Geschichte erzählt hatte. »Aber was Jared angeht, musst du mir helfen! Vielleicht täusche ich mich. Vielleicht war er es gar nicht.«

»Was denkst du dir eigentlich? Natürlich war es Jared.«

Sie behielt den Kopf auf dem Schreibtisch. Das war nicht, was sie hören wollte. Sie spürte, wie sich ihr Magen zusammenkrampfte. Das durfte einfach nicht wahr sein.

»Sara, geht's dir nicht gut?«

Ihr war buchstäblich die Luft weggeblieben und sie brachte kein Wort hervor. Hier war nicht von irgendeinem entfernten Bekannten die Rede. Und auch nicht von einem neuen Arbeitskollegen. Nein, hier war die Rede von ihrem Mann. Über den sie eigentlich alles hätte wissen müssen. Alles. Das war, was sie sich am Abend zuvor einzureden versucht hatte, um endlich einschlafen zu können. Und mit dieser Begründung hatte sie ursprünglich auch Conrads Argumentation für sich zu widerlegen versucht. Aber je genauer sie hinsah, desto mehr Details entdeckte sie, die sie nicht ignorieren konnte. Wenn er wollte, verstand es Jared ungeheuer gut, andere zu manipulieren. Vor allem im letzten Monat hatte sie das sehr deutlich auch am eigenen Leib zu spüren bekommen. Und der Anruf bei Stockwell – nur so hatte Stockwell wissen können, dass sie kommen würde. Sara ging die Fakten immer wieder von neuem durch, und ganz egal, wie sie die Sache drehte und wendete, wurde ihr dabei zumindest schon so viel klar: Die Antwort würde nicht leicht zu verdauen sein. »Wieso?«, fragte sie Conrad Moore schließlich. »Das ergibt doch keinen Sinn.«

»Und ob. Ich habe doch Jared selbst mal miterlebt. Nach außen hin mag er vielleicht als der korrekte Saubermann auftreten, aber in Wirklichkeit ist er genauso durchtrieben wie alle anderen. Darum hat er in deine Aktentasche gesehen. Ich sagte dir doch, du solltest auf der Hut sein, sobald er dir von Rafferty erzählt hatte.«

»Das hast du nur gesagt, weil du auf ihn eifersüchtig bist.«

Moore sah Sara durchdringend an und fuhr in ernsterem Ton fort: »Ich glaube lediglich, dass er dir etwas verheimlicht.«

»Aber warum? Er hasst Rafferty.«

»Das zweifellos. Aber es heißt nicht, dass er nicht mit Victor unter einer Decke steckt. Das eine hat nichts mit dem anderen zu tun.«

Wieder merkte Sara, wie sich ihr Magen zusammenkrampfte. »Aber warum sollte er mir so etwas antun?«

»Gibt es in seiner Vergangenheit etwas, dessen er sich schämen muss? Vielleicht unterschlagen er und Victor gemeinsam Fälle – Jared besorgt die Mandanten, Victor unterschlägt die Fälle. Oder vielleicht wird er erpresst? Vielleicht rächt er sich für etwas, das du ihm angetan hast? Wie es inzwischen aussieht, hat er an diesem Abend in Brooklyn von Anfang an ein falsches Spiel gespielt.«

»Sei endlich still«, protestierte Sara. »Das kann unmöglich sein! Nichts von all dem ist wahr.«

»Sara, ich weiß, es ist schwer zu verkraften, aber du kannst nicht einfach den Kopf in den Sand stecken und auf ein Happyend hoffen. Leg endlich deine Scheuklappen ab, und setz dich mit dem Problem auseinander.«

»Ich setze mich damit auseinander.«

»Nein. Tust du nicht. Sonst hättest du ihn schon längst gefragt, warum er damals Victor angerufen hat.«

Sara wusste, dass Conrad Recht hatte. Sie hätte Jared fragen sollen, sobald sie die Telefonnummer in seinem Terminplaner entdeckt hatte. »Das ist nur nicht so einfach, wie du denkst.«

»Ruf ihn an. Wenn er behauptet, nie mit Victor gesprochen zu haben, wissen wir, dass er lügt.«

Sara langte über den Schreibtisch und nahm den Hörer ab. Sieben Ziffern später hörte sie es bei Jared läuten. »Mach schon! Ich weiß, dass du da bist«, murmelte sie. »Nimm endlich ab.«

»Mr. Lynchs Büro«, meldete sich Kathleen.

»Tag, Kathleen. Ich bin's. Ist er da?«

»Ich sehe mal nach. Einen Moment bitte.«

Sara war so nervös, dass sie aufstehen musste. Doch Moore packte sie an den Schultern und drückte sie wieder auf ihren Sitz nieder.

Einen Augenblick später hörte sie seine Stimme. »Sara?«

»Hast du einen Moment Zeit?« Sara gab sich Mühe, ganz ruhig zu klingen.

»Natürlich. Ist irgendwas?«

»Nein. Ich habe nur kurz eine Frage. Kennst du einen gewissen Victor Stockwell?«

»Das habe ich dir doch schon mal gesagt – nur dem Namen nach. Warum?«

»Hast du mal mit ihm telefoniert?«

Am anderen Ende der Leitung trat einen Moment Stille ein. »Nein. Warum?«

Sara sah zu Moore auf und schüttelte den Kopf. »Jared, ist gerade jemand in deinem Büro?«

»Was hast du eigentlich? Ist irgendwas?«

»Nein, nein, es ist alles in Ordnung. Ich möchte nur, dass du mir diese eine Frage beantwortest – hast du jemals mit Victor Stockwell gesprochen?«

Jared sagte kein Wort.

»Bitte, Liebling«, sagte Sara. »Das kannst du mir doch erzählen.«

»Nein, habe ich nicht«, beharrte Jared. »Warum willst du –«

Bevor er die Frage zu Ende stellen konnte, hatte Sara aufgelegt. Es versetzte ihr einen Stich ins Herz.

»Tut mir leid«, sagte Moore und legte ihr die Hand auf die Schulter.

Sara überkam ein heftiges Schwindelgefühl, und sie schloss die Augen. Nur nicht die Ruhe verlieren, redete sie sich gut zu. Dafür gibt es Hunderte logischer Erklärungen. Doch je länger sie nachdachte, desto deutlicher wurde ihr bewusst, dass ihr keine Einzige einfiel. Und als ihr das klar wurde, wusste sie, es war aus. Sie kannte ihn nicht mehr. Das Läuten des Telefons zerfetzte die Stille. Sara nahm nicht ab. Es läutete wieder. Beim dritten Läuten griff sie nach dem Hörer.

»Tu's nicht«, sagte Moore.

»Jared, ich will deine faulen Ausreden nicht hören«, sagte sie in den Hörer.

»Entschuldige. Ich hätte dich nicht belügen dürfen.«

»Ach, jetzt ändern wir die Geschichte?«

»Sara, bitte, ich sage dir die Wahrheit – ich habe einmal mit ihm gesprochen. Das ist alles.«

Sara hielt sich das andere Ohr zu und wandte sich ab. Das war sogar noch schlimmer.

»Sara? Bist du noch dran, Sara?«

»Ich bin dran«, flüsterte sie.

»Bitte sei mir nicht böse«, flehte Jared. »Ich weiß, was du jetzt denkst, aber ich hatte einen Grund dafür.«

»Ich höre.«

»Okay, es war so... Es kam folgendermaßen. So ist es dazu gekommen...«

»Wirst du mir erzählen, warum du es getan hast, oder wirst du dir ein neues Märchen aus den Fingern saugen, während du redest?«

»Sara, ich schwöre dir, ich habe ihn nur angerufen, um ihn um Hilfe zu bitten. Am Abend vor deinem ersten Arbeitstag warst du so aufgeregt, dass ich einfach etwas tun musste. Während du also deine Aktentasche gepackt hast, ging ich ins Schlafzimmer und rief Richter Flynn an. Ich weiß zwar, du magst es nicht, wenn ich andere um einen Gefallen bitte, aber du hättest dich mal sehen sollen – der Artikel in der *Times* hatte dich total kopfscheu gemacht. Das konnte ich einfach nicht mehr mit ansehen. Ich erzählte ihm, was los war, und fragte ihn, ob er mir einen Rat geben könnte. Er meinte, ich sollte dafür sorgen, dass du einen Fall bekämst. Dann telefonierte er ein bisschen herum und erzählte mir vom ECAB. Er fand heraus, dass Victor Stockwell am nächsten Tag für die Verteilung zuständig war, und er gab mir seine Telefonnummer. Daraufhin rief ich am nächsten Morgen Stockwell an. Ich erklärte ihm deine Situation und gab ihm zu verstehen, Richter Flynn wäre ihm sehr zu

Dank verpflichtet, wenn er dir helfen könnte. Er sagte, er würde sehen, was sich machen ließe, und seitdem habe ich nichts mehr von ihm gehört. Und du hattest mit einem Mal einen Fall.«

»Jared –«

»Ich weiß, was du jetzt sagen willst. Das hätte ich nicht tun sollen; ich hätte das nicht hinter deinem Rücken einfädeln sollen. Ich weiß, es war falsch. Ich wollte nur nicht, dass du schon wieder einen Rückschlag erleidest. Es bricht mir das Herz, dich so zu sehen.«

»Warum hast du mir das dann neulich nicht erzählt?«

»Das wollte ich doch! Ganz bestimmt. Aber ich hatte Angst, wenn du herausfändest, was ich getan hatte, würdest du wieder anfangen, an deinen Fähigkeiten zu zweifeln. Ich wollte nicht, dass du dein neu gewonnenes Selbstvertrauen schon wieder verlierst. Deshalb machte ich in dem Glauben, es würde nichts ausmachen, diesen saublöden Anruf. Aber offensichtlich habe ich mich getäuscht.«

»Und das ist die Wahrheit?«

»Ich sage dir doch, genau so war es. Ich würde dich nicht noch mal belügen.«

»Zwölfmal ist genug, meinst du?«

»Ich kann verstehen, wenn du mir nicht glaubst, aber nur aus diesem Grund habe ich es getan. Du hast mich vorhin mit deinem Anruf einfach überrumpelt.«

»Dann hätte ich noch eine letzte Frage. Warum hast du nie etwas gesagt, als ich Stockwell aller möglichen dubiosen Machenschaften verdächtigte? Du wusstest doch, dass mich dieser Gedanke ganz verrückt gemacht hat. Warum hast du mir nicht geholfen?«

Seine Antwort bestand nur aus einem langen Schweigen. Schließlich stammelte er: »Ich … ich weiß auch nicht. Einfach so. Tut mir Leid.«

Seine Antwort ging Sara sehr nahe. »Das ist deine ganze Begründung? *Einfach so?*«

»Sara, glaub mir. Das ist die einzige Antwort. Ich wollte dir nicht wehtun – ich wollte dir nur helfen.«

»Okay.« Sie versuchte immer noch festzustellen, ob er die Wahrheit sagte oder nicht. »Wir unterhalten uns später weiter.«

»Gut, wenn wir mehr Zeit haben.«

Sara konnte die Nervosität in Jareds Stimme nicht überhören, als sie auflegte. Sie sah Moore an.

»Und?«, fragte er.

Sara holte tief Luft. »Ich weiß nicht recht. Zum Teil denke ich, er lügt, aber zum Teil glaube ich ihm auch.«

»Bist du komplett verrückt geworden?«

»Du hast doch seine Erklärung gar nicht gehört.«

»Dann schieß los!«

Nachdem ihm Sara den Inhalt ihres Telefongesprächs geschildert hatte, sagte Moore: »Jetzt mach aber mal einen Punkt, Sara! Er hat dich schamlos belogen und so auf die Palme gebracht, dass du aufgehängt hast. Und sobald er sich eine halbwegs überzeugende Räuberpistole ausgedacht hatte, rief er dich zurück. Ich meine, du hast damals doch nur in der Zeitung von irgendwelchen Budgetkürzungen gelesen – glaubst du im Ernst, deswegen hätte er gleich Victor angerufen?« Bevor Sara dem etwas entgegenhalten konnte, fuhr Moore fort: »Würdest du mir erlauben, eure Telefonrechnung überprüfen zu lassen? Um festzustellen, ob stimmt, was Jared sagt, müssten wir nur nachprüfen, ob er am fraglichen Abend mit dem Richter telefoniert hat. Mehr ist nicht nötig.«

»Ich weiß nicht«, sagte Sara. »Bis auf einen Punkt war seine Erklärung durchaus einleuchtend. Ich glaube, ich muss ihm vertrauen.«

»Sara, sei doch nicht blöd. Er hat nicht mal –«

»Ich bin nicht blöd! Ich bin nicht auf den Kopf gefallen, Conrad. Und obwohl du denkst, du wüsstest alles über die Liebe und über die Justiz, trennen die beiden dennoch Welten. Wenn ich anfange, unsere Telefonrechnungen zu überprüfen, zerstöre ich das Einzige, was uns noch geblieben ist.«

»Lieber verschließt du also die Augen vor der Realität?«

»Bist du wirklich so borniert? Ist es das, was die Jahre hier aus dir gemacht haben? Das bedeutet keineswegs, dass ich den Kopf in den Sand stecke. Das hat etwas mit Vertrauen zu tun.«

»Ich weiß, was Vertrauen ist. Ich verstehe nur nicht –«

»Er ist mein Mann.«

Ohne zu klopfen, kam Guff mit einem dicken braunen Umschlag in den Raum.

»Warum fragst du nicht ihn?«, sagte Moore. »Ihm kannst du doch jetzt auch vertrauen, oder nicht?«

Sara gefiel Moores Taktik zwar nicht, aber sie musste zugeben, dass Jareds Geschichte Guff entlastete. Deshalb stellte sie die Freundschaft über ihre Angst und erklärte ihrem Assistenten den Sachverhalt. Als sie fertig war, begann Guff zu ihrer Überraschung zu lachen.

»Mich?«, fragte Guff. »Sie haben mich verdächtigt? Das ist die verrückteste Idee, seit Elvis Teppichboden an seine Zimmerdecke gemacht hat.«

»Sie sind nicht sauer?«

»Sara, ich mache das alles doch nicht, weil Sie meine Chefin sind. Ich mache es, weil Sie mein Amigo sind. Wenn ich jedesmal so schnell eingeschnappt wäre, wüsste ich weiß Gott bessere Möglichkeiten, mir die Zeit zu vertreiben.«

Sara konnte sich ein Grinsen nicht verkneifen. »Wenn nur alle so wären wie Sie, Guff.«

»Dann wäre die Welt ein wunderschöner Ort, finden Sie nicht auch? Aber was wollen Sie jetzt wegen des Kerls mit den eingefallenen Wangen unternehmen? Morgen beginnt der Prozess.«

»Vergiss den Kerl«, schaltete sich Moore ein. »Die Frage ist jetzt: Was wirst du wegen Jared unternehmen?«

»Conrad, könntest du bitte endlich damit aufhören? Ich weiß, du hast ein sehr starkes Interesse an der Sache, aber es geht hier nicht um dein Leben, sondern um meines. Und wenn ich es retten möchte, muss ich in den nächsten paar Stunden herausbekommen, wer der Kerl ist.«

Guff sah Moore kopfschüttelnd an. »Lassen Sie sie. Sie hat wirklich nicht mehr viel Zeit.«

Conrad verschränkte die Arme und betrachtete seine Kollegen. Das Gespräch über Jared musste vorerst warten. »Was ist in dem Umschlag?«

Guff hielt ihn hoch. »Möchten Sie Telefonnummern? Ich habe Telefonnummern. Ortsgespräche, Ferngespräche, Auslandsgespräche, Businesstarif, Schlummertarif, was Sie wollen.« Er warf den Umschlag auf Saras Schreibtisch.

Sara blätterte flüchtig in dem dicken Stoß fotokopierter Seiten. »Woher haben Sie –?«

»Die Anrufe sind ganz hinten aufgeführt«, sagte Guff.

Als Sara die Liste mit Raffertys Telefonaten überflog, stellte sie fest, dass Claire Donigers Nummer jedesmal rot umrandet war.

»Wenn es Sie beruhigt: Jared hatte vollkommen Recht. Die beiden stehen zweifellos in irgendeiner Form von Beziehung zueinander«, sagte Guff, während Sara weiter in dem Bericht blätterte. »Rafferty hat zwar behauptet, sie hätten nur ein paarmal miteinander gesprochen, aber allein für die Mordwoche wurden fast vierzig Gespräche registriert. Vier am Tag des Einbruchs, an dem Arnold Doniger unserer Meinung nach ermordet wurde, und fünf an dem Tag, an dem er laut Claire Donigers Aussagen starb. Wie dem auch sei, die beiden quatschen mehr als Lucy und Ethel.«

»Gut. Und was gibt es Neues über unseren Freund mit den eingefallenen Wangen?«

»Da treten wir weiterhin auf der Stelle.«

»Wann sollen die Fotos hier eintreffen?«, fragte Sara.

»Genau in diesem Moment«, sagte Moore mit einem Blick auf seine Uhr.

»Könntest du –«

»Bin schon unterwegs.« Moore stand auf und ging zur Tür. »Sobald sie in der Poststelle eintreffen, gehören sie uns.« Als er Saras nervösen Gesichtsausdruck sah, fügte er hinzu: »Keine Sorge. Es wird schon klappen.«

»Ich weiß nicht«, erwiderte Sara. »Was ist, wenn sie über mich und Jared Bescheid wissen?«

Moore drehte sich zu ihr um. »Mach dir da mal keine Sorgen. Sie wissen von nichts.«

Als Elliott um die Ecke bog und am Bestattungsinstitut vorbeiging, sah er, dass vor seinem Haus ein dunkelblauer Wagen stand. Sobald er darauf zuschritt, ging das Seitenfenster nach unten. Als er sich zu ihm hinabbeugte, sah er Rafferty.

»Alles in Ordnung?«, fragte Rafferty.

Elliott gefiel dieser Ton nicht. »Was sollte nicht in Ordnung sein?«

»Nur so eine Frage. Ich wollte lediglich wissen, ob du was Neues von Sara gehört hast.«

In diesem Moment wurde Elliot klar, dass etwas nicht stimmte. Entweder wusste Rafferty etwas, oder er versuchte etwas herauszubekommen. »Nur das Übliche«, sagte Elliott. »Warum? Hast du was gesehen?«

»Nur das Übliche«, erwiderte Rafferty sarkastisch. »Aber sobald der Prozess losgeht, werden wahrscheinlich die Fetzen fliegen.«

»Das würde ich gern sehen! Du musst mir alles darüber erzählen.«

»Natürlich – ich würde dich doch nie außen vor lassen.«

»Was soll das nun wieder heißen?«

»Nichts«, sagte Rafferty. »Ich möchte nur sichergehen, dass wir uns auch richtig verstehen.«

»Das war immer so und wird immer so bleiben. Wir sehen uns also, wenn alles vorbei ist.«

Rafferty nickte.

Als Raffertys Wagen losfuhr, wandte Elliott sich der Haustür zu. Lass dich bloß nicht von ihm nervös machen, sagte er sich. Es wird schon klappen. In seiner Wohnung ging er direkt ins Wohnzimmer und öffnete das Vorhängeschloss der Truhe, die ihm als Couchtisch diente. Er klappte den Deckel der Truhe hoch und nahm eins von sechs Paar Schaufensterpuppenhänden aus Plastik heraus. Auf die Stümpfe des Händepaars war mit schwarzer Tinte der Name WARREN EASTHAM geschrieben.

Elliott trug die Hände in die Küche und stellte sie aufrecht auf den Tisch. Dann krempelte er sich gewissenhaft die Ärmel hoch und streifte die transparenten, hauteng sitzenden Gummihandschuhe ab, die mit den Fingerabdrücken eines Mannes versehen waren, der fast acht Monate tot war. Und in dem Moment, in dem er die Handschuhe auf ihre Plastikhalterungen streifte, kehrte Warren Eastham ins Reich der Toten zurück, während Elliott wieder zum Leben erwachte.

»Wo bleibt er nur?« Sara blickte vom Entwurf ihres Eröffnungsplädoyers auf. »Er ist schon fast zwanzig Minuten weg.«

»Waren Sie schon mal in der Poststelle?«, fragte Guff, der gerade die Zeugenunterlagen zusammenstellte. »Es dauert mindestens anderthalb Monate, wenn man dort vorzeitig eine Sendung bekommen will.«

»So viel Zeit habe ich aber nicht!«

»Wir tun unser Bestes, Sara. Das wissen Sie.« Um das Thema zu wechseln, griff Guff nach dem Hochzeitsfoto, das auf Saras Schreibtisch stand. »Hatten Sie und Jared eine große Hochzeit?«

»Groß? Sie war gigantisch. In Jareds Familie gibt man sich nicht mit Halbheiten ab.«

»Dann kennen Sie also seine ganze Verwandtschaft? Sie haben also nicht irgendwelche Geheimnisse voreinander?«

Sara blickte von ihrem Entwurf auf und sah ihren Assistenten an. »Sie verfolgen damit doch irgendwelche Hintergedanken, oder nicht?«

»Hintergedanken würde ich es nicht nennen – es ist nur so, dass Conrad für so etwas in der Regel einen verdammt guten Riecher hat. Dazu kommt noch, dass Jareds Story ...«

»Ich muss zugeben, sie hat einige Löcher. Aber für jedes gibt es eine Erklärung.«

»Nein, Sie haben Recht. Vergessen Sie, was ich gesagt habe. Sie müssen ihm vertrauen.«

Sara, die sich wieder ihrem Entwurf zuwandte, fragte: »Was ist eigentlich mit Conrad? Glauben Sie, ich kann ihm vertrauen?«

»Auf jeden Fall. Conrad würde nie –«

»War ja nur eine Frage. Ich meine, wenn wir schon mal das Mikroskop rausholen, können wir jeden unter die Lupe nehmen.«

»Sie glauben also, Conrad steckt mit Victor Stockwell unter einer Decke?«

»Eigentlich denke ich überhaupt nicht, dass jemand mit Stockwell unter einer Decke steckt. Aber man muss sich doch fragen, warum mich Conrad unbedingt daran hindern will, mit Jared zu sprechen.«

»Die Antwort darauf wissen wir, glaube ich, alle.«

»Schon möglich. Trotzdem sollte man sich mal Gedanken darüber machen. Apropos ...« Sie zog ihr Rolodex zu Rate und griff nach dem Telefon.

»Wen rufen Sie an?«

»Unseren speziellen Freund von der Gerichtsmedizin«, antwortete sie, während sie wählte.

»Großartig«, sagte Guff. »Dann werde ich in der Zwischenzeit noch ein paar Anrufe erledigen.« Sara nickte ihrem Assistenten zu, und Guff verließ den Raum.

»Hier Fawcett.«

»Tag, Dr. Fawcett, hier ist Sara Tate von der Staatsanwaltschaft. Ich wollte Sie nur noch mal daran erinnern, mir vor dem Prozess eine Kopie des Obduktionsbefunds vorbeizuschicken – ich muss ihn als Beweismittel vorlegen, und meiner ist voll mit Eintragungen.«

»Haben Sie meinen Abschlussbericht denn noch nicht bekommen? Ich habe ihn Ihnen schon vor Wochen zugeschickt. Per Fahrradboten.«

»Tatsächlich?«, fragte Sara ungläubig.

»Ja, ganz bestimmt. Aber es ist natürlich überhaupt kein Problem, Ihnen noch mal eine Kopie anfertigen zu lassen, obwohl –«

»Guff, haben Sie einen Fahrradboten in Fawcetts Büro geschickt?«, rief Sara nach ihrem Assistenten und hielt die Sprechmuschel zu.

Guff steckte den Kopf zur Tür herein. »Ich nicht.«

Sara schüttelte den Kopf. »Eine ganz andere Frage: Ist es möglich Fingerabdrücke zu fälschen?«

»Was genau meinen Sie mit ›fälschen‹?«

»Braucht man tatsächlich die Hand einer anderen Person, um ihre Fingerabdrücke auf einem Gegenstand zu hinterlassen?«

»Vor ein paar Jahren wäre die Antwort noch ja gewesen. Aber heute nicht mehr. Das Schöne ist, heutzutage ist alles möglich. Wenn ich irgendwo Ihre Fingerabdrücke hinterlassen möchte, benötige ich nur ein Blatt Papier mit einer Kopie Ihres Fingerabdrucks. Diese fotokopiere ich dann und drücke ein Stück Fingerabdruckfolie auf die Kopie, solange sie noch heiß ist. Und zum Schluss ziehe ich die Folie wieder ab.«

»Von der Kopie?«

»Von der Kopie. Manchmal verwendet man zum Abnehmen von Fingerabdrücken sogar Toner für Kopiergeräte. Sobald ich den Abdruck auf die Folie übertragen habe, kann ich diese Folie auf jeden beliebigen Gegenstand drücken. Simsalabim – Sie sind überall, wo ich will.«

»Aber was ist, wenn man keine Folie benutzt? Ginge es auch ohne? Könnte jemand zum Beispiel neben den eigenen Fingerabdrücken auch noch die anderer Personen benutzen?«

Am anderen Ende der Leitung trat eine längere Pause ein, bis Fawcett sagte: »Wenn Sie wollten, könnten Sie es mit Gummihandschuhen machen. Dafür müssten Sie die Handschuhe zwar immer etwas feucht halten, aber es wäre durchaus möglich.«

»Das verstehe ich nicht.«

»Echte Fingerabdrücke weisen normalerweise Spuren von Schweißdrüsenabsonderungen oder irgendwelche anderen Verunreinigungen wie Fett oder Staub auf. Aber wenn Sie die Handschuhe regelmäßig ablecken oder mit Öl einreiben, sähe es so aus, als wären es echte Fingerabdrücke. Der eigentliche Trick bei der Sache ist natürlich, die Originalfingerabdrücke zu kopieren, aber unmöglich ist es, wie gesagt, nicht. Warum? Wollen Sie sich so ein Paar Handschuhe machen?«

»Nein, ich will so ein Paar Handschuhe *finden*.«

Zehn Minuten später kehrte Conrad Moore mit einer Schachtel in Saras Büro zurück und stellte sie auf ihren Schreibtisch. »Hier ist unsere neueste letzte Chance.«

Als Sara sich von ihrem Sitz erhob, sah sie, dass die Schachtel Tausende sauber geordneter Fotos enthielt. Jedes zeigte einen Mann in Uniform vor einer amerikanischen Flagge.

»Kozlow war in Fort Jackson in South Carolina stationiert«, erklärte Moore. »Etwa nach der Hälfte der Grundausbildung bekam er Streit mit einem anderen Rekruten und wurde kurz darauf entlassen. Anscheinend war er nicht bereit, die Konsequenzen seiner Anpassungsschwierigkeiten zu tragen.«

»Und wer ist auf diesen Fotos?«, fragte Sara, als sie die Bilder durchzusehen begann. »Jeder aus seiner Gruppe?«

»Gruppe?« Moore sah sie erstaunt an. »Bist du mit militärischer Terminologie vertraut? Eine Gruppe besteht aus zwei oder drei Mann, ein Trupp aus neun, ein Zug aus drei oder vier Trupps, eine Kompanie aus drei oder vier Zügen, ein Bataillon aus fünf Kompanien, eine Brigade aus zwei Bataillonen und eine Division aus drei Brigaden, was etwa fünftausend Mann entspricht.«

Sara sah auf die Unmengen von Fotos auf ihrem Schreibtisch hinab. »Sind das dann alle aus seiner Brigade?«

»Es sind alle, die in Fort Jackson waren, als Kozlow dort war. Und der erste Packen enthält alle, die in seiner Grundausbildungskompanie waren. Wenn du genau hinsiehst, findest du vielleicht den Kerl mit den eingefallenen Wangen.«

Sara begann den ersten Packen Fotos durchzusehen. »Das hat doch keinen Sinn! Sieh dir mal diese Typen an – sie sehen alle gleich aus. Brust raus, Bürstenschnitt; Brust raus, Bürstenschnitt; Brust raus, Bürstenschnitt. Nach den ersten zehn fängst du an durchzudrehen. Genauso gut könnte ich auch High-School-Jahrbücher oder sonst was Idiotisches durchsehen.«

Als Sara nach dem nächsten Packen Fotos griff, kam Guff, mit einem Fax wedelnd, in das Büro gestürmt. »Fangen Sie schon mal an, Ihre Dankesschreiben aufzusetzen, meine Damen und Herren, denn Guff hat Ihnen wieder mal die Kastanien aus dem Feuer geholt!«

Moore bedachte Guff mit einem skeptischen Blick. »Na, hoffentlich übertreiben Sie nicht.«

»Ganz und gar nicht. Ganz und gar nicht.« Er blickte auf das Fax hinab. »Während Sie sich seine militärische Vergangenheit vorgenommen haben, habe ich das Pferd von hinten aufgezäumt und mich mit der Gegenwart beschäftigt. Ich habe die Namen der zwei Kerle, deren Fingerabdrücke der Kerl mit den eingefallenen Wangen hinterlassen hat, in das BCI eingegeben. Sol Broder und Warren Eastham haben fast nichts gemeinsam. Sie wurden nicht in denselben Städten geboren, waren nicht beim Militär, wohnten nicht in der Nähe und kannten sich vermutlich auch nicht. Nur eines hatten sie gemeinsam: Beide waren Kriminelle. Also habe ich ihre Vorstrafenregister unter die Lupe genommen – was sie ausgefressen haben, wann sie festgenommen wurden, wer ihre Anwälte waren, wo sie ihre Haftstrafen abgesessen haben – egal was, ich habe es nachgeprüft. Trotzdem kam nichts dabei heraus. Sowohl Broder als auch Eastham haben oben in Hudson eingesessen, aber Broder war vor vier Jahren dort, Eastham vor zwei Jahren. Sie waren nie gleichzeitig da.«

»Und wie sieht nun Ihre bahnbrechende Erkenntnis aus?«, fragte Moore ungeduldig.

»Meine bahnbrechende Erkenntnis ist, dass ich inzwischen weiß, was das Einzige ist, was Broder und Eastham gemeinsam hatten: Als Sol Broder in Hudson entlassen wurde, kam Warren Eastham in seine alte Zelle.«

»Na und?«, fragte Moore.

»Das heißt, sie hatten denselben Zellengenossen«, sagte Sara.

»Genau«, bestätigte Guff grinsend. »Und dieser Zellengenosse ist …« Guff hielt das Fax mit dem Foto eines Sträflings hoch. Es war unscharf, aber es war eindeutig der Kerl mit den eingefallenen Wangen. Sara machte große Augen.

»Das ist er!«, entfuhr es ihr, und sie riss Guff das Fax aus den Händen. »Das ist der Kerl, der mich bedroht hat.«

»Unglaublich«, sagte Moore. »Dafür werden Sie zum Mitarbeiter des Monats ernannt.«

»Schon eher des Jahres«, sagte Guff.

»Und wer ist der Kerl?«, fragte Sara, die das Bild immer noch betrachtete.

»Er heißt Elliott Traylor. Mehr wissen wir im Moment nicht, aber geben Sie mir eine Stunde Zeit, und wir finden auch den Rest heraus.«

»Da hätten wir's.« Guff stand mitten in Saras Büro und las aus einer Akte vor. »Das Leben und die Vergangenheit Elliott Traylors. Geboren wurde er in Queens, New York, als Sohn von Phyllis Traylor, die ihn allein großzog.«

»Was wurde aus seinem Vater?«, wollte Sara wissen.

»Ein Vater ist hier nicht erwähnt«, sagte Guff. »Der Junge wuchs unter relativ ärmlichen Verhältnissen in Queens auf, und seine Mutter arbeitete sowohl als Sekretärin wie als Kellnerin. Aber jetzt wird es interessant! Ihren Steuerunterlagen zufolge arbeitete Elliotts Mutter für eine Firma namens StageRights Unlimited. Und das war der ursprüngliche Name von – Sie haben völlig richtig geraten –«

»Echo Enterprises«, sagte Moore.

»Wollen Sie mich auf den Arm nehmen«, fragte Sara.

»Warten Sie, es kommt noch besser! Als sie bei StageRights war, war Phyllis Traylor die Sekretärin von Mr. Arnold Doniger. Aber ihren Sozialversicherungsunterlagen zufolge wurde sie ein paar Monate vor Elliotts Geburt bei StageRights entlassen.«

»Das muss mindestens fünfundzwanzig bis dreißig Jahre her sein«, sagte Sara. »Lebt sie noch?«

»Nein, sie ist vor sieben Jahren an Lungenkrebs gestorben. Elliott besuchte in Queens die High-School und bekam ein Stipendium für ein Ingenieurstudium am Brooklyn College. Seinen Noten zufolge muss er ein richtiges Wunderkind gewesen sein, aber der Tod seiner Mutter setzte ihm offensichtlich schwer zu. Er war damals gerade das erste Jahr auf dem College.«

»Weswegen war er im Gefängnis?«, fragte Moore.

»Schwerer sexueller Missbrauch und schwere Körperverletzung. Wie es scheint, hatte er mit einer Frau, der er den Hof machte, gewisse Meinungsverschiedenheiten. Sie schrie, sie würde vergewaltigt, worauf er sie ins Gesicht schlug und ihr den Unterkiefer brach. Zum Glück hat es jemand gehört und die Polizei verständigt. Der Akte zufolge, die wir über ihn haben, ist er ziemlich brutal. Und clever.«

»Das Ingenieurstudium könnte die Fingerabdrücke erklären«, sagte Sara.

»Trotzdem verstehe ich eines nicht«, sagte Moore. »Was springt für diesen Traylor dabei heraus, wenn Kozlow für schuldig befunden wird?«

»Vielleicht ist er noch sauer, weil seine Mutter damals gefeuert wurde«, schlug Guff vor.

»Das glauben Sie doch selbst nicht«, sagte Sara. »Wegen so was geht man doch nicht solche Risiken ein.«

»Vielleicht hat ihn jemand angeheuert, der aus einem anderen Grund etwas gegen Kozlow und Rafferty hat.«

»Nein, jetzt verlieren Sie sich in Hirngespinsten«, sagte Moore. »Wenn Traylor hier mitmacht, muss er in irgendeiner Form davon profitieren. Immerhin geht es hier um eine Firma, die gut und gern ihre fünfzig Millionen Dollar wert ist.«

»Darf ich Sie dann vielleicht Folgendes fragen«, sagte Guff, der sich zu Sara auf die Couch setzte. »Wenn Rafferty das Geld nicht kriegt, wer bekommt es dann?«

»Laut Testament Arnold Donigers Erben.«

»Heißt das, Claire Doniger?«, fragte Guff verwirrt.

»Nein, im Testament steht ausdrücklich, dass Claire Doniger nichts bekommt, und da sie in ihrem Ehevertrag auf sämtliche Ansprüche verzichtet hat, geht alles an seine anderen noch lebenden Verwandten. Zuerst werden sie Nachforschungen anstellen, ob er irgendwelche Kinder hatte, dann werden sie –«

»Augenblick, bitte«, sagte Moore. »Was ist, wenn Arnold Doniger einen Sohn hatte, von dem er nichts wusste?«

»Wie sollte jemand einen Sohn haben, von dem er –« Sara lief plötzlich ein kalter Schauder den Rücken hinunter. »O mein Gott. Du meinst, Elliott Traylor –«

»Klar, warum nicht? Das wäre das Einzige, was einen Sinn ergäbe.«

»Einen Augenblick mal«, sagte Guff. »Sie glauben, Elliott Traylor ist Arnold Donigers Sohn?«

»Ja, das glaube ich«, erwiderte Sara. »Nehmen Sie doch mal die einzelnen Fakten: Elliotts Mutter arbeitet fünf Jahre als Donigers Sekretärin. Im Lauf der Zeit entspinnt sich zwischen den beiden einer kleine Büroromanze und Arnold beginnt sich hinter dem Rücken seiner ersten Frau anderweitig zu vergnügen. Dann die schlechte Nachricht – Elliotts Mutter ist schwanger. Sechs Monate vor der Entbindung setzt Doniger sie auf die Straße. Er hat zwar massenhaft Geld, aber er ist nicht bereit, sich seine Ehe, seinen Ruf und seinen Lebensstandard durch ein uneheliches Kind ruinieren zu lassen.«

»Ich bin ganz deiner Meinung«, sagte Moore. »Sechs Monate später wird Elliott geboren. Seine Mutter hat keinen Job, kein Geld und, wie aus der Geburtsurkunde hervorgeht, keinen Mann. Als Elliott alt genug ist, erzählt ihm seine Mutter die Geschichte von seinem Vater, und in der Folge entwickelt Elliott starke Hassgefühle gegen den Mann, der seine Existenz zu leugnen versucht. Als sich schließlich eine Gelegenheit bietet, an Papas Geld zu kommen – sein rechtmäßiges Erbe –, will sich Elliott diese Chance natürlich nicht entgehen lassen.«

»Er muss auf jeden Fall in irgendeiner Form an der ganzen Sache beteiligt sein«, sagte Sara. »Dazu ist er viel zu gut über alle Einzelheiten des Falls informiert.«

»Glauben Sie, er war auch an Donigers Ermordung beteiligt?«

»Nur so ließe sich erklären, warum er von dem Weinkeller weiß«, führte Sara an. »Er könnte Donigers Tod gemeinsam mit Rafferty geplant haben. Rafferty bekommt das Geld, Elliott seine Rache. Doch als Kozlow verhaftet wird und ihr Plan schief zu gehen droht, merkt Elliott, dass für ihn bei dem Ganzen wesentlich mehr herausspringen könnte als nur die Aufarbeitung seines Ich-hasse-Papa-Komplexes. An diesem Punkt wechselt er die Seiten, stellt sich gegen Rafferty und macht Druck auf mich, dass ich gewinne.« Als Sara die volle Tragweite ihrer Argumentation bewusst wurde, sank sie angewidert in ihren Sessel zurück. »Das heißt, Elliott hat den Tod seines eigenen Vaters geplant.«

»So etwas ist zwar schwer nachzuvollziehen«, sagte Moore, »aber es kommt immer wieder vor.«

»Aber es war sein Vater«, sagte Sara verständnislos. »Wie kann man seinen eigenen Vater umbringen?«

»Indem man Tony Kozlow damit beauftragt, ihm eine Überdosis Insulin zu verpassen.«

»Da wäre nur ein kleines Problem«, sagte Guff. »Falls Elliott an Donigers Ermordung beteiligt war, gilt dann das Mörderstatut nicht auch für ihn.«

»Natürlich«, sagte Sara. »Aber das heißt nicht, dass er kein geldgieriger kleiner Drecksack ist. Im Übrigen lässt sich Elliotts

Beteiligung an Donigers Tod nur nachweisen, wenn Rafferty ihn verpfeift. Aber sobald Rafferty das tut, gibt er auch zu, dass er daran beteiligt war.«

»Was er nie tun wird«, flocht Moore ein. »Denn wenn er es täte, bekäme er keinen Cent von Donigers Geld zu sehen.«

»Genau«, sagte Sara.

»Glauben Sie?«, fragte Guff skeptisch. »Mir scheint das alles ein bisschen weit hergeholt.«

»Ganz und gar nicht«, sagte Sara. »Sie würden sich wundern, wozu manche Menschen imstande sind, wenn es um ihre Familie geht.«

»Oder nicht imstande sind«, ergänzte Moore. »Wie zum Beispiel, ihren Mund zu halten.«

»Aber ein bizarrer Ödipuskomplex? Wie hoch ist die Wahrscheinlichkeit –«

»Das spielt doch gar keine Rolle«, unterbrach Sara ihn. »Ganz unabhängig davon, was Sie denken: Elliott Traylor ist eindeutig der Mann, den wir suchen.«

»Und was machen wir jetzt?«, fragte Guff.

»Ganz einfach«, sagte Sara. »Schon mal was von einem Häftlingsdilemma gehört?«

Um neun Uhr abends packten Sara, Conrad Moore und Guff ihre Sachen. »Glauben Sie wirklich, es klappt?«, fragte Guff, als er in seine Jacke schlüpfte.

»Es kann nicht schief gehen«, sagte Sara und steckte zwei Schreibblöcke in ihre Aktentasche.

»Und ob es schief gehen kann«, sagte Moore. »Wenn du es Jared erzählst, und Jared erzählt es Victor Stockwell …«

»Fang bitte nicht wieder damit an.«

»Dann erzähl es ihm auch nicht. Der Plan klappt nur, wenn wir alle dichthalten. Das heißt, niemand sollte etwas davon erfahren – vor allem dein Mann nicht.«

»Warum bist du so fest davon überzeugt, dass Jared mit Victor Stockwell unter einer Decke steckt? Warum sollte er mir so etwas antun?«

»Ich habe dir schon mal gesagt: Vielleicht kennst du ihn nicht so gut, wie du glaubst. Was ist, wenn er und Victor gemeinsame Sache machen und Fälle unterschlagen? Wenn wir annehmen, Victor tut es wegen des Geldes, dann braucht er trotzdem jemanden, der ihm hilft, an reiche Angeklagte heranzukommen – und als aufstrebender junger Anwalt in einer renommierten Kanzlei ist Jared dafür der ideale Mann. Das ist auch der Grund, warum er keine Mandanten akquiriert; sie tauchen alle nicht offiziell in den Büchern auf.«

»Das ist völlig ausgeschlossen.«

»Wirklich? Bist du da so sicher? Überleg doch mal, Sara! Jeder hat mal eine schwache Stunde. Er braucht nur einen kleinen Schubs: Er ist mit seiner beruflichen Situation unzufrieden; er hat seine winzige Zweizimmerwohnung satt; er braucht Geld; er hat Schwierigkeiten, Teilhaber zu werden –«

»Ich will nichts mehr davon hören«, sagte Sara, die sich gerade damit abmühte, einen Ordner in ihrer Aktentasche unterzubringen. Als sie merkte, dass er nicht hineinging, fügte sie hinzu: »Was ist nur los mit diesem blöden Ding?«

»Nur keine Hektik«, sagte Guff und half ihr mit dem Ordner.

»Wenn du Jared etwas davon erzählst, Sara, und wenn er auf der anderen Seite steht, geht für uns der Schuss nach hinten los. Dann sitzen wir da und denken, alles läuft bestens, und plötzlich, aus heiterem Himmel, BUMM!« Das Geräusch, das Moore machte, ließ Sara zusammenfahren. »Und ehe du dich's versiehst, sind wir erledigt.« Die Stille, die sich nun über den Raum legte, verlieh seinem Argument zusätzliches Gewicht.

»Aber wenn Jared nichts weiß –«

»Es kann ihm auf keinen Fall etwas passieren, Sara. Ich verlange wirklich nicht viel von dir. Du brauchst ihn keineswegs zu belügen; ich möchte nur, dass du den Mund hältst. Andernfalls laufen wir Gefahr, dass unsere ganze Mühe umsonst war.«

Sara wandte sich Guff zu. »Was meinen Sie?«

»Ich weiß nicht. Ich kann Conrads Standpunkt zwar verstehen, aber zugleich finde ich auch, sobald Sie an Jared zu zweifeln beginnen, gibt es kein Zurück mehr.«

»Jetzt machen Sie doch nicht gleich wieder so ein Drama

daraus«, sagte Moore. »Nur ein kleines Geheimnis – nicht mehr. Also, was sagst du?«

»Ich weiß nicht recht«, sagte Sara. »Mal sehen, wie es heute Abend läuft.«

Eine halbe Stunde nachdem Sara nach Hause gekommen war, saß sie vor dem Computer und starrte auf den leeren Bildschirm. Als sie die Wohnung betreten hatte, hatte sie damit gerechnet, ihren Mann in der Küche beim Kochen oder im Schlafzimmer am Computer vorzufinden. Doch zu ihrer Überraschung stellte sie fest, dass keines von beiden zutraf. Fest entschlossen, Jareds Abwesenheit auszunutzen, schlüpfte sie rasch aus ihrem Kostüm und in ein T-Shirt und eine Trainingshose und zog sich einen Stuhl an den Computer. Jetzt ist der Moment der Entscheidung gekommen, dachte sie. Bevor er nach Hause kommt.

Sie wägte die einzelnen Argumente sehr sorgfältig gegeneinander ab und versuchte, zu einer Lösung zu kommen. Tief in ihrem Innern wollte sie Jared glauben. Im Grunde genommen hatte sie gar keine andere Wahl. Doch je länger sie allein in der stillen Wohnung saß und je öfter sie auf ihre Uhr sah und sich fragte, wo Jared steckte, desto mehr begann sie an ihm zu zweifeln. Und je mehr sie an ihm zu zweifeln begann, desto einleuchtender erschienen ihr Conrads Argumente. Sie musste Jared nicht einmal belügen – sie brauchte ihm nur nichts zu sagen.

Als sie merkte, dass sie sich immer weiter in Rationalisierungen verstrickte, überlegte sie, was Pop in dieser Situation täte. Er würde die Wahrheit sagen, dachte sie. Und Jareds Eltern? Sie würden lügen. Und ihre eigenen Eltern? Was täten sie? Sara ging zur Kommode, griff nach dem Foto ihrer Eltern und setzte sich aufs Bett. Es war ein altes Foto, aufgenommen an dem Tag, an dem Sara die Aufnahmebestätigung fürs Hunter College erhalten hatte. Ihr Vater war so stolz gewesen, dass er, als sie diesen Anlass in dem kleinen Restaurant um die Ecke feierten, das Bestätigungsschreiben des Colleges mitnahm und dem Kellner zeigte. Dann machte er ein Foto von Sara mit dem Schreiben. Und von seiner Frau mit dem Schreiben. Und sogar vom Kellner mit dem Schreiben. Schließlich nahm Sara die Kamera und sagte: »Wie wär's, wenn auf dem nächsten auch mal ein paar Leute drauf sind?« Und blitzschnell hatte Saras Vater den Arm um ihre Mutter geschlungen und ihr voller Zuversicht die Hand auf die Schulter gelegt. Bei drei hatte Sara auf den Auslöser gedrückt.

Inzwischen, mehr als zehn Jahre später, hatte Sara dieses Bild sehr lieb gewonnen. Nicht, weil es besonders gut war, und nicht, weil ihre Eltern so schön darauf aussahen. Sie mochte es, weil sie, jedesmal wenn sie es ansah, an diesen Tag erinnert wurde – an das Bestätigungsschreiben des Colleges, an den Stolz ihres Vaters, an den Kellner, an das Essen und, was das wichtigste war, an die Menschen, die dabei waren.

Das Klicken der Türschlösser riss Sara aus ihren Erinnerungen. Endlich kam Jared nach Hause. Sie strich mit dem Daumen über das Glas über dem Foto ihrer Eltern. Zeit, sich von den Lektionen des Todes abzuwenden und denen des Lebens zuzuhören.

Als Jared in den Raum stürmte, konnte sie genau sagen, dass er sich bereits eine Entschuldigung zurechtgelegt hatte. Sicher würde er sofort an den Computer stürzen, um zu schreiben, warum er so spät nach Hause kam und wo er gewesen war und warum sie ihm wegen Victor Stockwell glauben musste. Doch bevor er auch nur das Bett erreicht hatte, stellte sich ihm Sara in den Weg. Jared nagte an seiner Unterlippe. Er machte einen nervösen, fast hektischen Eindruck. Es würde ihr bestimmt nicht schwer fallen, ihr Geheimnis für sich zu behalten, dachte sie. Sag einfach kein Wort. Sie setzte sich an den Computer, öffnete ihre Fäuste und überwand ihre Unschlüssigkeit. Blick nicht zurück, sagte sie sich. Sondern immer nur nach vorn. Und als ihre Finger über die Tastatur tanzten, machte Sara Tate ihren Vertrauenssprung. Über ihre Schulter hinweg las Jared die Wörter: »*Unser Plan sieht folgendermaßen aus ...*«

Er saß auf einem ausgesonderten Milchflaschenkasten im Keller und blickte aufmerksam auf den Monitor, der auf zwei weiteren Trägern stand und den dunklen Raum in einen künstlichen blauen Lichtschein tauchte. Als er die ersten Wörter über den Bildschirm huschen sah, musste er über seine Findigkeit grinsen. Das Kabel anzuzapfen war nicht schwer gewesen, aber die genaue Lage des Lüftungsrohrs der Gaszentralheizung herauszubekommen hatte einige Zeit gedauert. Doch sobald er es einmal hatte, brauchte er von dem Loch in der Wand nur noch ein Senkblei in den Keller hinabzulassen. Um das Kabel dort hinunterzubekommen, war nicht mehr nötig als ein Dichtungsring an einer Schnur. Ansonsten hatte er sich lediglich vergewissern müssen, dass niemand zu Hause war, und das war genauso einfach gewesen wie herauszubekommen, dass sie sich in Brooklyn treffen wollten. Zu diesem Zweck hatte er nur wissen müssen, wo er nachzusehen hatte. Und mit wem er sprechen musste. Langsam füllte sich der Bildschirm mit Saras Plan. Und während Elliott Wort für Wort mitlas, nickte er sich selbst zu. Es bestand kein Grund zur Besorgnis. Sara, Rafferty, alle – sie würden ihm voll ins Messer laufen.

18

Am Tag des Prozessbeginns, um halb sieben Uhr morgens, saßen Sara und Jared am Küchentisch und sahen sich stumm an. Sara hatte sich zwar ihr Lieblingsfrühstück gemacht, eine riesige Schale Apple Jacks und ein hohes Glas Orangensaft, aber sie hatte es kaum angerührt. Egal, wie gut sie sich auf diesen Tag vorbereitet hatte, egal wie gründlich sie über alles nachgedacht hatte, sie konnte sich des Gefühls nicht erwehren, dass noch mehr zu tun gewesen wäre. Wie Conrad sie am Vorabend gewarnt hatte, gab es nichts Schlimmeres als die Nervosität am ersten Verhandlungstag. Daran konnten auch Erfahrung und noch so gründliche Vorbereitungen nichts ändern.

Jared, der seiner Frau gegenübersaß, plagten die gleichen Ängste. Vor zehn Minuten hatte er sich zwei Scheiben Roggentoast ohne Rinde gemacht. Aber er hatte nur einen Bissen davon hinunterbekommen. Seit er bei Wayne & Portnoy angefangen hatte, war er an mindestens zwanzig verschiedenen Prozessen beteiligt gewesen. Bei sieben hatte er selbst die Verantwortung getragen. Und obwohl er schon Dutzenden skeptischer Geschworener gegenübergetreten war, ging es ihm am ersten Verhandlungstag immer gleich: kein Appetit, nervöser Magen, stechende Nackenschmerzen. So fühlte er sich jedesmal, wenn ein Prozess anfing, und so fühlte er sich jetzt, als er seine Frau ansah.

Nachdem Sara ihre Frühstücksflocken und den Orangensaft beiseite geschoben hatte, zog sie einen Stift heraus und kritzelte ein paar aufmunternde Worte auf Jareds Zeitung. »Alles Gute, mein Liebling. Bis dann, vor Gericht.« Dann gab sie ihm, so leise sie konnte, einen zärtlichen Kuss auf die Stirn. Eine Minute später war sie gegangen.

Als Jared aufstand, um seinen Toast wegzuwerfen, läutete das Telefon. »Hallo«, meldete er sich.

»Gut sieht sie heute aus«, sagte Rafferty. »Schickes Kostüm, elegante Schuhe, kein Schmuck. Alles sehr auf Wirkung bedacht.«

»Lassen Sie bloß die Finger von ihr!«

»Hören Sie auf, mir zu drohen – das geht mir auf den Sack.«

»Wo sind Sie?«, fragte Jared.

»In meinem Wagen. Direkt vor Ihrer Tür. Ich bin hier, um Sie ins Gericht mitzunehmen.«

»Ich brauche keine –«

»Das ist kein Angebot, Jared. Kommen Sie runter! Sofort.«

Rasch nahm Jared seinen Mantel aus dem Schrank und griff sich seine Aktentasche. Er hatte zwar damit gerechnet, dass Rafferty ihm vor Prozessbeginn noch ein paar letzte Anweisungen erteilen würde, aber er hatte nicht gedacht, dass er so früh käme.

Draußen herrschte ein typischer New Yorker Wintermorgen: bitter kalt, keine Sonne, grauer Himmel. Als Jared die Tür von Raffertys Wagen öffnete, sah er, dass außer Rafferty auch Kozlow auf ihn wartete.

»Der große Tag ist gekommen«, sagte Kozlow. »Wie sehe ich aus?«

»Es geht so«, sagte Jared und nahm den Anzug, den sie für die Grand Jury gekauft hatten, in Augenschein. »Vergessen Sie nicht, die Brille aufzusetzen.«

»Habe ich hier«, sagte Kozlow und klopfte auf seine Brusttasche. »Nur keine Angst.«

Als Jared im Fond der Limousine Platz nahm, spürte er, wie Rafferty ihn eisig anstarrte. Jared versuchte das ungute Gefühl, das sich in seinem Magen breit machte, zu ignorieren und fragte: »Alles okay?«

»Ich wollte sehen, wie es Ihnen geht.«

»Dann freut es Sie wahrscheinlich zu hören, dass ich gestern Abend noch fündig geworden bin. Ich habe ihre Fragen an Claire Doniger und Officer McCabe gesehen, ich habe ihr Eröffnungsplädoyer gelesen, und ich habe einen Blick in die Beweismittelliste geworfen. Wir stehen recht gut da – inzwischen sind wir auf alles vorbereitet, was sie anführen könnte.«

»Was ist mit der Auswahl der Geschworenen?«

»Halten Sie mich für einen totalen Anfänger? Ich weiß genau, welchen Typ ich brauche: weiblich, weiß, mit College-abschluss – und möglichst liberal. Sie sehen den Angeklagten viel nach. Und sie hassen Anwältinnen.«

»Und Ihre Frau? Wen wird sie aussuchen?«

»Machen Sie sich wegen meiner Frau mal keine Gedanken. Sie hat noch nie selbst Geschworene ausgesucht. Ich bin zwar sicher, Moore hat ihr ein paar Tips gegeben, aber die Auswahl bleibt trotzdem ihr allein überlassen.«

»Sie glauben also, dass Sie alles unter Kontrolle haben?«, fragte Kozlow. »Sie glauben, Ihre Gewinnchancen stehen gut?«

»Bei einem Strafprozess gelten andere Regeln als beim Wetten«, antwortete Jared. »Entweder die Geschworenen kaufen Ihnen den Quatsch ab, den Sie ihnen anzudrehen versuchen, oder sie durchschauen Sie und schicken Sie auf den Mond.«

»Nun, dann hoffe ich, sie nehmen Ihnen Ihren Quatsch ab«, warnte Rafferty.

»Hören Sie, auf Ihre –«

»Nein, Sie sind derjenige, der hier zuhört«, schnitt ihm Rafferty das Wort im Mund ab. »Ich will hier nichts mehr davon hören, dass Sie keine Aussagen über unsere Gewinnchancen machen können. Und ich will auch nicht hören, dass Sie sich, was den Ausgang der Verhandlung angeht, nicht sicher sind. Ich will nur von Ihnen hören, dass Sie diesen Fall gewinnen. Genau besehen, ist das sogar, was ich von Ihnen erwarte. Ich möchte Sie sagen hören: ›Rafferty, wir gewinnen diesen Fall.‹«

Jared schwieg.

»Sagen Sie es! Sprechen Sie es mir nach«, verlangte Rafferty. »Rafferty, wir gewinnen diesen Fall. Es ist überhaupt keine Frage, dass ich diesen Prozess für Sie gewinnen werde.«

Noch immer sagte Jared kein Wort.

»Bist du taub, oder was?«, fuhr Kozlow Jared an und drückte ihm den Daumen auf die Wunde an seinem Kinn. »Sag schon endlich diesen blöden Satz!«

Jared sah Rafferty finster an und knurrte: »Rafferty, wir

gewinnen diesen Fall. Es ist überhaupt keine Frage, dass ich diesen Prozess für Sie gewinnen werde.«

»Das nenne ich gute Neuigkeiten, Mr. Lynch«, sagte Rafferty. »Genau das wollte ich hören.«

Sara stand vor dem Gerichtssaal und hielt nervös nach Conrad Moore Ausschau. Obwohl sie erst in zwanzig Minuten verabredet waren, betrachtete sie es schon seit längerem als Selbstverständlichkeit, dass Conrad immer etwas früher kam. Und wenn er nicht früher kam, kam er in ihren Augen zu spät. Das Warten machte sie so unruhig, dass sie auf die Damentoilette ging und das Wasser laufen ließ, bis es warm war. Dann hielt sie fast eine Minute lang die Hände darunter. Diesen Trick hatte ihr Pop vor ihrem ersten Vorstellungsgespräch in einer Kanzlei verraten: das einzige wirksame Mittel gegen verschwitzte Hände.

Während Sara die Hände unter das warme Wasser hielt, glaubte sie in einem der vier Abteile hinter ihr ein Geräusch zu hören. Sie drehte das Wasser ab und sah in den Spiegel. Hinter ihr war niemand. Sie bückte sich und sah kurz unter den Türen der Abteile durch. Es war niemand zu sehen. Nicht schon wieder, dachte sie. Vorsichtig ging Sara auf das erste Abteil zu. Mit angehaltenem Atem stieß sie die Tür auf. Leer. Langsam drückte sie die zweite Tür auf. Leer. Ihr Herz klopfte wie wild, als sie sich der dritten Tür näherte. Behutsam schob sie sie auf. Wieder leer. Schließlich kam sie zur letzten Tür. Sie wusste, die musste es sein. Im selben Moment glaubte sie, hinter sich etwas gesehen zu haben. Da war jedoch nichts, als sie herumwirbelte. Sie hatte sich alles nur eingebildet. Sie wandte sich wieder der Tür zu und stieß sie mit einem raschen Tritt weit auf. Leer. Kopfschüttelnd versuchte sich Sara wieder in den Griff zu bekommen. Lass dich nicht von ihm unterkriegen, sagte sie sich. Aber egal, wie sehr sie sich anstrengte, nicht mehr an ihn zu denken – sie stellte fest, dass ihre Hände bereits wieder feucht waren.

Nach einer weiteren Warmwasserbehandlung kehrte Sara auf den Gang vor dem Gerichtssaal zurück. Conrad war immer noch nicht da. Zehn vor neun sah sie ihn schließlich um die Ecke des Flurs biegen. Forsch und selbstbewusst wie immer schritt er auf den Gerichtssaal zu. »Bist du bereit?«, fragte er.

»Ich weiß nicht. Ist es normal, dass ich mich fühle, als würde ich jeden Moment umkippen.«

»Es ist dein erster Fall – und noch dazu ein Fall, der es in sich hat. Da ist es ganz normal, aufgeregt zu sein.«

»Aufgeregt zu sein ist eine Sache. Das Gefühl, jeden Augenblick kotzen zu müssen, eine andere.«

»Beides ist völlig normal. Und jetzt denk nicht mehr lange nach, sondern konzentriere dich ganz auf die Verhandlung. Glaub mir, sobald der Richter mit dem Hammer auf den Tisch schlägt, läuft plötzlich alles wie von selbst. Das geht jedem Anwalt so. Ein Prozess macht einen entschlussfreudiger als üblich; das Emotionale kommt erst später.«

»Hoffentlich hast du Recht.« Sara öffnete die Tür und betrat den Gerichtssaal. »Wenn du nicht Recht hast, musst du mich in mein Büro zurücktragen.« Als sie den Mittelgang hinunterging, blickte sie sich nach allen Seiten um. Claire Doniger war ebenso wenig da wie Officer McCabe. Die einzigen Menschen im Gerichtssaal waren der Gerichtsdiener, der Stenograph und zwei weitere Gerichtsbeamte.

Sara stellte am Tisch der Anklage auf der linken Seite des Raums ihre Aktentasche ab und wandte sich Moore zu. »Glaubst du nicht ...« Sie hielt inne, als sie Jared und Kozlow den Saal betreten sah.

Mit einem eisigen Blick auf seine Frau steuerte Jared auf den Tisch der Verteidigung zu und stellte seine Aktentasche ab. Dann kehrte er Sara und Moore den Rücken zu.

»Wollen Sie nicht Guten Tag sagen?«, fragte Kozlow.

»Halten Sie den Mund«, knurrte Jared und öffnete seine Aktentasche.

Die nächsten zehn Minuten saßen beide Parteien schweigend an ihren Tischen und warteten auf Richter Bogdanos. Sara blickte in regelmäßigen Abständen über ihre Schulter. »Das gefällt mir gar nicht«, sagte sie zu Moore. »Ich glaube, wir kriegen Ärger.«

Bevor Moore etwas erwidern konnte, verkündete der Gerichtsdiener: »Ich bitte Sie aufzustehen! Den Vorsitz führt der Ehrenwerte Samuel T. Bogdanos.«

Bogdanos rieb sich den sorgfältig gestutzten Bart, als er auf der Richterbank Platz nahm. Dann bedeutete er allen, auf ihre Plätze zurückzukehren. Nachdem er sich vergewissert hatte, dass beide Parteien anwesend waren, fragte er, ob es noch irgendwelche Anträge oder sonst etwas zu diskutieren gebe, bevor sie zur Auswahl der Geschworenen übergingen.

»Nein«, sagte Sara.

»Nein, Euer Ehren«, sagte Jared.

»Dann lassen Sie uns beginnen. Mitchell, bringen Sie bitte die Geschworenen herein.«

Der größere der beiden Gerichtsbeamten verließ den Saal und kam wenig später mit zwanzig potentiellen Geschworenen zurück. Während sich die Kandidaten noch in der Geschworenenbank aufreihten, kam Guff aufgeregt in den Raum gestürzt. Er rannte in die vorderste Reihe des Zuschauerbereichs und machte Sara wild gestikulierend auf sich aufmerksam. »Ich muss dringend mit Ihnen sprechen.«

»Warum? Ich dachte, Sie wollten –«

»Das können Sie sich abschminken«, sagte Guff mit ernster Miene. »Es gibt Probleme.«

Sara, die sah, dass die Geschworenen noch nicht Platz genommen hatten, stand auf und ging zu ihrem Assistenten. »Für Ihren Auftritt gibt es hoffentlich einen triftigen Grund. Wir versuchen hier nämlich, einen guten Eindruck –«

»Claire Doniger ist tot«, platzte Guff heraus.

»Was?«, entfuhr es Sara. »Das kann nicht sein!«

»Doch, sie ist tot. Ihre Leiche wurde heute Morgen gefunden. Sie sah grauenhaft aus – mit aufgeschlitzter Kehle und einem Messer im Kopf – sie war schrecklich zugerichtet.«

»Ms. Tate, dürfte ich Sie daran erinnern, dass wir die Geschworenen auszuwählen haben?« Bogdanos verlor langsam die Geduld.

Als Sara sich umdrehte, sah sie, dass Conrad, Jared, Kozlow, der Richter, die Gerichtswachtmeister und sämtliche Geschworenen sie anstarrten. »Euer Ehren, darf ich vortreten?«

»Nein, Ms. Tate, Sie dürfen nicht vortreten. Ich habe Sie bereits gefragt, ob es –«

»Es handelt sich um einen Notfall«, unterbrach Sara den Richter, worauf dieser sie nach einem prüfenden Blick aufforderte: »Kommen Sie nach vorn.«

Jared und Moore folgten Sara an die Richterbank.

Sara beugte sich zu Bogdanos vor. »Entschuldigen Sie bitte, wenn ich die Verhandlung unterbrechen muss, Euer Ehren, aber mein Assistent teilt mir eben mit, dass eine unserer Hauptzeuginnen heute Morgen tot aufgefunden wurde.«

»Was?«, entfuhr es Jared.

»Wer?«, fragte Moore. »Ms. Harrison?«

»Kein Wort mehr«, warnte der Richter. Er blickte zu den Geschworenen hinüber. »Meine Damen und Herren, so Leid es mir tut, aber wir brauchen noch ein paar Minuten, bevor wir anfangen können. Deshalb müssen wir Sie bitten, noch einmal auf dem Gang zu warten, bis wir fertig sind. Mitchell, wären Sie vielleicht so freundlich …«

Als der Beamte die Geschworenen aus dem Saal gebracht hatte, fragte Jared: »Wer ist es? Was ist passiert?«

»Claire Doniger«, sagte Sara. »Sie haben sie heute Morgen gefunden. Sie wurde ermordet.«

»Was?« Kozlow klang schockiert.

»Verschonen Sie uns mit Ihrem scheinheiligen Getue«, fuhr Moore ihn an.

»Unterstehen Sie sich, hier irgendwelche Anschuldigungen vorzubringen.« Jared deutete mit dem Finger drohend auf Moore.

»Genug«, sagte Bogdanos. »Ms. Tate, was soll ich Ihrer Meinung nach tun?«

Sara sah Moore an.

»Wir möchten um einen Aufschub bitten, bis uns mehr Informationen vorliegen«, erklärte Moore. »Uns ist natürlich klar, dass die Verhandlung weitergeführt werden muss, aber wir brauchen mindestens einen oder zwei Tage, um unsere Prozessstrategie zu revidieren. Claire Doniger war eine wichtige Zeugin.«

»Euer Ehren, für einen Aufschub besteht kein Anlass«, schaltete sich Jared ein. »Dieser Todesfall mag zwar überraschend kommen, aber ihre Aussage war nicht von Bedeutung. Ich verlange, den Antrag –«

»Eben ist ein Zeuge gestorben, Mr. Lynch«, erklärte Bogdanos vorwurfsvoll. »Selbst Sie sollten das zur Kenntnis nehmen. Antrag stattgegeben. Wir fahren Montag morgen fort.«

»Was hat er gesagt?«, fragte Kozlow, als Jared den Hörer auf die Gabel des Münzapparats im Erdgeschoss der Centre Street 100 zurücklegte.

»So habe ich Rafferty noch nie erlebt. Er war fix und fertig. Seine Stimme zitterte. Er hat mir ständig Fragen gestellt, aber er machte den Eindruck, als hörte er gar nicht richtig zu.« Jared nahm seine Aktentasche und ging auf die Eingangstür des Gerichtsgebäudes zu. »Um allerdings ehrlich zu sein, muss ich gestehen, ich dachte, Sie selbst hätten –«

»Sind Sie komplett verrückt, oder was? Das ist nicht irgendeine tattrige alte Nachbarin – wir reden hier von Claire. Rafferty war verrückt nach ihr. Er hätte mir schon den Schädel eingeschlagen, wenn ich sie nur einen Moment zu lange angesehen hätte.«

»Vielleicht hatten sie Streit oder so.«

»Völlig ausgeschlossen. Und sie haben sie wirklich mit einem Messer im Kopf gefunden?«

»Hört sich so an, als wäre sie übel zugerichtet worden. Haben Sie eine Ahnung, wer es gewesen sein könnte?«

»Mir fällt da nur einer ein. Und wenn er's war, tut er mir jetzt schon leid. Rafferty wird ihn in Stücke reißen.«

Conrad Moore versuchte so leise wie möglich zu sein, als er die drei Stockwerke zu Elliotts Wohnung hinaufstieg. Er nahm nicht an, dass Elliott zu Hause wäre, aber er wollte kein Risiko eingehen. Deshalb hatte er auch darauf bestanden, allein herzukommen. Nach allem, was passiert war, war das die einzige Möglichkeit, um zu verhindern, dass nichts davon nach außen durchdrang. Nur Verschwiegenheit garantierte ihm, dass er ungestört blieb. Und wenn er ungestört blieb, war der Rest ganz einfach: Er musste sich nur Zutritt zu Elliotts Wohnung verschaffen und warten, bis Elliott nach

Hause kam. Wenn er ihn überrumpeln konnte, war er automatisch im Vorteil. Und wenn er schließlich zur Tür hereinkam, würde er ihm den Sachverhalt darlegen: dass die Fingerabdrücke auf dem Messer, mit dem Claire Doniger ermordet worden war, nachweislich von ihm stammten und dass inzwischen alle wussten, dass er sie umgebracht hatte.

Natürlich würde Elliott alles leugnen, aber das spielte keine Rolle. Es kam nur darauf an, dass er über Saras Angebot in Kenntnis gesetzt wurde: Wenn er, Elliott, sich bereit erklärte, gegen Kozlow und Rafferty auszusagen, würde die Anklage wegen Mordes an Claire Doniger auf Totschlag reduziert werden. Und wenn Moore ihn dazu bewegen konnte, hatten sie schon fast gewonnen.

Als Moore nun Elliotts Wohnungstür erreichte, legte er den Finger auf den Spion und klopfte leise an die Tür. Keine Reaktion. Er klopfte wieder. Immer noch keine Reaktion. Darauf holte er sechs Schlüssel heraus, die er von einem Kollegen bei der Spurensicherung bekommen hatte. Bei modernen Sicherheitsschlössern hatte man damit zwar meistens keinen Erfolg, aber bei alten Schlössern erfüllten sie ihren Zweck in der Regel recht gut. Einen nach dem anderen probierte Moore die Schlüssel aus. Die ersten drei passten nicht. Aber beim vierten Versuch hörte er das leise Klicken, das ihm ungehinderten Zugang zu der Wohnung verhieß. Lächelnd drehte er am Türknauf und öffnete die Tür. Er konnte es nicht erwarten, Elliott zu überrumpeln. Er konnte es nicht erwarten, ihn in die Enge zu treiben. Und er konnte es nicht erwarten zu sehen, wie er sich herauszuwinden versuchte.

Das Problem war nur, dass Elliott die ganze Zeit zu Hause gewesen war. Er hatte seit dem gestrigen Abend gewusst, dass Moore kommen würde. Und als er den Hahn seines Revolvers zurückzog, war er bestens auf die Begegnung mit ihm vorbereitet. Der erste Schuss kam für Moore wie aus heiterem Himmel, als er Elliotts Wohnung betrat.

Als die Aufzugtür aufging, verließen Jared und Kozlow die Kabine und schritten auf Jareds Büro zu. »Sind wir für heute endlich fertig?«, fragte Kozlow. »Ich habe es langsam satt, in diesem Anzug rumzurennen.«

»Dann ziehen Sie ihn eben aus. Ist mir doch egal.«

Als Jared auf Kathleens Schreibtisch zuging, sagte Kathleen: »Rufen Sie lieber sofort Rafferty an – er ruft ständig hier an...« Kathleens Telefon läutete. »Das ist er bestimmt wieder.«

»Stellen Sie ihn durch.« Jared ging in sein Büro und nahm den Hörer ab. »Rafferty, sind Sie –«

»Wo haben Sie gesteckt?«, fragte Rafferty mit überschnappender Stimme. »Ich möchte auf der Stelle wissen, was eigentlich los ist... was bei den Ermittlungen herausgekommen ist... Wo sie sie hingebracht haben, damit ich –«

»Beruhigen Sie sich doch erst einmal.«

»Sagen Sie mir nicht, was ich zu tun habe!«, schrie Rafferty. »Hier geht es um *mein* Leben! Haben Sie verstanden? Um *mein* Leben! Ich will, dass Sie den Kerl, der das getan hat, finden und ihm bestellen, er ist bereits tot!«

»Hören Sie, ich finde das alles zutiefst bedauerlich, aber trotzdem müssen Sie sich erst einmal beruhigen. Wenn sie sie heute Morgen gefunden haben, dürften am Nachmittag die ersten Informationen vorliegen. Aber bis dahin sollten Sie einfach nur –«

»Könnten Sie diese Informationen beschaffen?«

»Ich denke schon. Meine Frau müsste Zugang zu –«

»Das genügt. Ich komme vorbei.« Rafferty hatte den Hörer auf die Gabel geknallt.

Um sich zu vergewissern, dass niemand ihr in die Centre Street 80 folgte, blickte Sara über ihre Schulter zurück. Als sie niemanden entdeckte, der irgendwie verdächtig wirkte, betrat sie das Gebäude. »Hallo, Sara«, begrüßte Darnell sie, als sie in die Liftkabine trat. »Wie läuft Ihr Prozess?«

»Das reinste Chaos. Eine unserer Zeuginnen wurde heute Morgen tot aufgefunden.«

»Ein Mafiafall?«, fragte Darnell.

»Schön wär's«, sagte Sara. »Dann wäre sicher alles einfacher.«

Als der Aufzug im siebten Stock anhielt, stiegen vier Personen aus. Sara gehörte nicht zu ihnen.

»Ihre Etage, Kojak. Worauf warten Sie noch?«

»So was Blödes – ich habe etwas im Gericht vergessen. Ich muss noch mal zurück.« Als die Lifttür zuging, war sie allein mit Darnell. »Können Sie mich in den Keller fahren, ohne auf den anderen Stockwerken anzuhalten? Ich möchte nicht, dass jemand sieht, wohin ich gehe.«

»Ganz schön raffiniert«, sagte Darnell und zog den Lifthebel nach unten. »In den Keller.«

Im Keller ging Sara den Hauptgang hinunter, bis sie eine Tür mit der Aufschrift VERHÖRRAUM erreichte. Sie ging jedoch noch eine Tür weiter und betrat den dahinterliegenden Raum. Nachdem sie Platz genommen hatte, beobachtete sie durch einen in einer Richtung durchsichtigen Spiegel, wie Officer McCabe auf seinen Gefangenen hinabblickte. Sara konnte zwar nur McCabes Rücken sehen, aber seine Körpersprache sagte eigentlich alles: Es lief nicht glatt ab.

Seine Schultern waren verspannt, seine Fäuste geballt. Sichtlich verärgert zog McCabe einen rostigen Stuhl unter dem Verhörtisch hervor und setzte sich. Und in diesem Moment bekam Sara McCabes Gefangenen zum ersten Mal richtig zu sehen.

»Sagen Sie mir nicht dauernd, ich soll noch etwas Geduld haben«, schnauzte Claire Doniger McCabe an. »Ich bin jetzt schon seit sechs Uhr morgens hier. Sie wollen mich nicht telefonieren lassen, ich darf niemanden sehen – man könnte meinen, ich stehe unter Arrest.«

»Zum zehnten Mal, Ms. Doniger, der Prozess fängt erst an, wenn die Geschworenenauswahl abgeschlossen ist. Und wenn das der Fall ist, werden Sie in das Gerichtsgebäude gegenüber gebracht, damit Sie Ihre Aussage machen können. Bis dahin sind Sie zu Ihrer eigenen Sicherheit hier.«

Sara lehnte sich in ihren Stuhl zurück. Alles lief nach Plan.

»Ja, ich verstehe«, sagte Jared ins Telefon. Dann trat langes Schweigen ein. »Wenn es das ist, was da steht, werde ich es schon irgendwie regeln. Und wenn ich ihn sehe, sage ich ihm Bescheid. Ja, werde ich. Auf jeden Fall.«

»Und?«, fragte Rafferty, bevor Jared den Hörer auflegen konnte. »Was haben sie gesagt?«

»Die gute Nachricht ist, dass sie Dutzende von Fingerabdrücken auf dem Messer in Claires Leiche gefunden haben«, sagte Jared zu Rafferty. »Die schlechte ist, alle Fingerabdrücke sind von Ihnen.«

»Das ist ja der Hammer«, sagte Kozlow lachend.

»Das muss ein Irrtum sein«, erklärte Rafferty bestimmt. »Das ist gar nicht möglich. Sie haben nicht mal meine Fingerabdrücke.«

»Inzwischen schon – sie haben sie aus Ihrem Büro. Für meine Frau sind Sie jetzt der Hauptverdächtige, weshalb sie auch gleich die Spurensicherung in Ihr Büro geschickt hat. Und sie haben auf Ihrem Kaffeebecher, Ihrem Schreibtisch und sogar auf Ihren Türknäufen jede Menge tadelloser Fingerabdrücke gefunden.« Als er die plötzliche Veränderung in Raffertys Miene bemerkte, fragte Jared: »Ist etwas?«

»Das ist vollkommen unmöglich«, stieß Rafferty hervor. »Ich schwöre bei Gott, ich war es nicht.«

»Ich glaube Ihnen«, sagte Jared. »Aber als Anwalt muss ich Sie darauf hinweisen, dass –«

»Ich habe sie seit einer Woche nicht mehr gesehen«, fiel ihm Rafferty ins Wort.

»Gibt es denn jemanden, der Zugang zu Ihren Fingerabdrücken haben könnte?«, fragte Jared. »Jemand, der davon profitieren würde, wenn Sie …«

»Er meint doch nicht etwa …«, begann Kozlow.

»Diese hinterhältige kleine Kröte«, fauchte Rafferty. »Wenn Elliott –« Er verstummte abrupt und wandte sich wieder Jared zu: »Wurde schon ein Haftbefehl gegen mich erlassen?«

»Nicht, dass ich wüsste. Aber spätestens heute Abend dürfte das der Fall sein.«

»Gut«, sagte Rafferty. »Dann sollen sie ruhig kommen.« Er sprang auf und stürmte, gefolgt von Kozlow, aus dem Raum.

»Wer ist Elliott?«, rief ihnen Jared hinterher. Keiner von beiden antwortete.

Als Rafferty und Kozlow weg waren, kam Kathleen in das Büro. »Soweit alles in Ordnung?«, fragte sie Jared.

»Ich weiß nicht«, sagte Jared. »Fragen Sie mich in einer Stunde noch mal.«

Die erste Kugel traf ihn in die Brust. Die zweite durchschlug seinen Magen. Aber das erste, was Conrad Moore registrierte, war der Geschmack von Blut in seinem Mund. Er machte sich fast sofort bemerkbar und erinnerte ihn an den Geschmack von Lakritze. Das war der Punkt, an dem auch die Schmerzen einsetzten. Sie waren nicht wie die Schmerzen, als er sich beim Rugby den Arm gebrochen hatte. Diese Schmerzen waren auf einen bestimmten Bereich seines Körpers begrenzt geblieben. Dagegen gingen ihm diese hier durch und durch. Als sein Körper taub wurde, spürte er einerseits weniger – aber irgendwie tat es auch stärker weh. Ihm begann alles vor den Augen zu verschwimmen, aber den Mann auf der anderen Seite des Raums konnte er immer noch sehen.

Elliott saß am Küchentisch und verfolgte das Geschehen wie eine Theatervorführung. Er wartete darauf, dass Moore zu Boden fiel, aber Moore gab nicht auf. »Da musst du schon noch etwas öfter abdrücken«, schrie er Elliott an, obwohl er seine eigene Stimme kaum mehr hören konnte.

Zwei weitere Schüsse fielen. Einer traf Moore am Arm, der andere in der Brust. Sein Körper befand sich inzwischen in einem Schockzustand. Doch obwohl seine Beine bereits einzuknicken begannen, taumelte er weiter mit ausgestreckten Armen auf Elliott zu. Er versuchte zu sprechen, schaffte es aber nicht.

Elliott gab noch einen Schuss ab. Er traf Moore in die Schulter und schleuderte ihn nach hinten. Aber fast im selben Augenblick setzte er seinen Marsch zum Tisch bereits wieder fort. Er wusste, er musste sterben, aber er war seinem Ziel ganz nahe.

»Was soll der Quatsch?«, schrie Elliott. »Es ist aus!«

Noch nicht, dachte Moore. Nicht, bis er –

Ein letzter Schuss krachte und traf Moore in die Kehle. Das war selbst für ihn zu viel. Das gab ihm den Rest. Er fasste sich an den Hals und spürte, wie er das Bewusstsein verlor. Alles wurde weiß. Mit einem dumpfen Aufprall landete er auf dem Boden. Seine letzten Gedanken galten seiner Frau und dem Tag, an dem sie sich kennen gelernt hatten.

Elliott hielt seine Waffe weiter reglos auf Moore gerichtet. Dann ging er langsam um ihn herum. Um ihn weiter mit der Waffe in Schach halten zu können, benutzte er seinen Fuß, um ihn auf den Rücken zu drehen. Elliott ging kein Risiko ein. Ein kurzer Tritt und er hatte seine Antwort. Es war vorbei. Conrad Moore war tot.

Als sie in die Centre Street 80 zurückkam, ging Sara sofort in ihr Büro, wo Guff sie ungeduldig erwartete. »Und?«, fragte Guff, als Sara die Tür schloss. »Wie lief's mit Rafferty?«

Nachdem sie sich vergewissert hatte, dass die Jalousien zu waren, antwortete sie: »Ich musste mich kurz fassen, weil ich von einem Münzapparat auf der anderen Straßenseite anrief, aber Jared sagte, er wäre total durchgedreht. Er und Kozlow waren bereits aus seinem Büro gestürmt, bevor Jared überhaupt dazu kam, ihnen unser Angebot zu unterbreiten.«

»Ich kann immer noch nicht glauben, dass Sie es ihm erzählt haben«, sagte Guff.

»Wie können Sie so etwas sagen? Er hat genau dasselbe Interesse daran, Rafferty und Kozlow zu überführen.«

»Und was ist mit Victor Stockwell?«

»Müssen Sie eigentlich immer wieder damit anfangen? Es wird schon klappen. Jared hat kein Wort gesagt.«

»Sie sind also fest davon überzeugt, dass Claire Doniger tot ist?«

»Aber natürlich«, erklärte Sara stolz. »Sie haben sie heute Morgen um sechs abgeholt, in einem Zimmer eingesperrt, die Spurensicherung in ihr Haus geschickt und ein halbes Dutzend Leute zu Echo Enterprises geschickt, um dort nach Fingerabdrücken zu suchen. Sogar ein paar entsprechende Gerüchte haben wir in seinem Büro in Umlauf gesetzt. Bis auf die Leiche haben wir also alles, was zu einem brutalen Mord gehört.«

»Sie langen aber wirklich voll zu.«

»Nach allem, was uns diese Schweine angetan haben? Nein, warum sollte ich da irgendwelche Skrupel haben? Kriegen Sie etwa kalte Füße?«

»Höchstens wegen der Konsequenzen. War Monaghan sehr sauer, als Sie es ihm erzählt haben?«

Sara schwieg.

»Sie haben es ihm doch erzählt, oder?«

Sara antwortete noch immer nicht.

»O Mann«, seufzte Guff. »Sie haben es ihm also nicht gesagt. Sind Sie eigentlich noch zu retten? Wenn er das rauskriegt, macht er uns die Hölle heiß. Wissen Sie eigentlich, was das alles kostet? Nicht zu reden von den moralischen Grundprinzipien, gegen die wir dabei verstoßen.«

»Ich weiß«, sagte Sara. »Ich wollte nur nicht riskieren, dass irgendetwas davon nach außen dringt.«

»Aber Jared haben Sie es erzählt, oder?«

»Sie wissen, das ist was anderes. Es war okay, ihm davon zu erzählen, und es war okay, es ein paar von McCabes Polizistenfreunden und den Rettungssanitätern zu erzählen, die die vermeintliche Leiche abholen kamen. Aber irgendwo musste ich eine Grenze ziehen. Ich dachte, je weniger Leute es wissen, desto besser.«

»Können Sie Lippen lesen?«, fragte Guff. Langsam flüsterte er die Worte: »Er ist unser Boss!«

»Und wenn Monaghan jemandem die Hölle heiß machen will, soll er mir die Hölle heiß machen«, fuhr Sara fort. »Ansonsten verfahren wir wie geplant. Es ist das perfekte Häftlingsdilemma: Wenn Rafferty und Elliott beide den Mund halten, kann ihnen nichts passieren, aber wenn einer zu reden anfängt, weiß der andere, er ist geliefert. Es kann nur eine Frage von Stunden sein, bis einer von beiden seinem Selbsterhaltungstrieb nachgibt. Wir müssen bloß noch warten, bis es so weit ist.«

»Glauben Sie wirklich, es wird so einfach werden?«

»Nichts ist einfach«, sagte Sara. »Aber solange wir die Einzigen sind, die die Wahrheit wissen, wird es klappen.«

Nachdem er die Leiche ins Wohnzimmer geschleppt hatte, ging Elliott in die Küche zurück und holte das Telefon. Er wählte Raffertys Nummer und wartete. Schließlich hörte er, wie Rafferty sich meldete: »Hallo?«

»Wie geht's?«, fragte Elliott. »War ein harter Tag heute, nicht?«

»Du hast sie umgebracht, stimmt's?«, sagte Rafferty. »Ich mache dich fertig, du miese kleine –«

»Jetzt bleib mal schön auf dem Teppich«, unterbrach ihn Elliott. »Komm lieber hier vorbei, damit wir uns unterhalten können.«

»Wenn du was zu besprechen hast, kommst du gefälligst hierher!«

»Auf keinen Fall! Entweder hier oder gar nicht. Du kannst es dir ja noch mal in Ruhe überlegen – jedenfalls wirst du es nicht bereuen. Ich habe etwas, das dich bestimmt interessiert.«

»Was soll das –«

Elliott legte auf. Als er sich wieder dem Tisch zuwandte, öffnete er eine kleine Schachtel mit Munition und lud seinen Revolver neu. Links von ihm war ein Paar Plastikhände. Auf die Stümpfe der Hände waren mit schwarzer Tinte zwei Wörter geschrieben: OSCAR RAFFERTY. So einfach war das, dachte er. Jetzt brauchte er nur noch zu warten.

»Warum hat er nicht angerufen?«, fragte Guff. Er hatte sein Kinn auf Saras Schreibtisch gestützt und starrte das Telefon an.

»Er ist erst zwei Stunden weg«, sagte Sara. »Lassen Sie ihm etwas Zeit.«

»Vielleicht hatte er Schwierigkeiten.«

»Ach was. Sicher versucht er nur, es besonders realistisch hinzukriegen. Sie kennen doch Conrad: Perfektion braucht ihre Zeit.«

»Glauben Sie, McCabe kommt mit Claire Doniger einigermaßen zurecht?«

»Als ich vorhin unten im Keller war, hat sie ihn fast in den Wahnsinn getrieben.«

»Dann sollten wir vielleicht mal zu ihnen runtergehen«, schlug Guff vor. »Um sie etwas bei Laune zu halten.«

»Wenn es Sie glücklich macht, meinetwegen.« Sara folgte Guff zur Tür.

Ein paar Minuten später kamen Sara und Guff im Keller an. Da sie sich erst über den Stand der Dinge informieren wollten, gingen sie zunächst in den Beobachtungsraum. Doch als sie durch den durchsichtigen Spiegel sahen, blickten sie in einen leeren Raum.

Bevor sie dazu kamen, sich darüber Gedanken zu machen, kam Officer McCabe in den Raum gestürzt. Seine Stirn war schweißnass. »Bitte sagen Sie mir, sie ist bei Ihnen!«, stieß er hervor.

»Wovon reden Sie?«, fragte Guff.

»Wo ist Claire Doniger?«, fragte Sara.

»Keine Ahnung«, sagte McCabe. »Sie bat mich, ihr eine Tasse Kaffee zu holen, und als ich zurückkam, war sie verschwunden!«

»O mein Gott!«, entfuhr es Guff.

»Was soll das heißen, sie war verschwunden?«, fragte Sara fassungslos. »Sie kann doch nicht einfach weg sein.«

»Wann ist das passiert?«, fragte Guff.

»Vor höchstens zehn Minuten«, sagte McCabe. »Ich habe in der Toilette nachgesehen, aber als ich hier Geräusche hörte, lief ich zurück und fand Sie.«

»Guff, überwachen Sie die Aufzüge«, ordnete Sara an. »Und behalten Sie auch die Treppen im Auge! Wir beide sehen in jeden Raum hier unten. Wir sind hier im Keller – es ist also nicht so, dass sie durch ein Fenster ins Freie klettern kann.«

Sara sprintete den Flur hinunter und sah in jeden Raum, an dem sie vorbeikam. Der Keller wurde vorwiegend zu Lagerzwecken verwendet, weshalb die einzelnen Räume lediglich mit Aktenschränken voll gestellt waren. Wie hatte sie nur entkommen können? fragte sich Sara. Hatte sie gewusst, dass es ein abgekartetes Spiel war? Hatte es ihr jemand verraten? Hatte McCabe sie absichtlich entkommen lassen? In diesem Moment blieb Sara stehen. Was war, wenn Stockwell etwas über McCabe wusste? Und was war, wenn Jared Stockwell erzählt hatte … Nein. Nein, das würde er nie tun. Schlag dir das aus dem Kopf. Nach zehn Minuten war jeder Raum durchsucht. Von Claire Doniger fehlte jede Spur.

»Ich kann es immer noch nicht fassen«, stieß Sara atemlos hervor und wandte sich McCabe zu: »Wie konnten Sie sie nur allein lassen? Was haben Sie sich dabei gedacht?«

»Jetzt hören Sie mal – ich habe alles getan, um auf sie aufzupassen! Es ist nicht meine Schuld.«

»Ach, und wessen Schuld ist es dann? Meine vielleicht, weil ich so blöd war, Ihnen zuzutrauen, Sie wären dieser simplen Aufgabe gewachsen!«

»Jetzt regen Sie sich erst mal wieder ab«, sagte Guff und zog Sara von McCabe zurück. »Irgendwie kriegen wir das schon wieder hin.«

»Sie haben vielleicht Nerven«, sagte Sara. »Sobald Rafferty und Elliott rausfinden, dass sie noch am Leben ist, sind wir geliefert.«

19

»Glauben Sie wirklich, sie ist blöd genug, um zu Rafferty zu gehen?«, fragte Sara, die neben Guff auf dem Rücksitz eines durch die Stadt rasenden Polizeiautos saß.

»Wo sollte sie denn sonst hin?«, sagte einer der zwei Polizisten auf dem Vordersitz. »Ihr Haus ist ein Tatort.«

»Das weiß sie aber nicht.«

»Wenn sie Rafferty wirklich liebt, wird sie auch zu ihm gehen«, sagte einer der zwei Polizisten. »Aber was ist mit Ihrem Mann? Wissen Sie inzwischen, wo er ist?«

»In seinem Büro geht niemand ans Telefon«, sagte Sara, sichtlich bemüht, zuversichtlich zu klingen. »Ich habe ein paar seiner Kollegen angerufen, mit denen er häufig zusammenarbeitet, aber niemand hat ihn und seine Assistentin seit heute Morgen gesehen.«

Guff sah seine Chefin an. »Sara, was ist, wenn er –«

»Ich bin sicher, er hat nur eben sein Büro verlassen«, fiel ihm Sara hastig ins Wort.

»Und wenn es andere Gründe hat? Vielleicht hätten wir doch auf Conrad warten sollen.«

»Wir haben ihm in seinem Büro eine Nachricht hinterlassen. Er wird sie sehen, wenn er zurückkommt.«

»Versuchen Sie es noch mal bei Ihrem Mann«, sagte der Polizist und reichte ihr sein Funktelefon.

»Nicht jetzt.« Im Moment wollte sie nicht einmal an diese Möglichkeit denken. »Erst, wenn wir mit Rafferty fertig sind.«

Als sie vor dem Haus ankamen, in dem Rafferty wohnte, gingen die zwei Polizisten auf den Türsteher zu. »Wir sind hier, um Oscar Rafferty in Apartment 1708 zu sprechen«, sagte einer von ihnen. Und als der Türsteher nach dem Telefon griff, fügte er hinzu: »Es wäre uns lieber, wenn Sie ihn nicht anrufen würden.«

Der Türsteher ließ sie nach drinnen und sagte: »Ich weiß von nichts und ich will auch von nichts wissen.«

»Sie sind ein echter Menschenfreund«, sagte Guff, als sie die Eingangshalle betraten. Niemand sagte ein Wort, bis alle vier im Lift waren.

Als sie in den siebzehnten Stock hinauffuhren, wandte Sara sich Guff zu. »Rafferty kann nicht wissen, dass wir nach Claire Doniger suchen. Wir erzählen ihm also, wir suchen Kozlow. Ist doch ganz einfach, oder nicht?« Alle nickten stumm.

Sara griff in die Tasche ihres Hosenanzugs und checkte noch einmal die Waffe, die Conrad ihr gegeben hatte, bevor er nach Hoboken gefahren war. Als er sah, was Sara tat, sagte Guff: »Nur keine Aufregung! Sie werden sie nicht brauchen – er war nur der Ansicht, Sie sollten sie haben.«

»Keine Angst«, sagte Sara. »Ich kann damit umgehen.«

Als sie Raffertys Wohnungstür erreichten, klingelte Sara.

»Wer ist da?«, fragte Rafferty.

»Mr. Rafferty, hier ist Sara Tate von der Bezirksstaatsanwaltschaft. Ich habe bereits letzte Woche mit Ihnen gesprochen.«

Die Tür ging auf, und Rafferty sah nach draußen. Sein Gesicht war eingefallen. Sein normalerweise glatt zurückgekämmtes Haar hing in wirren Strähnen um seinen Kopf. Und statt seines sportlichen Brioni-Anzugs trug er zerknitterte Khakihosen und ein Hemd mit offenen Manschetten. »Was gibt's, Ms. Tate?«

»Entschuldigen Sie, wenn ich Sie schon wieder stören muss, aber könnten wir Sie bitte noch einmal kurz sprechen?«

»Wenn es um Claire geht, möchte ich nur sagen, dass ich absolut nichts –«

»Damit befassen wir uns später«, sagte Sara. »Im Moment würden wir uns lieber in Ihrer Wohnung umsehen. Wir haben nämlich Grund zu der Annahme, daß Tony Kozlow hier ist.«

»Warum sollte –« Rafferty hatte Mühe, seine Fassung zu bewahren. »Aber bitte, Sie können gern hereinkommen.« Als Rafferty zur Seite trat, betraten Guff und die zwei Polizisten die Wohnung und begannen mit der Durchsuchung. Sara blieb bei Rafferty. Sie studierte aufmerksam seine müden Augen und versuchte herauszufinden, wie viel er wirklich wusste.

»Wenn ich recht informiert bin, haben Sie heute Morgen ein Team von der Spurensicherung in mein Büro geschickt«, brach Rafferty schließlich das Schweigen.

»Das ist richtig. Und zu meiner Überraschung stellte sich heraus, dass sie heute nicht im Büro waren. Warum haben Sie sich den Tag freigenommen? Waren Sie mit anderen Dingen beschäftigt?«

»Ms. Tate, Ihr Mangel an Feingefühl ist beschämend. Wenn Sie mich des Mordes beschuldigen wollen, dann verhaften Sie mich!«

»Genau das habe ich vor«, erwiderte Sara. »Glauben Sie mir, wir sprechen uns in Kürze wieder.«

In diesem Moment kehrte Guff ins Wohnzimmer zurück und sagte: »Keine Spur von ihm zu sehen.« Eine Minute später tauchten auch die zwei Polizisten wieder auf.

»Er ist nicht hier«, sagte einer von ihnen. »Es ist niemand hier.«

»Danke«, sagte Rafferty und brachte alle zur Tür. »Wenn Sie nichts dagegen haben, würde ich gern noch verschiedenes für das Begräbnis vorbereiten. Claire hatte keine näheren Verwandten.«

Sara wandte sich zum Gehen, drehte sich dann aber noch einmal um. »Ich dachte, Sie hätten sich kaum gekannt.«

»Sie ist die Frau meines ehemaligen Partners. Gute Freunde kümmern sich umeinander.«

»Das ist wohl so«, sagte Sara, als Rafferty die Tür zuwarf.

Auf dem Weg zum Aufzug sagte Guff: »Ich kann einfach nicht glauben, dass sie nicht da war.«

»Haben Sie wirklich überall nachgesehen?«, fragte Sara.

»Das war eine New Yorker Vierzimmerwohnung. Da gibt es nicht allzu viele Möglichkeiten, sich zu verstecken.«

»Das heißt wohl, er hat keinen Weinkeller«, sagte Sara, als sie die Liftkabine betraten.

»Glauben Sie, er wusste es?«, fragte einer der Polizisten.

»Natürlich wusste er es«, sagte Guff. »Inzwischen weiß es alle Welt.«

»Wie können Sie das sagen?«, fragte Sara.

»Sara, ich möchte Ihnen ja nicht Ihre Illusionen rauben, aber ich finde, es wird langsam Zeit, sich über Jared Gedanken zu machen. Wenn Sie ihm nicht erzählt hätten –«

»Das stimmt nicht«, beharrte Sara.

»Und ob es stimmt«, sagte Guff. »Glauben Sie mir, gestern war ich noch einer Meinung mit Ihnen. Ich dachte, es wäre richtig, es ihm zu erzählen. Aber vergessen Sie nicht, was in der Zwischenzeit passiert ist. Ich kann mir nicht vorstellen, dass Claire Doniger ohne fremde Hilfe aus diesem Kellerraum entkommen ist – irgendjemand muss ihr die Wahrheit gesagt haben. Und das heißt, jemand muss von unserem Plan gewusst haben.«

»Aber niemand weiß davon, Guff! Selbst wenn McCabe sie laufen gelassen hat, heißt das noch lange nicht, dass es die Schuld meines Mannes war!« Als die Lifttüren aufgingen, rannte Sara unverzüglich zu dem Polizeiauto vor dem Eingang.

»Wo wollen Sie hin?«, fragte Guff und eilte ihr hinterher. »Laufen Sie doch nicht weg!«

»Wir müssen auf schnellstem Weg zu Elliott«, rief Sara. »Er ist der Einzige, der jetzt noch zu überprüfen bleibt.«

»Und wenn Conrad –«

»Wenn Conrad noch bei ihm ist, steigen wir auf die Story ein, die er ihm erzählt. Wenn nicht, sagen wir Elliott, wir führen eine Nachuntersuchung durch.«

»Gute Idee. Trotzdem sollten Sie langsam anfangen, sich über Ihren Mann Gedanken zu machen. Lassen Sie ihn doch von einem der beiden Beamten überprüfen.«

»Wie oft muss ich Ihnen noch sagen: So etwas würde Jared nie tun!«

Guff wischte sich die Hände an der Hose ab. Er war hin und her gerissen. Einerseits wollte er sie nicht noch mehr unter Druck setzen, andererseits wurde er allmählich zunehmend frustrierter. Deshalb fragte er sie in verständnisvollerem Ton: »Wenn Sie sich Ihrer Sache so sicher sind, warum können Sie ihn dann nicht finden? Warum ist er plötzlich spurlos verschwunden?«

Sara sah ihren Assistenten eisig an. »Geben Sie mir Ihr Telefon«, sagte sie zu einem der Polizisten und wählte rasch Jareds

Nummer. Es ging noch immer niemand dran. Sie gab das Telefon zurück.

»Verstehen Sie jetzt, was ich meine?«, sagte Guff. »Sie sollen ihn ja nicht gleich verhaften – ich finde nur, Sie sollten jemanden in sein Büro schicken, um der Sache vor Ort nachzugehen. Bei allem, was im Moment passiert, sollten wir eigentlich wissen, wo er ist.«

Schweigend ließ sich Sara Guffs Vorschlag durch den Kopf gehen. »Und dabei bleibt es auch? Sie werden ihn nicht verhören? Sie fahren nur hin, um herauszufinden, wo er ist?«

»Das bleibt ganz Ihnen überlassen.«

»Okay.« Sara stieg in das Polizeiauto und warf die Tür zu.

Guff wandte sich wieder den zwei Polizisten zu. »Können Sie jemanden zu Wayne & Portnoy schicken?«

»Bin schon dabei«, sagte der größere der beiden Polizisten und zog sein Walkie-Talkie heraus.

»Und vielleicht sollte einer von Ihnen hier bleiben«, fügte Guff hinzu. »Falls Claire Doniger doch noch auftaucht.«

»Das kann ich übernehmen«, sagte der andere Beamte.

Als der erste Polizist die Anweisungen durchgab, nahm Guff auf dem Rücksitz des Wagens Platz. Sara strahlte inzwischen eine stoische Ruhe aus. Die Arme über der Brust verschränkt, blickte sie unverwandt zum Seitenfenster hinaus.

»Sara, Sie wissen genau, es ist das einzig Vernünftige –«

»Schon gut«, sagte sie. »Es ist bereits passiert.«

Rafferty spähte aus dem Wohnzimmerfenster, von dem man den Eingang des Gebäudes im Blick hatte, und wartete, bis Sara und die anderen weggefahren waren. Dann ging er auf den Flur hinaus. Auch hier vergewisserte er sich erst, dass niemand ihn beobachtete, bevor er den Gang hinunter zum Müllraum ging, wo Kozlow und Claire Doniger warteten.

»Mann, da müssen Sie dem Türsteher aber ein tolles Weihnachtsgeschenk gemacht haben«, sagte Kozlow.

»Zum Glück für Sie«, sagte Rafferty.

»Nein, Sie haben Glück gehabt«, sagte Kozlow und ging in Raffertys Wohnung zurück.

Rafferty und Claire Doniger umarmten sich auf dem Flur. »Gab es irgendwelche Probleme?«, fragte Claire Doniger.

»Nein«, erwiderte Rafferty, der sie immer noch umarmte. »Jetzt nicht mehr.«

»Kann Ihre Wiedersehensfeier nicht noch etwas warten?«, rief Kozlow. »Ich möchte endlich weg hier.«

»Nur keine Hektik.« Rafferty ging in seine Wohnung zurück und schlüpfte in seinen Mantel. »Zunächst müssen wir an dem Polizisten vorbeikommen, den Sara Tate hier gelassen hat, und dann habe ich ein ernstes Wörtchen mit dem Mann zu reden, dem wir zu verdanken haben, dass sie überhaupt hier aufgetaucht ist.«

»Unten ist ein Cop postiert? Wie sollen wir an dem vorbeikommen?«

»Dieses Gebäude hat vierundzwanzig Stockwerke, einen Pool auf dem Dach, einen eigenen Fitnessraum, eine Tiefgarage und eine Reinigung im Keller – glauben Sie nicht, da könnte es auch noch einen Nebeneingang geben?«

Als Sara und ihre Begleiter in Richtung Downtown rasten, fragte der Polizist am Steuer des Polizeiautos: »Wo genau wollen Sie eigentlich hin?«

»Nach Hoboken«, sagte Sara, die auf dem Beifahrersitz saß.

Der Polizist hielt mit quietschenden Bremsen an. »Kommt nicht infrage! Nicht in diesem Wagen. Hoboken liegt in Jersey. Dort haben New Yorker Cops nichts zu suchen.«

»Wenn Sie einen Verdächtigen verfolgen, schon«, sagte Sara.

»Sieht es so aus, als wäre dieser Elliott direkt vor uns? Sieht es so aus, als würde er sich durch Überqueren der Staatsgrenze seiner Festnahme entziehen? Sieht es so aus, als wären wir ihm dicht auf den Fersen?«

»Hey, dort ist er!«, rief Guff. »Ich kann ihn sehen! Eine Straße weiter! Schnappen wir uns den Kerl!«

Der Polizist machte keine Anstalten weiterzufahren. »Ich bin völlig Ihrer Meinung: Diese Bestimmungen sind total idiotisch. Aber in Jersey machen sie ein Riesentheater, wenn wir uns nicht daran halten. Der letzte Kollege, der ohne Erlaubnis eine Staatsgrenze überquert hat, wurde drei Monate nach Port Authority strafversetzt. Er meinte, die Auspuffgase der Busse wären schlimmer gewesen als der Uringestank.«

»Jetzt stellen Sie sich nicht so an«, sagte Sara. »Wir machen doch nicht irgendwas Verrücktes. Wir wollen bloß diesen Kerl finden und ihn aufs Revier zurückbringen.«

»Machen Sie meinetwegen, was Sie wollen. Aber nicht in diesem Wagen, solange Sie nicht die entsprechenden Papiere haben.«

»Na schön.« Sara öffnete die Tür. »Dann nehmen wir uns eben ein Taxi. Wir fahren hin und holen ihn uns selbst.«

»Nein«, sagte Guff. »Das geht nicht.«

»Warum? Fangen Sie jetzt etwa auch noch mit diesem bürokratischen Quatsch an?«

»So leid es mir tut, aber so ist es nun mal. Wenn wir Elliott ohne entsprechende Befugnis festnehmen, gefährden wir den Fall und alles, was wir herausfinden.«

»Aber –«

»Sara, Sie wissen doch, wie das läuft. Sie dürfen jetzt nicht den Kopf verlieren. Wenn Sie sich nicht an die Bestimmungen halten, lässt der Richter keines Ihrer Beweismittel zu.«

»Nehmen Sie sich doch die zehn Minuten Zeit, um die entsprechenden Papiere anzufordern«, fügte der Beamte hinzu. »Sie können sie der Polizei von Hoboken faxen. Dann haben die sie bereits, wenn wir den Lincoln Tunnel erreichen.«

»Meinen Sie wirklich?«, fragte Sara unschlüssig.

»Natürlich«, sagte der Polizist. »Wie lange kann das bisschen Papierkram schon dauern?«

Eine halbe Stunde später wartete das Polizeiauto in der Schlange an der Einfahrt zum Lincoln Tunnel. »Das ist nicht zu fassen«, schimpfte Sara und drosch auf das Armaturenbrett ein. »Ich wusste, wir hätten nicht anrufen sollen.«

»Jetzt regen Sie sich mal nicht auf«, sagte der Officer. »Besser, wir lassen uns jetzt Zeit, als dass wir die Dinge überstürzen und es später bereuen.«

»Mich wundert nur, dass sich diesen Trick nicht sämtliche Kriminellen zunutze machen«, sagte Guff. »Wenn ich in New York gegen ein Gesetz verstoßen würde, würde ich als erstes nach New Jersey ziehen. Dort könnte mir kein Mensch was anhaben.«

»Das wissen bestimmt alle«, sagte der Polizist, um die Atmosphäre etwas zu entkrampfen. »Aber wer will schon in Jersey wohnen?« Als niemand auf den Scherz reagierte, fügte er hinzu: »Jetzt hören Sie aber mal, das war doch lustig!«

»Lassen Sie's mal gut sein«, sagte Sara. »Dafür ist jetzt nicht der richtige Zeitpunkt.«

»Wer ist da?«, kam Elliotts Stimme aus der Türsprechanlage.

»Rafferty. Lass uns rein!« Das Summen des Öffners ertönte, und sie stiegen die Treppe hinauf.

Als Elliott die Tür einen Spaltbreit öffnete, sah er Rafferty und Kozlow. »Was freut ihr euch denn so?«, fragte Elliott. Als Kozlow die Tür auftrat, konnte er auch Claire Doniger sehen.

»Sieh mal einer an«, sagte Elliott. »Sie haben uns also angeschmiert.«

»Sie haben uns gegeneinander auszuspielen versucht«, sagte Rafferty und betrat die Wohnung. »Ich verstehe nur nicht, wie sie darauf gekommen sind, gegen dich vorzugehen.«

»Frag doch ihn.« Mit den Blicken Elliotts Handbewegung folgend, sahen Rafferty, Kozlow und Claire Doniger in das andere Zimmer. Dort lag Conrad Moores Leiche immer noch auf dem Boden.

»O Gott!«, entfuhr es Claire Doniger.

»Bist du komplett verrückt geworden?«, schrie Kozlow. »Weißt du, was das heißt?«

»Ich weiß genau, was es heißt«, sagte Elliott. »Es heißt, dass ich fein raus bin.«

Zähneknirschend drehte Rafferty sich langsam um. »Du miese Ratte.«

»Was hast du denn plötzlich?«, fragte Elliott unschuldig.

»Du wusstest die ganze Zeit Bescheid, stimmt's? Du wusstest, dass sie noch am Leben war, und du wusstest, was sie vorhatten.«

»Ich habe keine –«

»Mach mir nichts vor, Elliott! Deine ständigen Lügen werden dir noch das Genick brechen. Du hast Sara Tate schon die ganze Zeit gedroht. Deshalb wusste sie, dass du mit beteiligt bist; deshalb wusste sie, dass sie dir auf die Finger sehen muss, und deshalb wollte sie sich nicht auf eine Einstellung des Verfahrens einlassen. Obwohl du dich aus allem raushalten solltest, musstest du deine gierige Nase unbedingt wieder reinstecken.«

Elliott zog sich in die Küche zurück und versuchte Rafferty hinter sich herzulocken. Wenn es überzeugend aussehen sollte, musste sich alles am richtigen Platz befinden. »Ich weiß überhaupt nicht, wovon du redest, Oscar.«

»Du verlogenes Stück Scheiße!«, brüllte Rafferty. »Hältst du mich eigentlich für blöd?« Er versetzte Elliott einen Stoß gegen die Brust, so daß dieser gegen den Küchentisch flog. »Denkst du, ich habe keine Augen im Kopf? Ich weiß genau, was du vorhast. Du versuchst dir das Geld selbst unter den Nagel zu reißen.«

Noch ein bisschen näher, dachte Elliott. Näher zum Fenster. Die Winkel mussten stimmen. »Ich schwöre dir, ich –«

»Hör endlich auf, mich zu belügen!«, schrie Rafferty. »Ich habe dich nur um einen kleinen Gefallen gebeten: Hilf mir jemanden finden, der ihm die Spritze gibt. Das war deine Aufgabe. Und was machst du? Du wendest dich gegen mich! Gegen *mich*! Ich habe dich praktisch großgezogen – und so vergiltst du es mir jetzt?«

Elliott blieb abrupt stehen. »Du hast mich nicht großgezogen!«

»Ach nein? Und wer hat deiner Mutter Geld gegeben, nachdem Arnold sie rausgeworfen hatte? Wer hat ihr Jahr für Jahr Geld geschickt, bis du sechzehn warst? Wer –«

»Sie war dir doch scheißegal – du hattest bloß Angst!« Elliott entfernte sich wieder vom Fenster und blieb direkt vor Rafferty stehen. »Bis zu dem Tag, an dem sie starb, hattest du Angst, dass sie ihn verklagen könnte. Dass sie sich rächen und seine lächerliche Ehe zerstören würde. Oder noch schlimmer, dass sie das einzig Richtige täte und deine über alles geliebte Firma verklagen würde. Vergewaltigungsprozesse können bekanntlich recht unangenehm werden.«

»Deine Mutter wurde nicht vergewaltigt«, sagte Rafferty.

»*Und ob!*«, schrie Elliott, dass ihm eine Ader an der Stirn hervortrat. »Er hat sie so fest geschlagen, dass er ihr den Kiefer gebrochen hat! Ich habe die Behandlungsunterlagen noch, ich kann es beweisen! Und als er herausfand, dass sie schwanger war, hat er sie auf die Straße gesetzt!« Als Elliott Claire Donigers Reaktion sah, fuhr er, an sie gewandt, fort: »Das hätten Sie nicht gedacht, wie? Sie wussten zwar, dass er brutal war, aber nicht, dass er so schlimm war. Sonst hätten Sie ihn vielleicht sogar schon früher umgebracht.«

»Jetzt aber genug!«, ging Rafferty dazwischen. »Lass sie aus dem Spiel!«

»Warum? Sie ist genauso verantwortlich wie du. Genau genommen, sogar mehr. Hätte sie keine Angst gehabt, Arnold die Spritze zu geben, hätten wir Kozlow nicht anzuheuern brauchen. Und wenn wir ihn nicht angeheuert hätten –«

»Hey, du Arschloch –«, fiel Kozlow ihm ins Wort.

»Halt du dich da raus«, knurrte Rafferty, der in der Mitte der Küche stand und sich wieder Elliott zuwandte. »Wir haben Kozlow hinzugezogen, weil wir alle ein Alibi wollten – selbst du weißt, dass das stimmt.«

»Das stimmt. Aber die Geschichte meiner Mutter soll gelogen sein?«

»Elliott, deine Mutter war eine Nymphomanin, die förmlich darum bettelte. Jeden Tag. Ich habe ihr aus Mitleid Geld gegeben, nicht weil ich ein schlechtes Gewissen hatte. Und wenn sie dir erzählt hat, sie sei vergewaltigt worden, dann nur, weil ihr die Wahrheit peinlich war.«

»Du lügst!«

»Nein, tue ich nicht.« Rafferty steckte die Hände in die Taschen seines Mantels. »Und wenn du wieder auf den Boden der Tatsachen zurückkommen willst, solltest du langsam anfangen, das zu glauben, und aufhören, in der Traumwelt deiner Mutter zu leben.«

Außer sich vor Wut griff Elliott nach seinem Revolver. »Du verdamm-«

Drei Schüsse fielen. Zwei trafen Elliott, einer durchschlug das Küchenfenster rechts von ihm. Elliott fiel zu Boden, und sein Blut kroch über das Linoleum. Ohne seinem Opfer Beachtung zu schenken, sah Rafferty auf das Loch hinab, das er gerade durch die Tasche seines Mantels geschossen hatte.

»Nein!«, kreischte Claire Doniger und wich taumelnd zurück, bis sie gegen den Kühlschrank stieß.

»War das wirklich nötig?«, fragte Kozlow.

»Ist er tot?«, fragte Rafferty und beobachtete, wie sich das Blut weiter auf dem Küchenboden ausbreitete.

»Natürlich. Sie haben ihn in die Brust geschossen.« Kozlow beugte sich über Elliott, um sich zu vergewissern, dass er tatsächlich tot war. »Was haben Sie sich dabei eigentlich gedacht, Mann?«

Rafferty, der hinter Kozlow stand, sagte: »Ich habe nur getan, was ich schon hätte tun sollen, als das hier losging.« Er richtete seine Waffe auf Kozlow.

»Bist du verrückt, Oscar?«, schrie Claire.

Kozlow spürte die Mündung der Waffe an seinem Hinterkopf. »Oscar, wenn es das ist, was ich glaube, sind Sie ein toter Mann.«

»Nein, nicht ich bin der tote Mann«, sagte Rafferty mit bebender Stimme. »Sehen Sie sich doch mal aufmerksam um. Sie sind derjenige, der ihn erschossen hat. Nicht ich. Sie! Wenn Sie sich nicht wie der letzte Idiot aufgeführt hätten, wäre alles glatt über die Bühne gegangen. Kein Mensch hätte etwas gemerkt.«

»Nehmen Sie sofort die Waffe runter«, sagte Kozlow.

»Sagen Sie mir nicht, was ich zu tun habe!«

»Nimm die Waffe runter!«, rief Claire Doniger.

»Erst mache ich dich zur Sau, und dann sie«, zischte Kozlow, inzwischen außer sich vor Wut. »Im Vergleich dazu ist Patty Harrison noch richtig gut weggekommen.« In der Hoffnung, Rafferty in die Augen sehen zu können, drehte Kozlow den Kopf.

»Keine Bewegung!«, schrie Rafferty.

»Oscar, nicht!«, flehte Claire Doniger.

Kozlow war sprungbereit. »Ich schlitze dich auf und –«

»Keine Bewegung!«, wiederholte Rafferty. *»Ich meine es ernst!«*

Aber Kozlow ließ sich nicht aufhalten. Er wirbelte herum und wollte Rafferty an die Kehle. Doch bevor er sie zu fassen bekam, fiel ein Schuss. Eine rote Fontäne spritzte durch die Küche und Kozlow ging in die Knie. Dann schlug sein Kopf dumpf auf den Boden.

»O Gott!«, kreischte Claire Doniger los. »O mein Gott!«

»Claire, bitte dreh jetzt nicht durch.«

Zitternd sah Claire Doniger erst Elliott, dann Kozlow an. Inzwischen waren beide blutüberströmt. Sie stürzte an die Spüle und übergab sich.

»Verdammt noch mal, Claire, was machst du da?!«, schrie Rafferty. »Sie dürfen nicht merken, dass wir hier waren!« Er zog ein Paar Lederhandschuhe aus seiner Manteltasche und drehte den Wasserhahn auf, während Claire Doniger noch immer würgend dastand. Um den Geruch zu überdecken, verteilte er Geschirrspülmittel über die ganze Spüle. Dann nahm er Elliotts Schlüssel vom Küchentisch, ging ins Wohnzimmer und öffnete die Truhe. Nachdem er kurz darin gewühlt hatte, fand er den Inhalt von Sara Tates Brieftasche und die Plastikhände mit seinem Namen darauf. Die Handschuhe fehlten – was hieß, dass Elliott sie trug. »Perfekt. Das ist die perfekte Entlastung«, sagte Rafferty und warf die Hände beiseite. »Jetzt ist er ich.« Er zog die Warren-Eastham-Handschuhe aus und ging damit in die Küche zurück.

Da er wusste, dass die Handschuhe die Ermittlungen erschweren würden, stopfte er sie in Kozlows Gesäßtasche, packte Kozlows Hand und schleppte ihn mit dem Gesicht nach unten auf die andere Seite der Küche. Als er Kozlows Jackett am Rücken hochzog, entdeckte er die Waffe. Er zog sie aus dem Hosenbund. Dann nahm er seine eigene Waffe und schoss ihm damit zweimal in den Rücken und einmal ins Bein. Schließlich drückte er seine Waffe Elliott in die Hand und steckte Kozlows Waffe ein. »Jetzt sieht es aus, als hätten sie Streit gehabt«, sagte er. »Als Kozlow gehen will, schießt ihn Elliott von hinten nieder. So war's. Nur das ergibt einen Sinn.« Rafferty sah zu Claire Doniger hinüber, die immer noch über die Spüle gebeugt stand. »Alles in Ordnung?«

»Nein, gar nichts ist in Ordnung!«, erwiderte sie schluchzend. »Du hast ihn einfach in den Kopf geschossen! Du hast zwei Menschen umgebracht! Was ist nur mit dir los?«

»Bitte sag so etwas nicht, Claire! Was hätte ich denn tun sollen? Etwa weiter mit ansehen, wie sie mich vollends ruinieren?«

»Wir sind bereits ruiniert. Glaubst du im Ernst, Sara Tate wird –«

»Sei still!«, schrie Rafferty. »Hör endlich auf damit! Wir kriegen das schon hin!«

Claire Doniger, die immer noch am ganzen Körper zitterte, sah aus, als würde sie jeden Moment in Ohnmacht fallen. »Bring mich bitte hier raus.«

»Sofort.« Rafferty zog sie am Arm zur Tür. »Ich muss vorher nur noch kurz etwas erledigen.«

»Tut mir Leid, dass wir Sie aufgehalten haben«, sagte der Polizist aus Hoboken, als sie auf das Haus zugingen, in dem Elliott wohnte.

»Das macht nichts«, sagte Sara, als sie auf die Klingel von Apartment 8 drückte.

Als nach mehrmaligem Läuten keine Antwort kam, warf sich der Cop mit der Schulter gegen die Tür. Sie flog krachend auf.

Auf der obersten Etage angekommen, klopften sie an Elliotts Tür. Wieder keine Antwort. »Elliott, sind Sie da?«, rief Sara. »Conrad?« Als sie am Türknauf drehte und feststellte, dass nicht abgeschlossen war, öffnete sie die Tür. »O Gott!«

»Kennen Sie diese Leute?«, fragte der Cop aus New Jersey.

Sara antwortete nicht. Sie konnte den Blick nicht von der blutigen Szene abwenden. Das war anders als bei der Obduktion – diese Leute kannte sie. Und so sehr sie sie auch gefürchtet hatte, keiner von ihnen hatte verdient, so zu sterben. »Einfach unfassbar. Warum haben sie … Wie konnte er das tun?«

An den New Yorker Polizisten gewandt, sagte Guff: »Hoffen wir mal, dass sich der bürokratische Aufwand auch gelohnt hat.«

»Geben Sie mir nicht die Schuld daran«, erwiderte der Cop.

»Sieht nach einem Raubüberfall aus«, sagte der Cop aus New Jersey, als er den Tatort studierte. »Der Kerl in der Lederjacke schießt auf den mageren Typen, aber als er gehen will, rappelt sich der Magere noch mal hoch und schießt dem mit der Lederjacke in den Hinterkopf.«

»Das glauben Sie doch selbst nicht!«, sagte Sara. »Sehen Sie sich die Blutspuren auf dem Boden an. Ganz offensichtlich hat jemand Kozlows Leiche durch die Wohnung gezogen.«

»Oder er hat zur Tür zu kriechen versucht«, machte der Cop aus New Jersey geltend.

»O nein!« Guffs zitternde Stimme kam aus dem Wohnzimmer. »Sara! Sara, kommen Sie!«

Als Sara ins Wohnzimmer stürzte, sah sie Guff auf dem Boden knien. Und neben ihm lag Conrad Moores lebloser Körper. »O nein! Bitte nicht!« Schluchzend kniete Sara neben Guff nieder und nahm Moores Kopf zwischen die Hände. »*Einen Krankenwagen! Wir brauchen einen Krankenwagen!*« Sie wollte weinen, aber es kamen keine Tränen. Sie legte den Kopf auf Moores Brust und lauschte nach dem Herzschlag. Nichts. »Komm schon«, sagte sie und schlug ihm sanft gegen die Wange. »Ich weiß, du bist noch da. Gib nicht auf!« Immer noch nichts. Sie schlug ihm auf die Brust. »Hast du gehört? Du darfst nicht aufgeben! Ich lasse dich nicht!« Wieder schlug sie auf ihn ein. Und noch einmal. Aber er bewegte sich immer noch nicht. Als sie mit zitternden Händen sein blutgetränktes Hemd packte, begann sie zu hyperventilieren. »Bitte, Conrad, das darfst du mir nicht antun. Bitte, verlass mich nicht! Bitte. Bitte verlass mich nicht. Nicht wieder.« Als ihr endlich die Tränen kamen, wollte sie ihn wachrütteln. Sie wollte weiter auf seine Brust einschlagen. Sie wollte sein Herz schlagen hören. Aber vor allem wollte sie ihn zurückhaben.

Als sie sich umdrehte, weinte Guff immer noch. »Kommen Sie«, sagte sie und breitete die Arme aus. Guff ließ sich einfach gegen sie sinken. So kauerten die beiden schließlich eine Minute auf dem Boden und versuchten sich gegenseitig stumm zu trösten. »Wie furchtbar«, sagte Sara schließlich und massierte ihm den Rücken. »Es tut mir so Leid.«

»Er war mein Freund«, schluchzte Guff. Während Sara dem Auf und Ab von Guffs Schluchzen lauschte, überlegte sie, wie es dazu hatte kommen können. Conrad war nicht bloß überrumpelt worden. Er war regelrecht in einen Hinterhalt gelockt worden. Und dazu hatte jemand wissen müssen, dass er kommen würde. Sara stand auf und wischte sich mit dem Ärmel die Tränen aus dem Gesicht. Conrad hatte sie gewarnt, aber sie hatte nicht auf ihn gehört. Diesen Fehler würde sie kein zweites Mal machen. »Rufen Sie im Revier an, ob sie Jared schon gefunden haben«, wandte sie sich an den New Yorker Cop.

Als er zu wählen begann, half Sara Guff vom Boden hoch.

»Glauben Sie wirklich, dass er es war?«, fragte Guff.

»Ich weiß nicht mehr, was ich glauben soll. Alles, was ich weiß, ist –«

»Was?«, entfuhr es dem Polizisten am Telefon. »Wann?« Nach längerem Schweigen antwortete er schließlich: »Sie ist hier. Nein, verstehe. Ich bringe sie gleich zurück.« Er schob die Antenne ein und sah Sara schockiert an.

»Was ist?«, fragte sie. »Was ist passiert?«

»Eben kam von Wayne & Portnoy ein Notruf rein. Der Officer, der dort vorbeischauen sollte – man hat auf ihn geschossen.«

20

Die Menge vor dem Büro von Wayne & Portnoy war wesentlich ruhiger, als Sara erwartet hatte, aber die Leute weigerten sich beharrlich, den Weg zum Eingang freizugeben. Evakuierte Angestellte drängten sich um die Tür und versuchten sich mit Händen und Füßen die Plätze mit dem besten Blick auf das Geschehen zu erkämpfen.

»Diese beknackte Stadt macht aus jeder Katastrophe eine Sportveranstaltung«, brummte der Beamte, als sich das Polizeiauto langsam einen Weg durch die ständig wachsende Menschenmenge bahnte.

Schon lange bevor der Wagen anhielt, hatte der Polizist bereits die Tür geöffnet, und als sie noch etwa einen halben Block von dem Gebäude entfernt waren – näher würden sie wohl nicht herankommen –, drückte er sie ganz auf und sprang aus dem Wagen. Guff folgte ihm rasch. Sara rührte sich nicht von der Stelle.

Guff drehte sich um und blieb stehen. »Kommen Sie doch mit!«

»Und was ist, wenn er –«

»Sara, irgendwann müssen Sie der Wahrheit ins Auge sehen. Sonst werden Sie nie herausfinden, was passiert ist.«

Sara nickte. Sie wusste, Guff hatte Recht. Als sie schließlich ausstieg, hetzte Guff hinter dem Polizisten her, der sich auf den Eingang des Gebäudes zukämpfte. Auch Sara begann sich in derselben Richtung wie ihr Assistent durch die dicht gedrängte Menge zu zwängen. Doch schon nach wenigen Sekunden hatte sie Guff, der zu klein war, um aus dem Gewühl herauszuragen, aus den Augen verloren. »*Guff, warten Sie!*«, rief sie. Es war zu spät. Er war verschwunden. Als Sara, um besser sehen zu können, ein paarmal in die Höhe sprang, entdeckte sie den Polizisten. Er hielt seine Dienstmarke in die Höhe und hatte fast den Eingang des Gebäudes erreicht. Doch als sie ihm zu folgen versuchte, erhaschte sie plötzlich einen kurzen Blick auf jemanden, der sich etwa dreißig Meter von ihr entfernt in entgegengesetzter Richtung einen Weg durch die Menge bahnte. Sie konnte ihn zwar nur von hinten sehen, aber sein sportlicher Gang war unverkennbar. Sara blieb wie angewurzelt stehen. »Jared?«

Falls der Mann sie gehört hatte, blieb er jedenfalls nicht stehen. Um besser sehen zu können, reckte Sara den Hals, aber die Menschen um sie herum standen zu dicht. »*Jared!*«, rief sie noch einmal. Er blieb trotzdem nicht stehen. Sara zwängte sich durch die Menge und folgte der Gestalt. Vergiss es, versuchte sie sich einzureden. Er ist es gar nicht! Doch als sie sein perfekt gekämmtes braunes Haar in dem Meer aus Schaulustigen verschwinden sah, war die Ähnlichkeit nicht zu verkennen. Deshalb schrie sie: »JARED, ICH BIN ES!«

In diesem Augenblick drehte sich der Mann um, und Saras Mund wurde trocken. Einen Moment trafen sich ihre Blicke. Mehr brauchte sie nicht zu sehen. Er war es. Es war ohne Zweifel ihr Mann. Ohne eine Reaktion zu zeigen, drehte sich Jared wieder um und lief los. »Jared, warte!«, schrie sie, als ihn die Menge zu verschlucken schien.

Sie streckte die Arme nach vorn, um sich freie Bahn zu verschaffen, und versuchte, Boden gutzumachen. Aber er wechselte ständig die Richtung und schien sich das allgemeine Durcheinander zunutze zu machen. »Jared!« Sie konnte ihn kaum mehr sehen. »Bitte warte!« Aber Jared blieb nicht stehen. Und je öfter Sara in ihrer Panik mit einem Schaulustigen zusammenstieß, desto deutlicher wurde ihr bewusst, dass sie ihn nicht einholen würde. Sein Vorsprung wurde größer.

Jared entfernte sich immer weiter die Seventh Avenue hinunter, und schließlich verlor ihn Sara ganz aus den Augen. Einer Panik nahe, riss sie ihre Dienstmarke heraus und hielt sie in die Höhe. »Polizei!«, schrie sie. »Halten Sie diesen Mann fest!« Auch wenn kein Mensch Anstalten machte, den Flüchtigen festzuhalten, kam Sara nun zumindest schneller voran, da sich die Menge, die sich hinter Jared geteilt hatte, nicht sofort wieder schloss und ihr somit die Verfolgung erleichterte.

Als sie die Forty-ninth Street erreichte, blieb Sara stehen. Jared war verschwunden. Sie blickte die Seventh Avenue hinunter, aber dort war niemand zu erkennen, der zu rennen schien. Vielleicht hat er auf der Forty-ninth kehrtgemacht, dachte sie. Dann hörte sie jemanden rufen: »Pass doch auf, du Arsch!« und sah einen aufgebrachten Mann, der über seine Schulter zurücksah, aus dem Eingang zur U-Bahn kommen. Das musste er sein. Sie rannte die Treppe hinunter und stieß prompt auf die nächste Menschenmenge. Man hätte meinen können, alle, die sich nicht um die Kanzlei drängten, versuchten gerade in die U-Bahn zu kommen. Sara rannte an der langen Schlange vor dem Fahrkartenschalter vorbei und sprang über eine der Sperren.

Sie wurde von einem Angestellten der Verkehrsbetriebe angehalten. »Tut mir Leid, nur mit Fahrschein.«

»Lassen Sie mich sofort los«, fauchte Sara. »Mein Mann –«

»Ihr Mann interessiert mich nicht. Sie dürfen hier ohne –«

Sie hielt ihm ihre Dienstmarke unter die Nase. »Möchten Sie vielleicht mit meinem Boß sprechen?«

»Entschuldigung, ich konnte ja nicht wissen, dass Sie –«

Doch bevor der Mann den Satz zu Ende sprechen konnte, hastete Sara bereits weiter und den Bahnsteig entlang. Sie brauchte nur dreißig Sekunden, um Jared zu finden. Er bahnte sich durch die Menge einen Weg auf die Bahnsteigkante zu. Da inzwischen fast alle reglos dastanden, um auf die U-Bahn zu warten, konnte Sara erkennen, dass zwei weitere Personen neben ihm liefen. Als sie nur noch wenige Schritte von ihm entfernt war, sah sie, um wen es sich handelte. Und als sie sah, um wen es sich handelte, wurde ihr auch klar, warum Jared nicht stehen geblieben war.

»Sie geben wohl nie auf?«, fragte Rafferty, der hinter Jared stand und sich jetzt gerade soweit herumdrehte, dass Sara sehen konnte, dass er ihrem Mann einen Revolver in den Rücken drückte. Neben Rafferty war Claire Doniger.

»Bist du verletzt?«, fragte Sara ihren Mann.

»Nein«, antwortete er. Und an Rafferty gewandt, fügte er hinzu: »Lassen Sie Sara laufen!«

»Auf gar keinen Fall. Jetzt, wo ich eine zweite Gei-«

»Er hat eine Waffe!«, schrie jemand, und im selben Moment brach eine Panik aus. Sämtliche Umstehenden rannten auf die Sperren zu.

Sara machte sich das allgemeine Durcheinander zunutze und griff nach der Waffe in ihrer rechten Hosentasche.

»Lassen Sie das lieber«, warnte Rafferty sie. Gleichzeitig schob er Jared beiseite und richtete seine Waffe auf Sara. »Sie haben ausgespielt.« Er schwitzte stark und wirkte ziemlich aufgelöst.

Als Jared an der Bahnsteigkante stehen blieb, erstarrte Sara. Jared, der merkte, dass Rafferty nun seine Frau bedrohte, reagierte genauso.

»Und jetzt geben Sie Claire Ihre Waffe«, forderte Rafferty Sara auf, während sich die Menschen auf dem Bahnsteig weiter zerstreuten.

Claire Doniger griff nach der Waffe, aber Sara zögerte noch, sie herauszugeben. »Sie sollten das nicht tun«, redete sie Claire Doniger ins Gewissen.

»Seien Sie still«, fuhr Claire Doniger sie an. Sie nahm Sara die Waffe ab und führte sie an die Bahnsteigkante, neben ihren Mann.

Als Sara an Jared vorbeiging, warf sie ihm einen verzweifelten Blick zu. Sie mussten etwas unternehmen.

In diesem Moment traf Jared eine Entscheidung. Er konnte zwar Rafferty nicht richtig sehen, aber er war fest entschlossen, seine Frau zu retten. Und gerade als Claire Doniger an ihm vorbeiging, trat er ihr mit aller Kraft in die Kniekehle, sodass ihr die Beine unter dem Körper weggerissen wurden. Sie fiel hin und ließ die Waffe fallen. Sara reagierte blitzschnell. Sie warf sich auf Rafferty, der seine Waffe zu Jared herumriss.

Rafferty gab einen einzigen Schuss ab, dann richtete er die Waffe wieder auf Sara. Doch bevor er abdrücken konnte, warf sich Sara gegen ihn und rammte ihm das Knie in den Unterleib. Die Waffe flog Rafferty aus der Hand, aber Sara war zu spät gekommen – auf Jared hatte er bereits einen Schuss abgegeben. Und im selben Moment, in dem Rafferty vor Schmerzen vornübersackte, hörte Sara ihren Mann aufschreien.

»*Jared!*«, rief sie. Sie wirbelte herum, aber er war nirgendwo zu sehen. Sie rannte an die Bahnsteigkante zurück. Er lag auf den Gleisen. Aus seiner Schulter floss Blut. »Jared, was ist? Kannst du mich hören?«

Er antwortete nicht. Seinem abwesenden Blick nach zu schließen, hatte er einen Schock erlitten.

Währenddessen half Claire Doniger Rafferty wieder auf die Beine. Rechts von ihr an der Bahnsteigkante lag Raffertys Waffe. Sara sah noch einmal zu ihrem Mann hinunter. Er begann bereits wieder, sich von seinem Schock zu erholen. Schnapp dir die Waffe, sagte sie sich. Jared kommt auch allein klar. Doch als sie auf die Waffe zustürzen wollte, hörte sie das elektronische Warngeräusch, das die Ankunft einer U-Bahn ankündigte. Als sie sich über die Bahnsteigkante lehnte, konnte sie bereits die Lichter der U-Bahn im Tunnel sehen. Sie hatte nicht mehr viel Zeit. Jared lag immer noch da. Und die Waffe auch. Sie mußte sich entscheiden. Die Wahl fiel ihr nicht schwer.

Doch als sie sich an der Bahnsteigkante abstützte, um auf die Gleise hinabzuspringen, packte Rafferty sie an den Haaren und riss sie nach hinten. Aber Sara gelang es, sich herumzudrehen. »*Lassen Sie mich los! Ich bringe Sie um!*« Blindlings um sich schlagend, krallte sie nach seinen Armen, nach seinem Gesicht – nach allem, was sie von ihm zu fassen bekam, nur damit er sie losließ. Mit so viel Entschlossenheit hatte Rafferty nicht gerechnet. Er ließ Sara los und ging in die Hocke, um die Waffe aufzuheben. Sara wusste, sie musste sich beeilen. Von der Bahnsteigkante konnte sie die U-Bahn bereits auf die Station zufahren sehen. Um noch auf die Gleise hinabzuspringen und wieder hochzuklettern, würde die Zeit auf keinen Fall reichen. Deshalb schrie sie: »*Jared! Steh auf!*«

Und tatsächlich versuchte Jared sich hochzurappeln. Seine Beine fühlten sich an wie aus Gummi, und als die Schmerzen einsetzten, wurde ihm vom Geruch seines eigenen Bluts übel.

»Es geht schon«, sagte Sara. »Nimm meine Hand!« Sie warf sich auf den Bauch und streckte ihren Arm zu Jared hinunter. Die einfahrende U-Bahn brachte den Boden zum Beben, und als der Lärm lauter wurde, stoben die Ratten davon.

Jared ergriff die Hand seiner Frau. Doch bevor sie ihn hochziehen konnte, sah sie, wie Jared über ihre Schulter blickte. Hinter ihr war jemand. Sie drehte sich um.

Rafferty hatte seine Waffe auf sie gerichtet und sah Jared mit kalten Augen an. »Lassen Sie sie los!«

»Bitte nicht«, flehte Sara.

Rafferty antwortete nicht. Er konnte die hellen Lichter der U-Bahn aus dem Tunnel kommen sehen. »Grüßen Sie Saras Eltern schön von mir.«

Nur noch ein paar Sekunden und die U-Bahn hätte sie erreicht. Das war Jareds letzte Chance, auf den Bahnsteig zu klettern. Aber um Sara nicht zu gefährden, ließ er ihre Hand los und wich vor ihr zurück.

»*Was tust du da?*«, schrie Sara, aber ihre Stimme ging fast im Getöse der einfahrenden U-Bahn unter.

»*Er bringt dich sonst um!*«, schrie Jared zurück.

»*Das ist mir egal!*«, rief Sara und streckte ihm weiter den Arm entgegen. »*Komm zurück!*«

Die U-Bahn hatte sie fast erreicht. Während Jared sich nach einer Fluchtmöglichkeit umsah, wurde Sara klar, dass er es nicht mehr schaffen würde. Die Zeit reichte nicht mehr. Inzwischen war nichts anderes mehr zu hören als das durchdringende Quietschen der U-Bahnräder auf den rostigen Gleisen, aber das hinderte Sara nicht daran, ihrem Mann ein letztes »Ich liebe dich« zuzurufen.

»*Jared!*«, schrie sie. »*Jaaaared!*« Und erst im letzten Moment zog Sara ihren Arm zurück und rollte sich von der Bahnsteigkante weg. Rafferty sah zu, wie die U-Bahn Jared verschlang, und trat lächelnd zurück.

Sobald die U-Bahn angehalten hatte, rannte Claire Doniger zu einer der sich öffnenden Türen und rief Rafferty zu: »Schnell weg!«

»Nein.«

»Was soll der Quatsch? Wir müssen hier weg!«

»Nicht, bevor ich seine Leiche gesehen habe.«

»Nicht, bevor du ... Oscar, das ist unsere letzte Chance! Lass uns verschwinden!«

»Vergiss die U-Bahn. Das hier ist wichtiger.«

»Was willst du denn noch von ihnen! Wir können –«

»Du kannst ja gehen, wenn du willst. Ich bleibe. Diesmal gebe ich mich nicht mehr mit irgendwelchen Halbheiten zufrieden.«

Als das Glockenzeichen das Schließen der U-Bahntüren ankündigte, kehrte Claire Doniger zögernd zu Rafferty zurück.

»Aber sobald du dich vergewissert hast, sehen wir zu, dass wir hier wegkommen, ja?«

Als die U-Bahn die Station verließ, trat Rafferty, ohne ihr zu antworten, an die Bahnsteigkante. Als er sich nach vorn beugte, um auf die Gleise hinabzusehen, sah er nur das Blut von Jareds Schulterverletzung. Vielleicht hatte ihn die U-Bahn auf die andere Seite des – Doch bevor Rafferty den Gedanken zu Ende führen konnte, sah er Sara auf sich zustürzen.

»Du hast ihn umgebracht!«, kreischte sie außer sich. Sie prallte mit solcher Wucht gegen ihn, dass er die Waffe fallen ließ und vom Bahnsteig stürzte. Aber es gelang ihm noch, sich im Fallen an Saras Jacke festzuhalten. Bevor einer von beiden wusste, wie ihm geschah, waren sie beide auf die Gleise gestürzt. Rafferty schlug als Erster auf, Sara landete auf ihm. Außer sich vor Wut, war Sara als Erste wieder auf den Beinen. Während sich Rafferty noch hochzurappeln versuchte, packte ihn Sara an den Haaren und rammte ihm das Knie ins Gesicht. *»Du krankes Stück Scheiße!«*, schrie sie. *»Für wen hältst du dich eigentlich?«*

Statt einer Antwort versetzte ihr Rafferty mit solcher Wucht einen Rückhandschlag ins Gesicht, dass sie auf der Stelle zu Boden ging. Doch als Rafferty ausholte, um noch einmal zuzuschlagen, kam wie aus heiterem Himmel Jareds Faust auf ihn zugeschossen. Er sah sie erst, als es zu spät war. »Rühr. Meine. Frau. Nicht. An!«, knurrte Jared, als seine Knöchel gegen Raffertys Kinn krachten. Sara begriff sofort, was passiert war. Jared hatte sich in die schmale Ausbuchtung unter der sich über die Gleise hinauswölbenden Bahnsteigkante zurückgezogen, und das hatte ihm das Leben gerettet.

Dann schlug Jared Rafferty mit seinem unverletzten Arm in den Bauch. Und noch einmal ins Gesicht. Und noch einmal in den Bauch. Jared war fest entschlossen, Rafferty jede schlaflose Stunde, jede frustrierende Minute, jede angsterfüllte Sekunde heimzuzahlen, die er und Sara seinetwegen durchgemacht hatten. Er packte Rafferty am Kragen seines Hemds und blickte finster in sein zerschlagenes Gesicht. Dann fiel ein Schuss. Jared sank zu Boden.

Sara sah Blut aus dem Rücken ihres Mannes strömen. Sie

wirbelte herum. Claire stand auf dem Bahnsteig und hielt Raffertys Waffe in der Hand.

»*Jared!*«, schrie Sara und eilte an die Seite ihres Mannes.

»Oscar, ist bei dir alles in Ordnung?«, rief Claire Doniger.

Rafferty nickte und versuchte wieder zu Atem zu kommen. Er streckte den Arm aus, um die Waffe von Claire zurückzuverlangen.

»Jared, sag doch was!«, rief Sara. »Bitte sag doch was!«

Jared sagte kein Wort. Aber als Sara sich über ihn beugte, erhaschte sie einen Blick auf das lederne Knöchelholster, das Barrow ihrem Mann gegeben hatte. Vorsichtig versuchte sie die kleine Pistole zu fassen zu bekommen.

»*Keine Bewegung!*« Ein Polizist kam über den Bahnsteig gestürmt. Er hatte seine Waffe auf Rafferty gerichtet. Guff folgte dem Cop.

Rafferty richtete seine Waffe auf Jared und Sara. Claire Doniger hob Saras Waffe auf und folgte seinem Beispiel. »Lassen Sie uns entkommen, oder ich erschieße sie beide!«, rief Rafferty von den Gleisen hoch. »Das ist mein Ernst!«

»Ich verhandle nicht«, erwiderte der Polizist. Die Waffe auf Rafferty gerichtet, bewegte er sich immer näher auf ihn zu. »Und Sie sind nicht in der Position, Forderungen zu stellen.«

»Ach nein?«, sagte Rafferty. »Sie und Ihr Helfer haben eine Waffe. Wir haben zwei. Wenn Sie versuchen, auf einen von uns zu schießen, wird der andere das glücklich vereinte Paar umbringen. Ich würde sagen, das ist eine verdammt gute Ausgangsposition.«

Als Guff zu Sara und Jared hinabsah, merkte er, dass Sara die kleine Pistole direkt unter Jareds Schulter versteckte. »Hören Sie nicht auf ihn«, sagte Guff.

»Ich mache keine Witze«, drohte Rafferty.

»Tun Sie meinetwegen, was Sie wollen«, sagte Guff unbeeindruckt. »Aber wenn Sie versuchen, ihnen etwas anzutun, schießt er sie beide nieder. Erst ist die Frau dran und dann Sie.«

Verunsichert, aber nicht bereit einzulenken, hielt Claire Doniger ihre Waffe weiter auf Sara und Jared gerichtet.

Guff wandte sich dem Polizisten zu. »Kriegen Sie das hin?«

»Auf jeden Fall«, sagte der Cop.

»Ich warne Sie – machen Sie bloß keine Dummheiten«, drohte Rafferty. »Sie haben drei Sekunden Zeit, um sich zu entscheiden. Eins ...«

Niemand rührte sich.

»Zwei ...«

Immer noch nichts.

»Dr-«

»*Ihre Waffe ist leer!*«, schrie Sara.

»Was?«, stieß Claire Doniger hervor.

»Sie ist leer. Ich habe die Munition herausgenommen, bevor ich das Büro verließ.«

»Sie lügt«, sagte Rafferty.

»Ich lüge nicht«, beharrte Sara. »Ich habe sie erst mitnehmen dürfen, nachdem ich die Patronen herausgenommen hatte.«

Claire Doniger blickte auf ihre Waffe hinab. Ihre Hände zitterten.

»Schießen Sie doch auf mich, Ms. Doniger«, sagte Sara. »Sie ist nicht geladen.«

»Glaub ihr nicht, Claire!«, rief Rafferty. »Sie lügt!«

Doch Claire Doniger brach in Tränen aus und ließ die Waffe sinken.

Guff grinste Rafferty an. »Sagten Sie eben nicht was von zwei Schußwaffen gegen eine?«

Rafferty hielt seine Waffe weiter auf Sara gerichtet, während der Polizist seine auf Rafferty richtete. »Ich gehe auf keinen Fall ins Gefängnis«, sagte Rafferty.

»Daran führt wohl kein Weg vorbei«, sagte Guff. »Sie haben lediglich die Wahl, ob Sie in einem Polizeiauto hingebracht werden wollen oder in einem Krankenwagen.«

»Da können Sie lange warten! Ich nehme mir die besten Anwälte der Stadt.«

Sara wusste, er hatte Recht. Er würde sich das Beste nehmen, was man mit Geld kaufen konnte. Und gerade wegen der Fingerabdruckhandschuhe würden sie einige Probleme bekommen. Sie blickte auf Jared hinab, der immer noch blutend in ihrem Schoß lag. Nein, sagte sie sich. Sie durfte nicht zulassen, dass Rafferty ungestraft davonkam.

»Sie können jeden Anwalt haben, den Sie wollen«, sagte Guff. »Sie müssen uns nur die Waffe geben. Wenn Sie das tun, stehen Ihre Chancen wesentlich besser, hier heil herauszukommen.« Als er merkte, dass er Raffertys Aufmerksamkeit auf sich gezogen hatte, fuhr er fort: »Sie wissen, ich habe Recht. Es ist Ihre beste Chance.«

»Das ist ein extrem komplizierter Fall«, sagte Rafferty und nahm den Finger vom Abzug. »Mit den richtigen Verteidigern kann mir nichts passieren. Ich komme gegen Kaution auf freien Fuß –«

»Sie denken, Sie kommen gegen Kaution frei?«, platzte Sara heraus. »In so einem Fall lässt Sie kein Richter gegen Kaution auf freien Fuß. Nach der kaltblütigen Ermordung Conrad Moores –«

»Das war ich nicht!«, rief Rafferty und hob seine Waffe wieder.

»Und nicht zu vergessen, was Sie mit Elliott und Kozlow und Arnold Doniger gemacht haben.«

»Sie versucht nur, Sie zu provozieren«, sagte Guff.

»Hören Sie nicht auf ihn«, sagte Sara, die Jareds Waffe immer noch versteckt hielt. Jareds Atem begann schwerer zu gehen. Sie hatte nicht mehr viel Zeit. »Sobald wir Sie haben, kriegen Sie kein Tageslicht mehr zu sehen.«

»Ach, jetzt verstehe ich«, entgegnete Rafferty. »Sie denken, wenn Sie mich nur genügend reizen, werde ich tatsächlich versuchen, Sie zu erschießen. Und wenn ich das tue, knallt mich dieser Cop da über den Haufen.« Er schüttelte den Kopf. »Ich werde als freier Mann hier rausgehen. Ich werde meinen Anruf machen und ich werde heute Nacht in meinem eigenen Bett schlafen.«

»Auf gar keinen Fall.« Sara hob die Stimme. Sie konnte spüren, wie Jared zu zittern begann. »Man wird Sie nicht mehr rauslassen!«

»Seien Sie endlich still, Sara!«, rief Guff.

»Das ist ein Fall für die Todesstrafe!«, schrie Sara. »Sie werden zum Tod verurteilt!«

»Wiedersehen, Sara«, sagte Rafferty und senkte die Waffe. »Hat mich gefreut, Ihre Bekanntschaft zu machen.« Er ging auf die Bahnsteigkante zu, hob seinen Arm und hielt dem Cop die Waffe hin. Der Polizist bückte sich, um sie ihm abzunehmen, aber bevor er reagieren konnte, drückte Rafferty ab und schoß ihn in den Bauch. Dann richtete er seine Waffe auf Sara.

Doch mit einer flüssigen Bewegung zog Sara ihre Waffe und feuerte. Drei Kugeln fuhren hintereinander in Raffertys Körper. Zwei in seine Brust, eine in seine Schulter. Als er rückwärts von ihr wegtaumelte, gab Sara noch einen Schuss ab. Und noch einen. Und noch einen. Als sie noch einmal abdrückte, hörte sie nur ein Klicken. Klick. Klick. Klick. Rafferty stolperte weiter über die Gleise. Schließlich verlor er das Gleichgewicht und fiel hintenüber. Erst in diesem Moment holte Sara wieder Luft. Die Drohungen, die Frustrationen, die Winkelzüge und Manipulationen – mit all dem war nun endlich Schluss.

Als sie ihren Mann leise stöhnen hörte, ließ Sara ihre Waffe fallen und bettete Jareds Kopf in ihre Arme. »*Ich brauche einen Krankenwagen!*«, rief sie. »*Bitte!*«

Als Jared blinzelnd wieder zu Bewusstsein kam, öffnete er die Augen und hauchte: »Haben wir gewonnen?«

Sara traten Tränen in die Augen. »Dein Kampfgeist ist unschlagbar!«

»Antworte mir einfach.«

Sie dachte an Conrad und stieß schluchzend hervor: »Ja, wir haben gewonnen.«

»Wunderbar«, flüsterte Jared.

»Wie fühlst du dich?«, fragte Sara.

»Ich weiß nicht. Ich kann meine Beine nicht spüren.«

21

»Der Bezirksstaatsanwalt hat jetzt Zeit für Sie, Ms. Tate«, sagte Monaghans Sekretärin.

Wie betäubt ging Sara auf die Tür zu.

Monaghan hatte beide Hände flach auf dem Schreibtisch liegen und eine finstere Miene aufgesetzt. »Nehmen Sie Platz«, forderte er sie auf. »Lassen Sie mich gleich zur Sache kommen. Was Sie gestern getan haben, war eine der überflüssigsten, egozentrischsten, selbstbezogensten Machtdemonstrationen, die mir in meinen siebzehn Jahren bei der Bezirksstaatsanwaltschaft untergekommen sind.«

»Ich kann alles erklären.«

»Erklären?!«, zischte Monaghan. »Sie haben einen meiner Leute auf dem Gewissen! Conrad Moore ist tot!«

»Sir, ich wollte nicht –«

»Was Sie wollten, interessiert mich nicht! Ihre Absichten stehen hier nicht zur Debatte. Für mich zählt nur, dass Moore tot ist. Und nicht nur, dass er tot ist – er ist auch aus einem dummen Grund tot. Weil nämlich eine monomanische Ziege wie Sie dachte, eine ganz heiße Nummer abziehen zu müssen!«

»Aber die Umstände –«

»Ich will nichts von den Umständen hören! Ich weiß, Sie und Ihr Mann befanden sich beide in Gefahr. Aber wenn Sie mit Ihrem Problem gleich zu mir gekommen wären, hätten wir eine vernünftige Lösung ausarbeiten können. Stattdessen darf ich mich jetzt mit sämtlichen Journalisten der Stadt herumschlagen, die alle wissen wollen, warum ich keine Ahnung habe, was in meiner eigenen Behörde vor sich geht. Wissen Sie, was das für mich bedeutet? Aber nein, daran zu denken, hatten Sie natürlich keine Zeit! Außer Ihnen selbst gibt es nichts, was Sie interessiert. Weder diese Behörde noch ich, noch Ihr Kumpel Conrad, an dem Ihnen offensichtlich nichts lag.«

Sara sprang von ihrem Sitz hoch und hieb mit den Fäusten auf Monaghans Schreibtisch. »Passen Sie auf, was Sie sagen! Conrad Moore war mein Freund! Als Sie mich auf die Straße setzen wollten, hat er mich wieder zurückgeholt, ohne dass er etwas davon hatte. Und er hat mir vorbehaltlos vertraut. Nennen Sie mich also meinetwegen dumm und unerfahren und eine stümperhafte Anfängerin, aber sagen Sie nie, *niemals*, dass mir nichts an ihm lag! Er ist der einzige Grund, warum ich noch in dieser Behörde bin.«

»Dann sollten Sie sich vielleicht auch schon mal Gedanken über Ihr Ausscheiden machen, wenn wir schon bei diesem Thema sind.«

»Glauben Sie mir, darüber habe ich die ganze letzte Nacht nachgedacht. Und ich täte nichts lieber, als alles hinzuschmeißen. Alles stehen und liegen lassen und das Ganze einfach vergessen. Aus den Augen, aus dem Sinn – eigentlich möchte ich überhaupt nichts mehr mit dem Gesetz zu tun haben. Aber ich will Ihnen etwas sagen: Das würde ich ihm nie antun. Er hat weiß Gott Besseres verdient. Diese Sache wird mich jeden Tag, an dem ich mein Büro betrete, verfolgen. *Jeden* Tag. Damit werde ich mein ganzes Leben lang leben müssen. Aber das ist mir die Sache wert – das bin ich diesem Mann schuldig.«

Um Sara Zeit zu lassen, sich zu beruhigen, lehnte Monaghan sich zurück und verschränkte die Arme. »Ms. Tate, hoffentlich fühlen Sie sich nach dieser schönen Rede besser, denn ab sofort werden Sie wieder mir zuhören! Erstens, Ihre lächerlichen psychologischen Überlegungen interessieren mich einen feuchten Scheißdreck. Wir sind hier nicht in einem Doktorandenseminar, sondern bei der Bezirksstaatsanwaltschaft. Und der Bezirksstaatsanwalt bin ich! Ist das klar! Es interessiert mich nicht, dass Sie sich selbst gerettet haben oder dass Sie Ihren Mann gerettet haben oder dass Sie den Täter gefasst haben. Es interessiert mich nicht mal, dass sich der Zustand dieser zwei Polizisten stabilisiert hat. Und möchten Sie auch wissen, warum? Weil einer meiner Männer tot ist! Punkt! Ende! Allein das ist für mich Grund genug, Sie zu feuern!«

»Wenn Sie mich feuern wollen, dann feuern Sie mich eben. Ich kündige jedenfalls nicht.«

»Tate, machen Sie, dass Sie aus meinem Büro verschwinden! Ich will Sie hier nicht mehr sehen, ich will nichts mehr von Ihnen wissen, und das Einzige, was ich von Ihnen noch hören will, ist, dass die Medien auf Ihre kleine Schaumschlägernummer mit dem Bürgermeister abfahren.«

»Wie bitte?«

»Ich spreche davon, was Sie heute Nachmittag tun werden. Zu Ihrem Glück hat man in der Pressestelle des Bürgermeisters beschlossen, das Beste aus der Sache zu machen. Als das Ganze gestern Abend bekannt wurde, rief er mich sofort an: Stellvertretende Bezirksstaatsanwältin riskiert Leben und verstößt gegen Gesetz, um Strafverteidiger-Ehemann zu retten. Eine bessere Schlagzeile könnte man sich kaum ausdenken. Fahren Sie also schon mal ins Krankenhaus, und studieren Sie Ihr Lächeln ein. Der Bürgermeister wird gegen Mittag hinkommen. Er meint, die New Yorker werden begeistert sein.«

»Ich lasse mich nicht an Jareds Bett fotografieren.«

»O doch – das werden Sie! Und möchten Sie auch wissen, warum? Weil ich es sage, weil ich der Boss bin und weil Sie auf mich hören.«

»Aber das ist nicht –«

»Was Sie denken, interessiert mich nicht, Tate! Ich will keine negative Presse mehr riskieren. Sie werden schön brav *Cheese* sagen, und Sie werden tun, was der Bürgermeister will, und wenn Sie Glück haben, wird er sich dafür revanchieren, indem er bei der Kürzung der Gelder den Rotstift woanders ansetzt. Andernfalls werde ich meine Liste mit entbehrlichen Mitarbeitern noch einmal überarbeiten müssen – Ihr Assistent Guff ist nämlich auch so ein Grenzfall.«

»Sagen Sie dem Bürgermeister, ich mache es.«

»Das habe ich bereits getan.« Monaghan erhob sich von seinem Sessel und deutete auf die Tür. »Willkommen in der Stadtpolitik. Und jetzt raus.«

In Saras Büro scharte sich eine kleine Gruppe von Prozessassistenten um Guffs Schreibtisch. »Wenn sie es getan hat, muss sie echt verrückt sein«, sagte ein Assistent mit einer

Hornbrille. »Ich meine, wer sonst würde jemanden bewusst dazu provozieren, auf einen zu schießen?«

»Könntet ihr mich bitte in Ruhe lassen?«, sagte Guff verärgert.

»Ich habe gehört, sie wollte mit allen Mitteln verhindern, dass Rafferty ungestraft davonkäme«, sagte ein anderer Assistent. »Deshalb hat sie ihn gezwungen, abzudrücken, und ihn dann niedergeschossen. Also, ich finde das sehr mutig.«

»Ich habe gehört, das hatte sie von Anfang an vor«, fügte ein Assistent mit einem Bürstenschnitt hinzu. »Das Ganze war Teil ihres Plans, Rafferty umzubringen.«

»Unsinn«, sagte Sara und bahnte sich einen Weg durch die Assistenten. »Es war eine spontane, rein gefühlsmäßige Entscheidung, die jeder rationalen Grundlage entbehrte. Ich dachte, mein Mann würde sterben, und deshalb wollte ich mich rächen.«

Man konnte förmlich sehen, wie die schockierten Assistenten einen Moment erstarrten.

Sara sah Guff an, dann wieder die Assistenten. »Und jetzt verschwinden Sie! Lassen Sie ihn in Ruhe.«

Als sich die Gruppe zerstreute, folgte Guff Sara in ihr Büro. Als er sie ihre Aktentasche packen sah, fragte er: »Sind Sie gefeuert worden?«

»O nein«, sagte Sara. »Ich bin in einen wesentlich tieferen Kreis der Hölle verbannt worden: Ich muss mich für einen Fototermin mit dem Bürgermeister zur Verfügung stellen.«

»Das ist nicht Ihr Ernst?«

»Leider doch. Monaghan hat mir wegen Conrad und der Vergeudung von Steuergeldern Vorhaltungen gemacht, aber dem Bürgermeister hat es das PR-Potential der Story angetan. Außerdem ist es Jared, den sie auf dem Foto haben wollen – der Bürgermeister braucht ein gutes Krankenhausbett, um das er seinen Arm legen kann.«

»Wie geht es Jared übrigens?«

»Körperlich dürfte er keinen bleibenden Schaden davontragen. Die Kugel hat ganz knapp seine Wirbelsäule verfehlt und einen Lungenflügel gestreift. Was die vorübergehende Lähmung seiner Beine angeht, meinten die Ärzte, das wäre eine

Folge des Schocks gewesen, als er in den Rücken geschossen wurde. Psychisch sieht die Sache allerdings etwas anders aus.«

»Hat er sich schon entschieden, was er beruflich machen wird?«

»Was gibt es da groß zu entscheiden? Thomas Wayne hat ihn persönlich angerufen und aufgefordert zu kündigen. Dieser Dreckskerl konnte nicht mal warten, bis Jared aus dem Krankenhaus entlassen wird.«

»Ich verstehe immer noch nicht, warum er kündigen soll. Kann er nicht einfach –«

»Guff, um uns beide zu retten, hat Jared vertrauliche Mandanteninformationen an mich weitergegeben. Und was noch wichtiger ist – zum Schluss waren beide Mandanten tot. Die Staatsanwaltschaft mag zwar in Sachen Public Relations im siebten Himmel schweben, aber für Wayne & Portnoy ist es ein Desaster. Jeder Mandant der Kanzlei muss jetzt fürchten, seine Geheimnisse wären dort nicht gut aufgehoben.«

»Wie wird Jared damit fertig?«

»Das lässt sich im Moment noch nicht sagen. Als er es erfuhr, war er erst mal total fertig, aber inzwischen ist ihm, glaube ich, klar geworden, dass es so kommen musste. Außerdem, eine Arbeitsstätte, die einem nicht mal eine Woche Zeit lässt, um wieder auf die Beine zu kommen, ist nicht unbedingt der Ort, an dem man den Rest seines Lebens bleiben will.«

»Ist das seine Schutzbehauptung oder Ihre?«

»Letztes Jahr war es meine, jetzt ist es seine. Aber ich glaube, er sieht es tatsächlich so.«

»Na wunderbar«, murmelte Guff. »Ein Gutes hatte es dann ja wenigstens.«

Das war alles, was Sara hören musste. Bisher hatte sie dieses Thema bewusst nicht angeschnitten, doch nun ließ es sich nicht mehr länger umgehen. »Guff –«

»Wir hätten lieber die Finger davon lassen sollen, Sara. Das war eindeutig eine Nummer zu groß für uns.«

»Finden Sie wirklich? Finden Sie wirklich, wir hätten nicht gewusst, worauf wir uns da eingelassen haben?«

»Aber Conrad –«

»Conrad war sich dessen deutlicher bewusst als jeder andere. Wissen Sie nicht mehr, was er gesagt hat?«

»Natürlich weiß ich es noch – und dank dieser Geschichte werde ich es auch nie vergessen. Als wir vorschlugen, einen Polizisten hinzuschicken, war er derjenige, der gesagt hat, wir sollten es selbst tun, weil es sich nur so wirklich geheim halten ließe. Die Sache ist nur –«

»Das macht es nicht leichter, sich damit abzufinden.«

»Nein, auf gar keinen Fall«, pflichtete Guff ihr bei. Sara hatte die Sache auf den Punkt gebracht. Wie das auch Conrad immer getan hatte. »Hören Sie, damit wollte ich keineswegs alles auf Ihren Schultern abladen.«

»Das ist nicht mehr das Problem – mit dieser Last kann ich leben. Und in diesem Fall habe ich sie auch verdient. Ich möchte nur sichergehen, dass Sie –«

»Keine Sorge, ich komme schon darüber hinweg. Außerdem werden wir genügend Dinge zu tun bekommen, um uns wieder auf andere Gedanken zu bringen: Fälle bearbeiten, mit Journalisten sprechen, Abhandlungen schreiben …«

»Abhandlungen?«

»Klar, wenn ich zum Jurastudium zugelassen werden will, werde ich ein paar gute Abhandlungen vorlegen müssen.«

Sara lächelte. »Sie bewerben sich wirklich fürs Jurastudium?«

»Kann dieses Gesicht lügen?« Guff kniff sich in die Wangen. »Das wollte ich eigentlich schon immer. Nur, dass ich jetzt noch fester entschlossen bin.«

»Das finde ich wirklich toll, Guff! Und er wäre bestimmt auch begeistert von dieser Idee.«

»Auf jeden Fall. Dann hätte er einen neuen treu ergebenen Jünger zum Gehirnwaschen gehabt.«

Sara lachte. Sie würden auf jeden Fall darüber hinwegkommen. »Apropos treu ergebene Jünger – in der allgemeinen Hektik gestern bin ich gar nicht dazu gekommen, Ihnen für alles zu danken, was Sie für mich getan haben. Ohne Sie –«

»Hätten Sie den Fall nicht gestohlen? Hätten Sie diesen ganzen Stress nicht gehabt? Hätten Sie kein Sofa und kein cooles DA-Abzeichen bekommen?«

»Nein, ich meine es ernst, Alexander.«

»Oh-oh, Vornamenalarm! Vornamenalarm! Ernstes Gespräch im Anmarsch!«

»Machen Sie so viel Witze, wie Sie wollen, aber ich bin Ihnen wirklich sehr dankbar für alles, was Sie getan haben, und außerdem finde ich, dass wir uns langsam mal duzen könnten. Du hast mich keineswegs dazu verleitet, den Fall zu nehmen – ich habe ihn genommen, um mir selbst zu helfen. Und da keiner von uns wissen konnte, dass Victor Stockwell ihn mir ganz gezielt unterjubeln wollte, trage dafür einzig und allein ich die Verantwortung.«

»Das ist wirklich nett von dir, Sara, aber du musst nicht –«

»Bitte lass mich ausreden! Ich verspreche dir, ich werde nicht kitschig oder sentimental. Von dem Moment an, in dem ich hier zur Tür reinkam, warst du mein … Amigo. Und da ich niemand bin, der mit vielen Leuten kann, bedeutet mir das sehr viel. Egal, wie haarig die Sache wurde, du warst immer da, um mir zu helfen, und du hast immer –«

»Jetzt wirst du aber sentimental«, sang Guff.

»Nimm das Kompliment ruhig an. Vielen Dank für alles!«

»Na schön. Gern geschehen. Ich hoffe nur, unser nächstes Abenteuer ist nicht ganz so dramatisch. Vielleicht kriegen wir ein Sektenmassaker oder was ähnlich Entspannendes.«

»Bei unserem sprichwörtlichen Glück?«

»Na, klar doch. Apropos Glück – Adam Flam möchte dich sprechen.«

»Wer ist Adam Flam?«

»Der Leiter des Disziplinarausschusses. Er kam gerade aus der Stockwell-Sitzung.«

»Ach ja? Was haben sie beschlossen?«

»Das fragst du ihn am besten selbst.«

»Jetzt komm, erzähl schon!«

»Ich sage kein Wort. Wenn du es wissen möchtest, sprich selbst mit ihm. Zimmer 762.«

»Na schön.« Sara ging zur Tür. »Aber ich gebe ihm jetzt schon den guten Rat, dass es keine schlechten Nachrichten sind.«

»Was soll das heißen – Sie erheben keine Anklage?« Sara stand vor Flams Schreibtisch.

»Genau das, was ich gesagt habe«, entgegnete Flam ruhig. Er war ein korpulenter Mann mit müden Augen und einem deutlichen Bostoner Akzent. »Der Ausschuss ist zu der Ansicht gelangt, für eine Anklageerhebung gebe es nicht genügend Beweise.«

»Nicht genügend Beweise? Wenn es nicht genügend Beweise gibt, warum haben Sie ihn dann vorerst suspendiert? Victor Stockwell hatte bei dieser Sache von Anfang an seine Finger mit im Spiel. Er war derjenige, der den Fall angefordert hat, und als er ihn bekam, dafür gesorgt hat, dass ich ihn ihm wegnahm.«

»Einen Fall anzufordern ist nicht verboten. Und ebenso wenig ist es meines Wissens verboten, den eigenen Namen auf eine Akte zu setzen.«

»Was ist mit Claire Doniger? Sie kann bezeugen, dass –«

»Ms. Doniger weiß überhaupt nichts. Wir haben sie bis drei Uhr früh verhört, aber es war nichts aus ihr herauszubekommen. Einmal unabhängig davon, wo Stockwell überall mitgemischt hat, beschränkten sich seine Kontakte auf Rafferty und Kozlow, die als Leichen beide denkbar schlechte Zeugen abgäben. Es ist eine simple Frage der Beweislage – und solange die nicht eindeutig ist, wollte der Ausschuss nur wegen einer erfolglosen Anklageerhebung nicht die Moral der Behörde untergraben.«

»Was soll das Ganze mit der Moral der Behörde zu tun haben?«

»Eine Menge«, antwortete Flam. »Victor Stockwell ist einer der renommiertesten SBAs dieser Behörde – er ist sozusagen eines ihrer Aushängeschilder. Bevor wir also versuchen, ihm am Zeug zu flicken, sollten wir auch entsprechende Beweise haben. Andernfalls werden uns die Anwaltskollegen gewaltig an den Karren fahren.«

»Soll das heißen, weil Stockwell letztes Jahr den Beliebtheitswettbewerb gewonnen hat, wird keine Anklage gegen ihn erhoben?«

»Nein, es wird deshalb nicht Anklage gegen ihn erhoben, weil Sie nicht die erforderlichen Beweise haben.«

»Ich habe Beweise.«

»Sie haben vielleicht ein paar Beweise, aber darauf können Sie noch kein Verfahren aufbauen. Und solange Sie das nicht können, hat die Arbeitsmoral gegenüber den Realitäten Vorrang. Seien Sie froh, dass die Abstimmung zumindest vier zu fünf ausfiel, und belassen Sie es dabei.«

»Trotzdem ist es nicht richtig.«

»Das gilt auch für das, was Conrad zugestoßen ist.«

Sara weigerte sich, darauf zu antworten. Das war etwas, woran sie sich würde gewöhnen müssen. »Sonst noch etwas?«

»Wir haben beschlossen, Sie nicht zu suspendieren, obwohl Sie Rafferty dazu provoziert haben, auf Sie zu schießen. Und glauben Sie mir, da haben Sie wirklich Glück gehabt – hätten Sie ihn nicht provoziert, wäre der Polizist vielleicht nie angeschossen worden.«

»Ich behaupte ja gar nicht, dass das besonders klug von mir war. Ich wollte ihm nur keine Möglichkeit lassen, sich noch einmal dem Zugriff der Behörden zu entziehen.«

»Und was ist mit Claire Donigers Waffe?«

»Was soll damit sein?«, fragte Sara.

»Ich war heute Vormittag in der Asservatenkammer. Sie war mit sechs Patronen geladen.«

»Und?«

»Eigentlich sollte sie doch leer sein.«

»Was soll ich dazu schon sagen? Ein Bluff funktioniert, der andere nicht. Seien Sie lieber froh, dass alle anderen mit heiler Haut davongekommen sind.«

»Nein, Sie sollten froh sein, dass der Ausschuss über diesen Punkt hinweggesehen hat. Und nur damit wir uns nicht missverstehen: Conrad war auch unser Freund.«

Sara wurde bewusst, dass sie künftig selbst dann nicht allein wäre, wenn Guff Jura zu studieren begann. »Danke«, sagte sie.

»Sie brauchen mir nicht zu danken. Nach allem, was ich über Sie gehört habe, werden Sie einen fantastischen SBA abgeben.«

»Nichts Geringeres habe ich vor«, erwiderte Sara.

Als sie bei Flam fertig war, ging Sara in Conrads Büro. Es waren keine vierundzwanzig Stunden her, seit sie zum letzten Mal dort gewesen war, aber irgendetwas war an dem Raum bereits anders, als sie ihn betrat. Das Sofa stand immer noch am selben Platz, der Schreibtisch war immer noch ordentlich aufgeräumt, und das Ausgangsfach war immer noch voller als das mit den Eingängen. Trotzdem fehlte etwas. Ungeachtet der Tatsache, dass der Raum vollständig eingerichtet war, war er leer.

Sara schloss die Augen. Während sie sich die Gerüche des Büros einprägte, versuchte sie sich Conrads Gesicht vorzustellen. Es war einfach – einfacher, als sie gedacht hatte. Aber sie wusste, dass auch das verblassen würde. Und das war etwas anderes als bei Lenny Barrow. Sie hatte kein altes Bild, auf das sie zurückgreifen konnte. Also machte sie sich eines.

Sara ging zum Sofa und öffnete ihre Aktentasche. Darin war ihr Porträt von Conrad – wie die Zeichnungen, die sie von Jared angefertigt hatte. Sie zog es heraus und blickte in sein Gesicht. Und in diesem Moment war er wieder da. Sie konnte ihn schreien und schimpfen und dozieren und toben hören. Sie hatte die ganze Nacht gebraucht, um es richtig hinzukriegen, aber das hatte er verdient. Behutsam legte sie das Porträt auf seinen ordentlich aufgeräumten Schreibtisch. Rahmen lassen würde sie es später, aber im Moment war das sein Platz. »Wiedersehen«, flüsterte sie, als sie das Büro verließ.

Als sie die Tür hinter sich schloss, drehte sie sich um und las die zwei Zitate, die immer noch an der Milchglasscheibe angebracht waren. »*Crimine ab uno disce omnes* – erkenne die Nation an einem Verbrechen« von Vergil und »Ruhm ist etwas, das erworben werden muss; Ehre ist etwas, das nicht verloren werden darf« von Arthur Schopenhauer. Als sie die Zitate von der Tür abzog, achtete sie darauf, das Klebeband nicht zu zerstören, mit dem sie befestigt waren. Dann ging sie den Flur hinunter.

Sobald sie ihr Büro erreichte, hielt sie die Zitate an ihre eigene Tür und drückte sie fest. Dann trat sie zurück und bewunderte ihre neue Errungenschaft. Es war nicht annähernd genug, aber es war ein Anfang.

»Er hätte es sicher nicht anders gewollt«, sagte Guff.

»Irgendjemand muss es ja tun«, sagte Sara und ging, ohne die Tür zu öffnen, weiter den Flur hinunter.

»Wo willst du hin?«, fragte Guff.

»Ins Krankenhaus. Aber vorher möchte ich noch kurz mit jemandem sprechen.«

Als der Lift im fünfzehnten Stock hielt, verließ Sara die Kabine und ging den hell erleuchteten Flur hinunter. Beim Anblick des teuren Teppichs und der verschlungenen Stuckarbeiten an der Decke begann es in ihr zu arbeiten. Ohne irgendwelche anderweitigen Einkünfte konnte sich niemand mit einem Beamtengehalt so eine Wohnung leisten. Als sie die Tür von Apartment 1504 erreichte, hielt sie die Hand auf den Spion und klingelte.

»Wer ist da?«, fragte eine Männerstimme.

»Sara Tate«, antwortete sie.

Victor Stockwell öffnete die Tür und bedachte Sara mit einem verkniffenen Lächeln. »Schön, Sie zu sehen, Ms. Tate. Was verschafft mir die Ehre Ihres Besuches?«

»Ich möchte nur, dass Ihnen eins klar ist. Ich weiß, dass Sie es waren, der mich da reingeritten hat. Und egal, wie lang es dauert, irgendwann werde ich es beweisen.«

»Was wollen Sie beweisen?«

Ohne auf die Frage einzugehen, fuhr Sara fort: »Der Ausschuss mag vielleicht im Moment noch nicht zu einer Anklageerhebung bereit sein, aber das heißt nicht, dass die Sache endgültig vom Tisch ist. Wenn ich alles Nötige getan habe, wird Ihnen diese Suspendierung noch erscheinen wie –«

»Ich bin nicht suspendiert«, unterbrach Stockwell sie. »Ich habe mich offiziell beurlauben lassen. Und falls Sie mir drohen wollen, dann verschwinden Sie lieber, bevor ich Sie wegen Belästigung anzeige. Sie mögen sich vielleicht für einen Super-SBA halten, bloß weil Sie mal Anfängerglück hatten, aber Sie müssen trotzdem noch eine Menge lernen. Und nur damit Sie's wissen, ich drücke meine Fälle nicht irgendwelchen Berufsanfängern auf.«

»Machen Sie ruhig weiter so«, konterte Sara. »Eines Tages wird Ihnen Ihre Unverschämtheit noch das Genick brechen. Die Wahrheit ist keineswegs so schwer ans Licht zu bringen – selbst die besten SBAs können sich ohne kleine Nebeneinkünfte keine noblen Apartments in der Upper East Side leisten.«

»Sara, darf ich Ihnen vielleicht eine kostenlose Nachhilfestunde erteilen? Es gibt einen feinen Unterschied zwischen Wahrheit und Fakt. Ein Fakt ist objektive Realität, während die Wahrheit erst Fakt werden muss. Wenn Sie also die Fakten nicht finden können, können Sie die Wahrheit nie beweisen. Verstehen Sie, was ich meine?«

»So etwas wie ein perfektes Verbrechen gibt es nicht. Wenn ich es anhand dieses Falls nicht nachweisen kann, dann anhand eines anderen. Jedenfalls werde ich nie aufgeben. Egal, was Sie tun werden oder wie viel philosophischen Hokuspokus Sie von sich geben, ich werde nie, nie, nie aufhören. So lästig bin ich nun mal.« Damit wandte sich Sara von Stockwells Tür ab und ging zum Aufzug zurück. »Genießen Sie, was von diesem Tag noch übrig ist, Sie Arsch. Ab morgen kriegen Sie es nämlich mit mir zu tun.«

Bevor sie in Jareds Zimmer ging, erkundigte sich Sara im Schwesternzimmer nach ihrem Mann: »Wie geht es ihm?«

»Könnte gar nicht besser sein«, sagte eine kleine Schwester mit Brille. »Mit etwas Liebe und Krankengymnastik ist er in ein paar Wochen wieder auf den Beinen. Man braucht ihm nur etwas Beachtung zu schenken, und schon lebt er auf.«

»Hat er Ihnen die Ohren vollgejammert? Wenn er krank ist, ist er unausstehlich.«

»Alle Männer sind wehleidig. Aber so schlimm war er gar nicht. Vermutlich spart er sich das beste Gejammere für Sie auf.«

»Bestimmt«, sagte Sara und ging zu Jareds Zimmer. Als sie die Tür öffnete, sah sie Jared im Bett sitzen. Sein linker Arm war in einer Schlinge, sein rechter Arm hing am Tropf, aber in sein Gesicht war endlich wieder etwas Farbe zurückgekehrt. Obwohl Jared eingeschärft bekommen hatte, sich zu schonen, machte er sich auf einem Block eifrig Notizen. Sobald er Sara sah, hörte er damit auf.

»Wie geht es dir?«, fragte sie.

»Besser – inzwischen.«

»Und dein Rücken?«

»Mach dir mal wegen meines Rückens keine Gedanken. Wie verkraftest du das mit Conrad?«

»Es geht so. Es wird zwar bestimmt eine Weile dauern, aber ich komme schon darüber hinweg.« Sara bemerkte den gequälten Gesichtsausdruck ihres Mannes. Für ihn war es noch immer ein wunder Punkt, und obwohl sie versuchte, sich nichts anmerken zu lassen, versetzte es ihr einen Stich ins Herz, ihn so zu sehen. Sie musste die Zähne zusammenbeißen, so heftig war der Ansturm der Gefühle, die sie plötzlich überkamen. Und sie galten nicht Conrad, sondern Jared.

»Es tut mir wirklich Leid, dass er ...«

»Es ist nicht seinetwegen.« Sie wischte sich die Tränen aus den Augen. »Und es war auch nie seinetwegen.«

Jared beugte sich vor, so weit es die Schläuche des Tropfs zuließen, und umarmte seine Frau. Als er sie an sich drückte, wusste er, er würde sie nie mehr loslassen. »Sara, ich –«

»Ich weiß«, sagte Sara, die ihn genauso fest drückte. »Und ich habe es immer gewusst.« Während sie sich so in den Armen hielten, gewann Sara langsam ihre Fassung wieder. Als sie sich schließlich von Jared löste, entdeckte sie das große Glas mit koscheren Pickles auf dem Nachttisch. »Wie ich sehe, hast du von Pop auch schon einen Strauß gekriegt.«

»Ja, er wurde kurz vorher gebracht.«

»Ich wollte dir ein paar Luftballons mitbringen, aber ich dachte –«

»Ich brauche keine Luftballons. Ich habe alles, was ich brauche.« Und bevor Sara etwas sagen konnte, fuhr Jared fort: »Und falls du noch Zweifel haben solltest, ich habe kein Wort von unserem Plan an –«

»Mach dir deswegen mal keine Gedanken – sie haben heute Morgen das Kabel entdeckt, das von unserem Computer abgezweigt worden war. Deshalb wusste Elliott so genau über alles Bescheid.«

»Bist du demnach bereit, mir wieder zu vertrauen?«

»Die Antwort darauf weißt du doch, Liebling. Es tut mir nur Leid, dass ich am Schluss doch an dir zu zweifeln begann.«

»Der Einzige, der sich entschuldigen muss, bin ich. Wenn ich so viel Vertrauen in dich gehabt hätte wie du in mich, dann hätte ich Stockwell nie angerufen. Und wenn ich das nicht getan hätte –«

»Ich muss dich an dieser Stelle unterbrechen«, sagte Sara. »Ich habe keine Lust mehr auf dieses ewige Wenn-dann. Solange du nur wieder gesund wirst und solange wir zusammenbleiben, werden wir auch alles Weitere überstehen. Und jetzt erzähl, was es sonst Neues gibt.«

»Nicht viel.« Jared sah auf seinen Block. »Ich versuche mir gerade darüber klar zu werden, was ich künftig mit meinem Leben anfangen soll.«

»Auf einem Block? Das geht nicht. Schreibblöcke sind der Feind aller Kreativität. Sie ersticken jede gute Idee schon im Keim.«

»Ich notiere mir keine guten Ideen. Ich stelle bloß eine Liste all der Leute zusammen, die uns einen Gefallen schuldig sind. Mit ein bisschen Glück kann mir einer von ihnen eine Stelle verschaffen.« Er sah auf seinen Block und überflog die Liste mit Namen. »Verdammt«, zischte er und warf den Block angewidert beiseite. »Dass wir dieses Theater noch mal durchmachen müssen.«

Sara setzte sich auf die Bettkante und nahm seine Hand. »Es wird schon klappen.«

»Es ist wie eine Achterbahnfahrt: Wir sind oben, dann sind wir unten; wir sind glücklich, dann sind wir traurig; du hast einen Job, dann wirst du entlassen; ich kriege einen neuen Mandanten, und es stellt sich heraus, er ist verrückt; du erschießt ihn, ich werde gefeuert.«

Sara lachte. »Deinen Humor hast du jedenfalls nicht verloren.«

»Für einen Job tausche ich ihn aber gern ein.«

»Ich weiß genau, wie dir zumute ist. Aber nach allem, was wir durchgemacht haben, bin ich von einem fest überzeugt: Alles, was in letzter Zeit passiert ist, hatte seinen Grund. Wäre ich nicht entlassen worden, wäre ich nie Staatsanwältin geworden, was im Moment das Beste ist, was mir beruflich passieren konnte. Wenn du es nicht zum Teilhaber gebracht hast, heißt das, es war dir nicht bestimmt, in dieser Kanzlei zu arbeiten.«

»Und wenn du jetzt nicht neben mir stündest, hätte ich wirklich Probleme, mich damit abzufinden. Aber du hast vollkommen Recht. Ich mag es einfach nicht, wenn jemand anders für mich Entscheidungen trifft.«

»Nie wieder, Liebling! Alles Weitere liegt an uns. Außerdem, sobald der Bürgermeister wegen dieses Fototermins hier war, wird dein Telefon heißlaufen; du wirst dich vor Angeboten nicht mehr retten können.«

»Der Bürgermeister will hierher kommen?« Jared setzte sich kerzengerade auf.

»Na klar, jetzt sind wir ganz aus dem Häuschen. Du darfst für den Big Boss das Schoßhündchen spielen.«

»Wann kommt er her?«, fragte Jared und strich die Bettdecke glatt. Dann griff er lächelnd nach seinem Block. »Das könnte das Blatt zu meinen Gunsten wenden.«

Sara schüttelte den Kopf. »Wenn ich dir einen guten Rat geben darf: Kehr den Opportunisten nicht zu sehr heraus, sondern mach lieber auf tapferen verwundeten Helden. Das kommt wesentlich besser an.«

Ohne zu antworten, blätterte Jared zu einer neuen Seite seines Blocks weiter. »Wie gute Beziehungen hat der Bürgermeister wohl wirklich?«

»Ich verstehe dich einfach nicht. Wieso willst du wieder in einer Kanzlei arbeiten? Selbst unabhängig von dem damit verbundenen Prestige wissen wir beide, daß es bei Wayne & Portnoy schrecklich war. Die Arbeitszeiten waren eine Zumutung, deine Leistungen wurden nicht anerkannt, du konntest deine Bosse nicht ausstehen – der einzige Grund, weshalb du dort gearbeitet hast, war das Geld, das die Ernennung zum Teilhaber bedeutet hätte, die dir allerdings immer nur in Aussicht gestellt wurde, ohne dass die Sache jemals konkretere Züge annahm.«

»Genau aus diesem Grund sehe ich mich auch nicht nach Anwaltskanzleien um.«

Sara stutzte. »Nicht?«

»Nein.«

»Und wonach dann?« Sie zog eine Augenbraue hoch.

»Also, wenn der Bürgermeister seine Beziehungen ein wenig spielen lässt, hatte ich dabei eigentlich mehr an die Bezirksstaatsanwaltschaft gedacht.«

Über Saras Gesicht legte sich ein skeptisches Grinsen, bevor sie laut loslachte. »Du durchtriebener Mistkerl. Deshalb also diese Mitleidstour vorhin. Deshalb der Druck auf die Tränendrüse. Du wolltest mich nur weich klopfen, um mir von deiner Idee erzählen zu können.«

»Also, ich weiß gar nicht, was du eigentlich hast!«, erwiderte Jared lächelnd.

»Wusste ich's doch. Du gibst tatsächlich nie auf. Immer musst du mir Konkurrenz machen.«

»Was heißt hier, ich will dir Konkurrenz machen? Ich möchte einen klasse Job, der mich befriedigt; du hast einen klasse Job, der dich befriedigt. Glaubst du etwa, in unserer Familie ist nicht genügend Platz für zwei Staatsanwälte?«

»Zweifellos kann es in einer Familie Platz für zwei Staatsanwälte geben – aber nicht in *dieser*.«

»Und warum nicht?«, fragte Jared. »Bist du etwa eifersüchtig?«

»Eifersüchtig? Dass ich nicht lache.«

»Was dann? Nervös? Verunsichert? Hast du Angst, ich könnte dir die Schau stehlen?«

»Du und mir die Schau stehlen? Da musst du schon etwas früher aufstehen.« Damit packte Sara das kleine Gerät, mit dem sich die Stellung von Jareds Bett verändern ließ. »Und wenn du nicht nett zu mir bist, klappe ich dein verstellbares Bett über dir zusammen, bevor du auch nur einen Mucks machen kannst.«

»Und das soll mir Angst machen?«

Sara drückte auf einen Knopf des Bedienungselements und Jareds Bett klappte langsam in Form eines V zusammen. »Okay, okay, ich nehme alles zurück! Aber Staatsanwalt möchte ich trotzdem werden.«

»Habe ich je etwas Gegenteiliges behauptet? Und wenn du dich tatsächlich in meiner Behörde um eine Stelle bewerben willst, werde ich dir bestimmt keine Steine in den Weg legen.«

Jared sah seine Frau argwöhnisch an. »Wirklich nicht?«

»Ich habe bereits, was ich will. Das heißt eigentlich, wir beide.«

»Du wirst mich also auch lieben, wenn ich Staatsanwalt bin?«

»Klar.«

»Und du wirst mich auch lieben, wenn ich wieder als Verteidiger arbeite?«

»Klar.«

»Habe ich demnach weder so noch so etwas zu verlieren?«

»Um Verlieren oder Gewinnen ging es dabei doch nie.«

»Das weiß ich – ich wollte nur sichergehen, daß wir wieder die Alten sind.«

Sie rückte näher an ihn heran und küsste ihn leicht auf die Stirn. »Das waren wir doch immer, Jared – trotz allem, was passiert ist.« Sara legte ihm die Hand in den Nacken und blickte ihm in die Augen. Das war der Moment, in dem sie ihren Mann sah. Wie sie ihn immer gesehen hatte. Wie sie ihn immer sehen würde. »Welch ein Glück«, sagte Sara, »dass manche Dinge unveränderlich sind.«

In diesem Moment klopfte es leise. Ein Mann in einem schwarzen zweireihigen Anzug steckte den Kopf zur Tür herein und sagte: »Mr. Lynch? Ich bin Richard Rubin, Assistent des Bürgermeisters. Darf ich hereinkommen?«

»Aber sicher«, sagte Jared und strich sich das Haar glatt.

Rubin steuerte mit einer leeren Glasvase direkt auf Jareds Nachttisch zu. Er versteckte das Glas mit Pickles unter dem Bett, verstaute Jareds Armbanduhr in einer Schublade und wischte Jareds weggeworfene Notizen in den Abfalleimer. Als er die Vase auf den Nachttisch stellte, erklärte er: »Der Bürgermeister bringt Blumen.« Dann ging er ans Fenster und zog die Jalousien hoch, so dass blendend helles Sonnenlicht in den Raum fiel. »Er wartet mit den Fernsehteams am Ende des Flurs – wir hätten gern, dass die erste Einstellung ihn zeigt, wie er in Ihr Zimmer kommt.«

»Wie spontan«, sagte Sara.

Rubin zuckte mit keiner Wimper. Er trat an Jareds Bett und stopfte das Laken sorgfältig unter die Matratze. Als er damit fertig war, trat er vom Bett zurück und warf noch einmal einen prüfenden Blick auf alles. Dann sah er Sara und Jared an. »Also, sind Sie beide bereit?«

Jared wandte sich lächelnd seiner Frau zu. »Wie sehe ich aus?«

»Bettlägerig und unrasiert – aber irgendwie süß. Und ich?«

»Übernächtigt und zerzaust – so eine Art kaputter Starlet-Look.«

»Perfekt.« Sara ergriff die Hand ihres Mannes und nickte Rubin zu. »Lassen Sie ihn kommen, Baby. Wir können nicht verlieren.«